WALDEN;

OR,

LIFE IN THE WOODS.

By HENRY D. THOREAU,

AUTHOR OF "A WEEK ON THE CONCORD AND MERRIMACK RIVERS."

I do not propose to write an ode to dejection, but to brag as lustily as chanticleer in the morning, standing on his roost, if only to wake my neighbors up. — Page 92.

BOSTON:
TICKNOR AND FIELDS.
M DCCC LIV.

《瓦尔登湖》一八五四年初版扉页

Walden;
or, Life in the Woods

Henry David Thoreau

A Fully Annotated Edition
Edited By Jeffrey S. Cramer

瓦尔登湖

〔美〕亨利·戴维·梭罗 著
〔美〕杰弗里·S.克莱默 注 杜先菊 译

Walden
Henry David Thoreau
A Fully Annotated Edition
Edited by Jeffrey S. Cramer
© 2004 by Yale University

图书在版编目（CIP）数据

瓦尔登湖：全注疏本/（美）亨利·戴维·梭罗著；（美）杰弗里·S.克莱默注；杜先菊译. —北京：人民文学出版社，2017（2025.1重印）
ISBN 978-7-02-012833-4

Ⅰ.①瓦… Ⅱ.①亨… ②杰… ③杜… Ⅲ.①散文集-美国-近代 Ⅳ.①I712.64

中国版本图书馆 CIP 数据核字（2017）第 109694 号

责任编辑　朱卫净　何炜宏
装帧设计　高静芳
封面摄影　张又年

出版发行　人民文学出版社
社　　址　北京市朝内大街 166 号
邮政编码　100705

印　　刷　凸版艺彩（东莞）印刷有限公司
经　　销　全国新华书店等

字　　数　400 千字
开　　本　720 毫米×1000 毫米　1/16
印　　张　25.25　插页　2
版　　次　2017 年 7 月北京第 1 版
印　　次　2025 年 1 月第 12 次印刷

书　　号　978-7-02-012833-4
定　　价　98.00 元

如有印装质量问题，请与本社图书销售中心调换。电话：01065233595

鸣　谢

工程伊始，什么都不借可能很难。
——梭罗，《瓦尔登湖》第一章《简朴生活》

我对以前为《瓦尔登湖》作注的人欠债最多，尤其是沃尔特·哈丁（Walter Harding）、菲利普·冯·多伦·斯特恩（Philip Van Doren Stern）和大卫·罗曼（David Rohman）。没有这三个人奠定的基础，这本书是不可能完成的。我谦卑地跟随着他们的足迹前行，不过我在前行的时候，也知道他们会同意爱默生在《大自然的法则》中说过的话："没有任何固定的事物是固若金汤的……即使学者也不是无懈可击的；人们总是会探索和修订他的观点。"

这样的项目，没有几百个知名和不知名的人的帮助，是不可能完成的。我在下面对很多人表示了感谢，但是，遗憾的是，还有很多人的名字我没有一一提及，对此我表示深深的歉意。我很感激世界上存在的慷慨和热情，知道这样的奉献精神和热情依然存在，令我感到十分欣慰。

在这些人中，我尤其感谢比尔·格利里希（Bill Grealish），他以前在波士顿公立图书馆供职，是最卓越的参考图书馆员，还有南希·布朗（Nancy Browne），她总是随叫随到，找到和证实临时需要的资料来源；美国文物协会的托马斯·诺尔斯（Thomas Knoles）；林肯镇公立图书馆的珍妮·布拉肯（Jeanne Bracken）；波士顿公立图书馆的黛安·大田（Diane Ota）和简妮丝·查德伯恩（Janice Chadbourne），她们回答音乐和艺术方面的问题；罗素·A.波特（Russel A. Potter）和查斯·考文（Chas Cowing），提供了关于凯恩（Kane）和弗兰克林（Franklin）的信息；肯德基大学考古研究系的唐纳德·W.莱恩博（Donald W. Linebaugh）回答了关于考古和十九世纪建筑实践的问题；所有在 Stumpers-L 参考书目电子邮件单子上的成员（wombats），尤其是明尼苏达大学图书馆的邓尼斯·李恩（Denis Lien）；老斯特布里奇村（Old

Sturbridge Village）的研究、搜集和图书馆主任杰克·拉金（Jack Larkin）；奥斯丁·梅恩迪斯（Austin Meredith）；露丝·R. 罗杰斯（Ruth R. Rogers）；感谢杰克·麦克莱恩（Jack MacLean）在林肯历史方面提供的帮助。我还得到了哈佛大学霍顿图书馆（Houghton Library）、加州圣马力诺的亨利·E. 亨廷顿图书馆（Henry E. Huntington Library）和纽约公立图书馆的伯格收藏（the Berg Collection）的图书馆员们的帮助。

我要感谢罗伯特·理查森（Robert Richardson）和韦斯·莫特（Wes Mott）阅读初稿时的敏锐，理查森读过《生活在何处，生活的目的》，莫特阅读过《村庄》；康科德图书馆的莱斯利·威尔逊（Leslie Wilson），感谢她为我寻找资料、阅读《结语》初稿时提供的帮助；格雷格·乔利（Greg Joly），谢谢他和我就一个词或短语的意义进行过很多小时既有趣又信息丰富的交谈，也谢谢他用一位出版人和诗人的眼光检视《简朴生活》一章。

我很感激瓦尔登森林项目主任、瓦尔登森林中的梭罗研究所行政主任凯茜·安德森（Kathi Anderson），她为我完成这个项目提供了帮助和灵活安排。

我要感谢那些把自己的研究成果捐献给梭罗学会和瓦尔登森林项目的收藏的众多学者。地处马萨诸塞州林肯的瓦尔登森林、由瓦尔登森林项目（the Walden Woods Project）管理的这些收藏，是一项价值连城、无与伦比的资料来源，没有它，这本书根本就不可能完成。

感谢耶鲁大学出版社的约翰·库尔卡（John Kulka），因为他的眼光和信心，这个项目才得以完成。

也要感谢我的女儿卡兹亚（Kazia）和佐伊（Zoe），她们希望这本书完成以后，我再也不谈梭罗了。

最后，我的妻子朱莉亚·伯克利（Julia Berkley），她在我心里和脑海里总是占据着最重要的位置，是我最严厉的批评家，我做的所有和梭罗有关或无关的项目最坚定的支持者和最亲爱的朋友。

目录

简介 ………………………… 1

简朴生活 ………………………… 1
生活在何处，生活的目的 ………… 96
阅读 ………………………… 118
声籁 ………………………… 132
独处 ………………………… 151
访客 ………………………… 162
豆圃 ………………………… 178
村庄 ………………………… 193
湖泊 ………………………… 200
贝克农场 ………………………… 225
更高的法则 ……………………… 235
动物邻居 ………………………… 250
室内取暖 ………………………… 266
从前的居民，冬天的访客 ……… 284
冬天的动物 ……………………… 305
冬天的瓦尔登湖 ………………… 316
春天 ………………………… 332
结语 ………………………… 351

译名索引 ………………………… 371
参考书目 ………………………… 386

简　介

"《瓦尔登湖》出版。"1854年8月9日，离他搬到瓦尔登湖九年之后，经历了七次修改稿，《瓦尔登湖》终于出版，这是梭罗在那一天的日记里写下的唯一一句话。几个月之前，收到最初的清样时，他也只是简单地写下了一句话："《瓦尔登湖》清样收到。"他在日记中对此事轻描淡写，就像这是最平常的事件。第一本书《在康科德河和梅里迈克河流上的一周漂流》失败后，梭罗可能是谨慎行事，对成功没有抱太大的希望。

梭罗搬到瓦尔登湖那一天，在他的日记里也是一笔带过："7月5日。星期六。瓦尔登湖。——我昨天搬到这儿来住了。"这个地方本身可能并不重要，重要的是，他自己独立出来了，而他尚未意识到这对他会产生什么影响。"瓦尔登"这个名字，不管是地名还是书名，一百五十年后，在学术和个人层面上都对成千上万人充满了象征意义，但梭罗当时在寻找居住地时，其实还考虑过其他几个地方。直到拉尔夫·沃尔多·爱默生（Ralph Waldo Emerson）买下了面积62英亩、深达103英尺的冰川深湖瓦尔登湖北面的十几英亩土地，并且允许梭罗在那里居住之后，梭罗才能真正去那里居住。

埃勒里·钱宁（Ellery Channing）1845年3月2日写信给梭罗："在这个世界上，我为你看中的唯一地方是那块我曾经命名为'酒器'（Briars）的地方；到那儿去吧，给自己盖一所小房子，然后开始尽情享受自己的伟大历程吧。"钱宁在这里究竟是建议梭罗搬到湖边去住，还是梭罗已经搬家，我们无从得知，估计两种可能性都有。临三月底时，梭罗借来一把斧子，开始砍白松树。五月份，他的房架搭起来了，他开始清理和开垦两英亩半的土地，准备耕种。

梭罗决定在林中独自居住的起因很多，其中一个就是他和查尔斯·斯登·惠勒（Charles Stearns Wheeler）在弗林特湖中度过一段时间。惠勒是梭罗的朋友，是他在哈佛的同屋，惠勒在弗林特湖附近盖了一个小棚子，1836年到1842年间，在那里居住过几次。梭罗也在小棚子里待过，可能是在1837

年，不过，他在那里居住的时间有多长，现有的记录没有定论。我们不知道惠勒的小棚子的确切地点，不过它很可能是建在他哥哥威廉姆·弗朗西斯·惠勒（William Francis Wheeler）的土地上。如果梭罗确实考虑过在弗林特湖那里居住，那么，他求助过的人可能就是弗朗西斯·惠勒。

　　托马斯·卡莱尔（Thomas Carlyle）1841年8月18日写给爱默生的一封信中说："经过一些来回折腾，这个离索尔维·弗斯（Solway Firth）的海滩不远、陈设不多的小房子，总算到手了：我们到这儿来住了一个月，完全与世隔绝……我想，我觉得自己的身体和心灵都更加健康了。"梭罗肯定读过这封信，当时人们通常都是分享日记和信件的，而梭罗当时也正好住在爱默生家，他想搬出去住，这封信肯定也坚定了他的想法。

　　更重要的一个动机，梭罗搬到瓦尔登湖去住，是在响应爱默生在《美国学者》里提倡的精神：

　　　　年轻人，充满着最美好的希望，他们的生活在我们的海滩上开始，山间的风吹拂着他们，上帝的所有星星把他们照耀得熠熠闪光，他们发现下面地球上的一切和这些并不协调，下面管理繁琐俗事的原则令他们感到厌恶，他们因为这种厌恶而无所作为，因而转向无足轻重的事务，或者死于厌恶，其中有些人还会自杀。怎么解决这个问题呢？他们还没有认识到，那些成千上万同样有希望却碰到了职业障碍的年轻人还没有认识到，如果独立的个人不受任何控制地完全将自己的本能作为自我的根基，整个庞大的世界就会环绕到他周围来。耐心，——耐心；唯一的慰藉是，你自己的生命有可能是无限的；你的任务是对原则进行研究和交流，使这些本能流传开来，从而改变整个世界。世界上最严重的问题，就是不能成为一个独立的个体单位；——不能被人当作一个独有的特殊个体；——不能结出每一个人生来就应当结出的独特的果实……我们将用自己的双脚行走；我们将用自己的双手劳作；我们会说出我们自己的心声。

　　从广义上说，梭罗是在回应社会的挑战。十九世纪四十年代初，一些乌托邦群体开始形成，其中有两个和他的一些朋友密切相关：布鲁克农场（Brook

Farm）和弗鲁特兰兹果树园（Fruitlands）。和住在这些社区的人相比，他是在进行同样的试验，只不过他的规模更小一些，角度也有所不同。他并不是通过重新设计一个社区如何运作来重新设计社会。他是在质疑个人的角色和义务，不光是对社会的角色和义务，而且是对自己的角色和义务：个人应当如何生活，如何和邻居交往，如何遵从他所生活的社会的法则。只有通过对一个人的改革，才能实现对众多的人的改革。爱默生在《历史》（History）中写道："每一场革命都是从一个人头脑中的一个想法开始的。当同样的想法在另一个头脑中产生时，它就变成那个时代的关键。每一场变革，起初都是一个个人观点，当它又重新变成个人观点时，它就会解决那个时代的问题。"搬到瓦尔登湖一年半之前，梭罗在《（将）复乐园》（Paradise（to be）Regained）中写道："我们必须首先取得个人的成功，然后才能取得众人的成功。"

不管上述这些因素对梭罗有多大影响，是如何促使和激励了他，促使他搬到瓦尔登湖的一个主要动机，还是因为他需要独立和空间，来完成他的一本书，这本书后来题为《在康科德河和梅里迈克河流上的一周漂流》。1842年，他的哥哥约翰突然去世，令人震惊万分，梭罗自此开始写作，纪念二人在1839年8月和9月为期两周的航行中的兄弟情谊。在瓦尔登湖，梭罗重新修改了这份手稿。这次航行本身变得无足轻重，重要的是，梭罗开始思考友谊、精神、社会和自然，把这些主题融入了书中。

除了修改手稿，在瓦尔登湖居住，也促使梭罗探寻存在的根本意义，并将真实与现实区别开来。住到湖边第三天，梭罗在日记中写道："我希望面对生活中的事实，面对面地观察关键的事实，也就是上帝希望展示给我们的现象或真实，于是我就到这儿来了。生命！谁知道它是什么，它又是干什么的？"

正如梭罗在日记中所说，自传胜过传记（他在《在康科德河和梅里迈克河流上的一周漂流》中也重复了这个说法）。"如果我不是我，谁还能是我？"或者像他在离开瓦尔登湖之后的1857年10月21日的日记中写的："难道诗人不是命中注定要写他自己的传记吗？除了一本好日记以外，还有什么好写的东西？我们不想知道他想象中的主人公每天是如何生活的，我们想知道的是他本人，这个实际主人公，每天是如何生活的。"

梭罗在1851年8月19日的日记中解释道，诗人的任务是"连续不断地观察自己的思想情绪，就像天文学家观察一切天象一样。这样明智而忠诚地度过漫长的一生,还有什么是我们不能期待的呢?……旅行者们周游世界,述说自然事物和现象,那么,让一个人留在家中,忠实地述说他自己生活中的现象吧。"

不过,我们应当记住,《瓦尔登湖》并不是严格意义上的自传,而是一部文学作品,为了保持他创造的神秘生活艺术上的完整性,梭罗作了一些灵活调整。1848年3月27日写给哈里逊·格雷·奥蒂斯·布雷克(Harrison Gray Otis Blake)的信中,梭罗将他的实际生活和理想生活区分开来:"我的实际生活是一项事实,观察它,我没有什么特别自得的地方,但是尊重我自己的信仰和愿望。我是为我的信仰和愿望立言。"同样,他还于1856年2月10日写信给卡尔文·格林(Calvin Greene):"你放心吧,你在书中看到的是我最好的一面,我真不值得当面会见——我口吃、迟钝、笨拙。你知道,即使诗歌,在某种意义上也是一种无限的炫耀和夸张。我倒不是不承认我写的文字,而是想说出我在我微弱地道出的真理面前究竟是什么样子!"

梭罗住在瓦尔登湖期间,完成了后来《瓦尔登湖》一书的一半内容。1851年11月9日,在完成和重新修改手稿过程中,梭罗在日记中写道:"除了事实以外,我也不得不依赖其他一些东西。事实只是我的画像的框架;它们是我正在写作的神话中的材料……我的事实在常识看来,却是谬误。我可以这么说:事实应当是重要的,应当是神话或具有神秘性。"

很显然,梭罗正在写的恰恰就是神话。如果读者的方法偏离了作者的原意,那他注定要误读这本书。"正确阅读,亦即,以真正的精神读真正的书籍,是一项高贵的活动,和当代的习惯所承认的所有活动相比起来,会让读者感到更加劳累。"梭罗在《阅读》中这样写道。"读书需要的训练,就像运动员接受的那样的训练,而且,人们差不多要终其一生,追求这个目标。"如果我们把《瓦尔登湖》当作一个人在瓦尔登湖居住的经历,把它完全当作自传来读,那么就很容易和那些对梭罗挑刺的人一样,专门盯着梭罗在爱默生家吃过多少顿饭、他的母亲和姐妹帮他洗过多少衣服这样的细节。

梭罗在《阅读》一章中明确地说出了自己的目的,并且作出了具体说明:"英雄的书章,即使是用我们的母语印刷出版,却永远只存身于另外一种语言,一个腐朽的时代是无法理解这种语言的;我们必须努力寻求一字一行的意义,用我们所有的智慧、勇气和慷慨,超出它们的常用法之上,去揣测它们更宏大的意义。"梭罗不是从遥远的过去写作的,写的不是东方或西方的精神文学的经典著作。他写的是你现在手里拿着的书。《瓦尔登湖》是一部英雄篇章,因为它是关于一个英雄的书。

在《托马斯·卡莱尔及其著作》(*Thomas Carlyle and His Works*)中,梭罗写到了卡莱尔的《论历史上的英雄、英雄崇拜和英雄主义》(*On Heroes, Hero-Worship, and the Heroic in History*)和爱默生的《代表性的人》(*The Representative Men*),认为这两本书都不能代表工作着的人。他接着说,"很明显,作者都没有谈及他的生存条件,因为作者自己并没有进入他的生存条件。"正如他后来在《漫步》中写的那样,他懂得,"英雄通常是最简单、最模糊的人。"有意无意间,梭罗迎接了卡莱尔1845年8月25日写给爱默生的信中提出的挑战:"我希望你能够找到一个美国英雄,一个你真正热爱的英雄;给我们讲述他的故事。"梭罗在亲身承担了英雄这个角色以后,也重新为英雄行为做出了定义。将生活试验变成一项英雄行为,他也成功地将《瓦尔登湖》从一条实现无法实现的目标的哲学思路,变成了对迷惑者的指南。于是,他塑造了代表性的人,代表的不是过去,而是当今。

这个实验始于1845年7月4日,终于1847年9月6日;梭罗在瓦尔登湖住了两年两个月零两天。没有顿悟,没有伟大的启示。他离开瓦尔登湖是因为爱默生家需要他,这个事实使这个故事没有一个完美的结局,但历史的真相仍然是,梭罗离开瓦尔登湖的直接原因,是利蒂安·爱默生请求梭罗在她丈夫去国外讲学期间照顾爱默生的家庭和家务。爱默生直到十月份第一个星期才离开,但梭罗在接到邀请一个星期以后就离开了林中,直接搬到了爱默生家。他在瓦尔登湖的居住就这样突然结束,这种仓促可能导致他在1852年1月22日的日记中这样写道:"我得说,我真说不清是什么事情促使我离开瓦尔登湖的。我离开那里,和我去那儿住一样,没有什么说得清楚的理由。说真心话,我去那儿是因为我准备好了要去;我离开那儿,也是同样的原因。"

梭罗搬到瓦尔登湖,也完成了他最主要的任务之一,也就是写完后来定名为《在康科德河和梅里迈克河流上的一周漂流》一书。在林中期间,他完成了两份初稿,到第二稿时,爱默生说是"差不多够发表水平了"。此外,他还写了不同版本的《卡坦》(*Ktaadn*)、《托马斯·卡莱尔及其著作》和《抵制政府》(*Resistance to Civil Government*),以及一百一十七页的《瓦尔登湖》手稿。(手稿经过了七次修改,终于于1854年出版,这个过程中,书的长度翻了一番。)

湖边居住两年可能还不算太难。最难的任务是把在瓦尔登湖的经历变成《瓦尔登湖》这本书。当他在《我的经历》(History of Myself)这次演讲中谈到在瓦尔登湖的经历时,他讲述了他在湖边生活的经济方面,这些内容后来成为《简朴生活》一章的主要内容,但现在他需要更多的东西。

1851年,他读到詹姆斯·威尔金森(James Wilkinson)的《人体》(The Human Body)一书时,他在日记中写道:"在某种程度上,威尔金森的书实现了我的梦想,亦即,回到语言最原始的类比和衍生意义上去。他的类比能力,比更著名的作家们能够更经常地引向更真实的语言……他的表达方式是从比科学更睿智的本能而来,因而他使我们更加相信古老的和现今的表达方式,如果我们能够理解它们,便能够安心地相信它们……所有关于真理的概念,都是分辨出其中的类别;我们通过我们的手来推想到我们的头脑。"不理解这一点,我们就无法理解和遵从他在《瓦尔登湖》中试图表达的目的。

梭罗1852年4月18日写道:"当鸟儿飞翔,鱼儿遨游,就像寓言中描绘的那样,而道德并不遥远;当大雁的迁徙是很重要的,其中有一种道德意义;当日常事务有一种神秘的性质,连最琐碎的事件也有了象征意义时……这样的时刻,我感到庄重而满足……每一件偶然事件,在伟大的导师面前都是一种比喻。"大约是因为他的作品中的这种分析方法,他在《结语》中略有微词:"但在我们这个地方,如果一个人的作品允许有一种以上的解释,那它就会引起人们的诟病。"

梭罗1857年11月16日写给布雷克的信中,描述了从经验中提炼真理的方法:

> 我给你建议一个主题吧:走进大山对你意味着什么,你就用同样的方式准确完整地对自己述说一切——再三回到这篇文章,直到你觉得你经验中所有的重要因素都包含在里面了,你觉得很满意了为止。你翻越过山岭,这就是一个很好的理由,因为人类总是要翻山越岭的。不要以为你试验过区区十来次,就能够准确地讲述这个故事,你要反复修改,特别是,在停顿了足够长的时间以后,你怀疑你已经接近了事物的核心和至高点时,你更要在那里重申你的观点,向你自己描述这座山。这个故事不必太长,但它必须先写得很长,然后才能精简缩短。你想,翻

这座山可没花太多时间；但是，你确实翻越过了这座山吗？我可以问一下，如果你去过华盛顿山的山顶，你在那里发现了什么？你知道，这就是他们成为见证人的不二法门。仅仅是上去了，被风吹一吹，这算不得什么。我们在那儿的时候没有怎么爬山，但我们在那里吃了午餐，就像在家里一样。只有在回家以后，我们才算真正翻越了山岭，如果我们真能够翻越的话。山说了些什么？山干了些什么？

同样的建议，也适用于所有阅读《瓦尔登湖》的读者。阅读这本书或者翻一座山可能花不了太多时间，但是我们必须向我们自己提出这些问题：你确实读完了这本书吗？你在里面发现了些什么？

《瓦尔登湖》迫使我们提出问题，由于答案总是在不断变化，从一代人到另一代人，从一个人的一年到下一年，因而，我们仍旧在翻越这座山，回到湖边，回到这本书中去。一百五十年以后，《瓦尔登湖》仍然是一本重要的和有意义的作品，证明这位伟大导师的比喻是有普遍意义的，证明梭罗是一个伟大的比喻家、观察家和诗人。

本书注释中用下列缩写代替梭罗的作品：

C 《亨利·戴维·梭罗通信集》(*The Correspondence of Henry David Thoreau*)，沃尔特·哈丁（Walter Harding）和卡尔·博德（Carl Bode）编，1958

CP 《亨利·梭罗诗集》(*Collected Poems of Henry Thoreau*)，卡尔·博德编，1965

EEM 《早期作品和琐记》(*Early Essays and Miscellancies*)，约瑟夫·J. 摩登豪尔（Joseph J. Moldenhauer）和爱德温·莫泽（Edwin Moser）编，1975

J 《亨利·梭罗日记》(*The Journals of Henry Thoreau*)，布拉德福德·托里（Bradford Torrey）和弗朗西斯·H. 艾伦（Francis H. Allen）编，1906

PJ 《日记》(*Journal*)，约翰·C. 布罗德里克（John C. Brodrick）编，1981

W 《亨利·D. 梭罗作品集》(*The Writings of Henry D. Thoreau*)，瓦尔登版，1906

| 简 | 朴 | 生 | 活 |

  在撰写下面这些篇章，或者是撰写其中大部分章节的时候，我独自住在森林中我亲手盖的小房子里，这片森林位于马萨诸塞州康科德镇的瓦尔登湖畔，所有的邻居都在一英里之外[1]，我完全靠自己双手的劳动维持生计。我在那里生活了两年又两个月。如今，我又是文明生活中的过客了[2]。

  要不是镇上的人就我的生活方式对我提出特别详细的问询[3]，我也不会这么贸然向读者展示我的生活了，有些人会觉得我的生活方式有些不着边际，不过

---

1 离他住的地方比一英里近得多的地方，住着爱尔兰铁路工人，梭罗每天散步都会见到，本章晚些时候他写到"四处与我们的铁路相邻的窝棚"时会提到。尽管铁路在梭罗搬往瓦尔登湖之前就修建完毕，窝棚也被出售了，并不是所有的铁路工人都搬走了。迟至 1851 年 12 月 31 日，梭罗还在"今天下午看到了林中窝棚里的爱尔兰老妇人"【J 3: 166】。梭罗住在瓦尔登的时间，正好和休·科伊尔（Hugh Coyle，或 Quoil）有几个月的交集。梭罗在日记中记下了他的距离："我刚到林子里的时候，有一小段时间里，我有个离我半英里的邻居，休·科伊尔。"【J 1: 414】在《从前的居民》中，梭罗说，他"没有把他当作一个邻居记下来"，是因为他们在那里同时居住的时间不长。

2 梭罗将他生命中的阶段看作临时寄居或试验，他在早期一篇日记中写道，"我再也不想觉得我的生活不过是一次寄居而已了"【J 1: 299】。他有这种过客的感觉，大约是因为他 1837 年从哈佛毕业以后的十二年中，住过八个地方。

3 梭罗搬到瓦尔登湖之前就有人提出问题了，如他在 1841 年 12 月 24 日的日记中记载，他在考虑可能的地点时："我想马上就去，住在湖边……但我的朋友们问我，我去那儿以后要干些什么。"【J 1: 299】1846 年 2 月 4 日，梭罗在康科德作了一次讲演。"上次我在这儿讲演以后，今年冬天，"他在瓦尔登时写道，"我听说，我们镇上有些人希望我记录下我在湖边的生活。"【J 1: 485】可能是从那以后不久，梭罗开始为一次计划中的演讲记日记："今天晚上，我不想谈及中国人或桑威奇岛的居民（Sandwich-Islanders），我想谈及你们这些来听我讲演的人，人称住在新英格兰的人们。"【J 1: 395】他确实在 1847 年 2 月 10 日和 17 日的学苑讲座中试图回答其中一些问询，在他一个月前于 1 月 19 日作的演讲中可能也提及过，这些演讲构成了后来的《瓦尔登湖》头两章的核心。

在我看来它并不是不着边际，而是，考虑到我的具体情况，实际上很自然，很适宜。有人问我吃些什么；我有没有觉得寂寞孤单；我是不是害怕；诸如此类。另外还有人想知道我的收入中有多大一部分用于慈善目的；有些拖家带口的人还想知道我资助了多少穷人家的孩子。我会在本书中去回答其中一些问题，为此，我还想请求那些对我本人没有特别兴趣的读者们原谅这一点。在很多著作中，"我"，或者说第一人称，是省略掉了的；在本书中它将保留下来[4]；这种自我主义，是这里的主要独特之处。我们通常忘记，我们发言时毕竟总是以第一人称说话。如果我对任何一个别人也这么了解，那我就不会这么喋喋不休地谈我自己了。不幸的是，我经历狭窄，将我限制在了这个议题之内。此外，我有个想法，即要求所有的作家，从第一个到最后一个，都要简洁诚恳地[5]记下他自己的生活，而不仅仅是他所耳闻的他人的生活；这些记录就像他从远方寄给自己亲属的消息；因为我觉得，人只有在很遥远的国度，才能诚恳地生活。这些章节也可能更适合贫寒的学生阅读。至于其他的读者，他们可以接受适合于他们的那些部分。我相信，如果一件外衣偏小，人们不会把它勉强撑破的，因为对穿着合身的那个人来说，它毕竟还是有用的。

我乐于谈及的话题，不是关于中国人和桑威奇岛居民[6]的，而是关于你们

---

[4] 梭罗在日记中写道，后来又在《在康科德河和梅里迈克河流上的一周漂流》（*A Week on the Concord and Merrimack Rivers*）中重复道，自传胜于传记。"如果我不是我，谁还能是我？"【J 1: 270】还有，1857年10月21日的日记说："难道诗人不该写自己的传记吗？除了一部好日记，难道还有别的著作吗？我们不想知道他想象中的英雄，或者他，现实中的英雄，每一天是怎么度过的。"【J 10: 115】其他超验主义者也表达了类似的感情。爱默生在他的《超验主义者》（*The Transcendentalists*）一书中写道："我——名为我的这个思想——是一个世界像融化的蜡烛一样注入的模型。"玛格丽特·富勒（Margaret Fuller, 1810—1850），在她刊登于《日晷》（*The Dial*）杂志的关于歌德的文章中写道："除了记录生命，写作毫无价值……他的著作只应当是对他本人的反映。"

[5] 梭罗在这里主张简洁记录，但与此相反，梭罗于1843年7月8日给爱默生夫妇写道："艺术的最高峰，第一层次应当出现的是常识——第二层次是严酷的真理——第三层次是美——有了这些对其深度和现实的保证，我们才能更好地永远享受其美。"【C 125】

[6] 夏威夷人；詹姆斯·库克船长（Captain James Cook, 1728—1779）于1778年发现了夏威夷群岛，并以他的保护人桑威奇伯爵（the Earl of Sandwich）命名。梭罗在《没有原则的生活》（*Life Without Principle*）中也写过类似的文字："既然你们是我的读（转下页）

这些正在阅读这些章节的人，你们这些住在新英格兰的人；我要谈及的是你的生存状态，尤其是你在这个世界上、这个镇里的外在条件或状况，它究竟是什么，是不是它一定就得像目前这样糟糕，它是不是真的就无从改善。我的足迹遍布康科德[7]；四面八方，商店中，办公室里，田野里，在我看来，村民们在以上千种非凡的方式苦行忏悔[8]。我听说过婆罗门[9]面对四种火焰，直面太阳而坐；或者头朝下倒挂在火焰之上；或者从肩头仰望天堂，"直到他们根本无法恢复自然的姿势，而脖子扭曲时，唯有流体能够进入他们的肚腹"[10]；或者用铁链拴着，终生住在一株树下；或者像毛毛虫一样，用他们的身体丈量广袤的国土；或者单腿直立在柱子的顶端，——即使是这些形式的苦行忏悔，也不比我天天耳闻目睹的情景更加令人难以置信，更加令人惊奇。赫克里斯[11]的十二大苦役，和我的邻居们承担的苦役相比，实在是无足轻重；因为那毕竟只有十二种，毕竟还有个终结；但我们从来没有看见我们的邻居杀死或逮住任何怪兽，或者完

（接上页）者，而我不是四处游历的旅行者，我不会谈论千里之外的人们，而是会尽我所能地回到近乡。"【4: 456】

7 康科德坐落在波士顿西北十八英里处，在梭罗的时代，是一个拥有两千二百名居民的村庄。梭罗在他1851年9月4日的日记中呼吁："有时候很值得像一个过路的旅人一样观察你的故乡，像一个陌生人一样评论你的邻居"【J 2: 452】；不过他也写过："旅行，'发现新大陆'，就是思考新思想，开发新的想象……最深刻、最有创见性的思想家，旅行得最远。"【PJ 1: 171】爱默生在《论自助》(Self-Reliance)中写道："灵魂不是旅人；智者羁留家中。"

8 梭罗不相信基督教的忏悔圣事。"忏悔不是通向上帝的自由而公正的大道，"他在1850年的日记中写道，"智者应当免除忏悔。忏悔是一惊一乍、感情充沛的。上帝更希望你能思考着而不是忏悔着接近他，尽管你是最大的罪人。只有忘却自己，你才能接近他。"【J2: 3】

9 Brahmans，或 Brahmins，婆罗门，印度四大种姓的最高种姓，即祭司、武士、商人和农民（priest, warrior, merchant, peasant）。【编者注：此处克莱默的注释不确，印度四大种姓为祭司（婆罗门）、贵族（刹帝利）、平民（吠舍）和奴隶（首陀罗）。】

10 这段引文（标点符号稍有变动）和梭罗描述的其他方式的忏悔，来自詹姆斯·密尔（James Mill, 1773—1836）的《印度史》(The History of India, 1817)，发表于《趣味知识图书馆：印度人》(The Library of Entertaining Knowledge: The Hindoos，伦敦，1834—1835)。

11 赫克里斯（Hercleus），希腊神话中宙斯（Zeus）之子，以强大的力量著称。为了把自己从欧律斯透斯的奴役中解放出来，他必须完成十二种看起来无法完成的劳役。

成任何劳役。他们还没有一个朋友伊俄拉俄斯[12]，用烧红的烙铁炙烧海德拉九头怪砍断的头颈，一俟一颗头被砍掉，就有两颗头冒出来[13]。

我看到年轻人，我的同乡们，他们的不幸就是继承了农场、房屋、谷仓、牛群和农具；因为这些物事都是得之容易去之难。他们还不如生于旷野之中，由一匹狼哺育长大[14]，那样的话，他们或许还能用更明亮的眼睛发现这一片他们在其中劳作的土地。他们为什么要贪吞六十英亩土地[15]，当人们命中注定只能吃一方寸土[16]？他们为什么刚刚降临人世，就开始挖掘自己的坟墓？他们应当过人的生活[17]，推开眼前这一切物事，尽其所能去生活。我见过多少可怜的不朽的灵魂，宿命地被事物的重负碾碎、窒息，在生命之路上踽踽爬行，推着前面一

---

12 伊俄拉俄斯（Iolaus），希腊神话中伊菲克勒斯（Iphiclus）的儿子，塞萨里（Thessaly）的国王，赫克里斯的朋友。

13 根据梭罗主要的古典字典，约翰·朗普利埃（John Lemprière, 1765？—1824）的《古典书目》(Bibliotheca Classica)：" 赫克里斯的第二种劳役是摧毁勒纳湖的海德拉（the Lernaean hydra），据阿波罗多罗斯（Apollodorus）记载，它有七个脑袋，据西蒙尼德（Simonides）记载，有五十个脑袋，而据狄奥多罗斯（Diodorus）记载，则有一百个脑袋。他用弓箭袭击了这头著名的怪兽，不久他就和这个怪物近身激战，他用自己粗重的棍棒摧毁了他的敌手的脑袋。但是，这个行动并没有使他处于优势；因为他一用棍棒击碎一只脑袋，另外两只就马上冒了出来，如果他没有命令他的朋友伊俄拉俄斯用烧红的烙铁炙烧他击碎的脑袋的根部，他的劳役就会一直完不成。"

14 罗马城的创建人，罗穆卢斯（Romulus）和瑞摩斯（Remus），婴儿时期被抛弃后，是由母狼哺育长大的；梭罗1851年2月的日记补充道："美国是今天的母狼，在她无人居住的和野蛮的海岸上出现的疲乏的欧洲的儿女们是瑞摩斯和罗穆卢斯，他们在她的乳房上得到新的生命和活力，在西方发现了一个新罗马。"【J 2: 151】

15 他用这个来代表普通康科德农场的大小，尽管三句话后他又用一百英亩来代表同样的东西。

16 至少能回溯到十八世纪的谚语："人生在世，必食寸土（We must eat a peck of dirt before we die）。"

17 可能引用的是威廉·埃勒里·钱宁（William Ellery Channing, 1780—1842）的《论劳动阶级的上升》(On the Elevation of the Laboring Classes)："目前，很少有人知道什么是人。他们知道他的衣着、他的相貌、他的财产、他的级别、他的蠢事、他外在的生活。但是，他内心存在的思想，他真实的人性，众人根本就不了解；可是，不了解一个人独特的价值，谁又能真正过人的生活呢？"

个七十五英尺长、四十英尺宽的大谷仓,从来就没有清扫过的奥吉厄斯牛栏[18],还有一百英亩的土地,耕作、收割、牧场和木材场!没有遗产的人,因为没有这些不必要的遗留下来的财产而奋力劳作的,发现仅仅就是去开垦和栽培几立方英尺的肉体,也够辛苦的了。

但是,人们是在错误地劳作。人更好的那一部分[19]很快就被埋进泥土里腐烂成为肥料。他们被通常称为需求的一种命中注定的表象所支配[20],他们像某本老书[21]中所说的那样,积攒着财富,而飞蛾和灰尘会来侵蚀,盗贼们会破门而入偷走这些财富[22]。这是一个愚人的生活,如果他们生前不能明白,他们到达生命结束之际,将会明白这一点。据说,丢卡利翁和皮拉是通过从肩头向身后扔

---

18 赫克里斯的第五项劳役是清扫奥吉厄斯的牛圈(the Augean stables),牛圈里有三千头牛,很多年没有清扫过。赫克里斯让两条河改道流过牛圈,完成了这项劳役。

19 引用圣奥古斯丁(St. Augustine, 354—430)的《上帝之城》(The City of God):"这确实是千真万确的:灵魂不是人的全部,而是人更好的那一部分;身体不是人的全部,而是人较低级的那一部分。"

20 在超验主义者看来,所谓"命中注定"是人们创造自己的环境。梭罗在他1841年的日记中写道:"我制定我自己的时间表,我提出我自己的条件。"【J 1: 294】他在1860年5月20日的一封信中很简明扼要地总结了:"人所创造的主要的、唯一的东西,是他的条件,或者命运。"【C 579】爱默生在《超验主义者》里表达了类似的思想:"你认为我是环境的产儿:我创造我的环境……你将它称为环境的力量,但它是我的力量。"

21 对梭罗来说,《圣经》是一部古书,和其他古老经文有相同的地位。《在康科德河和梅里迈克河流上的一周漂流》一书的《星期天》一章中,梭罗把这些古书放在一起:"我最喜欢阅读的是几个民族的经文,虽然我碰巧更熟悉印度人、中国人和波斯人的经典,而不是希伯来人的经典,希伯来人的经典我了解最少。把这些圣书给我,你就可以让我安静一会儿了。"【W 1: 72】他在1850年的一篇日记里说明了他的观点:"我并不更喜欢某一种宗教或哲学。我不同情那种将一个人的信仰或信仰方式与别人的信仰或信仰方式作出临时的、偏颇的和徒劳的区别的偏见和无知,——比如说基督徒和异教徒的区别。我祈祷着能够脱离狭隘、偏见、夸张和偏执。对哲学家来说,所有的派别,所有的民族,都是一样的。我喜欢婆罗门、诃利、佛陀、伟大的神,还有上帝。"【J 2: 4】

22 引用《圣经·马太福音》6: 19—20:"不要为你自己积攒世间的财富,因为飞蛾和尘土会来侵蚀,盗贼们会破门而入将它窃走。"所有《圣经》注释均引自(詹姆斯王)钦定版本。

石头，创造了人类：[23]

> Inde genus durum sumus, experiencesque laborum,
> Et documenta damus qua simus origine nati[24]

或者，就像罗利用他那种铿锵的韵脚翻译成的：

> 从此我们善良而坚硬的心肠，忍受着痛苦和关切，
> 证明我们的身体有一种岩石般的质地。[25]

他们就这样盲目地听从一个随意的神谕，从头顶上往身后扔石头，全然看不见石头落在哪里。

很多人，即使是在这个相对自由的国家[26]，仅仅由于无知和谬误，就如此忙于在生命中人为地追求和过于粗鄙地劳作，而无法采摘生命更精致的果实。他们的手指，因为劳累过度而变得太笨拙，颤抖得太厉害，根本无法去采摘。实际上，一个孜孜矻矻忙于劳作的人，根本没有闲暇每天关注真正完整的生活；他没有能力维持与别人的人际关系；他的劳力在市场上会贬值。他除了当一台机器，根本无暇顾及其他。经常需要用到自己的知识的人，怎么还能够牢记自己的无知——而人应该牢记自己的无知。有时候，我们应当免费给他吃穿，用

---

23 在希腊神话中，丢卡利翁（Deucalion）和皮拉（Pyrrha）是由宙斯的愤怒带来洪水后唯一的幸存者。为了让地球重新有人居住，他们得到忒弥斯（Themis）的甲骨文指点，向他们身后扔石头。丢卡利翁扔出的石头变成了男人；他的妻子皮拉扔出的石头，变成了女人。
24 引自奥维德（Ovid，波孛利乌思·奥维提乌思·纳索 Publius Ovidius Naso）的《变形记》（*Metamorphoses*）1.414—15，梭罗可能从瓦尔特·罗利爵士（Sir Walter Raleigh，1554—1618）的《世界史》（*The History of the World*）中转引了这段拉丁文。
25 除了标点有所改变，引自罗利的《世界史》，其中，这几行都印作四行诗。梭罗很早就对罗利感兴趣：他于1843年2月8日在康科德学苑作了一次讲演，其中他也引用了这段奥维德和罗利的译文。【EEM 205】他可能将讲演稿交给《日晷》发表，但杂志没有登这篇讲演，其中有几页被收录进了《在康科德河和梅里迈克河流上的一周漂流》。
26 和其他国家相比相对自由。梭罗知道，"美国总共有四百万名奴隶"【W4: 430】。

我们的琼浆玉液[27]来感召他，然后再对他进行评判。我们天性中最精致的果实，就像果实上的粉霜[28]一样，只有仰仗最细心的呵护，才能保留下来。可是，我们无论是对待自己，还是对待他人，都没有这样的温柔。

我们知道，你们当中有些人很穷，发现生存不易，有时候疲于喘息。我毫不怀疑，有些读者，无力支付你实际上已经吃过的每一餐，或者是，身上的衣服越来越旧，或者已经穿破，就连读到这一页的时间，也是从你的债权人那里偷来的一个时辰。很明显，你们许多人过着卑贱低微和偷偷摸摸的生活，因为我亲眼看到了这些经历；你们总是在受着"行动限制"[29]，尝试开一门新生意，或者是还清一门债务，一个古老的泥沼[30]，拉丁语里叫 as alienum[31]，也就是他人的铜币，因为他们有些钱币是用铜铸造的；你们仍然在他人的铜币中生，在他人的铜币中死，并将在他人的铜币中葬身；总是在答应还钱，答应还钱，明天还钱，今天就要死亡了，却还是无力偿还；试图乞求关照，处心积虑，要求只判个惯例[32]，而不是州监狱的罪行[33]；你们撒谎，溜须拍马，投票，将你缩进一个

---

27 Cordials，某种能够振作、安慰或者提升精神的东西；还没有和现代用法中的与酒类同义的用法。

28 粉霜（bloom），蓝莓、葡萄和李子等水果上一种细微的粉状层，表明水果是新鲜的。

29 "行动限制"（On the limits），意指对因债务而坐牢的人的行动自由所加的限制。康科德居民爱德华·贾维斯（Edward Jarvis）在《马萨诸塞州康科德的传统和回忆》（*Traditions and Reminiscences of Concord, Massachusetts*）一文中说：

> 根据旧法，很多贫穷的债务人被带到监狱，在那里至少待一个月，或者直到他们愿意在法官面前发一个穷债务人的誓言，或者是"发誓出狱"。但是，如果他们保证不违反指定的限制，法律允许他们有"院子里的自由"。技术上，这种法律被称作"院子里的自由"。最初可能指的是监狱里的院子，但是，这种特权后来增加了……这样做的目的是让债务人有机会工作和自食其力。通常有十到二十个这样的债务人，有几个关在监狱里，但大部分都当时所称，"带着限制条件出来了"。

30 指的是"沮丧的深渊"（the Slough of Despond），约翰·班扬（John Bunyan，1628—1688）的《天路历程》（*Pilgrim's Progress*）中寓言性的道德泥沼。

31 拉丁语：旁人的钱币（亦即钱），尽管梭罗将它翻译成铜钱。

32 循例的生意保护。

33 重罪（felonies）。

文明的果壳里[34]，或者稀释到一种稀薄如蒸汽，却没有实质内容的慷慨气氛中，这样你有可能说服你的邻人让你为他做鞋子、衣服、车子，或者为他购进食品杂货；你们把自己累得生病，为的只是能够为生病之日积攒一点钱财，这点钱可以藏在旧箱子、灰墙背后的袜子里，或者更安全一点儿，藏在砖头砌成的小金库里[35]；不管藏在哪里，也不管这笔钱多大，或者多么微不足道。

我有时候想到，我们会这么轻率，我几乎可以说，居然可以接受蓄奴制，这种野蛮但有些异域色彩[36]的奴役制度，无论是南方还是北方，都有这么多精明狡猾的奴隶主。有一个南方来的监工就够难以忍受的了；有一个北方来的监工则更糟糕[37]；但最糟糕的是，你就是自己的监工[38]。还说什么人的神性[39]！看看路上的车

---

34 可能引用的是莎士比亚（Shakespeare）的《哈姆莱特》（Hamlet）2.2.248—9：“我即使被关在果壳之中，仍自以为无限空间之王。”

35 讽刺地提及1837年的金融恐慌，其中很多银行倒闭了。

36 对北方州来说有些异域色彩，较陌生，因为它毕竟是一种南方制度，但也是异于人性，或者违反人性。

37 关于北方奴隶制的思想很可能来自政治改革家、作家、记者、《纽约论坛报》（New York Tribune）创始人贺拉斯·格里利（Horace Greeley）。格里利1845年在他的论文《家中的奴役》（Slavery at Home）中写道：“按我的理解，奴役就是一个人主要为了另外一些人的方便而存在的状态。……这样，你就很容易明白，如果我不像你对你的业务那样感兴趣，那并不是我没有把奴隶制看作一个更小的罪恶，而是因为我把它看作更大的罪恶。如果查尔斯顿或新奥尔良的奴隶制不那么令我困惑，那是因为我在纽约看到了这么多奴隶行为，而这些占去了我首要的精力……我更不会说，南方的奴隶制在类型和程度上不比北方通行的奴隶制更加骇人听闻。”

38 这一点可能是受了威廉·埃勒里·钱宁的演讲《精神自由》（Spiritual Freedom）的影响：“最坏的暴君，是在我们胸中扎根的暴君。没有原则和目的的力量的人就是奴隶，不管他呼吸的空气有多么自由。”

39 "心中的神性"是在托马斯·布朗（Thomas Browne, 1605—1682）等作家中通行的一种观念，如他的《医生的宗教》（Religio Medici，"我们中肯定有一缕神性；它存在于各种元素之前，与太阳也毫不相关"），以及约翰·弥尔顿（John Milton, 1608—1674）的《失乐园》（Paradise Lost，"他们感觉到 / 神性在他们身上长出翅膀"【9.1009—10】）。正是这种思想允许个人和上帝之间存在一种内在的联系，将超验主义者和基于历史性的基督教一神论者区分开来。在《自然》（Nature）中，爱默生简明地写道："我（转下页）

夫，日夜兼程地赶往市场；他心中有任何神性的骚动吗⁴⁰？他的最高责任就是给马喂料饮水！他的命运，和他的运输利益比起来，又算得了什么呢？他不是要立志成为"博他一回绅士"吗⁴¹？他有多少神性，多么不朽呢⁴²？看他怎么畏缩躲闪，看他怎么成天提心吊胆，担忧的不是不朽或神圣，而是成为了奴隶和囚犯，奴役和囚禁他的，恰恰是他对自己的看法，以及他通过自己的行为而挣得的功名。与我们对自己私下的意见相比，公众舆论只是一个虚弱的暴君。一个人如何看待自己，这才是决定或者反映他的命运的关键。在幻想和想象的⁴³的西印度群

（接上页）是上帝的颗粒。"威廉·埃勒里·钱宁在他的布道《与上帝相似》(*Likeness to God*) 中写道："人，出于自然灵感，同意将良心说成是上帝的声音，正如我们心中的神性。如果虔诚地遵从这个原则，它将使我们更多地参与至高无上者的道德完美性及其至高的卓越，正是这种完美和卓越，构成了他的权杖的正义，使他君临天下。"

40 引用约瑟夫·艾迪生（Joseph Addison, 1672—1719）的《卡托》(*Cato*)："神性在我们心中骚动；/天堂本身为我们指出未来，/将永恒带给人们。"

41 梭罗创造的名字，尽管它听起来有些像纳撒尼尔·霍桑（Nathaniel Hawthorne）1843年在《民主评论》(*Democratic Review*) 发表的《天路》(*The Celestial Railroad*) 中的"摆平先生"（Mr. Smooth-it-away）和"放宽心先生"（Mr. Take-it-easy），或者是乔纳斯·德赖斯达斯特博士（Dr. Jonas Dryasdust），瓦尔特·司各特（Walter Scott, 1771—1832）将他的一些小说敬献给他的那个假托的古人，梭罗在《托马斯·卡莱尔及其著作》(*Thomas Carlyle and His Works*) 中回忆过他。【W4: 334】

42 人是像上帝的，因为"上帝按自己的模样造人，他照上帝的模样创造了人；他把他们造成了男人和女人"【《创世记》1: 27】，但他们只有通过"行善的耐心的坚持"【《罗马书》2: 7】才能得到上帝那样的永生。这儿也可能是引用莎士比亚的《哈姆莱特》2.2.293—96："人是什么样的一种造物啊……在思虑中多么像神。"

43 幻想（fancy）和想象（imagination）这两个概念一直被当作同义词来使用，直到萨姆尔·泰勒·柯勒律治（Samuel Taylor Coleridge, 1772—1834）在《文学传记》(*Biographia Literaria*) 中开始区分两者："我认为，想象是所有人类知觉的活着的力量和主要代表，就像在无限的头脑中重复创造的永恒行为……而幻想实际上不过是从时间和空间的规律中解放出来的一种记忆。"超验主义者继承这种区分，爱默生在《历史》(*History*) 中写道，希腊寓言是"想象的合宜创造物，而不是幻想的产物"。最明确的是英国艺术评论家约翰·拉斯金（John Ruskin, 1819—1900）在《现代画家》(*Modern Painters*) 中的定义："幻想看的是外部，可以明确地给出外部的画像，清楚、明亮、充满细节。而想象则着重观察心灵和内在性灵，让人能够感觉到它们，但在给出外部细节时，又通常是模糊、神秘、断断续续的。"

岛[44]中的自我解放——要怎样的威尔伯福斯[45]才能带来这种解放呢？再想一想广袤大地上，那些为了世界末日编织着梳妆台垫[46]的妇女们吧，她们对自己的命运完全没有表示出什么青涩的[47]兴趣！好像你可以消磨时光，而无损永生一样。

大多数人生活在绝望之中。人们所说的认命，就是真切的绝望。从绝望之城走向绝望之国，你只好用水貂和麝鼠的勇敢来安慰自己[48]。即使是在所谓常人的游戏和娱乐之中，也掩藏着一种千篇一律然而无人察觉的绝望。这些游戏和娱乐之中没有乐趣，因为它来自工作之后。但是，智慧的一个特征，就是不要去做绝望的事情。

当我们思考一下，用教理问答的语言来说，人的主要目的是什么[49]，生命中什么是真正的必需品，什么是真正的生活方式的时候，我们就会发现，人们

---

44 中美列岛，在这里用来象征遥远的地方。这里也用了另一个典故，即爱默（转下页）（接上页）生第一个反对奴隶制的公开宣言：《英属西印度群岛的解放》(Emancipation in the British West Indies)。

45 威廉·威尔伯福斯（William Wilberforce, 1759—1833），《废奴法》(the Slavery Abolition Act)的提案人，该法律于1833年通过，解放了大英帝国的所有奴隶。威尔伯福斯于1787年皈依福音基督教后对废奴有强烈兴趣，于1823年帮助建立了英国的反奴隶制协会。

46 在梭罗时代很流行，是妇女们为她们的梳妆台（化妆台）编织的绣花垫子。典故可能出自荷马的《奥德赛》(Odyssey)中俄底修斯（Odysseus）的妻子珀涅罗珀（Penelope）。在等待俄底修斯归来的时候，为了推诿不受欢迎的追求者，珀涅罗珀答应在完成了为俄底修斯的父亲拉埃提斯（Laërtes）编织的殓衣以后就作出回答。为了防止最后一天到来，她每天晚上都拆开她头一天编织好的针线。

47 不成熟，如莎士比亚的《哈姆莱特》1.3.101中，波洛尼厄斯（Polonius）称奥菲利娅（Ophelia）为"青涩的姑娘"。

48 这一段的头三句最初出现在《在康科德河和梅里迈克河流上的一周漂流》被退稿的稿件中（大约1848年），其中，梭罗描述了他1838年在新罕布什尔州碰到的打磨风琴的人。关于打磨风琴的段落出现在《瓦尔登湖》第四版中，最后还是被删掉了。

49 据《新英格兰一览》(New England Primer)上的《威斯敏斯特简明教义》(the Westminster Shorter Catechism)，人的主要目的是为了荣耀主，永远享受他。这一章后面梭罗写道："我们的赞美诗集回响着咒骂上帝、永远忍受他的旋律。"在《生活在何处，生活的目的》一章中梭罗写道，人们并不知道生命"是魔鬼的还是上帝的，只是有些仓促地作出了人在这里主要目的是为了'荣耀主，永远享受他'的结论"。

看起来似乎是有意[50]选择了某种生活方式，因为相对于其他方式，他们更喜欢此种方式。他们真心相信除此之外别无选择。但是，警醒和健康的天性，还是记得太阳每天都会升起。现在放弃我们的偏见还为时不晚。任何思维或行为方式，无论它有多么古老，都不能无需任何证据证实就笃定无疑。我们今天每个人都赞同或者默认的真理，明天说不定就会显出谬误，仅仅化为意见的烟尘，有些人还误以为它是祥云，能够往他们的田地里飞洒雨露，使土地变得肥沃。老人们告诉你不能做的事情，你试一试的话，你会发现其实是可以做的。老人有老做派，新人有新行为。古人以前不知道，或许，往火上添上新的薪柴，可以让火焰继续燃烧；今天的人懂得往锅子[51]底下添加上干柴，今天的人还以飞鸟的速度绕着地球飞翔，就像俗话说的，一代新人胜旧人。年长者并没有资格成为年轻人的导师，也很难成为年轻人的导师，因为老者获益少，损失多。我们差不多可以质疑，即使是最聪明的人，也可能无法从生活中学到什么有绝对价值的东西。实际上，老人们不能给年轻人什么重要的忠告，因为他们自己的经验那么有限，他们的生活是那么悲惨的失败，他们一定认为，这是出于他们自己的原因；也可能，他们还留存着一点能够超越这些经验的信仰，只不过是不像以前那么年轻罢了。我在这个星球上生活了差不多三十年，从我的长者那里，我还没有听到过一点有价值的忠言，或者哪怕是诚挚的忠言。他们什么也没有告诉我，可能也无法告诉我什么一语中的的东西。这里是生活，生活的大部分是我还没有尝试过的实验；他们尝试过了，但对我来说却毫无用处。如果我有任何我认为有价值的经历，我敢断定，我的导师们[52]从来不曾谈及。

有个农夫告诉我，"你不能只吃素食，因为蔬菜不能为你提供骨骼生长所需的营养"；而他虔诚地花去每天的一部分时间，为他的系统提供骨骼生长的原料；说这话的时候，他走在牛群后面，这些牛，仅靠草食供养着骨骼的牛，却能拖着他和他笨重的铁犁一径前行，不管途中有多少障碍。有些东西，对有些

---

[50] 有意作为对梭罗是至关重要的，他在1851年8月23日写道："决心不读一本书，不散步，不承接任何业务，但就你能够承受地为你自己记录下一切。就这样更大限度地有意地活着。"【J 2: 421】

[51] Pot，指的是发动轮船和汽车的蒸汽发动机。

[52] Mentors，除了智师或咨询人的意思外，更具体指的是荷马《奥德赛》里的门特（Mentor），忒勒马科斯（Telemachus）的保护人和导师，俄底修斯的儿子。

人，譬如说最无依无靠的人和病人来说，确实是生活必需品，对于其他人来说仅仅是奢侈品，而对于其他一些人来说，则是闻所未闻的未知之物。

在有些人看来，人类生活的所有地域，无论是高山还是峡谷，他们的前人都已经涉足，所有的事务也都处理妥当。伊夫林[53]曾经说过："睿智的所罗门为树和树之间的间隔本身制定了条令[54]；罗马的执政官规定好了，你每隔多久可以去你的邻居的土地搜集掉在那里的橡实而不算擅自侵入，其中有多大份额属于你的邻居。"希波克拉底[55]甚至还留下了教我们怎么剪指甲的方法；亦即，指甲应当和手指头一样齐，增之则太长，减之则太短[56]。毫无疑问，认为自己已经经历过所有生活的多姿多彩和快乐的乏味之人和厌倦之人，古已有之，亚当时代就有了。但是，我们从来没有真正衡量过人的能力；我们也不能用任何先例来判断他能做什么，因为人们尝试过的事情实在太少。不管你迄今为止有多少失败，"不要悲哀，我的孩子，谁还会把你未竟之事再交托给你呢？[57]"

我们可以用上千种简单的实验来测试我们的生活；比如说太阳，它照耀着我的四季豆，也同时在照耀着许多像我们这个地球一样的天体。如果我记住了这一点，我本来可以避免很多错误。可我在耕种豆子的时候，并没有享受到这

---

53 约翰·伊夫林（John Evelyn, 1620—1706），英国日记作家、园艺学家。

54 伊夫林的《西尔瓦，或森林树木论》（*Sylva, or a Discourse of Forest-Trees*）中的梭伦（Solon）。引文是从《西尔瓦》删节而来，原文开头是："不，睿智的梭伦为树木的间隔制定了条令。"梭罗通常用画底线来强调自己做了改动，但此处没有，所以我们不清楚他是不是有意把梭伦改成了所罗门。梭伦（约公元前638—558年）是一位雅典政治家和诗人，他奠定了雅典民主的基础。所罗门（Solomon，约公元前970—约公元前930年）是以智慧著称的古代以色列国王，大卫王的儿子，传统上与《所罗门之歌》（*the Song of Solomon*）、《传道书》（*Ecclesiastes*）和《箴言》（*Proverbs*）联系在一起。

55 希波克拉底（Hippocrates），希腊医生（约公元前460—约公元前377年），人称医学之父。

56 典故出自希波克拉底的《手术中》（*In the Surgery*）："指甲不应当超出手指头，也不能比它更短。"

57 引自印度教经典《毗湿奴往世书》（*Vishnu Purana*）："不要悲哀，我的孩子，谁会抹去你以前之所为，谁会将你未竟之事再交托给你？"《往世书》指的是不论其时间和来源的所有印度神话传说中那一类梵语圣文。它们被当作圣灵感应的经文，每一段荣耀一位特定的神，但它们也是有关世俗和宗教知识的百科全书。《往世书》有十八章，碰巧和《瓦尔登湖》一样。

种光[58]。星星是多么完美的三角的顶端啊！在宇宙各种华美的广厦之中，有那么多遥远和无穷多样的生灵在同一时刻凝望着同一颗星辰！大自然和人生，与我们的各种知觉一样纷呈多样。谁能说出生活给另一个人展示了什么样的景致？让我们彼此用对方的眼睛观察哪怕一瞬间，难道还有比这个更大的奇迹吗？我们应当在一个小时内，历尽世界的所有时光；或者，甚至是所有世界的所有时光。阅读历史、诗歌、神话吧！阅读别人的经验，绝对不会像阅读历史、诗歌和神话这样令人惊奇、使人受益。

我的邻居们称为善的，我从我的灵魂深处认为是恶，如果我为任何事情忏悔的话，那很可能是忏悔我过于循规蹈矩。到底是什么恶魔附体，让我表现得这么中规中矩？你这个老家伙，有可能会说最睿智的话，——你毕竟是个活了七十岁的老人[59]，——而且也不是活得没有任何荣耀，——然而我却听到一个无法抗拒的声音[60]，召唤我离开这一切。一代人抛弃另一代人的事业，就像抛弃搁浅的船舶。

我认为，我们可以安全放心地去相信，比眼下相信得更多一些。我们可以减少对我们自己的关心，减少之后，把剩下的一切都诚实地给予他人。大自然能够适应我们的长处，也能够适应我们的弱点。有些人没完没了地焦虑和紧张，这是一种几乎无法治愈的绝症。我们天生就喜欢夸大我们自己所从事的工作的重要性；可是，又有多少事情并非我们所为！或者是，我们生病了怎么办？我们是多么警醒啊！决意只要能够避开，就坚决不去按照我们的信仰生活；整天都在提心吊胆，晚上心不甘情不愿地祈祷，陷入不安之中。我们这样完全彻底谨小慎微地生活着，敬畏我们的生命，而否定了任何变化的可能性。我们说，这是唯一的途径；但是，从圆心中能够画出多少条半径，就有多少道生命的途径。万变想起来是一种奇迹；但它是一个每时每刻都在发生的奇迹[61]。孔子说：

---

58 Light，双关语：太阳发出的光，也指心理或精神之光，观点的来源。

59《圣经》中分派的寿命，如《诗篇》90: 10："我们的岁月是六十年加十年。"

60 这一节的来源是1851年1月1日的日记，在那篇日记中，梭罗将这个声音称作"我归宿的声音"【J 2: 137】。

61 一神教认为耶稣的奇迹是作为非自然过程的特别天意的一部分，与他们不同，超验主义者认为奇迹并不只属于过去。爱默生在他的《神学院演说》(*Divinity School Address*)中写道："他（耶稣）言及奇迹；因为他觉得人的生命是一个奇迹，人所做的（转下页）

"知之为知之，不知为不知，是知也。[62]" 当一个人把他想象的事实变成了理解的事实[63]，我能够预见到，所有的人都将以此为基础精心建构他们的生活。

我们花一点时间来考虑一下，我上面提到过的大多数困扰和焦虑是什么，以及其中这些烦恼，究竟有多少需要我们劳神费心，或者，至少是需要我们多加小心。我们虽然身处向外伸展的文明之中，过一过原始的拓荒生活还是有好处的，哪怕只是为了发现生活的基本必需品是什么和我们应当采取哪些手段来得到它们；要么是去看看商人们的旧流水账[64]，看看人们在商店里通常都买些什

（接上页）一切都是奇迹，他知道日常生活也在发射着光芒，因为人更加神圣。但是，基督教堂所称的奇迹这个词，给人一种错误的印象；它是一个怪物。它不是一种随风飞舞的三叶草和飘飘细雨的奇迹。"梭罗在他 1850 年 6 月 9 日中的日记中写道："人们谈论《圣经》中的奇迹，因为他们的生活中毫无奇迹。"【J 2: 33】

[62] 孔子（约公元前 511？—公元前 478？），关于管理家庭和社会的道德知觉的中国哲学家；引自孔子《论语》2: 17。在《日晷》1843 年 7 月的选段中，梭罗略带修改，采用了约书亚·马什曼（Joshua Marshman, 1768—1837）在《凤凰：古稀珍文集》（*The Phenix: A Collection of Old and Rare Fragments*）中用的《孔子的道德》(*Morals of Confucius*) 译文："Having no knowledge, to apply it; not having knowledge, to confess your ignorance; this is (real) knowledge." 在《瓦尔登湖》中，梭罗引用了他自己从中让-皮埃尔-纪尧姆·鲍狄埃的《孔子和孟子：中国道德和政治哲学四书》(Jean-Pierre-Guillaume Pauthier, *Confucius et Mencius: Les Quatre Livres de Philosophie Moral et Politique de la Chine*, 巴黎，1841 年) 翻译过来的译文。

[63] 超验主义者将理解和理性分析区别开来，虽然很多人没有观察到这种区别。理解考察的是可以证明的东西，而理性分析则是对无法证明的事物的直觉，乔治·里普利（George Ripley, 1802—1880）在《宗教哲学论》(*Discourses on the Philosophy of Religion*) 中将之定义为"对真理的即时理解"。爱默生在 1834 年给他弟弟的信中解释了这一区别："理性分析是灵魂的最高功能——我们经常指的是灵魂本身；它从不进行理性分析，从来不证明，它只是设想；它是远见。理解无时不在辛劳，比较，发明，增加，争辩，近视却视觉很强，关注的是目前有利的、惯常的东西。……理性分析在每个人身上有可能是完美的，而理解则有非常大的程度之分。"梭罗在他 1851 年 7 月 23 日的日记中写道，他的天才，或他的理性，"能够作出我的理解不能作出、我的感官不能反映的区别"【J 2: 337】。

[64] 梭罗喜欢研究生意来往的老记事本。早期的一篇日记中，他从一个渔民 1805 年的流水账里抄录了二十多个条目【J 1: 474】，1854 年，他抄写或者评论了以法（转下页）

么，商店里陈列的都是些什么，也就是说，最必需的必需品[65]都是哪些。因为时代的进步对人类生存的基本法则的改变影响甚微；正如我们的骨架和我们祖先的骨架大概很难区分开来。

生活必需品，从字面上看，我指的是人们通过自己的活动获得的一切东西，对人类生活来说，或者从一开始就非常重要，或者经过长期使用之后变得如此重要，乃至很少有人或者根本就没有人会愿意试图放弃这些东西，就算有人放弃，也是出于落后、贫穷或哲学的原因。从这个意义上说，很多生灵只有一种生活必需品：食物。对草原上的野牛来说，它就是几英寸长的可口青草，再加上一点可以饮用的水；此外它还需要在森林或山荫下寻找栖息之地。野兽需要的只有食物和栖息之地。就本地的气候而言，人的生活必需品可以区分为下列几项：食物、住所、衣物和燃料；只有这几项得到了保证之后，我们才能自由地面对真正的人生问题，才有希望解决这些问题。人不仅发明了房屋，还发明了衣物、吃熟食；可能是偶然发现了火的温暖，并随之开始使用火，坐在火边取暖最初是一种奢侈，而今天，取暖也变成了一种必需。我们可以观察到，猫和狗也发展出了这样的第二天性[66]。通过完善的住所和衣着，我们合情合理地保存我们体内的热量；但是如果住所太热和衣着过量，或者燃料过量，也就是说，外部的热量超过了我们体内的热量，那么，我们岂不是在烧烤我们自己了吗？博物学家达尔文[67]谈及火地岛[68]的居民时说，他们一行穿戴整齐、靠近火

（接上页）莲·琼斯（Ephraim Jones, 1705—1756）1741年至1750年的流水账【J6: 77—80, 88, 94—96, 101】。这些条目后来被收入了《冬天的动物》后期的版本中。

65 Grossest groceries，梭罗喜欢这个双关语，在这一章里用了两遍。

66 作为第二天性的习惯，或者习得的行为，在第欧根尼（Diogenes，公元前412—前323年）、亚里士多德（Aristotle，公元前384—前322年）、马库斯·图利乌斯·西塞罗（Marcus Tullius Cicero，约公元前106—前43年）、普鲁塔克（Plutarch，约公元46—120年）、米歇尔·德·蒙田（Michel de Montaigne, 1533—1592）和其他人那里都提到过。第一性，或者天性，指的是先天的行为。

67 查尔斯·达尔文（Charles Darwin, 1809—1882），英国博物学家，1831年访问南美，并于1839年在《国王陛下船队冒险号和贝格尔号的测量航行记》（*Narrative of the Surveying Voyages of his Majesty's Ships Adventure and Beagle*）的第三章中发表了他的见闻。

68 Tierra del Fuego，南美南部顶端的一个群岛。西班牙语的意思是火地。

坐着,还一点儿都不暖和,但他惊奇地观察到,那些光身子的野蛮人,虽然离火更远,还是"被这场大火炙烤得大汗淋漓"[69]。人们还告诉我们,新荷兰人[70]若无其事地光着身子,而欧洲人穿着衣服还冻得发抖。为什么不能把这些野蛮人的坚韧和文明人的知识结合起来呢?根据李比希的说法,人的身体就像一只火炉,食物是燃料,保证肺内部的燃烧[71]。我们在冷天吃得多一些,热天吃得少一些。动物的热量[72]是缓慢燃烧的产物,燃烧太快时就会出现疾病和死亡;如果缺少燃料,或者通风出了问题,火焰就会熄灭。当然了,不能把生命的热量[73]与火混淆起来;比喻就到此为止吧。这样,从上面列举的例子看来,**动物生命**这个说法,差不多和**动物热量**是同义词;因为一方面食物可以被当作保持我们内部的火焰燃烧的燃料,——燃料的用途无非只是为了煮熟食物,或者是从外部增加我们身体的温暖,——住所和衣着的目的也只是为了保持因此而产生和吸收的热量。

这样,对我们的身体来说,最大的需求就是保暖,保持我们体内生命的热量。我们为此多么费尽心机,不仅是为了我们的食物、衣着和住所,而且还为

---

69 引自达尔文的《国王陛下船队冒险号和贝格尔号的测量航行记》。

70 The New Hollander,澳大利亚土著,自荷兰人十七世纪发现他们以后,被称作新荷兰人。

71 贾斯特斯·冯·李比希男爵(Baron Justus von Liebig,1803—1873),德国有机化学家,发现人体的热量是食物在体内燃烧的结果。在他的著作中,他将人体说成是一个炉子,描写食物在体内燃烧,就像在炉子中燃烧一样。梭罗对李比希的理解,可能来自1842年10月《北美评论》对《李比希的动物化学》的评论:

> 在他看来,出汗只是一种缓慢的燃烧。氧气被从空气中吸收进血液,支持这种燃烧,吸收进身体、得到消化的不同种类的食物,提供了燃料。这些在循环过程中遭遇和结合;由这个结合过程产生的碳酸和水,被肺带走;其过程和结果与普通的燃烧可以准确地类比,只不过其过程更缓慢一些。这样,肺既是提供空气或者氧气的炉子,又是出烟的烟囱;而胃则带进延续火苗所必要的木片和煤炭……
>
> 借用一个人所共知但并不因此而不恰当的说明,从这个意义上讲,动物的身体就像一只炉子,我们为它提供燃料。

72 Animal heat,热血脊椎动物体内由于生理和代谢过程而产生的热量。

73 来自亚里士多德,他在《论青年、老年、生命与死亡、呼吸》(*On Youth and Old Age, On Life and Death, On Breathing*)中提出了热量是生命缺之不可的关键力量的概念。

了我们的床，床是我们晚间的衣着，为了准备这个住所我们掠夺了鸟窝和鸟的胸毛，就像鼹鼠用草和树叶在洞里做窝一样！穷人总是在抱怨这是一个寒冷的世界；我们把我们的疾病都直接归咎于寒冷，包括生理的寒冷和社会的冷酷。在某些气候里，人在夏天可以过一种极乐世界的生活[74]。那里，燃料只用于煮熟食物，除此之外没有其他用处；太阳是它的火，很多水果已经被它的光线烹调得够熟了；而食品一般比较多样化，更容易获得，人们几乎完全不需要衣着和住所，或者只需要一部分。今天，在美国，从我自己的经验来看，几种工具，一把刀、一把斧子、一只铁锹、一辆手推车，等等，就够了，或者对好学的人来说，一盏灯、文具、几本书，这些算是必需品吧，而且用很小的代价就能得到。可是，有些不智之人，还要跑到地球另一面，到野蛮和不健康的地方去做生意，一去就是一二十年，而目的不过是为了舒适而温暖地活着，并且能够最终在新英格兰死去[75]。这些奢侈的富人并不是为了简单地保持舒适暖和，而是为了不自然的燥热；像我前面说过的，他们被烧烤了[76]，当然他们的方式很时尚。

大部分奢侈品，以及许多所谓生活中的舒适品，非但不是不可缺少的，而且必定阻碍着人类的崇高向上。就奢侈和舒适而言，智者过着比穷人更为简朴和节俭的生活[77]。中国、印度、波斯、希腊的古代哲学家们，独成一个阶层，在身外物质财富上他们最贫穷，而内心世界他们却最为富有。我们对他们所知有限。我们对他们了解这么多，就已经很了不起了。晚近一些的改革家和对他们的种族作出过贡献的人也是如此。只有在我们称之为安贫乐道的有利基础上，才能对人类生活作出公正或者智慧的观察。奢侈生活结出的果实就是奢侈，不论是农业、商业、文学，还是艺术上都是如此。如今有许多哲学教授，但没有哲学家。当然，传授哲学是令人钦佩的，因为活着也曾经是令人钦佩的。要成为一位哲学家，不仅仅是要有深奥的哲思，甚至也不仅仅是创立一个学派，而

---

74 典故为希腊神话中的极乐世界（Elysium），死后灵魂安息的地方。
75 指与中国贸易的新英格兰人，对华贸易当时正处于顶峰。
76 Cooked，双关语：既加热了，又毁掉了，就像俗话说的"他的鸭子煮熟了"。
77 梭罗形容他的朋友乔治·米洛特（George Minott，亦拼写为 Minot，1783—1861），"不吝啬，只是简朴……可是他不贫穷，只是不想富裕"【J3: 42】。

是要由衷地热爱智慧，从而按照智慧的指导，过一种简洁、独立、宽宏和信任的生活。不仅仅是在理论上，而且是在实践上解决生命的一些问题[78]。众多伟大学者和思想者的成功，往往只是朝臣式的成功，不是帝王式的成功、英雄式的成功。他们仅仅循规蹈矩地生活，几乎和他们的父辈一模一样，他们绝不会成为更为高尚的人类的先驱。但是，人类为什么会退化？是什么导致家族无法延续？那些导致民族衰弱和毁灭的奢侈，究竟有什么特性？我们能够肯定在我们生活中完全没有这种东西吗？哪怕是在他的生命的外在形式上，哲学家也是超越他的时代的。他饮食、居住、穿着和取暖的方式，都和他的同时代人各有不同。一个人如果不使用比其他人更好的方式来维持他的生命热量，怎么能成为一位哲学家呢？

当一个人已经用我上面描述的几种方式得到了温暖之后，接下来他应当需要什么呢？肯定不是更多相同种类的热，不是更多、更丰富的食品，更大、更豪华的宅邸，更精致、更多样的衣着，更燃烧不尽的、更灼热的火焰，等等。当他得到了生活中必需的那些东西以后，除了得到过剩之物以外，还有另一种选择；那就是，他开始稍事喘息，不必从事更卑微的劳作[79]，而是可以涉足于冒险生活了。土壤看起来适合于种子的生长，因为它的胚根[80]已经往下扎根，它的枝叶现在也可以充满信心地向上生长。人本来也可以同样地向上生长，为什么还要这样坚定地扎根在地上呢？——就拿较为珍贵的果实来说，它们的珍贵之处，最终来自它们在空气和阳光中结出、远离地面的果实[81]，它们的地位要高于

---

[78] 梭罗哲学的一个核心就是行动伴随思想。爱默生在《自然法则》(*The Method of Nature*) 中写道："和真理的才能如影随形的一个条件就是它的应用。一个将他的知识简化为实践的人，是一个有知识的人。"

[79] 梭罗说得很具体，这是从更卑微的劳作中解脱出来，而不是从所有的劳作中解脱出来，为了更重要的劳作而解脱自己。他在日记中写道："没有更完全和完整的行动的机会，那叫什么闲散？"【J 1: 293—94】或者像爱默生在《自然》中写的："一个人得到饮食，不是为了得到饮食，而是为了工作。"

[80] Radicle，植物胚胎中发育成根系的那一部分。

[81] 阿莫斯·布朗森·阿尔科特（Amos Bronson Alcott, 1799—1888）将麦子和苹果等往上长的或"上进"的蔬菜，与像土豆、甜菜和萝卜等往下长的蔬菜区别开来。尽管作了这个区分，阿尔科特家人还是吃土豆的。

那些更低贱一些的食用植物[82]，这些低贱食物，尽管可能是两年生植物，人们耕种它们，却只是为了得到它们完美的根部，而且还经常为了根部而砍掉它的顶部，这样，在它们开花的时候，大部分人都认不出它们来。

我的本意不是为天性坚强和英勇的人规定法则，这些人不论是在天堂还是在地狱，都会关注自己的事务，和最富庶的富人比起来，他们建造的宫殿会更加豪华，花费也更加阔绰大方，而永远不会使自己变得贫穷，仅仅是因为不知道他们如何生活——如果说像梦想的一样，这样的人确实存在；我也不是为这样的人规定法则，这些人能够在当前的状态中得到鼓励和灵感，带着恋人般的爱恋和热情珍视现实生活——在某种程度上，我把自己归在这一类中；我也不是针对那些不管具体情况如何都能生活得很好的人，他们知道自己是不是过得很好；——而是主要针对那些芸芸众生，他们牢骚满腹、懒惰地抱怨自己运气不佳、大环境不好，而实际上他们完全可以改善这一切。有些人对任何问题都抱怨连天、无法安慰，因为他们，如他们自己所说，是在尽自己的职责。我脑子里想到的目标读者还有看起来很富有但实际上一贫如洗的那个阶层，他们囤积了很多渣滓，但不知道怎么使用它，或者是清除它，于是就这样锻造成了束缚自己的黄金或者白银的镣铐[83]。

如果我试图讲述我过去曾经希望怎样度过我的一生，那些对我的实际生活经历多少有些熟悉的读者可能会觉得吃惊[84]，而对此一无所知的人则肯定更会惊诧莫名。我就仅仅挑出我认为重要的几件事情略微讲一讲。

无论天气如何，也无论是白天还是黑夜的任何时辰，我都在惦念着改变此

---

82 Esculents，可吃的植物。

83 既吸引又束缚的象征，见埃德蒙·斯宾塞（Edmund Spenser，1552—1599）的《仙后》(The Faire Queene) 3.7："紧紧抓住，热爱自己的镣铐的人，我以之为愚人，尽管镣铐是金子铸就。"

84 超验主义者将实际的和真实的（或理想的）存在作出了区别。梭罗在自己的日记中写道"人一方面是实际的，另一方面是理想的。前者是理性思考的领域"【J 1: 360】，还有"我发现对我来说，实际的远不如想象的真实。我不知道人们为什么认为前者那么至高无上，那么重要。我的思想以这么大的比例脱离实际，我自己都深有感触。我还没有遇到过比实际事件更带有预见性、更偶然的事情"【J 2: 43】。

时此刻[85]，并且把它刻在我的尺度杆[86]上；站在永恒之过去和永恒之未来[87]之间的交汇点，亦即此时此刻；踏线前行[88]。请你原谅其中一些模糊不清之处，因为在我这个行业中的秘密比其他行业的秘密更多，但这不是我有意保密，而是因为这个行业本性如此。我会将我所知的一切欣然告诉所有人，永远不会在我的门上写出"请勿擅入"。

很久以前，我丢了一条猎狗、一匹马和一只斑鸠[89]，我今天还在继续寻找它们。我曾向很多路人打听，解释它们的走向，以及怎么呼唤它们就会回应。我碰见过一两个人，他们听见过猎狗、马的啼声，甚至看见过斑鸠消失在云层之后，他们是那么焦急地想要帮助我找到这些生灵，就像是他们自己丢失了它们一样。

要期待着，不仅仅是期待日出和黎明，而是，如果可能的话，也要期待大自然本身！有多少个清晨，无论是夏天还是冬天，周围的邻居没有一个人起来

---

[85] 这个概念最初于十六世纪作为"in the nick"而出现，现在已经过时的"nick"，意思是关键时刻，或者是用刻痕和槽口标出的计数刻度。如果一个人在关门之前进入礼拜堂，那他就正好赶上划刻度的时间，也就是赶上了关键时刻。

[86] 尽管梭罗经常带着一根丈量用的木尺，此处的典故却是丹尼尔·笛福（Daniel Dafoe）的鲁滨逊·克鲁索（Robinson Crusoe），他通过在一根木棍上刻痕来计时。梭罗在日记中记道："我们应当每天在我们的性格上刻出刻度，就像鲁滨逊·克鲁索在他的木棍上刻上刻度一样。"【J 1: 220】鲁滨逊自给自足的独立对梭罗很有吸引力，梭罗在《在康科德河和梅里迈克河流上的一周漂流》和《卡坦》（Ktaadn）中都提到过鲁滨逊。

[87] 可能典故出自托马斯·摩尔（Thomas Moore, 1779—1852）的《拉拉·罗克》（Lalla Rookh）："这条狭窄的地峡在两个无边的海洋之间蜿蜒，/过去，未来，——两个永恒！"

[88] Toeing the lines，踏线，指的是水手集合时得到的命令，将脚指头踩着甲板之间的缝隙上，保证队列整齐。

[89] 这三个象征，自本书发表后就引起过很多学术和个人的解释和争论，但还没有得出普遍令人接受的分析。梭罗在1857年4月26日给本杰明·B.威利（Benjamin B. Wiley）的信中提供了下面一段："如果别人有他们忙于补救的损失，我也有我的损失，他们的狗和马可能是其中一些象征。但是，我也失去了，或者险些失去，一种更精细、更超脱现世的珍宝，通常没有任何损失能够成为它的象征——我匆忙地有些犹豫地回答这个问题，根据我眼下对我自己的话语的理解。"【C 478】这几句话可能和《在康科德河和梅里迈克河流上的一周漂流》中引用的中国哲学家孟子（公元前372—289？）的话有部分关系："人有鸡犬放，则知求之；有放心而不知求。学问之道无他，求其放心而已矣。"【W 1: 280】

忙他的生计，我就起来忙乎我的生计啊！毫无疑问，我的很多同乡们，无论是清早起来赶往波士顿的农民们[90]，还是去上工的伐木工人，都曾经看见过我完成这项工程后凯旋归来。诚然，我从来没有在物质上帮助太阳升起，但是，不要怀疑，更重要的是，在太阳升起时，身临其境。

有多少个秋日，哦，还有冬天的日子，我在镇外度过时光，想捕捉风中流转的消息，聆听它，并将它迅速传播开来。我会迎头冲向它，我会倾尽我所有资本投入其中，哪怕在这个交易中连我自己的呼吸都全盘输尽。假如我听到的消息与两个党派有关，那么，它笃定会作为最新新闻出现在《农民公报》[91]上。其他时候，我会从山顶或树上的观察室瞭望，接收旗语传来的每一条新消息[92]；或者在黄昏时分守候在山头上，等着天庭降落，希冀抓到什么东西，虽然我从来没有抓到过多少东西，而这条消息，就像从天堂降落的甘露[93]一样，在太阳下又会蒸发殆尽。

很长一段时间，我是一个杂志的记者，这份杂志发行不大，编辑始终认为我大部分投稿不值得刊印[94]，而且，就像作家们司空见惯的那样，我辛辛苦苦还是白忙一场。但是，在这件事情上，我自己的忙碌，本身就是报偿。

多年来，我将自己任命为暴风雪和暴风雨的观察员，并且忠心耿耿地行使我的职责；我还是一个测量员[95]，不是测量铁路，而是测量森林小道和所有越

---

90 很多康科德农民把他们的收成带到波士顿的市场去。

91 可能指的是1826年至1840年间在康科德以不同名称出版的《农民公报》（*Yeoman's Gazette*），虽然这个名称有可能指任何公报或报纸。

92 虽然电报1830年代就开始了，1851年康科德也通了电报，梭罗这里指的却是旗语（semaphore），他1851年7月25日的日记提到电报是："一根上面有可以让风通过的洞的杆子上移动的信号"【J2: 344】。

93 Manna，从天堂降落的甘露，是上帝在西奈沙漠中为以色列的孩子们提供的食物。根据《出埃及记》16: 21："上帝像蜡一样火热的时候，它就融化了。"

94 可能指的是梭罗自己的日记，也可能指的是《日晷》（1840—1844）。《日晷》的编辑玛格丽特·富勒拒绝了梭罗的投稿。

95 1840年，梭罗购买了一套水平仪和测周器。他的本意是在他和哥哥约翰办的学校里介绍测量，让数学学习有一种更实际和具体的应用。这为梭罗提供了作为测量员的终身的收入来源，他在康科德地区进行了一百五十多次测量。现存最早的梭罗测量，是1845年12月18日霍斯默太太（Misses Hosmer）的收据。

界[96]通道，使它们保持通畅，我也给许多沟壑搭上桥梁，使它们四季通畅，人留下的足迹，证明它们是物尽其用的。

我看管过镇里的野生动物们，它们不断地跳越篱笆，给忠实的牧人平添了很多麻烦；我看顾过农场里无人问津的犄角旮旯；尽管我不是总知道乔纳斯或所罗门[97]当天在哪块地里劳作；这完全不关我的事。我还浇灌过[98]红越橘、沙樱桃和苎麻树，红松和黑梣树，白葡萄和黄色紫罗兰，不然它们在旱季就会枯萎。

总而言之，我就这样坚持了很长一段时间，不是我夸口，我可以说，我总是忠实地尽到了我的职责，直到局势越来越明朗，镇上的居民终究还是不愿意让我进入镇政府当公务员，也不愿意让我挂一份闲差，支付一点微薄的薪水。我的账本[99]，我敢打赌是忠实地记录下来了的，从来没有人审计过，没人认可，更没有人支付清偿。不过，我的本意也不在于此。

不久前，一个四处漫游的印第安人[100]到我们街坊一个著名律师[101]的家门

---

96 梭罗享受自然世界，其中一点就是不受篱笆和地产界线的束缚。1850年访问加拿大时，他"无视很多威胁严厉惩治擅自穿越者的告示，穿过了很多地界"【W 5: 98】。关于这种他喜欢的旅行方式，梭罗写道："确实，我们尚且不能轻举妄动，穿越地界，偷，或者'捞'很多东西，但是我们很自然地一年比一年更少妄为，因为我们得到的抵抗越来越多。在英国这样的古老国度，穿越地界是绝不允许的。你只能沿着某一条老路走，尽管它可能很狭窄。我们这里也保持着同样的状态，实际上有一些人有他们自己的土地，但大部分人除了别人允许他们走过的地方，没有任何别的地方可以走动。"【J14: 305—6】

97 Laborers，劳动者，但典故出自《马修》12: 41—42："比乔纳斯强的人在这里……比所罗门强的人在这里。"

98 Watered，意指在树林里小便。

99 用一个自我参照的双关语，梭罗在《（即将）重获天堂》(Paradise (to be) Regained)中写道："一个纯粹的生意人，必须首先考核他的账簿，才能全心全意地进入经商活动。"【W 4: 283】

100 漫游的印第安人当时并不少见。1850年11月初的一篇日记里，梭罗记下了："今天，一个本地印第安女子带着两个印第安小家伙来到我们家门口，说，'我要个烤饼。'她们并不是一般性地乞讨。你只不过是一个和穷人分享货物的有钱的印第安人。她们只是为你提供一个慷慨好客的机会。"【J2: 83】

101 塞缪尔·霍尔（Samuel Hoar, 1778—1856），著名律师，康科德头面人（转下页）

口推销篮子。"你想买篮子吗?"他问。"不,我们不要篮子。"律师这样回答。"什么!"印第安人出门时叫道,"你想让我们挨饿吗?"看到他勤劳的白人邻居这么富有,——这个律师只要编造辩词,财富和地位就像变戏法一样随之而来,于是这个印第安人就对自己说:我也要做一门生意;我要编织篮子;这是我力所能及的事情。他以为,只要做成了篮子就完成了自己的任务,然后,白人的任务就是购买它。他并没有搞清楚,他自己需要把这个篮子做得值得别人来买,或者至少是让别人以为它是值得买的,或者他自己另外制出一些别的让人觉得值得购买的东西。我自己也编织出了一种结构精密的篮子,但是,我没有让任何人觉得它值得购买[102]。不过,我并没有觉得它们不值得我编织,我没有去研究如何让我的篮子值得人们购买,我研究的是如何才能避免一定要出卖篮子。人们交口称赞和认为成功的方式,只不过是生活中的一种。我们为什么要靠贬低别的成功方式,而夸大某一种成功方式呢?

既然镇上的公民不太可能给我一个法庭的任何位置、任何助理职务或者去任何别的地方居住,而是必须由我自谋生路,我比以前更专注地面向树林,我

(接上页)物。他是梭罗的朋友伊丽莎白·霍尔(Elizabeth Hoar, 1814—1878)和爱德华·霍尔(Edward Hoar, 1823—1893)的父亲。这件事发生在 1850 年 11 月初。

102 指的是梭罗的第一本书,《在康科德河和梅里迈克河流上的一周漂流》(1849),销量很小;梭罗花了四年时间才还清欠出版商的二百九十美元债务。他在 1853 年 10 月 23 日的日记中写道:

> 过去一两年中,我那个名不符实的出版商时不时地写信问我,怎么处理还在手中的那些《在康科德河和梅里迈克河流上的一周漂流》,最后说,这些书在他地下室里占的地方,他别有用场。于是我让他把所有的书都送过来,今天它们都快递到了,堆满了那个人的马车——印数一千本中的七百零六本,四年前我从蒙罗出版社买下的,至今还在付债,还没有完全偿清债务。书本终于都送到我这里了,我有机会检视一下我购买的货物。它们比声誉更有分量,我的腰背知道,因为我把它们背了两层楼梯,把它们放在它们来之前待着的地方类似的位置。剩下的两百九十多本,七十五本送人了,其他的是卖出的。我现在有个藏书近九百部的图书馆,其中七百多部是我自己写的。作者珍藏他自己的劳动成果,这不也很好吗?我的作品,堆在我的房间的一边,高度正好在地面和我的大脑,我的"全集"的中间点。这就是写作;这是我大脑的作品。【J5: 459】

在那里更知名。我决定立刻开创我的事业[103]，而且，我还不像常人那样等待投资到位再开业，而是只用我手头现有的微薄资本。我到瓦尔登湖居住的目的，不是为了过更便宜的生活，也不是为了过更昂贵的生活，而是为了以最小的障碍处理某些私人事务[104]；这样，我就不会因为缺少一点常识、缺乏一点经营企业和商业的才能，而做出悲惨或者愚蠢的事情来。

我一直在努力养成严谨的商业习惯[105]；这对每个人来说都是不可或缺的。如果你是在和天朝[106]做买卖，那么，在海岸上，在塞莱姆某个海湾[107]海边，一个小小的会计室就足够了。你会出口各种本国出产的东西，纯粹土产的东西，大量的冰和松木，一点花岗岩[108]，全部用本国的船只[109]。这些都是很好的业务。你亲自过问所有的细节；既是领航员，又是船长，既是财产所有人，又是保险商；既采购又销售，还要管理所有账务；阅读每一份来函，撰写每一份回信；白天黑夜督查进口卸货；你要在海岸的许多地段同时出现；——最昂贵的货物通常是从泽西海岸卸货[110]；——你自己发旗语，不知疲倦地扫视着地平线，与所有沿岸航行的船只交谈；保证货物源源不断地运出，向如此遥远和昂贵的市场充分供货；你要时时刻刻亲自了解市场行情，展望所有地方的战争与和平的前景，预

---

103 Business，不是通常意义上的为了利润或好处的就业，而是积极投身于某一件占用一个人的注意力或者要求注意力的时间，而且也是下一句话中提到的"私人事务"的双关语。

104 其中一项是写《在康科德河和梅里迈克河流上的一周漂流》，这本书是写来纪念他的哥哥约翰（John）的。约翰1842年死于破伤风。

105 梭罗管理他父亲的铅笔和花岗岩生意，加上他作为测量员的工作，显示了他的商业才能。

106 The Celestial Empire，中国，来自中国人对他们自己国家的称呼"天朝"（Tien Chao，天堂的朝廷），但也指精神世界。

107 马萨诸塞州萨利姆镇（Salem），是当时与中国贸易的主要港口之一。梭罗的朋友霍桑1846年离开康德，前往萨利姆的海关工作，直至1849年。

108 从梭罗的新英格兰出口的主要原料。

109 Bottoms，船或船只。独立以来，美国政府一直通过制定鼓励使用美国船只的规章来保护美国航运业，但这些规章常常无效。

110 Discharge，新泽西州海岸常常有很多船只沉没，最昂贵的货物——人类生命卸货，是一个很痛苦的双关语。

测贸易和文明的发展方向；你要借鉴一切探险考察的成果，利用新航线和航海技术的所有进步；你要研究图表，明确判断礁石、新灯塔和浮标的位置，没完没了地一再更正对数表，因为某一个计算者的错误，本来应当抵达友好码头的船只，常常会在一块礁石上一撞两半，——拉彼鲁兹就遭遇了这种生死未卜的命运[111]；你要跟上世界的科学，学习所有伟大的发现者和航海家、伟大的探险家和商人的生平，从汉诺到腓尼基人[112]，直到我们今天的这些伟大人物，你都要有所了解；你要时不时盘点存货，了解你的经营状况。这是需要一个人统筹安排、全力以赴的工作，诸如种种利润和亏损、利息、估定皮重和添头[113]等问题，衡量其中一切，都需要广博的知识。

　　我一直认为瓦尔登湖是做生意的好地方，不仅限于铁路和冰买卖[114]；它有很多优点，——对外道来不是上策；它是个很好的港口，有很好的地基。没有涅瓦河那样需要填平的泥地[115]；尽管你必须到处打上桩子，才能在上面盖房子。据说，涅瓦河如果涨潮，凭借着西风，河上的冰能够把圣彼得堡夷为平地，使它从地球表面上彻底消失[116]。

111　让-弗朗索瓦·德加洛·拉彼鲁兹伯爵（Jean François de Galaup，1741—约1788），法国航海家，他1788年抵达澳大利亚的博塔尼港，那是人们最后一次听到他的音信。尽管他去向不明，但很可能是所罗门岛的土著在他的船触礁时杀害了他。

112　汉诺是迦太基探险家，公元前480年旅行到了非洲西海岸，写出了《汉诺周航记》（*The Periplus of Hanno*）；《冬天的瓦尔登湖》一章中也提到过他。腓尼基人是古代中东的闪米特人，是著名的早期探险者。

113　皮重（tare）和添头（tret），计算货物净重的单位。皮重指的是包货物的包装或容器的重量；添头是每一百零四磅中因浪费或损坏减去的四磅优惠津贴。

114　在梭罗搬往瓦尔登湖之前不久，从波士顿到费奇伯格（Fitchburg）的铁路刚刚沿着瓦尔登湖岸修好；从波士顿到康科德的路段于1844年6月17日通车，费奇伯格于1845年3月5日通车。梭罗住在瓦尔登湖的时候，冰买卖刚在那里开始，他在《冬天的瓦尔登湖》一章中描述过。

115　在俄国的涅瓦河三角洲。

116　彼得大帝（Peter the Great，1672—1725）在三角洲上建立了圣彼得堡城（1914—1991年间称列宁格勒），它很容易受到洪水冲击。尽管它没有从地球表面被冲走，但它自建城以来多次遭受洪水灾害，损害最大的一次发生在1824年。

由于我做这门生意时没有通常需要的投资，而这些投资在每一笔生意中都不可或缺，我并不知道如何得到这些资源。我首先就要说到这个问题的实用部分，比如衣着[117]，也许我们购买衣物时，更多的是出于款式是否新奇，别人会怎么看待，而不是真正出于穿着的需要。让那些有事情要做的人想一想，衣着的目的是为了什么，首先，是保持生命的热量，其次，在目前的这个社会状态下，是为了遮盖裸体[118]，他可以判断一下，如果无须再给他的衣柜添加任何衣物，他可以完成多少必须的或者重要的工作。国王和王后们的衣服都只穿一次，尽管他们的衣服是某个裁缝或服装设计师专门为他们度身定做的，他

---

[117] 关于衣着一段，是因为梭罗阅读了托马斯·卡莱尔（Thomas Carlyle, 1795—1881）的《衣着哲学》(Sartor Resartus)，该书由爱默生编辑，于1836年在波士顿出版。梭罗把衣着看成与内部的人无关的象征性的外部表层，他在1854年1月21日写给哈里逊·格雷·奥蒂斯·布雷克（Harrison Gray Otis Blake, 1818—1898）的信中解释道：

我的外衣终于做成了……裁缝对我的喜怒哀乐一无所知……我期待着那么一天，或者是带着那么一种美德，人可以诚实地得到自己的外衣，就像一棵树的树皮那样完美地合体。可是，目前我们的衣服代表着我们对世界（亦即恶魔）的方式的认同，在某种程度上，像赫克里斯穿上的衬衣一样，影响我们，毒害我们……

但是（回到外衣的话题上），我们命中注定终生在另外一种更沉重的、不合体的外衣里窒息。想想我们的职业或身份这件外套吧——人们互相以他们真正的和赤裸裸的本性互相对待，这样的时候多么少见啊。我们如何利用和容忍虚荣；法官穿着不属于他的尊严，发抖的证人带着不属于他的谦卑，罪犯或许带着不属于他的羞耻或放肆。这样一来，我们穿这些外套的方式究竟是什么，其实无关紧要。换掉外套……让法官站到罪犯的位子上，让罪犯坐到法官的位子里，你可能会以为你改变了人。【C 318—20】

[118] 梭罗没有接受传统的对裸体的反对态度，下面1852年6月12日的日记表明了这一点："男孩子们在哈伯德湾洗澡……从远处看，他们身体的颜色，在阳光下很赏心悦目，那种不常见的新鲜颜色……我们在自然中还看不到成年人。一个访问地球的天使，在他的笔记本上会带回多么奇异的一个事实：成年人禁止暴露他们的身体，否则会受到最严厉的惩罚！……我疑心，如果一条狗随着他下去洗澡，而不是守着他的衣物，它还能不能够认出它的主人。"【J 4: 92—93】"我在想，"梭罗1852年7月10日写道，"不知道罗马皇帝有没有过这样的奢侈，——就是在炎热的天气里，只在头上戴着一顶帽子，在河里走来走去。卡拉卡拉的浴场和这个相比又算得了什么？"【J 4: 214】

们却不会知道穿着合身的衣服有多么舒服。他们比挂干净衣服的木头支架[119]强不了多少。我们的衣服一天比一天更多地融入我们自己，衣服中铭刻上了穿衣人的性格，直到我们不忍将它们脱下，要丢掉它们，就像丢掉我们的身体一样，恋恋不舍，投医问药，心情沉重。在我眼里，没有人会因为衣服上有补丁而显得低贱；不过，我敢肯定，通常，人们念念不忘的是时尚的服装，或者至少是干净和不打补丁的衣服，而不是追求良心的平安。但即使衣服破了没有缝补完好，也许暴露的最大缺点也不过是这人粗心大意而已。我有时候在我的熟人里做这样的试验；——谁愿意穿一件膝盖上有补丁或者只多了两条额外的缝线的衣服？大多数人的表现是，他们似乎认为，如果他们穿了这样的裤子，他们的生命前程就全毁了。他们宁可拖着断腿蹒跚进城，也不愿意穿着破裤子进城。如果一位绅士的腿坏了，经常还有救；但是，如果他的裤子发生了同样的事故，那可就无可救药了；因为他关心的不是真正值得人尊敬的东西，而是表面上得到人们尊敬的东西。我们对人知之甚少，对大衣和裤子倒是知之甚多。给稻草人穿上大褂子，而你却一丝不挂[120]站在旁边，人们不是马上就跟稻草人打招呼吗？那天我经过一块玉米地，远远看到一个挂着帽子和大衣的标桩，直到走近，我才认出那是在田里干活的人[121]。和我上次见到他时相比，他只不过是受到了更多的风吹雨打、日晒雨淋而已。我听说有一条狗，只要有生人穿着衣服接近他主人的房子，它就叫，但假如小偷不穿衣服，就很容易让它安安静静。如果人们都脱去衣服，还能够在多大程度上保持他们相对的等级地位，这倒是一个很有趣的问题。在这种情况下，你能很肯定地判断，在任何一群文明人中，哪一些人属于最值得尊敬的阶层吗？菲佛夫人在那次从东到西环绕世界的探险旅行中，曾经到达过离家乡不远的俄国亚洲地区，她说当她要前往觐见官方人士时，觉得需要穿别的衣服，而不是旅行装束，因为她"现在是在一个

---

119 Wooden horses，一种木架，人称晾衣架，用来晾衣服的。
120 Shiftless，双关语：穷酸，或者没有能源或资源，和没穿大褂，一种从肩膀上直接挂下来的松松的长褂。
121 发生在1851年9月。1853年6月23日有一段讲了类似的故事："那天，我在一块耕过的地里看见了一个我以为是稻草人的人，注意到它这儿那儿塞得有多么不自然，胳膊腿都很难看，我对自己说，'唉，他们就这样扎稻草人；他们扎得可不怎么样'；可是，等我走开后再回头看，我看见我的稻草人里面带着个真人走开了。"【J 5: 298】

文明国度里，这里——人们都是以衣帽取人的"[122]。即使是在我们新英格兰民主的镇子里，偶然发了横财的人，只要服饰考究、装备奢华，就会为着装人带来几乎普遍的尊敬。对此表示出这种尊敬的人，尽管人数众多，到目前为止却还是异教徒，需要向他们派出传道人。此外，衣物需要缝纫，这是一种你可以称之为永无止境的工作；至少，一件女人衣服永远没有完工的时候[123]。

一个终于找到一份事业的人，其实不需要穿着一件行头才能从事这桩事业；对他来说，那件在阁楼里放了不知多长时间、灰尘仆仆的旧衣服就足够了。英雄的旧鞋子比他的侍从的旧鞋子更加耐穿，——假如一个英雄会有一个侍从的话[124]，人类赤脚的历史比最古老的鞋还要长久，英雄无须披挂。只有那些要去参加社交晚会和到立法院去的人才必须穿新大衣，他们更换大衣，穿大衣的人也一样频繁更换。但是，如果我可以身着这些夹克、裤子、帽子和鞋，崇拜上帝，那就足矣；难道不是吗？谁会去看他的旧衣服，——旧外套，实际上穿坏了，分解成了它的基本元素，哪怕把它送给哪个穷孩子也已经算不上是慈善行为了，或许穷孩子还会把它送给一个更穷的人，或者说更富的人，因为他只需要更少的东西就能够生存？我说，任何事业，如果需要的是新衣服，而不是穿衣服的新人，那我们就应该多加警惕了。如果没有新的人[125]，又怎么能够让新衣服做得合身呢？如果你要开创任何事业，先穿着你的旧衣服试一试。人需要的不是他能够用来从事某项事业的手段，而是他能够从事的事业本身，或者他能够变成

---

[122] 引自艾达·劳拉·菲佛夫人（Ida Laura Pfeiffer, 1797—1858）的《女士环球旅行记》（*A Lady's Voyage Round the World*, 1850 年；1852 年在美国发行）："我带着两封信，一封给一名德国医生，另一封是给总督的；但我不想穿着旅行装见总督（因为我现在是在文明国度里，这里，人们当然是以衣帽取人的）。"

[123] 典故可能来自谚语："男人可能忙得从早到晚，但女人的工作永远没完没了。"

[124] 典故出自"对自己的侍从来说，没有人是英雄"，对米歇尔·德·蒙田（Michel de Montaigne）的论文《论悔改》（*Of Repentance*）中的一段略有改动："很少人得到自己家仆的崇拜。"梭罗可能是从卡莱尔的《论历史上的英雄、英雄崇拜和英雄主义》（*On Heroes, Hero-Worship, and the Heroic in History*）中学到了这个谚语："我们也可以自作主张地完全否认机智的法国人的智慧，对他的家仆来说，没有人是英雄。"

[125] 典故出自《新约》段落，如"然后将它穿在新人身上"【以弗所书 4：24】和"全新的人，在知识中重生"【歌罗西书 3：10】。

什么。或许，不管旧制服有多破烂或肮脏，我们只有在自己的行为、事业或者航程已经让我们得到了启发或者进步，使我们穿着旧衣服还觉得像个新人，留着旧衣服就觉得像是在旧瓶子装新酒时[126]，我们才应该买新衣服。我们换装的季节，像禽鸟换毛一样，一定是我们生命的转折关头。潜鸟隐没到孤独的池塘去更换羽毛。蛇是这样蜕皮，毛毛虫也是这样褪去它蠕虫的外壳，凭借的都是内力的作用和扩张；衣着只不过是我们最外层的表皮和尘世的束缚而已[127]。否则，我们就会打着虚假的旗号航行[128]，最后遭到我们自己和他人的唾弃。

我们穿上一件又一件衣服，就像我们是外生植物[129]一样，能够靠外来添加物来成长。我们外面的那层通常又轻薄又花哨的衣服是我们的表皮或假皮[130]，它和我们的生命毫不相干，可以随意脱下，而不会引起严重伤害；我们经常穿的厚重一些的衣服，则是我们的细胞壁，或者皮层；但我们的衬衣是我们的韧皮[131]或者真皮，要除去它，就像环剥[132]一样，会毁掉一个人。我相信，所有物种在某些季节都会穿一种类似于衬衣的衣服。一个人应当穿得很简单，这样他可以在黑暗中摸得到自己，而在生活的各个方面都能够紧凑简洁、有备无患，这样，哪怕敌人侵入城中，他也可以像那个古代哲学家一样，空着双手、毫不恐慌地走出城门[133]。一件厚衣服差不多抵得上三件薄衣服，顾客可以按照真正适合自己

---

126 典出《马太福音》9：17："人也不会将新酒装入旧瓶：不然瓶子破了，酒就会流出来……但他们把新酒装入新瓶，酒和瓶都能安然保留下来。"

127 典故出自莎士比亚《哈姆莱特》3.1.69："当我们褪去这一层庸俗的包装。"

128 海盗经常挂假旗帜航行，引诱毫无防备之人。

129 Exogenous plants，每年在皮下又长一层的植物。

130 Epidermis（false skin），皮肤表层，又称表皮，内含死细胞，很容易擦掉，有时候被称为假皮。

131 Liber，树或任何韧茎的内皮，靠近形成层，包在软层中。

132 Girdling，在一棵树的树皮边沿砍出一圈，切断形成层汁液的流通，引起树的死亡，环剥的双关语，指的是一条通常为布质的、用来束住拖长或松垮的衣服的带子或绳子。

133 指的是毕阿斯（Bias，约公元前六世纪），古希腊七贤之一。梭罗在1840年7月12日的日记中写道："普里恩（Priene）陷落时，当居民都慌里慌张地带着他们的财产逃往安全地带时，有人问在慌乱中保持着冷静的毕阿斯，他为什么不像别人那样想想如何救下什么东西。'我想了，'毕阿斯说，'因为我带上了我的财产。'"【J 1：169—70】梭罗可能是从弗朗索瓦·德·萨利奈克·德·拉·莫德·费奈隆（转下页）

的价格买到便宜的衣服；五美元可以买到一件厚大衣，可以穿五年，两美元可以买到厚裤子，两美元可以买到牛皮靴，二十五美分可以买一顶夏天的帽子，六十二美分半可以买一顶冬天的帽子，或者花极少的钱在家里亲手缝制；看到有人穿着这样一身用自己的劳动做成的衣服，明智的人难道不应当对他表示钦敬吗？

当我要求裁缝为我缝制某种特别式样的衣服时，我的女裁缝[134]郑重其事地告诉我，"他们现在都不这么做了"，她一点儿都没有特意强调"他们"，似乎她说的话就像是命运女神[135]一样的绝对权威，我发现很难请她做出我想要的衣服[136]，仅仅是因为她根本不相信我说的是真心话，不相信我会这么鲁莽。听到

（接上页）（François de Salignac de La Mothe Fénelon, 1651—1715）的《古代哲学家生平和著名格言》（*The Lives and Most Remarkable Maxims of the Ancient Philosophers*，伦敦，1726）中读到毕阿斯的，布朗森·阿尔科特有这本书。

134 玛丽·迈诺特（Minott），有时拼为 Minot（1781—1861），爱默生的邻居乔治·迈诺特的姐姐，是很多康科德人的裁缝。贺拉斯·霍斯默（Horace Hosmer，1830—1894）在《忆康科德和梭罗一家》（*Remembrances of Concord and the Thoreaus*）中写道："从我十岁开始，到我长大到能够给自己买衣服，我曾经到迈诺特家，让乔治·迈诺特未嫁的姐姐玛丽·迈诺特裁剪和缝制我的衣服。她是一个很严厉、公事公办的女人，一个人控制着全家。"富兰克林·桑伯恩（Franklin Sanborn，1837—1917）在《梭罗其人》（*The Personality of Thoreau*）中写道，梭罗的"衣服通常是由村里的裁缝裁好，然后由玛丽·迈诺特小姐做好"。爱德华·贾维斯写道："玛丽是为二等阶层、劳动阶层的男子和男孩做衣服的裁缝。她是一个很虔诚的女人，很受尊敬。"

135 在希腊神话中，三个命运女神是控制人类生活的女神：克罗托（Clotho）纺织生命之线；拉刻西斯（Lachesis）决定每个人的命运；阿特洛波斯（Atropos）切断生命之线。梭罗在1836年10月28日的一篇大学论文中描写了命运之神："根据希腊大众的信仰，三位姐妹，克罗托、拉刻西斯和阿特洛波斯掌管着人的命运。她们熟知过去、现在和未来，用她们保持不停转动的轮盘来代表，编织着人类的生命之线，歌吟着凡人的命运。罗马人有他们的帕耳开（Parcae），北欧神系有他们的诺伦（Nornen）。"【EEM 59】

136 根据他的朋友富兰克林·桑伯恩的日记，梭罗"穿得特别平常"，"差不多总是穿着一种灯芯绒"。他"从不擦皮鞋的习惯"，约翰·谢泼德·凯斯（John Shepard Keyes）给弗朗西斯·安德伍德（Francis Underwood）写道："使他看起来粗野，不斯文。"埃勒里·钱宁（威廉·埃勒里·钱宁的儿子，1817—1901）说梭罗的口袋特别大，里面能够装一个笔记本和望远镜。丹尼尔·皮克特森（Daniel Ricketson，1813—1898）（转下页）

这句神谕般的话，我沉思了一会儿，独自揣摩着每一个字，由此探求"他们"和"我"具有何种程度的血亲关系，在对我影响如此之大的事务上，他们对我到底有多大的权威；最后，我会以同样神秘费解的口气回答她，并且不强调那个"他们"——"确实，他们不久前还不这么做呢，但他们现在要这么做了"。如果她不量我的人格，而只是量我肩膀的宽度，就像我是一只挂衣服的钉子一样，那量我还有什么用处呢？我们崇拜的不是美惠三女神[137]，也不是命运女神[138]，而是时尚女神。她在纺纱、织布和裁剪上是绝对权威。巴黎的猴子王[139]戴上一顶旅行帽，美国的所有猴子也都会争相仿效。有时候，哪怕是做一些相

（接上页）写到他和梭罗第一次见面："和我理想中的梭罗如此不同，我曾经从他的思想和生活方式的强大的本性中，想象他是一个拥有非同寻常的活力和块头的人，这样，尽管我早上在等待着他，我还是根本就没想到眼前这个个子小小、怪怪的人就是那个瓦尔登哲学家。曾经读过他的书，很少有人不为他的个人形象感到失望的。"

梭罗在几个地方描述过他在衣物裁剪方面的喜恶。他常戴的帽子是"一顶带支架内衬的草帽"【J 9: 157】。他旅行到加拿大时，他"在我外衣外面又穿上一件便宜得没法说、也很薄的棕色麻布袋……因为它比它盖住的大衣还好看一些，而且，两件外衣总比一件大衣要暖和一些，尽管有一件又薄又脏。……真正的旅行者会更辛勤地工作，经历更大的风险——只要能得到，就随时在路边吃掉一点粗食。诚实的旅行是你能做的最肮脏的工作，干这件工作，一个人需要两件外衣"【W 5: 31—32】。至于他的灯芯绒裤，他喜欢的颜色是一种单调的陶土色，关于这一点他写道："什么都行，就是不要黑衣服。那天，我很高兴地看到，一个康科德子弟外出八年后回来，他没有穿着发亮的黑西服、擦亮的皮鞋和一顶海狸或丝质的帽子，就像完全从人类责任中放假一样——一只晾衣架而已——而是穿着诚实的陶土色西服，戴一顶舒适的日常便帽。"【J 9: 359—60】他偏爱的陶土色"和自然和谐一致，你在田野里不那么显眼，因此可以靠得离野生动物更近一点"【J 13: 230】。梭罗发现鞋子"一般都太窄。如果你脱下一位绅士的鞋，你会发现他的脚比他的鞋宽……硬底软面拖鞋，凉鞋，或者甚至光脚，都比太紧的鞋好得多"【J 2: 5】。

137 希腊神话中有三个将恩典和美人格化的小女神：阿格莱亚（Aglaia, 光辉女神 Splendor）、欧佛洛绪涅（Euphrosyne, 欢乐女神 Mirth）、塔利亚（Thalia, 激励女神 Good Cheer）。

138 罗马神话中的三个命运女神（帕耳开, Parcae）是诺娜（Nona）、得客玛（Decuma）和墨尔塔（Morta），与希腊神话中的命运三女神对应。

139 阿尔弗雷德·纪尧姆·加布里埃尔，奥赛伯爵（Alfred Guillaume Gabriel, Count d'Orsay, 1801—1852），法国人，曾经是伦敦时尚艺术和文学圈的中心，被当作英国社会品位问题上的权威。1849年，为了逃避债主，他逃到了巴黎。

当简单和诚实的事情，想要得到别人的帮助却是那么艰难，真是令我觉得绝望。首先你要通过一个强大的压榨机，将人们的老观念都挤出来，并且不要让它们马上死灰复燃；然而人群中总会有某个人头脑里会有一条蛆[140]，它从一颗谁也不知道什么时候落在那里的卵里孵化出来，因为即使大火也杀不死这些东西，这样你就前功尽弃了。不过，我们也不要忘记，据说埃及有种小麦，就是通过一具木乃伊传给我们的[141]。

总的来看，我认为，无论在美国，还是在其他国家里，我们都不能断言穿着已经上升到了艺术的高度。目前，人们是碰到什么就穿什么。像船只遇难之后的水手一样，他们在海滩上找到什么就穿什么，而不同地域和不同时代的人，则会互相嘲笑对方的奇装异服。每一代人都嘲笑老式样，但却虔诚地追随着新款式。看着亨利八世或伊丽莎白女王[142]的服装，我们觉得很好笑，好像这些服装跟食人族群岛[143]的国王和女王的服装一样。其实，一切衣服，一旦从人身上

---

[140] Maggot，心血来潮或奢侈的概念，但同时也是双关语，另指苍蝇的没有腿、身体柔软、像蠕虫一样的幼虫，通常出现在腐化物体中，也可能典故出自《结语》一章中关于"从苹果木的老桌子上的干树叶里爬出来的虫子"的故事。

[141] 梭罗时代，流传着埃及木乃伊中发现了麦子、在英国土地上播种的故事。十九世纪四十年代，关于六千年前的古墓中发现了"木乃伊麦子"的报告开始出现在报纸上，包括1841年11月12日的《康科德自由人》(*Concord Freeman*)。1844年8月14日，伦敦的《时报》(*Times*) 刊登了一篇关于一个里德先生（Mr. Reid）的报道，在花园中"我们看见一些发育完善的埃及麦子，看起来收成会很好，种子是从一个1840年解开的木乃伊的裹布皱褶里发现的"。尽管所有种植真正的木乃伊种子的试验都失败了，关于木乃伊种子的神话还是没有轻易消失。《瓦尔登湖》发表以后，植物学家的怀疑导致梭罗将他手里的那本第一版书里的"传下"改为"据说传下"。他1860年在《森林树木延续》(*The Succession of Forest Trees*) 中写道："关于随一个古代埃及人而埋葬的种子里种出麦子、从英国一个据说死于一千六七百年前的人的胃里发现的种子里种出覆盆子的故事，都受到普遍的怀疑，简单地说，是因为证据不够确凿。"【W 5: 200—201】

[142] 亨利八世（Henry Ⅷ），1509—1547年的英国国王；伊丽莎白女王（Queen Elizabeth），1558—1603年的英国女王。

[143] The Cannibal Islands，对未开化的本地人居住的岛屿的通称，特指斐济诸岛；典故可能来自十九世纪的歌谣《食人族群岛之王》(*King of the Cannibal Islands*)，梭罗即使自己不知道这首歌，也会在赫尔曼·梅尔维尔（Herman Melville，1819—1891）的（转下页）

脱下来，都是很可怜或古怪的。唯有穿衣者严肃的眼睛，以及诚挚的生命，才能阻止旁人的嘲笑，使这些服装变得神圣[144]。让滑稽演员[145]发一场绞痛，他身上的行头也将会表现出他的痛楚。当一个士兵被炮弹打中时，他的褴褛破衣也和紫色皇服[146]一样显贵得体。

男男女女们对新式样都有一种孩子般的疯狂趣味，多少人摇晃着、盯视着万花筒，希望从中发现这一代目前需要的那种特别款式。服装制造商们早已知道，这种趣味是很荒诞和反复无常的。两种款式，其区别仅在于某种相近的颜色中多了或少了几根线条，结果一种会很畅销，而另一种会堆砌在货架上，不过通常发生的情况是，一个季节之后，后一种又变得更时尚了。与之相比，文身还真不是像人们所说的那样狰狞可怕[147]。不能仅仅因为文身的图案深入肌肤，无法改变，就说它是野蛮行为。

我并不认为，工厂体系是人类得到服装的最好途径。这里的操作条件一天一天变得和英国工厂一样[148]；毫不奇怪，就我所闻所见，制衣业的主要目的不是

（接上页）《泰皮》（*Typee*）中的第一章读到。梭罗可能是从三个很熟悉梅尔维尔作品的朋友中的哪一个那里听说了《泰皮》：霍桑1846年3月25日在《塞莱姆广告报》（*Salem Advertiser*）上写了篇很肯定的评论；布朗森·阿尔科特1846年12月读了该书；威廉·埃勒里·钱宁的诗《努库伊瓦岛》（*The Island of Nukuheva*）是关于《泰皮》的。

144 1841年2月3日的日记，有一段记录了由三个男人和一个女人组成的蒂罗尔（Tyrolese）游吟诗人家庭莱纳（Rainers）一家的来访："当这些瑞士人扎着绑腿、戴着插羽毛的高帽子出现在我眼前时，我很想笑，但我很快就看得出来，他们那严肃的眼睛和这身装束很般配，这身装束和他们的眼睛也很般配。是其中传递的生命，才为任何人的服装赋予了意义。"【J 1: 196】

145 Harlequin，旧时意大利喜剧中固定的角色，通常穿着五颜六色的服装。

146 紫色是皇家服饰的颜色。

147 尽管梭罗从几个地方读到了刺青，包括查尔斯·达尔文的《国王陛下船队冒险号和贝格尔号的测量航行记》，他使用"可怕"和"野蛮"这样的词汇，大约指的是梅尔维尔的《泰皮》。在《清晨来客》（*Morning Visitors*）一章中，梅尔维尔写到了"刺青的可怕伤痕"，将它称为"野蛮行径"，在《刺青与禁忌》（*Tattooing and Tabooing*）那一章，他详细地描写了刺青过程，以及他是如何光是想想假如他也要遭受这"令人变得终生狰狞可怕的行为，就觉得万分恐惧"。

148 梭罗在本章后面提到英国是"世界大工场"。

给人类提供优质和朴实的穿着，而是，毫无疑问地，让公司发财致富。从长远来看，人们追求什么，得到的就会是什么。因此，尽管他们可能最初会失败，他们还是应当追求更高尚的东西。

至于住所，无法否认，它如今是生活必需品，不过还是有这样的事例，有些人没有住所，也能够在比这个国家还冷的国度里长期生活。萨姆尔·莱恩说"拉普兰人穿着皮衣，又用皮袋子套住头和肩膀，一夜又一夜地在雪地里睡觉——天气那么寒冷，即使穿着毛质衣服的人，遇到这种寒冷天气，也会被冻死"[149]。他见过他们就这样睡觉。他还补充道，"他们并不比别人更强悍。"但是，或许，人在地球上住了不久，就发现了房屋的便利，家庭的舒适——这个词组最初的定义本来是指房屋而不是家人带来的满足；这种情况在有些气候地带比较罕见，在那些地方，房屋在我们的思维里主要是在冬天或者雨季才有用，一年中三分之二的时间里，有一个遮阳篷就足够，房子完全是没必要的。而在我们这种气候里，夏季时，从前也只需要夜里遮盖一下就已经足够。在印第安人的表意符号中[150]，一座棚屋代表一天的行程，在树皮上雕刻或涂画一座棚屋，就代表着他们宿营的次数。人生得那么手脚长大、身强体壮，可不是为了让他设法缩小自己的世界，把自己围困在一个合身的空间里。人当初是裸体生活在野外的；但是，尽管在宁静温暖的天气里，这种生活在白天很惬意舒适，如果他不赶紧建造房子作为住所，雨季和冬天，更别提热带的太阳，可能早就掐去了人类种族的幼苗。根据那个寓言的说法[151]，亚当和夏娃最初是用树枝遮羞的，

---

149 引自苏格兰旅行家萨姆尔·莱恩（Sameul Laing，1780—1868）的《1834、1835和1936年间在挪威居住日记，据对该国道德和政治经济及其居民状况的观察而作》（*Journal of a Residence in Norway During the Years 1834, 1835 & 1836, Made with a View to Enquire into the Moral and Political Economy of that Country, and the Condition of its Inhabitants*，伦敦，1837）295。梭罗的破折号代替了原文的 in the fjelde（在山中）。

150 印第安人互通消息的表意符号是刻出的图表或图画。在《缅因州的森林》中，梭罗写道："我们的毯子干了，我们又出门了，印第安人照例把他的表意符号留在了树上。"

151 对梭罗来说，犹太-基督教的《圣经》和其他古代经典一样，都是寓言。他在《在康科德河和梅里迈克河流上的一周漂流》中写道："对老神话的难忘的补充是因为这个时期——基督教寓言。这些世纪交织着怎样的痛苦、泪水和鲜血，将它加（转下页）

后来才穿上了衣服[152]。人需要一个家,一个温暖或舒适的地方,首先是为了身体的温暖,其次是为了感情的温暖。

我们可以想象,在人类的童年时期的某个时候,某个富有创见精神的凡人钻进岩洞中寻找栖息之地。从某种意义上,每个儿童都会重复这样的历程[153],即使在又湿又冷的天气里,他也喜欢在室外逗留。出于本能,他喜欢玩过家家,也喜欢玩骑竹马。谁能不记得小时候看着层层岩石或者某一条通向山洞的路径时那种勃勃兴致?我们最原始的祖先身上的本能渴望,在我们身上依然幸存。我们从洞穴进化到了棕榈树叶、树皮和树枝、编结和拉直的亚麻、青草和干草、木板和木瓦、石头和砖瓦盖成的屋顶。我们终于尝到了不必住在露天的滋味,我们的生活比我们意识到的要更加室内化[154]。从炉边到田边,其间经历了漫长的过程。或许,如果我们能够有更多的白夜,在我们和天体之间没有任何外物阻隔,如果诗人没有在屋檐下吟诵这么多诗歌,如果圣人没有在屋子里面滞留那么久,那该多好啊。鸟儿不会窝在山洞里歌唱,鸽子也不会在鸽舍中珍藏

(接上页)进了人类的神话!新普罗米修斯。这个神话,带着何种共识、耐心和恒心,铭刻在种族的记忆中!看起来我们的神话是在推翻耶和华、加冕耶稣以替代他的过程之中。"【W 1.67】

152 当发现他们自己是赤身露体时,亚当和夏娃"便拿无花果树的叶子,为自己编作裙子"【创世记 3: 7】。

153 提到的是英国浪漫派和美国超验主义者的观念,认为儿童比成年人离上帝和智慧更近,如威廉·华兹华斯(William Wordsworth, 1770—1850)的《不朽颂》(Ode: Intimations of Immortality):"我们追随着光荣之云而来 / 来自上帝,我们的家园 / 在我们的童年,天堂在我们头上!"【ll. 64—66】梭罗的《奥卢斯·帕耳修斯·弗拉库斯》(Aulus Persius Flaccus)中也能找到童年和智慧的联系:"一个智者的生活是最即兴的,因为他生活在一个包括所有时代的永恒之中。他每一时刻都是一个孩童,反射着智慧。一个孩子飞扬的思绪,不是为了成长为成年人而延迟下来;它照亮自己,而不需要从云层中吸取光亮。"【《日晷》(1840 年 7 月)第 120 页】他在《生活在何处,生活的目的》一章中写道:"我一直在遗憾,为什么我不像我出生那一天那样有智慧。"

154 "室内"一词在诺亚·韦伯斯特(Noah Webster)1828 年的《美国英语词典》(American Dictionary of the English Language)中的几个定义:属于房子,或家;与人的住处和家庭有关;住在人的住所附近;驯服,不野;关于一个被认作一个家庭的民族,或者关于某人自己的国家;在某人自己家中、民族内或国内制作。

它们的纯真。

不过，如果有人打算建造一座住房，他应该运用一点扬基人[155]的精明，免得最终发现自己落在了一个工房里[156]，一个找不到提示的迷宫[157]，一座博物馆[158]，一座救济院，一座监狱[159]，或者是一座辉煌的坟墓。首先想一想，住所其实并不是那么必不可少的。我在镇里见过佩诺斯科特印第安人[160]，住在用薄棉布搭成的帐篷里，帐篷周围的积雪大约有一米深，我觉得，他们可能还想让雪更深一点，好给他们挡风。从前，如何诚实地谋生同时又保留自己追求的自由，这个问题比现在更困扰我，不幸的是，我现在变得有些麻木了。以前，我常常看见铁路边上有一只大盒子，六英尺长，三英尺宽，工人们晚上把工具锁在里面，这个盒子提醒我，每个境况不佳的人说不定都可以花一美元买这么一个盒子，在上面钻几个洞，至少让它通风透气，下雨时和晚上就钻进去，放下盖子，这样他就会在爱中找到自由，他的灵魂也是自由的[161]。这个办法看起来

---

155 曾经被当作贬义词，尤其是在内战的南方同盟军中。在《在康科德河和梅里迈克河流上的一周漂流》的《星期天》一章中，梭罗依据韦伯斯特1828年的《美国英语词典》，从"新西撒克逊人，红人，而不是盎格鲁语或英语，称之为扬基人，最后他们便被人叫作扬基人了"【W 1: 53】。

156 Workhouse，双关语：一个供人工作的场所，也是一个救济院，身体健康的穷人必须工作才能换取食品、衣物和住所。

157 希腊神话中，一个牛头人身的怪物弥诺陶洛斯（Minotauer）住在一个迷宫里。希腊英雄忒修斯杀死了弥诺陶洛斯，靠着阿里阿德涅（Ariadne）给他的沿着标记线摸索这一提示的帮助，逃脱出来。

158 前面一条日记中，梭罗写道："我讨厌博物馆；没有什么东西能够这样压抑我的情绪。它们是大自然的墓穴。……它们是死人搜集的死自然。我不知道我应当是对着用棉花和锯末填满的尸体沉思，还是对着那些用拿出来了的肠子和肉质纤维填塞着的尸体沉思。"【J 1: 464】

159 根据梭罗1841年4月26日的日记，如果一个人"发现自己受到压迫和关闭，而不是得到庇护和保护"，一所房子也会是一座监狱【J 1: 253】。

160 缅因州北部地区的佩诺斯科特海湾（Penobscot Bay）的阿冈昆（Algonquin）印第安部落，他们常常到康科德来贩卖篮子，在镇外露营。

161 典故出自理查德·拉夫莱斯（Richard Lovelace, 1618—1657）《献给狱中的木槿花》(*To Althea in Prison*)11.19—30："如果我在爱情中得到自由，/在我的灵魂中（转下页）

还不错，这样的选择也无可厚非。你想坐到多晚就坐到多晚，不管你什么时候起身，出门时都不会有任何地主或房东追着你要房租。那么多人为了支付一个更大更豪华的盒子，终生烦扰至死，其实他们在这样一只小盒子里也不会冻死。我根本不是在开玩笑。简朴生活[162]是一门学问，人们轻率对待这门学问，但是，我们不应当对它置之不理。一个大部分时间生活在室外的粗鲁而又强壮的种族，他们曾经在这里建造出相当舒适的房舍，使用的差不多完全是大自然拱手交给他们的原始材料。主管马萨诸塞州印第安属民的总管古金[163]，1647年时写道，"他们最好的房子上用树皮盖得非常整齐，又紧又暖和，树皮是在树液充足的季节从树身上脱下来的，当树皮还是青绿的时候，用沉重的木头的重量，把它们压制成优质的薄片……差一点儿的房子里盖着用灯芯草编的草席，照例都很紧凑暖和，不过比前面那种稍微差一点儿……我看见过一些，六十或一百英尺长，三十英尺宽……我经常在他们的帐篷里住宿，觉得它们和最好的英国房子一样暖和。"[164] 他补充道，这些帐篷里面通常地上铺着、墙上挂着做工精良的草席，还陈设着不同的用具。印第安人已经相当发达，可以在房顶上开一个洞，通过一根绳子拉动洞里悬挂的垫子，以此来控制调节通风。这种房子

（接上页）我是自由的。"梭罗在他的日记中两次引用这句话，一次是在1851年7月21日，一次是在1852年1月28日。

162 出自希腊语 οικονομια（oikonomia），意思是一个家庭的管理或者家务事。将本章命名为《简朴生活》，梭罗超出了这个词的通常定义——一个社区创造财富的手段，或者节俭，像他惯常所做的那样，指的是它的本义。爱默生在《作为改革者的人》中写道："当其目标是伟大的，当它是简单趣味的圣餐，当它是带着自由或者爱或者奉献去实行时，简朴生活是一种崇高的、人性的功能。"梭罗在这一章后面写道，生活中的简朴"和哲学是同义词"。

163 丹尼尔·古金（Daniel Gookin, 1612？—1687），一个弗吉尼亚州清教徒，后迁往马萨诸塞州。他被任命为印第安人总管，对印第安人表现出人道的和学术的兴趣。他抗议白人在菲利普国王战争中的报复，这使他很不受欢迎。他写了两本关于印第安人的书，《新英格兰印第安人历史集》(Historical Collections of the Indians in New England) 和《印第安基督徒的行止与苦难》(The Doings and Sufferings of the Christian Indians)，两本书都是在他死后出版的。

164 转引自古金的《新英格兰印第安人历史集》(波士顿：马萨诸塞历史学会，1792年) 1: 149—50，略有几个小改动。

第一次盖时，顶多在一两天之内就能盖成，以后每次拆掉和重新竖起来则只需要几个小时；每个家庭都有一座这样的棚屋，或者有棚屋中的一个分隔间。

处于野蛮状态的人，每个家庭都有足够优良的住所，可以满足他们粗陋简单的需要；但是，尽管空中的飞鸟都有它们的归巢，狐狸都有它们的洞穴[165]，野蛮人有他们的帐篷，在现代文明社会里，拥有自己住所的家庭却不到一半；我觉得我这么说并没有言过其实。在文明特别发达的大城镇，拥有住所的人只占全体人口中很小的一个部分。其他人则为这件遮盖一切的外衣逐年付房租，这件外衣变得无论冬夏都不可或缺，而房租钱本来足够购买整整一个村庄的印第安人棚屋，现在却使人们终生贫困。我这里并不是坚持租房一定不如自己拥有住房，但很明显的是，未开化的人拥有他的房屋，因为造价低廉，而文明人租房，通常是因为他无力购买；从长远来看，他也不见得租得起。不过，有人会回答，这个贫穷可怜的文明人仅仅支付这笔租金就能得到住所，和野蛮人的房屋相比，他的住所算得上宫殿了。按照乡镇的标准，每年支付二十五到一百美元的租金，他就有资格享受几个世纪以来的进步的成果，譬如说，宽敞的房间、洁净的油漆和墙纸、拉姆福德式壁炉、内层抹灰泥的墙、软百叶窗帘、铜质水泵、弹簧锁、宽敞的地窖，诸如此类[166]。但是，据说享受这些东西的人通常是一个**可怜的**文明人，而不曾拥有这些东西的野蛮人，却是一个富足的野蛮人，这是为什么呢？如果人们断言文明是对人类状况的真正改善，——我认为确实如此，尽管只有智者才利用了他们的有利条件，——那么它必须证明，它能够提供更好的住所，却没有使房子更加昂贵；而一件东西的价格，是我所称的需要为之付出的那一部分生命的分量，有的要求马上支付，有的长期支付。在这个地区，一所房子平均大约要值八百美元，要攒足这笔钱，一个人即使没有家庭拖累，也要花去十到十五年时间；——这是以每个劳动者每天的劳动值

---

[165] 引自《马太福音》8：20：“耶稣对他说，狐狸有洞穴，空中的飞鸟有它们的归巢；但是人子却无处安枕他的头颅。”

[166] 拉姆福德式壁炉（The Rumford fireplace），发明者为本杰明·汤普森，拉姆福德伯爵（Benjamin Thompson, Count Rumford, 1753—1814），用一个烟架防止下沉气流将烟带入房间；底灰是墙骨之间抹的石灰；当时的百叶窗是用布条穿起来的薄木板条；弹簧锁，又名闩锁，用一只弹簧自动锁住。

为一美元的金钱价值推算出来的[167],——因为如果有人挣得多一些,那么其他人就挣得少一些;——这样他通常必须耗费大半辈子,才能够赚到他的棚屋。如果我们假设他是租房居住,这也不过是两害相权取其轻。如果野蛮人依照这些条件将棚屋换成了宫殿,难道会是明智的选择吗?

人们可以猜测,在我看来,占有这笔多余财产的唯一好处,不过是为了防备将来所需而积存一笔资金,对个人来说,主要是为了支付丧葬费用。不过,人可能并不一定要埋葬自己。然而,这里却显示出文明人和野蛮人之间的一个重要区别;毫无疑问,为了我们的利益,文明人的生活才成为一种社会机构,个人的生命在很大程度上消融了,目的是为了保存和完善种族整体的生命。但是,我想指出,为了取得目前这种利益,我们付出了多么大的牺牲,并且建议,我们在生活中,说不定可以得到所有的好处,而不必付出如此高昂的代价。你会问,常有穷人与你们同在[168],或者说父亲吃了酸葡萄,孩子的牙都酸倒了,这些究竟是什么意思呢[169]?

"主耶和华说,我指着我的永生起誓,你们在以色列中,必不再有用这俗语的因由。"

"看哪,所有的灵魂都是属我的;为父的灵魂怎样属我,为子的灵魂也照样属我:犯罪的必死亡。"[170]

我想到了我的邻居,康科德的农夫们,他们至少和其他阶层一样富有,我发现他们大部分都辛勤劳作了二十、三十甚至四十年,这样他们就可能成为他们农场的真正主人,他们继承这些农场时,通常附带着抵押权,或者是用贷款购买的,——我们可以将他们三分之一的劳作算作房屋的代价,——但他们通常并没有付清房价。实际上,产权抵押的金额有时候比农场的价值还高,农场本身也因此而变成沉重的债务,但人们还是会继承它,用他自己的话来说,因

---

167 当时的标准工资。

168 典故出自《马太福音》26:11:"因为常有穷人与你同在;只是你们不常有我",以及《马可福音》14:17和《约翰福音》12:8中的类似说法。

169 典故出自《以西结书》18:2:"你们是什么意思,你们用这个有关以色列地的俗语说,父亲吃了酸葡萄,孩子们的牙齿酸倒了?"以及《耶利米书》31:29:"父亲吃了酸葡萄,孩子们的牙齿酸倒了。"

170 这两段话引自《以西结书》18:3和18:4。

为他对农场太熟悉了。在向估税员申请丈量地产时，我很惊奇地发现，偌大的镇子，他们竟然数不出十二个没有债务、完全拥有自己的农场的人。如果你想知道这些家族农场的历史，到那些给他们作抵押的银行问问就行了。通过劳动付清了自己农场的债务的人实在凤毛麟角，如果有的话，邻居们一定能把他们指认出来。我怀疑，在整个康科德，这样无债一身轻的人恐怕连三个都没有。说到商人，人们有个说法，就是绝大部分商人，甚至高达百分之九十七的商人都肯定会破产[171]，农夫也是如此。不过，就商人而言，有个商人就一针见血地说，大部分商人破产并不是因为真正的金钱上的失误，而纯粹是因为无法履行诺言，因为履行诺言不大方便；也就是说，破产的是他们的道德品质。但这就使整个事情无限恶化了，并且，还会让人想到，说不定上述那三个成功的人非但不能拯救他们的灵魂，和那些诚实地失败了的人相比，他们的道德破产还要更加严重。破产和拒付债款是一个跳板，我们这个文明就在上面弹跳、翻筋斗[172]，而野蛮人则站在饥荒这条没有弹性的木板上。但是米德尔塞克斯郡牛展[173]每年都风风光光地举行，好像农业机器的所有环节都运转正常一样[174]。

农夫[175]在努力解决生计问题，可他使用的公式比问题本身还要复杂。为了买

---

171 1857年11月16日给H.G.O.布雷克（Blake）的信中，梭罗写道："如果我们的商人不是大部分都破产了，如果银行不是大部分都破产了，我对世界的旧法则的信仰会产生动摇。百分之九十的商业活动会破产的说法，可能是这个统计数字揭示出的最甜蜜的事实——像春天的柳树的芬芳一样令人振奋……如果千百万人失业，这说明他们本来就没有很好的职业。他们干吗还不明白呢？"【C496】

172 Somersets疑为Somersaults，翻筋斗。

173 米德尔塞克斯农协的年度农博会——米德尔塞克斯牛展和耕作比赛，即后来的米德尔塞克斯农协的年度博览会，每年九月或十月在康科德举行。康科德属于米德尔塞克斯郡管辖。梭罗于1860年的博览会上发表了《森林树木延续》的演讲。

174 Suent，"suant"的一种写法：整齐标准，因而正常运行。梭罗在他1852年2月3日的日记中将它定义为"一个很有表现力的词，表明机器的所有接合处都磨损了，进入了运行阶段"【J 3: 272】。

175 梭罗经常称赞农夫和以他的朋友乔治·迈诺特为代表的杰弗逊式的保有自由所有权的农民，但他也知道商业主义对农业生活的不利影响。他在1854年2月8日的日记中写道：

　　诗人、哲学家、历史学家和所有作家向来都习惯于赞美乡民生活，（转下页）

几根鞋带[176]，他做起了牛群的投机买卖。他以完善的技巧，用细弹丝簧[177]设下了陷阱，想捕捉舒适和独立，然而，他一转身，自己的脚却踏进了陷阱。这就是他贫困的原因；出于类似的原因，我们周围虽然环绕着很多奢侈品，比起野蛮人的千种舒适，我们还是普遍贫困。就像查普曼所唱的，——

> 误入歧途的人们——
> ——为了俗世的伟大
> 让天堂的舒适在空中飘零。[178]

（接上页）认为乡民生活优于市民生活。他们倾向于认为贸易和商业不仅是不确定的谋生方式，而且会碰上高利贷和不体面行为……

但是，如今，通过铁路、蒸汽船和电报等方式，乡村被非自然化了，乡民往日虔诚、稳定和无人觊觎的所得，也会引起从前只有商人才会引起的怀疑。所有的牛奶场和果园等等，都在乡村形成了带有自己的关卡的市场。【J 6: 106—8】

176 在梭罗的时代，鞋带主要是皮制的。

177 Springe，用来捕捉小猎物的绳索或圈套。"Spinge"有可能是梭罗在校对时没有发现的错误，应为"spring"，《瓦尔登湖》前面几稿中均作 spring，意思是陷阱设置得很轻巧，轻轻一碰就会被抓住。

178 引自英国戏剧家、翻译和诗人乔治·查普曼（George Chapman，1559？—1634）的《恺撒和庞培的悲剧》(The Tragedy of Caesar and Pompey) 5.2:

——我不再用别人的腿
站立，也不会寻求没有我的欢愉。
如果我再建房舍，
我会建一座内室：没有一丝光线
会倾泻而出；没有代价，没有艺术
没有装饰，没有门，我一概不取；
但它朴素粗陋地挺立，像一个壁垒
傲视误入歧途的人们，
仍然在零零星星地
搅拌着整个理性；并且，为了俗世的伟大，
让天堂的舒适在空中飘零，
我会在黑暗中生存；我所有的光
像古老的圣殿，从我的头顶照亮。

（转下页）

一个农夫拥有了自己的房子以后，他不是因此变得更加富有，而是更加贫穷，因为房子占有了他。根据我的理解，莫摩斯反对密涅瓦造的房子是有道理的，因为她"没有把房子造得可以迁移，只有迁移才可以避开不良邻居"[179]；我们还可以进一步强调，因为我们的房子是这样笨重的财产，与其说它是我们的住所，不如说它常常是我们的囚笼；我们应当避免的不良邻居，其实是我们那个得了坏血病[180]的自我。我认识至少有两家人，希望卖掉他们在镇外的房子，搬到镇上来，他们这么盼望了差不多整整一代人的时间，但是一直就没能达到这个目的，只有死亡才能使他们得到自由。

多数人至少最终能够拥有自己的房子，或者租住带着各种先进设施的现代住宅。然而，文明改善我们的住房时，并没有同样改善要居住在这样的住房里的人。文明创造了宫殿，但创造贵族和国王却并非易事。此外，如果文明人的追求并不比野蛮人的追求更加有价值，如果他大半生的生命只用来获取生活必需品和舒适品，那么，他为什么要比野蛮人享有更好的住所呢？

不过，那贫苦的少数人又有什么样的命运呢？也许我们会发现，从外在条件上看，有多少人比野蛮人的状况要好，就有多少人不如野蛮人，两者互成正比。一个阶层的豪华，必定有另一个阶层的贫困与之抗衡。一面是宫殿，另一面则必定是救济院[181]和"沉默的穷人"[182]。为法老们建造金字塔坟墓的芸芸众生

（接上页）这就是背离整个世界，

只向往着天堂。

梭罗可能是摘自查尔斯·兰姆（Charles Lamb，1775—1834）的《与莎士比亚大约同时的英国喜剧诗人选集》(Specimens of English Dramatic Poets Who Lived About the Time of Shakespeare)，这个选段的名称为《内助仁人》(Inward Help the Best)。

179 引自郎普利埃《古典书目》第 744 页，其中也将希腊神话中的莫摩斯描写为"据赫西俄德（Hesiod）记载，古人中的欢愉之神，诺克斯（Nox）之子。他不断地致力于嘲讽诸神，他们的所作所为都被随意地嘲弄"。在罗马神话中，密涅瓦（Minerva）是智慧之神，希腊人所称的雅典娜（Athena）。

180 得一次坏血病，很长时间要闭门不出。

181 康科德的救济院在瓦尔登街上，爱默生家后面一片地的对面。

182 莱缪尔·沙特克（Lemuel Shattuck，1793—1859）在《康科德镇志》(A （转下页）

吃的是大蒜[183]，他们自己的葬礼很可能也不会太体面。石匠完成了宫殿的飞檐，晚上笃定要回到连印第安人的棚屋都不如的小棚子里。不要以为在一个文明的象征处处存在的国家里，大部分居民的状况就不会像野蛮人的状况那样恶劣。我这里指的还是条件恶劣的穷人，不是条件恶劣的富人。要了解这一点，我无需远看，就看看我们文明的最新成就——铁路和四处与我们的铁路相邻的窝棚就行了。我每天散步的时候，看见人们住在猪圈般的地方，为了采光，整个冬天门户大开，看不见任何木柴堆，那只是他们想象的东西，无论老少，都因为寒冷和苦难而蜷缩着身体，身形都因为这样的老习惯而佝偻了，四肢和官能的发育都受到了阻碍。我们应当认真看待这个阶层的生活，因为正是他们的劳动，才使这一代人取得了超出前人的成就。世界上最大的工场英国[184]，那里每个行业的操作工，也或多或少的是这样的情形。或者我提醒你看看爱尔兰[185]，这个国家在地图上标成白色，或者是未开化地区[186]。我们可以将爱尔兰人的生理状况与北美印第安人、南太平洋岛居民，或者任何其他因为尚未与文明人发生接触而堕落的野蛮人的状况作一个比较。我毫不怀疑，那些野蛮人的统治者和普通的文明统治者一样睿智。他们的条件仅仅证明，文明有可能带有什么样的肮脏成分。我现在根本就用不着提及我们南方州的劳动者了，他们不仅生产出了这个国家的主要出口产品，连人本身也成为南方的主要产品[187]。我还是只谈谈那些据说是条件*过得去*的人吧。

（接上页）*History of the Town of Concord*）中将沉默的穷人定义为"那些有需求，但不愿意将自己扔给镇里寻求帮助的人"。1844—1845年的《康科德市镇报告》(*The Reports of the Selectmen of Concord*) 显示康科德有钱资助穷人，但另外为沉默的穷人立了一个户头，"几项捐款的收入""付给了各色人等"。

183 典故出自希罗多德（Herodotus，公元前484？—425）："金字塔上写着埃及文字，记录着为工人买的泻药、葱头和大蒜花费了多少钱。"不过，大蒜这里是用于医疗，而不是营养。

184 工业革命开始于十八世纪的英国，把英国从农业经济变成了工业经济。

185 十九世纪四十年代，因为土豆歉收，饥荒横扫爱尔兰，将近一百万人死于饥馑。几十万爱尔兰人移民出境，大部分移民至美国。

186 White spots，地图上，未经探测的地方标为白色，此处是双关语，亦指未开化。

187 指南方让奴隶生养奴隶。

大多数人好像从来没有考虑过房子是什么，他们大半辈子都毫无必要地贫穷，就是因为看到邻居有房子，而觉得自己也一定要有一所和邻居一样的房子。就像一个人已经穿着裁缝给他裁好的大衣，或者逐渐去掉了棕榈叶编的草帽[188] 或者土拨鼠皮做的皮帽[189]，然后却抱怨生活艰难，仅仅是因为他买不起一顶皇冠！我们可以发明一种比现在更方便和豪华的房子，但人人都知道到时候谁都买不起这些房子。我们总是不断研究如何得到更多这类东西，难道不能偶尔想一想减少欲望，知足常乐吗？难道可敬的公民在行将就木之前，一定要这样严肃地言传身教，告诫年轻人一定要积攒若干数量的多余的高筒套鞋[190]，雨伞，为头脑空洞的客人提供空荡荡的客房吗？我们的家具为什么不能像阿拉伯人或印第安人的家具那样简单呢？每当我想到保佑我们种族的恩人，那些我们奉为天国的信使、为人类带来神明的礼物的天使时，脑子里浮现出来的并不是他们身后蜂拥着仆役随从或者一车一车的流行家具的形象。或者，假如我这么说（这么说也够出格的了），即我们的家具比阿拉伯人的家具更加复杂，那么，以此为例，我们在道德和智力上也应当比他更优越才对。目前，我们的房子拥塞污秽，一个好主妇会将大部分垃圾扫入垃圾洞[191]，不会放弃她的晨课。晨课！伴随着黎明女神欧若拉[192] 的红霞和门农的乐声[193]，一个人在这个世界上的**晨课**应当是什么？我的桌子上有三块石灰石[194]，但我

---

[188] 便宜的棕榈叶帽在夏天很流行。梭罗 1850 年去加拿大时，戴着一顶"花了二十五美分的没有内衬的薄棕榈叶帽子"【W 5: 31】。

[189] 猎人们用土拨鼠毛皮做冬帽。

[190] Glow-shoes，胶鞋（galoshes），或橡胶鞋（rubbers）：galoshes 为 galloshoes 的误拼，见狄西德里乌斯·伊拉斯谟（Desiderius Erasmus，卒于 1536 年）的《论人、行止和事物》(Colloquia Concerning Men, Manners and Things)，由内森·贝利（Nathan Bailey）译成英文（1725 年，伦敦）。

[191] The dust hole，地上挖出的洞，可以将灰尘和渣滓扫入。

[192] Aurora，罗马神话，黎明女神。

[193] Memnon，埃塞俄比亚国王、欧若拉和提托诺斯之子。他在特洛伊战争中被阿喀琉斯杀死。根据郎普利埃的《古典书目》："门农治下的埃塞俄比亚人或埃及人呢，竖立了一个显赫的雕像，纪念他们的国王。这个雕像有一个奇妙的特点，每天日出时发出一种悠扬的声音，就像竖琴收起时琴弦发出的声音。这是因为阳光照射在它身上产生的效果。"

[194] 可能是来自康科德北部伊斯特布鲁克（Easterbrook，现为埃斯特布鲁克，Estabrook）的石灰石采石场。

发现我需要每天给它们掸灰，我吓坏了，我还没有把思想的家具上的灰尘打扫干净呢，于是我厌恶地把石灰石扔出窗外。既然如此，我怎么能够拥有一所带家具的房子呢？我情愿坐在露天，因为草丛上不会有灰尘，除非人类已经开垦了那片土地。

奢侈和浪费的人开创了时尚，而群氓则倾力追随。在所谓最好的旅馆里住宿的旅人很快就发现了这一点，因为店主会把他当作萨丹纳帕路斯[195]来接待，如果他放任他们温柔款待[196]，那么店主马上就会随意摆布他。我觉得，就火车车厢来说，我们花在奢侈物品[197]上的钱，比花在安全和方便上的钱还要多，我们没有得到安全和方便，而火车车厢却变得和一个现代会客室相差无几，其中有长沙发、软垫凳和遮阳篷，以及其他五花八门的东方玩意儿，我们把它们带到西方来，而它们本来是为后宫的嫔妃和天朝那些脂粉气十足的当地人发明的[198]，乔纳森[199]连知道它们的名字都会觉得羞耻。我情愿坐在一只南瓜上[200]，让它整个属于我，也不情愿跟人一起挤坐在一个绒垫上。我情愿在大地上乘着牛车自由游荡，也不愿意乘着豪华观光列车的高级车厢[201]，一路呼吸着污浊的空气[202]前往天堂。

---

195 Sardanapalus，希腊语里对亚述（Assyria）最后一个国王、一个腐败柔弱的统治者亚述巴尼拔（Ashurbanipal，卒于公元前 822 年）的称呼。
196 典故来自《箴言》12：10：“义人顾惜他牲畜的命，恶人的怜悯也是残忍。”放任别人温柔款待，也就是屈从于一个经常是缺乏同情心的人的力量或者酌处权。
197 可能指的是 1945 年制造的两种火车车厢里的一个：美国旅客车，或者马萨诸塞州制造的德文珀特和布里吉斯客车。这两种客车都比以前更宽敞，设计也着眼于减少梭罗时代的铁路旅客所熟知的摇摇摆摆。女士车厢有优雅的沙发、化妆台、镜子和盥洗室。
198 中国贸易引起了亚洲装饰的时尚。
199 十九世纪美国人常用的名字，就像英文中约翰·布尔的说法，如梭罗写道：“越橘布丁对乔纳森，就像梅子布丁对约翰·布尔”【越橘 12】。在《没有原则的生活》中，梭罗用这个名字来指一个"依然很乡土，还没有都市化的人"【W 4: 447】。
200《简洁生活》一章后面，梭罗写道："没有谁会穷得坐在一只南瓜上。这是无能。"
201 指霍桑的《天路》。尽管梭罗很少读小说，但爱默生引起了他对这篇小说的注意，1843 年他在一封信中写道，这篇小说"有一种庄严的力量，令人不能不称赞，——在这个卑微的生命里"。
202 Malaria，字面的意义是"坏空气，"语出意大利语 mala aria，其来源是因为人们认为疟疾发热是由沼泽里发现的坏空气引起的。

原始时代的人类虽然生活简朴，袒身露体，但他们至少有这样一个优点，即他仍然只是大自然中的一个过客。每当吃饱睡足之后，他便马上开始考虑下面的行程。他住在这个世界上的一顶帐篷里，不是越过山谷，就是穿越平原，或者是爬上山顶。可是，人变成了他们的工具的工具。曾经在饥饿时独自采摘水果的人变成了一个农民；站在树下寻找遮蔽的人，变成了一个房主。我们现在不再露营过夜，而是在大地上定居下来，忘记了天堂。我们接受了基督教，却仅仅是把它当作一种改良了的农业耕作方式[203]。我们为此生建造了一个家族大厦，也为来世建造了一个家族坟墓。最好的艺术作品应当反映人从这种状况下解放出来的斗争，但是，我们的艺术的作用，仅仅只是致力于使这种低级状态更加舒适，使人们忘却更高级的状态。在这个村庄里，实际上没有精美艺术品的位置，如果还有什么艺术品流传到我们这里，我们的生活、我们的房屋和街道，都无法为之提供合适的基座。没有可以挂一幅画的钉子，没有一个可以摆放英雄或圣人的胸像的架子。当我想到我们的房子是如何建造的，是如何付清或者是尚未付清时，想到它们内部的经济是如何管理和维持的时候，我就会纳闷，当房客们在欣赏壁炉台上的摆设玩意儿时，为什么地板没有在他脚下轰然坍塌，把他带进地窖，跌落到尽管是泥土然而却坚固扎实的地基上去。我只能设想，这种所谓富裕和精致的生活是值得人踊跃追求的东西，而我无法欣赏装点这种生活的艺术，是因为我的注意力完全集中在踊跃追求本身了；我记得，最伟大的、完全靠人类的肌肉促成的真正一跳的纪录，是某些流浪的阿拉伯人创造的纪录，据说他们在平地上跳了二十五英尺[204]。没有别人支撑的话，超过那个距离以后，人还是肯定会回到地面。我想向这类行为不当的房产主问的第一个问题就是，是谁在支撑着你？你是失败了的百分之九十七中的一个吗？还是成功了的百分之三里的一个？你先回答我这些问题，然后我也许会看看你的小玩意儿，觉得它们还算有装饰性。马车套在马前面[205]，既不美丽，又

---

203 *agri*-culture，强调其拉丁词根 culture 的本义，指一块田地的耕作或耕种，也双关指人类文化。他在《更高法律》中将 philanthropic（慈善）写成"phil-anthropic（人类）"，在《结语》中将 extravagant（奢侈）写作 extra vagant（流浪），也是类似的用意。
204 未标出人名。梭罗 1851 年 6 月 7 日的日记中记录过。
205 英文中见约翰·赫伍德（John Heywood, 1497?—1580?）的《箴言》(*Proverbs*, 1546)："将马车套在马前"，不过也见西塞罗（Cicero）的《书信集》(*Ad Atticum*) 1: 16："倒置"。

毫无用处。在用美丽的物件装饰我们的房子之前，必须先把墙壁清理干净，我们的生活也必须清理干净，还必须以美丽的家政和美丽的生活作为基础：不过，对美好事物的品位大都是在户外培养出来的，而那里既没有房子，又没有房主。

老约翰逊[206]在他的《奇妙的天意》中谈到了和他同时代的本镇最早的居民，他告诉我们，"他们最早的栖身之所就是在山脚下的地上掘出山洞，在木材上撒上泥土，在最高的那一面沿着泥土点着满是浓烟的火。"他说，"直到土地在上帝保佑下，给他们带来了供养他们的面包以后，他们才给自己盖房，"第一年的收成很小，"很长一个季节里，他们被迫把面包切得很薄，勉强为生。"[207]新荷兰省的秘书[208]1650年用荷兰语为那些想去那里占有土地的人介绍情况，他写得更加具体，那些新荷兰省尤其是新英格兰的人，最初无法按照自

---

[206] 爱德华·约翰逊（Edward Johnson，1599？—1672）于1654年发表了《1628年至1652年新英格兰英国种植史》（*A History of New-England from the English Planting in the Yeere 1628 untill the Yeere 1652*），更为人所知的书名为1654年的《锡安救主在新英格兰奇妙的天意》（*The Wonder-Working Providence of Sion's Saviour in New England*）。梭罗在《在康科德河和梅里迈克河流上的一周漂流》中的《康科德河》（*Concord River*）一章中也引用了"老约翰逊"。

[207]《奇妙的天意》第36章《基督的信徒开垦这块蛮荒地带、开始建造第一个内陆镇康科德镇的辛勤劳作》（*Of the laborious worke Christ's people have in planting this wildernesse, set forth in the building the Towne of Concord, being the first in-land Towne*）的删节：

> 再多说说这些人在开垦荒地时付出的艰辛劳动……他们这样找到一块地基，他们在山脚下的地上掘出山洞，作为他们的第一个住所，在木材上撒上泥土；在最高的那一面，沿着土地点着了满是浓烟的火，这样，基督可怜的仆人们为他们自己、他们的妻儿们提供了住所，让小雨不至于淋湿他们的栖息之地，但大雨还是穿透进来，在晚上打搅他们；可是在这些可怜的帐篷里他们还是在唱着赞美诗，祈祷和赞美他们的上帝，知道他们能为自己提供住房，很多人只有在大地为他们带来了可以喂养他们和他们的妻小的面包时，才能够凭着上帝的祝福得到住房，他们辛苦地劳作，每一个能够举起锄头的人都用它锄进土里，坚强地站着干活，挖开树根和树丛，在地面的草皮腐烂之前，头几年收成很低，于是在很长一个季节里，他们被迫把面包切得很薄。

[208] New Netherland，荷兰在北美的殖民地，建于1613年，1664年被英国征服后更名为纽约（New York）。省秘书是科内利斯·凡·田赫文（Cornelis van Tienhoven，1610？—1656？）。

己的愿望建造农舍，他们在地上按照地窖的模样挖出一个六七英尺深的方洞，长宽以自己感觉适度为准，接着用木头将坑内四壁的土固定住，用树皮或别的东西把木头连起来，防止泥土坍塌；这个地窖的地面上铺上了地板，顶上用木板做成天花板，用房梁支起房顶，房顶上再铺上树皮或绿草皮，这样他们就有了房子，全家可以在这个干燥、暖和的房子里度过两三年或者三四年，大家都明白，根据家庭的大小，这些地窖里又分隔成了不同的隔间。殖民刚开始时，新英格兰富裕和有地位的人也是这样建造他们的第一套住房的，原因有两个：首先，是为了不在建房上浪费时间，以免下一个季节缺少粮食；第二，是为了不让那些他们大批从故国带来的贫苦劳动者丧失信心[209]。过了三四年，当这个地区开始适合于农业生产以后，他们才给自己建造起了漂亮的房子，造价是几千美元[210]。

我们的先辈采取这种途径，至少表现出了一种谨慎，亦即，他们的原则是首先满足最迫切的需要。可是，到了今天，这个最迫切的需要是什么？当我想要为我自己购置一座豪华住宅时，我望而却步了，因为，这个地区说起来还没有适应人性文化[211]，我们的精神食粮很匮乏，我们的灵性面包很薄，比我们先辈的小麦面包切得还要薄。诚然，即使是在最简陋的时代，也不应当忽视所有的建筑装饰；可是，我们应当用美来装饰我们房子中与我们直接接触的地方，就像贝类的外壳那样，而不要过分点缀。可是，啊！我进去过一两所这样的房子，知道它们里面都堆砌成了什么样子。

尽管我们还没有退化到完全不能去住在山洞、棚屋或者身穿兽皮的程度，我们最好还是接受人类能够提供的发明和工业带来的好处，得到这些好处可是代价高昂。在我们这样的社区里，木板和木条、石灰和砖头，都比合适的山洞或者整块的木头、大量的树皮，或者质地良好的黏土和平整的石头更便宜，更容易找到。我在这个话题上有发言权，因为我自己对它既有理论知识，又有实

209　荷兰联合省（The United Provinces of Netherlands），又名荷兰共和国（the Dutch Republic）。

210　引自埃德蒙·贝利·奥卡拉汉（Edmund Bailey O'Callaghan，1797—1880）的《纽约州志》（The Documentary History of the State of New York，1851）4：23。

211　可能指的是布朗森·阿尔科特1836年的《人性文化的原则和规律》（The Doctrine and Discipline of Human Culture）一书。

践经验。再用上一点智慧，我们就能够合理使用这些材料，变得比现在最富裕的人还要富裕，把我们的文明变成一种祝福。文明人是更有经验、更睿智的野蛮人。不过我们还是赶快来看我自己的实验吧[212]。

1845 年三月底，我借了一把斧子[213]，到了瓦尔登湖的树林里，在离我打算盖房子[214]最近的地方，开始砍下一些高高大大像箭一样笔直、依然年轻茂盛的白松作木材。工程伊始，什么都不借可能很难，不过借东西也是个机会，可以让你的同乡们从你的项目中获益。斧子的主人把斧子借给我的时候，告诉我这把斧子就像他眼中的瞳仁一样，是他最珍贵的东西[215]；不过我还斧子的时候，它可是比我借它的时候还要锋利。我干活的地方，是一片令人赏心悦目的山坡，长满了松树，从那里我可以看得见瓦尔登湖；树林里有一片空地，生长着

---

[212] 由于梭罗 7 月 4 日迁往瓦尔登湖和国家独立有关系，"实验"可能引用了托马斯·杰弗逊（Thomas Jefferson，1743—1826）在他的就职演说中的用法，他在其中将民主称为一种"成功的实验"（successful experiment）。

[213] 借来的斧子可能是一种宽斧子，在树砍下以后劈树之用，与梭罗自己可能有的那种窄的（下面段落里提到）砍倒树的斧子有所不同。关于斧子的主人一直有争议。没有现存的日记或来自梭罗的其他来源点明斧子的主人。埃勒里·钱宁在他那本《瓦尔登湖》上声称他是斧子的主人。乔治·威利斯·库克（George Willis Cooke，1848—1923）和汤森德·斯卡德（Townsend Scudder，1900—1988）都宣称斧子是爱默生的，但都没有引用权威资料来源。梭罗的第一个英国传记作者亨利·S. 索尔特（Henry S. Salt，1851—1939）宣称斧子是布朗森·阿尔科特的，没有引用权威资料来源，不过他的依据可能是布朗森自己 1880 年 8 月 19 日在《康科德自由人》发表的声明："设计瓦尔登小房子的时候，他来对我说，'阿尔科特先生，借我一把斧子'，用这把斧子他建造了一个伟大的原始人的圣殿。"阿尔科特之前就已经宣称过他是斧子的主人，C.C. 斯登斯（Stearns）1881 年 3 月 18 日给他的一封信，回忆起几年前他访问阿尔科特时的一次谈话，谈话中，阿尔科特告诉他把斧子借给梭罗的事。

[214] 与不同作者所称的正好相反，除了几次例外，梭罗一般将他的住处称为房子，包括本书第一个句子。他称它为家园（homestead）一次，小棚（cabin）和茅舍（hut）各两次，住处（lodge）和寓所（apartment）各三次，住宅（dwelling）四次。

[215] 典故出自《旧约》中几个地方，如《申命记》32：10："他保护他，就像保护眼中的瞳仁。"

松树和山核桃树。湖中的冰还没有全化，尽管有些地方已经开冻，颜色很深，溢满了水。我在那里干活的那些天，偶尔有薄薄的雪花飞舞；但大部分日子，我从铁路线上出来，回家的路上[216]，金黄色的沙堆沿着铁路伸展开去，在蒙蒙雾气中熠熠发亮，铁轨在春天的夕阳下闪烁，我听见云雀、野百灵鸟[217]和其他鸟儿们都已经来了，要和我们一起迎接春天。那是些欢快的春天的日子，在这样的日子里，人对冬天的不满[218]随着大地一起消融，冬眠着的生命也开始舒展开来。一天，我的斧头柄脱了，我砍了一株幼小的山核桃树，做成了楔子，用石头把楔子敲进去，把整个斧子一股脑儿放在湖中一个小水湾里，让楔子泡涨，这时，我看见一条带条纹的蛇[219]滑进了水里，它躺在水底，我就那么站在那里，差不多十五分钟都不止了，它却显然没有觉得受到任何惊扰；大概它还没有完全从冬眠状态里苏醒过来。在我看来，人类也停留在目前这种低级和原始的状态中，也是因为同样的原因；但是，如果他们能够感觉到春天的萌动在唤醒他们，就必然能够擢升到更加崇高、更具灵性的生命。以前，我曾在霜冻的早晨看见路上有这样的蛇，它们一部分身体还是麻木僵硬的，正等着太阳来将它们融化。四月一日那天下雨了，冰化了，那天早上雾气很重，我听见一只迷路的鹅在湖边摸摸索索，好像失散了一样咯咯叫着，或者像是雾气的精灵。

我就这样一连几天挥着我自己窄小的斧子，砍削木头，砍成立柱和椽子，我没有多少值得交流或者学术性的想法，只是为自己吟唱着——

---

216 梭罗家当时的房子是铁路站西面位于得克萨斯街（Texas，现贝尔克奈普街 Belknap）的一座两层建筑。1844 年 9 月，梭罗和他的父亲一起在四分之三英亩的土地上盖了这所名叫得克萨斯的房子。

217 野百灵鸟（meadowlark）或东部草地鹨（Eastern phoebe，学名 Sayornis phoebe）。鹨（phoebes），通常称作燕雀（pewees）或绯鹨（bridge phoebes），通常在早春飞来。树林中的鹨（wood pewee，学名 Contupus virens）要到五月份才来。

218 典故出自莎士比亚的《理查三世》(Richard III) 1.1.1—2：" 现在是我们不满的冬天 / 这个约克之子把它变成了辉煌的夏天。" 梭罗喜欢这个典故，他在《马萨诸塞自然史》(Natural History of Massachusetts)【W 5: 125】和他 1857 年 10 月 31 日【J 10: 150】的日记中都用过它。

219 可能是东部带蛇（Thamnophis sauritus）。

| 简 | 朴 | 生 | 活 |

> 人们说他们无所不知,
>
> 哦可是他们添上了翅膀,——
>
> 艺术和科学,
>
> 和一千种器具;
>
> 飘扬的风
>
> 是人们所知的一切。220

我把主要的木材砍成六英寸见方的长条,多数立柱砍削两面,橡子和地板只砍削一面,其他的各面都把树皮留在上面,这样它们就和锯出的木料一样直,而且坚韧得多。因为到这时候我已经借到了更多的工具,所以我在每一根木料上都仔细地挖了榫眼,或者刻出榫子。我每天在树林里劳动的时间并不是很长;不过我一般带着面包和黄油当午餐,中午的时候,我坐在我刚刚砍下的青翠的松树枝中间,读着包午餐的报纸221,因为我手上沾满了厚厚一层树脂,我的面包

---

220 梭罗的诗。

221 梭罗是狂热的报纸读者。《在康科德河和梅里迈克河流上的一周漂流》一书中,梭罗有两次发现自己沉浸其中:"我晚上坐起来,就着火光阅读有些人包午餐的报纸碎片"【W. 194】,"张着弯曲的帆,我们很快地滑过汀斯伯罗(Tyngsborough)和切姆斯福德(Chelmsford),每个人一只手抓着半个我们买来庆祝归来的乡村苹果派馅饼,另一只手抓着一片包苹果派的报纸,津津有味地吞噬着它们,了解自我们航行以来发生的新闻"。【W 1: 384】富兰克林·桑伯恩,1909 年藏书协会出版的《瓦尔登湖》限量版的编辑宣称,康科德人很少有人"像梭罗那样爱读报纸(特别是《纽约论坛报》)。"尽管他明显热衷于报纸,但他也同样会对报纸不屑一顾,写道"不要读报纸"【J 2: 45】,以及——

> 我不太清楚,不过一个星期读一份报纸太多了,我现在订阅《论坛报》周刊,过去几天中,我觉得,我没有住在康科德;太阳、云彩、雪和树,对我没有说什么话。你不可能同侍二主。要了解和占有一天的财富,需要的时间不止一天。阅读遥远和高调的事件,会让我们忽略显然在近和细微的事件。我们学会了到外界去寻找我们的思想和精神的每日食粮,这个乏味的小镇对我有什么意义?这些平凡的田野、这个地球和这片天到底是什么?整个夏天直到深秋,我对纸和新闻毫无知觉,我现在发现,那是因为清晨和晚间都充斥着新闻。我散步途中有很多事件。我不关心欧洲事务,我关心的是康科德的田野的事件。【J 3: 208】

也带上了青松树枝的芬芳。尽管我砍掉了一些松树，但是，还没到我完工时，我已经成为松树的朋友，而不是它们的敌人，因为我对它们更了解了。有时候，树林里游荡着的人会顺着我的斧头声而来，我们会面对着我砍下的碎木屑开心地聊上一阵。

由于我干活时没有急于求成，而是精益求精[222]，我直到四月中旬才把房架做好，可以支起来了。在此之前，我已经买下了爱尔兰人詹姆斯·柯林斯[223]的窝棚，权作木板[224]。詹姆斯·柯林斯在费奇伯格铁路上工作，人们都觉得他的窝棚非同寻常地好。我去看窝棚时，柯林斯不在家。我在外面走了走，起初屋子里的人从里面看不见我，因为窗户又深又高。窝棚的尺寸很小，上面有一个尖屋顶，其他的看不见什么，因为窝棚周围堆了五英尺高的土，好像一个肥料堆一样。尽管太阳已经把屋顶晒得有些变形、易碎，它却仍然是保存得最好的一部分。门前没有门槛，但在门板[225]下面有一个让鸡一年四季出入的出口。柯林斯太太迎到门口，让我进里面看看。我一走近，母鸡们也都进去了。窝棚很黑，大部分地面是泥土的，阴冷、潮湿，令人觉得寒气很重，只是东一条西一条地铺着木板，一挪动可能就会破碎了。她点亮一盏灯，让我看屋顶和墙壁里面，还有伸到床下的木地板，警告我不要踩到地窖上，地窖是一个两英尺深的土坑。用她的话说，那些"上面的木板很好，周围的木板都很好，窗户也很好"，窗户本来是两个完整的四方形，不过近来只有猫从那儿出入。屋子里有一只炉子，一张床，一个坐的地方，一个在这个房子里出生的婴儿，一把丝绸阳伞，一面镀金框的镜子，一只钉在一块橡木板上的新咖啡磨，总共就这些了。我们很快就达成了交易，因为詹姆斯就在这时候回来了。我应该今天晚上支付四美元二十五美分，他明天早上五点钟腾出房子，并且不能把棚屋卖给别人，我早上六点钟来接收。他说，最好早点来，免得有人就地租和燃料费提出一些不明不白而且完全不公正的要求。他向我保证，这是唯一的麻烦。六点钟时，我在

---

222 双关语：made the most of it，最好地或充分利用，同时也有追求最高效率的意思。
223 梭罗没有更多地说明他的身份。
224 随着瓦尔登湖附近的铁路建造完工，工人们曾经居住的窝棚均以几美元的价格出售，因为很多工人都已经转而去工厂找工作。梭罗的父亲也买了一两个小窝棚，来建造附属在得克萨斯街上的梭罗家房舍旁边的铅笔店。
225 门板就是门本身。

路上碰见了他和他的家人。他们所有的家当都装进了一个大包裹——床，咖啡磨，镜子，鸡——只除了那只猫，它跑进树林，成了一只野猫，我后来听说，它踩上了给土拨鼠下的陷阱，就这样死了。

我当天早上就把这个小房子拆了，拔出钉子，用小推车把它搬到了湖边，把木板摆在那里的草地上，在太阳底下让它重新漂白，恢复平整。我推着车沿着林间小径走过时，一只早起的画眉不时为我送来一两声轻啼。一个叫派特里克[226]的年轻人向我告密说，我推车离开的空当里，爱尔兰人邻居西利[227]将一些还将就能用的能够钉得进去的直的钉子、小钉和长钉都装到他自己口袋里去了[228]，我回来后打发这一天剩下的时光，事不关己地，带着春日闲思，重新看着眼前这一片杂乱，派特里克就站在旁边；如他所说，已经无事可做了。派特里克在那里充当着旁观者的角色，让这件本来无足轻重的事情变成了盗窃特洛伊诸神的事件[229]。

我把地窖挖在山坡的南面，一只土拨鼠以前在那儿挖过洞，我挖出漆树、黑莓根和植被的最底层，地窖长宽各六英尺、七英尺深，底下有很好的沙子，无论什么样的冬天，土豆都不会上冻。地窖的四壁稍稍倾斜[230]，没有砌石头；但是因为太阳从来没有照进来过，所以沙子会原地不动，不会滑下来。这不过是两个小时的活儿。我特别喜欢挖地奠基这项活计，因为不管在什么纬度上，人们只要挖下去，总是能找到恒温地层。城中最豪华的房舍下面，仍然有一个地窖，人们还是按老办法储存根茎植物，地面上的建筑早就消失之后，后人还会注意到它在地上留下的坑洼。房子不过是位于地洞入口处的门廊而已。

终于，到了五月初，在几个熟人的帮助下，我竖起了房子的框架。我请

---

226 Patrick，对爱尔兰人的泛称，与称英国人为约翰·布尔（John Bull）类似。

227 身份不明。

228 到这时候，钉子已经是机器制造，因而比从前手工制作的钉子要便宜，但它们还是有足够的价值，值得让人偷偷装进口袋。

229 典故可能来自希腊人俄底修斯和狄俄墨德斯（Diomedes）听说神圣的雅典娜神像留在那里，城市便无法征服时，将雅典娜神像从特洛伊城偷走的故事，也肯定来自埃涅阿斯（Aeneas）营救他的家神的故事。

230 Shelving，斜坡，或缓坡。

他们帮忙，主要是想趁机改进邻里关系，而不是因为一定需要人帮忙。能够有这样的人帮助我竖立房架，他们的品德令我比任何人都更加感到荣耀。[231] 我相信，他们将来注定要为别人竖立更高尚的建筑结构。我于七月四日开始住进我的房子[232]，当时房子刚刚铺上木板、盖好房顶，木板边缘被仔细削薄、互相交叉重叠着钉好[233]，因此能够很好地防止雨水渗进来；不过，装木板之前，我在房子的一头为烟囱打好了地基，用了两车石头，都是从湖里运到山上的。秋天锄完地以后，我把烟囱盖好了，这时候还不需要生火取暖，这段时间，我清晨的时候在室外的地面上做饭；我还是觉得，从某些方面来看，室外做饭比通常的烹饪方法更方便、更宜人。在我的面包还没烤好时，如果眼看要下雷阵雨了，我就用几块木板支在火的上方，然后坐在木板下面看着我的面包，就这样快乐地度过了几个小时。那些天里，我手里忙着活计，很少阅读，但是，散落在地上的小纸片，以及我用来包食物和权当桌布的报纸[234]，给我带来了许多乐趣，实际上，读这些纸片、报纸和阅读《伊利亚特》一样令人欣喜[235]。

　　盖房子的时候，还是不能像我这样漫不经心，而是应当慎重考虑一些事情，譬如，门、窗户、地窖和阁楼在人的本性中有什么样的基础，在我们找到更好

---

[231] 乔治·威利斯·库克说帮梭罗架房子的人有"爱默生、阿尔科特、W.E. 钱宁、博乐·柯蒂斯（Burrill Curtis）和乔治·柯蒂斯（George Curtis）、埃德蒙·霍斯默和他的儿子约翰、埃德蒙和安德鲁。梭罗说他希望年轻人帮忙，因为他们比年龄大的人更有力气"。亨利·赛德尔·坎比（Henry Seidel Canby, 1878—1961）在《梭罗》中只点出了钱宁、乔治·柯蒂斯、阿尔科特和霍斯默，但没有引用资料来源。拉尔夫·莱斯利·拉斯克（Ralph Leslie Rusk, 1888—1962）在《拉尔夫·沃尔多·爱默生》(*Ralph Waldo Emerson*)中没有提到爱默生帮梭罗搭过房子支架，爱默生本人也从来没有提起过。不过，爱默生1845年3月到9月的日记中，有几个地方可能指的是梭罗盖房子的事："有教养的人不能住在窝棚里面"，"我看不见一所尚未盖成的房子"，在一处提到梭罗后，下面说，"小房子难道不是最好的吗？"

[232] 用来象征梭罗的个人独立。

[233] 每一张木板的薄边和另一块板的薄边重叠。

[234] 他包晚餐的报纸，既是装晚餐的容器，打开以后，又是他的桌布。

[235] 梭罗把荷马一本讲述特洛伊战争的史诗《伊利亚特》(*Iliad*)带到了瓦尔登湖，但他在《村庄》一章中提到过，书被人偷走了。

的理由之前，或许不要仅仅因为我们世俗的需要而去建立任何上层建筑。人们给自己盖房子，就像鸟儿给自己筑巢一样，都是同样合情合理的。谁知道呢，如果人类能够亲手修建自己的住房，简单而诚实地为自己和家人提供食物，他们的诗性说不定也会得到普遍的发展，就像鸟儿那样，它们在为自己筑巢觅食时总是不停地欢唱。可是啊！我们像牛鹂和杜鹃一样，总是把蛋下在别的鸟儿筑的巢中，它们唧唧喳喳、毫无乐感的鸣叫，也不能令任何旅人感到愉快。我们应当永远把建筑的快乐拱手让给木匠吗？在大多数人的经验中，建筑究竟有多大价值？我散步途中，从来没有看见一个人从事像给自己盖房子这样简单和自然的工作。我们是属于社会的。不光裁缝才是九分之一个人[236]，三教九流各司其职；牧师、商人和农民也都是如此。这样的劳动分工何时是尽头？它最后达到的目的是什么？毫无疑问，别人*也可能*会代替我思考；但是，如果他代替我思考了，同时还不许我为自己思考，那就令人无法接受了。

诚然，这个国家也有所谓的建筑家，据我所知，其中至少有一位持有这种观点，即让建筑装饰拥有真理的本质，成为一种必需，因而也拥有美，仿佛这是上天对他的启示一样[237]。从他的角度来看可能一切都不错，但其实也不过是比一般的业余爱好者略胜一筹而已。作为建筑学上一个感情用事的改革家，他是

---

236 来自至少能够追溯到十七世纪末的一个谚语："九个裁缝，凑成一人（Nine Tailors Make a Man）。"卡莱尔在《衣着哲学》中将裁缝们称为"不是人，而是人的组成部件"，这个典故，在讲这个小故事的时候也用过：伊丽莎白女王"接见了一个由十八名裁缝组成的代表团，跟他们打招呼说：早上好，二位绅士！"。人们认为这个说法来自教堂用敲钟九响来表明死者是一个男人。梭罗在《冬天的瓦尔登湖》一章中也引用了这段话。

237 霍雷肖·格里诺（Horatio Greenough，1805—1852），雕塑家，较早提倡功能性建筑装饰的思想。这一段大部分来自梭罗1852年1月11日的日记，不是他对格里诺在这个论题上发表的文章的反应，而是对格里诺写给爱默生的一封信的反应。爱默生特别喜欢这封信，于1852年1月10日给梭罗看了这封信。这封写于1851年12月28日的信，谈到"一种只听从天才召唤的美"。梭罗在《瓦尔登湖》中很仔细地避免直接提及格里诺。有可能，他的反应是为了抵抗爱默生的热情反应，如他在《从前的居民，冬天的访客》一章的倒数第二段中所表明的，梭罗这时和爱默生已经不再"心心相印"了。

从屋檐而不是从地基上开始着手的。他只关注如何用装饰物把真理的内核包裹起来，就好像用蜜饯包裹住每一颗杏仁或者香芹籽一样——虽然我认为没有包糖的杏仁更有益于健康——而不去关注居民、居住在里面的人，如何才能真正地把屋里屋外都建设好，如何让装饰物随性自然。有哪个理性的人会认为装饰物只不过是外在之物，仅仅是表面的东西，谁会认为乌龟得到了它带花点的外壳，贝类得到了它珍珠母的色调，都是像百老汇的居民得到他们的三一教堂[238]一样，是通过签订一份合同得到的呢？但是，一个人和他的房子的建筑风格并没有太大关系，正如乌龟和它的外壳的风格无关；一个士兵也不必无聊到把象征他勇敢无畏品格的颜色[239]涂在旗帜上。敌人自然会领教到它。考验来临时，他会吓得脸色煞白。在我看来，这个建筑师好像是从屋檐上弯下身来，胆战心惊地向那些粗俗的居民们嘟嚷着说出一些似是而非的东西，而这些居民可能知道的比他还多。我现在看见的建筑的美，我知道是逐步从内向外发展而来的，它来自居住者的需求和个性，居住者才是唯一的建筑者；建筑的美来自某种无意识的真实性和高贵，和外观毫无关系；如果想要增加更多这样的美，我们首先必须拥有类似的无意识的生命之美。画家们知道，这个乡村地区最有趣的住宅，通常是穷人那些最不做作、最简陋的木棚和茅舍；房子是居住其中的居民的外壳，是居民的生活，而不仅仅是房子外表的任何特异之处，使得这些房子变得秀丽如画[240]；城市居民在郊区的棚屋也同样有趣，他的生活和想象中一样简单闲适，也很少刻意追求住宅风格上的影响。大多数建筑装饰其实都是空洞的，九

---

[238] Trinity Church，由理查德·厄普约翰（Richard Upjohn，1802—1878）建造、1846年火灾后重建的纽约哥特复兴式教堂。

[239] 按中世纪标准和异国标准，颜色代表不同的美德，比如白色代表纯洁，红色代表忠诚，等等。

[240] 景观建筑学的如画学派（the picturesque school），突出的特点是野性的粗放、不规则和多种质地，模仿自然野性和荒芜一面，十九世纪得到几位作家提倡，其中最重要的是威廉·吉尔平（William Gilpin，1724—1804），代表作为《主要涉及如画之美的关于森林风景和其他树林风景的谈话》(*Remarks on Forest Scenery and Other Woodland Views, Relative Chiefly to Picturesque Beauty*，1791）和《三篇论文：论如画之美；论画景旅行；论风景素描》(*Three Essays: On Picturesque Beauty; On Picturesque Travel; and On Sketching Landscape*，1792）。

月的大风会把它们像借来的羽毛[241]一样刮走，而丝毫不会伤害其中真正重要的内涵。地窖中没有橄榄或葡萄酒的人们用不着**建筑学**。要是人们在文学上也把这么多工夫花费在文体修饰上，宗教经典的作者们也和我们教堂的建筑师们一样，在飞檐上花去同样多的时间，结果会是什么样呢？美文和艺术[242]，以及讲授它们的教授们就是这样产生的。人们过于关注，那儿根棍子应该是斜放在他上面或者是下面，或者他的箱子应当涂上什么样的颜色。如果他是自己认真诚意地把木条放好、把颜色涂好的话，那还不失为有意义的事情；问题是，如果其中的居民徒有躯壳而没有精神，修建这样的建筑不过是在打造自己的棺材——盖房等于修坟，而"木匠"不过是"棺材匠"的一个别称而已[243]。有个人说，抓起脚下的一把泥土，把房子涂成那个颜色[244]。这个人要么是对生命感到绝望，要么是对生命冷漠。他想着的是他最终的、窄小的三尺长眠之地吗[245]？往里面再扔一块铜币吧[246]。他会有多少闲暇啊！为什么要抓起一把泥土？最好把房子涂成你自己的肤色；你是白肤色就把它涂成白色，是红色就把它涂成红色。这可是改善村舍建筑风格的丰功伟业[247]！等你把我的装饰准备齐

---

241 指伊索（Aesop，约公元前620—560年）寓言和让·德·拉封丹（Jean de la Fontaine，1621—1695）讲述过的松鸦和孔雀的故事。

242 Belles-lettres，beaux-arts，法语，意思分别为纯美的或礼貌文学；美术。

243 词源不同，但却有关联：棺材（coffin）是由本地木匠（carpenter）打造的。

244 据威廉·华兹华斯说，约书亚·雷诺兹爵士（Sir Joshua Reynolds，1723—1792）曾经说过："如果你想为你的房子选一个最好的颜色，翻开一块石头，或者是把一把草连根拔起来，看看房子坐落的地方的泥土是什么颜色，这就是你该选的颜色了。"

245 Narrow house，坟墓。梭罗在《从前的居民》中使用了同一个词。几个诗人，如华兹华斯、奥西恩（Ossian，詹姆斯·麦克弗森James MacPherson，1736—1796）、罗伯特·彭斯（Robert Burns，1759—1796）和威廉·卡伦·布赖恩特（William Cullen Bryant）都用过这个称呼。

246 扔起一枚硬币（一分钱，铜制），指的是扔一枚钢镚儿决定在两项选择中选其一，也可能是指希腊神话中付钱给冥府渡神卡隆，渡过冥王哈帝斯的主要河流冥河。

247 梭罗在瓦尔登湖的房子代表了由殖民者带到美国的最早形式的英国小村舍建筑：带有一间房、一头有壁炉的房子。约翰·克劳第乌斯·劳登（John Claudius Loudon，1783—1843）的《小村舍、农场和别墅建筑学》（*Cottage, Farm and Villa Architecture*，伦敦，1835）、安德鲁·杰克逊·唐宁（Andrew Jackson Downing，1815—1852）（转下页）

全，我就会把它们穿戴起来。

赶在冬天来临之前，我砌好了一只烟囱[248]，房子早就已经能够防止雨水渗漏了，我还是给房子四周贴了木板墙面，用的是圆木上砍下的头一块木料，不太完美，而且还湿漉漉的[249]，边角又参差不齐，我只好用刨子把边角刨齐。

就这样，我拥有了一个木瓦做顶、有墙面板的牢固房子，十英尺宽，十五英尺长，八英尺的柱子，带着阁楼和壁橱[250]，每侧一扇大窗户，两扇通往地窖的门，房子的一端有一扇大门，门对面是砖砌的壁炉。下面列出的是我的房子的精确成本，包括我用过的这些材料的市场价格，但不包括人工——因为房子完全是我一个人盖的；我之所以提供这些细节，是因为很少有人能够说出他们的房子究竟花去了多少成本，能够说出用去的各种材料的成本的人就更少了，或者根本就没有：

木板…………………………	$8.03½，大部分是小窝棚的木板 [251]
房顶和外墙用的旧木板………	4.00
板条…………………………	1.25

（接上页）的《风景园艺理论和实践专论——兼论乡村建筑》(*Treatise on the Theory and Practice of Landscape Gardening*，纽约和伦敦，1841）和 T. 托马斯（Thomas）的《建造价格低廉、舒适和整洁的劳动者的小村舍建筑学，包括计划和细节》(*The Working-Man's Cottage Architecture, Containing Plans, and Details, for the Erection of Cheap, Comfortable, and Neat Cottages*，纽约，1848）。

248 盖烟囱在《室内取暖》一章中有详细描述。

249 稍微便宜一些，足以满足他的需要，虽然梭罗在写完《瓦尔登湖》之后的一篇日记中写到他能够"看见我以前没看见的我邻居家低矮的房顶上所有劣质或潮湿的贴板，因为它们吸收了大量水分，很久没有晾干，灰色的屋顶上有很多黑色的斑点"【J13: 423】。梭罗于1845年10月初给他自己的房子贴了木板。

250 现存文献没有标明梭罗的壁橱在他房子四角的哪一个角落，不过通常壁橱的位置是在壁炉旁边，伸到房间中来。

251 梭罗用四美元二十五美分买下了詹姆斯·柯林斯（James Collins）的小窝棚。他从哪里买了别的木板，无从得知。我们也不清楚梭罗从什么地方买了别的木板，因为这一页校对后是八美元三十五美分，而不是八美元三分半。半分钱硬币在美国一直发行到1857年，尽管它们在1840年代已经不怎么通行了。

两扇带玻璃的二手窗户…………	2.43
一千块旧砖头……………………	4.00
两桶石灰 [252] …………………	2.40 忒贵
毛发 [253] ………………………	0.31 忒多
壁炉架铁 [254] …………………	0.15
钉子 [255] ………………………	3.90
铰链和螺丝………………………	0.14
闩 [256] …………………………	0.10
白垩………………………………	0.01
运输………………………………	1.40 } 很多是我自己背的
合计………………………………	$28.12½ [257]

全部材料就是这么多,木材、石头和沙子除外,那些都是我根据占屋者权利,依法在政府公地上居住,有权免费使用的[258]。我在房子旁边还搭了一个小木柴棚,用的主要是盖房子剩下的材料。

我想为自己盖一所房子,比康科德大街上任何一所房子都要更加宏伟和豪华,只要它同样能够令我愉悦,而且造价也不超过我眼下这所房子。

这样,我就发现,想要得到住房的学生其实可以获得终生的住房,其代价也可能不超过他现在每年支付的租金。如果我看起来吹牛吹得太离谱,我的辩

---

252 用来制造抹灰。

253 毛发,通常是马毛,作为黏合剂掺入抹灰,可以增加其强度。

254 Mantel-tree iron,壁炉架,一块从壁炉口伸出,作为支撑烟囱的支柱的木梁(虽然通常也用铁梁代替)。

255 到1842年时,机制的钉子是三美分一磅。

256 Latch,梭罗帮着做好的门闩。

257 在他的日记中,梭罗说一所房子平均造价"约为一千五百美元"【PJ 2: 181】,虽然在《简朴生活》这一章前面他写过"这个区的房子平均价格大概是八百美元"。

258 美国的边疆部分是靠宣布所占公地为已有的权利来开发的,即没有权利或所有权就占有土地,然后通过占有而申明权利,而不是所有权。尽管梭罗喜欢将自己称为占地者(squatter),但他是得到了许可住在爱默生的土地上。

解是，我这样大吹大擂，更多地是为了人类，而不是为了自己；我的缺点和自相矛盾，并不影响我的言论的真实性。尽管我身上有很多阴暗和虚伪之处——这是我发现很难和我的麦子分开的秕糠，为此我和所有人一样感到懊恼——但就这件事而言，我还是可以呼吸舒畅、略微伸展一点，这对人的道德和生理系统都是一种何等的放松；我决心不要因为自己的谦卑，从而变成魔鬼的代言人[259]。我要努力说出真相。在剑桥学院[260]，一间比我的房子大不了多少的宿舍，光是房租就要三十美元一年，房产公司一个屋顶下并排修建了三十二间房，捞到了巨大的好处，而住户们则忍受着邻居众多与嘈杂的不便，并且还得住在四楼[261]。我不禁想到，如果我们在这些方面有更多的真正的智慧，我们不仅不需要这么多教育，因为，我们其实已经受到了足够的教育，而且，为接受教育而花费的金钱也将会大幅度减少。在剑桥或其他地方，一个学生为所需的那些便利，自己或他人要付出巨大的生命代价，如果双方能够妥善安排，只需现在的十分之一就够了。花钱最多的东西，其实根本不是学生最需要的东西。比如说，每个学期的账单中，学费是一个重要项目[262]，而他通过与同时代人中最有修养的人交往，所得到的教育要有价值得多，却是免费的。建立一所大学的模式通常是，筹集捐款，然后盲目地严格按照劳动分工原则行事，其实只有在一定范围内才应当遵循这条原则——雇佣一个承包商，他把这项工程作为一项投机买卖，承包商再雇佣一些爱尔兰人[263]或其他操作工来打下地基[264]，而将来的

---

[259] 在罗马天主教堂，魔鬼的代言人的责任是指出一个即将册封为圣徒的候选人的缺点，但更普遍用来指反对某项事业或地位，不是作为一个坚决的反对派，而是仅仅为了进行争论。

[260] Cambridge College，马萨诸塞州剑桥市的哈佛学院（Harvard College），梭罗 1837 年从那里毕业。

[261] 梭罗 1835 年住在哈佛大学霍里斯厅（Hollis Hall）四楼的 31 号房间。

[262] 根据《哈佛大学 1836—1837 学年职员和学生目录》(Catalogue of the Officers and Students of Harvard University for the Academical Year 1836—1837，梭罗在哈佛的最后一年），学费是 90 美元，包括"教学、图书馆、教室、管理部门、房租、房间维护"。其他费用包括 42 个星期的费用 94.5 美元，教材 12.5 美元，"特别修理" 3 美元，洗涮 3 到 5 美元，取暖则要么 7.5 美元一吨木材，要么 8 美元一吨煤。

[263] 爱尔兰移民主要受雇充当体力劳动者。

[264] "建立"（founding）一所学院的双关语。

学生就得自己来适应它；由于这些疏忽，一代一代的学生都要付出代价。我认为，由学生或者是希望从中获益的人，自己为房子打地基，**这样会更好**。学生们处心积虑地逃避所有人需要从事的任何劳动，从而获得令人艳羡的闲适和休闲，得到的只不过是卑鄙和无益的闲适，失去的却是经验，而唯有经验，才能使闲适变成丰富的收获。"但是，"有人会说，"你的意思不是说学生应当劳力，而不是劳心吧？"[265] 我的意思不完全是这样，我只是认为他很可能会那么想；我的意思是，既然社会在资助他们从事这么昂贵的活动，他们就不应当**游戏**人生，也不仅仅是**研讨**人生，而是要真诚地自始至终地经历人生。年轻人如果不立即开始生活的试验，又怎么能更好地学习生活呢？我认为，生活的试验，能像训练他们的数学一样训练他们的大脑。比如说，如果我想要一个孩子学点艺术和科学，我不会采取通常的途径，亦即仅仅是把他送到那个教授的街区，那里什么都教授和练习，就是不教生活的艺术——通过望远镜或放大镜来观察世界，却从来不用他的裸眼观察；学习化学，而不去学他的面包是怎样制作的，或者是学机械学，却不学这一切是怎样得来的；能够发现海王星的卫星[266]，却发现不了他眼中的刺[267]，也不会发现他自己原来不过是某个流浪汉的卫星；或者在观察一滴醋里面的怪物的时候，却被蜂拥在他身边的怪物吞噬。假如在一个月内，一个男孩用自己挖掘和融化的矿石制造出他自己的折刀，为了制造这把刀而大量阅读，另一个男孩同时在研究所[268]里听金属学课程，并从他父亲那里得到了一把罗杰斯牌小刀[269]，一个月后，谁的进步会更大？谁更有可能割

---

265 可能指的是布鲁克农场（Brook Farm, 1841—1847）和弗鲁特兰兹果树园（Fruitlands, 1843—1844）试图实行的理论。在写给爱默生的一封描绘布鲁克农场的信中，里普利写道："思想将主导着劳动行为，而劳动会有助于开阔思路。"
266 英国天文学家威廉·拉塞尔（William Lassell, 1799—1880）1846 年发现了行星海王星的一颗卫星。
267 典故出自《马太福音》7: 3："为什么看见你弟兄眼中有刺，却不想自己眼中有梁木呢？"《路加福音》中也有类似段落。
268 十九世纪四十年代，成立了许多科技机构帮助促进美国工人的教育，但梭罗可能特指波士顿的洛威尔学院（Lowell Institute），一个向波士顿地区居民开办哲学、自然史、科学和艺术等公开讲座的学苑，成立于 1836 年。
269 创始于 1682 年的英国谢菲尔德（Sheffield），由著名刀匠罗杰斯父子（Rodgers & Sons）制造，此处用来代表优质。

破自己的手指？……我离开大学时，才知道我学的是航海学，真是令我大吃一惊！270——唉，其实我只要沿着海港拐个弯，就能学到更多的航海知识。即使是**贫穷**的学生，学的也仅仅是**政治**经济学，而生命经济学，亦即哲学，在我们的学院里却没有认真讲授。结果，这个学生一面阅读亚当·斯密、李嘉图和萨伊271的著作，一面又让他的父亲背上了无法偿还的沉重债务。

不仅我们的学院是这样，林林总总的"现代革新"也是如此；人们对它们有很多幻觉，但其实它们并不都是积极的进步。魔鬼购买了早期的股份，随后又继续追加投资，一直不断地从中提取复合利息。我们的发明往往是漂亮的玩具，这些玩具分散了我们对严肃事物的注意力。它们只不过是改善的手段，而目的却尚未改善，其实达到这个目的本来并不是很难；就像从波士顿通往纽约的火车一样。我们急急忙忙地修建从缅因通往得克萨斯272的磁性电报273；但很可能，缅因和得克萨斯之间根本就没有什么重要的事件需要交流传递。这就像一个人陷入的那种困境，他真心地想被介绍结识一位杰出的耳聋女士274，但

---

270 航海天文学是十九世纪三十年代哈佛二年级数学的一部分。

271 亚当·斯密（Adam Smith，1723—1790），苏格兰经济学家，《国富论》(The Wealth of Nations)作者；大卫·李嘉图（David Ricardo，1772—1823），英国经济学家，《关于政治经济与税收的原则》(Principles of Political Economy and Taxation)作者；让-巴蒂斯特·萨伊（Jean-Baptiste Say，1767—1832），法国经济学家，《实用政治经济完整教程》(Cours Complet d'Économie Politique Pratique)的作者。梭罗有由 C.R. 普林塞翻译的萨伊著作《论政治经济或财富的生产、分配和消费》(A Treatise on Political Economy, or, the Production, Distribution, and Consumption of Wealth，费城，1834）。

272 缅因和得克萨斯分别为美国最东和最西的尽头，直到加利福尼亚于 1850 年加入美利坚合众国。梭罗在《在康科德河和梅里迈克河流上的一周漂流》中使用了同一段话："美国有对着某个报纸上的笑话从缅因笑到得克萨斯的闲暇。"【W 1: 132】

273 塞缪尔·摩尔斯（Samuel Morse，1791—1872）1825 年发明了磁性电报，并于 1837 年为他的最新型号申请了专利，这在当时是相对较新的发明。在随后几十年中，其使用快速扩大，尽管它直到 1851 年 8 月才通到康科德。

274 哈里特·马蒂诺（Harriet Martineau，1802—1875），严重失聪，随身带着助听器。她于 1834 年到 1835 年间在美国旅行，这次旅行的经历使她成为一个废奴主义者，写了两本严厉批判美国生活的著作：《美国社会》(Society in America，1837）和《西部旅行回顾》(A Retrospect of Western Travel，1838）。

当他被引见，手里握着她的助听器的一端时，却又无话可说。就好像主要的目的是说话神速，而不是言之有理一样。我们急切地在大西洋底挖隧道[275]，让旧世界和新世界的距离缩短了几个星期；但是，或许首先灌进招风的美国大耳朵里的第一条新闻会是：阿德莱德公主得了百日咳[276]。毕竟，骑着一分钟跑一英里的马的人，携带的未必是最重要的新闻；他既不是一个传福音的人，也不是回来吃蝗虫和野蜂蜜的[277]。我不相信飞马奇尔德斯[278]往磨坊里扛过哪怕一小袋玉米。

有个人对我说，"我不明白，你干吗不攒点儿钱呢？你那么喜欢旅行。你可以今天就坐车到费奇伯格去，看看乡村风景。"不过我可没那么傻。我发现，旅行最快的是步行的旅客。我对我的朋友说，我们来试试谁先到那儿。距离是三十英里；火车票是九十美分[279]。这差不多是一天的工钱。我记得就在这条路上，工人每天的工资是六十美分。好吧，我步行出发[280]，夜幕降临之前就到了；我

---

[275] 为了铺设从美国到欧洲的电报电缆，尽管电缆是铺在海底的，而不是通过隧道。《科学美国人》(*Scientific American*) 1850 年 5 月 4 日报道："跨大西洋电报。来自新泽西州特林顿市的土木工程师约翰·A. 罗布林（John A. Roebling）先生，认为建立一条横跨大西洋的电报线路完全是切实可行的……他的设计是将强壮的电线沉到海底……电线完全绝缘，防止海水的侵蚀，静卧在海底，在那里，没有任何东西能够干扰它们，它们的效率随时都可靠——它们将永远不会遭到地面电报运作所碰到的那些令人懊恼的中断。"第一条成功的跨洋电缆，尽管十分短暂，于 1858 年铺设；第一条永久性电缆于 1866 年完成铺设。

[276] 阿德莱德·路易莎·特雷莎·卡罗琳·阿米莉亚（Adelaide Louisa Theresa Caroline Amelia, 1792—1849），萨克森-迈宁根公主（Princess of Saxe-Meiningen）。

[277] 施洗者约翰（John the Baptist）的食品，出自《马太福音》3:4："这约翰身穿骆驼毛的衣服，腰束皮带，吃的是蝗虫野蜜。"

[278] 英国赛马，常胜不败，号称世界上最快的马，由约克郡（Yorkshire）的伦纳德·奇尔德斯（Leonard Childers, 1673—1748）培育。

[279] 梭罗在手稿中改正了校对稿中的七十美分，告知印刷商："他们上个星期改了票价。"

[280] 可能是梭罗的朋友艾萨克·赫克（Isaac Hecker, 1819—1889）1844 年发出步行的邀请："某个我发起的、你在其中有不可忽视的价值的项目。这个项目就是通过工作挣得我们去欧洲的旅费，步行、工作、必要时乞讨，采取任何我们愿意采取的（转下页）

曾经以这样的速度旅行过一个星期。与此同时,你要先挣够旅费,假如你运气好,能够找到一份工作,那么你明天或者今天晚上什么时候也会到达。可是,今天你没有往费奇伯格走,而是花了大半天的时间在这里工作。这样说来,如果铁路通往全世界的话,我觉得我总是会走在你前面;至于谈到观赏乡村风光并得到这样的体验,我就得和你完全断交了。

这就是普遍法则,没有任何人能够超越。关于铁路,我们甚至可以说它无关紧要,横竖都一样[281]。要修建一条供全人类使用、环绕整个世界的铁路,其难度相当于铲平地球的整个表面。人们有一种糊涂观念,以为只要他们持续筹集资金和挖掘修筑[282]这两种活动,坚持足够长的时间之后,迟早总会到达什么地方,而且花的时间不多,付出的代价也不高;可是,等到一群人冲向车站,列车员高叫着"上车了!",当烟雾吹散、蒸汽浓厚时,人们却会发现,一部分人倒是上车了,但其他人被碾压了——成为一个所谓"可悲的事故"[283]。毫无疑问,他们最终挣够了乘车的旅费,也就是说,假如他们能够活那么久的话,但是,到那时候,他们可能也已经失去了愉快的心情和旅行的欲望。用人生最美好的时光去挣钱,仅仅是为了在一生最没有价值的那段时间去享受一点自由,而且这种自由本身还值得怀疑,这种现象让我想起那个英国人,他先到印度去发财,目的是将来或许能够回到英国去过一个诗人的生活[284]。他本来应当一步到位,直接住到艺术家的小阁楼里去的。"什么!"成千上万的爱尔兰人从全国所有的棚屋中惊呼,"难道我们建造的这条铁路不是一桩好事吗?"是的,我回答道,也

(接上页)手段……我们想不带钱包或行囊,仰仗上帝全能的爱,人道,和我们身上囚禁着的勇气……我们可以证明美元不是万能的,也不是罕有的月光。"

281 It is as broad as it is long,至少能够回溯到十七世纪的流行语。

282 Joint stocks and spades,对合股和贸易的双关语,一个公司与其所有人共同持有或分享的股票或资金,以及用来平整铁路路面的铁锹。

283 梭罗时代报纸上用来形容通常与蒸汽船或火车有关、伤亡人数很多的事故的用语。

284 可能是成功地在孟加拉、加尔各答和普拉西建立英国统治的第一位普拉西伯爵罗伯特·克莱夫(Robert Clive, 1725—1774),或第一位印度总督沃伦·黑斯廷斯(Warren Hstings, 1732—1818)。尽管两者都不是主要以诗人著称,克莱夫确实写过一些诗,而黑斯廷斯则为梭罗在《在康科德河和梅里迈克河流上的一周漂流》中提到过的《薄伽梵歌》(*Bhagavad Gita*)当时的译本写过介绍。

就是说，比较而言是好事，你们修得不算太差；但是，因为你们是我的兄弟，我希望你们能够把时间花在更有意义的事情上，而不是仅仅在这里挖土。

在房子盖好之前，我希望通过某种诚实和愉快的方式挣上十到十二美元，以支付额外的开销，为此，我在屋子附近翻耕了大约两到两个半英亩地，主要种的是豆类，但也有一小部分土豆、玉米、豌豆和萝卜。整片地有十一英亩，大部分长着松树和山核桃树，去年的售价是八美元八美分一英亩[285]。一个农民说它"什么用也没有，只配用来养吱吱叫的松鼠"。我没给这块地上什么粪肥，因为我不是所有者，只不过是占地者[286]，而且估计也不会耕种这么多地，所以我并没有翻耕所有的地块。我在犁地的时候挖出了几捆树桩，给我提供了燃料，够烧很长时间，而且留下了一小圈一小圈原始的松软沃土，夏天时很容易辨认出来，因为那里的豆长得特别繁茂。我房后有很多死树，大部分没有商业销售价值，湖里也有些漂流木，这些都为我提供了其余的燃料。我不得不雇了一套牛犁和一个人[287]来耕地，不过扶犁的还是我自己。第一个年成，我务农的开支是十四美元七十二美分半，其中包括工具、种子和劳务等等。玉米种子是别人给我的[288]。玉米种子本来成本就微不足道，除非你种得太多。我收获了十二蒲式

---

[285] 这片地卖给了爱默生，他于1844年10月4日写信给他的弟弟查尔斯（Charles）："当我独自在瓦尔登湖旁边的树林散步时，我碰到了两三个人，他们告诉我，他们来这里是为了出卖和购买一块地，他们希望我作为购买人出个价钱。就在湖岸上，到那时很多年里我几乎天天都去的地方，我出了价钱，买下了它，总共十一英亩，每英亩八美元十美分。"

[286] 占地者（squatter）和蹲着大便（squatting）是双关语，这样梭罗事实上是在地里施粪肥了。尽管梭罗可能有一个厕所，迄今为止还没有任何关于它存在的记录，考古学家罗兰·罗宾斯（Roland Robbins，1908—1987）1945年挖掘瓦尔登房子时，也没有发现任何有厕所的迹象。

[287] 身份不明。

[288] 可能是埃德蒙·霍斯默（Edmund Hosmer，1789—1881）。富兰克林·桑伯恩指出霍斯默"住在剑桥公路上，或者是路旁，他那耕作得很好的农场沿着剑桥公路延伸开来。这使他成为和梭罗最近的邻居"。梭罗称霍斯默为"全康科德，也可能是全米德尔塞克斯郡最聪明的农民……在谈话中喜欢深思熟虑——放下手头一切活计而倾心谈话——很有远见"【J 4: 194】。

耳青豆，十八蒲式耳土豆，还有些豌豆和甜玉米。黄玉米和萝卜种得太晚，没有什么收成。有些出产我已经消费掉了，我手中还有大致估价为四美元五十美分的实物，除掉这些以外，我从务农得到的——

总收入	$23.44
扣除成本	$14.72½
剩下	$8.71½

我手中的金额远远超过种草的价值，假如我在这片地上种一点儿草的话。也就是说，综观起来，考虑到一个人的灵魂的重要性和现时的重要性，虽然我的试验用去的时间很短，不，也许正因为试验时间十分短暂，我相信，这样的收成，比当年康科德任何农夫的收成都要好。

第二年我的收成更好了，因为我翻挖了我需要的全部土地，大约三分之一英亩[289]，而且我一点也没有被阿瑟·杨[290]等著名的农业书籍吓倒，从两年来的经验中，我体会到，如果一个人过简朴的生活，只吃自己种的东西，只种自己需要的东西，而不用它来换取永远难以满足、更奢侈、更昂贵的东西，那么，他只需要耕种几平方杆的土地就够了；另外，用铁锹松土比用耕牛犁地要便宜得多，每年换一块新地来种，也比给老地施肥要便宜，该做的农活不过举手之劳，夏天的空闲时分，他就是用左手也能轻而易举地把它都做了；这样他就不会像现在的农夫一样，被耕牛、马匹、奶牛或者猪牢牢束缚住了。我对目前的经济和社会制度的成功或失败不感兴趣，但在这个问题上，我希望能够毫无偏见地发言。我比康科德任何农夫都要独立，因为我不是拴在一座房子或农场上，而是每时每刻都能够随意行事，而我的天性，本来就是非常特殊，时刻多

---

[289] 从他头一年开垦的两亩半减少到这么多。尽管他在这里宣称他第二年在瓦尔登湖的收成更好，他的日记记录下了1846年6月12日的霜冻冻死了他的青豆、西红柿、瓠子、玉米和土豆。

[290] 阿瑟·杨（Arthur Young, 1741—1820），英国农学家，写下了诸如《农用雇佣和储藏手册》(*Farmer's Guide in Hiring and Stocking Farms*，伦敦，1770）和《乡村经济：或关于农事的实用部分的论文》(*Rural Economy: or, Essays on the Practical Parts of Husbandry*，伦敦，1770）等著作。

变的[291]。我的日子过得已经比他们好，而且，就算我的房子失火，或者我的收成不好，我的生活水平还是不会下降。

我常常想，不是人在使唤牛群，而是牛在使唤人[292]，因为牛比人自由多了。人和牛交换了劳动；但是，如果我们只考虑必要的劳动，我们可以发现，牛所占的优势要大得多，因为它们的农场比我们的农场要大得多。人做他那一部分交换的劳动，要一连六个星期收割牧草，这可非同儿戏。当然，在生活任何方面都简朴的国度，亦即哲人的国度，是不会犯下使用动物劳力这样大的错误的[293]。诚然，哲人的国度不曾存在过，而且也不太可能马上出现[294]，就是出现，也不一定就是一件好事。但是，我永远不会驯服一匹马或一头牛，让它来为我做任何事情，因为我害怕我会变成仅仅是一个马夫或牧人；如果社会因此而获益，那么，我们难道能够肯定，一个人的收获并不是另一个人的损失，一个马倌和他的主人一定有同样的要求需要满足？当然，假如没有牲畜这些辅助手段，有些公共工程是无法建成的，那么，就让人和牛马分享其中的荣耀吧；难道我们就可以依此推论，说人就因此不能完成更值得他努力的事业吗？当人类仰仗牛马的帮助，开始去做不仅是多余、缺乏艺术的工作，而且是奢侈和无意义的工作的时候，那么，有些人就会不可避免地要和牛马交换劳动，或者，换句话说，变成强者的奴隶。这样一来，人不仅为自己内心的动物工作，而

---

291 梭罗使用的"天性"（genius）一词与"理性"（reason）有关，带有无需证明的意味。
292 可能典故来自乔纳森·斯威夫特（Jonathan Swift）的《格列佛游记》（Gulliver's Travels），其中像马的马形兽是像人的人形兽的主人。1843年，查尔斯·莱恩（Charles Lane，1800—1870）和布朗森·阿尔科特在《统一家庭生活》（*The Consociate Family Life*）中写道："只要农业中使用耕牛，很明显，人就会一直是奴隶，不管他是地主还是雇工。将牛驱赶到超出其自然和愉悦的力度限度；一年有三个季节像厨师和女仆一样伺候着它们；割草、晒干和收藏干草以及收集其他饲料的强度劳动，为了维持这个系统所需的大量土地，共同组成了一个很不利的组合。"
293 可能典故来自集体试验的"弗鲁特兰兹果园"（Fruitlands），莱恩和阿尔科特在1843年7月号上报道说它"最终将用铁锹和剪枝刀代替犁和牛的劳动"。
294 典故来自詹姆斯·麦迪逊（James Madison，1751—1836）的《联邦主义者文集》（*Federalist*）49中说的："但是一个哲学家的国度，就像柏拉图希冀的哲学王的种族一样无望。"

且，与之相应，还要为他身外的动物工作。尽管我们有很多砖石结构的优质房屋，然而，要看一个农民有多么富裕，还是要看他的谷仓比他的住宅大多少来衡量。据说本镇有最大的供牛、奶牛和马居住的房子；我们镇里的公共建筑还不算落后；但是，在我们郡里，供自由崇拜和自由演讲[295]的大厅却很少。一个民族不应当用建筑纪念自己，而是应当用自己的抽象思维能力来纪念自己。一部《薄伽梵歌》[296]，比东方的废墟都要更值得景仰多少倍！高塔和庙宇都是王子王孙们的奢侈品。一个简朴而独立的头脑，不会听命于任何王公而为权贵卖力。天才不是任何帝王的仆从，物质的银、金或大理石也不能使帝王不朽，就算能，也只是一点蛛丝马迹。请问，雕琢这么多石头，究竟是为了达到什么目的？我在阿卡迪亚[297]的时候，可没有看到任何人敲打石头。许多民族都带着疯狂的野心，想通过他们留下的石头来使自己永垂不朽。如果能够花费同样的苦心改进自己的修养，又会怎样呢？一件明智之举，比高达月亮的纪念碑还要值得纪念。我更喜欢看见石头留在它们原来的地方。底比斯[298]的富丽堂皇，是一种庸俗的富丽堂皇。一个诚实的人的土地上的一堵石墙，比带着一百道门的底比斯的城墙[299]要更有意义，因为底比斯已经远离了生命的真正目的。野蛮人和异端的宗教及文明修建了辉煌的寺庙；但你所称的基督教却没有这样做。一个民

---

[295] 梭罗可能指的是 1844 年那一次，爱默生在西印度群岛奴隶解放的纪念日要对一个废奴主义者的聚会发表讲话，但人们不让他用康科德的教堂。梭罗终于得到了使用法院的许可，自己敲钟宣布会议开始。

[296] 亦拼作 Bhagavad Gita，编入《摩诃婆罗多》中的一首梵文诗，印度教最伟大的宗教经典之一。吉塔（Gita）是主奎师那（Lord Krishna）和王子阿朱（Prince Arjuna）在古鲁格舍德拉（Kurukshetra）大战前夜的对话。吉塔的主要教条是因果报应瑜伽，从内在脱离其结果的无私行动的瑜伽；智者瑜伽，知识对更低的人性和更高级的自我或灵魂的区别；奉爱瑜伽，供奉某一个特定的神的瑜伽。

[297] 阿卡迪亚（Arcadia），在古希腊，田园版的简约和永远幸福之家。

[298] 底比斯（Thebes），古埃及第十八个朝代的首都（约公元前 1500—1290 年）。它在当地寺庙最多，尼罗河东岸有主要的寺庙卢克索（Luxor）和卡纳克（Karnak），西岸有包括皇家和贵族坟墓的墓地。底比斯是古埃及繁荣的见证。

[299] 典故来自《伊利亚特》9：383，底比斯"通过一百道门欢迎她的英雄"。底比斯也因为它的一百道门被称为和樸城。

族所雕琢的石头，大部分只是用来修建它的坟墓。它把自己活埋了。至于金字塔[300]，它们本身没有任何值得惊叹之处，令人惊讶的倒是，竟然有这么多人卑贱到了这样的程度，倾其一生为某个雄心勃勃的傻瓜修建一个坟墓，这个人要是在尼罗河中淹死，然后把尸体拿去喂狗，倒反而会显得更有智慧，更有男子气一些。我或许能够为他们和那个傻瓜制造一些借口，但我没这份闲心。至于建筑者们的宗教和对艺术的热爱，这在全世界都大同小异，不管这座建筑是埃及神庙，还是美国银行[301]。这些建筑耗费的成本，总是高于得到的收益。主要原因是虚荣，加上对大蒜、面包和黄油的热爱。一个很有前途的年轻建筑家巴尔科姆先生[302]，在他的维特鲁威[303]著作的封底上用硬笔和尺子画了一张设计图，然后把工程包给石材切割商多布森父子石匠公司[304]。三千年后，当所有这三十个世纪都俯视着它的时候[305]，人类就开始仰视它了。至于那些高塔和纪念碑，本镇曾经有过一个疯子，居然要挖个地洞通到中国去[306]，他说，他已经挖

---

300 在1852年4月21日的日记中，梭罗写道："我们听够了关于金字塔的废话。如果国会投票在草原上修建这样的建筑，我觉得它是不值得的，也不会对这个工程感兴趣。它只不过是哪个暴君的愚蠢的工程……巴比伦塔也再三被人嘲笑。它和金字塔是同样性质的工程，仅仅是因为它们完成了而且保留到今天，才受到人们的景仰。"【J 3: 453】
301 美国银行于1791年承包为美国政府债券提供市场，并为美国政府资金提供储藏之地。其基地在费城，由亚历山大·汉密尔顿（Alexander Hamilton, 1755—1804）创立，于1811年关闭。美国第二银行于1816年依据一个后来不曾续约的二十年承包合同而建立，这个银行按埃及风格建造。
302 具体身份不明。
303 马尔库斯·维特鲁威·波利奥（Marcus Vitruvius Pollio，公元前一世纪），罗马建筑家，《建筑十书》（*De Architectura*）作者。
304 具体身份不明。
305 典故来自拿破仑一世（Napoléon I, 1769—1821），当他们站在埃及金字塔前时，他告诉他的士兵，四十个世纪在俯视着他们。这句话出自拿破仑的《法国历史回忆录》（*Memoirs of the History of France*），不过梭罗的来源可能是爱默生，爱默生1845年在日记中写道："士兵们，从这些金字塔的塔顶，四十个世纪在俯视着你们。"爱默生在《拿破仑，或世界强人》（*Napoleon, or the Man of the World*）中也引用了这句话。
306 在康科德的埃斯特布鲁克树林（Estabrook Woods）里，有一个人称"中国洞"（hole to China）的小挖掘场地。梭罗在1860年6月27日的日记中写道，一个叫（转下页）

瓦尔登湖

了很深，已经能够听见中国人的锅碗瓢盆叮当作响了；但我想，我不会专门去欣赏他挖出的那个大洞。很多人热心关注西方和东方的名胜古迹，想知道是谁建造了这些纪念碑。至于我，我倒是想知道那些不去建造这些纪念碑的人，那些超越了这些鸿毛琐细的人。不过还是回到我的统计数字上来吧。

通过测量、做木匠活和在村子里干其他各种各样的[307]临时日工，因为我的手艺和我的手指头一样多[308]，我挣了十三美元三十四美分。从七月四日到三月一日我作出这些估算为止，历时八个月，尽管我在那里住了两年多。——这八个月的伙食费，不包括我自己种的土豆、少量的青玉米和一些豌豆，另外也忽略不计后来还在我手头的东西的价值，是——

（接上页）法尔默（Farmer）的邻居让他看"他叔叔（？）试着挖到地球另一面去的地方。他挖了差不多两三年。曾经在晚上挖，挖到烧完一根蜡烛为止。把一块石头放在他和另外一面之间，在他作好了迎娶华盛顿的妹妹的准备之前，这块石头不能搬走。他挖的洞现在被狐狸占住了"【J 13: 376】。

307 梭罗为爱默生做了各种各样的木匠活：1845年10月，爱默生付钱让他修建了一条篱笆；1846年9月，他向梭罗预付了增盖一座仓房的工钱；1847年夏天，梭罗和布朗森·阿尔科特一起为爱默生盖凉亭；1847年秋，他给爱默生的壁橱安装了架子。1841年4月到1843年5月，他还住在爱默生家里，在花园和屋子里干活，换取食宿。1845年10月，爱默生付钱让他修建下水道、铺设地下室地板，1850年3月，他要梭罗"重新沿着大路竖起我们倒下了的凉亭，如果他愿意的话，可以竖起新柱子"。梭罗在1857年10月4日的日记中，回忆了他在瓦尔登居住期间做的一些工作："我住在树林的时候，在村里打过各种各样的零工——盖过篱笆，粉刷，园艺，木匠活，等等。有一天，一个人从村东头走来，说要我给他的壁炉砌砖头，等等。我说，我不是石匠，但他知道我自己一手盖好了自己的房子，不由分说地要我去。于是我就去了……我给壁炉砌好了砖头，给一间房糊了墙纸，不过我主要的工作是粉刷天花板……差不多同一段时间，我还签了合同修建一个规模不小的木棚……我修了六条篱笆。"【J 10: 61—63】

308 在给他哈佛班级的秘书的信中，梭罗写道："我是一个校长——一个家庭教师，一个测量员——一个花园工，一个农民——一个油漆工，我的意思是刷房子的，一个木匠，一个石匠，一个日工，一个铅笔制造商，一个玻璃纸制造商，一个作家，有时是一个诗人。"【C 186】

大米	……………………	$1.735
糖浆	……………………	1.73 最便宜的一种
黑麦粉	……………………	1.0475
玉米馇	……………………	0.9975 比黑麦便宜
猪肉	……………………	0.22
面粉	……………………	0.88 比玉米馇贵，还很麻烦
糖	……………………	0.80
猪油	……………………	0.65
苹果	……………………	0.25
苹果干	……………………	0.22
红薯	……………………	0.10
一只南瓜	……………………	0.6
一只西瓜	……………………	0.2
盐	……………………	0.3

（所有失败了的试验）

对，汇总起来，我确实吃掉了八美元七角四分；不过，我知道我大部分读者也都和我一样觉得有罪，他们的行为写下来后也不会比我的行为更好看，否则我也不会这样毫不脸红地把我自己的罪行公之于众了。第二年，我有时候钓到一些杂七杂八的鱼来当晚餐，有一回我甚至做得更过分，竟然宰杀了一只破坏我的豆田的土拨鼠——如鞑靼人[309]所说，造就了它的轮回转世——并且还把它吃掉了，部分原因是为了做试验；它虽然有点麝香味道，还是为我满足了一时口腹之欲，不过，我还是意识到，即使你是让村里的屠夫为你把土拨鼠收拾加工的，从长远来讲，吃土拨鼠也不会是一桩好事。

这段时间，还有一些衣物和一些临时开支，没有明细账目，总数是八美元四十点七五美分，其中油和一些家常用品的开支为两美元整。

---

[309] 正确的拼法是 Tatar，Tartar 拼法不正确，但更常见：主要居住在鞑靼——蒙古人十三和十四世纪东欧和北亚大片土地上的一群突厥人。鞑靼人相信在一个人死时，作为轮回的一部分，灵魂会从一个身体转移到另一个人或动物身体上。轮回是印度教、佛教和耆那教世界观的基本原则，尽管它出现在很多文化之中。

我的衣服都是送到外面去洗濯和缝补,账单还没有收到[310],除此之外,我所有的金钱支出都在这里了,这些是在世界上这个地方需要花费的所有金钱,或者还有超过需要的钱在内:

房屋 ·················· $28.125
农场一年的开支 ·············· 14.725
八个月的伙食 ················ 8.74
八个月的衣着等 ·············· 8.4075
八个月油等 ·················· 2.00
合计 ···················· $61.9975

我现在来对我的读者中那些需要谋生的人讲话。为了支付这笔开销,我卖掉了农场的产品,所得为

            $23.44
打零工所得 ················ 13.34
总计 ···················· $36.78

从总额中减去所有成本以后,差额为负二十五美元二十一又四分之三美分,——这和我最初开始时准备的家当价值差不多,是预料之中需要支出的费用,——另一方面,我由此而得到了闲暇、独立和健康,而且还得到了一所舒服的房子,我想在那儿住多久就住多久。

  这些统计数字,尽管看起来有些随意,因而看起来令人摸不着头脑,不过,它们算是比较完整的,因而还是有些价值的。所有的开支,我都作了详细的记录[311]。从上面的账目估计,我每个星期的伙食开支一项是二十七美分。此

---

310 洗濯和缝补都是由梭罗家人做的,所以他说账单还没有收到,更多的是一个圈内人之间的笑话,不是在如实报告他的开支。
311 可能典故来自《马太福音》12: 36:"当审判的日子,必要句句供出来。"

后差不多两年，我吃的是不发酵的黑麦和玉米馇[312]、土豆、米饭，很少的一点咸猪肉、糖、盐、饮用水。我这么喜欢印度哲学，所以我以大米为主食很合适。为了应对一些人习惯性的吹毛求疵，我还是应当声明一下，如果我偶尔出去吃饭[313]，——我一直是会出去吃饭的，而且我相信有机会的话还会出去吃的，——出去吃饭常常会扰乱我的家务安排。不过，如我所说，虽然我经常出去吃饭，丝毫也不会影响我上面作出的比较说明[314]。

我从我这两年的经验中认识到，即使在这个纬度上，要得到一个人必需的粮食，也还是容易得令人难以置信；人可以和动物一样吃简单的饮食，而仍然保持健康和力量。我从玉米地里采来的一盘马齿苋[315]（Portulaca oleracea），煮一煮、加点盐，就做出了一顿晚餐，这顿晚餐从几个方面来看都令人十分满意。我附上了马齿苋的拉丁文，因为它的俗名不起眼，却是佳肴[316]。请问，一个理性的人，在和平时代，在普通的午间，除了足够的几只煮熟的甜玉米，加上一点盐以外，还能想要什么别的东西呢？就连我的食物变的那些花样，也是对胃口的妥协，而不是因为健康的需要。但是，人类竟然到了这样的境地，他们常

---

312 根据爱德华·贾维斯："差不多所有的农民（和其他劳动）家庭的所有面包都是用印第安玉米和黑麦烤成的棕色面包。很少用白色面粉或白面包。"
313 住在瓦尔登湖的时候，梭罗仍然偶尔去他父母家里吃饭，星期天在爱默生家就餐，或者到霍斯默家里吃晚饭。梭罗既不是很多人认定的隐士，也不是埃勒里·钱宁所暗示的伪善者：钱宁说他在瓦尔登湖"露宿"，但"实际上是住在家里，他每天都回家"。
314 拉尔夫·沃尔多·爱默生的儿子爱德华·爱默生（Edward Emerson，1844—1930）同意，梭罗出去吃饭，并没有改变他的记录的真实性："一种很严重的指控，说他的试验不诚实，因为他不完全是只吃自己的饭和米，而是经常接受他母亲烤的派，或者碰巧在晚饭时间出现在朋友家，在我看来不值一提，但既然人们经常作出这样的指控，我要说，亨利·梭罗必要时可以像一个爱斯基摩人那样毫无怨言地吃青苔和蚕（因为没有人比他更不是胃口和奢侈的奴隶），他不是一个伪君子，也不是一个拘泥于一种饮食方式、粗暴地把他亲爱的母亲的礼物扔回去的古板之人。他也没有任何理由放弃老习惯，在黄昏时刻作为一个受欢迎的客人时不时出现在朋友的炉火旁。他为友谊而来，不是为食物而来。"
315 马齿苋（Purslane），原生于印度的植物，通常用作野菜或青菜。
316 俗名是学名的第二部分，用于分类（第一部分是种类），亦为该植物气味芬芳美味的双关语。

常饥饿，不是因为缺少必需品，而是因为缺少奢侈品；我认识一个善良的女士，她认为她的儿子失去了生命，因为他决定只喝水[317]。

读者会发现，我是从经济学而不是从营养学的角度来对待这个问题的，除非他家里已经储藏了丰富的食物，还是不要贸然把我的节制简洁的生活方式付诸实践吧。

刚开始，我用纯玉米馇和盐做面包，正宗的锄头玉米饼[318]，我在室外的篝火前，用木条或盖房子时的木料上锯下的木片架着烤；不过玉米饼通常会被烟熏，而且会带上点松树的味道。我也试过用面粉做面包；但最后发现，还是将黑麦和玉米馇混起来最方便最好吃。在寒冷天气，连着烤上几小块这样的面包，像一个埃及人看顾正在孵化的蛋[319]那样仔细地照看、翻弄着它们，是何等乐事。这些面包真是我亲手催熟的果实，让我闻起来，它们发出的芳香就和其他高贵的水果一模一样，我用布把它们包起来，尽可能把它们保存很长时间。我研究了古老而不可或缺的烤面包艺术，一直回溯到了太初时代，无酵饼刚刚发明的时候，人类从吃干果和肉食的野蛮时代，进化到了吃这种食物的温和与精致的阶段，随着我的研究的深入，我发现人们是偶然发现面团会发酸——据说正是这样的偶然事故，教给人们发酵过程，从而掌握了各种发酵手段，直到我们拥有了"上好、香甜、有益健康的面包"[320]，也就是生命之物。有些人认为酵母是面包的灵魂，是充斥在它的细胞组织中的精灵[321]，就像女灶神祭坛的圣火一样，被虔诚地保存下来[322]，——我想，最初从"五月花"上带过来的某一

---

317 具体身份不明。

318 约翰尼饼（Johnnycakes），由玉米馇、盐和开水或冷牛奶制成，因为有时是在锄头的铁刃上烤出来的，亦称锄头饼（hoe-cakes）。

319 埃及人最早开始人工孵化。梭罗可能是从加德纳·威尔金森爵士（Sir Garnder Wilkinson）的《古埃及人的习俗》(The Manners and Customs of the Ancient Egyptians）一书中读到此事，书中引用西西里的狄奥多罗斯·西库路斯（Diodorus Siculus，公元前一世纪）："他们不再用母鸡进行孵化，而是自己亲手帮助鸡蛋成熟。"

320 出处不明。

321 Spiritus，拉丁语：呼吸，精灵。

322 在古罗马，熊熊圣火女神的祭坛的火焰一直不停地燃烧着。圣坛的处女们日夜照看着火，不让它熄灭，除了新年伊始的三月一日，这一天举行仪式重新点火。

瓶珍贵的酵母,为美国作出了贡献,它的影响仍然在上升、膨胀、伸展,在大地上如同谷物一般掀起了蔚蓝色的[323]波澜,——我定期忠实地从村里去拿酵母,直到一天早上我忘掉了规矩,把酵母烤烫坏了;从这个事故中,我发现,即使酵母也不是必不可少的,——因为我不是通过综合,而是通过分析发现这个道理的[324],——从那以后我就欣然去掉了酵母,尽管大部分家庭主妇诚挚地告诉我,没有酵母的面包不安全、不完美,上年纪的人还预言我的生命力会很快衰退。然而,我发现酵母并不是不可缺少的成分,我一年没有用它,现在也还是在人世间存活着;我很欣然地逃脱了口袋里装着一只小瓶子这样鸡毛蒜皮的小事,小瓶的盖子有时候还会崩开,把里面的东西撒得到处都是,令我十分尴尬。省掉它更简单,更令人尊敬。人比别的动物更能适应所有的气候和环境。我也没有往我的面包里加苏打粉[325],或任何酸或碱。我的食谱,看起来和公元前二世纪马库斯·波尔修斯·加图的食谱大同小异。"Panem depsticium sic facito, Manus mortaiumque bene lavato. Farinam in mortarium indito, aquae paulatim addito, subigitoque pulchte. Ubi bene subegeris, defingito, coquitoque sub testu."[326] 我是这样理解这段话的——"揉面包要这样。把手和槽子都洗干净。置面粉于槽中,慢慢续水,仔细揉搓。揉完后,将它定型,盖好后烘烤。"亦即,要放进一只烤锅中。没有一个字是关于发酵的。但我并不是什么时候都能享用这一生命之物。有一阵子,因为囊中羞涩,我一个多月都没有见到它。

每一个新英格兰人都可以在这片黑麦和印第安玉米之地,很容易地种植他所需的全部面包原料,而不必仰仗于遥远而动荡的市场。但是,我们离简洁和独立已经相距太远,在康科德,商店里已经很少出售新鲜而甜蜜的玉米粉,碎玉米馇[327]和更粗糙的谷物几乎没有人吃了。农民大多将自己种植的粮食用来喂牛

---

323 Cerealian,指谷草,源出罗马农神谷神星塞丽丝,亦是蓝色、蔚蓝色(cerulean)的双关语。

324 分析思维将整体区分为组成部分或基本原则,而综合思维则是将不同的成分组合成连贯的整体。

325 结晶碳酸钠,即苏打粉,用作发酵剂。

326 引自马库斯·波尔修斯·加图(Marcus Porcius Cato,公元前234—149年)《农业》(*De Agri Cultura*)74,一本关于务农和乡村生活的实用论文。

327 Hominy,粗磨的干玉米,除去壳和胚芽,在水或牛奶中煮。

和猪，然后再花更大的价钱从店里买精制面粉，这面粉实际上并不比他自己的粮食更有营养。我发现，我很容易就能够种植一两个蒲式耳的黑麦和印第安玉米，因为黑麦在任何贫瘠的土地上都能生长，而印第安玉米也不苛求最良好的土壤，收割后再用一只手磨把它们碾碎，这样就可以省下大米和猪肉；如果我需要浓缩的糖分，通过试验发现，我可以用南瓜或甜菜炼出很好的糖，我还知道，我只需要种植几株枫树，就能更容易地得到糖，而当这些菜或树在生长的时候，除了上面列举的这些以外，我还可以使用其他代用品。"因为，"正如前辈们吟唱过的：

我们可以用南瓜、萝卜和核桃木屑
酿制良酒，滋润我们的嘴唇。[328]

最后再说盐，盐是食品杂货中最重要的东西，要盐的话，可以趁机去一趟海边，或者，我可以完全不要盐，这样我大概还可以少喝些水。据我所知，印第安人没有专门为找盐操过心[329]。

这样，就我的食物而言，我就可以避免一切商品贸易和物物交换，而且，

---

[328] 引文出自成书于1630年左右、有时称为《先辈之歌》(Forefather's Song)，亦称《新英格兰的烦恼》(New England Annoyances) 的一本书。梭罗的资料来源有可能是约翰·华纳·巴波尔（John Warner Barber，1798—1885）的《历史集，有趣的事实、传统、传记速写、轶事等，有关马萨诸塞州每一个镇的历史和古迹，附有地理描述》(Historical Collections, Being a General Collection of Interesting Facts, Traditions, Biographical Sketches, Anecdotes, &c., Relating to the History and Antiquities of Every Town in Massachusetts, with Geographical Description)。

[329] 根据托马斯·莫顿（Thomas Morton，约1579—1647）《（新英格兰）印第安人习俗》[Manners and Customs of the Indians (of New England)，1637]："如果他们了解盐的好处（他们会逐步了解的）和让咸肉重新新鲜的办法，他们除了玉米之外，也会努力保存鱼过冬的；如果有什么东西能够将他们带入文明，那就是盐的使用，能够储存食物，这也就是一个文明共和国的主要益处了。这些人已经开始习惯使用盐了。那些经常到我们家里来、习惯了我们的咸肉的人，很多会从我这里要盐带回家；我很高兴地给他们盐。"

我已经有了住房,剩下的唯一问题就是得到衣物和燃料了。我现在穿的裤子是在一户农民家织出来的[330],——谢天谢地,人身上还有这么多的美德;因为我认为,从一个农夫降低为一个工匠,和从人降低为一个农夫,都是一样落差巨大,一样令人难忘[331];而在一个新的地方,燃料是一种很麻烦的事情。至于住所,如果我没有得到居住许可,我可能会按我耕作的这块土地售价一样的价格来购买一英亩土地,价钱是八美元八美分。不过,实际上,我认为我在这块土地上居住后,已经增加了它的价值。

有些人对我心存怀疑,他们有时候会问我这样的问题:我是否觉得我能够光吃蔬菜为生;为了马上追根溯源,——因为根就是信仰[332],——我习惯于这样回答,即我就是吃木板上的钉子也可以活下来[333]。如果他们听不懂这句话,他们就听不懂我说的任何话。就我而言,我很高兴有人做这样的试验;有一个年轻人连着两个星期只吃硬硬的生玉米棒子,全部靠牙齿啃咬研磨[334]。松鼠类做过同样的试验,而且成功了。人类对这种试验也感兴趣,虽然一些没有能力咬东西,或者在磨坊拥有她们亡夫三分之一份额[335]的老女人会对此惊奇不已。

我的家具,一部分是我自己打的,其他的没花多少钱,所以我也没有认真

---

330 没有现存的资料能够告诉我们梭罗的衣服是在哪个农民家里纺织的。
331 典故出自《创世记》3:23:亚当和夏娃被逐出伊甸园以后,耕地成了亚当的责任。
332 "信仰是根"反过来的说法,见马修·亨利(Matthew Henry, 1662—1714)《圣经评论》(*Commentary on the Whole Bible*)和威廉·佩恩(William Penn, 1644—1718)的《独处的果实》(*Fruits of Solitude*)。
333 双关语:board 既是木头,又是食品或供应食宿中的"食"。梭罗明白他的一些说法会令读者困惑不解:"从常识上看,我说的事实会是谬误。我称述事实时,会说它们是很重要的,会是神话或者神话般的。"【J 3: 99】
334 可能是艾萨克·赫克(Isaac Hecker, 1819—1888),保罗教派创始人。他 1843 年 8 月 30 日在日记中写道:"如果过去九个多月能够说明任何问题的话,我发现我可以吃很简单的饭食……到目前为止,我只磨了麦子,把它做成不发酵的面包,不过,我们一到新地点,我就会用谷类来试试。"
335 如果丈夫没有立下遗嘱就死去,留下了孩子或后人,英国和美国法律将他三分之一的个人财产交给他的遗孀。

记录下来；这些家具包括：一张床、一张餐桌、一张书桌、三把椅子、一面直径为三英寸的镜子、一把火钳和一个壁炉木柴支架、一把水壶、一只煎锅[336]、一只炒锅、一只瓢、一只盆、两套刀叉、三只盘子、一只杯子、一只勺子、一只油瓶、一只糖罐，还有日本式的漆灯[337]。谁也不应当穷得要拿南瓜当凳子。那是无能的表现。村子里的阁楼上有很多我喜欢的椅子，可以随便去拿。家具！感谢上帝，我不需要一个家具仓库，就可以坐着，也可以站着！在光天化日和众目睽睽之下，看到自己的家具在一辆手推车里推着[338]，里面是一堆乞丐般的空箱子，除了哲学家以外，还有谁能够感到毫不羞愧呢？那是从斯波尔丁家[339]拿来的家具。看到这样一车家具，我无法分辨它究竟是属于一个所谓的富人，还是属于一个穷人的；它的主人总是显得贫困交加。确实，这样的东西你拥有得越多，你就越贫困。每一辆车上装的东西看起来都像足够十二间小棚屋使用；如果一间小棚屋是贫穷，那么这辆车就会是十二倍的贫穷。请问，我们为什么搬家，难道不就是为了扔掉我们的家具，蜕掉旧皮[340]；终于能够从这个世界进入另一个置办了新家具的世界，把这些旧家具全都烧掉吗？这就仿佛是将所有这些圈套[341]都拴在自己的裤带上，他在翻过崎岖的山路走过我们撒下的绳索时，肯定会拽动这些圈套，——拽动他自己的圈套。一只狐狸如果能将尾巴从圈套中挣脱，它就是一只幸运的狐狸[342]。麝鼠为了逃脱出去，不惜咬断自己的第三

---

336 Skillet，梭罗时代，一种用铁、铜或其他金属制的小容器，比炒锅要深一点，有腿支着，用来热水或烧开水、炖肉等。

337 Japanned，漆器。

338 梭罗用一辆手推车把家具拉到了瓦尔登湖："七月四日这一天，我把几件家具装上了一架干草推车，其中一些家具是我自己做的，开始成家立户了。"【J 3: 200】可能就是他早先往盖房的屋基地运木头那同一架车。

339 Spaulding，身份不明。尽管富兰克林·桑伯恩在他的《瓦尔登湖》珍藏版里评论说他认为这个名字是虚构的，梭罗在1841年4月的一篇日记里加了一条用铅笔写的向一个"亲爱的斯波尔丁"发出的问询【PJ 1: 700】。

340 exuviæ，拉丁文，蜕皮。

341 双关语：traps是圈套，又是外部装饰物或随身行李。

342 典故出自《伊索寓言》中的《没有尾巴的狐狸》(*The Fox Without a Tail*)，里面的狐狸为了逃脱，丢掉了自己的尾巴。

条腿[343]。怪不得人失去了自己的灵性。他怎么总是这样陷入僵局[344]！"先生，恕我冒昧，请问你说的陷入僵局是什么意思？"如果你是一个有心的观察者[345]，当你遇见一个人时，你能看见他身后拥有的一切，是的，还有他假装不再拥有的一切，甚至包括他厨房里的家具，和所有他积攒下来而舍不得烧掉的零七八碎，他好像是被绑在这些东西上面的牲口，竭尽全力地奋然前行。我认为，一个人如果已经穿过了节孔，或者通过了一道门户，但他的一车家具却没法跟随着他钻过来，那么这个人就是陷入了僵局。当我听到某个整洁[346]、利索，看起来自由自在、诸事妥帖的人，谈到他的"家具"是不是保险了的时候，哀叹"可是我拿我的家具怎么办呢？"，我只能忍不住对他同情不已。那时，我那快乐的蝴蝶就缠进了蜘蛛网。即使是那些很长时间看起来像是没有什么家具的人，如果你问得更具体一些，你就会发现他们还是有什么东西存放在别人的仓库里。我把今天的英国看作一位老绅士，带着很多家具旅行，这些家具都是

---

343 在日记中，梭罗引用康科德猎手乔治·梅尔文（George Melvin）："哦，麝鼠们最会把自己的腿咬断了。有一回，我逮着一只麝鼠，它把第三条腿咬断了，因为这是它第三次被抓住了；它死在陷阱旁边，因为它只剩下了一条腿，没法再跑了。"梭罗评论道："在这片土地上，沿着我们这些和平的溪流，居然上演着这样的悲剧，至少让猎人的行当显得高贵起来。不管是人还是动物，不管是在什么地方，只有勇气才能延续生命……人，即使是猎人，自然地同情所有为了保存其享有的生命的所有勇敢的努力，即使是他的猎物。猎人敬畏自己的猎物，他的猎物最终成为他的药物。"【J 1: 481】他在1854年2月5日的日记中又写到了这个故事："难道我们不应当同情那个咬掉了自己第三条腿的麝鼠，不仅同情它的痛苦，而且因为我们同样也会死亡，而体会到它壮丽的苦难和它英勇的美德？"【J6: 98】

344 Dead set，因为某种障碍而引起的固定或静止状态，因而没有能力继续或进步。

345 Seer，本义指能观察的人，延伸为预言家，但也指诗人："诗人在很大程度上失去了他的身份所带来的高贵和神圣。他以前被称为观察者，但现在人们认为人和人看见的东西都大同小异。"【W 1: 392】爱默生在《神学院讲话》中写道："一个观察者永远是一个发言人。不知何故，他的梦想总是会说出来；不知何故，他以这样的快乐表达出来：有时候是用铅笔画在帆布上，有时候是用凿子凿在石头上，有时候是在花岗岩的高塔和走廊上，建筑对他的灵魂的膜拜；有时候用不明确的音乐的赞美诗；但是最清楚和最永久的，是语言。"

346 Trig，整齐，工整。

多年的家居生活中积攒下来而他却没有勇气烧掉的零七八碎；于是他就拖着这些零碎，大衣箱，小衣箱，硬纸盒和包裹。至少把头三件扔掉吧。今天，即使是一个健康男人，也没有力气扛起自己的褥子来开步走[347]，如果一个人生病了，我当然会要他扔下自己的褥子后开跑。我碰到过一个移民，扛着自己的包裹颤颤巍巍地往前走着，他的包裹看起来像是从他的脖颈子上长出来的巨大的瘤子，我觉得很可怜他，不是因为他的全部家当只有这么多，而是因为他得背负这么沉重的包袱。如果我不得不拖着我的捕兽圈套，我会尽一切努力使它轻便，不要让它招住我的关键部位。不过，最明智的办法还是压根儿就不要把手伸进这些圈套中去。

顺便说说，我在窗帘上分文未花，因为除了太阳和月亮以外，我没有任何别的需要遮挡住的窥望者，而我却希望太阳和月亮能够照进来。月亮不会让我的牛奶变酸，也不会让我的肉变坏[348]，太阳也不会伤害我的家具，或者让我的地毯褪色，如果这个朋友有时候热情过度，我发现更好的办法是躲在大自然提供的某个帘幕后面，这样比在居家中增加一项开支还是要经济得多。一位女士要给我一块脚垫，但我因为家里已经没有空地方了，也没有时间在屋里或者屋外去拍打垫子，我婉拒了，情愿在我门前的草地上擦脚。最好是防患于未然。

不久前，我去了一个教堂执事的财物拍卖会[349]，他的一生可不是一事无成的[350]：

> 人所作的恶，在他们死后依然留存。[351]

照例，很大一部分是从他父亲时就开始积攒的杂七杂八。其中还包括一条干缘虫。如今，在他的阁楼和其他布满灰尘的坑洞里躺了半个世纪以后，这些东

---

347 典故出自《约翰》5:8："拿你的褥子，走吧。"
348 民间信仰。
349 鲁本·布朗执事（Deacon Reuben Brown, 1781—1854）。梭罗于 1854 年 1 月 27 日参加了布朗财物的拍卖会。埃勒里·钱宁称执事为"一个吝啬的老守财奴，住在镇中心我家隔壁的房子里，——一个老鼠一样的人。"
350 双关语：effects，财物；ineffectual：无效，一事无成。
351 引自莎士比亚的《裘力斯·恺撒》(*Julius Caesar*) 3.2.72。

西居然没有被烧掉；人们没有把它们投入篝火[352]，把它们销毁干净，而是拿来拍卖[353]，亦即增加它们的价值。邻居们满怀希望地聚集起来看这些东西，把它们全数买下，小心地把它们运到他们自己的阁楼和布满灰尘的坑洞里去，让它们搁在那里，直到他们自己的财产被清理的那一天，然后这些东西又会重新出现在拍卖会上。人死灰扬[354]。

有些野蛮民族的习惯，我们学来或许会有些好处，他们至少每年举行一次类似蜕皮的仪式；无论他们是不是有这样的实践，起码他们有这样的观念。如果我们也能够像巴特拉姆[355]所形容的马克拉斯印第安人[356]那样，庆祝"巴斯克节"[357]或者"新果节"，难道不是很好吗？他说，"当一个城镇庆祝巴斯克节的时候，他们事先已经给自己准备了新衣服、新锅、新盆和其他家用器物和家具，他们把自己所有穿坏了的衣服和其他污秽物品搜集到一起，清扫他们的房舍、广场和整个城镇上的污物，他们把这些东西和剩下的谷物和其他粮食一起扔进一堆，然后统统付之一炬。他们吃完药，斋戒三天之后，镇上所有的火都灭了。在斋戒期间，他们放弃满足任何一种欲望或感情的机会。然后宣布一个全面大赦；一切罪人都可以重返他们的部落。——"[358]

---

[352] 最初是为了烧毁异端、禁书或尸体的火。根据梭罗在这段前面所用的"杂七杂八"（Trumpery）一词，可能典故出自霍桑的《地球的陨灭》（*Earth's Holocaust*, 1844），开篇为："从前——但不论是在过去还是在未来，关系很小或者根本就没有关系——这个广袤的世界因为陈旧的杂七杂八而变得负担过重，居民们决心用一场大火为自己除掉它们。"

[353] 出自拉丁语，auction：增加。

[354] Kicks the dust，踢土的合成语，意思是小题大做，倒地而死，死亡。

[355] 威廉·巴特拉姆（William Bartham，1739—1823），美国自然学家。

[356] 马克拉斯（Mucclasse），或马克拉撒（Muklasa），曾经附属于阿拉巴马（Alabama）或柯萨提（Kosati）印第安人的城镇。"马克拉撒"的意思是朋友或一个部族的人，是一个阿拉巴马或乔克托语（Choctaw）词汇。他们于1814年从阿拉巴马的塔拉普萨（Tallapoosa）地区迁移到了佛罗里达。

[357] 巴斯克节（Busk），马克拉斯印第安人的主要节日，庆祝旧年的结束和新年的开始。

[358] 这一段和下面的引文，皆出自巴特拉姆的《在南北卡罗来纳、东西佛罗里达、切诺基、马斯科吉尔吉斯领土或小河邦联，和切诺基部落的旅行》（*Travels Through North and South Carolina, Georgia, East and West Florida, the Cherokee Country, the Extensive Territories of the Muscogulges, or Creek Confederacy, and the Country of the Cherokees*，1791）（转下页）

"第四天早上，大祭司摩擦干木头，在公共广场上点燃新的火种，镇里每户人家都从这里得到纯洁的新火种。"

然后他们就尽情享受新的谷物和水果，连续三天跳舞唱歌，"接下来的四天，他们款待客人，与邻近镇子的朋友们一起庆祝，这些朋友们也和他们一样净化自己，做好了准备。"

墨西哥人每隔五十二年也在这年的年底举行一个类似的仪式，他们认为这时世界走到了尽头，应当周而复始[359]。

我不曾听到过比这个更真诚的圣礼了，按照字典的定义，圣礼就是"内在和精神的恩典的外在和可见的标志"[360]，我毫不怀疑，他们最初是直接得到了来自圣灵的启示，尽管他们的宗教经典没有记录下这次启示。

五年来，我就这样纯粹靠自己的双手维持生计，我发现，一年中只要工作六个星期[361]，我就可以支付所有的生活费用。整个冬天，加上夏天的大部分日子，

（接上页）第509—510页。巴特拉姆接着写了这一句："他们的罪行被赦免了，人们忘记了他们的罪行，他们也恢复了荣誉。"

359 梭罗从威廉·希克林·普雷斯科特（William Hickling Prescott，1796—1859）的《墨西哥征服史》（History of the Conquest of Mexico，1843）中读道：

> 土著于每五十二年周期结束时庆祝的重要节日……周期在十二月底结束，随着沉闷的冬至季节的来临，日照时间的减少，预示着它将很快消逝，他们更加忧心忡忡；当年终的五个"晦气"日子来临时，他们完全陷入绝望。他们把他们家神的偶像砸成碎片，因为他们已经不再相信这些神了。圣殿里的圣火也熄灭了，他们自己家中也不生火。他们的家具和家用器具都被砸毁；他们的衣服被撕成碎片；所有一切都陷入混乱，等候即将降临在荒凉的地球上的邪恶天才。

360 由圣奥古斯丁如此定义，后来延续到《共同祈祷书》（Book of Common Prayer）和字典中，如约翰·沃克（John Walker）1822年的《发音要典，英语解释》（A Critical Pronouncing Dictionary, and the Expositor of the English Language）和韦伯斯特1828年的《美国英语大词典》（American Dictionary）。

361 这样算下来是一个星期大约工作一天，休息六天，和圣经中正好相反。1837年8月30日的毕业练习中，梭罗说，"事件的顺序应当稍稍反过来，——第七天应当是一个人劳作之日，这样他可以挥洒额头的汗水来谋生，其他六天是他的感情和灵（转下页）

我都可以用来学习。我曾经一心一意地[362]试过办学校，结果发现我的开支和收入持平，有时支出还超出了收入，因为我被迫按照办学的标准来穿着和训练，更不用说连思考和信仰也要遵从办学的要求[363]。再说，我在这项买卖中还损失了时间。由于我教书的目的并不是为了教他人向善，而纯粹是为了谋生，因此，这次尝试是一个失败。我还试过做生意[364]；但我发现做生意要至少十年才能走上正轨，到那时候我说不定就堕落到魔鬼那一方去了。其实，我是担心到那时候我该做得生意兴隆了[365]。从前，因为听从朋友的愿望[366]，我有过一些惨痛经历，在我考虑如何谋生时，那些惨痛经历仍然历历在目，迫使我认真思考，我曾经

（接上页）魂的安息日，这些日子里，他可以徜徉在这个广袤的花园里，畅饮大自然温柔的氛围和高尚的启示。"【EEM 117】

362 Thoroughly，他的名字 Thoreau 的双关语。梭罗1836年初在马萨诸塞州坎顿镇（Canton）教书，1937年在康科德的中心学校教过短暂一阵子，在他和哥哥约翰1838年到1841年办的私人学校中也教过书，该校因为约翰身染肺病而关闭。他还从1843年5月到12月给住在斯塔藤岛（Staten Island）的威廉·爱默生（William Emerson）的孩子们当过私人教师。他于1837年12月30日写给奥雷斯特斯·布朗森（Orestes Brownson）的信解释了他的教育哲学："我要把教育变成一项对教师和学生都很愉快的事情。这门我们把它当作人生目的的学科，不应当在教室里是一回事，在街上又是另外一回事。我们应当设法变成学生的同学，如果我们想对他们有所帮助，我们必须了解他，并且和他一起学习。"【C 20】

363 梭罗在坎顿教书的第二个星期末，校董委员会成员尼希米·伯尔执事（Deacon Nehemiah Ball，生于1791年）注意到梭罗没有体罚学生。伯尔坚持梭罗的责任是定期鞭打他的学生，以免学校的名声遭到破坏。梭罗依例照办，用戒尺惩罚了几个学生，并于当晚辞职。关于鞭打学生，他写道："我甚至倾向于将牛皮当作绝缘体。我认为，和电线不同，没有一点真理的闪光会通过这种媒介传递给它所针对的沉睡的智慧。我错了，它可能会教授物理学的真理，但绝不会教授道德真理。"【C 20】

364 1841年学校停办以后，梭罗在家里的石墨和铅笔生意中帮过工。

365 关于生意兴隆，梭罗在他1841年4月20日的日记中写道："当下有看待事物的某些说法和亵渎神明的倾向，如当他们说'他生意兴隆'时，比诅咒和咒骂还要粗俗。这些词带着死亡和罪恶。不要让孩子们听见这些词。"【J 1: 251】

366 这一段是大约在1853—1854年后面一稿中加入的，谈及的是爱默生敦促梭罗自费出版《在康科德河和梅里迈克河流上的一周漂流》。1853年10月，他被迫买回没有售出的书。

认真地考虑过靠摘越橘为生；这件事我肯定能够胜任，而且它利润虽小，却也足够，——我最大的本事就是需求极少，——我傻乎乎地想，采越橘所要求的资本这么低，对我平常的情绪干扰也很小。当我的熟人毫不犹豫地进入经商或其他行业时，我像大多数人考虑他们的职业那样考虑过采越橘这个职业；整个夏天在山坡上四处游荡，摘下路上碰到的越橘，然后漫不经心地把它们处理掉；就这样放牧阿德墨托斯的牛群[367]。我还梦想过，我可以采集野药材，或者是常绿植物，把它们一车一车地送到那些喜欢怀念森林的村民家里，或者甚至运到城里。但从那以后，我已经认识到，商业会给它涉及的一切带来厄运；就算你经营的生意是来自天堂的福音，也摆脱不了和商业有关的一切厄运。

由于我珍视某些东西，尤其是珍视我的自由，由于我能够忍受艰苦的生活，而且能够苦中作乐，我目前还不希望花费我的时间去挣钱购买华丽的地毯或其他高档家具，或精致的炊具，或一幢希腊或哥特式[368]的房子。如果有人觉得获取这些东西不是一种干扰，得到这些东西之后也知道怎么使用它们，我会把这种追求拱手交给他们。有些人很"勤劳"，看起来要么是喜欢工作本身，或者是因为工作会让他们没有空闲去惹更坏的麻烦；眼下，我对这些人无话可说。有些人如果得到了比眼下更多的空闲，却不知道做什么，我会建议他们加倍工作，——一直工作到他们能够养活自己，得到他们的自由文件[369]。至于我自己，我觉得打零工是最独立的一种职业，靠打零工，我一年只需要工作三十或四十天就可以养活自己。太阳下山，一个临时工的一天就结束了，然后他就可以自由地致力于他所追求的、跟他的工作无关的爱好；但是，他的雇主，月复一月地推测算计，一年到头都得不到喘息的机会。

简而言之，信仰和切身体验都令我确信，如果能够简朴而明智地生活，那

---

367 希腊神话中，音乐和诗歌之神阿波罗（Apollo）在被天堂逐出的九年中，被迫看管弗赖国王（Pheraean King）阿德墨托斯（Admetus）的牛群。梭罗好几次将自己看作一位被贬人间的神，爱默生所称的"废墟中的神"。在他的信件中，梭罗有一处写道："我，明天就要去当一个铅笔商人了，很同情阿波罗神，他在凡间为阿德墨托斯国王当过差。"【C47】
368 哥特式（Gothic），十九世纪流行的建筑风格。
369 殖民地时代，移民经常通过签订契约和举债筹集从欧洲到美国的旅费。当他们将债务全数偿清后，会得到"自由文件"（free papers）。同样，解放了的奴隶或者能够赎买自己的自由的奴隶，也会得到自由文件。

么，在这个地球上保持自我，不是一桩辛苦差事，而是一桩赏心乐事；正如较为淳朴的民族所追求的，相对于崇尚人造物质的民族而言，更像是娱乐游戏。一个人没有必要忙得满头大汗才能谋生[370]，除非他比我还容易出汗[371]。

有一次，我认识的一个继承了一些土地的年轻人[372]告诉我，如果他有我的能耐，他也会像我这样生活。我并不想让任何人因为任何缘故而接受我的生活方式；还没等他差不多学会我的生活方式，我说不定又会找到另一种生活方式，此外，我还希望世界上不同的人越多越好；我希望每个人都仔细地找到和追求**他自己**的道路，而不是他父亲、他母亲或他邻居的道路。年轻人可以去建筑或种植或航海，只要不妨碍他去做他自己想做的事情就好。我们之所以聪明，是因为我们掌握了数学，比如说，一个水手或逃跑中的奴隶都知道要眼睛紧盯着北极星；但这种能力足以指导我们一生。我们不一定能够在计算好的时间内抵达我们的港湾，但我们会沿着正确的航线航行。

毫无疑问，在这种情况中，有一条真理是可以放之四海而皆准的，正如一所大房子，按其大小的比例来看，并不比一所小房子的价格更高，因为同一座房顶可以覆盖地下的地窖，和分隔不同公寓的墙壁[373]。但对我来说，我更喜欢单独的住处。此外，自己建造整座房子便宜一些，而要说服另一个人，要他相信共用一堵墙的好处就很困难；就算你说服了他以后，要想降低这道共用的墙的成本，这堵墙就一定会很薄，而结果那个人又是个坏邻居[374]，不好好维护他

---

370 典故来自《创世记》3: 19，亚当得到训示："你必汗流满面才得糊口，直到你归了土。"
371 在1848年5月19日写给贺拉斯·格里利解释自己的经济哲学的信中第一次使用这个说法："事实是，人不必靠额头的汗水为生——除非他比我更容易流汗——他的需要如此之少。"【C 224】
372 身份不明。
373 可能指的是约翰·阿道夫·埃兹勒（John Adlophus Etzler）号召建造大公寓楼房的《人皆可及的天堂》（*The Paradise Within Reach of All Men*），或夏尔·傅立叶（Charles Fourier，1772—1837）称为"法朗吉"（phalansteries）的自给自足的合作社，或哈佛学院，梭罗这一章前面谈及了学生宿舍，它们"三十二间在一个屋顶下并排修建"。
374 可能典故来自"好篱笆隔开才有好邻居"（Good fences make good neighbors），至少早在1850年版的《布鲁姆农民和农场主年历》（*Blum's Farmer's and Planter's Almanac*）中就出现了。

那一边的墙壁。通常，人们能够进行的合作都是非常局部、非常表面的；即使有那么一点真正的合作，也和不合作相去不远，因为人们无法听见其中的和谐。一个人如果有信仰，无论在什么地方，他都会与有同样信仰的人合作；如果他没有信仰，不管他与何人为伍，他都会继续像世界上其他人一样苟活着。合作，无论是从最高的意义上看还是从最低的意义上看，都意味着共同生活。最近，我听见有人提议两个年轻人一起周游全世界，其中一个没有钱，要随时靠当水手或干农活挣钱375，而另一个口袋里揣着汇票376。很容易看出，他们结伴或合作的时间不会太长，因为有一个人根本就什么都不会操作。一旦在探险途中遭遇第一次危机，他们就会分道扬镳。就像我说的，最重要的是，独自旅行的人今天就可以出发；但一个与别人同行的人，必须等到另一个人也准备好了才能出发，他们出发的日子可能还遥遥无期。

但我曾经听见我的同乡们说，这一切都非常自私啊。我承认，到目前为止，我很少积极参与慈善事业377。我出于责任感，作出了一些牺牲，其中就包括放弃慈善事业这种快乐。有些人处心积虑地说服我承担资助镇上一些穷人的责任；如果我无所事事，由于魔鬼总是会给闲人找到职业的，我或许可以着手试试这样的爱好。但是，当我想积极参与这类活动，使某些穷人置身于天堂，过得和我一样舒服，甚至冒险向他们提出了建议时，他们却全都毫不犹豫地选择继续贫穷下去。当我们镇上的男女同乡以各种方式献身于为他们的同胞谋福

---

375 Before the mast，当一个普通水手。
376 Bill of exchange，类似于支票，一种指示一个人给另一个人支付一定数量的金钱，然后向开汇票的人账号上记账的文件。
377 他的一项慈善活动是为一个名叫迈克尔·弗兰纳里（Michael Flannery）的人筹款，不过他在1853年10月12日的日记中记下了一些困难："今天我为一个想把他的家庭从爱尔兰接到美国的穷爱尔兰人借钱。一个人如果没有带着一份募捐表访问过他的邻居，就不会真正了解他的邻居……听着有些人找出的自私和懦弱的借口，——说是如果他们要帮助任何人的话，他们会帮助和他们住在一起的那个爱尔兰人，——而他们从来没有帮助过他！……你更有可能访问某个条件一般的被人轻视的所谓疯女人，而不是银行的行长，这个事实是多大的讽刺！"【J 5: 438—39】梭罗也给爱默生设立的为阿尔科特提供终身年金的阿尔科特基金捐了一美元。爱默生的日记中提到梭罗质问"够了，什么时候这个人能够自给自足？"指的就是这个基金。

利时,我相信至少有一个人可以腾出来去追求其他不那么人道的目标。和任何其他事情一样,你也必须有慈善的天性。至于说做好事[378],这是一个人满为患的行业。况且,我还算是试过的,听起来很奇怪,当我发现它不适合于我的时候,反而感到很高兴。或许,我不应当有意识地故意放弃社会要求我去做的、旨在拯救宇宙于毁灭之中的善事;我相信,别的地方自有类似的但更加强大的力量在保护着宇宙。但是,我不会阻拦任何人去维护他的天性;我虽然不做善事,但对那个一辈子全心全意承担这种义务的人,虽然我推辞这种义务,我还是会说,坚持,即使世界称它是作恶——而世界完全可能是会这么做的。

我远不会认为我的情况是特殊情况;毫无疑问,我的很多读者也会作出同样的辩护。关于干活,我毫不犹豫地说我是个值得雇佣的好手,虽然我不敢保证我的邻居会说它是一件好事,但这到底是真是假,该由我的雇主来找到真相。我做的善事就是这个词的本义所指的善事,它必定是在我从事的主要事业之外,而且大多数是无意间做的。人们说,就从你所在的地方开始,以你本来的样子开始,而不要一心想着变得更有价值,带着满心的善意预谋四处行善[379]。如果我按这个路数说教,我会这么说,与其忙着行善,不如做个好人[380]。仿佛太阳把它的火焰的光辉燃烧到了月亮那么辉煌,或者一个六级星球的亮度[381],就停止发光

---

378 可能指的是科顿·马瑟(Cotton Mather)的《关于由那些愿意追求生命伟大的目的、活着就要行善的人所制定和设计的善事的论文》(*Bonifacius: An Essay upon the Good, that is to be Devised and Designed, by those Who Desire to Answer the Great Eng of Life and to Do good While they Live*),通常称为《论行善》(*Essays to Do Good*,1710);或者是本杰明·富兰克林(Benjamin Franklin,1706—1790)的《行善篇》(*Dogood Papers*)。
379 善意预谋(kindness aforethought),"恶意预谋"(malice aforethought)的反义用法,用于证明谋杀时的必要心理状态。梭罗在《结语》中写到"善意预谋"时也用了类似的反义用法。
380 1848 年梭罗参加布朗森·阿尔科特的一次"座谈"时,读过西尔维奥·佩利科(Silvio Pellico,1789—1854)的《我的监狱》的一位论派神父、作者和编辑詹姆斯·弗里曼·克拉克(James Freeman Clarke,1810—1888)说:"'四处行善'这个短语含义很丰富;如果把它说成'四处为善',其中的意义就更丰富了。"
381 根据希腊天文学家和地理学家希帕库斯(Hipparchus,约公元前 170 年—约公元前 120 年)创立的根据其明显亮度来将星球分级的系统,最亮的星星属于一级亮度,肉眼勉强能够看到的属于六级。

了，然后像个罗宾·古德费洛[382]一样四处晃荡，偷看每一扇小宅的窗户，引人发疯，让肉腐化，让人们能够在黑暗中看见东西[383]，而不是逐渐不停地增加自己的诚挚的热量和善意，直到他有了这样的光明，以至于没有一个凡人能够直视他的脸，然后，与此同时，还能够沿着自己的轨道在世界上运行，让它变好，或者，像一个真正的哲学家发现的那样，世界会环绕着他变得更好[384]。法厄同[385]想通过他的善行证明他的天神出身，仅仅又驾了一天太阳车，就把车驶离了车道，结果焚烧了天堂下层好几个街区的房子，烧焦了地球的表面，使所有的泉水变得干涸，制造出了撒哈拉大沙漠，直到最后主神朱庇特[386]用霹雳将他一头劈到了地球上，而太阳，因为他的死亡而感到忧伤，整整一年没有发光[387]。

沾了污点的善事发出的气味最难闻。那是人的腐尸的恶臭，是神的腐尸的恶臭。如果我确切地知道，有人有意识地带着对我行善的计划来到我的家里，那么我会拼命逃跑，就像逃开非洲大沙漠那种名为西蒙风的干热风一样，这种风干燥而炙人，携带的灰尘会塞满你的嘴巴、鼻子、耳朵和眼睛，直到你窒息，因为我害怕他对我行的善会进入我，——其中的病毒会混入我的血液。不，——在这种情况下，我情愿以自然的方式直接遭受邪恶。对我来说，一个人在我应当挨饿的时候给我饭吃，在我应当挨冻的时候让我暖和，或者在我跌入深沟的时候把我拉上来，这个人并不是一个好人。我可以找到一条纽芬兰狗[388]，它也能做这

---

[382] 英国民间故事中，一个淘气的精灵，莎士比亚的《仲夏夜之梦》（*A Midsummer Night's Dream*）中的帕克（Puck），和迈克尔·德雷顿（Michael Drayton，1563—1631）的《精灵》（*Nymphidia*）中的淘气鬼。梭罗将民谣《罗宾·古德费洛疯狂而快乐的恶作剧》（*The Mad MerryPranks of Robin Goodfellow*）抄录进了他的书中。本·琼森（Ben Jonson）有时被认作这首民谣的作者。

[383] 典故出自弥尔顿的《失乐园》（*Paradise Lost*）1.63："没有光，但黑暗可以看见。"

[384] Getting good，双关语：变得有美德，并且获得财产或财物。

[385] 法厄同（Phaeton），希腊神话，太阳神赫利俄斯（Helios）之子。

[386] 朱庇特（Jupiter），罗马神话中的众神之首，和希腊神话的宙斯对应，最初是天神，与闪电和霹雳有关。

[387] 奥维德（Ovid）的《变形记》（*Metamorphoses*）2.1—400讲述了这个故事。

[388] 埃勒里·钱宁有一条纽芬兰狗，经常陪梭罗和钱宁一起散步。

样的事[389]。慈善不是最广义的对一个人的同胞之爱[390]。霍华德[391]毫无疑问是一个极为善良和贤达的人，而且得到了报赏[392]；但是，比较而言，当我们处于最佳状态，当我们最值得帮助的时候，如果他们的慈善不能帮助我们，那么，就是有一百个霍华德，对我们又有什么意义？在任何慈善会议上，我从来没有听到人认真地提议对我或者我这样的人行任何善事。

耶稣会的人[393]碰到印第安人时觉得无计可施，这些印第安人在遭受火刑时，居然向行刑者提议一些新的折磨方式。他们能够忍受生理的痛苦，对传道人能够提供的任何安慰自然也无动于衷；而"己所不欲，勿施于人"的法则[394]，就不会那么有说服力了，因为他们根本不在乎人们怎么对待他们，总会以新的方式爱他们的敌人[395]，几乎完全随意地原谅敌人所做的一切[396]。

要确保你给穷人的帮助正是他们最需要的，尽管你的榜样会使他们远远地落在后面。如果你要给钱，最好你自己也去和他们一起花费，而不是把钱扔给他们了事。我们有时候犯一些奇怪的错误。穷人往往并不是又冷又饿，而是肮脏、褴褛、粗俗。其中部分原因是他的品位，而不仅仅是他的不幸。如果你给他钱，他可能会去买更多的破衣烂衫。我以前很可怜那些笨拙的爱尔兰工人，他们穿着劣质褴褛的衣服在瓦尔登湖里凿冰，而我却穿着更整洁、多少要时髦一点儿的衣服在岸上冻得发抖，后来，特别严寒的一天，一个掉到水里的工人来我家里来暖和

---

[389] 呼应理查德·谢里登（Richard Sheridan, 1751—1816）的《对手》（The Rivals）1: 1: "义务；哦，一头水猎犬也能做这样的事！"

[390] 1841年2月11日，梭罗称慈善为"第三者的干扰"（the interference of a third person）【J 1: 212】。

[391] 约翰·霍华德（John Howard, 1726?—1790），英国监狱改革家。

[392] 典故来自《马太福音》5: 12: "应当欢喜快乐，因为你们在天上的赏赐是巨大的。"

[393] 罗马天主教教派耶稣会，致力于将美洲土著皈依基督教。这一段是梭罗于1852年开始阅读从哈佛借阅的《耶稣会关系》以后加上的。

[394] 又称黄金法则，其不同版本出现在《新约》（《马太福音》5: 44, 7: 12，《路加福音》6: 31），《塔木德》，《古兰经》，孔子《论语》，及其他宗教和哲学著作中。

[395] 典故出自《马太福音》5: 44: "爱你的敌人。"

[396] 典故出自《路加福音》23: 34: "当下耶稣说，父啊，赦免他们，因为他们所做的，他们不晓得。"

暖和，我看见他脱下了三件裤子和两双袜子才露出身体，尽管，这些衣服又脏又破，他还是用不着我给他提供什么外[397]衣，因为他已经穿了这么多内[398]衣。这次和衣落水恰恰是他所需要的[399]。然后我就开始可怜我自己，我意识到，如果有人要行善，那么，送我一件绒布衬衣，是比送给他整个一家廉价店[400]还要大的善事。砍伐罪恶之枝的有一千人，而砍伐罪恶之根的却只有一人，很可能，那个在穷人身上花去了最大量的时间和金钱的人，正是在以他自己的生活方式，制造了他努力想解脱的痛苦，他的努力必然是徒劳的。就像一个虔诚的奴隶主，将从奴隶身上收取的十分之一[401]捐献出来，为其他奴隶购买星期天的自由[402]一样自相矛盾。有些人雇佣穷人在厨房干活，以此来显示他们的善良。如果他们自己去厨房干活，那不是更善良吗？你吹嘘你把你十分之一的收入用于慈善事业；或许你应该把那十分之九也用掉，然后就一了百了。否则，社会回收的只是百分之十的财产。这是由于财产所有人的慷慨，还是主持正义的官员们的失职？

　　慈善差不多是唯一一种获得人类充分赞赏的美德。不，我们对它的评价其实是高得过分；对它过高评价的原因，正是我们的自私。康科德一个阳光明媚的日子里，一个健壮的穷人向我称赞一个同乡，因为这个人对穷人很善良，而这个穷人就是他自己。人类善良的叔叔阿姨，比他们真正的精神父母更受尊重。我有一次听一个有学问、有智慧的牧师讲到英国[403]，他在历数了英国的科学、文学和政治成就、莎士比亚、培根、克伦威尔[404]、弥尔顿、牛顿和其他人之后，接着谈到英国

397　*extra*，拉丁语：外。

398　*intra*，拉丁语：内。

399　Ducking，双关语：泡在水中，也指棉质或亚麻布制的衣服。

400　Slop-shop，卖便宜衣服的商店；slop：便宜、现成的衣服。

401　Every tenth slave，指的是圣经中的十一制，即将一个人十分之一的收入捐给上帝。

402　尽管远远不是通行的做法，有些奴隶主给他们的奴隶安息日不必工作的自由。

403　可能指的是超验主义者、缅因州邦各市的一位牧师弗里德里克·亨利·赫吉（Rev. Frederick Henry Hedge），他于1850年1月16日在康科德学院做过《英吉利民族》(*The English Nation*）的讲演。

404　弗朗西斯·培根（Francis Bacon），第一位外如阑男爵（Baron Verulam, 1561—1626），英国政治家、哲学家；奥利弗·克伦威尔（Oliver Cromwell, 1599—1658），政治家、将军，1653—1658年的英国护国主。

的基督教英雄，按照他的牧师职业对他的要求，他把这些基督教英雄提高到了远高于上述其他人的地位，把他们吹捧成了伟人中的伟人。他提到的基督教英雄是佩恩、霍华德和弗莱夫人[405]。每个人肯定都感觉到了其中的谬误和虚妄。后三人并不是英国最优秀的人物；他们顶多只能算是英国最好的慈善家。

慈善是应该得到赞誉的，我不会从中减去丝毫，我只是认为应当公平对待所有因其生命和工作而为人类造福的人。判断一个人的价值，我看重的并不是他的正直和仁义，正直和仁义本身不过是他的枝叶。绿叶枯萎了的植物，我们为病人做成草药茶，起的作用其实微不足道，江湖郎中用得最多。我想要的是一个人的花卉和果实；花朵的芬芳会从他那里传递给我，果实的成熟会使我们的交往充满馨香。他的仁义不是一种局部和临时的行为，而是一种持续的充盈，不花去他任何代价，他对此也毫无知觉。这才是一种能够遮掩多种罪恶的慈善[406]。慈善家经常回忆他自己所摆脱了的悲伤，把它营造成一种气氛来环绕着人类，并把它称作同情。我们应当传播的，是勇气，而不是绝望，是健康和安乐，而不是不安，并且保证绝望和不安不会像传染病那样流行开来。从南方哪一片平原[407]传来了哭泣的声音[408]？在哪个纬度上居住着我们应该送去光明的异教徒？谁是那些我们可以赎回的荒唐而残酷的人？一个人如果生了什么病，使他无法行使自己的功能[409]，甚至是他肚子疼了，——因为同情是从肚子上生出来的[410]，那他就应该立刻开始改革整个世界。由于他自己就是一个微观

---

405 威廉·佩恩（William Penn），奎克（Quaker）人道主义者和改革家，宾夕法尼亚州创始人；约翰·霍华德（上面提到过）；伊丽莎白·弗莱（Elizabeth Fry, 1780—1845），英国监狱改革家，设立了施粥站，帮助人们找工作。
406 典故来自《彼得前书》4: 8："最要紧的是彼此切实相爱，因为爱能遮掩许多的罪。"
407 南方蓄奴州。
408 典故来自《耶利米书》9: 19："因为听见哀声出于锡安，说：我们怎样败落了！我们大大地惭愧，因为我们撇下土地，人也拆毁了我们的房屋。"
409 功能（functions），双关语：功能既指人和社会的关系，也指生理功能。
410 Seat of sympathy，情感所在或根源，《歌罗西书》3: 12："怜悯，恩慈……的心"，《约翰一书》3: 17："怜恤的心"。脑海里有此联系，梭罗于1853年6月17日提到前浸礼会牧师、马萨诸塞州废奴协会代表、《一吻还一击》（*A Kiss for a Blow*）的作者 H. C. 怀特牧师（H. C. Wright, 1797—1870）："很难躲开他那黏糊糊的善意，他想把你灌满，然后把你吞噬掉，吞进他的肚子里。这比约拿（Jonah）的命运要糟糕得多。"【J 5: 264】

世界[411],他发现,这可是一个真实的发现,而他正是这个发现者——原来世界一直在吃尚未成熟的青苹果[412];事实上,在他眼里,地球本身就是一只青苹果,想一想人类的子孙在苹果成熟之前就啃它,可真是万分可怕;他那强烈的慈善心,马上驱使他找上了爱斯基摩人和巴塔哥尼亚人[413],拥抱人口众多的印度和中国的村庄[414];这样,通过几年的慈善活动——有权有势的人物这几年也利用他来为他们服务——毫无疑问,他治好了自己的消化不良症,地球在它一侧或两侧的脸颊上都增添了淡淡的红晕,就像它即将开始成熟一样,生命也不再生硬,又重新变得甜蜜而健康了。我做梦也没有想到有比我犯下的罪恶更大的滔天大罪。我以前不认识、今后也不会认识一个比我更坏的人。

我认为,让改革家感到忧伤的,不是他对陷于苦难中的同胞的同情,而是他自己的苦恼,尽管他是上帝最神圣的儿子[415]。让他抛却自己的苦恼,让春天来到他面前,让晨曦降临他的卧榻,这样他就会毫无歉意地抛弃他那些慷慨的伙伴们。我从来不发表演讲反对烟草,原因是我从来就没有嚼过烟草;这种苦差事,应当由嚼过烟草又戒烟了的人去承担;不过我尝试过的东西也不少,我可以开讲座反对这些东西。如果有朝一日你误入歧途,参与了这种慈善活动,别让你的左手知道你的右手在干什么[416],因为它不值得知道。一旦落水者获救,系好你的鞋带。不必慌忙,开始做一些自由的劳作吧。

与圣贤的交往[417]破坏了我们的举止。我们的赞美诗中,回荡着对上帝有节

---

411 十六世纪自然哲学家们认为人是一个微观世界,或微型的世界,而地球是一个大规模的生物有机体,宇宙是宏观世界。

412 人们认为吃青苹果会引起消化不良。

413 爱斯基摩人(Eskimos),加拿大、阿拉斯加、格陵兰岛和东西伯利亚的居民;巴塔哥尼亚人(Patagonians),住在南美最南端,代表地球最北和最南的顶点。

414 覆盖地球的东西方。

415 尽管"人子"(Son of God)在《新约》中用作耶稣的特定称号,在整个《旧约》和《新约》中几个地方,"子"这个词不仅用来表示孝,也表示任何密切关系或亲密关系,"人子"这个概念用来代表任何与上帝有特殊关系的人:"凡接待他的,就是信他名的人,他就赐他们权柄,作神的儿子"【约翰1:12】,和"因为凡被神的灵引导的,都是神的儿子"【《罗马书》8:14】。

416 典故出自《马太福音》6:3:"你施舍的时候,不要叫左手知道右手所做的。"

417 典故出自《哥林多前书》15:33:"你们不要自欺,滥交是败坏善行。"

奏的诅咒，和对他永远的忍受[418]。有人会说，即使是预言家和救世主，也宁愿只是安慰人的恐惧，而不愿意确认人的希望。没有任何一个地方记录过对生命这个礼物最简单和无法压抑的满足，也没有任何对上帝的令人难忘的赞美。所有的健康和成功都有益于我，不管它看起来多么遥远；所有的疾病和失败都会让我感到忧伤、有害于我，不管它对我有多少同情，或者我对它有多少怜悯。那么，如果我们确实能够通过真正印第安式的、植物的、磁性的[419]或自然的方式来使人类得到康复，那么，让我们自己首先像大自然一样简朴健康，驱散悬浮在我们自己眉宇间的乌云，往我们的毛孔里注入一线生机。不要继续充当穷人的看护人[420]，而是应当努力变成世界上更有价值的人。

我在古波斯诗人、设拉子的萨迪的《蔷薇园》[421]中读到，"人们问一位智者：至高无上的神所创造的著名的高大成荫的树中，没有一棵是称作阿扎德[422]或自由之树的，只有柏树除外，而柏树却是不结果实的；这里有什么奥秘？他回答说：每一棵树都有它相宜的结果和指定的季节，当季时新鲜开花，过季后干枯

---

418 对《约伯》2: 9 讽刺性的颠倒和混写："你弃掉神，死了吧！"和《新英格兰一览》中的简短问答："人的主要目的是荣耀上帝，并且永远享受他。"

419 印第安在此处指的是各种不同的美国土著的药物；植物指的是用植物制成的自然药物；磁性指的是动物磁性，或催眠术，德国医生弗里德里克（Frederich，原文如此，应为弗朗兹 Franz——译者注）·安东·梅斯梅尔（Anton Mesmer, 1733—1815）于 1775 年提出的一种催眠法。

420 镇里负责管理穷人（poor）的官员，可能也是上一行中"毛孔"（pore）的双关语。

421《蔷薇园》（The Gulistan or Rose Garden），诗歌、散文和有关道德问题的格言录，作者波斯诗人萨迪（Sadi，或 Saadi），生时名为谢赫·穆斯列赫丁（Sheikh Musli Addin, 1184—1291）。梭罗从他的文学笔记本中抄了几段摘录，《在康科德河和梅里迈克河流上的一周漂流》中用了三段，《瓦尔登湖》中用了一段。梭罗 1852 年 8 月 8 日在日记中写道："越过最漫长的时间的鸿沟，思想可以带着准确无误的共鸣迎接思想。比如说，我知道萨迪有一次有过和我一样的想法，此后，我发现萨迪和我之间没有根本的区别。他不是波斯人，他不是古人，他对我来说不是陌生人。通过他和我的思想的共通，他仍旧活着。"【J 4: 290】爱默生也很钦佩萨迪的作品，写了一首叫《萨迪》（Saadi）的诗，将他的很多诗歌从德语译文翻译成英文，写了一篇《波斯诗歌》（Persian Poetry）的论文，并编辑了弗兰西斯·格莱德温（Francis Gladwin）1865 年翻译的《古丽斯坦》（Gulistan）。

422 Azad，自由人。

萎谢；柏树却不会陷入这两种季节更换的状态，因为它总是枝叶繁茂；阿扎德或宗教独立人士就具有这种特性。——切勿把你的心拴定在短暂的事物上；因为底格里河[423]在哈里发种族[424]完全灭绝以后，还会继续从巴格达潺潺流过；如果你手头富足，那么，就像枣树那样慷慨大方吧；但是，如果你手头没有任何可以施舍的东西，那么，就像柏树一样，做一个阿扎德，或者一个自由的人吧。[425]"

补充诗篇
贫困的伪装[426]

你太异想天开，可怜的贪心鬼，
竟然要求在苍穹下占据一席之地，
你那简陋的茅屋，或你的木桶

---

[423] 底格里（Dijlah）西南亚的底格里斯河（Tigris River）的另一个名称。

[424] 哈里发（Caliphs），穆斯林统治者，既是世俗的，也是宗教的。

[425] 引自《设拉子的谢赫·萨迪的古丽斯坦，或花园》(*The Gulistin, or Flower-garden, of Shaikh Sadi of Shiraz*) 第473页，詹姆斯·罗斯（James Ross）翻译（1823）。

[426] 下面的诗引自托马斯·卡鲁（Thomas Carew, 1595？—1645）的剧作《英国的天空》(*Coelum Britannicum*，第二幕642—68）。梭罗为这段诗加了标题，并且用小标题来自嘲，还把拼写法改成了现代拼法。关于卡鲁，他写道："人称卡鲁是个刻意雕琢的诗人，但他的诗作没有反映出这一点。他的诗是写完了，不过并没有显示出雕琢的痕迹。"【J 1: 465】这首诗是互补性的，也就是它通过提出一种相反的观点来完善诗文的其他段落，或者是弥补这些段落的缺陷。在剧作中，水星说出的这段独白是攻击贫穷虚伪地篡夺了权力。梭罗在自己的笔记本中从贫穷的独白中摘录了下面这一段台词：

但我拒绝那些名号，要拥有
以神圣的思考而得到的天堂；
她是我的至爱；我，在我温柔的怀抱里，
无需有任何扰人的担忧、讨价还价、算账、
租赁、租金、管家、对小偷的担忧，
那些富人的烦恼，我平静地呵护着她，
所有的美德都出没不定，
没有我的保护，将无处安身。

［梭罗的文学笔记，第196页］

酝酿着慵懒或迂腐的美德
在廉价的阳光或荫凉的泉水边,
滋养着根茎和盆栽的花草;你的右手[427],
将人类的这些感情从理智中撕裂开来,
美丽的美德原本在那里绽放得花团锦簇,
你使人性败坏,知觉麻木,
像蛇发女妖一样,把活人变为岩石。
我们不需要你那这个单调无聊的社会,
迫使人们节制,
或者那全然不知悲欢喜乐
而又做作的愚蠢;也不需要你那勉强
又虚假的消极的坚强,被拔高到了
积极的坚毅之上。这些卑劣的人们,
稳居在平庸的宝座上,
成为你们奴颜婢膝的心灵;但我们
只倡导这样的美德,容许豪爽、
勇敢、慷慨的行为,威严高贵,
明察秋毫的审慎,无边无际的
恢弘气度,英雄的美德
在古代经典中了无痕迹,
只记下了模式,如赫拉克勒斯,
阿喀琉斯,忒修斯。回到你可厌的洞穴吧;
等你看见全新的开明世界,
只潜心钻研那些值得钻研的瑰宝。

T. 卡鲁

---

[427] 梭罗在日记中把原文的 "right" 误抄为 "rigid",又把误抄的文字写进了《瓦尔登湖》。

生 活 在 何 处 ， 生 活 的 目 的

在我们生命的某个季节，我们会考察每一个地方，看看能不能在那里建一所房子[1]。我就是这样考察了我住处周围方圆十二英里以内的所有地方。在我的想象中，我相继购买了所有的农场，因为所有的农场都在上市待售，我也知道它们的价格。我走遍每一个农夫的地盘，得到过他的承诺[2]，品尝过他的野苹果，和他讨论过务农，在我的脑海里，不管他开出什么价格，我都按他出的价格买下农场，然后又把农场抵押给他；我甚至给它开出更高的价格，我什么都买到了，就是不要契约，我只是把他的话语当成了契约，因为我特别喜欢闲谈；我认真耕种这块土地，我相信，我在某种程度上也在耕作着这个农夫，等我充分享受够了，我就退出，让他自己继续耕种下去。这段经历，让我一些朋友觉得我很像房地产经纪人。其实，无论我身处何处，我都能在那里居住，而且，我去哪里居住，也会为那里的风景增添光彩。房子无非是一个座位[3]而已，如果是一个地处乡村的座位就更好了。我发现了很多建房地点，它们近期不太可能得

---

[1] 梭罗考虑过瓦尔登湖之外的其他地点。根据埃勒里·钱宁，除了下一段里提到的位于萨德伯里河（Sudbury River）西岸、哈伯德桥（Hubbard's Bridge）下的霍洛维尔（Hollowell）以外，梭罗考虑过"奇异戴尔（Weird Dell），费尔黑文山（Fairhaven Hill）的一边，有果园的那一边。他还考虑过悬崖山（the Cliff Hill）和贝克农场（Baker Farm）"。费尔黑文山在萨德伯里河岸边，在瓦尔登湖西南约半英里处，人亦称之为悬崖（The Cliffs）。位于林肯镇的贝克农场在费尔黑文河湾的东岸，离瓦尔登湖半英里远，是詹姆斯·贝克（James Baker）的家。根据1851年8月31日的日记，他曾经"有一次谈论过购买科南塔姆（Conantum），但因为钱不够，我们没有成交。不过从那以后，我每年都以我自己的方式在务农"【J 2: 439】。梭罗可能还考虑过弗林特湖（Flint's Pond）。

[2] 双关语：premises 的意思一是财产，一是假定正确的言论。

[3] 梭罗第一次谈到房子和座位的关系是1840年8月的一则日记："富人的房子是一个座位——一个坐着的地方——穷人的房子是屋顶——遮身之处。因此，在英语里，我们称绅士的房子为住宅（seat）或住所（residence），而称穷人的房子为住房（house）或房顶（roof）。"【PJ 1: 169】1841年4月5日梭罗写道："我不过是想要一个干净的座位。我会在某座山的南面修建我的住所，然后在那里享受神灵们送给我的生命。"【J 1: 244】

到改善，有人可能觉得它离村里太远，不过在我看来，是村子离它太远了。好吧，我可以在这儿生活，我说；一个小时以内，我就经历了一个夏天和一个冬天的生活；我看到了我可以怎样让流年飞逝，与冬天搏斗，目睹春天来临。这个地区未来的居民，不管他们把房子建在哪里，都可以确信，有人已经捷足先登，在这里居住过了。一个下午的时间，我就足以把一块地分成果园、木材场和牧场，决定哪些好橡树或松树应当留着在门口矗立，从哪个地方最容易看到每一株枯树[4]；然后我就让它闲置着，或许会让它休耕，因为一个人能够放得下的东西越多，他就越是富有[5]。

我的想象力过于活跃，在想象中，我甚至还得到了几家农场的优先购买权，不过我想要的正好就只是优先购买权而已，而不是农场本身，我从来没有因为实际占有而烫了我的手。最接近实际占有农场那一次，我买下了霍洛维尔农场，已经开始准备种子，并且还找到了材料，准备造一个用来搬运的手推车；但是，在农场的主人将地契交给我之前，他的妻子——每个男人都有这么一个妻子——改变了主意，打算把农场留下来，他提出给我十块钱，让我解除协约。说真的，我在整个世界上的全部家当也就是十美分，要让我算出我是那个手头有十美分的人，还是买下了那个农场的人，还是不买农场但接受了十美元赔款的人，还是拥有所有这些都加起来的那个人，实在是超出了我的算术水平。不过，我最后还是让他留下那十美元，留下他的农场，因为我已经扛着它[6]走得够远了；或者，我出于慷慨，按我付出的价格把农场又卖给他了，而且，因为他不是一个富人，我还给他送十美元的礼物，而我却仍然保留着我的十美分、种子和造手推车的材料。这样，我发现我当了一回富人，而我的贫穷却依然完好无损。但是我保留了那里的景色，从此以后，我连手推车都不用，每年

---

4 Blasted tree，一株枯萎了或枯死了的树。威廉·吉尔平在《漫谈森林风景和其他树林风景》中写道："枯树常常在自然和人工风景设计方面有良好的效果。在某些风景中，它基本上是不可或缺的。当沉闷的树丛在眼前延伸开来、需要野生和荒凉的意境时，除了枯萎的橡树，粗糙、伤痕累累、枝叶落尽，把它树皮剥落的白色枝桠伸向暴风雨来临之前的乌云，还能有更合适的陪伴吗？"

5 这一章的第一、二、三和第五段，曾经以《诗人购买农场》(*A Poet Buying a Farm*)为题发表在《萨坦联合杂志》(*Sartain's Union Magazine*) 11: 127 期，文字略有改动。

6 Carried it，双关语：继续开（买农场的）玩笑，和从经济上承受农场的负担。

都在收获着它的出产。关于风景，——

> 我是我**勘察**过的所有土地的君主，
> 我在那里的权利不容置辩。[7]

我经常看见一个诗人[8]，在享受了一个农场最有价值的一部分以后[9]，潇洒离去，而粗俗的农夫以为他只不过摘取了几只野苹果。唉，农夫这么多年都不知道，诗人已经将他的农场写入诗篇[10]，这是最令人钦佩的一道篱笆，将农场团团围起，挤出了它的奶，将它脱脂，得到了所有的奶油，只把脱脂奶留给了农场主。

霍洛维尔农场吸引我的真正原因在于：它完全与世隔绝，离村子有大约两英里，离最近的邻居也有半英里，和铁路之间隔着一大片田地；它邻近河边，农夫说，春天的时候，河上的雾气可以保护农场不受霜冻，尽管这对我来说无关紧要；房子和仓库都是灰白颜色的，显得很破败，篱笆也颓毁了，意味着它前面最后那一个居住者，和我之间相隔了很长时间；苹果树被兔子们啃咬过，树心中空、青苔覆盖，向我展示着，我会有什么样的邻居；不过最重要的，还是我对从前沿着河流向上漂流的经历的回忆，那时，这所房子还掩藏在一片茂

---

[7] 出自威廉·考珀（William Cowper, 1731—1800）的《可能是亚历山大·塞尔柯克独居在胡安·费尔南德斯岛上时写的诗句》（*Verses Supposed to be Written by Alexander Selkirk During His Solitary Abode in the Island of Juan Fernandez*）。梭罗表示着重的字体强调他靠勘测谋生。

[8] 埃勒里·钱宁，在《动物邻居》一章中被称为诗人，在他有生之年发表了七本诗集。他也是梭罗第一个传记作者，于1873年发表了《梭罗，诗人—自然学家》（*Thoreau, the Poet-Naturalist*）。他于1842年与玛格丽特·富勒（Margarett Fuller）的妹妹艾伦（Ellen）结婚。

[9] 可能是回应爱默生的《自然》："在地平线上有一种资产，只有一种人，亦即诗人的眼睛能够综合所有的部分。这是这些人的农场最好的一部分，虽然他们的保证契约没有给它一个名字。"

[10] 埃勒里在他的《贝克农场》（*Baker Farm*）中将贝克农场"入诗"，发表在《樵夫和其他诗歌》（*The Woodman and Other Poems*, 1849）中，梭罗在《贝克农场》一章中引用了一部分。

密红枫树丛之后，透过树丛，我听得见他们家养的狗的吠声。我急着马上把这家农场买下来，等不及让农场主人把石头都挖掘出来，把空心的苹果树都砍掉，把在草地上四处冒出的小白桦树都挖走，或者，简而言之，等不及让他作出更多的改善。为了享受这些好处，我作好了担当的准备；像阿特拉斯一样[11]，把整个世界承担在我的肩头，不过我从来没有听说过他为此得过什么报酬，然后做这一切事情，没有别的动机或借口，仅仅是为了我可以为它付钱，可以不受干扰地占有它；因为，我一直就知道，如果我有能力让它闲置，它就会出产我所需要的最富有的产品。但结果却如我上面所说的那样，我没有买下这个农场。

关于大规模务农（我一直种菜园）[12]，我能说的只有一点：我把种子准备好了[13]。很多人认为种子放得越久越好。时间区分好和坏，对此我毫无疑问；等我最终种植的时候，我就不太可能会失望。不过我还是想对我的同胞说，只要可能，就自由自在、毫无牵挂地生活。不管禁锢你的是一家农场或是县监狱[14]，两者之间差别不大。

老加图的《农业志》是我的"栽培人"[15]，我见过的唯一一种译本，把这一段

---

11 希腊神话中，阿特拉斯（Atlas）将世界扛在他的肩膀上。
12 梭罗在他每年举行的瓜宴上庆祝他种的瓜。爱德华·爱默生在《一个年轻友人记忆中的梭罗》中写道："他特别喜欢种瓜。我有一次去他母亲家参加了一个瓜宴，来的人很多，年老年幼的都有，他用亲手种出的漂亮和香甜的粉色或鲑鱼色的水果款待我们；而身为园丁的他，也进来帮着招呼客人。"
13 梭罗在《森林树木延续》中写道："尽管我不相信一株苗会在没有种子的地方长出来，我很信任种子……告诉我你那儿有一颗种子，我准备期待奇迹。"【W 5: 203】梭罗说一个人只有准备好了才能成功。他在《瓦尔登湖》成书以后的日记中写道："我认为，我们会发现，在我们作出每一项发现之前，都有某种准备和朦胧的期望。"【J 9: 53】
14 梭罗1846年7月因为不交税而被抓进了监狱。【译者注：It makes but little difference whether you are committed to a farm or the county jail. 此处的 committed 是双关语。】
15《农业志》(Libri de re rustica) 是公元前二世纪到四世纪四位罗马农业作家作品集的名称，人们经常他们为"农学家"(the Scriptores rei rusticate)。梭罗1851年在阅读从布朗森·阿尔科特那里借来的这个文集中的加图。"栽培人"(Cultivator) 可能指的是《波士顿栽培人》(the Boston Cultivator)，自1839年至1976年发行的一本农业周刊，或者是1852—53年在波士顿出版的《新英格兰栽培人》(New England Cultivator) 或1835—41年间在波士顿出版的《扬基农民和新英格兰栽培人》(the Yankee Farmer and（转下页）

误译得荒唐无稽[16]。老加图说,"让你考虑购买农场的时候,在你的脑子里反复思索一下,不要出于贪婪而去购买;也不要因为怕麻烦而不去看它,不要以为往返一次就够了。如果它质地很好的话,你去那儿的次数越多,你就会越喜欢它。"我想我不会出于贪婪而去购买,而是会在有生之年一遍一遍地绕着它走,然后埋在那里,它最终会让我感到更加快乐。

目前我在进行下一个这种试验,我打算更详细地描述一下;为了叙述的方便,我把两年的经历放在一年里讲述[17]。如我所说[18],我不建议写一篇对沮丧的颂歌[19],而是想像一只黎明的雄鸡[20]那样,站立在鸡棚之前引吭高歌,为的是唤醒我

(接上页)*New England Cultivator*)等农业杂志对这个名字的通常用法。

16 指的是托马斯·欧文(Thomas Owen,1749—1812)在《M. 波尔齐乌斯·加图论农业》(*M. Porcius Cato Concerning Agriculture*,伦敦,1803)中的翻译:"让你考虑买农场的时候,在你的脑子里这样反复思索一下,不要买得太贪婪;或者避免看着它的痛苦,不要以为往返一次就够了。如果它质地很好的话,你去那儿的次数越多,它就会越让你感到快乐。"欧文给"不要买得"这一段开头一个短语加了注释,说他对自己的翻译不太有把握。下面的马库斯·波尔齐乌斯·加图的言论是梭罗自己翻译的。

17 这个"方便"是一种文学方式,使梭罗不必遵从以夏天开始的季节顺序,使他能够用一种春天复苏的感觉结束全书,等等。梭罗也用类似的手法,把他和哥哥约翰在河上漂流的两章缩短为《在康科德河和梅里迈克河流上的一周漂流》,将去鳕鱼角的三次旅行压缩成一次。它也提醒我们,《瓦尔登湖》是一种文学创作,而不是事实报道。

18 书内封上的座右铭。这个座右铭,再加上《结语》中最后的黎明的形象,强调《瓦尔登湖》是为了唤醒邻居而写的。

19 典故来自萨姆尔·泰勒·柯勒律治(Samuel Taylor Coleridge)的《沮丧颂》(*Ode to Dejection*)。柯勒律治通过《朋友》(*The Friend*,1810)和《协助反思》(*Aids to Reflection*,1825)等哲学著作,对超验主义者们产生了重大影响。

20 公鸡:尚特克勒(Chanticleer),来自《列那狐》(*Reynard the Fox*)和杰弗里·乔叟(Geoffrey Chaucer,约1343—1400)的《修女的神甫的故事》(*The Nun's Priest's Tale*)中雄鸡的名字,乔叟的故事中写道:"在广袤的大地上,它的啼鸣,无人匹敌。"梭罗使用了"尽情"的双关语:既用它表示兴致勃勃地,而且,根据乔叟的"温柔的公鸡掌管着/七只给他骄傲和所有的愉悦的母鸡",它可能还含有性快感的意义。梭罗的论文《漫步》(*Walking*)包含有关鸡啼叫的如下颂歌:"除非我们的哲学能够听见地平线以下所有场院的公鸡的鸣叫,它就太迟了。它通常意味着我们在思想的运用和习(转下页)

的邻居。

我开始在林中居住,也就是说,开始除了白天以外晚上也在那里度过,那一天恰好是独立日,或1845年7月4日[21],我的房子还没有做好过冬的准备,只不过能够防雨,没有粉刷,也没有装烟囱,墙是风吹日晒过的粗糙木板,有很多缝隙,所以晚上很冷。笔直的砍削出来的白色立柱、新刨好的门板和窗户,使它看起来很干净通风,尤其是在清晨,木板还浸染着露珠的时候,于是我就幻想,到中午时里面就会冒出甜蜜的汁液了。在我的想象里,我的房子整天都能够保持它曙光初现时迷人的特征,让我想起头一年拜访过的山中的那所房子[22]。我的房子是一座通风流畅、未经粉刷的木棚[23],足以款待一位旅途中的神仙[24],女神或许也会在这里挥洒她们的翩翩衣袂[25]。从我的住处上空飘过的微风,扫过山脊,带来断断续续的旋律,恍如天籁之音飘入人间的珍贵片段。晨风飘拂不息,创世的诗篇不断吟诵;但很少有人能够听见它。四处的大地之上,处处都是奥林匹斯仙山[26]。

(接上页)惯上变得生疏和过时了。他的哲学来自比我们的哲学更近的时代。其中,它有某种东西说明它是一种更新的约定,——根据这个时刻提出的福音……它表达着自然健康和稳健,为整个世界作出的夸耀,——就像春天绽放的康健,缪斯女神的新泉,庆祝时间这最近的一个时刻。"【W 5: 246】

21 1852年1月7日的日记中,梭罗写道:"我是在7月4日……开始立户的。"【J 1: 361】1845年7月4日星期五,那一天天气很好。凌晨4时29分日出,下午8时日落。

22 艾拉·斯克里布纳(Ira Scribner,1800—1890)的家,梭罗和埃勒里·钱宁1844年8月拜访过他。梭罗在1845年7月5日的日记中记录道:"我去年夏天在一个锯木磨坊主的家里住过,他的家在卡茨基尔山(Catskill Mountains)上,跟松树果园一样高,在蓝莓和覆盆子地带,在那里,安宁、洁净和凉爽似乎都合而为一,——都带着它们芬芳的特质。他是卡茨基尔瀑布的磨坊主。他们一家人都里里外外干净健康,像他们的房子一样。"【J 1: 361】

23 梭罗在三个地方称他的瓦尔登湖房子为木棚(cabin),这是其中一处。另外两处出现在《访客》和《村庄》中。

24 在希腊罗马神话中,神经常来到大地上,对凡人生活产生一些影响。

25 可能典故来自《伊利亚特》赫克托(Hector)对特洛伊(Trojan)女人而不是女神的形容,她们都拖着长袍或长服。

26 奥林匹斯山(Olympus),希腊神话中众神居住之地。

如果我那条船不算的话[27]，我以前拥有过的唯一房子是一顶帐篷，我夏天出门远足时偶尔用一用，眼下还卷在我的阁楼里；但是，那条船，几番转手以后，早已经沿着时间的河流漂流而去[28]。如今，我身边有了这座更为牢固的住所，我又有了些进步，要在世界上定居下来了。这座建筑非常轻巧，是环绕在我周围的一种晶体结构，映射着建筑者的形象和内心。它的轮廓看起来有些像一幅画。我不需要出门去呼吸新鲜空气，因为屋里的空气本来就十分清新。即使是大雨滂沱的天气里，我坐着的地方，也不像是在室内，而是更像是在门背后。《诃利世系》[29]说，"一座没有鸟的住所，就像没加佐料的肉。"[30]我的住所就没有这个问题，因为我突然发现我成了鸟的邻居；我不是把一只鸟关在笼子里，而是把自己关在了鸟儿附近的笼子里。我周遭的鸟儿，不仅有通常光顾花园和果园的那些鸟儿，而且还有森林中那些更狂放、更扣人心弦的鸣禽，它们婉转的歌喉，镇上的居民从来没有或者很少听到——画眉，鸫鸟，猩红丽唐纳雀，田麻雀[31]，夜鹰，还有很多其他鸟类。

我的房子坐落在一个小池塘的岸边，在康科德村南大约一英里半，比村子要略高一些，位于康科德和林肯之间的大片林地里，在我们这里唯一知名的地方康科德战场[32]南面大约两英里处；但是，因为我在林中低处，这样一来，我目

---

[27] 指梭罗和他哥哥约翰为他们1839年的河上探险造的那艘船。该船依康科德河的印第安名称"马斯克塔奎德"（Musketaquid）而命名，梭罗在《在康科德河和梅里迈克河流上的一周漂流》中描述过它【W 1: 12—13】。

[28] 霍桑1842年9月1日在笔记本里记下一条，说梭罗"因为缺钱，这个可怜的人想把船卖了，而他却是这条船最合适的舵手，这条船还是他亲手制造的；于是我同意出他要的价钱（只有七美元），于是便成了马斯克塔奎德的所有人"。船后来传给了埃勒里·钱宁。

[29]《诃利世系》(*The Harivansa*)，印度大约五世纪左右关于奎师那神（Krishna）的史诗。

[30] 梭罗从西蒙·亚历山大·朗格卢瓦（Simon Alexandre Langlois, 1788—1854）翻译成法文的《诃利世系，或诃利族史》(*the Harivansa, ou Histoire de la Famille de Hari*) 翻译而来，1: 282。

[31] 田麻雀（the field sparrow）是田地里的鸟儿，而不是森林里的鸟儿，梭罗在《瓦尔登湖》出版以后意识到了这一点。在1859年4月22的日记中他写道："随着松树越来越多，形成一片树林，这些鸟儿会退到新场地去……它们通常将巢筑在田野里的一株小松树的树荫下。"【J 12: 155】

[32] 康科德战场（Concord Battle Ground），标志着美国革命开始的1775年4月19日战争爆发之地。

所能及的最远的地平线，就是半英里之外的对岸，那儿和其他地方一样，树丛密布。第一个星期，每当我眺望着湖面的时候，在我眼里，瓦尔登湖都像是高高地坐落在山坡上的天池[33]，它的湖底比其他湖的湖面还要高，当太阳升起的时候，我看见它轻轻抛开夜间披上的一层薄雾，这里，那里，层次不同地显露出它柔和的波纹或平缓如镜的湖面，而薄雾，像鬼魂一样，从四面八方悄悄地隐入树丛，就像某个晚间秘密会议[34]终于散会一样。而挂在树上的露珠好像能够盘桓更长一段时间，山坡上的朝雾也是如此。

八月暴雨停歇的间隙，这汪小湖是我最珍贵的邻居，空气和水面都完全静止，但天空灰蒙蒙的，下午却有着夜晚的所有宁静，四周画眉啁啾[35]，对岸都能听得见。这样的湖，在这样的时候最是平静；湖面上方那一片空旷，因为很低，又有乌云遮蔽，湖水中充满了光线和倒影，仿佛自己也变成了低空的天堂，却又比真正的天堂更加珍贵。附近的山顶上[36]，树丛新近砍过，从穿过形成河岸的小山的宽宽豁口，越过湖面往南看去，有非常迷人的景色，两面的山坡在那里缓缓倾斜下来，看起来像是一条小溪从林木葱茏的山谷中沿着那个方向流过，不过小溪却已经不再流淌。从那个方向，我可以从附近的绿色山岭之间和山顶上，看见地平线上更远更高的蔚蓝色山岭。实际上，只要踮起脚来，我还能看见西北方向的山峰，它们更蓝，更远[37]，就像从天堂的造币厂铸造出来的纯蓝的硬币，我还能看到村子的一角。不过，换了别的方向，即使还是从这同一个位置，我还是只能看到环绕我的树林，看不到别的地方。在井水边居住是很好的，它为你提供浮力，让你在地球上浮动。即使是最小的井也有这样一种价值，当你往里看去时，你意识到，地球不是一整片大陆，而是孤立的岛屿。

---

33 天池（tarn），山上的湖。梭罗在日记中也写过类似的段落："如果我们的精神没有升华，湖就不会像天池那样高高升起，而是会像一个低洼的水池，一片沉默混浊的水塘，一个渔民光顾的地方。"【J 1: 377】

34 秘密会议（conventicle），秘密或非法的宗教聚会。

35 双关语："around"，附近的意思，"a round"，合唱中，所有的声音都加进来，直到所有人都在同时唱同一首歌的不同声部。

36 埃勒里·钱宁认为这是瓦尔登湖北岸的海伍德山（Heywood's Peak）。在几则日记中，梭罗从海伍德山的角度观察过瓦尔登湖。

37 新罕布什尔州（New Hampshire）南部的彼得伯罗山脉（The Peterborough range）。

这个事实很重要，就像用井水浸泡能让黄油保持凉爽一样重要[38]。我从这个山顶上越过湖面往萨德伯里草地[39]望去，在涨水季节[40]，我发现草地升高了，就像水盆里的硬币，这大概是奔腾的河谷间形成的海市蜃楼般的幻境，而湖对岸的土地看起来像是分割开的薄薄的硬壳，漂浮在这一小片锲入的水面上，它又提醒我，我居住的这个地方不过是陆地而已[41]。

尽管从我的门口看去的风景有限，我却一点儿也没有觉得拥挤或封闭。牧场足够令我的想象驰骋。湖对岸矮栎[42]丛生的高地，能够让我的思绪朝着西方的牧场和鞑靼草原[43]延伸而去，这些草原为人类漫游的家族提供了充足的空间。"能够自由享受广阔的地平线的人，是世界上最幸福的人"[44]，——当他的羊群需要新的更大的牧场时，达摩达拉[45]说。

物换星移，时空变化，我生活在宇宙中那些最吸引我的地区，和历史上最吸引我的时代。我居住的地方，和天文学家每天观察的地区一样遥远。我们惯于想象，在某个偏远的地方，在天穹的角落里，在仙后座背后[46]，远离嘈杂和纷扰，有一些罕见和美丽的地方。我发现，我的房子实际上就是宇宙中这么一个地方，它偏僻退隐，但又永远是全新的，永远不着尘埃。如果说靠近昴宿星团、毕宿星团[47]、毕宿五星或者牵牛星的地方值得居住[48]，那么我实际上已经在那里了，至少离我遗留在身后的生活同样遥远，我以同样优美的光芒照亮着我最

---

38 夏天时将黄油浸在井里，是一种冷藏黄油的办法。

39 萨德伯里草地（the Sudbury meadows）位于瓦尔登湖西南大约三英里处。

40 康科德和萨德伯里河春天时漫出河沿。

41 可能指的是《创世记》1:9："神说：天下的水要聚在一处，使旱地露出了。事就这样成了。"

42 又名 scrub oak，梭罗 1857 年 1 月 7 日写了一则日记："我会毫不羞愧地用矮栎当作纹章。"

43 鞑靼草原（Tartary），俄罗斯亚洲的草原。

44 梭罗由朗格卢瓦版的《哈里维萨，或哈里族史》1:283 翻译而来。

45 达摩达拉（Damodara），奎师那（Krishna）的别名。

46 仙后座（Cassiopeia's Chair），仙后星座中连在一起的五颗星，形状像 W。

47 毕宿星团（The Hyades），金牛座中的星团。

48 毕宿五星（Aldebaran）和牵牛星（Altair），分别为金牛座（Taurus）和天鹰座（Aquila）中最大的星。

近的邻居,他只有在没有月亮的晚上才能看见我。我居住过的地方,就是这一部分造物世界;——

> 曾经有一个牧羊人
> 他的思绪飞扬
> 像山一样高昂
> 每个时辰哺育着他,是他的羔羊。[49]

如果一个牧羊人的羊群总是漫游到比他的思想更高的草原,我们该怎么看待这个牧羊人的生活呢?

每一个清晨[50]都快乐地对我发出邀请,要我开始像自然本身一样简单、一样纯洁地生活。我像希腊人一样虔诚地崇拜黎明女神欧若拉[51]。我早早起床,在湖中沐浴[52];那是一种宗教体验,也是我所做过的最好的事情之一。据说,成汤

---

[49] 出自《牧羊人对菲丽黛的爱》(*The Shepherd's Love for Philiday*),无名氏作词,由罗伯特·琼斯(Robert Jones)作曲,并于1610年发表在《缪斯的快乐花园,或艾尔斯的第五本书》(*The Muses Gardin of Delights*)中,后来收入托马斯·埃文斯(Thomas Evans,1742—1784)的四卷本《历史和叙述的旧歌谣》(*Old Ballads, Historical and Narrative*)改编本(伦敦,1810)1: 248,这是梭罗的资料来源,他将其中的拼写现代化了。

[50] 梭罗在他的日记里写道:"我最神圣、最值得记忆的生活,通常是早晨醒来的时刻。我醒来时,常常发现周围有这样一种气氛,好像我不曾记得的梦是神圣的,好像我的精神旅行到了它的故乡,而在重新进入它的本体的行为中,向周围散发出了天堂般的芬芳。"【J 2: 213】梭罗将早晨当作一种象征,可能部分程度上是受了《自然》的影响,爱默生在《自然》中写道:"人的知识是一种晚间的知识,vespertina cognitio,而上帝的知识是早晨的知识,matutina cognitio。"

[51] 欧若拉(Aurora),罗马神话中的黎明女神。她在希腊神话中的名字是厄俄斯(Eos)。

[52] 梭罗的晨浴既是为了卫生,也是一种沐浴仪式。"我倾向于认为,沐浴是生活必需之一,但令人吃惊的是,有些人对此漠不关心,"他在1852年7月8日的日记中这样写。"在某些方面,即使和南海岛民相比,我们过的是怎样粗陋、污秽和忙碌的生活。逃学的孩子偷偷跑去玩水。但最需要洗浴的农民,很少把身体浸泡在溪水或湖水中。"【J 4: 201—2】十九世纪关于卫生的书籍表明,为了洁净而洗澡,尚未变成一种习惯。

王[53]的浴盆上刻着这样的字眼:"苟日新,日日新,又日新。"[54]这一点我懂。清晨把英雄时代带了回来[55]。清晨时分,我开着门窗坐着,一只蚊子环绕着我的房间作它那看不见的、无法想象的旅行,它发出的微弱的嗡嗡声,在我听来,和任何歌颂英名的号角完全一样[56]。那是荷马的安魂曲[57];它本身就是空中的《伊利亚特》和《奥德赛》,歌唱着它自己的愤怒和漂泊[58]。其中有一种放之四海而皆准的成分;只要不被禁止,它就一直不停地展示着世界的活力和繁殖力[59]。清晨是一天中最难忘的时分,是苏醒的时光。这时候,我们的睡意最轻;至少有一个小时,我们身体中那些昼夜一直沉睡的部分苏醒过来了。如果我们不是被自己的天性[60]唤醒,而是被某个仆人机械的推搡唤醒,如果我们不是被我们从

---

53 成汤,商或殷朝(公元前1766—1122)的创始人。

54 孔子《论语·学而》2:1《曾子曰》;这是梭罗从鲍狄埃的法文版《孔子和孟子》第44页翻译过来的。

55 具体指(公元前八世纪)希腊作家赫西俄德称作英雄时代(the Heroic Age)、希腊人从特洛伊战争回来之前的阶段。英雄们是半神,高贵的武士阶层,生活在底比斯和特洛伊战争时代。在《阅读》一章中,梭罗建议将早晨奉献出来阅读英雄诗篇,读者可以效仿这些书中的英雄。

56 典故出自菲利西亚·多萝西娅·赫曼斯(Felicia Dorothea Hemans, 1793—1835)的一首诗《朝圣者登陆》(*The Landing of the Pilgrims*):"歌唱英名的号角。"【I.12】

57 荷马的安魂曲(Homer's requiem),可能指的是荷马称赞"一只蚊子不折不挠的勇敢,尽管被从人的皮肤上赶走,为了品尝人的鲜血,还是坚持要叮他",见于《伊利亚特》17.56—73,尽管也有人将它翻译成马蜂和苍蝇。

58 荷马的《伊利亚特》以阿喀琉斯(Achilles)的愤怒开篇,他的《奥德赛》以奥德修斯的流浪开篇。

59 只要不被禁止(Till forbidden),印刷商称活广告的行话,简写为TF。

60 天性(Genius),来自拉丁文,意思为天赋,"genius"的本意指的是一种观察精神,后来成为一个个人的自然欲望和胃口的拟人化。桑普森·里德(Sampson Reed, 1800—1880)在《天性宏论》(*Oration on Genius*)中写到它和"神圣真理"之间的关系,将这个概念和它的本意联系起来:"人们常说天性中有灵感。古代人的天性是伴随着这个人的或善或恶的精神。"爱默生在他早期的演讲《论天性》中,将这个词定义为:"1. 天性,一个人的自然倾向或心态……2. Genius的第二个更普遍的意思是思想自发地理解和表达真理。"

自己的内心获得的全新力量和心愿唤醒，伴随着悠扬的天堂乐声，和空气中弥漫着的馨香，而是被工厂的铃声唤醒，如果我们醒来以后没有得到一种比我们入睡之前更高的生活，那么，这一天，就算我们把它称作一天，也没有什么令人期待的了；如果这样，黑暗也能结出果实，证明它是好的，并不亚于光明。如果一个人不相信每一天都包含着一个他尚未亵渎的更早、更神圣的黎明时分，那么他对生活就已经绝望了，他踏上的，是一条黑暗的下坡路。每一天，在部分中断了感官生活以后，人的灵魂，或者是他的器官，都注入了新的活力，他的天性又在尝试，它能够尽其所能造就多么高贵的生命。我敢说，所有难忘的事件都是在清晨时分、在清晨的氛围中发生。《吠陀经》[61]说，"一切智慧均在清晨苏醒。"诗歌和艺术以及人类最公正和最难以忘怀的行为，都是从这个时刻开始的。所有的诗人和英雄，都和门农一样[62]，是欧若拉的子嗣，他们都在日出时奏出他们的音乐。有的人能够使自己思想灵活，充满活力，与太阳齐头并进，对他来说，一天永远是清晨。钟表上显示几点，人们的态度和行为如何，都无关紧要。清晨时光，我很清醒，因为我体内有一道黎明。道德自新就是为抛却睡眠作出的努力。如果他们不是在昏昏欲睡的话，为什么他们对自己的一天作出的记录如此之差？他们的计算能力并不差。如果他们不是睡意蒙眬的话，他们会有所作为的。清醒到从事体力劳动的人有千百万人；清醒到可以进行有效的智力活动的，一百万人里只有一个，而可以过诗意或神圣的生活的，一亿人中只有一个。醒着就是活着。我还没有碰到过一个十分清醒的人。

61《吠陀经》(*The Vedas*)，印度教最古老和神圣的经典，神谕的结果，分四集传下来：梨俱吠陀（Rigveda，吠陀本集 -The Veda of Verses），雅育尔吠陀（Yajurveda，祭祀文本吠陀 -The Veda of Sacrificial Texts），萨马吠陀（the Samaveda，圣歌吠陀 -The Veda of Chants），和阿塔发吠陀（the Atharvaveda，火神吠陀 -The Veda of the Fire-Priest）。梭罗在日记和其他作品中几处提到吠陀，表明了阅读吠陀对他产生的影响。他在1850年一则日记里写道："我读过的吠陀摘录，像一束更高更纯洁的光芒照在我身上，它通过更纯洁的中介描绘着更高尚的过程，——不拘泥于细节，简洁，普遍。它在我身上升起，就像星星们都出来以后满月冉冉升起，穿行在夏日天空里某个遥远的层面。"【J2: 4】

62 欧若拉的儿子，在特洛伊战争中被阿喀琉斯杀死。底比斯附近修建了他的几座大型雕像，其中一座，当太阳把它照暖时，会奏出音乐。

如果碰到了，我又会怎样直面他呢？

我们必须学会重新醒来，并且保持清醒，不是用机械的手段，而是永远不停地期待着黎明，即使是在我们酣睡的时候，黎明也不会抛弃我们。人有一种毋庸置疑的能力，可以通过有意识的努力而提高他的生活，这一事实令我感到欢欣鼓舞。能够画出一幅画，或者雕出一座雕像，这样美化一些事物，委实是一件了不起的事情；但是，雕塑和涂画我们目睹的氛围和中介本身却是更为辉煌的成就，从道德上我们是能够做到这一点的。能够影响生活的质量，这是艺术的最高境界。每个人都有责任让他的生命，甚至其细枝末节，经得起最严格的审视。如果我们拒绝相信或者是穷尽了我们得到的微不足道的信息，神谕会明确告诉我们怎么去做。

我到森林中居住，是因为我想活得有意义，只面对生活中最至关重要的事实，看我能不能学到生活可以教给我的东西，而不是在我行将离世的时候，才发现我根本就没有生活过。我不想过不是生命的生活，因为活着是这样珍贵；我也不愿退隐山林，除非必需如此。我想深刻地生活，吸收生活的所有精髓[63]，过坚强的、斯巴达人[64]式的生活，目的是摒弃一切与生命无关的东西，大刀阔斧，将生命赶到一个角落，把它降低到最低的程度，如果生命证明自己很卑劣，那么就找出它全部的真正的本质，然后向世界揭露它的卑劣；如果生命是很高尚的，那就用亲身经历去体味它的高尚，然后在我下次远足时[65]作出真实的记录。在我看来，生命究竟是恶魔还是上帝，大多数人对此还是模棱两可，他们多少有些匆忙地得出结论，说人的目的是"荣耀上帝，永享神恩"。

可是我们仍然卑贱地活着，像蚂蚁一样；尽管寓言早就告诉我们，我们很

---

63 梭罗在《漫步》中写道："霍屯督人踊跃地生吃弯角羚和其他羚羊的骨髓，就像这是理所当然的事一样。我们北方的印第安人生吃北极驯鹿的骨髓和其他部位，包括鹿茸尖，只要它是软的。这样，他们可能超过了巴黎的厨师。他们得到的通常是扔进火里的东西。这样做，可能比用圈养的牛肉和屠宰场的猪肉喂出来的人要好。给我一种野性，文明无法承受它的凝视，——就像我们是靠生吞弯角羚的骨髓而活着。"【W 5: 225】

64 斯巴达人（Spartans），古希腊的斯巴达人以他们严明的纪律和简朴以及勇气和军事组织而著称于世。

65 远足（excursion），梭罗对游记的称呼，有点幽默地提到来世。

久以前就变成了人[66]；我们像俾格米侏儒一样和仙鹤作战[67]；错上加错，一次又一次的打击[68]，我们的美德此刻也成为多余的、不可避免的卑鄙。我们的生命浪费在烦琐的细枝末节上。一个诚实的人真正需要的东西，大部分时候十根手指头就能数得过来，在极端情况下，他可以加上他的脚趾头，其他的都可以弃置不用。简约！简约！再简约[69]！我建议，只集中处理两三件事务，而不是一百

---

[66] 希腊神话中，奥诺皮亚（Oenopia）的国王埃阿科斯（Aeacus），当他的子民被瘟疫毁灭之后，恳求宙斯通过将一株老橡树上的所有蚂蚁都变成人来重新填充他的王国。梭罗在他的《在康科德河和梅里迈克河流上的一周漂流》中提到了这个神话："根据寓言，当埃伊纳因为疾病而变成无人居住的时候，在埃阿科斯这里，朱庇特将蚂蚁变成了人，亦即，在有些人看来，他将某些像蚂蚁那样卑微地生活着的生物变成了人。"【W 1: 58】

[67] 在荷马的《伊利亚特》第三部中，特洛伊人被比作与侏儒作战的仙鹤。梭罗在他1846年4月17日的日记中将这一段翻译成：

特洛伊人像鸟儿一样高叫；

就像天上有仙鹤的铿锵

逃逸着冬天和无法言及的暴雨，

它们嘶叫着飞向大海的洪流

将屠杀和宿命带给矮小的人。

【PJ 2: 234】

[68] 一次又一次的打击，语境是侏儒与仙鹤作战，但也是错上加错、补丁摞补丁，亦即没完没了地修修补补，就像《先辈之歌》中那样，梭罗在《简朴生活》一章中引用过《先辈之歌》的一部分。他的来源可能是巴波尔（Barber）的《历史集》（*Historical Collections*），这一段是这样的：

眼下我们的旧衣开始变薄，

羊毛需要梳理和纺织；

我们找到一件衣服掩盖外面，

我们身内的衣服补丁摞补丁。

[69] 1848年3月27日写给H. G.O. 布雷克的信中，梭罗解释道："我坚信简约。即使是最聪明的人也觉得他一天之内要关照那么多闲杂事务，真是惊人和悲哀；而他认为他可以忽略一件最独特的事情。当一个数学家要解决一项难题时，他首先除掉方程中的所有负担，把它简化成最简单的条件。要简化生命中的问题，首先分清必须和实际。刨根究底，看你的主根扎在哪里。"【C 215】1853年9月1日的日记中，梭罗（转下页）

件或者一千件；不要追求一百万的数目，只要追求五六样就行了，用你的拇指指甲管理你的账务。在文明生活遽变的大海中，有那么多乌云、风暴、流沙和千万种不测风云，一个人如果不想沉没，身葬海底，永不靠岸，他就必须靠航位推算求生[70]，成功求生的人，一定是一个准确推算的人。简化，简化。一天不必吃三顿饭，必要的时候，只吃一顿就行了；不要吃一百盘菜，只吃五盘；并且按照比例，把别的东西也减少下来。我们的生活像是日耳曼邦联[71]，由很多小州组成，其边界永远在改变，即使是一个德国人，也不能告诉你当下的边界是哪儿。国家本身，尽管有所谓内在的进步[72]，顺便说一声，其实，这些进步都是外在的、肤浅的，而国家其实只是一种笨重的、发展过分的机构，像这个国家里千百万个家庭一样，塞塞着家具，自己被自己的陷阱绊倒，因为奢侈和随意挥霍，因为缺乏计算值得追求的目标而遭到毁坏；要治理这个国家，就像要挽救那些家庭一样，唯一的出路就在于厉行节约，过一种极为严峻、比斯巴达还要斯巴达的简单生活，并为他们生活提供一个目的。这个国家的生活太过快速。人们认为，**国家**需要振兴商业、出口冰块[73]，通过电报进行快速交流，以及

（接上页）比较了两种方式的简约：

> 野蛮人因为无知、闲散或懒惰而简约地生活，而哲学家则是因为智慧而简约地生活。对于野蛮人来说，伴随着简约的是闲散以及随之而来的恶习，而对于哲学家来说，伴随着简约的是最高享受和发展。对野蛮人和庸众来说，耕种、纺织和建筑要强过什么都不干或干更坏的事；但是，对哲学家或热爱智慧的民族来说，最重要的是培养最高官能，尽可能不在耕种、纺织和建筑上浪费光阴……简约的风格对野蛮人来说是坏事，因为他未能得到生活中的奢侈品；而它对哲学家来说是好事，因为他不必为这些东西而工作。问题在于你是否能够承受自由……
>
> 有两种简约，一种类似于愚蠢，另一种类似于智慧。哲学家的生活方式只是在外表上看起来简约，其内在是复杂的。【J 5: 410—12】

70 靠航位推算求生（dead reckoning），航海用语，指根据一艘船的航线、速度和最后一次的已知位置而不是直接通过星星的位置来判断船的位置。

71 在奥托·冯·俾斯麦王子（Prince Otto von Bismarck, 1815—1898）统一德国之前、1815 年至 1866 年之间德国大公国和小王国的松散邦联。

72 大规模资本的工程，如铁路、公路和水路。

73 新英格兰往更暖地区运冰的生意刚刚开始。

|生|活|在|何|处|，|生|活|的|目|的|

乘坐时速三十英里的交通工具[74]，毫不质疑他们究竟是不是真的需要这些；但是，我们却不十分确定，我们应当像狒狒一样活着，还是像人一样活着。如果我们不去铺设枕木[75]、锻造铁轨，日以继夜地忙于工作，而是修补我们的生活，试图改善它，那么，谁来造铁路呢？如果铁路没修好，我们怎么能按时到达天堂呢[76]？可是，如果我们留在家里，看顾我们自己的生活，谁还需要铁路呢？我们没有乘坐铁路；反而是铁路乘坐我们。你想过躺在铁轨地下的枕木吗？每一条枕木都是一个人，一个爱尔兰人，或者是扬基人。他们身上铺着铁轨，覆盖着黄沙，车厢平稳地从他们身体上面开过。我向你保证，他们和铁轨一样高枕无忧。每隔几年，一批新枕木铺出来，让火车开过；这样一来，如果有人得到了坐火车的快乐[77]，就有另外一些人承受了被碾压的不幸。如果他们碾压了一个正在梦游的人，一个摆错了位置的多余的枕木，把他吵醒了，他们就会突然把车停下，大呼小叫一番，好像这是什么例外一样。我很高兴地发现，每五公里就需要一群人来保证枕木平稳地卧在路基上，因为这表明，某个时日，它们或许有时候还是会站起来。

我们为什么要生活得这样匆忙，为什么要浪费生命？我们尚未感到饥饿之前，就决心要挨饿。人们说，及时缝一针，省去补九针，于是他们就在今天缝上一千针，目的只不过是为了省去明天的区区九针。至于工作，我们没有什么重要的工作。我们得了舞蹈病[78]，无法让我们的头静止不动。如果我将教区的钟轻拉几下，像着火报警时那样，而不是像喊人上教堂时那样全力猛拉[79]，那么康科德附近农场里的所有男人，尽管今天上午他还用某种紧急事务作过无数次借口不来教堂，还有男孩子和女人，都会抛下一切，循声而来，老实说吧，他们

---

[74] 梭罗住到瓦尔登湖前一年刚刚通到康科德的铁路，是头一种达到这个速度的交通方式。

[75] 枕木（sleepers），木质的铁路枕木，上铺铁轨。

[76] 典故出自霍桑的《天路》。

[77] 本意指乘客，但也指一种除掉一个不受欢迎的人的习惯：强迫他跨越一道抬起来的木杆，通常是将他驱逐出城的方式。

[78] 舞蹈病（Chorea），一种影响神经系统的病，引起痉挛性的运动、抑郁和情绪不稳定。

[79] 猛力拉钟绳，每一次拉的拉力大到让钟口全部朝上，或者通常称为鸣钟呼人，或者是高敲，是呼唤人们上教堂的信号。低敲，而不鸣钟呼人，钟敲得快一些，用作火警。

来的目的主要不是为了从大火中救出财物，而是为了看着它燃烧，因为它一定会烧下去的，而我们，要知道，放火的不是我们[80]，——或者是看着别人灭火，如果合适的话，伸手帮一把忙；是的，即使着火的是教区教堂本身，人们也是这样。一个人吃完晚饭后打了个盹，连半个小时都不到，可他一醒来就抬起头来问，"有什么新闻？"好像世界上其他人都在为他站岗放哨。有人发出指示，要求每半个小时把他叫醒，毫无疑问也是为了同一个目的；然后，为了报答叫醒他们的人，他们讲述自己梦见了什么。酣睡一夜之后，新闻就像早餐一样不可或缺。"求求你告诉我这个地球上任何地方任何人发生了什么新鲜事，"——然后他就着咖啡和面包卷读新闻，读到在沃希托河上[81]一个人今天早上眼睛被人挖出来了[82]；可是就连做梦也没有想到，他其实自己就住在这个世界上一个深不可测的猛犸洞窟中[83]，只有一双极不发达的眼睛[84]。

对我来说，邮局根本就可有可无[85]。我认为通过邮局投递的重要信息交流是

---

80 梭罗曾帮着扑灭过很多火灾，但这一次可能指的是 1844 年 4 月 30 日，他和同伴爱德华·霍尔不小心把树林点着了。他们篝火中的火星点着了附近非常干燥的草。三百英亩的树林烧掉了，损失高达两千美元。《康科德自由人》1844 年 5 月 3 日报道："我们认为，火灾是因为两个粗心大意的村民在林中引起的，他们在瓦尔登湖附近的一棵松树墩上点着了火，目的是烧杂烩。由于他们周围的一切都像一只火船一样易燃，火焰很快蔓延开来，花了几个小时才得到控制。我们希望，那些将来可能会去林中娱乐的人，能够记住这种纯粹粗心的不幸后果。"很多年，梭罗都得忍受着人们在背后称他为"森林纵火犯"的窃窃私语。他很长时间都感到非常惭愧，促使他于六年后的 1850 年 6 月写了一篇关于这次事故的长日记（《室内取暖》一章的注释 57 有引文）。
81 阿肯色南部的沃希托河（Ouachita，亦作 Washito）。
82 在密西西比边疆，在不带武器的打斗中，人们通常通过大拇指的特殊一扭挖出对手的眼睛。"我看见不止一个人缺了一只眼睛，我敢肯定我现在到了'挖眼睛'地区。"蒂莫西·弗林特（Timothy Flint, 1780—1840）1816 年这样写到他在路易斯安娜的传教活动。
83 将肯德基州的猛犸洞窟和托马斯·格雷（Thomas Gray, 1716—1771）的《墓园挽歌》（Elegy Written in a Country Churchyard）中的"大海的黑暗而深不可测的洞窟"合并使用。
84 肯德基的猛犸洞窟中的鱼是瞎的，因而只有"极不发达的眼睛"（Rudiment of an eye）。
85 这可能更多的是愿望，而不是事实。根据富兰克林·桑伯恩，"康科德没有谁比他更准时地来邮局的了。"梭罗在《没有原则的生活》中写道："按照比例，我（转下页）

很少的。我在几年前写过这样一句话[86]：严格地说，我这辈子收到的信中，值得花费那份邮费的信件不超过一两封。通常，便士邮政[87]就是这样一种机构，你认真地付给一个人一分钱，目的是为了得到他的思想[88]，而人们说付钱，不过是在开玩笑。我还敢肯定，我从来没有在报纸上读到什么重大新闻。如果我们读到一个人被抢劫了，或者被谋杀了，或者死于事故，或者一所房子着火了，一艘船沉了，一艘蒸汽船爆炸了，西部铁路撞了一头牛[89]，或一条疯狗被杀死了，或者冬季出现了蝗虫，——我们再也不需要读到另一份新闻了。一条就够了。如果你已经熟悉原则，你还用得着在乎什么五花八门的实例和应用吗？对哲学家来说，所谓的新闻一概都是闲言碎语，而编辑和阅读新闻的都是喝茶的老妇人[90]。可是，贪恋这种闲言碎语的人却不在少数。我听说，前些天，在某家办公室，大家因为急着打听最新新闻，把属于公家的几大块平板玻璃都挤碎了，至于那条新闻，我确信，一个机智的人十二个月或者十二年前就能够相当精确地写下来。举个例子，就西班牙来说，如果你知道如何时不时地按照合适的比例

（接上页）们的内在生活失败的时候，我们就去邮局。你可以肯定，那个带着最多邮件离开邮局、对他广泛的交流十分自豪的人，很长时间都没有收到自己的来信。"【W 4: 471】

86 提醒一下，梭罗住在瓦尔登湖和他写《瓦尔登湖》之间有一段间隔，态度也稍有改变。他 1846—1847 年冬天还住在瓦尔登湖的时候，最初写道："我甚至可以摒除邮局——我一年都收不到一封信"【PJ 2: 374】，可是后来有几则日记中提到前往邮局或从邮局回来，包括 1856 年 1 月，他一个星期都在那里倾听一个正在进行的对话——"人们这一个星期都在邮局讨论大榆树的年龄"【J 8: 145】。

87 1840 年在英国定为统一的邮资。《瓦尔登湖》于 1854 年出版时，美国的邮资是三美分。

88 人们所知的最早付印的这个短语是在约翰·赫伍德的《谚语》："（好人说）为你的思想付一分钱。"

89 1841 年，马萨诸塞州西线铁路从波士顿开到纽约州界。

90 在《没有原则的生活》中，梭罗也把新闻比作喝茶时的闲谈："因为其危险而轻轻颤抖，我经常想到我很接近承认我的头脑里接受了某些鸡毛蒜皮的细节，——街上的新闻；我惊讶地观察到，人们是多么心甘情愿地让这些垃圾充斥他们的头脑，——让不相干的流言和最无足轻重的事件侵入应当属于思想的神圣领土。难道头脑应当是主要讨论街头事务和茶桌闲谈的公共场所吗？还是它应当是天堂本身的一个角落，——一个对着天空的庙宇，用来侍奉神灵？"【W 4: 473】

掷入唐·卡洛斯和公主[91]、唐·佩德罗、塞维尔和格兰纳达[92]，——从我上次看报以来他们的名字可能改动了一点，——在没有别的娱乐可写的时候扔进一点关于斗牛的娱乐新闻，那么，那些新闻会准确到一字不差地为我们提供关于西班牙目前准确的状况或局势崩溃的消息，可以和报纸上这个标题下最简洁明晰的报道相媲美；至于英国，从那个地区传来的最近的一条重要新闻是1649年革命[93]；如果你已经知道英国正常年份的谷物产量的历史，你就再也不需要为此事再费脑筋了，除非你推测的目的是为了赚钱。如果要一个很少看报纸的人来评判的话，国外从来就没有发生过什么新闻，法国革命也不例外[94]。

新闻算什么啊！了解永远不会过时的东西，重要多了！"（魏国大夫）蘧伯玉使人于孔子。孔子与之坐而问焉，曰：'夫子何为？'对曰：'夫子欲寡其过而未能也。'使者出。子曰：'使乎！使乎！'"[95] 星期天是一个虚度了的一周的结束，而不是新的一周的新鲜而勇敢的开端[96]，牧师不应当在昏昏欲睡的农夫们一周忙碌之后休息的一天里，用又一个裹脚布一样的讲道来骚扰他们的耳朵，而是应当用雷鸣般的声音大喝："停下！停住！[97] 为什么你们看起来走得很快，

---

91 西班牙的斐迪南七世（King Ferdinand VII, 1784—1833）和他的弟弟唐·卡洛斯（Don Carlos）于1830年代进行权力斗争。1843年，斐迪南的女儿，十三岁的公主（Infanta, 1830—1904）登基为伊莎贝尔女王二世（Queen Isabella II）。

92 塞维尔暴君唐·佩德罗（Don Pedro the Cruel of Seville, 1334—1369）和他的军队征服并杀害了格兰纳达的阿布·萨伊德·穆罕默德六世（Abu Said Muhammad VI，卒于1362年）。

93 始于1642年，终于1649年，英国建立了奥利弗·克伦威尔为首的清教徒联邦，临时取代了英国王室。

94 在他的《瓦尔登湖》珍藏版里，桑伯恩发表了梭罗的这段话："这是在法国上一场革命（1848年）爆发之前写的；但是，法国的革命是会随时发生的；在它发生之前，预测它何时会结束，和在它发生五年之后一样容易。"

95 梭罗翻译的孔子《论语》14.26（原文如此，实为14.25，译者注），译自鲍狄埃的《孔子与孟子》第184页。

96 在朱利安历和格雷高利历中，星期天是一个星期的第一天。梭罗有些反安息日，认为这是不对的。《在康科德河和梅里迈克河流上的一周漂流》的《星期天》一章中，他形容有人看见他在星期天旅行，将自己和哥哥称作"真正遵守这个阳光灿烂的日子的人……按我们的计算，这是一个星期的第七天，而不是第一天"【W 1: 64】。

97 航海的气韵，可能典故来自波士顿海员礼拜堂的爱德华·汤普森·泰勒（转下页）

实际上却慢得要死？"

　　谎言和幻觉被尊崇为最合理的真理，而现实却被人当作虚构。如果人始终坚持观察现实，而不让自己陷入幻想，那么，与我们已知的事情相比，生活会像一则童话，像《一千零一夜》的故事[98]。如果我们只尊重不可避免、有权存在的东西，音乐和诗歌就会在街头重新响起。在我们从容而明智的时候，我们会感知到，只有伟大和高贵的东西，才有永久和绝对的存在，——渺小的恐惧和渺小的乐趣只不过是现实的影子。认识到这一点总是令人振奋，令人感到崇高。人们往往闭上眼睛，沉沉睡去，听任假象欺骗，才会到处建立和遵守他们日常生活的常规和习惯，而这些常规和习惯，仍旧建立在纯粹虚幻的基础之上。玩过家家的儿童，能够比成年人更清楚地辨认出生命的真正法则和各种关系，而成年人不能有价值地生活，却认为他们自己更加明智，因为他们有经验，而他们的经验，不过是失败而已。我在一本印度书里读到，"从前有一个王子，自幼从家乡被放逐出去，被一个林中人收养，并在那种状态下长大，他以为自己属于他居住的那个野蛮民族。他父亲的一个大臣发现了他，向他揭示了他的身世，于是，他消除了对自己出身的误会，终于知道自己是一个王子。因而，"印度哲学家接着说，"由于它所处的位置，灵魂错误地理解了自己的身份，直到某个圣师向它揭示出它的真相，它才知道自己是梵天。"[99] 我认为，我们新英格兰居民过着这种卑贱的生活，是因为我们的眼光不能穿透事物的表面。我们认为，**表象就是本质**。如果一个人走过这个村庄，只看见现实，你会想，磨坊的水坝[100]会通向哪里？如果他向我们描述他在那里看见的现实，我们认

（接上页）（Edward Thompson Taylor, 1793—1871），梅尔维尔的《白鲸》（Moby-Dick）里的梅布尔神父（Father Mapple）的原型，梭罗1845年6月22日在康科德听过他讲话。

98《一千零一夜》（The Arabian Nights' Entertainments），十世纪的古波斯、印度和阿拉伯故事集，其中最著名的是阿拉丁、辛巴达和阿里巴巴的故事。

99 引自《数论颂，或大自在天克里希纳的数论哲学中的纪念诗篇》(The Sankhya Karika, or Memorial Verses on the Sankhya Philosophy by Iswara Krishna)，翻译者亨利·托马斯·科尔布鲁克（Henry Thomas Colebrooke, 1765—1837），（牛津，1837）第72页。梵天（Brahme，或Brahma）是印度哲学中的精神存在的本质。

100 磨坊的水坝（Mill-dam），康科德镇中心。康科德最初是一个磨坊水坝所在，几条道路的交汇中心，由此发展成一个定居点。

不出他描述中的那个地方。看看一个会议厅，或者一个法院，或者一所监狱，或者一家商店，或者一家住宅，然后说一说，在真正的观察下那样东西究竟是什么，他们在你的叙述中就都会成为支离破碎的片段。人们尊崇的真理都在远处，在星系的外围，在最遥远的星星背后，在亚当之前，在最后一个人之后。在永恒中，确实有某些真实和高尚的东西。但是，所有这些时间、地点和场合都在此时此地。上帝本身的伟大存在于现在，不会随着所有这些年代的流逝而变得更加神圣。我们只有通过永远不停地灌输和浸染我们周遭的现实，才能理解一切圣洁和高贵的东西。宇宙不断地、顺从地适应我们的想象；不管我们走得快还是走得慢，脚下的道路已经为我们铺好了。那么，让我们穷其毕生而领悟想象吧。诗人或艺术家还从来没有过这么公正和高尚的设计，但是，至少他的后代能够达到这一步。

　　让我们像自然那样清醒地生活一天，不要因落在道路上的一只坚果壳或蚊子的翅膀而脱离轨道[101]。让我们早早起床，快快起床，或者吃早饭，轻轻地，不必大张旗鼓；任凭人来，任凭人往，任凭钟声敲响，任凭孩子哭泣，——下定决心过好一天。我们为什么要屈服，为什么要随波逐流？让我们不要被正午的[102]阴影下那种称为正餐的激流、漩涡掀翻和吞没。渡过这道险关以后，你就安全了，因为剩下的路途都是下坡路。带着紧绷的神经，带着清晨的活力，像尤利西斯那样，把自己绑在桅杆上，看着别的方向，跟随着它航行[103]。如果火车鸣响了汽笛，就让它响吧，直到它吼得声音嘶哑。如果钟声响起，我们为什么要匆匆奔跑？我们倒不如想一想，汽笛和钟声是什么样的音乐。让我们把自己安顿下来，努力将我们的脚踏进意见、偏见、传统、幻觉、面子的泥沼，这些泥沼覆盖着全球，从巴黎和伦敦，到纽约、波士顿和康科德，到教会和政府，到诗歌、哲学和宗教的沙洲，直到我们踩到坚硬的底部和岩石，我们称之

---

101 铁路早期，火车很容易也经常脱轨。1853 年 7 月 16 日的《科学美国人》引用了《铁路杂志》上的这个话题："一辆火车的引擎和前面的车厢经常会越过段轨、一头牛或者一块石头，而不会脱轨，而后面的车厢，因为没有什么东西把它拉进火车线，很容易离开铁轨。"

102 中午。

103 荷马的《奥德赛》第十二章中，尤利西斯（Ulysses，奥德修斯-Odysseus）把自己绑在桅杆上，这样他就可以听见海妖塞壬（Sirens）而不会成为她们的受害者。

为现实，然后说，这就是了，没错；然后，在山洪、霜冻和火焰之下，你就有了一个支点[104]，在这个支点上，你可能会发现一堵墙或者一个国家，安全地装置一个灯柱，或者一个尺度，不是一个水位计[105]，而是一个现实计量器，未来的时代有可能因此了解，随着时间的推移，假象和面子的山洪又聚集了多深。如果你面向前方站着，面对事实[106]，你会发现太阳从它两个表面同时发光，就像一把弯刀一样[107]，并且感觉到它甜蜜的刀刃沿着你的心脏和骨髓将你分开，这样你会幸福地结束你的凡人生涯。如果我们真的正在死去，就让我们听见我们临终时喉中的声响，感觉到四肢上的冰凉；如果我们依旧活着的话，就让我们着手干自己该干的事情吧。

  时间只不过是我垂钓的小溪。我在小溪里面饮水；但是，我饮水的时候，我看见了沙质的底部，于是估摸到它有多浅。浅浅的溪水漂流而去，但永恒常驻。我愿意痛饮更深之处的水；在天空钓鱼，天底点缀着星星。我连一颗星星都数不出来。我不认识字母表里的第一个字母。我一直遗憾，我没有我刚刚出生后的第一天那样有智慧。智力是一把刀；它洞察和切入事物的秘密之中。我不想让我的双手毫无必要地忙碌。我的头脑就是我的左膀右臂。我觉得我最优秀的机能都集中在头脑里。本能告诉我，我的头脑是我挖掘的器官，就像某些动物用它们的鼻子和前爪挖掘一样，我用我的头脑在这些山坡上开采、挖掘。我认为，蕴藏最丰富的矿脉就在附近什么地方；我根据探测棒和稀薄上升的蒸气作出了判断；我要在这里开始采矿。

---

104 point d'appui，法语：支点。
105 古埃及用来记录尼罗河（Nile）的水位，以便向城市发出洪水警告的仪器，不过也是双关语，"nil"的意思是一无所有。
106 事实是达到更高或更神秘的真理的手段。在早期的日记中，梭罗写道："理解自然真正的意义，对正确研究自然是多么不可或缺啊。一桩事实有朝一日会开花结果成为真理。"【J 1: 18】
107 弯刀（cimeter 或 Scimitar），一种有弯曲的薄刃的刀，因其锐度而著名，与下一段中更笨重的刀（cleaver）正好相反。

| 阅 | 读 |

　　如果在选择职业时增加一点深思熟虑，所有人可能都会在本质上变成学生或观察者，因为所有人都肯定会对人的自然和命运感兴趣。我们在为自己或我们的后代积累财富，建立一个家庭或国家，或者甚至是追逐名誉时，我们是凡夫俗子；但是，在和真理交往时，我们是不朽的，既不需要害怕变化，也不需要害怕事故。最古老的埃及和印度哲学家曾经撩起了神灵雕像的一角面纱[1]；那颤抖的面纱，今天依然还是敞开着，而我看到的荣耀，也和他们当初看到的一样新奇，因为当初那个勇敢揭开面纱的就是他身上的我，如今看到这个景象的，又是在我身上的他。那件面纱上没有落下尘埃；自从神像被揭开以后，时光也不曾消逝。我们真正可以改善的时间，或者是能够被改善的那个时间，既不是过去和现在，也不是未来。

　　和大学相比，我的住处更有利于思想，也更有利于认真的阅读；尽管我的阅读超过了一般的流通图书馆的藏书[2]，我却前所未有地受到了在世界上周转的那些书的影响，这些书的词句最初是写在树皮上的，现在偶尔也抄写在亚麻纸上。诗人米尔·卡马尔·乌丁·玛斯特说[3]，"坐在此处，穿越精神世界的领地；我在书中有这样的特权。一杯美酒就令我陶醉；我在畅饮深奥学说的甘醇时，

---

1 典故来自古埃及伊西斯（Isis）揭开面纱和印度教里玛雅（Maya）揭开面纱。
2 这句话有点夸张，这一章后面，梭罗提到"我们流通图书馆里的几卷本"。康科德社区图书馆，尽管不是免费的，交一点订阅费就可以使用。康科德镇图书馆，以康科德社区图书馆捐赠的收藏起家，于1851年建立。梭罗在这一章里又提到它是"一个图书馆的弱小萌芽"。镇里的第一个图书管理员阿尔伯特·斯泰西（Albert Stacy，1821—1868），也有一间文具店，他在那里开一家小型的流通图书馆；他的书可以付一点租金借阅，补充而不是重复镇图书馆的收藏。梭罗从1841年就一直在从爱默生的私人图书馆借书，后来也从布朗森·阿尔科特和埃勒里·钱宁那里借，1849年，他得到了从哈佛学院图书馆借书的特权。
3 卡马尔-乌丁·米纳（Qamar-uddin Minnat），波斯和乌尔都诗人，祖籍德尔福（Delphi），1793年卒于加尔各答（Calcutta）。

享受到了这种极乐。"[4] 我整个夏天都把荷马的《伊利亚特》[5]放在桌子上,尽管我只是偶尔看一看他的书页。最初,我手头总是有没完没了的手工活计,因为我同时既要把房子完工,又要锄豆子,根本就不可能读书。不过,我盼着将来能够读书,用这样的希望来激励着自己。我在工作间隙阅读了一两本比较肤浅的旅游书籍[6],随后,读这样的书又让我为自己感到羞愧,责问自己,那么我究竟是身在何处。

书生可以读希腊文的荷马或埃斯库罗斯[7]的希腊文原著,而不会有放荡或奢华的危险,读希腊文原著,意味着他会在某种程度上模仿他们的英雄,将清晨的辰光奉献给英雄篇章。英雄的书章,即使是用我们的母语印刷出版,却永远只存身于另一种语言,一个腐朽的时代是无法理解这种语言的;我们必须努力寻求一字一行的意义,用我们所有的智慧、勇气和慷慨,超出它们的常用法之上,去揣测它们更宏大的意义。现代廉价和多产的出版业,尽管出了很多译本,却没有拉近我们和古代的英雄作家们之间的距离。古代作家们看起来如此孤独,书上印出来的他们的文字也一如既往地生僻晦涩。年轻时花去一些岁月和宝贵时间去学习古代语言是值得的,哪怕你只学了一些简单词汇,因为它们是从市井街头的琐碎中提炼出来的精华,具有永恒的启发和激励作用。农夫记住和重复他听过的几个拉丁词汇,也并不是为了虚荣。人们有时候以为,研读经典最终会让位于更

---

4 梭罗译自法文,见约瑟夫·赫里奥多·加尔辛·德·塔西(Joseph Héliodore Garcin de Tassy,1794—1878)的《印度教和印度斯坦文学史》(Histoire de la Littérature Hindoui et Hindoustani,巴黎,1839—47),1:331。

5 梭罗在瓦尔登湖时,《伊利亚特》的希腊文版和英文版都有。他的希腊文本是《荷马的伊利亚特,沃尔夫版的文本,附加英文注释和弗拉克斯曼的设计》(The Iliad of Homer, from the Text of Wolf with English Notes, and Flaxman's Designs),编辑 C.C. 费尔顿(Felton,波士顿,1843),他的英文文本是两卷本的亚历山大·蒲柏(Alexander Pope,1688—1744)的译文,《荷马的伊利亚特》(The Iliad of Homer,巴尔的摩,1812)。

6 为了《瓦尔登湖》的修辞目的,旅行文学或许是有些肤浅,但梭罗终其一生阅读了大约两百本这类书,或许还更多。这段时间,他可能在阅读旅行文学,以作为写作《在康科德河和梅里迈克河流上的一周漂流》的资料来源。

7 埃斯库罗斯(Aeschylus,公元前525—456年),希腊悲剧诗人,七十多部剧作的作者,现存的只有其中七种。

现代和更实用的研究；但是，有进取心的书生永远会研读经典作品，不管它们是用何种语言写就，也不管它们有多么古老。经典难道不就是人类最高贵思想的记录吗？它们是唯一不朽的神谕，它们对最现代的问题都能作出解答，而这些答案，古希腊的德尔斐和多多那神殿[8]都从来不曾提供过。我们不会因自然太过古老，就放弃对自然的研究。正确阅读，亦即，以真正的精神读真正的书籍，是一项高贵的活动，和当代的习惯所承认的所有活动相比起来，会让读者感到更加劳累。读书需要的训练，就像运动员接受的那样的训练，而且，人们差不多要终其一生，追求这个目标。读书和写作一样，必须慎重而含蓄。仅仅会说书中所用的那个国家的语言还是不够的，因为在口语和书面语之间还有显著的差异，听得懂口头语，并不意味着能够读得懂书面语。口头语通常是暂时的，一个声音，一种话，一种方言而已，几乎和动物一样的，我们像动物一样无意识地学到我们的母亲的语言。而书面语则是口头语基础上的成熟和凝练；如果我们把口头语叫作母语，那么书面语则是我们的父语，一种含蓄和精选的表达，这种语言太重要了，因而耳朵听不到，我们要想说它，就必须重生一次[9]。中世纪时很多人会讲希腊语和拉丁语，但他们并不能因此就能够阅读用这些语言写成的天才之作；因为这些作品不是用他们所知的那种希腊或拉丁文写成的，而是用文学的专门语言写成的。由于这些人没有学会希腊和罗马更高贵的方言，因而用这些方言写的著作，在那些人眼里只是废纸[10]，他们更珍视的是廉价的当代文学。但是，当欧洲的几个国家有了自己的书面语言，这些语言虽然粗糙，却足以满足他们日渐上升的文学的需要时，对最早的学问的研究复兴了，学者们于是能够从久远的过去辨认出古代的瑰宝。罗马和希腊的庸众听不懂的，千百年后，只有很少一些学者阅读过它们，仍然在阅读它们的学者就更少了。

不管我们怎么崇拜演说者偶尔展示的口才，最高贵的书面语言，却像布满星星的苍穹掩藏在云层之后一样，通常是掩藏在稍纵即逝的口头语言背后或者

---

[8] 福西斯的德尔斐的阿波罗神庙（Apollo at Delphi in Phocis）和伊庇鲁斯的多多那的宙斯神庙（Zeus at Dodona in Epirus），是最主要的古希腊神殿。

[9] 指宗教皈依，如《约翰书》3: 3: "耶稣回答说，我实实在在地告诉你，人若不重生，就不能见神的国。"

[10] 中世纪教会人士，由于不懂得古代经典的价值，遂用经卷当作他们自己的神圣经文的草纸（实际上是羊皮纸），具有讽刺意义地帮助保存了他们觉得毫无价值的作品。

之上。星星就在那里，有能力的人就能够识别它们。天文学家永远在评论和观察星星。它们不是像我们日常谈话和潮湿的呼吸那样随时蒸发的气体[11]。讲台上称作口才的，到了书斋里往往只是修辞。讲演者抓住偶尔某个场合的灵感，对他眼前的人群说话，对那些能够听见[12]他的人说话；而作家的境况是，他的生活更加平和，那些激发演说者灵感的事件和人群容易分散他的注意力，作家要与人类的知识和心灵对话，与无论哪个时代所有能够懂得他的人对话。

怪不得亚历山大在他的远征途中，总是用一只珍贵的匣子把《伊利亚特》带在身边[13]。文字是最珍贵的宝物。和其他艺术形式的作品相比，它与我们更

---

11 科洛封的色诺芬尼（Xenophanes of Colophon，约公元前570—490）提出了这样的理论，即天体将地球呼出的气体浓缩成了火热的云。以弗所的赫拉克利特（Heraclitus of Ephesus，约公元前500年）扩展了世界是通过不同元素的平衡和火的浓缩过程而创造出来的理论。根据这种观点，夜晚是地球更黑暗的呼气形成的，就像从地狱而来一样，而白天是从太阳照亮的呼吸而来。赫拉克利特和其他斯多葛派认为星星发光，是靠着地球上湿润地区的氤氲之气。

12 梭罗了解一个演说者要成功就必须满足的要求。他1854年12月6日在日记中写道：

这个冬天发表过两次演说后，我觉得我又在因为试图变成一个成功的演说人，亦即取悦我的听众，而变得廉价的危险。我很失望地发现，对我的听众来说，我最本质的东西、我自己最珍视的东西都丢失了，或者比丢失了还糟糕。我甚至都不能得到人们的关注。如果我不那么遂我之意的话，或许我能更好地遂他们之意。我觉得，公众需要一个平常人，——平常的思想和态度，——而不是独创性，甚至不是尽善尽美。除非你和他们一样并同情他们，否则你无法让他们感兴趣。我情愿我的听众追随我，而不情愿去追随他们，这样他们就经过筛选了；也就是说，我情愿写书，而不愿意演说。这样的安排也行。给一群混杂的听众阅读，他们期待你给他们讲述你最精妙的思想，而你不过是远远地用这些思想抚慰自己，就像是用填鸭式手段让鹅催肥一样暴力，而在这种情况下，鹅还催不肥。【J 7: 79—80】

13 有关马其顿的亚历山大大帝（Alexander the Great of Macedon，公元前356—323年），普鲁塔克在《名人传》(Lives) 中写道："从大流士掳走的财宝和其他赃物中，有一个非常珍贵的匣子，有人将它当作稀世之物带到亚历山大面前，他问周围的人，他们觉得里面装什么东西最合适；他们表达了自己的各种意见以后，他告诉他们，他会把荷马的《伊利亚特》装在里面。"

加亲近，也更加具有普遍性。它是最接近生命本身的艺术作品。它可以被翻译成所有语言，不但能供人阅读，还能从所有人的唇间呼吸出来；它不仅仅能够在画布或大理石中表现出来，而且还能用生命的呼吸本身雕刻出来。记载古人思想的符号，成了现代人的用语。两千年的岁月，为希腊文学和记载着希腊历史的大理石丰碑，增添了一种更成熟的金黄和秋天般的色彩，因为这些名著将自己庄严和天堂般的气氛带到了世界各地，使它们不至于被时光侵蚀。书籍是世界上的珍贵财富，是世世代代和各个民族共有的遗产。最古老和最优秀的书籍，自然而然、理所应当地占据着每家每户的书架。它们本身不为什么事业张言，但是，当它们开导和支持读者的时候，有见识的读者是不会拒绝它们的。书籍的作者，是每一个社会中令人无法抗拒的天生的贵族，和帝王将相相比，他们对人类更有影响。当一个目不识丁或许遭人轻视的生意人，通过经营企业和工厂挣得了令人垂涎的闲暇和独立，加入了财富和时尚的圈子时，他最终会无法避免地转向那些更崇高但也令他更加无法企及的知识和才能的圈子，他会意识到自己文化上的欠缺，以及他所有那些财富的空虚和不足，于是他会不遗余力地保证自己的孩子能够得到他自己痛感缺乏的知识文化，如果他能这么做的话，那就证明他还算明智；这样一来，他就成为一个家族的创始人。

那些没有学会用原文阅读古代经典[14]的人，注定不能完全了解人类种族的历史；值得注意的是，那些古代经典尚未被翻译成任何一种现代语言，除非你把我们的文明本身看作这样一种文本。荷马的作品还没有出英文版[15]，埃斯库罗斯也没有[16]，甚至连维吉尔也没有[17]，——这些都是如清晨一样旖旎、扎实，几乎像清晨一

---

14 尽管梭罗懂希腊文，他并不总是读希腊作者的原文，而是使用其拉丁、法语和英文翻译。

15 不是字面上的，而是打比方：亦即，原文的精神从来不曾成功地翻译过来。荷马最早由乔治·查普曼从1600年代开始译成英文，于1624年出版。

16 埃斯库罗斯最早由罗伯特·波特（Robert Potter，1721—1804）翻译，于1777年出版。梭罗自己翻译过埃斯库罗斯的《被缚的普罗米修斯》(*Prometheus Bound*，发表于《日晷》1843年1月号)和《七英雄攻打底比斯》(*The Seven Against Thebes*，死后发表)。

17 普布利乌斯·维吉利乌斯·马罗（Publius Vergilius Maro，公元前70—19年），罗马诗人，《牧歌》(*Eclogues*)、《农事诗》(*Georgics*)和《埃涅阿斯纪》(*Aeneid*)的作者。加文·道格拉斯（Gavin Douglas，约1475—1522）的维吉尔译文于1513年7月完成。

样美丽的作品；因为后来的作家，不管我们怎么评价他们的天才，都很少或者根本就没有古人那样缜密的精美和优雅，以及他们毕其一生造就的英雄文学创作活动。那些只谈论忘记经典的人，本来就没有理解经典。等我们有了可以接近和欣赏经典的学问和天才时，再去忘记它们也不迟。如果我们能够继续搜集成为经典的文物，搜集那些更古老、更古典但不那么著名的各国经典，当梵蒂冈的图书馆[18]摆满了《吠陀》、《波斯古经》[19]和《圣经》，摆满荷马、但丁[20]和莎士比亚的作品时，所有未来的世纪都会相继把他们的成就存入世界的讲台，那个时代就会真正富有了。有了用这样一堆书籍搭起来的阶梯[21]，我们终于有希望攀上天堂[22]。

人类还没有读懂伟大诗人的作品，因为只有伟大的诗人才能够读懂伟大诗人的作品。人类读这些诗作，就像阅读星辰一样，顶多是占星学式的阅读，而不是天文学式的阅读[23]。大多数人学会阅读是为了一种微不足道的方便，就像学

---

18 The Vaticans，指罗马梵蒂冈教廷的大图书馆。

19《波斯古经》(*Zendavestas*)，亦称阿维斯陀（Avestas），古代波斯（今伊朗）琐罗亚斯德教（祆教）的经典。

20 但丁·阿利吉耶（Dante Alighieri，1265—1321），意大利诗人，《神曲》(*Divina Commedia*)和《新生》(*Vita Nuova*)的作者。

21 双关语：pile 既指一堆书，又指累积，或结构。

22 可能典故来自巴比伦塔（The Tower of Babel，《创世记》11: 1—9），人类企图通到天堂的尝试，也可能是神话，奥提斯（Otys）和埃菲阿尔特斯（Ephialtes）为了攀上天堂，将奥萨山（Mount Ossa）和皮利翁山（Mount Pelion）堆在奥林匹斯山上，荷马、维吉尔、柏拉图（公元前429—347年）和但丁都提到过。

23 关于占星学式的和天文学式的阅读，梭罗1853年1月21日在日记中写道：

关于星辰，我们的科学有几件花絮，加上关于距离和大小的几个堂而皇之的理论，而在星辰与人的关系方面却知之甚少，甚至一无所知；教授如何测量国土或者航船，而不是人如何驾驭生活。占星学包含着比它更高的真理的核心。很有可能，星星们对于赶牲口的人来说，比对天文学家更重要，更超凡……尽管天文观象台成倍增长，天堂得到的关注却很少。裸眼很容易比全副武装的眼睛看得更远。关键是谁在看。比裸眼更高的望远镜还没有发明出来。在那些大望远镜中，后坐力等于发射力。诗人的眼睛一次精妙热忱的扫描，就能从地球望及天堂，而天文学家的眼睛却常常不能做到这一点。天文学家的眼睛看不到天文台屋顶之外的远方。【J 4: 470—71】　　　　（转下页）

会计算是为了记账，做买卖的时候不受人欺骗一样；但对于作为高贵的智力活动的阅读，他们只是略知一二，甚至一无所知；从更高的意义上看，真正的阅读不是那种用奢侈诱惑我们、让更高贵的感官一直沉睡的阅读，而是我们必须踮起脚尖、用我们最警觉和清醒的时间去进行的阅读。

　　我认为，学会字母以后，我们应当阅读最优秀的文学作品[24]，而不是到了四五年级还在没完没了地重复 a b abs[25]、单音节词，一辈子都坐在最低年级的最前面一排[26]。大部分人如果能够阅读或者听别人朗读就满足了，或许还接受了《圣经》这一部好书[27]的智慧，然后下半辈子就任自己的官能在所谓轻松阅读中麻木和分散。我们的流通图书馆里有一套名为《小读物》的多卷本作品[28]，我起初还以为指的一个小镇的名字，那个小镇我不曾去过[29]。有些人像鸬鹚和鸵鸟一样，能够消化这一切低劣食物[30]，哪怕他们已经吃完了有肉有菜的全套晚餐，因为他们不能容忍浪费任何东西。如果别人是提供这些饲料的机器，他们就是阅

（接上页）梭罗 1851 年 8 月 5 日写道："天文学家对重要现象或现象的重要性视而不见，就像伐木工人戴着防护眼睛不受锯末伤害的眼镜一样。问题不在于你看什么，而在于你看见了什么。"【J 2: 373】

24 梭罗在《在康科德河和梅里迈克河流上的一周漂流》中写道："先读好书，不然你可能就没有机会读它们了。"【W 1: 98】

25 A b abs，指死记硬背的学习方法。

26 地区学校中前排供年龄最小的孩子坐的无靠背长凳。

27 基督教的《圣经》，常常被称为"好书"（the good book）。

28 指五卷本的"一位劝善的朋友"（a friend to general improvement）的《少读多导：从古代到现代的某些最受赞赏的作家摘要，加上从最古代的世界到近乎当代的一些传记轶事，还包括全面的圣经教程》(Much Instruction from Little Reading: Extracts from Some of the Most Approved Authors, Ancient and Modern, to which are added, Some Biographical Sketches from the Earlist Ages of the World to Nearly the Present Time, also, Extensive Scripture Lessons, 纽约, 1827)。

29 瑞丁（Reading）是马萨诸塞州的一个镇，尽管梭罗想的可能是英国的瑞丁市。

30 可能典故来自托马斯·布朗爵士的《流行的误解，或对很多公众接受或通常假定的真理的质询》(Pseudodoxia Epidemica, or, Enquiries into Very Many Received Tenents and Commonly Presumed Truths) 中《鸵鸟消化了铁》(That the Ostrich Digesteth Iron) 中的民间故事。

读这些饲料的机器。他们阅读关于西布伦和塞弗隆妮亚[31]的第九千个故事,读他们怎么前所未有地彼此相爱,他们真正相爱的过程又多么好事多磨[32],——反正他们的爱情故事就是那么曲折坎坷,千回百转!某个可怜的不幸之人终于爬到了教堂的尖顶之上,其实他连钟楼那么高的地方也最好不要去爬;然后,小说家在毫无必要地把他送到那么高的地方以后,又敲响钟声,让全世界都聚集起来,然后聆听着,啊,他又下来了啊[33]!依我看,我认为他们最好将所有小说中这些野心勃勃的英雄人物都变成人形风向标,就像他们曾经把主人公放在星座中一样,让他们四向旋转直至生锈,而不要下来用他们的恶作剧作弄诚实的人们。下次再有小说家敲钟的时候,哪怕礼拜堂被大火烧成灰烬,我也不会动弹一下。"一部中世纪的传奇故事《踮脚跳船的船长》[34],《唧唧喳喳》[35]作者倾心奉献,按月连载[36];争相抢购,欲购从速。"他们圆睁着双眼,带着高昂和原始的好奇心读着这一切,一副不知疲倦的胃口,连胃里的皱褶[37]甚至都不需要打磨,就像某些捧着两分钱一本的烫金本《灰姑娘》坐在前排长凳上的四岁小孩儿[38]一样,依我看,他们在发音、音调、重音上没有任何进步,也没有学会更多的吸取或运用道德意义方面的技能。这样阅读的结果是使人目光短浅,生机停滞,一切知识功能都会迟缓[39]和坍塌。每一只烘箱中,每天都在烘烤着这

---

31 《圣经》中的西布伦(Zebulun 或 Zebulon),是雅各和利亚的第六个儿子(《创世记》30:19—20)。索弗隆妮亚可能是 Sophronia,塔索(Tasso,1544—1595)的十六世纪诗歌《耶路撒冷的诞生》(Jerusalem Delivered)中的人物。这两个名字在十八世纪和十九世纪都在使用。

32 典故来自莎士比亚的《仲夏夜之梦》1:1:134:"好事多磨"。

33 典故不明。

34 典故可能来自詹姆斯·费尼莫尔·库珀(James Fenimore Cooper,1789—1851)的小说《祈愿者的哭泣》(The Wept of Wish-ton-Wish,1829),尽管小说是关于菲利普国王的战争,而不是中世纪。

35 在《漫步》中,梭罗提到了"小儿的胡言乱语,嘀里嘟噜,唧唧喳喳"【W 5:236】。

36 将一部作品系列出版,是十九世纪的通常做法。

37 吃种子的鸟嗉子中有带波纹的内壁,可以帮助消化。

38 Bencher,指上面提到的小学生坐前排的方式,或长凳。

39 Deliquium,缺乏活力。

样的姜饼，人们烤这些东西，比烤全麦和黑麦加玉米粉的面包[40]更加精心，而且这些东西还绝对有市场。

最好的书，甚至连那些人称好读者的人都没有读过。我们康科德的文化氛围又怎么样呢[41]？除了极个别人以外，这个镇子上没有什么人欣赏英语文学中最好的或比较好的书籍，尽管他们能阅读和拼写这些书里使用的文字。即使是这里或其他地方受过大学教育、所谓有文学素养的人，对英语经典也不太熟悉，甚或一无所知；至于那些记录着人类智慧的书籍、古代经典和圣经，尽管任何想了解他们的人都可以唾手可得，各地还是很少有人作出努力去了解它们。我认识一个中年伐木工人[42]，他订了一份法语报纸，据他说，他订报纸并不是为了读新闻，因为他可没这么低俗，而是为了"保持练习法语"，因为他生为加拿大人；我问他，他认为他在这个世界上能做的最好的事情是什么，他回答说，除了法语以外，就是保持和提高他的英语水平。那些大学毕业的人通常所做或者立志要做的事情，大抵也不过如此，他们订阅英文报纸也是为这个目的。假如一个人刚刚阅读了一本书，这本书或许是最优秀的英文书，他又能够找到几个人来谈论这本书呢？又假如，他刚刚读了一本原文的希腊或拉丁经典，哪怕是文盲也知道人们对这本经典称颂不已；但他找不到一个人可以就这本书进行讨论，于是只好缄口不言。确实，在我们的大学里，就算有些教授已经克服了语言上的困难，他们却不能够相应地掌握一个希腊诗人的箴言和诗歌，不能将自己的感受传达给灵敏和锐进的读者；至于那些神圣的经典，或者人类的任何圣经，这个镇上有谁能告诉我它们都叫什么？大部分不知道除了希伯来人外，还有哪个民族有圣经。一个人，任何人，都会想方设法捡起一块银币；但是，我们眼前就是古代最有智慧的人说出的黄金般的话语，随后每一个时代的智者也向我们保证了它们的价值；可是我们还是只仰仗于《简易读本》[43]，幼儿和少年课本[44]，我们毕业以后，只读《少读多懂》，和专门面向小男孩和初读者的

---

[40] 用黑麦（rye）和印第安面（苞谷-maize 或玉米-corn）烤成的黑面包。
[41] 按平常标准，康科德的文化水平已经够高了——镇上的大部分头面人物都是哈佛毕业生，并于1829年开始了学苑（Lyceum）——但梭罗是在追寻一种更超验的理念。
[42] 阿列克·塞里恩（Alek Therien），《访客》一章中有更详尽的描述。
[43] 可能指的是《幼儿简易读本》(Easy Reading for Little Folks，波士顿，年代不明)。
[44] 分别指供小孩子和大孩子使用的课本。

故事书；我们的阅读、对话和思维都局限在很低的水平上，只配得上小矮人和侏儒[45]。

我期望结识比我们康科德本地出生的人更有智慧的人，他们的名字在这里无人知晓。难道我能够听说过柏拉图的名字，却从来不去读他的书吗？那就好像柏拉图是我的同乡，而我却从来没有见过他，是我的近邻，而我却从来没有听他讲过话，或者关注过他的言论中的智慧。可是，实际情况究竟如何？《对话录》包含着他身上不朽的智慧[46]，这本书就在书架上，而我却从来没有读过它。我们缺乏教养，粗鄙低微，蒙昧无知；从这个意义上看，我们镇上那些完全不能阅读的文盲，和那些能够读书却仅仅阅读面向儿童和知识低弱的人的读物的人之间，两者很难区分开来。我们应当和古代的圣贤一样优秀，至少首先要了解他们有多么优秀。我们是知识上的侏儒[47]，我们的知识飞翔所达之处，只不过比每天报纸的专栏稍微高出那么一点点而已。

并不是所有的书都和它们的读者一样乏味。有些言辞可能是准确地针对我们的处境而言，如果我们能够真正地阅读和理解，它们可能会比清晨或春天更有益于我们的生活，并且能够帮助我们看到事物的新层面。有多少人，因为阅读一本书而开创了他生命中的新阶段。书为我们存在，或许它会解释我们的奇迹，并且揭示新的奇迹。我们可以发现，目前无法用言语表达的事情，它们或许已经在别处表达过了；纠缠、困扰和令我们迷惑的问题，同样都曾经纠缠、困扰和令所有的智者迷惑过；无人能免；每个人都尽其所能，用自己的言语和生命，回答了这

---

45 Pygmies 和 manikins 均指小矮人，尽管梭罗用 manikins 也可能想的是艺术家所用的小木偶或泥偶。

46 除了《申辩篇》(*Apologia*) 一篇以外，现存的所有柏拉图著作都是对话形式。

47 Titmen，生理或精神上的矮小，此处用来指智力上的矮小，同上一段的 "pygmies and manikins"，伴随着使用一系列表示小的词汇：titmouse, titlark, tomtit。这个词好像是梭罗独有的，他在别处也使用过，如 "他们是族类中的侏儒"【CP 158】，以及

　　更高贵的种族，更好的教养
　　在我们头上欢宴陶醉
　　而我们小矮人
　　只能拾捡他们桌上的碎片

【W 1: 407—8】

些问题。此外，有了智慧，我们可以学习慷慨。康科德郊外某个农场有一名孤单的雇工，在经历了新生[48]和独特的宗教经历以后，相信自己受信仰的驱使，进入沉默的庄严和孤傲状态，他可能认为书中的说法不对；不过，几千年前的琐罗亚斯德[49]，走过同样的路程，有过同样的经验；但他因为有智慧，知道这是普遍的，故而依此对待他的邻人，据说他甚至还在人类中发明和建立了拜神活动。那么，让那雇工谦卑地和琐罗亚斯德结伴吧，同时，让所有的前贤开启他的智慧，让他和耶稣基督本人结伴，让"我们的教堂"石沉大海去吧[50]。

我们吹嘘我们属于十九世纪，我们的发展速度比所有国家都要快。但是，想一想这个村庄为它的文化所做过的事情有多么微不足道吧。我不想恭维我的同乡，也不想让他们来恭维我，因为这无助于我们双方的进步。我们需要鞭策，就像牛群一样，要被驱赶着才会小跑起来。我们有一个相对体面的公立学校系统，不过这是仅仅面向幼儿的学校；但是，除了冬天那个半饥半饱的学苑[51]，以及州政府建议开设的小图书馆近期开张[52]，我们没有面向我们自己的学

---

48 Second Birth，宗教皈依。

49 琐罗亚斯德（Zoroaster），或查拉图斯特拉（希腊语译音 Zarathustra，原注如此，事实上这是东伊朗语支阿维斯陀语和波斯语发音，希腊语译音 zōroastrzēs 系讹传，编者注），公元前六世纪琐罗亚斯德教的创始人。

50 Go by the board，变得无用或被抛弃，原意指掉下船舷被水冲走之物。

51 约西亚·霍尔布鲁克（Josiah Holbrook, 1788—1854）于 1826 年开创了美国第一个旨在讨论当前感兴趣话题的地方组织的学苑。康科德学苑开始于 1829 年；梭罗于 1839 年 10 月当选为秘书，1839 年当选为馆长。1840 年他又当选为馆长和秘书，但他谢绝了，1840 年 12 月从职位上退休，尽管他又几次被选为馆长。作为 1843—1844 年的馆长，他有 109.20 美元可以请人讲课；到季节结束时，他只花了一百美元，却安排了二十五个讲员，包括爱默生、贺拉斯·格里利和西奥多·帕克（Theodore Parker, 1810—1860）。"一百美元能为这个镇办多少事啊！"梭罗在日记中写道。"有了这笔钱，我能在夏天或冬天提供一些精选的课程，对每个居民都有无法估算的益处。"【J 1: 487】十年后的 1853 年，当他又当选馆长时，梭罗谢绝了这个职位，因为他"不知道从哪里找到能够在冬天开课的足够好的讲员"【J 5: 506】。他自己在学苑讲过二十一次课，第一次为 1838 年 4 月 11 日的《社会》(Society)，最后一次是 1860 年 2 月 8 日的《野苹果》(Wild Apples)。

52 1851 年马萨诸塞州允许各镇建立公共图书馆，但却没有为它们提供多少帮助。康科德是率先建立这样的图书馆的小镇之一。

校。我们在身体的每一项营养或疾患[53]上花销很大,超过我们在精神营养上的花费。现在,我们应该建立特殊的面向成年人的学校[54],保证我们不要一长大成人,就放弃我们的教育。村庄应该变成大学,村里的老居民应该成为大学的研究员,如果他们真的如此富有的话,他们就有足够的闲暇在下半生进行自由研究。难道学生永远只能上巴黎大学和牛津大学[55]吗?难道学生不能住在这里,在康科德的天空下得到自由教育吗?难道我们不能聘请一个阿贝拉尔[56]来给我们授课吗?啊!我们忙着喂牛、看店,我们离开学校时间太久,我们的教育被可悲地忽视了。在这个国家里,村庄应当起到欧洲贵族那样的作用。村庄应当赞助美术。它足够富裕,所缺的只是度量和教养。它可以在农民和商人看重的东西上出手阔绰,但是,要是有人提出为更有知识的人认为更有价值的东西破费,就会被人当作乌托邦式的行为了[57]。靠着财富或政治,这个镇光是在市政厅[58]上就花费了一万七千美元,但是,要为那个空壳装进真正的实质性东

---

53 梭罗在玩"营养"(aliment)和"疾患"(ailment)两个相似词的文字游戏,强调他更关心头脑而不是身体的营养。

54 与普通的或公共的学校相反,美国最早一所由贺拉斯·曼(Horace Mann, 1796—1859)于 1837 年在临近的莱克星顿(Lexington)建立。曼于 1837 年至 1848 年任全国第一个州教育局局长,他主张由所有人——无论其种族、宗教或性别——上学的公共控制的非宗教学校,作为教育机会平等的手段。

55 巴黎大学(The University of Paris)和牛津大学(Oxford University)。

56 彼得·阿贝拉尔(Peter Abelard, 1079—1142),法国神学家,教师,哲学家,曾在巴黎大学执教。

57 典故来自托马斯·摩尔(Sir Thomas More, 1478—1535)的描述理想社会状态的《乌托邦》(*Utopia*)。

58 1850 年成立了一个市镇建设委员会,指导修建一座供用于市政事务和公众聚会、促进康科德经济利益的宽大而牢固的建筑。该建筑将配置家具,修建篱笆,包括学校、办公室和供聚会和公共职能用的带有沙发和椅子的大厅。根据(1851—1923 年的)镇志,除了用于镇上会议以外,这座大厅还可出租,供集会、聚会、音乐会、舞蹈、戏剧、展览、讲座、布道、学苑和康科德炮兵检查等活动使用。梭罗 1850 年为"法庭地基及临近用地"勘察了地基,其中包括 1850 年 6 月市镇建设委员会的那块地。1852—1853 年的《康科德镇务委员会报告》中报告说,该委员会为市镇花去了 19253 美元,其中包括一座大厅、镇办公室、保存镇记录的保险箱、一个作为镇图书馆的房间和两间教室。

西，注入鲜活的智慧，可能一百年也不会花费这么多钱。加入冬天的学苑，每年的会员费是一百二十五元[59]，它比镇子上收缴的任何别的同样数目的金钱花得更为合理。既然我们生活在十九世纪，那么我们为什么不能享受十九世纪为我们提供的好处呢？为什么我们的生活在每一个方面都这么偏塞？如果我们读报纸，为什么不能跳过波士顿的流言蜚语的八卦，直接订阅世界上最好的报纸？不要看什么"立场中立"的报纸[60]，或者翻阅新英格兰这里的《橄榄枝》[61]。让所有有学问的机构到我们这里来作报告吧，让我们判断他们知道些什么。为什么我们要让哈珀兄弟出版公司[62]或雷丁出版公司[63]来为我们挑选读物[64]？正如具有高雅情趣的贵族，会在周围汇集所有有益于他的文化修养的东西，天才、学问、智慧、书籍、绘画、雕像、音乐、各种哲学器材[65]，如此等等，让我们的村庄也这样做吧，不要满足于一个教育家、一个牧师、一个教堂执事、一个教区图书馆和三位市镇管理官员，因为我们那些清教徒先辈们，就靠着这些东西，在一块荒凉的岩石上度过了一个寒冷的冬天。集体行动是符合我们的制度的精神的；我相信，随着我们的境况逐步改善，我们有比贵族更好的条件。新英格

---

[59] 1851年，康科德学苑把会员运作费从一百美元上涨到了一百二十五美元。

[60] 避谈政治、偏重家庭阅读材料的报纸。

[61]《波士顿橄榄枝，专论基督教、相互权利、礼貌文学、一般知识、农业和艺术》(*The Boston Olive Branch, Devoted to Christianityl, Mutual Rights, Polite Literature, General Intelligence, Agriculture, and the Arts*)，一份卫理公会派周刊，1836年在波士顿开始发行，编辑为托马斯·F.诺里斯牧师（Rev. Thomas F. Norris）。

[62] 哈珀兄弟公司（Harper & Brothers），纽约最著名的出版公司之一，1817年作为印刷机构而成立，1850年发行《哈珀新月刊》(*Harper's New Monthly Magazine*)。

[63] 乔治·W.雷丁公司（The George W. Redding Company）于1930年代在波士顿作为一个报纸机构起家，1940年代成为一家杂志机构，到了1850年代，成为图书出版商和发行人，以及茶商。

[64] 指哈珀兄弟公司的系列《珍贵标准文学精选图书馆》(*Select Library of Valuable Standard Literature*)。

[65] 现代科学发展之前，关于自然和物理空间的研究被称为自然哲学。自然哲学家使用的器材有三种：数学的（平衡和重量），视觉的（望远镜和显微镜），和哲学的（电器，气筒，及其他操纵环境的工具）。

兰可以邀请全世界所有的智者来这里授课，同时为他们提供住宿[66]，从此这里便不再是偏塞一方。这就是我们所要的**特殊**的学校。我们不要贵族，我们要的是高贵的村民。必要的话，在河上少建一座桥，要过河稍稍绕点道也可以，请至少在环绕我们周围的黑暗的无知深渊[67]之上，建起一座拱桥吧。

---

[66] 教师，尤其是乡村地区的，经常在学生家里住宿和用餐，以代替其报酬的一部分。因此他们经常要从一个学生家搬到另一个学生家。
[67] 乔纳森·斯威夫特的《现代教育论》中："这个镇上有一个年轻的爵士，因为无可比拟的好运气，被奇迹般地拉出了无知的深渊。"

声 籁

不过，如果我们只局限于读书，哪怕阅读的是最精选和最古典的书本[1]，而且只阅读那些本身不过是方言和地方性的书面文字，我们就可能会忘记一切事物都在使用的语言，这种语言无需比喻[2]就能够完善表达，既丰富又规范。众所周知的道理[3]很多，但付印成书的很少。从百叶窗中透进的光线，在百叶窗被全部摘下以后[4]，就无人记得了。任何方法或学科，都不能够取代我们应当随时保持警觉的必要性。永远观察应当观察的事物，和这门学科相比，历史、哲学或者诗歌的课程，不管它是多么精心选择而来，也不管是多么好的社会，多么值得景仰的生活习惯，又能算得了什么？你想做一个读者，一介书生，还是做一个观察者？阅读你的命运，观察你眼前的一切，向着未来前行。

我第一个夏天没有读书；我在忙着种豆子。不，我经常在忙着干比这更好的事情。有些时候，我不愿意牺牲此时此刻的辉煌而去干任何工作，不管是脑力还是体力劳动。我希望我生活中有很多的闲暇时光[5]。有时候，夏日的早晨，

---

1 梭罗用这种提及前一章的方法，创造一种连续性。他也将看起来互相对比的主题搭配成双：《阅读》和《声籁》；《独处》和《访客》；《豆圃》和《村庄》。早期一则日记里，梭罗已经开始将书面语言和声音联系起来了："书应当仅仅当作新的声音来看待。如果读者采取一个听者的态度，很多书会经受严峻的考验。"【J 1: 260】
2 梭罗意识到，"每个物体的方向都是多视觉的"【W 1: 47—48】，作为有意识的艺术家，人们也懂得，他应当"增加进行类比的机会。了解真理有数不清的途径"【J 2: 457】。在简短地描述了河中的冰以后，梭罗在日记中问自己："可以有个什么样的比喻？"【J 2: 111】
3 Published，公之于众。
4 木制的百叶窗是挂在链子上的，可以全部摘下来。
5 梭罗在他1842年3月31日的日记中写道："真正有效率的劳动者不会一整天都塞满劳务，而是带着轻松悠闲的宽阔光环，逍遥自在地从事他的任务。他的一天中，有很宽的用于放松的边缘。他只是真诚地保证时间的内核，而不是夸大外壳的价值。"【J 1: 356】

我按照习惯洗过澡之后[6]，会坐在阳光灿烂的门前，从日出一直坐到中午，我沉浸在遐思中，周围环绕着松树、山核桃树和漆树，享受着无人打搅的独处和寂静，而鸟儿们在歌唱，或者悄无声息地掠过我的房间，直到太阳照进我的西窗，或者从遥远的公路上传来某个旅人的马车的声响[7]，提醒我时间在流逝。我在这些季节里成长，就像玉米在晚间成长一样[8]，这样的闲暇，比任何体力劳动都要有益得多。这并不是荒废了我生活中的光阴，而是大大延长了我应有的生命。我终于明白了东方人提倡勤于沉思、摒弃俗务的意思[9]。大部分时候，我根本不在乎时间是如何流逝的。白昼缓缓度过，好像就是为了减轻我的劳务；刚刚还是早上呢，哦，现在已是晚上了，我没有做出什么值得记述的事情。我不是像鸟儿那样歌唱，而是默默地为我无穷无尽的好运微笑。就像栖息在我门前的山胡桃树上的麻雀发出啾啾之声一样，我也从我的栖息之所中暗笑或者低声吟唱。我的日子不是一个星期的某一天，不用任何天上的神祇做标记[10]，也没有切成一个一个小时，被时钟的滴答滴答所腐蚀；我像普里印第安人[11]那样生活，

---

6 只要湖水足够暖和，梭罗就在他房子附近的水湾中沐浴。水冷之后他就不沐浴了，如他 1854 年 9 月 26 日所说："24 日最后一次沐浴。今年可能不再去湖里洗澡了。天凉了。"【J 7: 58】

7 从康科德通往林肯（Lincoln）的公路，现在的 126 号公路。

8 据说印第安玉米在夏日晚间生长很快。这个形象最初出现在梭罗 1840 年 2 月 26 日的日记中："玉米在晚间生长。"【J 1: 124】1841 年又出现了两次：（1 月 23 日）"我们的健康要求我们时常要斜倚在上面。我们这样的时候，钟面上的指针停住不走，我们就像在和煦的潮湿和晚间的沉默中的玉米一样成长"【J 1: 174】，和（6 月 7 日）"我认为历史应当用新的试验来判断哪些世纪是快的，哪些是慢的。玉米在晚间成长"【J 1: 263】。

9 梭罗对沉思和摒弃俗务的理解来自查尔斯·威尔金斯（Charles Wilkins，1750—1836）的《摩诃婆罗多：薄伽梵歌，或克里希纳和阿琼的对话》（*Mahābhārata: Bhāgvat-gēētā, or Dialogues of Kreeshna and Argoon*）。梭罗在《在康科德河和梅里迈克河流上的一周漂流》中写道："比起当代人渴望的，东方哲学更容易地看待更高尚的主题；毫不奇怪，东方哲学时常会侈谈这些主题。它只分别给予行动和沉思各自应得的级别，或者给沉思以其应得的全部公正。西方哲学家没有给予沉思他们那种意义上的重视。"【W 1: 142—43】

10 指的是一个星期每一天的名字的来源：星期三是沃登（Woden），星期四是托尔（Thor），星期五是芙蕾雅（Freya），等等。

11 The Puri Indians，巴西东部的一个部落。

据说他们"昨天、今天和明天只有一个词,他们这样表达不同的意思:指向后面是昨天,指向前面是明天,指向头顶是正在过去的一天"[12]。毫无疑问,在我的同乡们看来,我这样生活纯粹是不折不扣的懒惰;但是,如果小鸟和花儿用它们的标准来评判我,它们不会发现我有任何缺陷[13]。确实,人必须在自身中发现属于自己的瞬间。自然度过的一天是非常平静的,不应当责怪他的懒惰。

有些人只能从外面寻找乐趣,从社交和戏剧中寻找娱乐,和这些人相比,我的生活模式至少有一项优势,就是我的生活本身已经变成了我的娱乐,而且永远在不停地更新。它是一个有千般景致、永远不会落幕的戏剧。如果我们总是真正地生活着,根据我们学到的最新最好的方式来规范我们的生活,那么,我们就永远不会感到无聊厌倦。如果你能紧紧跟随你的本性,那么,它肯定每一个时辰都会向你显示一种新景观。哪怕是做家务,也是愉快的消遣。我的地板脏了时,我早早起来,把我所有的家具都搬到门外的草地上,床和床架一股脑儿堆在一起[14],往地板撒水,再将湖里的白沙铺在上面,然后用扫帚把它打扫得洁白干净;等村里人吃早饭时,清晨的太阳已经把我的房子晒得干爽,我就可以把东西再搬回去了,而我一直在沉思冥想,一点儿也没有受到干扰。看着我整个家当都在外面的草地上摆着,像一个吉普赛人的包裹那样堆成一小堆,我那张三条腿的桌子,上面的书、笔和墨水[15]我都没有拿开,在松树和山核桃树之间站立着,真是赏心悦目。看起来它们也很高兴能够出门一趟,好像不情愿被搬回屋子里。有时候,我真想能够用一张雨棚罩住它们,自己也坐在那里。看着太阳照在这些东西上,听着微风掠过它们身边,真是很值得做的一件事;最寻常的物件,在室外看起来,也比在室内有趣得多。一只鸟儿在临近的树枝上栖息,千日草[16]长在桌子底下,黑莓的藤蔓缠绕着桌子腿;四处散落着松果、板栗的刺果和草莓叶。看起来这些东西就是这样变成了我们的家具,变成了桌

---

12 引自艾达·菲佛的《女士环球旅行记》第36页,略有改动:"头上"原为"头顶上"。

13 典故出自《但以理书》5:27:"你被称在天平里,显出你的亏欠。"

14 一袋或一包。

15 这个墨水瓶架是1843年梭罗去史泰登岛给爱默生的弟弟威廉的孩子们当家庭教师时,伊丽莎白·霍尔给他的礼物。

16 千日草(Life-everlasting),攀援植物,略有香味的多年生植物,七月至九月开花(Antennaria,or Gnaphalium,margaritaceum)。

子、椅子和床架，——因为我们的家具曾经和它们站立在一起。

我的房子在一面山坡上[17]，紧靠着一大片树林的边缘，周围是一片北美油松和山核桃树的新生林，离瓦尔登湖有六杆远[18]，一条狭窄的小路通向下面的湖边。我前院里长着草莓、黑莓、千日草、金丝桃和麒麟草、矮栎和沙樱、蓝莓和花生。近五月底时，沙樱（学名Cerasus pumila）那环绕着短茎的精致的伞状花序点缀着路沿，最后，秋天时，被硕大而漂亮的果实压得沉甸甸的，像射线一样倒向四面八方。出于对大自然的尊敬，我品尝过它们，不过它们的味道实在不敢恭维。房子周围的漆树（学名Rhus glabra）长得葱葱郁郁，沿着我铺就的堤坝蔓延而上，第一个季节就长了五六英尺。它那宽阔的热带羽状复叶很令人愉快，尽管看起来有些奇怪。看起来像是死去了的干树枝，春天时突然冒出来粗壮的嫩芽，好像中了魔法一样，自己就长成了优雅柔和的青翠枝叶，直径有一英寸；有时候，我坐在窗前，它们无所忌惮地疯长着，压迫着它们虚弱的枝杈，我能听见一片新鲜柔弱的枝叶像扇子一样跌落在地，而空气纹丝不动，这些树枝完全被自己的体重压断了。八月时分，开花时吸引了很多野蜜蜂的大片浆果，开始染上它们那鲜艳的天鹅绒般的深红色调，也被自己的重量压得弯曲下来，折断了它们那脆弱的枝桠。

这个夏天的午后[19]，我坐在窗前，老鹰在我这片林中空地前盘旋；野鸽子三三两两地从我面前飞过，或者不安地栖息在我房子后面的白松树枝上，它们跳跃着[20]，在空气中发出声响；一只鱼鹰在玻璃般的湖面啄出一个漩涡，叼起一

---

17 埃勒里·钱宁说，"这里没有小山，从前也没有"，这里的意思指的是"地面上一片小高地，但没有小山，不是二十英尺那样的高度"。
18 "杆"（rod）是测量员用的度量，一杆等于十六英尺半。根据梭罗对瓦尔登湖的测量，他的房子离瓦尔登湖更精确地说有十二杆。
19 这一段和下面九段（略有变动）最初于1852年以《铁马》（The Iron Horse）为题发表在《萨坦联合杂志》11：66—68。
20 跳跃是一种快冲、疾驰的动作。野鸽子（Ectopistes migratorius）已经绝种，但在梭罗时代还很多。他1851年9月12日的日记描述了套鸽子的情形：
> 在乔治·赫伍德清出的地段，——竖起了六株死树让鸽子降落，附近的茅屋让人藏身。看见康科德有这样的事情发生，我吃了一惊……平坦的（转下页）

条鱼；一只水貂从我门前的沼泽里偷偷蹿出，在岸边抓住了一只青蛙；莎草被飞来飞去的刺歌雀[21]压得弯曲下垂；刚才这半个小时，我一直听着火车车厢叮叮咣咣[22]，一会儿渐行渐远，一会儿又再次出现，听起来像是鹧鸪扑扇着翅膀发出的声音，将旅客从波士顿送往乡村。我并没有像那个小男孩那样与世隔绝，我听说这个小男孩被安置在镇东一个农民家，但不久就逃回家去了，因为他又狼狈又想家。他从来没有见过这么一个又乏味又偏僻的地方；一个人影儿都没有；唉，你连一声哨子都听不到！我怀疑马萨诸塞州现在还有这样的地方：——

> 事实上，我们的村庄已经变作
> 那些铁路轮轴的尾端，
> 在我们和平的原野上，它舒缓的声音
> 就是康科德。[23]

费奇伯格铁路从湖边通过，在我住处的南面，距离大约有一百杆[24]。我常常沿着铁轨步行去村里[25]，事实上，这条铁路线将我和社会联系在一起。铁路上往返的货运列车上的旅人，像对一个老相识那样对我点头打招呼，因为他们经常从我身边经过，显然他们以为我是一个铁路雇员；那么我就算是一个雇员吧。

（接上页）沙地上铺着荞麦、麦子或黑麦，还有橡子。他们有时候用玉米……每年在康科德还有几个人在抓鸽子；使用的是我认为非常古老的方法，我好像在很老的寓言或符号书里见过，不过康科德知道究竟怎么抓的人还是为数不多。可是还是有人为了钱在这么干，因为这些鸟儿可以卖个好价钱，就像农民种玉米或土豆一样。我总是期望那些从事这个行当的人不像普通的商人或农民那样卑躬屈膝、贪财好利，但我担心事实不是这样。【J 2: 499—500】

[21] 刺歌雀（学名 Dolichonyx oryzivorous）。
[22] 根据梭罗 1853 年 1 月 26 日的日记，"一天五次，我可以在一个小时以内裹挟到波士顿去"【J 4: 479】。
[23] 来自埃勒里·钱宁的《樵夫和其他诗篇》中的《瓦尔登春天》(Walden Spring)。
[24] 大约三分之一英里。
[25] 这是旅行到梭罗家族居住的镇西的最近路径。

我也会欣然地在地球轨道上什么地方当一个轨道维修工。

火车的汽笛一年四季穿过我的树林，听起来像飞过某个农家院落的老鹰的尖叫，告诉我，很多焦躁不安的城市商人从东面的波士顿来到了镇子上，或者敢于冒险的乡村商人从西面的乡下来到了这里。他们走到同一片地盘时，会高声叫嚷，警告另一方让出铁轨，他们的叫声，往往从两个镇上都能够听得见。你的日用杂货来了，乡村；这是你的口粮，乡下人！没有哪个农夫完全能靠自己的农场自给自足，能够对这些人说不。这是你付给他们的钱！乡下人的汽笛叫道；像攻城槌那么长的木材以每小时二十英里的速度运进了城墙，可以造出足够的椅子，让城中居住的所有劳苦担重担的人[26]坐下歇息。乡村提供了粗大和笨拙的[27]原木，为城市提供了椅子。所有从前长满印第安越橘的山冈[28]都被剥夺了，所有的蔓越橘都被耙进了城市。棉花运来了，纺好的布运走了；丝绸运来了，羊毛运走了；书运来了，不过，写这些书的智慧被运走了。

当我碰到机车拖着那一串车厢像行星般向前运行时，——或者说像彗星那样，因为它的轨道看起来不像是一个返回曲线，以它那样的速度、那样的方向，谁也不知道它还会不会重返地球，——而机车喷出金色和银色如旗帜般飘拂的蒸汽，就像我看过的很多松软的云朵，高高地挂在天庭，在阳光下舒展开来，——就像这个旅途中的半人半神，这个驭云之神[29]，不久就会被夕阳下的天空当作他的战车的披风；当我听到山谷间回响着铁马雷霆般的轰鸣，它的脚步使地球颤抖，它的鼻子中喷射出火焰和烟雾，（它们会给新的神话中增添哪一种带翅膀的马或者火龙，我无从得知），似乎地球总算有了一个值得在此居留的物种。要是一切都是表里如一，要是人让各种自然因素为他们高尚的目的服务，那该多好啊！如果机车顶上飘浮着的蒸汽云是英雄行为的汗珠，或者像飘浮在农民田地上空的云彩那样有益于人类，那么，自然元素和大自然本身就会欣然陪伴着人类劳作，充当他们的护卫。

---

26 典故来自《马太福音》11：28："凡劳苦担重担的人，可以到我这里来，我就使你们得安息。"

27 Lumbering（伐木；粗糙），与前文的 Timber（木材）是双关语。

28 印第安人曾经采集越橘的地方，梭罗用这个词时，其中亦包括蓝莓。

29 这个称号既指希腊的宙斯神，又指印度教的吠陀神因陀罗。

我带着和观赏日出一样的心情，观赏着清晨的火车隆隆驶过，火车的时刻也不一定比日出的时刻更准确。车后的蒸汽远远地延伸着，越升越高，火车进波士顿时，蒸汽升向天空，一会儿遮蔽了太阳，我那些远处的田地都笼罩在阴影之下，成为一辆天车[30]，和这辆天车相比，拥抱着地球的小列车[31]不过是长矛上的倒钩而已。这个冬天的早晨，放牧铁马的厩主早早起来，就着山间星星的亮光，饲喂他的骏马，为马套上鞍具。火也这样早早点燃，给他注入生命的热力，好让他启程。如果万物既能够早起，又能够如此纯净，那该多好啊！如果雪积得很深，他们就会给它穿上雪靴，给车头装上巨大的犁耙，犁出一道从山岚到海滨的深辙，而车厢就像随之而来的播种机[32]，将所有焦躁不安的人和变化多样的商品当作种子撒在乡村里。从早到晚，这匹火骏马飞过乡村上空，片刻停留，也只是为了让它的主人稍事休息，我在夜半时分被它的脚步声和沉重的呼吸声惊醒，那时它在树林中某个偏僻的峡谷[33]，遇到了冰雪裹挟之中的恶劣天气；当它到达马厩时，晨星[34]已经升起，而它没有休息或睡眠，就又重新踏上了征途。也或许，夜晚时分，我能听见它在马厩中释放这半天剩余的能量，可能会通过几个小时的钢铁睡眠[35]平息它的神经，冷却它的肝脏和头脑。如果万物既能够这样持久和毫不倦怠，又能够英勇和威严，那该多好啊！

　　镇子里人迹罕至的树林深处，从前是白天才有猎人涉足的地方，如今，在最黑暗的夜晚，都有这些明亮的列车疾驰而过，而镇民们对此一无所知；这一

---

30 指霍桑的《天路》。

31 在《漫步》中，梭罗写道："我们拥抱地球，——我们很少攀登！我认为或许我们应当把自己提高一点。"【W 5: 244】

32 一种带轮子的设备，用于在槽沟中均匀播种。这在当时是一种相对先进的农具；杰西·布尔（Jesse Buel, 1778—1839）在《农夫手册，或美国农业的原则和实践论文集》（*The Farmer's Companion, or Essays on the Principles and Practice of American Husbandry*, 1839）中写道："它最近被介绍进入了美国农业。"美国到1841年才开始制造播种机。

33 富兰克林·桑伯恩写道："这个峡谷在梭罗小屋东南面树林中，铁路通车早期，漂流的雪有时候让发动机比较轻的重火车无法通过。"

34 晨星（The Morning Star），早上能够看见的任何星星，经常用来专指启明星（金星）。

35 典故可能来自几部文学作品中的"钢铁睡眠"（iron sleep）的词组，如托马斯·格雷的《奥丁的后裔：颂歌》（*The Descent of Odin: An Ode*），"再次打断我的钢铁睡眠"【I.89】，和约翰·德莱登翻译的维吉尔的《伊利亚特》，第十二册，"受到钢铁睡眠的压迫"。

刻，列车正停留在某个乡镇或城市辉煌的车站里，那里正聚集着一群人，下一站是阴暗的大沼泽[36]，吓跑了猫头鹰和狐狸。火车离站到站，如今成了村庄生活的分界线。它们来去都如此规律准确，它们的汽笛在那么远的地方都能听见，连农民都用火车来调他们的钟表了[37]，就这样，一个管理得当的机构[38]规范并调度了整个国家。从铁路发明以来，人们不是变得稍微守时一些了吗？他们在火车站里的谈话和思考，不是比在马车驿站[39]里更快了吗？火车站的气氛里，有一种令人触电的东西。我对它所创造的奇迹依然震惊不已；我的一些邻居，我原来断定他们永远也不会乘坐这么快的一种交通工具去波士顿的，可是火车铃声一响，他们居然都准时来了。以"铁路风格"办事是如今流行的格言；任何权力机构则经常诚恳地警告人们不要堵塞它的轨道。在这种情况下，没有人停下来给你读《取缔闹事法》[40]，也没有人会朝暴民头顶上射击。我们建造了一种命运，一个从不扭头的阿特洛波斯[41]。（用这个名字为你的机车命名吧。）公告告诉人们，

---

36 梭罗可能并没有想到哪个具体的沼泽，不过在维吉尼亚州东南、北开罗莱纳州东北确实有一个"阴暗大沼泽"（Dismal Swamp）。它在威廉·伯德（William Byrd，1674—1744）《维吉尼亚州和北卡罗来纳州分界线史》（History of the Dividing Line Betwixt Virginia and North Carolina）、亨利·沃兹沃斯·郎费罗（Henry Wadsworth Longfellow，1807—1882）《阴暗大沼泽中的奴隶》（The Slave in the Dismal Swamp）、托马斯·摩尔《阴暗大沼泽中的湖》（The Lake of the Dismal Swamp）和哈里特·比彻·斯托夫人（Harriet Beecher Stowe，1811—1896）的小说《德雷德》（Dred）中都出现过。

37 铁路的到来，为农业地区的计时增加了准确性，以前用太阳计时的方法也随之过时。梭罗在他1850年6月8日的日记中写道，他在报纸上读到，西部铁路的农民们这样校正他们的时钟。

38 双关语：运行正常（conducted），也指驾驶火车的运营员（conductor）。

39 The stage-office，乘坐马拉的驿马车的地方。

40 1715年成为英国法律的《取缔闹事法》（The Riot Act），规定如果十二个或十二个以上的人非法聚会，干扰社会治安，他们必须解散，否则就会在被宣读这项法律后课以重罪："我们至高无上的国王责成并敕令所有聚会者立即解散，和平地前往他们的驻地或合法生意场所，否则将承担乔治国王第一年为了防止动荡和骚乱性的聚会而制定的法案中的后果。上帝保佑吾王。"

41 希腊神话中命运三女神（the three Greek Fates）第三位女神的名字阿特洛波斯（Atropos），意思是"不要扭头"。

某时某刻这些弩箭会射向地球罗盘上某个地点；但它不会干预任何人的事务，孩子们沿着另一条轨道上学。我们的生活因此而变得更加安定。我们都受到这样的教育，可以做威廉·退尔的儿子了[42]。空气中充满了无形的弩箭。除了你的道路，每一条道路都是命运之路[43]。那么，继续沿着你的道路走下去吧。

在我看来，商业的可贵之处，是它的经营和勇气。它不会合起手掌向朱庇特祈祷。我观察到这些人每天忙着自己的生意，多少都怀着些勇气和满足，甚至比他们自己预料的还要多，或许比他们自己有意设计的还更加业绩斐然。让我印象更加深刻的，不是在布埃纳文图拉[44]的前线坚持半个小时的英雄气概，而是住在铲雪机里过冬时表现出的稳健而快乐的勇气；他们不仅具有波拿巴认为最罕见的凌晨三点钟的勇气[45]，而且，他们的勇气还不会这么早就歇息，他们只是在风暴停

---

[42] 指瑞士民间英雄威廉·退尔（William Tell），1307年，他的儿子站着一动不动，而他则用弓箭射击儿子头上顶着的苹果。

[43] 典故可能来自托马斯·格雷的《命运姐妹颂》（The Fatal Sisters: An Ode），"我们踏上命运之途"【I. 29】。

[44] 墨西哥-美国战争的一个战场，扎卡里·泰勒将军（General Zachary Taylor）指挥下的美国军队击败了安东尼奥·洛佩斯·圣安娜（Antonio López de Santa Anna）的军队。

[45] 指拿破仑一世，如爱默生在他1838年的日记中引用的埃马纽埃尔·奥古斯丁·迪厄多内·卡斯伯爵（Count Emmanuel Augustin Dieudeonné de Las Cases）的《圣赫勒拿岛回忆录：关于拿破仑皇帝在圣赫勒拿岛上的私人生活和谈话的日记》（Mémorial de Sainte Hélène: Journal of the Private Life and Conversation of the Emperor Napoleon at St. Helena，波士顿，1823）："至于道德勇气，我很少见到清晨两点钟的那一种。我指的是毫无准备的勇气，那种意外时刻必须并且尽管出现了最无法预料的事件还仍然能够完全自由地作出判断和决定。"爱默生后来在《代表性的人》（Rresentative Men）中用了这个典故。梭罗后来几次反复使用这个意象，虽然他记错了凌晨的时间。它首先出现在没有标明日期的日记里，"波拿巴说凌晨三点的勇气是最罕见的，但我不同意他的说法。恐惧不会这么早就醒过来。很少有人会这么堕落，不让一天好好地开始，以此违抗自然"【J 1: 462】，后来在《在康科德河和梅里迈克河流上的一周漂流》第一稿删掉的一个段落中修改过。后来，在《漫步》中，梭罗写道："波拿巴可能会谈及凌晨三点的勇气，但是，和这样的勇气比起来，凌晨三点的勇气是微不足道的：在下午这个时刻，对着你整个早晨都熟知的自己独坐，来围困那个你抱有强烈同情的驻军。"【W 5: 208】

息、或者他们的钢铁骏马的肌腱都冻僵了时才会睡去。在这个大雪纷飞[46]的早上，或许大雪仍旧在肆虐、冻彻骨髓，我从它们凝结的呼吸形成的雾障中，听见了机车汽笛那低沉的鸣叫，笛声宣告列车**即将到达**，尽管新英格兰东北部的暴风雪在肆虐阻挠，列车还是不会耽搁多久，我赞颂那些满身雪霜的铲雪人，他们的头从雪铲[47]上看过来，雪铲铲掉了除雏菊和小鼠窝之外的一切的一切[48]，铲掉了诸如内华达山脉[49]的玉石，那些占领着宇宙之外一处所在的巨石[50]。

商业出人意料之外地自信、庄严、警觉、冒险和孜孜不倦。不过，它的方法却十分自然，比其他奇异的工业和感性的试验都要自然得多，这样才使它取得了非凡的成功。当火车叮叮咣咣地从我身边驶过时，我觉得耳目一新，身心舒展，我闻到车上货物散发着从长码头[51]一直到张伯伦湖的气息，让我想起异国他乡，想起珊瑚礁、印度洋、热带的声息和广袤的地球。看见明年夏天会变成草帽戴在那么多亚麻色的新英格兰人的脑袋上[52]的棕榈叶、马尼拉麻、椰子壳[53]，还有陈旧的垃圾、麻[54]袋、废铁和生锈的钉子时，我更觉得自己像是一个世界公民了。现在这一车厢的破船帆布，比把它们捣碎成纸后印成书本更容易阅读，更引人入胜[55]。谁能比这些裂口更形象地写出它们曾经经受过的风暴呢？

---

46 具体指1717年2月17日的大暴风雪（在《从前的居民》一章中亦有提及），科顿·马瑟在《美国的奇迹》(*Magnalia Christi Americana*)中提到过，并用来指任何大暴风雪，如梭罗1856年3月28日的日记："查尔斯叔叔下葬了。他生于1780年2月，大雪之年的冬天，卒于另一个大雪之年的冬天，——大雪标志着的一生。"【J 8: 230】

47 The mould-board，铲雪机的铲刀。

48 典故可能来自罗伯特·彭斯的两首诗：《致山中雏菊》(*To a Mountain Daisy*) "犁耙那严峻的毁灭，洋洋得意 / 碾过你绽放的花朵"和《致小鼠》(*To a Mouse*) "残忍的犁刀划过 / 穿透你的小窝"。

49 内华达山脉（The Sierra Nevada），美国西北部沿加利福尼亚东部山脊延伸的主要山脉。

50 梭罗的典故不明。

51 在波士顿。梭罗在《鳕鱼角》(*Cape Cod*)中写道："谁去过长码头的尽头，从昆西市场中穿行过，谁就去过波士顿。"【W 4: 268】

52 制作棕榈草帽和草鞋，是新英格兰农业家庭惯常的冬季家庭手工业。

53 椰壳（husks），椰子壳中的纤维，用来制造垫子，尤其是门垫。

54 Gunny，用黄麻制成的粗糙材料。

55 在使用便宜的木质纸张之前，旧衣服被用来制作粗布、细布或纸张。

它们是不需要修改的校样[56]。这一车是缅因州森林的木材，上次山洪中，它们没有被冲到海里去，每一千元涨了四美元，因为有些被冲走了，或者有一些裂开了；它们的品种有松树、云杉、雪松，级别有优质、二等、三等、四等，不久以前它们还是同一个等级，在熊、麋鹿和驯鹿头顶上摇晃。下面驶过来的是最优质的托马斯顿石灰[57]，这些石灰会在山间旅行很远，然后才会被熟化[58]。这些大包小包的破布，色彩和质地纷呈不一，棉布和亚麻布损坏到了最糟糕的状态，这就是衣着的最后结局，——人们现在不再吆喝叫卖那种式样[59]，除非是在密尔沃基[60]，那些漂亮的衣物，英国、法国或美国的印花，格子棉布、薄纱，等等，从时髦和贫穷的所有角落中搜集而来，会成为某一种颜色或几种颜色的纸片，从此会在上面写出真实生活的故事，有高潮有低潮，以事实为依据的故事！这一节关闭的车厢散发着咸鱼的味道[61]，强烈的新英格兰和商业的味道，让我想起大浅滩[62]和渔场。谁没有见过一块咸鱼呢，它已经为此生此世完全腌透，于是什么都不能使它变坏，相形之下，连圣徒的持守[63]都要惭愧脸红？你可以用它来打扫或铺设街道，劈柴，赶牲口的人把自己和自己的货物藏在它后面躲避太阳风

---

56 Proof-sheet，双关语，一指印刷品出版之前供校对和改正的纸张，亦指船帆上的布，使之能够抗拒风暴。

57 缅因州的托马斯顿（Thomaston）是石灰的主要产地。

58 熟化（slaked），给生石灰中加水使之变成更易于处理的粉状熟石灰的过程。

59 当众称赞以便增加其价值，就像在市场上一样。

60 威斯康星州的密尔沃基（Milwaukee，Wisconsin），在梭罗时代是一个迅速发展的城市，但不会有波士顿或纽约同样的时尚意识。梭罗脑子里可能会想到玛格丽特·富勒的《湖中之夏，1843年》(Summer on the Lakes)，她在其中写道，密尔沃基"有一天，有希望发展成一个精致的城市……天气好的时候，贫困的难民们每天到来，穿着他们因为旅行而又脏又破的本族服装"。

61 腌制和风干的大西洋鳕（cod）、黑线鳕（haddock）及类似鱼种在本地出售，但亦有商业价值，被运往欧洲，或者在西印度群岛换取糖、棉花、糖蜜和甜酒。

62 大浅滩（the Grand Banks），纽芬兰东南岸，新英格兰渔民的主要捕鱼区域。

63 《威斯敏斯特信仰告白》(Westminster Confession of Faith) 第十七章中"圣徒的持守"（Perseverance of the Saints）是："凡上帝在祂爱子里收纳、有效呼召、且借祂的灵成圣的人，不可能完全从恩典中堕落，也不可能以堕落为最终的结局；反要持守这地位，坚持到底，在永恒里得救。"

雨，——商人，就像一个康科德商人[64]曾经做过的那样，将它挂在门前，表示开始营业了，直到最后，他的顾客说不清它究竟是动物、蔬菜还是矿物，但它还是像雪花一样纯洁，如果把它放在锅里烹饪，还是会成为星期六晚餐上绝美的烧褐鱼[65]。下面那辆车上装的是西班牙牛皮，尾巴依然弯曲着翘起来，保留着当初披挂着这些牛皮的那些牛在西班牙主属地[66]的草原上游荡时翘起的那种角度，这是一种彻底的顽固，说明所有的恶习差不多都是无望、不可救药的。我承认，实际上，了解了人的真正本性以后，我认为我们没有希望使它在这种存在状态下改变，无论是变好还是变坏。像东方人说的，"我们可以把一条野狗的尾巴烧热、压住，用绷带捆扎住，但是，花了十二年的力气以后，它还是会保留它天然的形状。"[67]要对付这些尾巴表现出的这种根深蒂固的习性，唯一有效的办法就是把它们制成粘胶，我认为这也是人们的通常做法，这样一来，它们就会保持不变了。最后面一辆车上是运给佛蒙特州卡廷斯维尔镇[68]的约翰·史密斯先生的一大桶糖浆，或者是白兰地，这个绿岭中的商人，为住在他附近的农民们进口货物，现在可能正站在他的仓房里，琢磨着海岸边最近到达的货物，它们会对他的价格有什么影响，这会儿正在告诉他的顾客，他认为下一趟火车会带来最优质的东西，而这话他今天上午以前已经告诉过他们不下二十次。《卡

---

64 威廉·帕克曼（William Parkman, 1741—1832），康科德店主，1788 年至 1826 年任第一教区教堂执事，梭罗前往瓦尔登湖之前不久，梭罗一家住在他家里。帕克曼的商店是一个很小的像盒子一样的建筑，临近他的住所，地点在今日康科德图书馆所在之处。1838 年 9 月 8 日，爱默生在一篇日记中写道："亨利·梭罗讲了关于帕克曼执事的一个好故事，帕克曼住在他现在住的房子里，并且在附近开着一家店。他把一条鱼挂在外面当标记，它挂了那么久，变得那么硬，那么黑，变形得那么厉害，执事都忘了它是什么东西了，镇上也没人知道，不过用化学办法检验以后，发现它是咸鱼。不过执事每天早上还是准时把它挂在栓子上。"

65 咸鱼叫做烧褐鱼（dun fish），是因为鱼在腌制过程中变成了褐色。

66 南美的东北海岸，在奥里诺科河（the Orinoco River）和巴拿马海峡（the Isthmus of Panama）之间。

67 引自《毗湿奴舍哩曼嘉言集，一系列相关寓言，穿插着道德、明辨和政治格言》中狮子和兔子的故事，拼写略有改变，译者为查尔斯·威尔金斯（Charles Wilkins, 巴斯，1787 年），《日晷》1842 年 7 月版发表了其中一些部分（虽然这一行不在里面）。

68 佛蒙特州拉特兰县（Rutland County）的一个村镇，不过这里可能用来指任何小镇。

廷斯维尔时报》[69]上都登了广告的。

　　这些东西从乡下运到城市，其他东西从城市运到乡村。听到列车驶过的飕飕声，我从书本上抬起头来，看见一些高大的松木，在遥远的北方的山间被砍伐下来，从绿岭和康涅狄格运送过来[70]，不到十分钟，就像箭一般射过了我们镇，没有一个人看见它；那些松木即将

　　　　成为某个
　　　　伟大的海军旗舰的桅杆。[71]

　　听啊！牲畜车[72]来了，载运着千山上的牛羊，空气中飘散着羊圈、马棚和牛栏的味道，赶家畜的牧人手中持着牧杖，牧童站在羊群中间，除了山上的牧场以外，一切都像九月大风中的树叶一样飘飞而过。空中充斥着小牛犊的哞哞声、小羊羔的咩咩声，和牛群的嘈杂声，就像一座牧场山谷在隆隆驶过。当老头羊[73]摇晃着它的铃铛时，大山确实像公羊一样踊跃，而小山则像羊羔一样跳舞[74]。列车中部也有一车厢赶牲口的人，他们和自己驱赶的牲口处于同一个级别上了，他们的职业已经不复存在，不过他们仍然抱着他们无用的牧杖，把它当作他们职位的徽章。可是，他们的狗呢，狗都去哪儿了？它们遭到了践踏；它们差不多被人遗弃；它们甚至失去了嗅觉。我似乎能够听见它们在彼得伯罗山脉[75]的后面哀嚎，或者在绿岭的西坡上徜徉。它们死后也不会葬入主人的墓地。它们的职业也不复存在了。它们的忠诚和远见如今也不值一文。它们会毫无体面地潜回自己的狗窝，或者变成野狗，与狼和狐狸为伍。你

69　迄今为止没有发现任何关于《卡廷斯维尔时报》(Cuttingsville Times)的记录。
70　新英格兰最长的河流——康涅狄格河（Connecticut River），起自新罕布什尔州北部，往南流淌407英里后抵达长岛。
71　引文出自约翰·弥尔顿的《失乐园》1.293—94。"Ammiral"是Admiral（海军司令）的旧体，这里是指承载海军司令的旗舰。
72　典故来自《诗篇》50：10："因为树林中的百兽是我的，千山上的牲畜也是我的。"
73　公羊（bell-wether），一群羊的头羊，它脖子上挂着一只铃铛，不过这里指的是火车头。
74　典故来自《诗篇》114：4："大山踊跃如公羊，小山跳舞如羊羔。"
75　彼得伯罗山脉（the Peterboro' Hills），在新罕布什尔州南部，构成康科德北部的地平线。

的田园生活也就这样疾驰而去。可是铃声响了，我必须离开轨道[76]，让列车驶过；——

> 铁路于吾意几何？
> 未曾涉足窥其涯。
> 充其壑兮栖其燕，
> 扬其沙兮黑莓生。[77]

不过，我还是穿过铁路，就像穿过林间小径一样[78]。我不会让它的烟雾、蒸汽和嘶嘶声遮蔽我的眼睛，扰乱我的耳朵。

现在，火车已经开过，整个喧嚣的世界也随之而去，湖中的鱼不再能够感觉到列车的震撼，我比火车到来之前更加孤单。余下的这个漫长的下午，或许，只有遥远的公路上的马车或车队那依稀的吱吱嘎嘎声会打扰我的沉思。

有时候，星期天时，如果风向对头，我就能听见教堂的钟声[79]，林肯、艾克顿、贝德福德[80]或者康科德的钟声，那么自然的旋律，值得传入到旷野之中。传

---

[76] Track，双关语：铁路轨道，和一系列想法的思路。
[77] 梭罗的诗出现在他1850年8月的日记中。
[78] 梭罗经常称铁路轨道为路——"铁路可能是我们最愉快、最野性的路"【J 3: 342】——但这里他降低了铁路的重要性，在这一章前面他称之为主干道，在此却仅仅称之为车道。
[79] 在他1841年5月9日的日记中，梭罗写了一首名为《林中聆听安息日钟声的回声》（*The Echo of the Sabbath Bell Heard in the Woods*）的诗，开头是：
> 当当，东方的铜钟鸣响
> 宛若民间的盛宴
> 但是我最喜欢
> 来自飘逸的西方的声音。【J 1: 259】

这首诗也在《在康科德河和梅里迈克河流上的一周漂流》中出现过，没有题目，词语略有改动【W 1: 50】。
[80] 林肯（Lincoln）、艾克顿（Acton）、贝德福德（Bedford），康科德附近的城镇。

到林中足够深的深处，这个声音便带有某种振动的嗡嗡声，仿佛地平线上的松针是钟声掠过的竖琴的琴弦。在最远的远处，能够听见的声音都产生了唯一的同一种效果，宛如宇宙的七弦琴的颤动，就像其间的大气层给地球的脊梁添上了一种蔚蓝的色调，让它在我们的眼中变得赏心悦目。这样的时候，飘来的旋律似乎使空气紧张起来了，它与林中的每一片树叶、每一根松针都交谈过，这是大自然发出、调整过的声音，在山谷间遥相呼应。这种回声在某种程度上又是原声，其中带有原声的魔力和魅力。它不仅仅是重复教堂钟声中值得重复的钟声，同时也是森林的声音；林中仙子吟唱的，也是同一种纤细的歌词和音调。

向晚时分，森林尽头的地平线上[81]传来遥远的哞哞牛声，听起来甜蜜悠扬，起初我还误以为那是那些流浪歌手的声音，他们或许在山谷间漫游，有时候，他们会朝我唱小夜曲；但是，声音拖长一点，我认出那是牛的廉价而自然的音乐，我有些惊奇，却并没有不快。我想表达对那些年轻人的歌唱的欣赏，当我说我清楚地感觉到他们演奏的音乐类似于牛的音乐时，我并不是讽刺他们，说到底，这两种声音终究都是自然的声音。

夏天有一段时间，夜间火车驶过以后，七点半准时，夜莺[82]会坐在我门前的树桩上，或者是屋脊上，歌唱它们的晚祷曲。每天晚上，它们几乎准时得像钟点一样，通常以日落为标准，离日落时分相差五分钟之内开始歌唱。我有了罕见的了解它们习性的机会。有时候我能够听见林中有四五只夜莺同时歌唱，碰巧一个紧挨着另一个，它们离我那么近，我不仅能够分辨出每一个声调后的咕咕声，而且还能分辨出一种独特的嗡嗡声，听起来像是缠在蜘蛛网上的苍蝇，只不过响亮很多倍而已。有时候，一只夜莺会像被一条绳子拴着一样，绕着我一圈一圈地飞，这可能是因为我离它的鸟蛋太近。它们夜间断断续续地歌唱，凌晨之前或正当凌晨时，又会一如既往地发出美妙的声音。

其他鸟儿沉默下来后，东美角鸮则有所不同，它们那古老的呜噜噜[83]听起

---

[81] In the horizon: on the horizon 旧时的用法。

[82] 新英格兰曾经很常见的夜鸟。

[83] 梭罗可能把这个词和 ululuate 或 "ulula" 联系起来了，ululuate 的意思是大声嚎叫或哭喊，有时候特指猫头鹰的号叫，ulula 则是一种猫头鹰。

来像是哀伤的妇人。它们那惨淡的嘶鸣确实是本·琼森风格的[84]。这些睿智的午夜巫女[85]！它不是诗人那诚实直率的高声吟唱[86]，而是一种最庄严的墓园短诗，自杀的情人在地狱里回忆天国的爱情的惨痛和极乐时的相互安慰，此处我绝非戏言。可是我喜欢听它们哀嚎，它们那寂寞的回应，沿着树林的边缘颤抖，有时候让我想起音乐和歌唱的鸟儿；就像它是音乐中黑暗和催人泪下的那一面，那种需要歌唱出来的悔恨和叹息。它们是精灵，低级的精灵和忧伤的语言，曾经以人的形状在地球上夜行、做过暗夜之事的堕落的灵魂，现在在自己的犯罪场所用哀嚎的赞美诗或哀歌来赎罪。它们让我对我们的共同家园——大自然——的多样化和能力有了新的认识。"哦——我从来不曾出生！"[87] 有一只角鸮在湖这边叹息道，带着绝望的不安，盘旋到了灰橡树上一个新的栖息之地。然后——"不该不该大不该，我就不该生出来！"带着颤抖的诚意在对岸回响，然后——"生出来！"从远处的林肯镇的树林间依稀传来了回声。

还有一种雕鸮朝着我唱小夜曲[88]。从近处听时，你可以把它想象成自然界里最忧郁的声音，好像它是用这样的声音把人类临死前的呻吟制成铅板[89]，永远保留在它的歌曲之中，它们像某种微弱的残迹，所有的希望都弃置脑后[90]，进入黑暗的山谷时，像动物一样哀号，但又带着人类的抽泣，因为某种咯咯的旋律而听起来更加可怕，——我试着模仿这种声音的时候，我发现自己在用 gl 这两个

---

84 典故来自本·琼森的《妖女之歌》(*Witches' Song*)，选自他的《皇后的面具》(*Masque of Queens*, 1609) 2.317—18："我们对你大喊：呼！"

85 典故来自莎士比亚的《麦克白》4.1.64："你这个秘密的，黑色的，午夜的巫女。"

86 典故来自莎士比亚的《爱的徒劳》5.2.900—901："然后凝视着猫头鹰每夜歌唱：咕咕，咕咕！"

87 可能指的是乔叟所用的短语"啊我曾经出生"，或者这三部作品中的一部，略有变动：《公爵夫人之书》(*The Book of the Duchess*)，《食物采买官之书》(*The Manciple's Tale*)，《特洛伊罗斯与克瑞西达》(*Troilus and Criseyde*)。

88 雕鸮，大角猫头鹰（学名 Bubo virginianus），梭罗有时候称之为猫鹰。

89 铸成金属印刷版，用于永久性的反复使用，以此保护手制版本。

90 典故出自欧里庇得斯（Euripides，公元前 480—406）的《伊莱克特拉》(*Electra*)，其中，奥雷斯特斯（Orestes）说："伊莱克特拉，这个死亡的旧迹，属于你哪个朋友？"而且，在另一处，一个老人对奥雷斯特斯说："所有的希望都弃你而去。"

字母开头,这种声音表明一个人的头脑中,所有健康和勇敢的思想都在遭到毁坏,而头脑本身已经进入了凝胶状的发霉阶段。它让我想起食尸鬼、傻子和疯子的嚎叫。但是,现在,一只雕鸮从远处的树林发出回应,这种叫声因为距离遥远而显得很悠扬,——"咕咕咕,咕咕咕";而且,不管是在白天还是晚上,也不管是夏天还是冬天,大部分时候,它还是能让人产生愉快的联想的。

我庆幸有雕鸮存在。就让它们代替人类发出愚蠢和疯狂的嚎叫吧。这是一种极其适合于白天不曾照亮[91]的沼泽和黄昏时的树林的声音,代表着人们尚未识别的广大而未知的自然。它们代表着人人拥有的严峻的阴晦和未能满足的欲念。整个白天,太阳一直照射着某一片蛮荒的沼泽的表面,高耸的黑云杉[92]全身披挂着松萝地衣[93],小鹰在天空盘旋,山雀在常青藤间叽叽喳喳,鹧鸪和兔子在下面躲躲藏藏;但是,现在,更阴郁和与之情绪吻合的一天开始了,属于另一个种类的动物醒过来,在那里表达自然的意义。

夜间晚些时候,我听见车辆过桥时那遥远的轰隆声,——在晚间,这种声音比所有其他声音都传得更远,——狗吠声,有时候还能够再次听到远处的谷仓里某头悲伤老牛的哀鸣。与此同时,整个湖岸上回荡着牛蛙的蛙鸣,就像古时的酒鬼和畅饮者那强劲的精神和酒瘾[94],仍然死不悔改,在冥河上[95]还在拼命唱着无伴奏曲[96],——如果瓦尔登湖上的精灵们原谅我这个比方,因为虽然这里几乎没有芦苇,还是有很多牛蛙,它们欣然保留着它们古老的宴席上那些滑稽的规则,只不过它

---

91 古语:照亮(illustrates),但也有更常见的"澄清"(elucidates)的意思。

92 双云杉(或黑云杉, double or black spruce)是新英格兰沼泽中常见的一种云杉。梭罗最初写的是"单云杉",但单云杉在康科德没有,要到更北的地方才有。在他1853年12月22日的日记中,改正了类似一个错误后,梭罗写道:"真奇怪,康科德很少有人能够区别云杉和冷杉,可能没两个人能够区别白云杉和黑云杉,除非这两个人凑到一起。"【J 6: 22】

93 Usnea barbata:一种长在树上的发绿的下垂地衣,有时被称为"胡子苔"或"老头儿的胡子"。

94 Spirits,双关语,指酒鬼和畅饮者的酒水。

95 指希腊神话中的冥河(Styx),冥王哈得斯(Hades)的主要河流,由卡隆(Charon)为死人的灵魂摆渡。

96 三四个人唱的一种无伴奏歌唱,韵律十分复杂,在十七、十八世纪尤其流行。

们的声音已经变得嘶哑，却依旧庄严肃穆，嘲弄着欢乐，美酒也失去了芳香，变成了纯粹的酒精来装满它们的胃袋，甜蜜的酣醉再也不会来淹没过去的记忆，而得到的仅仅不过是一肚子的饱和、充水和腹胀。那个肥头大耳、最像议员的家伙[97]，他的下颚支在一片荇菜叶[98]上，权作餐巾，接住他的口水，在北方的岸边畅饮着这曾经遭人蔑视的饮料，一边"呱呱呱，呱呱呱，呱呱呱！"地叫着，一边传递着酒杯，水面上从某个远处的浅水湾里重复着同一个口令，轮到下一个年龄和腰围合格的人喝掉他那一份酒[99]；当这个仪式在湖边绕圈结束时，仪式主持人满意地唱出一声"呱呱呱"！然后每一只依次重复，直到最后轮到那个肚子最不膨胀、最瘪、最松弛的牛蛙，丝毫不差；然后酒碗又一次一次被传开，直到太阳驱散了晨雾，只有牛蛙头领还没有沉到湖底[100]，而只是时不时徒劳地呱呱呱一声，停顿一下，等候回音。

我不太能够肯定从我居住的林中空地是不是听见过鸡叫，我觉得，仅仅是为了听音乐，就值得把一只小公鸡[101]当作唱歌的鸟儿饲养下来。这种印度雉鸡[102]曾经是野鸡，它的叫声理所当然是最杰出的鸟叫，如果可以自然蓄养它们，而不是把它们圈起来驯化，鸡叫很快就会变成我们树林中最著名的声响，超过大雁的嘎嘎声和猫头鹰的咕咕声；再想一想吧，就算是公鸡休息时，母鸡还会用咕咕咕的声音填满空白！怪不得人把这种鸣禽加进了他驯化了的家禽之中，更别提它们还能提供鸡蛋和鸡腿[103]。冬天的早晨，从群鸟麇集的树林中走过，聆听着野公鸡在树上啼叫，那声音清晰、嘹亮，飘扬到许多英里之外，淹

---

97 大腹便便，丰满。议员们通常被漫画化成热爱异国情调的食物，肚皮很大。

98 荇菜（学名 Nymphoides lacunosum）。

99 依次喝酒时酒杯上的标记，表示每个人应当喝掉的部分。

100 Under the pond，双关语，指那些喝醉后溜到桌子底下的人。

101 小公鸡（cockerel），一岁以下。

102 印度雉鸡（pheasant of India），常见的驯化的野鸡的祖先。"就像我们家养的据说祖先来自印度的野雉鸡，不纯洁的内心的想法，在印度哲学家的思想中也有雏形。"【W 1: 156】

103 尽管这里赞扬鸡腿，与梭罗在别处更倾向于素食主义的主张矛盾，他 1851 年 7 月 11 日的日记本来更清楚："这些鸟儿的鸡鸣和咯咯声，对我来说，比它们的鸡腿和鸡蛋要珍贵得多。"【J 2: 301】

没了其他鸟儿微弱的鸣叫,——想想看!它会使各个民族都警觉起来。谁会不早早起来,在他的余生中一天比一天起得更早,直到他变得无法言说的健康、富有和睿智[104]?这只异国鸟儿的歌唱,和他们本国的歌唱家的歌唱一样,得到所有国家的诗人们的称颂。各种气候都适宜于勇敢的雄鸡。它甚至比土著还要本地化。它总是那么健康,它的肺很健全,它的精神从来不会动摇。甚至大西洋和太平洋上的水手都被它的啼叫唤醒[105];但它尖锐的啼叫从未侵扰过我的沉睡。我既没有养狗、猫、牛、猪,也没有养鸡,你也可以说,我这里缺一些居家的声音;我这里没有搅拌声,没有纺车,没有水壶的叫声,没有茶水壶的嘶嘶声,也没有孩子们的喊叫来安慰人心。一个旧式男人会失去理智,或者在此之前就无聊至死。我的墙里连老鼠都没有,因为它们都被饿出去了,或者是从来就没有受到诱惑爬进来,——只有屋顶上和地板下的松鼠,屋脊上的一只夜莺,一只冠蓝鸦在窗下高叫,屋子下面有一只兔子或土拨鼠,屋子后面有一只角鸮或雕鸮,湖里有一群大雁或怪笑的潜鸟,一只在夜间吠叫的狐狸。连那些温和的种植园鸟,云雀或者黄鹂,都不曾访问我这块空地。院子里没有公鸡咕咕,母鸡咯咯。连院子都没有!但是,没有篱笆的大自然一直到达你的门槛。一片小树林在你的窗前生长,漆树和黑莓的藤蔓攀延进你的地窖;粗壮的美洲油松,因为缺乏空间而摩擦着墙面发出吱吱咔咔的声音,它们的树根钻进了房子地下。需要燃料的话,你用不着煤桶[106],也用不着大风中随意吹断的树,而是你房后一株松树折断了树枝,或者连根拔起。在大雪中不是没有通往前院大门去的路径,而是没有大门,没有前院,也没有通向文明的路径!

---

104 典故来本杰明·富兰克林的《穷理查年鉴》(*Poor Richard's Almanack*,1757)中的《财富之路》(*The Way to Wealth*):"早睡早起,使人健康、富裕、睿智。"
105 长途航行的船上常常有鸡笼,提供新鲜鸡蛋和肉。需要公鸡为鸡蛋授精。
106 Scuttle,通常用来运煤的桶。

独 处

　　这是一个妩媚的夜晚,整个身体都凝成一种感官,每一个毛孔都沁透了愉悦。我带着一种奇怪的自由在大自然中来来去去,与大自然浑然一体。我只穿着一件衬衣,沿着湖边的石滩走过,虽然天还有些冷,有点阴天刮风,我也看不出有哪一样特别的东西在吸引着我,因为一切万物对我来说都是异乎寻常的亲近。牛蛙呱呱叫着迎来了夜晚,荡漾的微风送来了湖对岸夜鹰的歌声。迎风摇曳的赤杨和白杨树叶牵动着我,几乎令我激动得透不过气来;然而,我宁静的思绪,就像湖水一样,飘荡着涟漪,却没有风浪。晚风吹起的这些小波澜,就像那平滑的水面一样,离暴风雨还很遥远。虽然现在天已经黑了,树林里,风仍然在刮,仍然在呼啸,波浪仍然在冲刷着湖岸,而有些动物则在用它们的叫声使一切平静下来。永远不会有全然的静寂。最凶狠的野兽不会休息,而是在这个时候寻找猎物;狐狸、臭鼬和兔子,现在正在毫无恐惧地在田野和树林中徜徉。它们是大自然的守夜人,是连接生机勃勃的白昼生活的链条。

　　我回到家时,发现家里来过访客,并且留下了他们的名片,要么是一束花,要么是一只常青藤花环,要么是写在黄色的核桃叶或小木片上的签名。那些不太来树林里的人,往往会把森林的一小部分拿到手里一路玩弄,然后会有意无意地把它留下。有个人剥开了一条柳枝,把它编成了一只小指环,放在我桌子上。我总是能够知道我不在家时是不是有人来过,要么是踩弯的小树枝或小草,要么是他们的脚印,我通常能够通过他们留下的某种痕迹来判断他们的性别、年龄或资质,要么是他们留下的花,要么是一把扯起来扔掉的草,甚至扔到半英里外铁路线那么远的地方[1],要么是抽过雪茄或烟斗后残留的气味。不仅如此,

---

[1] 铁路线离梭罗的房子只有三分之一英里。他们家在康科德镇西的住处,铁路线就在后院旁边,所以在他眼里,瓦尔登湖那里的距离可能显得要比实际距离要远一些。至于把他最近的邻居定位在一英里之外的地方,就像《简朴生活》一章开头和这里下一段,他略带夸张的距离,是为了文学的目的:增加独处的印象。

我经常能够通过烟斗的味道，知道六十杆以外[2]有一个旅行者在沿着公路走过。

我们周围通常有足够的空间。我们的地平线一般不会触手可及。稠密的树林并不是就在我们的门前，湖泊也不是那么近在咫尺，但和我们总是有些毗邻，让我们感到熟悉，以某种方式适当安排、划地为界，从大自然那里重新收回。我何德何能，占有这一大片森林，方圆几平方公里无人涉足，人皆弃之，为我一己私有？我最近的邻居也在一英里之外，四周看不见一座房子，除非你登上离我这座小山头半英里以外的山顶。我一个人独享着树林划界的地平线；远处能够看见铁路，一边与湖岸相接，另一边是环绕着林中小路的篱笆。不过，在我居住的地方，大部分时候都和草原上一样孤独[3]。它可以是新英格兰，也完全可以是亚洲或非洲。我仿佛是独自拥有我自己的太阳、月亮和星辰[4]，和一个小小的世界。晚间，从来没有一个旅人路过我的房子，或者敲我的门，仿佛我是天地之间唯一之人；除非是春天时分，间隔很长一段时间以后，偶尔会有某个人从村里来钓鲶鱼[5]，很明显，他们是由着自己的性子在瓦尔登湖里钓

---

[2] 大约五分之一英里。

[3] 梭罗在《漫步》中写道："从我门前开始，我可以轻而易举地走出十英里、十五英里、二十英里，而看不见一座房子，除了狐狸或貂行走的路，也不会穿过一条路：首先沿着河走，然后是小溪，然后是草地和林边。在我附近，有很多平方公里无人居住。"【W 5: 212—13】

[4] 可能是回应维吉尔的《伊尼亚德》（Aeneid, 6.641），梭罗将它翻译成"他们知道他们自己的太阳，他们自己的星辰"【W 1: 406】。

[5] 最可能是角鲶，梭罗在《在康科德河和梅里迈克河流上的一周漂流》中写到过：

角鲶（Pimelodus nebulosus），因为它们从水里拉出来时会发出一种奇怪的尖叫声，亦称牧师，是一种很乏味和浮躁的家伙，像鳗鱼一样，习性上喜黄昏时活动，喜泥沼。它会故意咬人，就像这是它的本分。晚上时，用一条线穿上很多蚯蚓可以抓到它们，线会挂在它们牙齿上，有时候一次就有三四条，再加上一条鳗鱼。它们的生命力很强，头被砍掉半个小时以后嘴巴还在开合；它们是一种嗜血和霸道的斗士，住在肥沃的河底，握着长矛，随时准备与最近的邻居决斗。我在夏天时观察过它们，发现差不多每两条里就有一条背上带着长长的血淋淋的伤口，皮肤都撕脱了，大约是某种暴烈遭遇留下的痕迹。有时候，不足一英寸长的鱼苗，密密麻麻地成批游出，河岸看起来黑压压的。

【W 1: 29—30】

鱼，用黑暗当作他们钓钩上的诱饵，于是他们很快就撤退了，通常所获不多，把"世界交给黑暗和我"[6]，夜晚的黑色核心，未曾受到人类踪迹的亵渎。我认为，人们普遍还是有点害怕黑暗，尽管巫婆都被吊死了[7]，人们也发明了基督教和蜡烛。

不过，我有时候体验到，即使是可怜的愤世嫉俗者和最忧郁的人，也能在任何自然物体中找到最甜蜜、最温柔、最纯真、最激励人心的陪伴。生活在大自然之间，感官仍然健全的人，不可能有特别严重的忧郁[8]。在健康和率真的人听来，即使是狂风暴雨，也不过是风神埃俄罗斯演奏的乐章[9]。没有任何东西能够使一个朴实而勇敢的人陷入庸俗的悲伤。当我享受着四季的友谊时，我相信，没有什么东西会让生活变成一个负担。今天的细雨浇灌着我的豆苗，让我滞留家中，并不凄凉忧郁，而是有益于我。虽然因为这场细雨，我不能去豆地里锄草，但下雨比锄草要有益得多。如果这场雨下得太久，让地里的种子烂掉，毁掉低地里的土豆，它对高处的草仍然是有益处的，对草有益处，对我也就有益处。有时候，当我将自己和其他人进行比较时，看起来好像神明对我比对他们更加惠顾，超过了我应该得到的奖赏；好像我得到了神明的保证和担当，得到了他们特别的指点和指导，而我的同伴们却没有。我不是在奉承我自己，但如果可能的话，倒是他们在奉承我。我从来没有觉得孤单，也一点也没有受到孤独感的压迫，但是，有一次，那是在我刚刚到林中后几个星期的一天，有一个时辰，我有些忐忑，担心人如果要过一种安详健康的生活，是不是一定要有近邻才行。独自一人，有时候是令人不快的。但是，我同时也意识到我的情绪中略有失常，同时似乎也预见到我迟早会恢复正常。在绵绵细雨中，

---

6 引自托马斯·格雷的《墓园挽歌》：
　　晚钟敲响了将去一天的丧钟，
　　牧群缓缓地从草地上蜿蜒而过，
　　农夫疲惫地走在回家的路上，
　　把世界留给了黑暗和我。

7 塞莱姆（Salem）巫婆审判定罪的最后一人于1692年9月22日被绞死。
8 古代和中世纪的心理学家认为忧郁是由一种想象的分泌物黑色胆汁过高引起的。
9 由希腊神话中的风神埃俄罗斯（Aeolus）奏出的音乐。梭罗最喜爱的乐器之一——埃俄罗斯风琴，是一种放置在窗台上的弦乐器，当风吹过它的琴弦时，奏出音乐。

当这些思想占了上风时[10]，我突然感受到，大自然中是如此甜蜜和慈爱，在雨点的淅淅沥沥声中，在我房子周围每一个声音和景色中，一种广博无垠、无法衡算的友谊，像大气层一样环绕着我，于是，想象中的与人相伴的好处相形之下便显得无足轻重，从那以后，我再也没有过那样的想法。每一根细小的松针都带着同情展开和膨胀，成为我的朋友。在这样的景致里，即使我们习惯于称之为荒野和凄凉，我也能清楚地感受到某种东西的存在，它让我感到亲近，在血缘上和我最近、最具有人性的不是一个人，也不是一个村民，然后我想到，从此以后，对我来说，没有一个地方是陌生之地。——

　　悲悼不适时宜地吞噬了忧伤的人；
　　人们在生命乐土上的日子是如此短暂，
　　托斯卡那美丽的女儿啊。[11]

　　我在春天或秋天漫长的雷雨中度过了一些愉快的时光，雷雨让我一整个下午和上午都困在家中，它们那无休无止的咆哮和滂沱抚慰着我；当早早到来的黄昏迎来漫长的夜晚时，有足够的时间让很多思想扎根、伸展。东北风挟着瓢泼大雨，同样袭击着村庄里的房子，当侍女们手拿拖把和水桶站在门口，阻止洪水进屋时，我安然坐在我的小房子的门口，我尽情地享受着它的保护，我整个房子就这么一个入口。在一场大雷阵雨中，雷电击中了湖对面一棵巨大的美洲油松，从上到下刻出了一块十分明显、工整的长方形螺旋槽，一英寸多深，四五英寸宽，就像人们刻在一根手杖上的纹饰。我那天又路过这棵树，往上看到这块印记时，我感到了敬畏，就在八年前，一道可怕的、无法抗拒的闪电从毫无恶意的天空猛劈下来[12]，而现在的印记，比八年前更加清晰。人们常常对我

10　这场细雨发生在 1845 年 7 月 14 日。

11　引自派特里克·麦格雷戈（Patrick MacGregor）版的"奥西恩"（Ossian）诗篇《克罗玛诗》（*Croma: A Poem*, II.52—54）。

12　这一段的第一部分，是于 1852—1854 年左右加进了最后两份底稿中。梭罗大概也是因为 1852 年 6 月 27 日在林肯看见一棵一个星期前被闪电击中的白芩树，才想起了这棵树。在描述了被击中的树之后这一段明显表达出了他的敬畏：

　　这一切都是一瞬间来自天上名为闪电或雷电的一种火引起的，伴（转下页）

说,"我觉得你在那儿会觉得孤单,特别是下雨、下雪的白天黑夜,你一定想离人更近一点儿吧。"我想对这样的人回答道,我们居住的这整个地球,也只不过是太空中的一个小点。你想想看,在那边那颗星球上,两个相距最远的居民之间的距离有多远?我们的仪器都无法丈量这颗星星的直径。我又为什么要觉得孤单?我们的星球不是在银河星系中吗?你向我提出的问题,不是最关键的问题。什么样的空间会将一个人和他的同伴分隔开来,使他感到孤独?我发现,两条腿无论怎样劳累行走,并不能使两个人的头脑更加接近。我们想和什么东西毗邻而居?肯定不是人群密集的地方,譬如人头攒动的车站、邮局、酒吧、会议室、学校、杂货店、灯塔山[13],或五点区[14],而是靠近我们生命那奔流不息的源头,我们从自己所有的经验中,发现它的起源之处;就像柳树矗立在水边,它的根系也朝着水的方向生长。人的个性不同,这个方向亦会有所不同,但一个智者会把他的地窖挖掘在这样的地方……有一天晚上,我在瓦尔登的路上,赶上了一个正赶着牲口去市场的同乡,他囤积了所谓的"殷实家产",——尽管我从来没有认真地欣赏或衡量[15]过他的财产;他问我,我怎么能下定决心放弃生活中这么多舒适的东西。我回答道,我敢肯定,我的日子还过得去;我不是在开玩笑。于是我回家上床睡觉去了,而他自己则在黑暗和泥泞中,朝着布莱顿

(接上页)随着一声炸响。为了什么目的?古人称之为朱庇特的闪电,他用它来惩罚罪人,我们现代人并没有懂得更多。其中表现出了一种提坦之力,这样一种力量创造了世界,也能毁灭世界。这种残忍的力量如今并没有完全驯服。它是野兽的特性,还是受到智慧和慈善的引导?如果我们相信我们的自然印象,它表现出的是残忍的力量或复仇,多少中和着一点正义。不过,大约是我们自己的罪恶感才彰显出这种复仇的意念,对一个正义的人来说,它仅仅是高尚,而不是可怕……为什么树遭到雷击?说它们正好在闪电经过的路线上是不够的。科学回答道,non scio,我不知道。所有像闪电这样的自然现象,都必须从奥妙和敬畏的角度上去看待;此外,对闪电本身,就像对最熟悉和天真的现象一样,我们也必须淡然处之。【J 4:156—58】

[13] 灯塔山(Beacon Hill),波士顿的马萨诸塞州州议会大厦所在地。

[14] 五点区(the Five Points),曼哈顿下城一个街区,在梭罗时代,因其拥挤不堪的、垃圾散落的街道、犯罪、卖淫、赌博、酗酒和疾病而臭名昭著。其名来自几条路交叉形成一个的五点路口。

[15] Fair:双关语:公正地看,欣赏。

或牛镇[16]辛勤跋涉，——大概在明天早晨什么时候他才能到达那里吧。

对一个死去的人来说，只要有任何复苏或重生的可能，何时何地复苏或重生都无关紧要。可能发生这样的事情的地点总是同一个，而且总是令我们所有的感官都感到无法形容的愉快。大部分时候，我们关注的只是外在的和转瞬即逝的事情。事实上，它们只是分散了我们的注意力。万物的核心，乃是决定其存在的那种力量。接近我们的是那些永远不断运行的伟大法则。接近我们的不是我们雇用的、我们喜欢与之交谈的工匠，而是创造了我们的创世主。

"鬼神之为德，其盛矣乎。"

"视之而弗见，听之而弗闻；体物而不可遗。"

"使天下之人，齐明盛服，以承祭祀。洋洋乎，如在其上，如在其左右。"[17]

我们是一种试验的研究对象，对这种试验我很感兴趣。在这种情况下，我们能不能略微减少一些闲言碎语，——让我们自己的思想来愉悦我们自己？孔子说得很对，"德不孤，必有邻。"[18]

有了思想，我们可以明智地超越我们自己。通过有意识的努力，我们可以超脱各种行动及其后果；所有的事件，无论好事坏事，都像激流一样从我们身旁冲刷而过。我们不是完全和自然交织在一起。我或许可以是小溪中的浮木，也或许是天空中俯瞰着这块浮木的因陀罗[19]。我可能会被一场喜剧表演打动；但另一方面，对与我关系更大的实际事件，我倒可能会无动于衷。我只知道我是一个人类个体；或者是所谓思想和感情的载体；我体会到某种双重性，正是因为这种双重性，我才能够站在我自己身旁，因此我对待自己能够像对待另一个人那样超然[20]。不管我的感受有多么强烈，我还是能够意识到我的一部分在我身

---

16 布莱顿（Brighton）现为波士顿的一部分，曾经是屠宰场和农夫市场所在地。布莱特（Bright）是常见的牛名，布莱顿的意思是"牛镇"。

17 这三段是梭罗从鲍狄埃的法文版《孔子与孟子》第77页翻译过来的孔子《中庸》的第十六章1—3。

18 梭罗从鲍狄埃的法文版《孔子与孟子》中翻译而来的孔子《论语》第四章25。

19 因陀罗（Indra），印度教的空气、风、雷、雨和雪之神，主宰中层的神祇。

20 梭罗在日记中表达了这种双重性，他写道："当我想到我对自己在日记中写的东西实际上毫不关心时，感到吃了一惊。"【J 1: 143】在《新英格兰生活和文学历史笔记》中，爱默生写道："对这个阶段的关键一点，看起来像是思想意识到了它自己。"

旁的存在和批评,事实上,它不是我的一部分,而是一个旁观者,和我没有相同的感受,却在关注着我的感受;这不是我,就像它不是你一样。当生活的戏剧结束时,不管它是喜剧还是悲剧,旁观者也分道扬镳。对他来说,旁观者是一种虚构,只不过是想象的产物而已。这种双重性,有时候很容易使我们难以成为好邻居和好朋友。

我发现,大多数时间一个人独处是有益于健康的。与人在一起,即使是与最好的人在一起,也很快会变得无聊和分神。我喜欢独处。我从来没有发现与孤独一样易于相处的同伴[21]。在多数情况下,我们身处人群中时,比我们在家中独处时,要感到更加孤独。一个思想着或工作着的人永远是孤单的,不管他在哪里,让他好自为之吧。衡量孤独的标准,并不是一个人和他的同伴之间有多少英里的距离。剑桥学院那拥挤的蜂窝般的宿舍里一个真正刻苦的学生,也和沙漠里的托钵僧[22]一样孤独。一个农夫可以独自在地里或树林里劳作一天,锄

---

21 回应华兹华斯,梭罗 1853 年写道:"啊!世界真让我们难以承受。"【J 5: 454】《瓦尔登湖》成书后的一则日记里,他重申了对独处的忠实:

即使是现在,当我无须为了愉悦而觐见任何人时,也没有比在树林中和田野中散步更有益于健康、更有诗意的了。没有什么能够更激励我,更让我产生如此宁静和有益的思想。万物都令人升华。在街头,在人群中,我差不多总是毫无例外地廉价、荒唐,我的生活无以言说的卑贱。多少黄金和尊敬都丝毫无法赎买它,——和州长或国会议员一起就餐!!但是,独自在遥远的树林或田野里,在毫不做作的兔子出没的萌芽的土地或牧场上,即使是像今天这样一个苍凉的、对大多数人来说十分冷清的日子里,当一个村民会想着去他的酒店时,我会回到我自己,我再次想到我自己有伟大的亲属,寒冷和孤独是我的朋友。我觉得,就我来说,这种价值相当于其他人通过去教堂和祈祷所得到的东西。我独自在林中散步,就像想家的人回家。我就这样放弃多余之物,看到事物那伟大而美丽的真相。……我从镇里走出一二英里,进入自然的宁静和孤独,周遭是岩石、树木、野草和白雪。偶尔,我进入树林中一块空地,那里一些野草和干树叶刚浮上了雪面,就像我走到了一扇开着的窗前。我向自己的周遭看出去。这样,我们的**天窗**就与常人的普通途径相去甚远。我不满足于普通的窗户。我必须有一扇真正的天窗。【J 9: 208—9】

22 托钵僧(dervis):一个发出了贫穷和艰苦的宗教誓言的苏菲派穆斯林(Sufi Muslim)。托钵僧们因其狂喜的仪式和使用催眠性的恍惚状态而著称,包括舞(转下页)

草、砍伐，而并不觉得孤单，因为他正忙着；但是，晚上回家时，他不能独自坐在房间里，任凭思想驰骋，而是必须处在一个他能"见人"的地方，娱乐，在他看来，可以赔偿他一天的孤单；于是，他就纳闷，为什么一个学者可以独自整个晚上、大部分白天坐在家中，而不会感到无聊或"忧郁"[23]；但他不明白，即使是在家中，这个学者还是在*他的*地中劳作，在*他的*林中砍伐，就像农夫在自己的地里和林中劳作一样，同样也像农夫一样寻找同样的娱乐和陪伴，尽管他所寻求的娱乐和陪伴要更简练一些。

　　社会交往通常是廉价的。我们彼此会面的间隔很短，没有时间获得任何新的价值与对方分享。我们每天三餐都见面，让对方重新品尝一下陈旧发霉的奶酪，也就是我们。我们不得不遵从某一套规则，称之为礼仪或礼貌，而使这种频繁会面变得可以忍受，使我们不至于彼此开战。我们在邮局里见面，在社交场合见面，每天晚上在炉火前见面；我们居住稠密，彼此碍事，彼此绊倒，我认为，我们就是这样失去了对彼此的尊敬。当然，如果是最重要和最诚恳的交流，偶一为之就足够了。想想工厂里的女工吧，她们从来不曾独自一人，哪怕是睡梦中也是如此[24]。最好每一平方英里之内只有一个人，就像我住的地方一样。人的价值不是在他的皮肤上，我们不是一定要碰着他的身体才能了解他。

　　我听说，有个人在林中迷路，在一棵树下因为饥饿和衰竭而即将死去，他奇特的幻想减缓了他的孤独，因为身体虚弱，他那病态的想象力使他产生了许多奇特的幻想，而他自己以为这些幻想都是真实的[25]。同样，通过身体和精神的健康和力量，我们也可以得到类似的但更正常、更自然的社会交往的鼓励，逐

（接上页）蹈或仪式性的诵经，根据其教派的不同习惯，被称为舞蹈、旋转或呼喊的托钵僧。尽管他们不一定是因为过着孤独的生活而出名，萨迪的《古丽斯坦》第一章第二十八个故事开头是这样的："一个孤独的托钵僧坐在沙漠一角。"

23　意为"情绪低落"的名词 blues（"忧郁"），最早记录于 1741 年，可能来自"蓝魔"，十七世纪对一个恶毒的魔鬼的称呼。

24　卢维尔（Lowell）纺织厂的女工住在附近的宿舍里。1846 年 11 月 14 日的《先驱者》（*The Harbinger*）描述了她们的居住条件："年轻女工们大约六个人住一间房，每间房里三张床。这里没有隐私，没有休息。基本上不可能独自读书或写字，因为客厅里有人，这么多人在同一间房里睡觉。"

25　出处不明。

步认识到我们从来都不是孤独的。

我在我家里有很多伙伴，特别是早上无人拜访的时候。让我打几个比方，或许某一种比方能够说明我的处境。我并不比湖中狂笑的潜鸟更加孤独，也不比瓦尔登湖本身更加孤独。我想问一声，那个孤独的瓦尔登湖又有什么伙伴？可是，在它那蔚蓝色的水中，并不是忧郁这个蓝色的魔鬼，而是蓝色的天使。太阳是孤独的，除非是在阴天，有时候看起来有两个太阳，但其中一个是幻日[26]。上帝是孤独的，可是魔鬼却远不是孤独的；他能看见很多同伙；他是群[27]。我不比草原上的一株毛蕊花、蒲公英更加孤独，也不比一枚豆叶、酢浆草、一只牛虻或大黄蜂[28]更为孤独。我也不比磨坊小溪[29]、风向标、北极星、南风、四月的小雨、一月的融雪或一座新房子中的第一只蜘蛛更为孤独。

漫长的冬天的夜晚，当大雪纷飞、林中狂风怒号的时候，我偶尔会有一个客人来访，他是一个老住户[30]，最初的业主，据说他挖出了瓦尔登湖，给它铺了石头，在它的周围种上了松树；他给我讲旧时和新近的故事；即使没有苹果或苹果酒，仅靠着社交的快乐和对事物乐观的看法，我们两个人也能设法度过一个愉快的夜晚，他是一个睿智而幽默的朋友，我很爱戴他，他比格夫或华里[31]更行踪隐秘；尽管人们认为他死了[32]，但谁都不知道他葬身何处。一位老妇

---

26 幻日（a mock sun）：与太阳同高度的任何一个明亮之点，通常带有彩色。

27 典故来自《路加福音》8:30—31："耶稣问他说：你名叫什么？他说：我名叫群；这是因为附着他的鬼多。"

28 Humble-bee，即大黄蜂（bumblebee）。

29 磨坊小溪（the Mill Brook），流过康科德、为磨坊提供动力的小溪。

30 关于这个老住户没有更多的信息，除了他代表上帝的创造精神这一点以外。他有可能指的是潘神（Pan），尽管潘不是创造之神；在《在康科德河和梅里迈克河流上的一周漂流》中，梭罗写道："在我的神庙里，潘依然以他质朴的光荣统治着。"【W 1: 65】梭罗在《瓦尔登湖》里还两次提到过这个老住户，一次在《湖泊》，一次在《从前的居民，冬天的访客》。

31 威廉·格夫（William Goffe，约1605—约1679），清教徒将军，和他的岳父爱德华·华里（Edward Whalley，卒于约1675年）据说于1642年处死了查理一世的叛逆，他们逃到了美国，躲在康涅狄格和马萨诸塞州。

32 如果说的是潘，那这里指的就是"潘死了！"的呼喊，见于普鲁塔克的《为什么甲骨文不再给人答案》（Why the Oracles Cease to Give Answers）。梭罗在《在康科（转下页）

人[33]也住在我附近,大部分人看不见她,我有时候喜欢在她芬芳的菜园里散步,收集草药[34],听她讲故事;她有着无比丰饶的创造力,她的记忆能够回溯到比任何神话都更古老的过去,她能告诉我所有传奇的出处,能够告诉我每一段传奇是基于哪一件史实,因为这些事情都是在她年轻的时候发生的。她是一个面色红润、生机勃勃的老妇人,她在任何天气和季节里都感到快乐,而且可能会比她所有的子孙都活得更为长久。

大自然那无法言说的纯真和善意,太阳和风雨,夏天和冬天,永远赐予我们人类这么多的健康,这么多的欢乐!它们对人类怀着同样的情感,如果任何人因为正当的原因而感到痛苦忧伤,大自然也会作出反应,太阳的光芒会暗淡,风会像人一样叹息,乌云会降下泪滴,即使是在盛夏,树林也会落下叶子,披上丧服。我怎么能不和大地心心相印呢[35]?难道我自己不就是树叶和蔬菜的一部分么?

有什么灵丹妙药能够使我们保持健康、安详和满足[36]?它不是我或你的祖父的药方,而是我们的大自然祖母那万能的植物性的[37]药物,她用这些药使自己永葆青春,活得比她同时代的很多老帕尔[38]都要更长久,他们那腐化的脂肪

(接上页)德河和梅里迈克河流上的一周漂流》写道:"伟大的潘神没有像谣言所说的那样死去。神永远不死的。"【W 1: 165】

33 可能是大自然母亲(Mother Nature)或德米特(Demeter),希腊的农业、健康和生育女神。

34 药草。

35 Intelligence:交流(communication)。

36 典故可能来自莫里森的魔药(Morrison's Pill),见卡莱尔在《过去与现在》中的描述(兄弟们,对不起,我没有包治社会弊病的莫里森魔药),但更可能是类似于帕尔的长寿药(Parr's Life Pill)、梅因威林大夫魔药(Dr. Mainwaring's Pills)或布兰德雷斯魔药(Brandreth's Pills)等包治百病的灵药,像梭罗在《缅因州森林》中提到过的:"印第安人情况恶化得更厉害了,我们在林肯镇北面停下来给他找来一点白兰地;这个也不顶用,一个药剂师推荐了布兰德雷斯魔药。"【W 3: 319】

37 用来为以下药物作广告的用词:乔治·斯图尔特大夫的植物糖浆和植物药片、得克萨斯万应灵丹(Texan Universal Pills)或"莫里森魔药(Morrison's Pills)——厄蒂希健康医学院(Ertish College of Health)著名的通用药物"。

38 托马斯·帕尔(Thomas Parr,1483—1635),一位据说活了一百五十二岁的(转下页)

保养着她的健康。至于我的灵丹妙药，我不用那些庸医用冥河[39]或死海[40]的水来混合成的小瓶药水，我们有时看见的那些像大篷车的马车，车上载运着那些装药的小瓶子，而是让我畅饮一下未曾稀释的清晨的空气吧。清晨的空气！如果人们不愿意在白昼的喷泉头上畅饮一下清晨的空气，那么，让我们把它装进瓶子里，在商店里出售它，这样，那些丢失了订购这个世界的晨时的订单的人，我们也可以为他们提供方便。但是请记住，即使是在最清凉的地下室里，它也不能保存过中午，而是在中午之前就会从塞子里漏出，跟随黎明女神欧若拉往西而去。我不崇拜海吉雅[41]，她是那个老药师埃斯科拉庇俄斯[42]的女儿，在很多雕像中，她一只手握着一条大蛇，另一手持着一只杯子，蛇有时候从杯子里喝水；我崇拜的是为朱庇特持杯子的青春女神赫柏[43]，她是朱诺和野莴苣的女儿，具有使诸神和凡人恢复青春力量的魔力。她可能是地球上曾经走过的唯一一位身体健全、健康和强壮的青年女性，她走到哪里，哪里就是春天。

（接上页）英国人，因为他的长寿，帕尔长寿片（Parr's Life Pills）以他命名。

[39] 苏黎河（the Souli River），有些地段在地下流过，人们认为它通向希腊神话中的冥河。

[40] 死海（the Dead Sea），以色列和约旦边界的大盐湖。

[41] 海吉雅（Hygeia），希腊神话中的健康女神。

[42] 希腊神话中，埃斯科拉庇俄斯（Aesculapius）是掌管医疗艺术的神。

[43] 赫柏（Hebe），希腊神话中的青春女神，宙斯（朱庇特）和赫拉（Hera，朱诺-Juno）的女儿；根据某些神话，她是在赫拉吃了野莴苣后受孕的。

访 客

我认为我和大多数人一样喜欢交往,碰到任何走到我面前的精力充沛的人,我随时准备把自己像蚂蟥一样吸附在他身上。我并不是天生的隐士[1],如果有必要,我可以比酒吧里最固定的常客坐得还要久[2]。

我房子里有三张椅子;第一张是给孤独的,第二张是给友谊的,第三张是给交往的。当访客们蜂拥而至时,只有第三张椅子供他们所有人坐,不过他们通常就在那儿站着,站着节省空间[3]。一个小小的房子能够装下这么多伟大的男人女人,真是令人惊奇。我屋子里同时接待过二十五到三十个灵魂,外加他们的身体,不过,我们直到分手的时候,还不知道我们彼此挨得有多么近。我们很多房子,无论是公共建筑或者是私人宅第,都有着无以数计的房间,巨大的大厅,储存美酒和其他和平时期所需的弹药的地窖,在我看来,这些住宅对它们的居民来说,大得有些过分。这些房子那么巨大,那么壮丽,相形之下,房子里的居民倒像是侵扰这些房子的害虫。当侍者在特莱蒙、阿斯特或米德尔塞克斯饭店前发出通报时[4],我很吃惊地看见从公共门廊里爬出一只可笑的老

---

1 这个事实得到了多方证实:一是他经常步行到康科德去,二是到瓦尔登湖访问他的访客的数目。玛丽·霍斯默·布朗(Mary Hosmer Brown, 1856—1929)在《康科德回忆录》(*Memories of Concord*)中回忆道:"他在瓦尔登湖生活,从来就不是为了过隐士的生活,他在那里居住也不是孤独的生活。当他正在写作的时候,他不许人打搅;否则,门外放着一张椅子,表示他可以接受访客。"霍拉斯·霍斯默在《忆康科德和梭罗一家》中写道:"我们这些男孩曾经在星期六下午去他瓦尔登湖的房子里拜访他,他会给我们看附近林子里有意思的东西。"

2 待得更久(outlast),意思是指继续坐着,而不是像那些醉得溜到桌子底下去了的人那样。

3 即使是在瓦尔登湖居住之前,梭罗也是这样招待客人。在1841年6月8日的日记中,他写道:"我只有一张椅子,于是只好让客人们都站着,现在想来,古时那些圣人和英雄相见时,肯定也总是站着的。"【J 1: 264】

4 分别为波士顿、纽约和康科德的大旅馆。

鼠[5]，不久又很快缩回了马路上某个洞穴里。

住在这么小一所房子里，我有时候会体会到一种不便：当我们开始用宏大的词汇表达宏大的思想时，我很难和我的客人保持足够的距离。你要让思想有足够的空间，让它们做好出航准备，运行一两个航段之后再抵达港口。你思想的子弹必须克服它的侧向和弹道运动，进入最后的稳定的弹程后，才能到达听者的耳朵，否则它就会像耳旁风一样又从听者的耳旁飘出。此外，我们的话语也需要有展开和组成队列的空间[6]。个人像国家一样，彼此之间必须有适宜的宽广的自然边界，甚至还需要很宽的中间地带。我发现，隔着湖和对岸的同伴讲话，真是一种奇特的奢侈。在我的房子里面的时候，我们之间隔得那么近，根本无法听见对方说的话，——我们说话的声音，不是又低又能够让人听见；就像你把两块石头扔进平静的水面，扔得太近的话，它们就会划破彼此激起的波纹的起伏节奏。如果我们仅仅是贫嘴和高谈阔论的人，那么我们就可以站得离对方很近，脸贴着脸，甚至能感觉到对方的呼吸；但是，如果我们含蓄地、沉思地交谈，那我们还是需要远离对方，让所有的动物热量和湿气都有机会散发出去。我们每个人内在都有一个自我，它超出对话之外或之上，如果我们要享受与这个自我的最亲密的交往，那么，我们不仅必须保持沉默，而且在身体上还要互相保持距离，保证我们彼此完全不能听见对方的声音。按照这个标准，话语是用来给那些听力不好的人提供方便的；但是，有很多精致的话语，如果我们必须喊叫，那就根本无法说出来。当对话开始带上更崇高、更博大的格调时，我们渐渐地把椅子越推越远，直到碰上了两面的墙壁，然后通常就觉得房子不够大了。

不过，我"最好的"房间[7]则是我房后的松树林，它是我的休息室[8]，随时准备

---

5 典故来自贺拉斯（Horace，公元前65—8年），《诗艺》（*Ars Poetica*）1.139："Parturient montes, nascetur ridiculus mus"（群山会奋力，带出一只可笑的老鼠）。

6 Unfold and form their columns，进行演习的军事术语，可能也是双关语，指报纸或杂志的专栏。

7 Room，客厅（parlor）。

8 Withdrawing room，本义指客人，尤其指当男客饮酒、吸烟时女客就餐后退居的房间，但后来与客厅同义。

接待客人，太阳很少照在地毯上[9]。夏日里，当贵宾来访时，我把他们带到那里，有个价值连城的仆人早就清扫过地面，给家具掸过灰，把一切都整理得井井有条。

如果来的客人只有一个，他有时候会分享我简陋的饭食，我翻动着一锅玉米糊布丁[10]，或者看着灰烬里一块面包发酵、烤熟，一点儿也不干扰谈话。但是，如果一下子来了二十个人，这么多人坐在我房子里，那么晚饭就无从谈起了，好像吃饭是个早就戒掉了的习惯，尽管我可能还有够两个人吃的面包；我们自然而然地克制进食；从来没有人觉得这是待客不周，反而觉得这是最适当和体贴的做法。肉体生命的消耗和衰退，经常需要修补恢复，在这种情况下，它的消耗和衰退似乎奇迹般地减慢了，生命的活力稳稳立足。这样，我可以招待二十人，也可以招待一千人[11]；如果有人来时发现我在家，离去时感到失望或者肚子饿了，那么，至少他们可以肯定，我也和他们一样失望或挨饿。尽管很多持家之人对此表示怀疑，其实，养成新的更好的习惯，用它来代替老习惯是很容易的。你不必靠给客人提供的晚餐来建立你的名声。至于我，我不愿意频繁光顾哪一个人家里，不是因为他们家的看门狗赛布勒斯[12]，而是因为他四处张扬请我吃饭的事情，我认为这是以非常礼貌和委婉的方式暗示我再也不要去这么打搅他了。我想我再也不会去重访这些地方了。一个访客在一枚黄色的核桃树叶上写下斯宾塞这几行字，把它当作一张名片，我想我会自豪地把它当作我的陋室的座右铭：

　　他们来了，挤满了小屋，
　　　　在没有欢乐的地方不寻欢作乐；
　　休息是他们的盛宴，一切随他们所愿：
　　　　最高贵的心胸有最大的满足。[13]

---

9 除了星期天和有婚礼或葬礼等重大事件时，习惯是关闭客厅、拉上窗帘，防止地毯和家具褪色。梭罗当然谈论的是森林的地毯。

10 Hasty-pudding，在开水或热牛奶中快速搅拌玉米糁而快速煮成的布丁。

11 回应耶稣用七块面包和一些小鱼来给很多人吃，见《马太福音》15: 34—39。

12 赛布勒斯（Cerberus），希腊神话中，守卫冥府入口的有三只头的狗。

13 引自埃德蒙·斯宾塞的《仙后》（The Faerie Queene）1.1.35，有一个小小的改动。

温斯洛[14]成为普利茅斯殖民地总督之前,和一个同伴步行着穿过树林去拜访马萨索伊特酋长[15]。当他们又饿又乏地到达马萨索伊特的住处时,得到了酋长的盛情接待,但那一天谁也没有提到吃饭的事情。夜幕降临时,用他们自己的话说,——"他让我们和他还有他的妻子一起上床,他们在一头,我们在另一头,床只有木板,离地一英尺高,上面铺着一层薄垫。因为没有地方,他还有另外两个酋长挤在我们身旁,差不多人摞人;这样一来,我们虽然睡下了,但睡下来比旅行的时候还累。"[16] 第二天下午一点钟,马萨索伊特"带来两条他射中的鱼",大概有鲷鱼三倍大[17];"这些鱼煮好了,至少有四十个人等着吃。大部分人都吃到了。这是我们一天两夜之中吃到的唯一一顿饭;要不是我们中有个人买了一只鹧鸪,我们就会一路忍饥挨饿。"他们不仅挨饿,而且还无法睡觉,无法睡觉是因为"野蛮人那野蛮的歌唱,野蛮人习惯唱着歌入睡",他们担心又饿又困会让他们无法保持神志清醒,觉得应该在他们还有精力旅行的时候回家,于是便动身离开了。就住处而言,确实,他们没有受到周到的接待,不过,尽管他们觉得不方便,其实,酋长让他们与他和妻子共寝的安排,其本意却毫无疑问是一种荣誉;不过,就饮食来说,我不知道印第安人还有什么更好的办法。他们自己都没有什么吃的,他们也足够聪明,知道食品奉献给他们的客人时,道歉也无济于事;于是他们勒紧裤腰带,闭口不提吃饭的事情[18]。温斯洛下一次拜访他们时,因为是他们的丰收季节,饮食方面就没有欠缺了。

至于人,任何地方都不愁没有人。我住在林中那段时间,来访的客人比我

---

14 爱德华·温斯洛(Edward Winslow, 1595—1655),"五月花"(Mayflower)上的乘客,他的日记,为普利茅斯殖民地(the Plymouth Colony)提供了最早的记录之一。

15 马萨索伊特(Massasoit),万帕诺亚格人(the Wampanoags)的酋长(1590—1661),对殖民者友好。

16 引自温斯洛的《新英格兰普利茅斯英国种植园的兴起和发展过程的回顾或日记》(*A Relation or Journall of the Beginning and Proceedings of the English Plantation at Plimouth in New England*, 1622),见于亚历山大·杨(Alexander Young, 1800—1854)《1602—1625年普利茅斯清教徒先驱编年史》(*Chronicals of the Pilgrim Fathers of the Colony of Plymouth from 1602 to 1625*, 1841)210—13。

17 淡水中的太阳鱼(sunfish),不是非本地产的欧洲所见的真正的蓝鲷鱼(bream)。

18 温斯洛写道,马萨索伊特"因为不能更好地招待我们而感到又伤心又羞愧"。

一生中任何其他阶段接待的客人都多；我的意思是说，我总算有客人来访。我在那里见到的几个客人，比我在任何其他地方的交往都要愉快。但是，来找我的人很少是为着鸡毛蒜皮的小事而来。从这个意义上说，我与镇里的距离，倒是为我筛选好了往来之人。我深深地退居到了孤独的海洋，退居到了社交的河流干涸的地方，大部分时候，就我的需要来说，只有最精华的沉淀才会聚集在我周围。此外，流水又漂来了很多证据，说明另一方还有着人类未曾涉足和开发的蛮荒大陆。

今天早上，居然有一个真正的荷马式或帕夫拉戈尼亚人[19]来到我的住处，他的名字那么合适，那么有诗意，我很抱歉，不能在这里把它写出来[20]。他是个加拿大人，以伐木和做木桩为生，他每天能够打好五十个木桩上的洞。他昨天吃的晚饭，是他的狗抓住的一只土拨鼠。他也曾听说过荷马的大名，"要是没有书，"还真"不知道下雨天该干什么"，尽管可能许多个雨季过去之后，他也读不完一整本书。在他遥远的故乡的教区里，有个会说希腊语的牧师教会他阅读圣经中的诗句；现在，他拿着书的时候，我必须给他翻译这段故事：阿喀琉

---

[19] 帕夫拉戈尼亚人（Paphlagonia），他们居住在黑海岸边小亚细亚的古国，那里崎岖多山，森林茂密。

[20] 阿列克·塞里恩（Alek Therien，1812—1885）。在前几稿中梭罗称他为农夫亚历山大，这个叫法来自法语词 terrien，意思是地主或乡绅。据爱德华·爱默生，Therien 这个词虽然来自法语，发音却是英语发音，塞里恩。梭罗在他 1853 年 12 月 24 日的日记里描述了和塞里恩的一次会面：

> 昨天看见塞里恩在雨中为雅各·贝克砍木头。我在半英里以外就听见了他斧子的声音，也看见了他的篝火的烟雾，起先我误以为是四处飘荡的雾气……我问他早上几点上工的。他早上出门时，太阳已经升起来了。他一打开门，就能听见弗林特湖像隆隆炮声一样咆哮，不过他到达砍木头的地方时，有时候能看见星星。他脱下大衣在雨中干活……他带了一份法语报纸来供练习之用，——不是为了读新闻；他说他不想要新闻。他有二十三四份法语报纸，一捆买了的，花了一美元，想让我看看。他连一半都没读完；里面可读的东西可多了。他让我告诉他有些生僻字的意思。他砍了多少木头？他可不想把自己累死。他的钱足够了。他砍的足够挣他的伙食。一个人在冬天能做的也就是这些。

斯因为帕特洛克罗斯愁容满面而责备他[21]。——"你为什么泪流满面，帕特洛克罗斯，像一个年轻姑娘？"[22]——

> 是否只有你才听到了
> 弗提亚的消息？
> 他们说艾克托的儿子墨诺提俄斯依然健在，
> 埃阿科斯的儿子帕琉斯住在密耳弥多涅人中[23]，
> 他们中任何一个人死去，我们都会无比悲哀。

他说："好诗！"他怀里抱着一大抱白橡树皮[24]，这是他星期天早上为一个有病的人收集的。"我想今天[25]做这样的事情应当没什么坏处吧。"他说。对他来说，荷马是一位伟大的作家，尽管他并不知道荷马写的是什么。很难找到比他更质朴、更自然的人。为世界蒙上了那么阴暗的道德阴影的恶毒和疾病，好像在他身上根本就不存在。他大约二十八岁[26]，十二年前，离开了加拿大和父亲的房子到美国来工作，最后想买一座农场，大约还是要回他的祖国去买。他的身板非常粗糙；身体强壮而迟缓，但体态很优雅，晒得黝黑的粗脖子，浓密的深色头发，呆滞的睡意蒙眬的蓝色眼睛，偶尔会闪现出生动的光芒。他头戴一顶扁平的灰色布帽，穿着一件邋遢的羊毛大衣，脚蹬着牛皮靴。他非常能吃肉，常常用一只铁皮桶带着饭菜，到离我的房子一两个英里开外的地方去干活，因为

---

21 帕特洛克罗斯（Patroclus），阿喀琉斯最亲近的朋友。
22 这一段和下一段都是梭罗翻译的《伊利亚特》16.7，16.13—16。
23 弗提亚（Phthia），阿喀琉斯的父亲帕琉斯（Peleus）统治的地盘；墨诺提俄斯（Menoetius）是帕特洛克罗斯的父亲；艾克托（Actor）是底比斯的英雄；埃阿科斯（Aeacus）是宙斯和埃伊纳（Aegina）的儿子，阿喀琉斯的祖父，以其母命名的埃伊纳岛的国王。根据希腊神话，当瘟疫使埃伊纳岛变得荒无人烟时，埃阿科斯向宙斯祈祷，请他给自己更多的子民。宙斯通过将蚂蚁变成人，提供了新人口密耳弥多涅（Myrmidons），他们后来在阿喀琉斯率领下参加了希腊对特洛伊的远征。
24 白橡树皮（white-oak bark），一种强收敛剂，既可内服，亦可外用。
25 礼拜天里。
26 塞里恩生于1811年，也就是说，梭罗去瓦尔登那一年他三十四岁。

他一整个夏天都在伐木；他带的是冷肉，通常是冷土拨鼠肉，还有装在石壶里的咖啡，他用一根绳子把咖啡壶拴在裤带上；有时候他也请我喝一杯。他早早就来，穿过我的豆地，不过他可不是像扬基人那样，总是慌慌张张地急着赶去干活。他可不会累着自己。就算挣的钱不够自己的伙食费，他也满不在乎。他的狗在路上抓到一只土拨鼠时，他往往会把自己的饭菜留在树丛中，他会反复琢磨，如果把土拨鼠沉到湖底保存到晚上是不是安全，琢磨了半个小时，他还是走了一英里半的路程，回家去收拾猎物，然后把它放在他住的房子的地窖里，——他喜欢琢磨这样的主题。他早上路过的时候会说："鸽子真多啊！要不是我天天要干活，我光靠打猎就能搞到足够我吃的肉，——鸽子，土拨鼠，兔子，鹧鸪，——老天！我只要一天就能搞到我一个星期要吃的东西。"

他是一个技术熟练的伐木工，喜欢往自己的手艺里加上一些炫耀和花哨装饰。他把树齐着地砍得很平，这样以后长出的新芽就更强壮，雪橇也能从树桩上滑过去；他不是在整棵树上系好绳子来把它拽倒，而是把树逐渐砍削成一根细桩或薄片，最后一推就可以把它放倒。

我对他感兴趣，是因为他安静，喜欢独处，此外还很开心；他的双眼溢满了幽默和满足。他的快乐是发自内心的。有时候我看着他在林中劳作，砍树，他会带着无法形容的满足，笑着跟我打招呼，并用加拿大法语称呼我，尽管他的英语说得很好。我走近他时，他会停下工作，带着半抑制的快乐，顺着他刚砍下的松树树干躺下，剥下里面的树皮，把它卷成一个球，一边嚼着它一边说笑。他有动物般丰富的活力，有时候任何能够让他思考、惹他发笑的事情，都会让他笑翻在地，满地打滚。看着周围的树，他会赞叹，——"老天爷！在这里砍树我就够开心的了；我不需要更好的娱乐了。"有时候，空闲下来时，他会整天在树林里玩一把手枪，一边走，一边隔一段时间自己给自己放枪致敬。冬天的时候，他点上火，中午，他在火上热咖啡壶里的咖啡；当他坐下来吃饭时，山雀有时候会飞过来落在他胳膊上，啄他手里的土豆；他说他"喜欢小家伙们在身旁"。

在他身上，动物性的人十分发达。在身体的耐力和满足方面，他与松树和岩石不相伯仲。我有一次问他，他干完一天的活之后，有时候会不会觉得很累；他带着认真严肃的神色说："老天爷，我这辈子还真没觉得累过呢。"但是，他身上的知性的人和所谓的精神的人，却一直沉睡着，就像在婴儿体内一样沉睡着。他只是得到了最纯洁和无效的教诲，就像天主教神甫给土人的那种教诲，在这种教育下，教育学生从来不是教会他思考，而只是教会他信任和尊敬，一个孩子没有变成一个人，而依旧是一个孩子。大自然造人时，给了他一个强壮的身体和对自己的命运的满足，并让他各方面都有尊敬和信赖的支撑，让他可以像孩子一样度过一生的七十年。他是那样真诚、质朴，你都不知道怎么把他介绍引见给别人，就像你无法把一只土拨鼠介绍给你的邻居一样。别人必须像你找到他那样去寻找他。他毫不做作。人们花钱雇他为他们干活，这样他就能够衣食无虞；但他从来不和他们交换意见。他是那样简单地、自然地谦卑——如果一个从来没有渴望的人可以称为谦卑——谦卑在他身上都不是一个突出的特点，他自己对此也无法理解。聪明人对他来说就像半神。如果你告诉他这样一个人即将到来，他的反应好像是：他觉得这么大的事情，不会指望他能做什么事情，别人自然会把什么事情都安排妥帖，还是让人把他忘了吧。他从来没有听到过赞赏的声音。他尤其尊敬作家和牧师。他们的成就都是奇迹。当我告诉他我写了不少东西时，他很长时间都以为我指的是笔迹本身，因为他自己写字也写得相当好。有时候我看见他把故乡教区的名字写在公路旁的雪上，字体很漂亮，还带着法语的重音符号，我就知道他刚从这里走过。我问他有没有想过写下自己的思想。他说他为不能读写的人读过、写过信，但他从来没有试过写下思想，——不行，他干不了，他不知道先写什么，写作得要他的命，而且还得小心别把字拼写错了！

我听说一个杰出的智者和改革家[27]曾经问过他，他是否希望世界得到改变；但他不知道还有人会有这样的想法，发出吃惊的笑声，用带着法语口音的英语说："不希望，我挺喜欢这个世界的。"和他打交道，对一个哲学家很有启发。一个陌生人可能会觉得他一无所知；但是，有时候我在他身上看见一个我从未见过的人，我不知道他是和莎士比亚一样睿智，还是干脆就是像孩子一样无知，是具有微妙的诗人气质呢，还是蠢人一个。一位同乡[28]告诉我，当他看见这个加拿大人戴着一顶紧贴头顶的小帽子，吹着口哨独自在村里溜达时，竟然觉得他像是一个乔装打扮的王子。

---

27 可能指爱默生，他雇用塞里恩来锯木、劈柴和堆积木材。
28 可能指爱默生，他在1851年的一则日记里评论道，塞里恩在灯塔街"毫不起眼"。

他唯一的书是一本黄历，一本算术书，他在算术上特别精通。黄历对他来说就是一种百科全书，他认为这本书中包含着人类知识的摘要，这在很大程度上也确实是真的。我喜欢向他介绍当代的不同改革，而他则无一例外地用最简单和实际的眼光看待这些改革。没有工厂行吗？我问。他身上穿的是自制的佛蒙特灰衣[29]，他说，这就很好。他能戒掉茶和咖啡吗？这个国家除了水以外，还能喝得起别的任何饮料吗？他曾经用铁杉叶[30]泡水喝，认为在暖和天气里，这玩艺儿比水好喝。我问他没有钱是不是也可以，他向我说明有钱该有多么方便，他的解释涉及了并符合关于货币机制起源的最复杂的记录，以及"钱"（pecunia）[31]这个词的衍生过程。如果他的财产是一头牛，而他想从商店里得到针线，他觉得每次都要用这头牲口的一部分去抵押这项金额，很不方便，也行不通。他比任何哲学家都能更好地为任何机制辩护，因为，在描述与他相关的这些机制时，他直接指出了它们流行的真正原因，而不是通过推理找出任何别的原因。另外一次，他听到柏拉图对人的定义时——柏拉图将人定义成一种无毛的两足动物[32]，而另一个人[33]展示了一只拔了毛的鸡并称之为柏拉图的人时，他认为这两者之间有一个重要的区别，就是人和鸡的**膝盖**是朝着不同的方向弯曲的。他有时候会感叹，"我多爱说话啊！真的，我可以成天叨叨个没完！"有一次，我有好几个月没见过他，我问他[34]，他这个夏天是不是有了什么新思想。"老天爷，"他说，"一个像我这样要干活的人，只要没忘记他已经有过的想法，就算不错了。要是和你一起锄草的人喜欢竞赛的话，老天，那你的头脑必须集中在锄草上；你只能想着杂草。"这种时候，他有时会先问我，我有没有什么

---

29 Vermont gray，自制土布。

30 铁杉树（Tsuga canadensis）的针叶，而不是有毒的毒芹草（Conium macultatum 或 Cicuta macaluta）的叶子。梭罗在《漫步》中写道，"我们茶里需要加一些铁杉或生命之树。"

31 Pecunia，钱，拉丁语，如下一句所确认，来自黄牛（pecus）。

32 典故来自柏拉图的《政治学》（*Politicus*）266："人是一种没有羽毛的两足动物，鸟儿有羽毛。"

33 第欧根尼·拉尔修（Diogenes Laertius，大约三世纪）把一只鸡拔毛，把它带到讲堂，喊到："这是柏拉图的人。"

34 这次对话发生在1851年11月5日。

长进。某个冬天的日子[35]，我问他是不是总是对自己很满意，是不是希望在内心有一个替代外在的牧师的东西，某种生活的更高目的。"满意！"他说；"有些人对一件事满意，有些人对别的事情满意。或许，如果一个人有足够的资产，他可能会成天背对着火，肚皮朝着桌子成天坐着烤火暖和着，真的！"不过，不管我怎么想方设法，都不能让他从精神的角度去看待事物；他能理解的最高层面似乎就是简单的便利，和一个动物能够理解的也差不多；实际上，大部分人也都是如此。如果我建议他改变自己的生活方式，他只是毫无怨悔地回答，太晚了。不过他完全相信诚实以及类似的美德。

在他身上能够看到某种积极的创造性，不管这种创造性有多么微弱，我有时候能够观察到，他在为自己思考，他在表达自己的意见，这种现象如今十分罕见，我任何一天都得走上十英里才可以观察得到，因为它等于是在重新建立社会上的很多机制。尽管他犹豫不决，或者是不能明确表达自己，他背后总有一个可以表达的想法。但是，他的思维又是那么原始，他又那么深深地沉浸在他的动物性生活之中，尽管他的思想比一个仅仅有学问的人更有希望，它却很少能够发展成熟为任何能够著书立说的东西。他这个个例说明，说不定在生命的最低层次里也有天才人物，无论他们是如何卑微和缺乏教育，却永远保留自己的眼光，也从不假装博学多闻；他们像瓦尔登湖一样，正如人们所说，是深不见底的，尽管他们可能黑暗浑浊。

很多旅人特地绕道来看我和我屋子里的摆设，借口是要讨一杯水喝。我告诉他们，我自己就是从湖里喝水的，并指向湖边，还主动提出借给他们一个水瓢[36]。我住得离村子这么远，但也未免会有一年一度的来访，我觉得，大概在四月一日人人都在走动的时候出现吧；我还算运气不错，尽管我的访客中颇有些稀奇古怪的人物。救济院或其他地方的笨人来拜访我；但我努力让他们发挥他

---

[35] 这次对话发生在1853年12月28日。
[36] 在他1852年1月17日的日记中，梭罗记录道："一天——星期天——两个年轻女子在我小房子门口驻足，要点水喝。我回答说，我没有冷水，但我可以借给她们一个水瓢。她们从来没有还水瓢，我有权利设想她们来是为了偷东西。她们是女性和人类的耻辱。"

们所有的才智，并对我坦诚说真话；在这样的情况下，智力就成为我们对话的主题；我就这样得到一些补偿。确实，我发现他们中有些人比所谓穷人监督员和市政管理委员[37]更聪明，我觉得我们现在该纠正一下这个顺序了。关于智力，我发现笨人和聪明人之间没有太大区别。特别是有一天，一个性格和善的、头脑简单的穷汉子[38]来拜访我，并说他想像我这样生活。我经常看见他和其他人被当作篱笆桩一样使用，在田里一个桶上站着或坐着，看着牛群免得它们走散了。他带着极端的简朴和真诚，告诉我他"智力有缺陷"。他的简朴和真诚，比所有一切称作谦卑的东西更高级——或其实更低级。"智力有缺陷"是他的原话。上帝把他造成了这个样子，不过他想，上帝还是像关心别人一样关心他。"我总是这样子，"他说，"从小就是；我从来没有什么头脑；我和别的孩子不一样；我大脑不发达。这是上帝的旨意，我猜。"他就在那儿证明他说的话是正确的。对我来说，他是一个形而上学的难题。我从来没有遇到过一个如此笃定的人，——他说的一切都是那么简单、真诚和真实。确实，他表面上越是谦卑，也显得越是崇高[39]。我起初并不知道，这是一个明智之举的结果。看起来，在这个贫穷而愚笨的穷汉子的真理和坦率的基础上，我们之间的交流，能够发展为比圣人之间的交流更好的东西。

我有些客人，人们通常不把他们算在镇上的穷人之列，但实际上他们应当算；无论如何，他们算世界上的穷人；他们需要的不是你的热情，而是你的款待[40]；他们诚恳地希望别人帮助他们，提出要求之前先明确表示，首先已经下定决心不要自己帮助自己。我要求一个访客不能饿着肚子来拜访我，尽管他可能有世界上最好的胃口，不管他的胃口从何而来。客人不是慈善的对象。有些人不知道应该何时结束他们的访问，尽管我已经重新开始忙我的事，回答他们的问题也越来越漫不经心。候鸟迁徙的季节，差不多各个智商层次的人都来访问

---

[37] 雷米尔·沙特克在《康科德镇志》中写道，镇政务委员"兼任穷人的**监管人**和**估税员**，1714年至1725年除外，这几年选举过五名穷人监管员"。

[38] 1852年1月17日的日记中，梭罗说这个穷汉子来自救济院【J 3: 198】。埃勒里·钱宁认为这可能是一个叫大卫·弗林特（David Flint）的人。

[39] 典故来自《马太福音》23: 12："凡自高的，必降为卑；自卑的，必升为高。"

[40] Hospitalality是梭罗发明的词，用它来指提供服务或护理的机构，譬如弃儿医院或这些机构：为退休海员服务的格林威治医院、为男孩提供免费教育的基督医院（伦敦）。

我。有些人的智商很高,却不知道该拿它怎么办;有些是带着种植园习惯的逃亡奴隶[41],像寓言中的狐狸一样[42],时不时地竖着耳朵听,就像听见了猎狗尾随追逐他们时的吠叫,用哀求的眼神看着我,好像在说,——

啊基督徒,你会把我交回去吗?[43]

---

[41] 爱德华·爱默生有一次就瓦尔登湖在帮助逃跑奴隶逃向自由中的作用一事,询问过在康科德地下铁路(Underground Railroad)中很活跃的、梭罗家的亲密朋友安·比格洛(Ann Bigelow, 1813—1898),根据他们的对话写下了下面的笔记:

> 亨利·梭罗住在林中时,奴隶有时候被带往他那里,但很明显,他家里不能躲藏……于是他会在白天照顾他们,晚上的时候——那时候康科德还没有路灯——带他们到他母亲或别的房子里去躲起来。他总是随时准备帮忙,不惮危险,而且,尽管他钱很少,他还是送或借钱给需要钱的奴隶。有时候基金会会把这笔钱还给他。把瓦尔登湖草庵变成逃亡者的避难所,不是他**计划**的一部分。这仅仅是偶然。

尽管梭罗提到逃亡奴隶在他瓦尔登的房子里,比格洛也同意,阿尔弗雷德·霍斯默写道:"他的小房子不曾被用来帮助逃亡的奴隶,尽管他本人帮助了很多人逃跑。就像本地一个主要的废奴党人所说,'哦,我们不应当想到用他的小房子当站点,因为它太公开,太容易搜查,我们在村里有好得多的用来藏身的房子,尽管亨利确实用别的方式帮助过我们。'"村里这些房子里,有一所就是梭罗父母的房子,蒙丘尔·丹尼尔·康威(Moncure Daniel Conway, 1832—1907)在他的《自传》(*Autobiography*)中描述了1853拜访那里的经过:

> 他邀请我第二天来散步,但早上的时候,我发现梭罗因为一个拂晓时来到他们家门口的、来自弗吉尼亚的有色逃亡奴隶而兴奋不已。梭罗把我带到一个房间,那里他的好妹妹索菲亚(Sophia)正在照顾逃犯……我观察着梭罗对那个非洲人那种温柔和谦卑的忠诚。他时不时靠近那个颤抖的人,用欢快的声音请他不要见外,不要怕任何力量会再次欺侮他。一整天他都在为逃犯站岗,因为当时正是抓奴隶的时候。但是岗哨没有武器,这个家里可能就没有这样的东西。

[42] 有几个关于狐狸被迫的寓言,包括《伊索寓言》和让·德·拉封丹中的几个,中世纪法国动物史诗的复述,《列那狐的故事》(*Le Roman de Renart*, 约1175—1250)。不清楚梭罗所指的是哪一个。

[43] 伊莱泽·赖特(Elizur Wright, 1804?—1885)的《基督徒的逃亡奴隶》(*The Fugitive Slave to the Christian*)每一段结尾重复的诗句。

他们中间，有一个真正的逃亡奴隶，我帮着他继续往北极星逃去[44]。有些一意孤行的人，就像紧盯着一只小鸡的母鸡[45]，或者是只盯着一只小鸭的母鸭；脑子凌乱、有各种想法的人，像那些统管一百只小鸡的母鸡一样，所有的小鸡都在追逐一条虫子，每天早上的晨露中都死去十几只，结果变得焦头烂额，污秽不堪；光有思想而没有行动的人，又像一种智力发达的蜈蚣，让你避之唯恐不及。有人建议我放一本像白山[46]那样的签名本，可以让客人写下名字；可是，呜呼，我的记忆太好，不需要这样的签名本。

我禁不住会注意到我的访客身上的一些特殊性。男孩女孩和年轻女性通常像是真心喜欢到林中来[47]。他们看湖、赏花，玩得很开心。生意人，即使是农

---

[44] 安·比奇洛 1892 年告诉爱德华·爱默生，当逃亡奴隶从康科德坐火车离开时，"亨利·梭罗去当陪伴的次数可能比任何人都多。他会照应车票等等，但在火车上不和逃犯坐在一起，免得引起人们对他陪伴奴隶的注意。"

[45] 早在十八世纪就见于弗朗西斯·格罗斯（Francis Grose，1731—1791）的《俗语字典：浮华俚语、学院机智和扒手黑话的字典》中的短语，意思是过于琐碎、挑剔。一只单追着一只小鸡的母鸡总是在追求一件事情，毫不松手。

[46] 早在 1824 年，白山的华盛顿山顶就有一本来访旅游者的记录。这一段最初来自梭罗 1852 年 1 月 22 日的日记，他这样写道："如果一个人没有让你留下什么印象，好像留下他的名字有什么用处似的。"【J 3: 215】

[47] 弗里德里克·卢埃林·霍维·威利斯（Frederick Llewellyn Hovery Willis，1830—1914）在他的《阿尔科特回忆录》（Alcott Memoirs）中描述了 1847 年他和阿尔科特一家拜访梭罗的过程：

他在和阿尔科特先生谈论瓦尔登树林中的野花，突然停止了，他说，"别动，我让你看看我的家庭。"他很快地走出小木屋的门，吹了一声很低很奇怪的口哨；一只土拨鼠马上从附近一个地洞里朝他跑来。一声不同的但同样又低又奇怪的口哨，招来了两只灰色松鼠，毫无惧意地靠近他。又一声口哨，几只鸟儿，包括两只乌鸦朝他飞来，其中一只乌鸦落在了他肩膀上。我记得，是站得离他的头最近的那只乌鸦给我留下了最生动的印象，因为我知道这种鸟是多么怕人。他用手喂它们，从口袋里掏出吃食，在我们欣喜的注视下轻轻地拍它们；然后又用不同的口哨让它们离去，口哨声总是奇怪、低沉和短促，每个小野物听到了特别的哨声就马上离开。　　　　　　　　　　（转下页）

民,也只想着这里太孤单,只为生计着想,认为我这里有多么偏远不方便;尽管他们说喜欢偶尔来林中漫步,很明显,其实他们并不喜欢。他们是闲不住的有担当的人,所有的时间都全部用来谋生或者维持生活;牧师们谈起上帝来,就好像只有他们才能独占这个话题,不能容忍不同意见;医生,律师,我不在家时来偷窥我橱柜和床的不安分的管家婆们——某某夫人怎么知道我的床单不如她的床单干净?——不再年轻的年轻男子,已经得出了结论:职业上因循守旧最安全,——所以这些人通常都说,我的处境不可能对我有什么好处。唉!这恰恰就是问题所在[48]。无论男女老少,都是那些软弱和胆小的人,对疾病、突发事故和死亡想得最多;对他们来说,生活充满了危险,其实如果你什么危险都不想,那危险又会在哪里呢?他们认为一个谨慎的人应当仔细选择安全的地方居住,那里 B 医生[49]可以随叫随到。对他们来说,村子就是一个社区[50],一个共同防守的联盟,你会觉得,他们甚至连采越橘都要背着一个医药箱。问题是,一个人如果活着,那他总是有死去的**危险**,尽管如果他本来就是个活死人的话,这种危险也会相应减小。一个人坐着不动,和在外奔跑的危险是一样的。最后,还有那些自封的改革家,他们是最乏味的人[51],他们以为我总是没完

(接上页)然后他用他的船把我们五个孩子带到湖中,在离岸边有点距离的地方停下了船桨,吹起了他带着的笛子,笛声在平静清澈的湖面上回响。他突然放下笛子,告诉我们"很久以前"住在瓦尔登和康科德的印第安人的故事;简单清楚地解释瓦尔登树林的奇观,令我们高兴。然后他突然又打断自己,谈起在瓦尔登湖周围生长的各种睡莲,称之为林中百合,庄严的野花。正是湖中睡莲开放的季节,我们从船上采集了很多它们那纯白的花朵和花蕾;我们回到岸上时,他帮我们采集别的花,满载着很多甜蜜的花朵,我们高高兴兴地回家了。

48 典故来自莎士比亚的《哈姆莱特》3.1.67:"唉,这恰恰就是问题所在。"
49 可能指的是约西亚·巴特利特大夫(Dr. Josiah Bartlett, 1796—1878),在康科德行医五十七年的医生,在梭罗哥哥的最后几天里给他看过病。
50 Com-munity,梭罗分开这个词,和别处一样,是为了强调,着重强调这个词是从拉丁语的 munio 而来,munio 的意思是防守或驻防,加上前缀 com,com 的意思是一起。
51 梭罗在爱默生家和其他地方见过很多这样的改革家。他在 1853 年 7 月 17 日的日记中描述了一次这种会面:

过去这三四天里,在我们家和布鲁克斯家来了三个超级改革家,谈(转下页)

没了地唱，——

> 这是我盖的房子；
> 这是住在我盖的房子里的人；

但他们不知道第三行是，——

> 这是那些人，他们烦扰着
> 那些住在我盖的房子里的人。[52]

我不怕抓鸡的鹞子[53]，因为我没有养鸡；但我却怕烦扰人的鹞子。

（接上页）论奴隶制、节制和教会的演说家，——A. D. 佛斯（A. D. Foss），曾经是新罕布什尔州霍普金顿镇的浸礼会牧师；罗林·穆迪（Loring moody），某种漫游的制造模式的牧师；H.C. 赖特（Wright），用他异教徒的写作震惊所有的老女人。尽管佛斯不认识其他人，你还是会觉得他们是老相识。（他们碰巧一起到这里。）他们不断地互相称呼对方的教名，不断地用他们油腻的善意的脸来蹭你。他们不保持距离，而是凑过来，以勺子的形状和你紧靠着躺在一起，不管天气有多热，也不管床有多窄，——主要是——我被他的善良烦死了；担心我会被他的善良弄得全身油腻，无法复原；我试着在衣服里装上一些淀粉。他写过一本叫做《一吻还一击》的书，他表现得好像在亲吻和打击之间没有任何选择，或者是我已经给了他一击。我情愿遭受这次打击，但他却一心想给我亲吻，尽管我们之间既没有争吵也没有一致意见……——我刚见过他没一分钟他就叫我"亨利"，我说话时，他就用拖长声音、带着热切的同情说，"亨利，我知道你要说的一切；我完全理解你；你一点儿都不需要对我解释任何事情；"然后对另一个人说，"我要深入到亨利内心的最深处。"我说，"我相信你的脑袋不会撞到底。"……花儿最有吸引力的东西就是它们那美丽的含蓄。最美丽和高贵的把他的爱放在无限的距离之外，这样它就会前所未有地吸引他。【J 5: 263—65】

[52] 滑稽地模仿童谣《这是杰克造的房子》（*This is the house that Jack built*）。
[53] 北方鹞（鸡鹭Circus cyaneus）的英语名，在美洲亦称沼泽鹰（marsh（转下页）

|访|客|

我有比鹧子更令人快乐的访客。孩子们来采莓,铁路工人穿着干净的衬衫星期天上午来散步,渔夫和猎人,诗人和哲学家,简而言之,所有诚实的朝圣者,他们到森林里来寻找自由,真正把村庄留在后面,我随时准备招呼,——"欢迎,英国人!欢迎,英国人!"[54] 因为我和这类人打过交道。

(接上页)hawk),很少骚扰家禽,而是更喜欢小哺乳动物、两栖动物、爬行类动物和鸟,包括雌松鸡(hen grouse),它也可能因此得名。
54 萨玛瑟酋长(Samoset,卒于 1653 年)就是这样向清教徒移民打招呼的。

豆圃

与此同时,我的豆子,已经种上的豆行的长度加起来,已经长达七英里了[1],豆子迫不及待地等着要锄草,新种的才刚刚下地,最早种的已经长得很高了[2];确实,锄草这事刻不容缓。这种持续和自尊的、小赫拉克勒斯式[3]的劳作到底有什么意义,对此我并不知晓。我开始爱上我的豆畦,我的豆子,尽管我种的已经远远超过我所需要的数量。它们把我和地球连接起来,于是我像安泰[4]一样获得了力量。可是,我种这么多豆子干什么?只有天知道。这是我整个夏天都在忙乎的活计,——地球上这一块地从前只出产洋莓[5]、蓝莓、金丝桃等等,

---

1 梭罗种了两英亩半的豆子,每一行十五杆长,行距七英尺,大约一百四十六行,加起来总长正好是七英里弱。在他1851年6月3日的日记中,梭罗提到了普通的豆子,Phaseolus vulgaris(菜豆),"包括几种藤豆,我种的是其中一种"【J 2: 227】。在这一章中,他具体将它们确认为"普通的小白藤豆"。爱德华·爱默生说豆圃的位置在"林肯路和林间小路之间那个方块里"——今天二号路和一二六路的交界处——梭罗家房子的东面【爱德华·爱默生致哈利·麦格劳(Harry McGraw),1920年10月22日】。

2 梭罗在他1845年7月7日的日记中提到了豆子,所以他肯定是在住到瓦尔登湖之前就已经在春天种上了豆子,尽管进入夏天以后他还在接着种豆。

3 小赫拉克勒斯式(Small Herculean)是爱默生在《梭罗》中写下这一段时抱怨过的一种自相矛盾的文学手法:"一个现实主义者在事物中发现与其现象相反的习惯,使他倾向于把所有的论点都放在悖论中。某种对抗的习惯损坏了他早期的作品,——用截然相反的东西代替明显的词汇和思想,他后期的写作还没有完全摆脱这种修辞法。他赞赏旷野山岭和冬天森林的室内气氛,在雪和冰中他能发现燥热,称赞旷野像罗马和巴黎。"梭罗在日记中将这个手法列为一种错误:"吊诡,——说正好相反的话,——一种可以模仿的风格。"【J 7: 7】

4 希腊神话中,一个每碰到他的大地母亲就变得更加强大的巨人。他被赫拉克勒斯打败,赫拉克勒斯把他举起来,使他失去和大地的联系,然后把他捏死了。

5 玫瑰属植物。

甜蜜的野果和旖旎的花朵，现在却只生长出这种菜豆[6]。我应当如何了解豆子，豆子该如何了解我[7]？我珍惜它们，我为它们锄草，早晚我都会看望它们；这是我一天的工作。它精致的宽叶[8]很好看。我的帮手有露水和雨水，浇灌着这块干涸的土地，虽然大部分土地都是贫瘠的，这块土地却十分肥沃。我的敌人是虫害、冷天，而最大的敌人是土拨鼠。土拨鼠啃光了我整整四分之一英亩的庄稼。不过，我有什么权利清除金丝桃和其他植物，摧毁它们自古就有的菜园呢？不过，用不了多久，剩下的豆子对土拨鼠来说就太老了，会继续碰到新的敌人。

我记得很清楚，我四岁那年[9]，大人把我从波士顿带到了我出生的这个小镇[10]，就经过了这同一片树林和这同一块地，到了湖边。这是铭刻在我记忆中的最早的景象之一。今天晚上，我的笛声[11]就在这同一片湖水上回响。年龄比我还大的松树依然挺立；有一些树倒了，我就用它们的树桩煮我的晚饭，而新的小树在四处生长，为新一代儿童的眼睛准备又一种景观。在这片牧场里，差不多同样的金丝桃从同一束宿根中蔓生出来，我终于能够帮着装点我儿时梦境中那一片绝妙的风景，而我的存在和影响的结果，也能在这些豆叶、玉米叶和土豆藤上清晰可见。

---

6 Pulse，豆科植物的可食种子，如豆子、鹰嘴豆、扁豆等，亦用作双关语，pulse 也有脉冲、跳动之意。

7 呼应莎士比亚的《哈姆莱特》2.2.536："赫卡柏对他意味着什么，他对赫卡柏又意味着什么……？"

8 双关语，叶（leaf）和页（page），作为一个作家，也是他一天的工作。

9 1845 年 8 月的一则日记中，梭罗提到他第一次访问瓦尔登湖"是在二十三年前，我五岁的时候"【J 1: 380】。

10 梭罗于 1817 年 7 月 12 日生于康科德。他的家庭在波士顿南城短住以后，于 1821 年 9 月至 1823 年 3 月住在波士顿的平克尼街 4 号。

11 梭罗、他哥哥和父亲都吹笛子。富兰克林·桑伯恩在《梭罗其人》中写道，"亨利最喜欢的乐器是笛子，在他之前，他父亲也吹笛子；有时候，他姐姐或妹妹会用钢琴为他伴奏；但聆听它牧歌旋律最好的地方是在山坡上，山林边或者小溪畔；爱默生在那些前往山崖或瓦尔登湖的远足中，很喜欢这些乐曲，在音乐家年轻时，经常有这样的远足。"梭罗常常带着他的笛子来款待阿尔科特家的女孩们。他死后，路易莎·梅·阿尔科特（Louisa May Alcott, 1832—1888）回忆起这些日子，在 1863 年九月的《大西洋月刊》（*Atlantic Monthly*）上发表了一首诗，《梭罗的笛子》（*Thoreau's Flute*）。

我种了大约两英亩半的坡地；由于离这片地最初开垦出来只有十五年，而我自己也挖出了两三捆的树桩，我并没有给地里施肥；但是，整个夏天里，从我锄草时挖出的箭镞[12]来看，在白人来这里开垦土地之前，一个已经灭绝的部落从前也在这里居住过，种植过玉米和豆子，于是，从某种程度上说，已经使这里的土壤地力耗尽，不适合于种玉米和豆子了。

在任何土拨鼠或松鼠还没有跑过路面，或者太阳尚未照到矮栎之上，当露水正浓时，尽管农夫们警告我不要这么做，——我建议如果有可能的话，还是应该在露水干掉之前把活儿干完[13]，——我就开始铲平我豆圃里那一行行茂盛的野草，把土撒落在它们头上把它们盖起来[14]。清晨时分，我光着脚干活，像一个立体雕塑艺术家[15]一样在挂着露水的松软沙地里行走，不过，再晚些时候，太阳就会把我的脚烫出水泡。我就在大太阳底下锄着草，来来回回地慢慢走过那满是黄色砾石的坡地，在长长的绿行之间，每一行有十五杆长，一头在矮栎丛那里，我可以在树荫下休息一下，另一头在一片蓝莓地里，等我再锄了一个来回时，青绿的蓝莓颜色已经又加深了一层。锄掉杂草，把新鲜的土培在豆根周围，鼓励我种植的这种植物[16]，让黄色的土壤用豆叶和豆花而不是用艾蒿[17]、茅草[18]或粟草[19]来表达它的夏日情怀，让地球说"豆子"而不是野草，——这就

---

12 梭罗去世时，搜集了大约九百件美国土著工艺品。

13 1845 年 7 月 16 日，梭罗和阿列克·塞里恩讨论了这个问题："塞里恩今天早上（7月 16 日，星期三）说，'如果那些豆子是我的，我会等到露水干了再给它们锄草。'他正要去伐木。'啊！'我说，'这是农夫们的一种观念，但我不相信它'。"【J 1: 367】

14 典故来自圣经中的哀悼的象征，见《约伯记》2: 12（"把尘土向天扬起来，落在自己头上"）和《耶利米哀歌》2: 10（"他们扬起尘土，落在头上"）。

15 A plastic artist，一个从事三维立体艺术如雕塑和陶瓷的人。

16 梭罗在这里质疑"野草"（weed）一词的通常用法，尽管后来他在日记中将它定义为"不能开出漂亮花朵的野生草本植物"【J 9: 59】。

17 罗马艾草（Roman wormwood）或豚草（ragweed，学名 Ambrosia artemisioefolia）。

18 茅草（Piper grass）：匍匐冰草（quack grass，学名 Agropyron repens）和细茎冰草（slender wheat grass，学名 Agropyron trachycaulum）。

19 梭罗在他 1858 年 8 月 25 日的日记中写道："金色狗尾草（Setaria glauca），绿灰色的藤草（glaucous panic grass），金狗尾草（bottle grass），有时候也叫狐狸尾巴（fox-tail），黄褐色，要下种了，霍尔太太的花园。绿色狗尾草（Setaria viridis），绿色的（转下页）

是我每天的工作。由于我没有牛马、雇工或改良农具来帮忙,因此,我的进度很慢,而我和我的豆子的关系也就变得更加亲密。不过,用双手劳作,尽管到了近乎苦工的边缘,但总还是强过最坏的懒惰吧。劳动中有一种持久不朽的道德,对学者来说,更有一种经典的韵味。在那些穿过林肯和韦兰德[20]、天知道他们要到西面什么地方的旅客看来,我是一个勤劳的农民[21];他们悠闲舒适地坐在他们的轻驾两轮马车[22]里,胳膊肘支在腿上,任由缰绳松松地很潇洒地悬挂着;而我是滞留家中、在土地上勤劳耕作的本地人。但是,他们很快就看不见也想不起我的家园了。大路两边,很远一段距离内,这是唯一一片开垦了的土地;于是他们就尽情饱览;有时候,我在地里干活时,还能听到旅客们作出闲谈和评论,他们本来不想让我听到这些闲谈和评论:"这么晚才种豆角!这么晚才种豌豆!"——因为别人已经开始锄草了,我还在继续播种,——可那位牧师农夫[23]却没有想到这一点。"那是玉米,小家伙,是饲料;玉米是给牲口吃的。""他住在这儿吗?"穿黑大衣戴蓝帽子的人问道;满面风霜的农民拉住那匹和善的驮马[24]的缰绳,说:你怎么回事啊,菜畦里没有施肥,并建议我加一点碎木屑[25],或者是任何废料,要么加点儿草木灰或者石灰。可是我的菜畦有两亩半地,而我的工具只有一把锄头,拉手推车的也只有两只手,我又很讨厌别的车子和马,加之碎木屑又在很远的地方。有些旅客坐在马车里吱吱嘎嘎地驶过时,高声把我这块地和他们路过的其他田地作比较,于是我就知道我在农业世界里地位如何。这块地还登不上科尔曼先生的农业报告。顺便提一下,大自然在那些未经人类垦殖改良的更蛮荒的土地里长出的产品,谁来估计它们

(接上页)狗尾巴草(green bottle grass),在花园中,有些快下种了,但比上一种晚一些。我称两种草为粟草(millet grass)。"【J 11: 124】

20 穿过瓦尔登湖的路,现为 126 号公路,从康科德通往林肯和韦兰德。

21 Agricola laboriosus,拉丁语,勤劳的农民。

22 Gigs,一匹马拉的轻便的两轮马车。

23 亨利·科尔曼牧师(Rev. Henry Colman,1785—1849)从 1838 年到 1841 年发表了四次农业调查的系列报告《马萨诸塞州农业报告》(*Report on the Agriculture of Massachusetts*)。

24 Dobbin,马,尤指农业用马,尽管有时候也用来指一匹静静慢行的马。

25 Chip dirt,从伐木或锯木的地方而来的碎片或木屑。

的价值呢？**英国牧草**[26] 的价值被人仔细衡量，计算其湿度和硅酸盐和钾肥的含量；但在树林、草原和沼泽中所有的山谷和水洞里，生长着丰富多样的植物，只是没有人去收获它们而已。实际上，我的庄稼是野生的蛮荒之地和开垦了的种植田地之间的纽带；就像有的国家是文明的，其他一些是半文明的，另外又有一些是野蛮人或野蛮的一样，我的地是半开垦的土地，我这样说丝毫不带任何贬义。豆子快乐地回到我所创造的蛮荒和原始状态，我的锄头为它们演奏着牧歌[27]。

附近，在一株桦树顶上，一只棕色嘲鸫唱了一个早上，有些人也喜欢称它们为红画眉，这种鸟喜欢人的陪伴，如果你的地不在这里，它就会找到另一个农民的地。你播种的时候，它唱道，"撒下去，撒下去，——盖起来，盖起来，——拔起来，拔起来，拔起来。"不过我这儿种的不是玉米，所以我不怕它这样的敌人。你可能会纳闷，它这些胡言乱语，它在一根弦或二十根弦上奏出的业余帕格尼尼[28]式的演奏和你的播种有什么关系，不过你还是更喜欢听它歌唱，而不是去拾掇湿草灰[29]或石灰泥。可它是一种我完全信任的价廉物美的追肥[30]。

当我用锄头往豆行上培更新鲜一点的土时，我打搅了那些旧岁时先民的遗骨，他们曾经在这一片天空下居住过，却没有留下记载，他们的小武器和狩猎

---

[26] 不同的进口植物，如梯牧草（timothy）、小糠草（redtop）和苜蓿（clover），在美国当作种子来培养，被称为英国草（English hay），以区别于收获来仅供床铺所用的更廉价的草甸草（meadow hay）。

[27] 瑞士唤牛的牧歌，更常见的拼法是 Ranz des Vaches，可能具体指弗里德里希·冯·席勒（Friedrich von Schiller, 1759—1805）1804 年的《威廉·退尔》中的《牧歌》(*Ranz des Vaches*)，亦见于查尔斯·蒂莫西·布鲁克斯（Charles Timothy Brooks, 1813—1883）的《译自乌尔德、奎纳和其他德国抒情诗人的歌曲和民谣》(*Songs and Ballads, Translated from Uhland, Korner, and Other German Lyric Poets*, 1842)，是乔治·里普利的《外国标准文学选》(*Specimens of Foreign Standard Literature*) 中的第十四卷。

[28] 尼科洛·帕格尼尼（Niccolò Paganini, 1782—1840），意大利小提琴家、作曲家，因能在单弦上奏出整个段落而著称。

[29] Leached ashes，湿灰，用作表土。

[30] Top dressing，一层铺在土壤表面、不再覆盖的肥料，通常在植物植根以后追施。

用具也在我的锄头下重见天日。这些东西和其他天然石头埋藏在一起，有些带有被印第安人的篝火焚烧过的痕迹，有些带着被太阳炙烤的痕迹，旁边还混杂着近来开垦这块土地的人带来的陶器和玻璃。我的锄头碰在石头上叮当作响，这样的音乐[31]在林中和天上回响，为我的劳动伴奏——我的劳动即时出产了价值无法估量的产品。我锄的不是豆子，锄豆子也不再是我；我带着怜悯和骄傲想起我那些去城里看清唱剧的朋友们——如果我还有闲心想得起他们来的话[32]。有时候，我会好好干上一整天的活，在晴朗的下午，夜鹰[33]在头顶上盘旋——它像是眼中的尘埃，或者是天堂的眼中的尘埃[34]，时不时向下俯冲，发出的声音，犹如将天幕撕裂得支离破碎，然而天空却依然完好地覆盖着一切；有些小鹰在空中飞翔，在裸露的沙滩或山顶上无人发觉的地方下蛋；它们像树叶一样被微风卷起在空中飘飞，又像湖中激起的涟漪那样优雅、纤瘦；大自然中就是有这样千丝万缕的联系。雄鹰掠过和视察着波浪，而雄鹰便是波浪在空中的兄弟，他那完美的翅膀在空中飞翔，就像大海那强大的翅膀一样的波浪，只不过大海的翅膀上没有羽毛而已。有时候我凝视着两只鸡鹰[35]在空中高高飞旋，轮番升降，彼此靠近然后又飞离对方，就像它们是我思想的化身[36]。或者野鸽子

---

31 梭罗在周围的声音中发现音乐。就像他在日记中写的："去了霍顿沼泽（Holden Swamp），聆听风在树顶上咆哮……我觉得，这是比歌剧还动听的音乐。它让我想起暴风雨中，电线在我们从下面走过时发出的粗粝的呼啸声。"【J 5: 492】梭罗在另一则日记中写道："最平常和廉价的音乐，比如狗吠，在新鲜和健康的耳朵听来，能够产生和最罕见的音乐一样的效果……让这些廉价的声音成为我们的音乐，强似我们拥有最罕见的音乐耳朵。很多次，我晚上躺在床上回想着很久以前听到过的狗吠，全身心重新沐浴在那些声波中，就像一个常听歌剧的人躺在床上回想他听过的音乐。"【J 10: 277】
32 "一个人不去听清唱剧和歌剧也不会损失什么"【J 2: 379】，梭罗在他 1851 年的日记中写道。"我的职业是……听大自然所有的清唱剧和歌剧。"【J 2: 472】
33 小夜鹰（Chordediles minor），夜鹰科（goatsucker family）的一种，既不是鹰（hawk），也不是夜间动物，北美夜鹰（whippoorwill）的近亲。繁殖季节，雄鹰下飞后再往上升腾时，翅膀会发出低沉有力的声音。
34 莎士比亚的《提图斯·安东尼卡斯》(*Titus Andronicus*)、《错中错》(*The Comedy of Errors*) 中对太阳的称呼。
35 任何大鹰（hen-hawk）的称呼，但特指红尾鵟（red-tailed hawk，学名 Buteo jamaicensis）。
36 Imbodiment，同 Embodiment。

从这片树林飞往另一片树林，带着微微颤抖的颠簸的声音和急促，吸引了我的注意力；或者从腐烂的树根下，我的锄头挖出了一只带着华丽夸张的斑点的蝾螈，像是埃及和尼罗河的一缕痕迹，却又和我们生活在同一个时代。我停下来靠在我的锄头上，我在豆行间到处听到这些声籁，看见这些景致，这是乡村生活给予我们的无穷乐趣的一部分。

节日里[37]，镇里鸣炮庆祝，回声像儿童玩具气枪一样在这些树丛中回荡，军乐的片段，偶尔还能隐隐约约传到这么远的地方来。我远在镇另外一头的豆地里，长枪听起来像是一只马勃菌[38]爆裂了；假如有什么军事行动，而我又不知道底细时，我那天一整天就会有一种模糊的感觉，好像马上要得某种瘙痒或疾病，就像那里有什么疹子即将发作，或者是猩红热[39]，或者是溃疡皮疹[40]，直到终于有更顺畅的一团风，从田野中飞越过韦兰德路[41]，告诉我不过是士兵们正在操练而已[42]。远远听去，就像哪个人的蜜蜂蜂拥而出，而他的邻居，听从维吉尔的建议，敲打着他们最响亮的锅碗瓢盆，发出叮叮当当的声音[43]，努力呼唤蜜蜂们再回蜂巢[44]。当声音完全消失，嗡嗡声停止了，最顺畅的

---

[37] 康科德庆祝两个节日，1775 年 4 月 19 日那里发生的战斗的周年纪念日，和 7 月 4 日独立日。

[38] 一种产生孢子的菌类（马勃目 -order Lycoperdales），击打成熟的马勃时，从中会飘出云状的孢子，发出空洞的声响或回声。

[39] Scarlatina，猩红热（Scarlet fever），特征是猩红色的皮疹和高烧。爱默生五岁的儿子沃尔多 1842 年死于此病。

[40] Canker-rash，一种猩红热，特征是喉部溃疡或腐烂。

[41] 韦兰德路（Wayland road），康科德和南面小镇韦兰德之间的一条路。

[42] Trainers，民兵中接受军事训练的"训练团"。

[43] Tintinnabulum，钟声敲响或叮呤作响。维吉尔诗中最接近 tintinnabulum 的词是《田园诗》中的 tinnitusque（叮叮作响的铙）。

[44] 民间相信敲锅碗瓢盆能够把蜂拥而出的蜜蜂重新唤回蜂巢中去。托马斯·维尔德曼（Thomas Wildman，卒于 1781 年）的《论蜜蜂管理》(The Management of Bees) 中包括了一段对这种技术的简单介绍："当蜂群中的一群飞得太高时，往它们中扔几把沙子或尘土，能够让它们降下来，让它们安静下来；或许蜜蜂误以为这是下雨了。通常还能同时敲一只壶或锅；从观察所见，这可能是因为雷声提醒还在野外的蜜蜂们归巢。"典故也可能来自维吉尔《田园诗》(Georgics) 中叮当作响的铙的典故。

风也不再叙说任何故事时,我知道他们已经把最后一群嗡嗡叫的蜜蜂安全地赶回了米德尔塞克斯郡的蜂巢里,现在,他们的注意力便集中在涂满蜂巢的蜂蜜上了。

知道马萨诸塞州和我们祖国的自由被这样安全保卫着,我感到很自豪;我接着锄草时,心中充满了无法表达的自信,我带着对未来平静的信赖,快乐地继续耕作。

当几支乐队同时演奏时,整个村庄听起来像一只巨大的风箱,所有的建筑都响亮地轮番张合。但是,有时候也有一缕真正高尚和激昂的乐声传到这片树林里来[45],那是颂扬功名的号角,让我觉得我能痛快地刺穿一个墨西哥人[46],——难道我们总是该忍气吞声吗?——我于是环顾四处,想找到一只土拨鼠或臭鼬来展示我的勇武精神。这些好战精神似乎能够回溯到遥远的巴勒斯坦,再加上村庄上空高悬的榆树[47]发出的轻拂和颤动,让我想起地平线上十字军的征战。这是那种**伟大的**日子中的一天;尽管从我这块空地上看去,天空依然是它每天呈现的永恒的美丽,我看不见任何寻常之处。

我和豆子建立的长期关系是一种独特的经历,所有这些种植、锄草、收获、脱粒、采摘、出售,——最后一项最难,——我可能还得加上品尝,因为我确实尝过。我决心知豆[48]。它们生长时,我从早上五点到十二点钟锄草,这一天剩下的时间通常便不再干别的事情。想一想一个人和不同的野草建立的那种亲密和奇怪的关系,它真的值得载入史册,因为其中的劳动确实非同小可,锄草的人如此无情扰乱野草那脆弱的组织,用他的锄头作出如此不公平的区别,将一个种类全部铲平,同时又刻意培植另一个种类。这是罗马苦艾,——那是苋

---

45 典故来自 1648 年发表的《有关马萨诸塞州居民的通行法律和自由书》(*The Book of the General Lawes and Libertyes Concerning the Inhabitants of the Massachusetts*)。

46 墨西哥战争(The Mexican-American War, 1846—1848)爆发于梭罗居住在瓦尔登湖期间。这里的双关语既包括激昂地刺杀或刺穿敌人,也有烹饪之意,在火前带着好佐料用铁棍穿着食物炙烤;类似于《室内取暖》中"我有时候痛快地吃下一只烤肥鼠"。

47 尽管它们如今已经因荷兰榆树病(Dutch elm disearse)灭绝,在梭罗时代,大部分康科德街道旁都是榆树。

48 新英格兰常常用来形容无知的谚语"他数不清豆子"(He doesn't know beans)反过来的说法。

草，——那是酢浆草，——那是茅草，尽情折腾它吧，把它们拦腰砍断，把它翻得根须朝上暴晒在太阳底下，不让它有一根纤维躲在荫凉之处，如果你让它有一丝荫凉，用不了两天它就会翻过身来，像青葱一样碧绿青翠。这是一场持久战，只不过敌人不是仙鹤，而是杂草，而那些特洛伊人还有太阳、雨水和露珠为他们一方助阵。每天，豆子们看着我扛着锄头来拯救它们，削弱它们的敌人的有生力量，砍掉的杂草填满了沟壑。很多健壮的赫克托尔，挥舞着头顶的武士羽毛[49]，曾经比他蜂拥的同伴们高出整整一英尺，现在却倒在我的武器之下，在尘土中翻滚[50]。

那些夏天的日子，当我的有些同代人专注于波士顿或罗马的艺术，一些人专心于印度的冥想，其他人专注于伦敦或纽约的贸易时，我和新英格兰的其他农民一样，就这样专心务农。倒不是我要种豆子来吃，因为就豆子来说，我天然就是毕达哥拉斯派[51]，不管它们是用来煮粥还是用来选举计数[52]，我却只用它们来换大米；但是，或许有些人必须在田野里耕作，哪怕只不过是为了比喻和表达，以备有朝一日某个写寓言的人可以引用。总体来说，种豆是一种不常见的娱乐，如果持续时间太长，可能会成为一种浪费。尽管我没有给豆地施肥，而且没能适时给它们锄草，但我觉得我锄得相当好，最终也得到了很好的回报。"事实真相是，"伊夫林说，"与其堆肥或沤肥[53]，不如持续松土，翻挖[54]，用铁锹翻动土壤。"[55] 他在别处补充说，"土壤，特别是新鲜土壤，其中有某种磁

---

49 赫克托尔是国王普里阿摩（Priam）和赫卡柏（Hecuba）的儿子，最勇敢的特洛伊武士。

50 典故来自荷马的《伊利亚特》22.403（亚历山大·蒲柏译文）："他终于在尘土中翻滚。"

51 古代哲学家、数学家毕达哥拉斯（Pythagoras，约公元前580—500年）的追随者，毕达哥拉斯告诫其弟子不食豆类。不过，约瑟夫·霍斯默描述1845年9月在瓦尔登和梭罗一起吃的一顿饭时，提到了豆子："我们的菜谱包括烤角鲶、玉米、豆子、面包、盐等。……豆子是事先煮好的。"

52 豆子在古代被用来计算票数。

53 Lætation，肥料。

54 Repastination，再次翻挖。

55 这一段和下一段均引自约翰·伊夫林的《土壤：地球的哲学过程》(*Terra: A Philosophical Discourse of Earth*，伦敦，1729)，14—16页。

力，土壤用它来吸引给予它生命的盐、活力或养分（这两个名称都可以），我们坚持在这里劳作、翻耕，为的是能够维持我们的生命；所有粪肥和其他肮脏的混合物，都不过是为了代替[56]这种用翻挖改善土地肥力的做法。"此外，肯内尔姆·迪格比爵士[57]肯定会认定这片土地是"正在享受休耕的耗尽了地力"的土地，因此，它能够吸引空气中的"生命力"。我收获了十二蒲式耳的豆子。

不过我还是更详细地列出我的开销，因为有人抱怨科尔曼先生主要报告的是乡绅们昂贵的试验，我的成本是：

锄头	$0.54
犁地，耙地，挖畦	7.50，太贵了[58]
豆种	3.12½
土豆种	1.33
豌豆种	0.40
萝卜种	0.06
搭乌鸦篱笆用的白线[59]	0.02
马拉的播种机，雇男孩三小时	1.00
拉收成的马和马车	0.75
总计	$14.72½

---

56 Vicars succedaneous，与代替有关，或作为代替品。

57 肯内尔姆·迪格比爵士（Sir Kenelm Digby），英国哲学家、自然学家，1661年发表了《植物生长志》(Discourse Concerning the Vegetation of Plants)，尽管梭罗的记录表明他是在约翰·伊夫林的《土壤》一书中读到迪格比："在肯内尔姆·迪格比关于交感神经粉的讨论中，他确认了，土壤在休耕期间，通过从空中吸引空气中的生命力和那些优良的照射来恢复其活力，这些照射为简单的地球提供了利于发芽的要素。"

58 根据罗伯特·格罗斯《最大的豆地骗局：梭罗和农业改革家》(The Great Bean Field Hoax: Thoreau and Agricultural Reformers, 1985)，梭罗只付了通行价格的一半。

59 White line for crow fence，一条围绕一片地的白线，用作稻草人。

我的收入是（大手笔应当有出售的习惯，而不是购买的习惯）[60]：

卖掉九蒲式耳十二夸脱豆子	$16.94
五蒲式耳大土豆	2.50
九蒲式耳小土豆	2.25
草	1.00
秸秆	0.75
总计	$23.44

结果如我在别处所说[61]，有八美元七十一美分半的盈利。

这是我种豆经历的总结。大约六月一日前后种下常见的小白菜豆，垄宽三英尺，垄距十八英寸，小心选择新鲜圆润没有混杂的种子。首先要当心虫子，缺苗的地方要补播种子。然后要当心土拨鼠，如果有地方豆苗露出来了，它们马上就会把最早冒头的嫩叶差不多全部啃光；等新藤开始长出来时，它们也会留意到，然后像松鼠那样坐着，连花苞带嫩豆角全部啃光。但至关重要的是，如果你想逃脱霜冻，有个过得去的销路不错的收成，你就应当尽早收割，这么做你就能够减少一些损失。

我还有了更深刻的教训。我对自己说，明年夏天我不会花这么大力气去种豆子和玉米了[62]，如果这些种子没有失传的话，我想播下像真诚、真理、简约、信仰、纯真这样的种子，看看它们能否在这片土地上生长，哪怕耕作和肥料不太充裕，也能够滋养我，因为这片土地生长这些庄稼的地力并没有完全消耗掉。啊！虽然我是这么对自己说的，但又一个夏天过去了[63]，然后一个又一个夏天都过去了，我却不得不告诉你，读者，我种下的种子，如果它们确实是这些美德的种子，已经被虫子啃啮了，或者失去了生命力，所以都没有能生长出来。通常，人们是肖其先辈的，先辈勇敢他们就勇敢，先辈怯懦他们就怯

---

60 出自加图的《农业志》2.7: "patrem familias vendacem, non emacem esse oportet"。
61 在《简朴生活》一章中。
62 梭罗在他 1845 年 8 月的日记中写道："我以后夏天不种豆子了。"【J 1: 382】
63 典故来自《耶利米书》8: 20: "麦秋已过，夏令已完，我们还未得救。"

懦。几个世纪以前，印第安人种植玉米和豆子，并且教会了第一批殖民者，而这一代人注定要在每一个新的一年里，就像印第安人种植玉米和豆子，就像是命中注定一样。我那天看见一位老人，令我惊奇的是，他在用一把锄头挖洞，至少挖了七十次，而且挖的并不是为了让自己躺进去的坟墓！但是，难道新英格兰人就不能尝试新的冒险，而不要这么过分地强调他的谷物、土豆和牧草的收成，和他的果园吗？——除这些庄稼以外，再种些其他庄稼？为什么这么关心我们的豆种，而一点儿都不关心新一代的人？当我们碰到一个人，我们确信能够看到我提到的那些美德，我们对它比对其他那些产品都要珍视，但大部分美德都只是在空气中扩散和飘浮着，现在却已经在他身上扎根成长了，我们应当感到满足和高兴。比如说，现在就有这样一种微妙和难以言说的品德，比如真理或公正，尽管它数量微小，或者是一种新品种，但它终归是沿着大路走来了。应当指示我们的大使们把这样的种子输送回国[64]，由国会帮助他们把种子分发到全国各地[65]。我们永远不应当用客套应对真诚。如果拥有高贵和友好的种子，我们就不应当用我们的卑劣来互相欺骗、侮辱和排斥。我们不应当这样彼此匆忙擦肩而过。大多数人我是无缘见面的，因为他们似乎没有时间；他们在忙着种自己的豆子。我们不要和这样一个整天埋头干活的人打交道，他在劳作之间，把锄头或铁锹当作拐杖倚靠着，不像一只蘑菇，只是部分地从泥土中长出来，一个直挺挺的东西，就像燕子落下来在地上行走：——

> 当他说话时，他的翅膀会时不时
> 伸展开来，有将飞之意，旋即合上，[66]

---

[64] 起源于驻英国的本杰明·富兰克林（Benjamin Franklin）和驻法国的托马斯·杰佛逊（Thomas Jefferson），两者都搜集种子用于在美国推广，他们此举得到约翰·昆西·亚当斯（John Quincy Adams，1767—1848）的支持，亚当斯政府指示所有领事搜集稀有植物和种子给华盛顿，以供推广。

[65] 1839年，国会为美国专利局管辖的国会种子推广项目投资一千美元，为任何索要种子的人增加免费种子的分量。

[66] 引自弗朗西斯·夸尔斯（Francis Quarles，1592—1644）《牧羊人的预言》（*The Shepherd's Oracles*）中的第五首牧歌。

这样我们会疑心我们是在和天使对话。面包不一定总是能给我们提供营养；但它永远对我们有利，当我们不知道什么东西使我们生病时，它甚至能够消除我们关节中的僵硬，帮助我们认识到人类或自然中的任何慷慨，分享所有纯粹而崇高的快乐。

至少，古代的诗歌和神话都认为农业曾经是神圣的艺术；但我们带着不敬的仓促和粗心大意从事农业，我们的目的仅仅是为了拥有大农场和好收成。除了牛市和所谓感恩节以外，我们没有节日，没有游行，没有仪式，这一切本来可以让农民表达他的使命的神圣性，或者提醒他想起它神圣的来源。如今诱惑农夫的只是奖金和美餐。他不向谷神星刻瑞斯和人间的朱庇特[67]献祭，而是向冥界的财神普路托斯献祭[68]。由于贪心和私心，由于一种我们无人能够幸免的贪婪习惯，我们将土地当作财产，或者主要是用来获得财产的手段，风景遭到了破坏，农业和我们一起退化了，农民过着最卑贱的生活。他了解自然，但仅仅是为了更多地掠夺自然。加图说，农业的收益是特别神圣或公正的（maximeque pius quaestus）[69]，根据瓦罗的说法[70]，古罗马人称"以同样的名称称呼地球母亲和刻瑞斯，认为那些耕作土地的人过着一种虔诚有用的生活，只有他们才是农神萨图恩[71]一族留下的唯一后裔"。

我们常常忘记，太阳一视同仁地看顾着我们的耕地、草原和森林[72]。它们都一样反射和吸收太阳的光线，太阳每天行程中那幅伟大的图景中，耕地只占很小的一个部分。在太阳眼中，地球就像一个四处都同样得到耕种的花园。因

---

[67] 罗马地神（The Terrestrial Jove），这么称呼是为了将他和冥王普鲁托（Pluto, the Infernal Jove）区别开来；亦称朱庇特，相当于希腊的宙斯神。

[68] 希腊的农业财富之神（Plutus），但因为梭罗用了"地界"一词，亦可能指冥界之王普鲁托（Pluto）。

[69] 拉丁语：maximeque pius quastus，出自加图的《农业志》简介。

[70] 马库斯·特伦提乌斯·瓦罗（Marcus Terentius Varro，公元前116—27年），罗马学者、七十部作品的作者，其中只有《论农业》（Rerum Rusticarum）完整地保留到今天。

[71] 梭罗翻译的瓦罗《论农业》3.1.5。罗马神话中的萨图恩（Saturn）是农业和植被之神（god of agriculture and vegetation）。

[72] 典故出自《马太福音》5: 45："因为他叫日头照好人，也照歹人；降雨给义人，也给不义的人。"

此，我们应当以同样的信任和气度来接受它的光和热。不过，即使我珍视这些豆种子，并且在秋天时收获它们，那又怎么样？这一大片土地，我看管过这么久，它却没有把我看作主要的耕作者，而是更加期盼那些浇灌它、使它青翠、更有助于它生长发育的影响因素。这些豆子还有别的收成，无需我来收获。难道它们不是有一部分喂了土拨鼠吗[73]？麦穗（拉丁语 spica，旧体为 speca，词根为 spe，希望），不应当是农民的唯一希望；它的颗或粒（granum，由 gerendo

---

[73] 梭罗的朋友、经常访问瓦尔登湖的约瑟夫·霍斯默在他的文章《亨利·D. 梭罗》中写道：

> 他的哲学的一个原则就是，只要能够避免，就不要夺去任何能够呼吸的动物的生命；但是，允许土拨鼠和兔子来毁掉他的豆子，还是反击，现在变成了一个严重的问题。
>
> 他决定反击，弄来了一个铁陷阱，不久就逮到了一只"庄园出身"的可敬的老家伙，它在这里一直享有无可争辩的所有权。
>
> 把所有豆子的敌人关了几个小时的"禁闭"以后，他用脚踩在陷阱的弹簧上，让它跑了——希望再也不要见到它了。徒劳的幻想！
>
> 几天以后，他从村里的邮局回来，往豆地里看去，让他厌恶和忧虑的是，他看见同一只老灰背消失在豆地外某一片灌木丛里。
>
> 经过侦察，他发现敌人占领了他豆地附近一片灌木丛下的战略要点，挖了一个"散兵壕"来掩护自己，做好了坚决围困的准备。他再次下了陷阱，再次抓住了小偷。
>
> 碰巧，经营猎枪和鱼钩渔线的韦森和普莱特公司的老骑士们正要去"魔鬼的酒吧"钓鱼，带着所有能够将鱼类诱惑进毁灭之途的工具。在"酒吧"里召开了一场战争会议，决定如何处理这只土拨鼠。
>
> 那位德高望重的米德尔塞克斯地主马上做出了决定，以他简洁的方式："把它的脑袋敲了。"
>
> 亨利想，这一招对那个土拨鼠也太狠了；即使是土拨鼠，也有"暂时居住所有者"必须尊重的权利。土拨鼠不是这里最早的居民吗？难道不是他"侵犯"了土拨鼠的"所有权宣告"，摧毁了土拨鼠的家，在废墟上盖了他的"棚子"吗？仔细思考了这件事情以后，他把土拨鼠抱在怀里，带到了两英里以外的地方；在用一根棍子狠狠地教训了它一顿后，他打开了陷阱，再次让它"和平离开"；他再也没有见过它。

而来，结穗）[74]，不是它结出的唯一果实。那么，我们怎么会有坏收成呢？难道我不能同时为丰富的野草感到欣喜吗，因为它们的种子便是鸟儿们的粮仓。相形之下，田野里的收成能否填满农夫的仓库，实在是无足轻重。真正的农夫不会焦虑，就像那些松鼠，根本不关心树林今年会不会结栗子；他只是忙着完成每天的劳作，却又放弃对他的田野中的产品的所有权，在他的头脑里，他既奉献第一次[75]收获的果实，也奉献最后一次收获的果实。

---

[74] 典故来自瓦罗的《论农业》1.48.2—3："谷物的名字于 gererre；因为种子播下后，穗才可以'结出'果实。……不过，农民们用老式的称呼称作 speca 的谷穗，其名字似乎来自 specs：这是因为他们希望（sperant）让它长出他们种下的东西。"

[75] 根据《出埃及记》23：19 中的规定，地里首先的出产必须按《圣经》规定奉献给上帝："地里首先初熟之物，要送到耶和华你神的殿。"

村　庄

　　上午锄草后，或许读书写作之后，我通常在湖里再洗一次澡，然后游过湖中一片小水湾，从身上洗去劳动的灰尘，或者抚平学习留下的最后一道皱纹，整个下午，我就完全自由了。每隔一两天，我走到村里，去听听有些什么不停更新着的八卦闲谈，要么是口头传播，要么是报纸上互相转载，如果按顺势疗法那样只采取微量药剂[1]，实际上，八卦闲谈也会像树叶的沙沙声和蛙鸣一样，令人耳目一新。在林中漫步时，我观看的是鸟儿和松鼠，而在村里漫步时，我观看的是大人和小孩；我听见的不是松林间的风声，而是马车的吱吱嘎嘎。从我的房子那里往一方走去，就能走到河岸一片草甸，那儿住着一窝麝鼠；而在另一方的地平线上，掩映在榆树和梧桐树下的，是一个村庄的忙碌的人们，对我来说，他们和草原犬鼠一样令我好奇，一个个要么各自坐在自己的洞口，要么跑到邻居家去闲谈。我经常去那里观察他们的习性。在我看来，村子就像一个巨大的新闻机构；在一侧，为了维持这个新闻机构，他们就像国家街上的雷丁公司[2]一样，库存着坚果和葡萄干，或者是盐、玉米粉和其他杂货。有些人对前者，也就是新闻的胃口很大，他们的消化器官也非常健康，因此，他们可以一动不动地永远坐在公共场合，让新闻像地中海季风[3]一样从他们身边吹拂而过，或者像是吸了乙醚[4]，只是产生了麻木感和不觉疼痛，——否

1　顺势疗法（Homeopathy），通过在健康人身上引起与诊治的病况极为类似的症状的治疗方法，来治疗这种疾病。由德国医生克里斯蒂安·弗里德里希·塞缪尔·哈尼曼（Christian Friedrich Samuel Hahnemann，1755—1843）创立于莱比锡，顺势疗法的基本原则可以用拉丁谚语 Similia similibus curantur（以类似的方式，类似的护理）来表达。实践中，顺势疗法的剂量很小，经常是微量。这一章是《瓦尔登湖》中最短的一章，梭罗只给村庄的讨论下了一个小剂量。
2　波士顿的乔治·W. 雷丁公司（George W. Redding Company）。
3　The Etesian winds，地中海的风；特别是每年夏天持续四十天的北风。
4　Ether，第一种吸入式麻醉剂，无色、易挥发、易燃、有独特气味的液体，首次应用于1846年。梭罗在1851年看牙医时第一次体验到了这种麻醉剂：　　　　　　　（转下页）

则新闻常常会令人感到痛苦——而又不影响到人的意识。我在村子里闲逛时，总是能看到这样一帮头面人物，他们要么坐在台阶上晒太阳，身体前倾，表情丰富，眼神时不时东看看西看看，要么手插在裤袋里靠着谷仓站着，像希腊古建筑中的女像立柱一样[5]，俨然像是整个谷仓都在靠他们支撑着。因为他们通常是在户外，他们能够听见一切风声。这是最粗糙的磨坊，所有的闲言碎语在里面首先粗粗消化或碾碎一次后，然后才倒进室内更精致细巧的磨斗中。我注意到，村里的主要建筑是杂货店、酒吧、邮局和银行；而且，就像机器有些不可缺少的重要部件一样，镇子里也有一台钟，一门炮，一辆救火车，各自都位于最方便的位置；房屋的安排也是为了充分利用人类的作用，一排一排，互相面对，这样所有的过往旅客都必须承受过人墙的夹笞刑[6]，男女老少每个人都可以揍他一下。当然，那些离巷口最近的人，视野开阔、引人注目，还可以首先冲着人墙里的旅客揍上一拳，为这个位置付出的价格便是最高的；郊外那些零散的居民，打人的队列中开始出现很长的间隔，挨打的旅客也可以翻墙或者拐进牛群的路径，就此脱身的，则仅需支付很低的地产税或窗户

（接上页）那天我吸了醚以后，我开始相信人如何能够和自己的感官完全分裂。别人告诉你，醚会让你失去知觉，但只有亲身经历了，才能想象失去知觉究竟是怎么回事——你离意识的状态和我们所称的"此生此世"距离有多远。这个试验的价值在于，它让你体验到一个生命和另一个生命之间的间隙，——远大于你所旅行过的空间。你是一个没有器官的心灵，——摸索着器官，——如果没有恢复旧的感官，就会产生新的感官。你像地下的一颗种子一样膨胀。你像冬天的一棵树一样，存在于你的根须中。如果你喜欢旅行，吸点儿醚吧；你会旅行到最远的星星之外。【J 2: 194】

5 Caryatides，建筑上用作支柱的披着衣服的女雕像。
6 梭罗可能是从约翰·华纳·巴波尔（John Warner Barber）的《历史集》（Historical Collections）里的汉娜·达斯坦（Hannah Dustan, 生于1657年）的故事这样的资料来源里，了解到了美国土著使用的夹笞刑（gantlet, 有时亦拼作 gauntlet）："夹笞刑由两排印第安人组成，各种性别年龄都有，包括了村里能够召集的所有人员；不幸的囚犯被迫在他们之间奔跑，他们跑过时会被每个人嘲笑和殴打，有时候充当年轻印第安人扔斧头的目标。很多部落经常实行这种残酷的习俗，可怜的囚犯就此倒下的情况并不少见。"梭罗在《在康科德河和梅里迈克河流上的一周漂流》中的《星期四》一章中讲了汉娜·达斯坦的故事。

税[7]。街头巷尾四处都挂着招牌来诱惑他；有些冲着他的胃口，比如酒馆和酒窖[8]；有些是靠花哨，比如干货店和珠宝店；其他则冲着他的头发或脚或衣着，比如理发店、鞋店或裁缝铺。此外，还有一个更可怕的，就是有人站在那里，邀请你访问其中每一家，而这些时候总是会有一群人聚集在那里。大部分时候，我都成功地逃脱了这些险情，要么是像那些亲身挨过夹笞刑的人推荐的那样，勇敢地、毫不犹豫地往前闯，要么是专心思考高尚的事物，像俄耳甫斯那样[9]，"伴着他的七弦琴高声唱着赞美上帝的赞歌，压过了塞壬的声音，逃过了危险。"[10] 有时候我突然狂奔，谁也说不清我的去向，因为我并不怎么在乎是否优雅，钻篱笆的缺口也毫不犹豫。我甚至习惯了闯入[11]一些人家，在那里得到盛情款待，听完了首发的新闻，也听完了最后一次刷新的新闻，譬如有什么风波平息了，战争和和平的前景如何，世界会不会继续维持下去，然后，人们就让我从后门出去[12]，再次逃回林中。

有时候，我在村里滞留得太晚，这时候独自步入夜色[13]，实在是一大乐事，

---

7 罗马的土地法要求将一个人出产的谷物的十分之一、油和酒的五分之一缴纳给政府；英国1696年通过的窗户法是按照一座住所的窗户数目课税。

8 Victualling cellar，一个为陌生人提供食物的地方。

9 在希腊神话中，俄耳甫斯（Orpheus）的音乐有超自然的力量，他的歌唱能够迷惑动物和无生命的物体。尽管郎普利埃的《古典书目》没有特别将俄耳甫斯和塞壬联系起来，罗德的阿波罗尼乌斯（Apollonius Rhodius，约公元前三世纪）在他的《阿尔戈》（Argonautica）第四章中却把他们联系在一起。

10 弗朗西斯·培根《论古人的智慧》31，大概是梭罗的译文。

11 爱默生写过梭罗闯入人家的一次经历："很奇怪，亨利走到一家人家，没有什么前提就讲起他刚刚阅读或观察到的东西，一股脑儿地倾倒出来，不太注意在场的任何人在这个话题上提出的任何评论或想法，不，只不过觉得这些评论或想法打扰了他，当他发言完毕，又猝然离开。"

12 访问爱默生时，从后门出门，可以直接回瓦尔登湖。

13 "很多人白天行走；很少人晚上行走。这是一个截然不同的季节，"梭罗在他1850年的日记中写道【J 2: 41】。他在1851年8月5日的日记中详细阐述道：

夜色渐浓，月色愈明，我开始分辨出我自己，我是谁，我身在何处；我的墙壁收缩时，我变得更加集中、更加安详，更感觉到我自己的存在，就像一盏灯带进了一间黑暗的房间，我能够看见周围都有些什么人。在凉（转下页）

尤其是月黑风高之时，我从某个明亮的村中客厅或演讲室出发，肩上背着一包黑麦或印第安玉米，走向我森林中舒适的避风港，我把外面的一切都捆扎牢靠，带着愉快的思想船队进入舱口，只让我的躯壳来掌舵，一帆风顺[14]时，我甚至把舵都停下来了。"航程之中"[15]，我在船舱一样的小屋[16]的火堆旁有过许多温煦的思想。尽管我经历过几场严重的风暴，但不管天气如何，我从来没有感到忧伤或苦恼。即使是普通的夜晚，森林中也比大部分人想象的要更加黑暗。我经常需要靠看小路上方树中的间隙来判断我的路程，没有车道的地方，要用脚来试探我走出来的隐隐约约的路径，或者用手试探某些已知的特别的树，譬如在最黑的暗夜中，穿过树林中间相互距离不超过十八英寸的两株松树，以此来判断自己的相对位置。有时候，就像今天这样，在一个又黑又潮的晚上回到家中时，我的脚试探着路径，而我的眼睛看不见路，我一路梦想着心不在焉，直到要抬手拉门闩时才惊醒过来：我完全不知道自己是怎么走回来的，我想，即使身体的主人放弃了它，我的身体也会自己回家，就像一只手无需任何帮助也能找到嘴一样。有几次，当一个访客碰巧滞留到了晚上，而碰巧又是一个伸手不见五指的黑夜时，我只好把他带到房子背后的车道，然后给他指出他应当走的方向，告诉他要沿着这个方向走，他应当听从他的脚的指挥，而不是听从他的眼睛。在一个漆黑的夜晚，我就是这样给两个在湖中钓鱼的年轻人指路的[17]。他们住在林中大约一英里

（接上页）爽和温和的银色光线下，我恢复了一些理智，我的思想更加清晰、调和、适度。当一天流过时，才更有可能进行反思。太阳那强烈的光线使我无法沉思，使我心神不定；我的生命过于支离破碎；日常生活占了上风，支配着我们；那时，杂务的力量更大，尤其是正午，一天二十四小时中最琐碎的一个时辰。月光使我清醒。我思考自己。就像给口渴的人的一杯清凉的水。月光比日光更有利于沉思。【J2: 372】

14 原为"平航"（plane sailing），一种忽略地球曲率的航海法，将地球的表面当作一层平面，但在口语中，人们用它来描绘容易或不复杂的过程。

15 梭罗第三次将他在瓦尔登湖的房子称为木棚（cabin），用在前面的航海形象之后，同时也是船上的客舱的双关语。

16 美国《罗伯特·基德船长歌谣》（*Ballad of Captain Robert Kidd*）几段的副歌。

17 可能是乔治·威廉·柯蒂斯（George William Curtis, 1824—1892）和詹姆斯·博乐·柯蒂斯（James Burrill Curtis, 1822—1895），他们1845年时住在林肯路上的霍斯默家。

远的地方，很习惯这条路了。一两天之后，其中一个人告诉我，他们在林中离他们家很近的地方转悠了大半夜，直到天快亮了才到家，到那时候，已经下过几场大雨，树叶很湿，他们全身都湿透了。我听说，夜色浓稠得如俗话说的你能够用刀切、伸手不见五指的时候，很多人即使在村里的街道上也会迷路。有些住在远郊的人，驾着马车来采购时，只好在村里过夜；拜亲访友的绅士淑女们走偏了半英里路，便只顾沿着便道走，不知道什么时候该拐弯了。在林中迷路，无论什么时候，都是一种令人惊奇和难忘的经历，也是一种宝贵的经历。暴风雪中，哪怕是大白天，你也可能走上一条熟知的路，却发现你根本搞不清究竟哪条路通向村里。尽管他知道这条路走过一千次，他却看不出它任何特征，对他来说，这条路就像西伯利亚的一条路那样陌生。当然，到了晚上，就更加复杂了。我们随意行走时，总是下意识地不断地像航海员那样，依靠某些已知的灯塔或海岬来行驶，如果我们越过了正常的航线，我们在自己的头脑中仍然会带着某些临近的海角的印象；直到我们完全迷航，或者是转了向，——因为在这个世界上，一个人只要闭上眼睛转上一圈，就会迷失方向，——我们才会领略到地球的广大和陌生。无论是从睡梦中醒来，或者是从心不在焉的分神中回过神来，每个人都应当重新看看罗盘上的刻度，知道自己身在何处。只是在迷路之后，换句话说，只是在失去世界之后，我们才会开始发现我们自己[18]，才会认识到我们是谁，也才会认识到我们和世界之间的关系是无限的。

第一个夏天快结束时，一天下午，我去村子里的鞋匠[19]那里取鞋，我被抓住投进了监狱，因为，如我在别处所说，我没有向政府纳税，也不承认它的权威，这个政府在它的议会门口[20]像买卖牲口一样买卖男人、妇女和儿童。我搬

---

18 典故来自《马太福音》10: 39: "得着生命的，将要失丧生命；为我失丧生命的，将要得着生命。"

19 身份不明。

20 梭罗几年前停止支付人头税（poll tax），作为对马萨诸塞州参与奴隶制以及后来始于1845年的墨西哥战争的抗议。1846年7月23日或24日（梭罗住在瓦尔登湖的第二个夏天），康科德税务员和狱卒山姆·斯台普斯（Sam Staples，卒于1895年）拦住他，要他交税。梭罗拒绝了，斯台普斯提出自己为他垫付，梭罗不答应，于是他被带往监狱。那天晚上，一个不知名人士把税交给了斯台普斯的女儿。尽管梭罗这时候就该释放了，但斯台普斯已经脱了靴子在火旁休息，于是他决定让梭罗在监狱中（转下页）

到林中居住，本来是为了别的目的。但是，不管一个人去哪里，人们都要用他们那些肮脏的组织机构来追逐和骚扰他，如果可能的话，还要强迫他加入他们那绝望的共济会式的社会[21]。确实，我可能进行更强有力的抵抗，可以与社会"疯狂作对"[22]了；但我情愿是社会跟我疯狂作对，因为社会这一方更加绝望。不过，我第二天就被释放了，取到了我修好了的鞋，回到林中，正好赶上用费尔黑文山[23]上的越橘当晚餐。除了代表州政府的人以外，还没有别的任何人来骚扰我。除了装文件的桌子以外，我没有锁也没有闩，我的门闩和窗户上连钉子都没有。我晚上和白天从来不闩门，哪怕我要出门几天也是如此；在瓦尔登湖居住的第二年秋天，我在缅因林中度过两个星期[24]，也没有锁门。可是，我的房子很受尊敬，就算有一排士兵防守着，也不过如此。疲乏的漫步者会在我的炉火旁休息取暖，文人会用我桌子上的几本书消遣自娱，好奇的人，会打

（接上页）过夜。第二天被释放时，梭罗对那位无名善人的干预很生气。两年半之前，布朗森·阿尔科特也因为拒绝纳税而被捕。梭罗的论文《抵制政府》(Resistance to Civil Government) 最初于 1849 年 5 月发表在伊丽莎白·皮博迪（Elizabeth Peabody，1804—1894）的《美学论文》(Aesthetic Papers) 上，死后以《公民不服从》(Civil Disobedience) 为题收入《一个扬基在加拿大：反奴隶制和改革论文》(A Yankee in Canada with Anti-Slavery and Reform Papers) 中。他也在 1 月 26 日和 2 月 16 日以此为题在康科德学苑发表演讲，在《在康科德河和梅里迈克河流上的一周漂流》中也简略提到了这件事。

21 指兄弟会组织秘密共济会会员独立会（the Independent Order of Odd Fellows, IOOF），其目的是给需要的人提供援助、追求有利于所有人的事业。梭罗在《(将)复乐园》中提到过这个组织："哦，最后一点是我们最需要的，——一群真正的'共济怪人'。"【W4: 299】

22 爱默生在日记中提到梭罗入狱之事，几页之后，他写道："不要跟世界疯狂作对。"（Don't run amuck against the world.）这个词（amok）通过与马来群岛的人贸易的商人传入英语，来自马来语形容词 amoq，意思是疯狂冲撞，肆意滥杀。

23 费尔黑文山（Fair Haven Hill），位于萨德伯里河边（Sudbury River），瓦尔登湖西南面半英里处，是梭罗最喜爱的地方之一，他在 1850 年 5 月 12 日写道："在我所有的漫游中，我还没有看到能够让我将费尔黑文忘怀的景致。我还是能够带着同样的快乐，在初春的日子里坐在它的山崖上，眺望着苏醒的树林和河流，听着雏鸟歌唱。这个世界究竟是什么，对我来说依旧是一个甜蜜的秘密。"【J2: 9】

24 梭罗 1846 年 8 月 31 日离开了瓦尔登湖，九月中旬回来。这次旅行记录在《缅因森林》(The Maine Woods) 中的《卡坦》(Ktaadn) 中。

开我壁橱的门，看看我晚饭还剩下些什么，或者我晚餐准备了些什么东西。可是，尽管不同阶层的许多人就这样来到湖边，我没觉得这些人给我带来什么不便，除了一本小书以外，我也从来没有丢过任何东西，我丢的这本小书是一卷荷马[25]，可能是因为这本书毫无必要地镀了一层金[26]，不过我相信，它一定是落到了与我们志趣相投的同道人手中[27]。我坚信，如果人们都生活得像我那时那样简朴，就不会有偷窃和抢劫。偷窃和抢劫只有在一些人所得过多而另一些人所得不足的社会中才会出现。蒲柏翻译的荷马[28]不久也会传播开来。——

> Nec bella fuerunt,
> Faginus astabat dum scyphus ante dapes.[29]
> 如果人们仅仅需要山毛榉的饭碗，
> 那么他们又何必四处征战。

"子为政，焉用杀？子欲善，而民善矣。君子之德风，小人之德草，草上之风，必偃。"[30]

---

[25] 阿列克·塞里恩"偷偷"借了梭罗的蒲柏译本的《伊利亚特》第一卷。在瓦尔登湖，梭罗曾经给塞里恩读过这一卷。

[26] 烫金边（gilt-edged），这样使它看起来更值钱，因而吸引盗贼。梭罗可能是在戏用介词"不宜"（improperly），用它既指镀得很糟糕，也指镀得很不适当，因而分散了人们对文字的真正价值的注意力。

[27] 典故来自《凤凰：古稀片语集》(The Phenix: A Collection of Old and Rare Fragments, 纽约, 1835) 中《孔子的伦理》(Morals of Confucius) 83。梭罗在1843年4月版的《日暑》上发表的《孔子言论》(Sayings of Confucius) 中写道："齐国一个士兵丢了盾；他四处寻找了好久，依然找不到；他用这个想法安慰自己：'一个士兵丢了盾，但肯定是我方的士兵得到了它；他还可以用得上这只盾。'"

[28] 英国诗人亚历山大·蒲柏翻译的《荷马史诗》中的英雄双行体，梭罗的《荷马史诗》就是蒲柏译本。

[29] 引自阿比乌斯·狄巴拉斯（Albius Tibullus，约公元前55—19年），《挽歌》1.10.7—8，但这里"cum"误作"dum"，说明梭罗的资料出处是约翰·伊夫林的《西尔瓦》。随后的翻译是梭罗的。

[30] 梭罗翻译的《论语》12.19，译自鲍狄埃的法译本，《孔子与孟子》169。

湖 泊

　　有时候，人际交往太频繁、闲谈太多，对村里的所有朋友感到疲倦之后，我会往西漫步到离我的住宅更远的地方，走进镇里更为人迹罕至的部分，"新的森林和牧场"[1]，或者，夕阳西下时，在费尔黑文山吃越橘和蓝莓权作晚餐，并且摘下几天的存货。这些果子，购买它们的人是品尝不到它们的真正滋味的，为了在市场上出售而种植它们的人也品尝不到。要看见它们的真正成色只有一条途径，但采取这条途径的人又很少。如果你想知道越橘的真正味道，向牧童[2]或鹧鸪[3]打探吧。从来没有采摘过越橘的人，却以为自己品尝过它，这是一种非常庸俗的错误。越橘从来没有到过波士顿；它们在波士顿城里无人知晓，尽管波士顿的三座山上也长着越橘[4]。在拉往市场的车上，越橘会失去果子上的粉霜，它那鲜美和精华部分也随之丧失殆尽，不再是美味，而不过是寻常食物而已。只要还有永恒的正义，就没有一只纯洁的越橘能够从乡村的山间运到城里去。

　　每天锄草之后，我偶尔会去和某个不耐烦的人做伴，他从早晨起就在湖中钓鱼，像一只鸭子或漂浮的树叶一样，不声不响，纹丝不动，在实践了各种不同的哲学之后，到我来时，大抵都已经得出了结论：他属于某个古老的无欲教派，钓鱼是毫无指望的[5]。有一位老人[6]，是一个钓鱼好手，而且还精通各种木匠活计，他很高兴地把我的房子看作专门为渔夫提供方便而盖的房子；当他坐在

---

1 引自约翰·弥尔顿的诗《利西达斯》(*Lycidas*) I.193。
2 Cow-boy，不是美国西部的牛仔，而是在草地上放牛的男孩。
3 回应约翰·沃尔夫冈·歌德（Johann Wolfgang Goethe, 1749—1832）的言论，见于玛格丽特·富勒翻译的、作为乔治·里普利的《外国标准文学选》第四卷发表的《译自艾克曼的德文版歌德晚年谈话录》(*Conversations with Goethe in the Last Years of His Life Translated from the German of Eckermann*, 波士顿，1839)："'问一问孩子和鸟儿，'他说，'樱桃和草莓是什么滋味。'"
4 波士顿建于三座山：科普斯（Copps）、堡垒山（Fort）和灯塔山（Beacon）。
5 Coenobites，无欲派，一个修道教派，含双关语 See no bites："没见鱼咬一口（无鱼）。"
6 身份不明。

我门前收拾他的渔线时,我也同样高兴。我们时常一起坐在湖中,他在船的一头,我在船的另一头;我们之间言语不多,因为他上年纪了,耳朵不太灵,但他偶尔会哼起一首颂歌,和我的哲学很和谐。这样,我们的关系是一种无言的和谐,此时回忆起来,其实比用语言进行的交往要愉快得多。我常常无人交谈,这种时候,我会用船桨敲打着船帮,激起回声,让那声音在周围的树林环绕扩散,就像一个豢养动物的人惊扰他的野兽们,直到每一片长满树林的山谷和山坡都欢叫起来[7]。

暖和的夜晚,我经常坐在船上吹笛子[8],看到鲈鱼像中了我的魔法一样,在我周围游来游去,月亮在碧波荡漾的湖底穿行,湖底还静卧着森林的碎木残片。以前,我曾经在黑沉沉的夜晚,偶尔和一个朋友一起[9]到这个湖里来探险,我们觉得火会吸引鱼群,于是在水边点上一把火[10],用一条线穿上蚯蚓,钓到了一串大头鱼;深夜,钓完时,我们将火把像火箭一样扔上天空,火把还在燃烧着,火箭嘶嘶着降落到湖中,又带着嘶嘶声熄灭了,于是周围突然一片漆黑,我们只好在漆黑中摸索。我们吹着口哨,穿过黑暗,登上了回到尘世间的归程。但我现在已经在湖畔安家了。

有时候,在村里人家的客厅里流连到主人家全家归寝之后,我回到林中,部分原因是想到了第二天的晚餐,虽然已经是午夜之后,我坐在船上就着月色垂钓,猫头鹰和狐狸为我唱着小夜曲,时不时还能听见不知名的鸟儿在近旁鸣叫。这些经历,对我来说既难忘又可贵,——我的小船停泊在四十英尺深的水

---

[7] 据爱德华·爱默生回忆,梭罗曾向他和别的男孩展示"在平静的午夜,特别是如何在瓦尔登湖中用桨敲船帮,——不一会儿,周围的山醒过来了,一个接一个带着令人难以置信和惊人的**轰隆声**呼啸起来,林肯山、费尔黑文甚至科南塔姆都因为有人打断了它们安静的睡眠而震怒起来"。

[8] 这一段的出处是1841年5月27日的日记。

[9] 身份不明。

[10] 乔治·威廉·柯蒂斯在1874年7月的《哈珀新月刊》(*Harper's New Monthly Magazine*)中记述了类似的晚间经历:"安乐椅记得和梭罗坐他的船(马斯克塔奎德)在康科德河上度过的奇妙一夜……船舷上装了一个铁箱,装满了老松树的死根——粗大的松树——当它点着时,火焰在水面上照亮了宽宽的一片,遮蔽了其他一切,我们在溪流上缓缓前行,能够清楚地看见下面的一切。"

上，离湖岸有二三十杆远，有时候周围环绕着上千条小鲈鱼和小银鱼，在月光下，它们的尾巴在湖面上荡起小漩涡，我用长长的亚麻线与栖居在四十英尺下面那些神秘的夜鱼交流着，或者有时候拖着六十英尺长的渔线，我在轻柔的晚风中漂流着，时不时能够感觉到渔线轻微的颤动，表明有条鱼正在渔线另一头徘徊，游移不定，笨头笨脑，迟迟拿不定主意。最后你慢慢站起来，双手交替着慢慢收线，于是一条角鲶就吱吱扭动着出现在空中。当你的思绪漫游到了天际的广阔和宇宙起源的主题上时，尤其是在黑暗的夜晚，感到这种轻微的抽动，任它来侵扰你的清梦，把你和自然重新联系起来，这真是一种非常奇妙的感觉。恍惚之间，我觉得可以接着将我的渔线甩上天空，同时又让它下垂进这种未必是更加稠密的因素之中。我好像就这样一箭双雕，用一只鱼钩钓到了两条鱼。

　　瓦尔登湖的风景不算很壮观，尽管它非常美丽，却谈不上壮丽，不常来这里的人，或者不住在湖边的人，也不会特别关注它；但是，这一汪湖泊是如此异乎寻常地深邃纯净，真是值得特别描述一番。瓦尔登湖是一口清澈而幽深的绿色水井，长度为半英里，周长为一又四分之三英里，面积大约六十一点五英亩；它是一潭位于松树和橡树林中的四季长流的泉水，除了云彩带来的雨水和蒸发以外，没有任何可见的进口或出口[11]。周遭的小山从水面陡然升到四十到八十英尺高，而在西南面和东面更分别高达一百和一百五十英尺，距离湖面只有四分之一到三分之一英里。山上完全覆盖着树林。我们康科德所有的湖水至少都有两种颜色，从远处看是一种颜色，从近处看又是另一种颜色，近处的颜色更接近自然本色。从远处看时，主要取决于光线，其次是随天空的颜色而不断变化。在晴朗的夏天，从稍远处看去，尤其是微风荡起波浪时，水面看起来有点发蓝；如果从更远的地方看去，一切看起来又差不多一样。在暴风雨天气，水面有时候是一种石板那样的深蓝灰色。不过，据说即使大气层并没有什么显而易见的变化，大海也会是一天发蓝，一天泛绿。在大雪覆盖着地面的时候，我看见过我们的河流中，水和冰都像青草一样翠绿。有些人认为蓝色"是纯水的颜色，或者是液态，或者是固态"[12]。但是，直接从船上看我们的水流，可以

---

[11] 瓦尔登湖是流通湖，水源来自东岸的含水层，亦即一层能够含水或者传水的岩石或土壤，流入西岸的含水层。

[12] 引自詹姆斯·D. 福布斯（James D. Forbes, 1809—1868）的《萨沃伊的阿尔（转下页）

|湖|泊|

看出它们的颜色更加丰富多彩。即使从同一个观察点看去,瓦尔登湖也会一会儿蓝,一会儿绿。它栖息在俗世和天堂之间,共享着俗世和天堂的颜色。从山顶上望去,它反射着天空的颜色,但从近处看去,它靠近岸边是一种发黄的色调,从岸边你首先可以看见沙滩,然后是淡绿色,这种淡绿色在湖中逐渐加深,成为均匀的深绿色。在某种光线下,即使是从山顶上看去,岸边也是一种生动的绿色。有些人提到这是绿色草木的倒影;但是,铁路的沙岸那一边也是同样颜色的翠绿,春天叶子尚未葱茏时也是如此,由此可见,这种绿色可能就是无所不在的蓝色和沙滩的黄色混杂在一起的结果。这是瓦尔登湖的瞳仁的颜色[13]。还有一部分,春天来临的时候,冰面被从水底反射上来太阳的热度和从地面传来的热度照暖,会首先融化,而湖心则仍然封冻着,于是便出现一道窄窄的水沟。和我们这里别的水面一样,如果水面有波浪,天气晴朗时,水波表面的角度正好倒映着天空,或者因为其中混杂的光线更多,从距离略远一点的地方看去,水面比天空的蓝色要略微深一些;这样的时候,我在湖面上,用不同的眼光去观察倒影,我分辨出了一种无与伦比、无法形容的淡蓝色,就像浸水的或多变的丝绸或剑刃隐约发出的那种颜色,比天空本身更加湛蓝,偶尔又会显现出波浪另一面本来的深绿色,而波浪本身相比起来倒显得有些浑浊。我记得,那是一种玻璃般的绿蓝色,就像日落之前能够从西方云层中看见的那一片片冬日的天空。可是,单单一杯水,对着光线看去,它就像一杯空气一样毫无颜色。众所周知,一大块玻璃会泛出绿色,就像玻璃制造商所说,因为其"体积",但一小块同样的玻璃就会是无色的。我从来没有考证过,要多大一片瓦尔登湖水才能反射出一种绿色。如果直接看过去,我们的河水通常会是黑色或者非常深的褐色,而且,就像大部分湖泊一样,如果你在里面洗浴,在你身上会显出一种黄色;但是,瓦尔登湖的水像水晶般洁净,在湖中洗浴的人的身体看起来会像是雪花石膏一样洁白,而且,更不自然的是,四肢在水中被放大、扭曲,产

(接上页)卑斯游记》(*Travels Through the Alps of Savoy*)71,略有改动:"这里的冰异常纯净,那些精致的蓝色洞穴和裂隙在瑞士差不多所有冰川里都能够得到认真研究。关于这个颜色的来源我干脆观察一下,我认为它是纯水的颜色,或液体,或固体;尽管毫无疑问,聚合的条件会使它的亮度或强或弱,或者改变它的色调。"
13 梭罗在这一章后面将湖称为"地球的眼睛(earth's eye)"。

生了一种怪异的效果，值得类似于研究米开朗基罗作品那样的研究[14]。

　　湖水是透明的，一眼就可以看到深达二十五或三十英尺的湖底。从湖面上荡舟而过时，你能看到湖面下几英尺处游着一群一群的鲈鱼和银鱼，大概才一英寸长，但是鲈鱼可以很容易地从它们的横纹辨认出来，你会想，它们肯定是一种在这里谋生的苦行鱼类。很多年前一个冬天，我在冰上凿洞钓梭鱼，上岸时，又把我的斧子扔回冰上，就像某个魔鬼天才操纵一样，斧子滑了四五杆，直接滑进了一个洞里，那儿的水有二十五英尺深。出于好奇，我趴在冰上往洞里看去，看见我的斧子头朝下立着，斧柄直直地随着湖水的节奏轻轻地前后晃动着；要是我不打搅的话，它可能就会这样一直直立着，前后晃动着，直到斧柄烂掉。我用我的冰凿子在它正上方另外挖了一个洞，用刀砍断了附近能够找到的最长的桦树枝，然后做了一只套索，把它系到桦树枝上，仔细地把它放下去，套在斧头柄的把手上，然后拽着桦树枝上的线往上拉，又把斧子拉上来了。

　　湖岸环绕着一圈像铺路石一样圆润的白石[15]，只有一两处很短的沙滩除外；湖水很深，只要纵身一跳，就会让你没过头顶；如果水不是这么透明，你只有游到对岸才能再看见湖底。有些人认为瓦尔登湖深得没有底。湖水没有一处是浑浊的，一个不仔细的观察者会说湖里根本就不长一点儿水草；能够看得见的水草，除了那些实际上并不属于瓦尔登湖、最近刚刚水漫过的小草滩上有，在别的地方，你即使仔细观察，也看不见一朵鸢尾、纸莎草，也看不到睡莲，黄色的白色的都没有，只能看见几朵鱼腥草和眼子菜[16]，或者一两棵莼菜[17]；但是，一个在湖中沐浴的人甚至都可能不会注意到它们；这些植物都像它们生长其中的湖水那样纯净透明。那些石头往湖底延伸大约一两杆，下面的湖底就是纯粹的沙子，除了在最深的地方，湖底那里通常有一些沉积物，可能是年复一年秋叶飘落腐化而成，即便是隆冬季节，起锚的时候，也会有碧绿色的水草搭上来。

---

14 米开朗基罗·博纳罗蒂（Michelangelo Buonarroti，1475—1564），意大利艺术家，以其绘画和巨大和肌肉发达的雕塑而著称于世。

15 湖岸边今天已经没有这样的石头。

16 Potamogetons，池塘里的杂草，带有浮叶的水生草本植物。

17 盾叶莼菜（Water-shield，学名 Brasenia peltata），一种带有浮在水面的盾形叶子和覆盖着胶汁的杆的水生草本植物。

|湖|泊|

　　我们这里还有一个和瓦尔登湖类似的白湖[18]，它位于西面两英里半的九亩角[19]；不过，尽管我熟悉以此为中心的方圆十二英里内大部分湖泊，我却不知道还有第三个这样纯净得像水井一样的湖泊。也许一个接一个的民族曾经从这里饮用过它的湖水，崇敬过它的美丽，探测过它，然后又消失了，而瓦尔登湖的湖水却依旧一如既往地清澈透明。它可不是间歇性泉水[20]！或许在亚当和夏娃被逐出伊甸园那个春天的早晨，瓦尔登湖就已经存在了，甚至在那个时候，它就被伴随着薄雾和南风的温柔春雨唤醒，水面上浮游着数不清的鹅鸭，它们还不知道亚当和夏娃被逐出伊甸园的故事，这样纯洁的湖泊对它们来说已是足够。甚至在那个时候，瓦尔登湖就已经开始涨水落水，澄清了它的水流，用它们现在带着的色彩涂抹了它，得到了天堂的专利许可，成为世界上唯一的瓦尔登湖，成为天堂甘露的蒸馏器。谁知道在多少无人记得的民族的文学中，它就是卡斯塔利亚泉水[21]，或者在黄金时代[22]，有哪些仙女曾经君临此湖？它是康科德戴在自己王冠上的一颗最纯净的宝石[23]。

　　不过，首先到达这汪湖水的人或许留下了他们的足迹。我在环湖行走时，惊奇地发现，岸边刚刚被砍倒的稠密的树林间，在陡峭的山坡上有一条窄窄的像架子一样的小径，时升时降，一会儿离水边很近，一会儿又离水边很远，或许和这里生活过的人类一样古老，是最初的土著猎人踩踏出来，如今占有这片土地的当代居民，时不时还会无意间从上面走过。冬天时，如果你站在湖中间，这条路看起来更加明显，一场轻雪之后，它看起来像是一条清晰起伏的白线，没有野草和树枝遮挡视线，从四分之一英里之外的很多地方看去都非常明

18　白湖（White Pond），一个面积为四十三英亩的湖，在瓦尔登湖西南面大约一英里处。
19　九亩角（Nine Acre Corner），萨德伯里路上，白湖和费尔黑文湖之间的一个小居民点。
20　一条一年中几次干涸或大部分时间干涸的泉水（intermitting spring）。
21　卡斯塔利亚泉水（The Castalian Fountain），希腊神话中，帕纳萨斯山（Mount Parnassus）上缪斯们的圣山上的泉水，灵感的来源。
22　古代希腊和罗马作家将宇宙史分为几个时代。黄金时代（The Golden Age）是完美时代。希腊诗人赫西俄德在《劳作与时日》（Works and Days）中描绘了过去的理想的黄金时代，那个时期以后就逐步衰退了。
23　最优质。在宝石贸易中，钻石的纯度以其透明度来衡量：透明度越高，质量就越好。纯净的白钻石被称为第一流的钻石。

显，而在夏天，你即使从近处看，也根本无法辨别出来。冬天的雪花用白色透明的高凸浮雕，把它重新印显出来[24]。将来某一天会在这里建造别墅，那些富丽堂皇的庭园或许依然会保留着它的蛛丝马迹。

湖水有涨有落，但涨落有没有规律，何时涨，何时落，其实谁也不知道，尽管很多人照例假装知道[25]。水面通常是冬天略高，夏天略低，而其高低，和天气是多雨还是干旱的变化并不完全一致。我记得它曾经比我住在那里时低了一两英尺，也记得它曾经比我住在那里时高至少五英尺。有一条狭窄的沙坝伸入湖中，一侧的水非常深，大约1824年的时候[26]，在离主岸大约六杆的地方，我曾经在上面帮人煮过一锅杂烩，这二十五年来都不能再到沙坝上煮汤了；也有正好相反的情况，我告诉我的朋友，在那年之后的几年，我常常在林中一片幽静的小湖湾里从船上钓鱼，那个地方离他们所知的唯一一片湖岸足足有十五杆远，而这个地方从那以后就变成了一片草地，他们都觉得难以相信[27]。但这两年湖水一直在上涨，现在是1852年的夏天[28]，湖水比我住在那里时要高出五英尺，或者和三十年前一样高，在那片草地上又能钓鱼了。从湖岸边看，水面高低的升降高达七八英尺；但是，周围山上流下的水量并不大，湖水的上涨肯定是和决定地下深泉的那些因素有关。就在今年夏天，湖水又开始下降了。很明显，这种升降，无论是不是有周期性，好像都需要很多年才能完成。我见过一次涨水，两次落水，我估计，十二年或十五年后，水位又会像我曾经见过的那样低了。往东一英里处的弗林特湖[29]，其水位会因为进水量和出水量的不同而偶尔发生变化，还有介于瓦尔登湖和弗林特湖中间的一些小湖，最近也都和瓦尔登湖一样，达到了最高水位。据我的观察，白湖亦是如此。

瓦尔登湖涨落之间间隔时间很长，至少有这个用处：水位在这个高度停留

---

24 雕塑的高浮雕度（alto-relievo），雕像在背景上的投影是周长的一半或一半以上。

25 湖水根据本地的水文表而升降。

26 在他1852年8月27日的日记中，梭罗最初写到他"二十多年前"在沙坝（sand bar）上煮过杂烩（chowder）【J 4: 321】。

27 威曼草地（Wyman Meadow），或鲶鱼窝（Pout's Nest），在梭罗房址东南几杆处。依湖水水位不同，它要么是草地，要么是水湾。

28 又一个证据，说明《瓦尔登湖》不完全是梭罗住在瓦尔登湖期间写成的。

29 弗林特湖（Flint's Pond），在瓦尔登湖东南面约一英里处。

一年或更长的时间，尽管这样一来很难绕湖而行，但它淹死了湖岸边自从上次涨水以来长出的灌木和树丛，美洲油松、桦树、赤杨、白杨和其他树种纷纷倒掉，水位再一次退落时，湖岸便一片通畅；所以，瓦尔登湖不同于所有受到每天潮涨潮落的湖泊和水域，它的水位最低时，湖岸最干净。湖边靠近我房子那一边，一排十五英尺的美洲油松被淹死了，像是被杠杆撬倒了一样，湖就这样阻止它们越界侵占湖面；从这些树的年轮大小可以看出，自从上次水位涨到这个高度来时，有许多年岁已经流逝而去。通过这样的涨落，瓦尔登湖确认了自己对湖岸的所有权，**湖岸**就这样被修剪，树木可以在那里生长，却无权占领湖岸。这是瓦尔登湖的嘴唇，上面不能长胡子。湖水时不时舔一舔它的脸颊。当水位最高时，赤杨、柳树和枫树为了保存自己，从它们位于水中的树干四周长出大团坚韧的红根，长达数英尺，离地面有三四英尺高；我也知道岸边的高丛蓝莓丛，平常不结果实，在水位上涨时却大获丰收。

有些人迷惑不解，为什么湖岸铺得这么平整。我的同乡们都听说过这个传统，老人们告诉我，他们年轻时也曾经听说过这个传统：古时候，印第安人在这里的山丘上举行一种仪式，这座山丘升到天空的高度，与瓦尔登湖沉入地面的深度一样，根据这个故事，印第安人用了很多亵渎之语，其实印第安人从来不曾做过这种坏事，他们举行这个仪式时，那座山丘摇晃起来，突然下沉了，只有一位名叫"瓦尔登"的老妇人逃脱了，于是人们就用她的名字为湖命名[30]。据人

---

[30] 梭罗在他那本《瓦尔登湖》上作了如下笔记："巴波尔（Barber）在他的《康史集》(*Con. Hist. Coll.*) 中讲到过在基林里院的亚历山大湖（Alexander's Lake in Killingly Ct.）。"他说的是约翰·华纳·巴波尔（John Warner Barber）的《康州历史文集》(*Connecticut Historical Collections*, 纽黑文，1838)，记述了美洲土著在一个节日上因为他们的"淫乱"（licentiousness）而受到大神惩罚的类似故事："当大批的红种人在山顶上跳跃时，山在他们脚下突然'塌'（gave way）了，陷得很深，下面的水冲上来淹没了他们所有人，除了一个**好老妇**（one good old squaw），她占据了一座山峰，那座山现在的名字是潜鸟岛（Loon's Island）。"1821 年 8 月 11 日的《米德尔塞克斯公报》也讲了这个故事，具体提到了瓦尔登湖：

据说现在包括一片水域的地方，从前是一座高山——在这座山上，印第安人在某个季节聚集起来庆祝他们的宗教节日，其他时候，来焚烧和折磨他们与这个国家的早定居者的战争中抓来的俘虏；在很多首长和部落为了后一个目的聚集在一起的会议上，这座著名的山在他们野蛮的庆祝声中消（转下页）

们猜测，当山丘摇晃时，这些石头从山坡上滚下来，形成了今天的湖岸。不管怎么说，有一点是肯定的，从前这里没有湖，现在有湖了；这个印第安寓言和我提到过的旧时定居者的故事没有任何冲突之处[31]，他清楚地记得，当他带着自己的占卜棒第一次来到这里时，看见草地上升起一缕薄雾，他手里那根榛木棒稳稳地指向下方，于是他决定在那里打一口井。至于石头，很多人还是觉得，它们不太像是山峦震动造成巨石滚落的结果；不过，我观察到，周围的山上满是同样的石头，因此在湖边离铁路最近的地方，他们不得不把这些石头在铁路两边堆积成墙；此外，湖岸最陡峭的地方石头最多；这样，很不幸，对我来说就没有什么神秘了。我观测到了冰川[32]。如果瓦尔登湖的名字不是出自某个英国地名，——比如说，萨弗伦·瓦尔登，——那么，我们可以猜想，它最初的名字是墙中湖[33]。

　　瓦尔登湖是我现成的水井。湖水全年都是纯净的，其中还有四个月是冰凉的；我认为，它这几个月里和镇里任何地方的井水一样好，说不定还更好。冬天的时候，暴露在空气中的水，比所有不受空气影响的泉水和水井还要冰凉。我住的房间里，从1846年3月6日下午五点一直到第二天中午，部分由于房顶上的阳光照射，温度计有时候高达六十五度或七十度，而放在我房间里的湖水的温度，则是四十二度，或者说，比村里最凉的水井里刚刚打上来的水还要

　　（接上页）失了，带着上面所有的野蛮居民沉没了。没想到，由于水特别深，
　　人们认为这座山继续下沉，沉到惊人的深度，**直到有一天底部都穿了**。

31 在《独处》一章中，梭罗称他为"老住户"（an old settler，注30）。

32 Paver 就是冰川，沉积着巨石和流石。陆地演变的冰川理论始于十九世纪初，1840年路易斯·阿加西斯（Louis Agassiz，1807—1873）发表了关于冰川学和冰川地貌的第一部著作《冰川研究》（*Études sur les Glaciers*），促进了冰川理论的发展。1848年，阿加西斯成为哈佛大学的动物学和地质学教授。

33 1853年6月4日，梭罗在市镇办公室查阅土地记录，很"惊奇地发现早在1653年就有'瓦尔登湖'和'费尔黑文'这样的名字"【PJ 6: 178】。梭罗后来在他那本《瓦尔登湖》上写下了笔记："伊夫林在他（1654年）的日记中提到'藏红花瓦尔登的郊区，因那里种植众多的藏红花而著名，据说是任何外国最好的'。"很多年以后，梭罗兴奋地发现，康科德的米诺特家庭"来自托马斯·米诺特，据沙特克记载，为埃塞克斯的瓦尔登（！）的修道院院长秘书，他的儿子出生在藏红花瓦尔登（！）"【10: 219】1830年8月21日的《康科德农民公报》中《米德尔塞克斯地图》一栏中的一篇短文在括弧中提到了类似的关于瓦尔登是"墙内湖"（walled in）的故事："瓦尔登【Wall'd in】湖确实是在地图上，但没有名字。"

低一度[34]。同一天里，沸腾泉[35]的水温是四十五度，是我测试过的水里温度最高的，不过，这样的时候，因为浅表的那层流动缓慢的地表水没有混入湖水中，沸腾泉已经达到了它夏天最凉的温度。此外，夏天的时候，由于湖水极深，瓦尔登湖的水不像其他暴露在阳光下的水域那样温度升高。天气最热时，我通常在地窖里放一桶水，水在晚上变凉，而且第二天也一直保持清凉；不过，我也使用附近的一潭泉水[36]。一个星期以后，它仍然和刚刚汲上来时一样好，没有水泵的味道。夏天在湖岸上野营的人，只需要在他的营地的阴凉处把一桶水埋个几英尺深，就不需要依赖冰所提供的奢侈了。

有人从瓦尔登湖里捕到过梭鱼，其中一条有七磅重，更别提还有一条梭鱼卷着渔线飞速逃走了，渔夫估计这家伙足有八磅重，因为他并没有看见这条鱼，还有鲈鱼和大头鱼，有些重两磅以上，银鱼、白鲑[37]或鲮鱼（Leuciscus pulchellus）[38]，很罕见的鲂鱼（Pomotis obesus），两条鳗鱼[39]，其中有一条有四磅

---

[34] 梭罗有时候担心自己的事实搜集，1851年这则日记承认了这一点："我担心，我的知识性一年一年地变得越来越独特和科学化；我失去了像天一样宽阔的视觉，我被局限到了显微镜的领域。我看见的是细节，不是整体，也不是整体的影子。"【J 2: 406】

[35] 位于瓦尔登湖西面半英里处，沸腾泉（the Boiling Spring）是一条冒泡的泉水，不是温泉。

[36] 布里斯特泉（Brister's Spring），瓦尔登湖东北面。

[37] Chub，白鲑（Semotilus bullaris）。

[38] Roach（学名 Leuciscus pulchellus），小淡水鱼，在梭罗的时代，包括银鱼（shiner）、鲮鱼（dace）、斜齿鳊（roach）和桃花鱼。在《在康科德河和梅里迈克河流上的一周漂流》中，梭罗写道：

> 白鲑（chivin），鲮鱼（dace），或斜齿鳊（roach），鳟鱼的表亲，或者随你叫它什么（拉丁学名 Leuciscus pulchellus），白的红的都有，总是出人意料的奖赏，不过，任何垂钓者都会乐于因其稀有而备好钓钩；——这个名字让我们想起顺着激流的无数次无功而返的逡巡，强风让钓鱼人失望了。通常是一种银色的软鳞鱼，有着优雅、学者风度、古典的外表，像很多英文书中的插图……
> 鲮鱼（dace）（Leuciscus argenteus）是一种略带银色的桃花鱼，通常出现在水流最急的溪水中间……
> 银鱼（Leuciscus chrysoleucus）是一种软鳞肉嫩的鱼，是更强壮的同伴的猎物，四处都有，深水、浅水、浑水、清水；通常头一个咬钩，但是，由于它嘴巴很小、喜欢啃咬，并不容易钓到。它是穿过河中激流的金色或银色小点。【W 1: 27—28】

[39]《在康科德河和梅里迈克河流上的一周漂流》中，梭罗称普通鳗鱼（the（转下页）

重，——我说得这样具体，是因为鱼全靠重量出名，而除了这两条鳗鱼，我还没有听说本地有别的鳗鱼；——此外，我还依稀记得一种大约五英寸的小鱼，两面是银色的，脊背是绿色的，特征有点像鲮鱼，我在这里提到它，主要是为了把我知道的事实和传说结合起来。不过，这个湖并不盛产鱼类[40]。湖里的梭鱼尽管不是很丰富，却是它最值得自豪的出产。有一次[41]，我躺在冰上时，看见过至少三种梭鱼；一种又长又扁的，钢铁一样的颜色，和河里抓上来的最像；一种明亮的黄色的，泛着绿色的光，特别厚，在这里最常见；还有一种，金色的，形状和上面第二种一样，但边上遍布着深棕色或黑色小点，混杂着几颗淡淡的血红色的小点，特别像鳟鱼。这种鱼特定的学名是网纹（reticulatus）[42]，在这里并不适用；其实它应当叫斑纹（guttatus）[43]才对。这些鱼的肉质都非常密实，看起来不大，分量却很重。银鱼、大头鱼，还有鲈鱼，其实所有在这湖里栖息的鱼，都比河里和其他大部分湖里的鱼更干净、更好看，鱼肉也更密实，很容易和别处的鱼区别开来。很多鱼类学家可以从中培育出新的种类来。还有一种洁净的青蛙和乌龟属类，里面还有一些蚌[44]；麝鼠和水貂在周围留下了它们的足迹，偶尔还有一只过路的鳄龟[45]来访。有时候，我早晨把船推出来时，会惊动一只晚上偷偷藏在船底下的大乌龟。春天和秋天时，野鸭和大雁经常来到这里，白肚的双色燕（Hirundo bicolor）[46]掠过湖面，翠鸟从掩藏之处疾速飞出，斑鹬（Totanus macularius）[47]整个夏天都沿着湖边的石岸"晃悠"。有时候，我

（接上页）common eel，学名 Muraena bostoniensis）为"州内所知的唯一一种鳗鱼"【W1: 31】。鳗鱼从河里经陆地来到湖中。

40 莱缪尔·沙特克在《康科德镇志》中写及瓦尔登湖中的鱼："据说鱼从别的水域里移送到这里之前，在湖里没有抓到过鱼。现在已经有很多梭鱼和其他鱼了。"

41 1853 年 1 月 29 日。

42 拉丁语：网纹（reticulatus）。指湖中梭鱼的学名 Esox reticulates。

43 拉丁语：带斑点的（guttatus）；有斑的；有斑点标记的。

44 蚌（mussels），淡水蛤（freshwater clams，学名 Unio）。

45 Mud-turtle，鳄龟（snapping turtle，学名 Chelonura serpentina）。

46 现名为 Iridoprocne bicolor，俗名为树燕（the tree swallow）。约翰·詹姆斯·奥杜邦（John James Audubon, 1785—1851）在《美国鸟类》(Birds of America) 中称之为白肚燕（white-bellied swallow）。

47 现名为 Actitis macularia，俗名为斑鹬（the spotted sandpiper）。

也会惊扰一只端坐在水面的白松上的鱼鹰[48]；但是，我怀疑瓦尔登湖是否曾经像费尔黑文一样，被海鸥的叫声亵渎过[49]。顶多，它忍受一下一年来一次的潜鸟。这是所有现在经常在瓦尔登湖出现的值得一提的动物了。

风平浪静的天气里，在东岸的沙滩，水深八到十英尺的地方，还有湖里其他地方，你能从船上看到一些圆堆，直径六英尺，高度一英尺，堆里是一些比鸡蛋略小的石头，而周围则全是纯沙。起初，你会猜想，说不定是印第安人出于某种目的在冰上把它们堆成了这个样子，然后，冰消雪融时，这些石头都沉入湖底；但是，这些石头太规整，有些看起来也太新鲜，不像是印第安人留下的。它们与河里发现的圆石堆看起来很类似；但是，这里没有吸口鲤[50]或七鳃鳗[51]，我不知道是什么鱼堆了这些石堆。它们可能是白鲑的窝[52]。这些石堆为湖底增添了令人愉快的神秘感。

湖岸不规则，因而不至于显得单调。在我的脑海里，西岸有很多凹进去的深湾，北岸比较苍劲，而美丽的扇形的南岸，接连不断的海角互相重叠，则意味着其中有许多无人知晓的洞穴。从群山环抱的湖水中看去，森林后面是前所未有的美好的背景，和前所未有的独特的美丽；因为在这种情形下，倒映着森

---

48 Fishhawk，鱼鹰（Osprey，学名 Pandion haliaetus）。

49 费尔黑文湾是萨德伯里河的开阔处，在瓦尔登湖西南面不到一英里处。

50 新英格兰常见的河鱼 suckers，学名 Catostomidae。根据他 1852 年 6 月 3 日的日记，梭罗从约翰·唐斯（John Downes, 1799—1882）那里得知，唐斯有一次看见"一群常见的吸口鲤在堆像他的拳头一样大的石头（就像我见过的那一堆），用嘴叼起或搬动石头"【J 2: 224】。

51 七鳃鳗（Lamprey），一种像鳗鱼的鱼，有圆形的能吸咂的嘴，梭罗在《在康科德河和梅里迈克河流上的一周漂流》中写过："有时候你会看到美国吸石鱼七鳃鳗（the lamprey eel, 学名 Petromyzon americanus）那种奇怪的圆形的鱼窝，和车轮一样大，高一到两英尺，有时候高出水面半英尺。它们收集这些鸡蛋大小的石头，用的是嘴，看它们的名字就知道，据说是用尾巴把石头拢成圆圈。"【W 1: 31】

52 梭罗的理论是正确的，得到了威廉·康威斯·肯德尔（William Converse Kendall）和埃德蒙·李·戈尔兹伯勒（Edmund Lee Goldsborough）的《康涅狄格湖泊和临近水域的鱼类，附浮游生物环境的笔记》（*The Fishes of the Connecticut Lakes and neighboring Waters, with Notes on the Plankton Environment*，美国渔业局文件，第 633 号，华盛顿特区：政府印刷局，1908）的佐证。

林的湖水，不仅构成最好的前景，而且，它蜿蜒曲折的湖岸，还是森林最自然、最珠联璧合的边界线。湖边的森林的边缘没有一丝粗糙或缺陷，不曾有一把斧子砍伐掉一部分，也不曾有一块耕地与之相邻。靠水的那一面，树枝有足够的空间伸展，每一株树都往湖边那个方向伸出它最强壮的树枝。大自然编锁出了自然的衣边[53]，有心的观察者，可以逐层从湖岸低矮的灌木丛，依次看到最高的大树。那里的人工痕迹十分罕见。湖水依旧冲刷着湖岸，千年不变。

湖泊是自然中最美丽也是最有表现力的风景。它是地球的眼睛；凝视湖水时，观湖的人也在衡量他自己本性的深度。湖岸边的树木，犹如它纤细的睫毛，而周围树木掩映的丘陵和悬崖，则是它悬垂的眉毛。

九月的一个平静的下午，薄雾使对面的湖岸线显得有些模糊时，我站在湖东岸一片平坦的沙滩上，突然顿悟到"波平如镜"这个说法是从何而来的了。当你大头冲下从胯间看去时[54]，它看起来像是延伸过山谷的一串最精致的游丝，在远处的松树林间熠熠闪光，将大气层区分成不同层次。恍惚之间，你会觉得你可以浑身不着水地径直走到对面的山上去，而且，从湖面掠过的燕子也可以在湖面栖息。事实上，它们有时候也确实会潜下水面，好像是看错了似的，不过它们并没有受骗。当你越过湖面往西看时，你得用两只手挡住你的眼睛，既挡住真太阳的光，也挡住湖中反射的光，因为这两轮太阳都一样耀眼；如果，在两轮太阳之间，你潜心观察湖的表面，它确实是像玻璃一样平滑，除了水黾按相同的间隔均匀地铺满了水面，它们的动作，在太阳底下激起了你所能想象得出的最精美的闪光，或者，也许有一只鸭子在梳理羽毛，也或许是，如我前面所说，一只燕子低低掠过，低得能够触到水面。也或许是，远方，一条鱼在空中勾勒出一道三四英尺高的弧形，它跃出水面的地方有一袭明亮的闪光，它落入水中的地方又有另

---

53 Selvage，防止衣服磨损的编织饰边。
54 艺术家偶尔使用、梭罗经常使用的观察办法，即弯下腰去、从双腿间观察。梭罗在几则日记中提到了这个技巧："我从双腿间越过费尔黑文往河上游看去"【J 3: 333】，和"你只要大头朝下站一会儿，就能够陶醉在风景的美丽中，我们怎么解释这个事实呢"【J 2: 51】。爱默生在《自然》中建议："从你的双腿间看风景，就这样把眼睛倒过来，这幅画面多么宜人啊，尽管二十年来你随时都能够看见它！"爱默生1853年下半年还告诉梭罗，"W.H. 钱宁猜测，我们转过头来觉得风景更好看，是因为我们在用不曾用过的眼睛的神经来欣赏风景"【J 6: 17】。

外一袭明亮的闪光；有时候，两道亮光连在一起，显示出一道银色的弧形；也或许，这里那里，有一朵蓟草的花冠在水面上漂浮，鱼儿朝着它飞速游去，又在水面上荡起小小的涟漪。湖水就像融化了的玻璃，已经冷却了但还没有凝固，上面的微尘，也像玻璃上的瑕疵一样纯净美丽。在它上面，你常常还能看见一种更光滑、颜色更深的水，好像是被一道看不见的网和其他水域隔开了一样，成了一片水上仙子搭就的水墙[55]。从山顶上俯瞰湖中，你可以看见几乎所有地方都有鱼跳起来；每一条梭鱼或银鱼从这光滑的水面叼住哪怕是小小的一条虫，都会明显地打破整个湖面的宁静。这个平凡简单的事件，终于这样详尽地公之于众，真是太奇妙了，——这桩鱼类谋杀案的真相终于水落石出[56]，——从我远处的观察点，我能够辨别出它们旋转的波纹，直径大约有六杆左右。你甚至能够窥见一只豉甲（Gyrinus）[57]，在四分之一英里开外的地方不停地在平滑的水上前游；因为它们轻轻地弄皱了平滑的水面，留下了以两条互相交叉的线路为界的明显的波纹，而水黾掠过时，却不会留下显而易见的波纹。当水面波动较大时，上面既没有水黾又没有豉甲，但在风平浪静的时候，这些虫子们显然就离开了自己的安乐窝，一时冲动，冒险从岸边往前滑游过来，直到铺满整个湖面。秋天晴朗的日子，尽情享受了太阳的所有温暖之后，坐在这么高的地方的一墩树桩上，俯瞰倒映着天空和树林的湖面，研究湖面上那些不停地荡漾变幻的小圆圈，真是令人心旷神怡啊。这些小圆圈并没有搅动这片宽阔的水面，即使有，也会马上就轻柔地舒展平息下来，就像当一瓶水震动时，一圈圈颤动的水波寻找着岸边，直到一切又平缓如故。一条鱼从湖中跳起来，一只虫子掉进湖面，都会激起一圈一圈的波纹，划出美丽的曲线，就像喷水池不停地囤满清水，生命轻轻搏动，胸腔微微起伏。欢乐的震颤，和痛苦的震颤是无法区分的。瓦尔登湖的景色是多么平和啊！人类的杰作也像在春天时一样流光溢彩。啊，午后时分，每一片树叶，每一根小树枝，每

---

[55] Boom，水中打的桩，或者是一道屏障，用来标识一道航道或界限，尽管有时候也有拴在横梁、铁链或拴在梁上的铁索等坚固的屏障，设在一道河流或海湾出口处，阻挠敌人船只通过。

[56] 典故来自乔叟的《女修道士的故事》(The Prioresses Tale)和《修女的神甫的故事》(The Nonne Prestes Tale)中的短语"终会水落石出"(Mordre wol out)。

[57] 豉甲（whirligig beetles）：豉甲科甲虫，它们可以在水面上挪动数英寸而不激起一点波纹。受到惊扰时，它们会绕圈飞行，并因此得名。

一颗石头,每一张蛛网,都像春天的清晨覆盖着露珠那样,熠熠闪光。船桨每一次划动,昆虫每一次跳跃,都会撩起一道闪光;当船桨落下时,那回声是多么甜美动听啊 58!

在这样的日子里,九月或十月天气,瓦尔登湖是一面十全十美的林中镜子,周围镶嵌着石头,在我看来,这些石头都是更稀少更珍贵的宝石。或许,地球表面再也没有另一个湖泊会是这么清澈,这么纯净,同时又这么辽阔。它是天水。它不需要篱笆。不同的民族来来往往,却没有玷污它。它是一面没有任何石头能够砸裂的镜子,上面的水银永远不会脱落,大自然持续不断地修补着它上面的镀金;无论是风暴,还是灰尘,都不能使它那永远新鲜的水面黯淡无光;——沾上这面镜子的任何瑕疵都会沉没,被太阳朦胧的刷子清扫拂去,——这是一块轻漫的擦尘布,——往上面呼气也不会留下任何痕迹,而是将自己的呼吸奉送上去,变成湖面天空上高挂的云彩,同时仍然倒映在自己胸怀中。

一片水域,展露的是在空中飘浮的精灵。它不断地从上方接受新的生命和运动。它本质上是大地和天空之间的媒介。在大地上,只有青草和树木才会随风飘动,但水本身就会被风吹起涟漪。我可以通过一束光线或一星光点,看见微风在从那里掠过。我们能够俯视水面,真是太奇妙了。我们或许应当这样俯视天空 59,标记下更为奇妙的灵魂穿越的地方。

十月下旬严霜加重时,水黾和鼓甲终于销声匿迹;然后,十一月份时,风平浪静的日子里,绝对没有任何东西在水面搅出波纹。十一月的一个下午,一场长达几天的大暴雨结束后,周遭一片平静,天空依旧阴云密布,空气中依然弥漫着雾气,我注意到湖面异乎寻常地平静,平静到甚至难以辨别出湖面;倒

---

58 典故可能来自歌曲《啊,船夫,加速!》(*Oh, Boatman, Haste*,1843),其中有这样一行:"回声落下时多么甜蜜,/就像桨上滴下的乐声!"或者来自托马斯·莫尔的《回声》(*Echo*):

    晚间的回声
    奏出多么甜蜜的音乐,
    笛声或号角将她唤醒,
    远处的草地和湖泊上,
    飘过呼应的光影。

59 从天堂里,为求永生。

映在湖中的已经不再是十月那明亮的色彩，而是周围山岚那阴暗的十一月的色调。划过水面时我尽可能地放轻动作，但是，我的船荡起的微波还是飘散到了我视野所及的远方，水面的倒影看起来有些层层叠叠的波痕。但是，当我眺望着水面时，能够从远处看见这里那里有一丝依稀的微光，就像一些逃脱了霜冻的水黾在那里麇集，也或许是，湖面这么平坦，显露出了湖底泉水涌出的位置。我轻轻地划到这样一个地方，很惊奇地发现，周围到处都环绕着五花八门的小鲈鱼，它们大约有五英寸长，在绿色的水中带着深深的古铜色，在那里嬉戏，不断地浮上水面，荡起小波纹，有时候还冒出小泡泡。湖水是这样透明，映照着云彩，似乎深不见底，我觉得自己像是坐在气球中飘过天空一样，而鱼群的游弋，在我眼里更像是一种飞行或翱翔，仿佛它们是一小群鸟儿，在我正下方或左或右地飞过，它们的鳍，像风帆一样，在它们四周支撑而起。湖里有很多这样的鱼群，在冬天将它们宽阔的天窗完全封冻之前，抓紧时间利用这短暂的季节，它们搅起的水花，有时候看起来像是微风吹皱了湖面，有时候又像是几滴水珠降落在湖中。当我不小心走近惊动了它们时，就像有人用浓密的树枝砸向水里一样，它们突然用尾巴激得水花四溅，马上躲到湖水深处去了。终于，风猛了，雾浓了，浪大了，鲈鱼跳得比以前高多了，一半身子都在水面上，湖面上同时出现了上百个黑色小点，每一条大约三英寸长。有一年，甚至到了十二月五日[60]，我还在水面上看见一些小窝纹，因为空气中雾气很重，我以为马上就要下大雨了，马上坐到舵位上，奋力往家里划去；雨好像很快就下得很大了，尽管我脸上一点儿也没有感觉出来，我还是料想着我肯定马上会淋个透湿。但突然间，水里的水涡全都消失了，因为水涡是小鲈鱼们搅出来的，我的桨声把它们吓得躲到深水区了，我隐隐约约看见鱼群渐渐消失；于是我这个下午还是干干爽爽。

六十年前，瓦尔登湖因为周围森林过于茂密而颜色深幽，一位曾经在那时就来过这里的老人[61]告诉我，那辰光，他有时候看见，湖上因为鸭子和其他水鸟浮游而显得生机盎然，周围还有很多鹰。他来这里捕鱼，用的是他在岸边发

60　1852年。
61　身份不明。梭罗1853年6月16日最初的日记中，老人"五十五年前"常到瓦尔登湖去【J 5: 260】。

现的一条旧独木舟。这条独木舟是用两株白松掏空后拼在一起制成的,两头都削成了四方形。独木舟很笨重,但耐用了很多年,最后进了水,大约是沉到湖底了。他不知道船是谁的;船是属于瓦尔登湖的。他曾经用一条一条的山核桃树树皮拴在一起,做成了锚绳。有一个革命前就住在湖边的陶匠[62],有一回告诉他,湖底有一只铁柜,他曾经见过的。有时候铁柜会漂向岸边;但是,你一走过去,它就会沉下水底,无影无踪。我听到老独木舟的故事很高兴,它取代了印第安人用同样的材料制成的独木舟,但建造得更优雅一些,这叶扁舟最初可能是岸边的一棵树,然后倒进湖里,在湖上漂浮了一代人的时光,是湖上最合适的船只。我记得我初次向湖底深处看去时,湖底上隐隐约约躺着很多大树干,它们要么是以前被吹倒的,要么是上次砍伐时留在冰面上的,那时木材还很便宜;不过现在它们基本上都不复存在了。

我初次在瓦尔登湖划船时,湖周围全部环绕着茂密高大的松树和橡树林,在有些湖湾里,葡萄藤攀援上水边的树林,搭成了凉亭,船只可以从下面穿过。湖岸边的山岭那么陡峭,那时山上的树林又那么高大,如果你从西岸看下来,瓦尔登湖看起来像是一座露天剧场,表演着某种森林奇观。年轻些时,我曾经在那里度过了无数光阴,把船划到湖中心后,便任它随着微风在湖面上漂浮,我仰躺在船上的座位之间,做着白日梦,知道船碰上沙滩后会把我唤醒,然后我再起身查看我的命运把我带到了哪一片湖岸;那些日子里,闲散是我最有吸引力和最有成效的事业。很多上午,我偷偷溜出去,宁愿就这样度过一天最有价值的时光;因为我很富有,虽然我拥有的不是金钱,而是晴天和夏日,所以我可以尽情挥霍它们;我也不后悔没有把更多的光阴荒废在作坊里或教师的办公桌上。但是,自从我离开这片湖岸之后,伐木工人砍伐得更多了,于是,很多年里,两旁树木葱茏、偶尔远望你还能透过树木看见水面的林间小道不复存在,我再也不能沿着这样的林间小道漫步了。如果我的缪斯从此沉默,这应该是情有可原的。如果鸟儿栖居的树林被砍倒了,你怎么还能期待着鸟儿歌唱呢?

如今,大树的树干沉没在湖底,旧独木舟和周围苍黑的树林都消失了,那

---

[62] 约翰·韦曼(John Wyman),偶尔被称为 Wayman 或 Wyeman(1730?—1800),1787 年在瓦尔登湖亚伯·普雷斯科特医生(Dr. Abel Prescott,1718—1805)拥有的土地上建造了房子。《从前的居民》一章中也提到过韦曼。

些村民甚至都不知道瓦尔登湖在何处，他们不仅不到湖里去洗澡或者喝水，而且还想把湖中这至少和恒河[63]的水一样神圣的水，用管道引向村里[64]，用它来洗碗！这些人，居然想拧一下龙头或拉一下栓就得到他们的瓦尔登湖！那匹恶魔般的铁马，它那刺耳的嘶鸣响遍全村，用它的铁蹄搅浑了沸腾泉，就是它吞噬了瓦尔登湖岸所有的树林[65]；那匹特洛伊木马[66]，肚子里藏着一千名武士，就是贪财好利的希腊人发明的[67]！海内第一英雄、摩尔厅的摩尔在哪里[68]，在深

---

63 恒河（the Ganges），印度北部河流，印度教徒奉之为神河。

64 根据富兰克林·桑伯恩的记载，这个计划在梭罗生前就放弃了。最终是将弗林特湖用作这个目的。

65 为蒸汽机提供燃料，也为铺铁轨腾地方、提供铁路枕木。

66 特洛伊战争中，希腊人通过躲藏在一匹他们表面上伪装成礼品、特洛伊人拖进城里的大木马里，攻破了特洛伊人的防守。

67 普鲁塔克在他关于亚历山大的生平中使用了这个短语："但是无法抵御第一次进攻的敌人很快就放弃阵地逃跑了，除了希腊雇佣军以外，他们占据了一块高地，一个有利地形，亚历山大受感情而不是理智的驱使，拒绝接受，自己率先向他们冲去，结果他的坐骑（不是布塞弗勒斯-Bucephalus，而是另一匹马）在他的胯下被杀死了。"

68 摩尔厅中的摩尔（More of More Hall）：英国民谣《旺特利龙》（*The Dragon of Wantley*）中的主人公，通过踢或打击恶龙身上唯一的致命脆弱点来杀死了它，有些版本说其弱点是嘴，有些说是它的后背。这首民谣中的龙也被用来与特洛伊木马相比较：

  你可曾听说过，

  肚里藏着七十名勇士的特洛伊木马？

  这条龙没有那样庞大，

  但我告诉你，它很近；

像梭罗的铁马一样，这条龙也吞噬着树林：

  这条龙会吞吃各种家畜，

  有人说它还会吃掉树木，

  它一定会一步一步地

  吞噬所有的森林。

梭罗的拼法，Moore of Moore Hall，显然是来自亨利·凯里（Henry Carey，1689—1743）为也是名为《旺特利龙》的滑稽喜剧写的唱词。十八世纪时，其流行程度仅次于约翰·盖伊（John Gay，1685—1732）的《乞丐歌剧》（*The Beggar's Opera*），所以梭罗很可能听说过。

堑[69]那里与他短兵相接,将复仇之矛插入那庞大的害人之物的肋骨之间?

不过,在我知道的所有特性之中,瓦尔登湖最为出色,而它也保留得最好的,是自己的纯洁。很多人都曾被比喻成瓦尔登湖,但很少有人受之无愧。尽管伐木工人一棵接一棵地砍光了它岸边的树,尽管爱尔兰人在湖边搭起了窝棚,尽管铁路侵入了它的边缘,凿冰的人也曾在湖上采过冰,但是,瓦尔登湖本身却毫无变迁,仍然是我年轻时看到的同样一片水面;倒是我发生了很多变化。湖水荡起这么多涟漪,却没有让它留下一条永久性的皱纹。它永远年轻,我可以站在这里,看着一只燕子向下飞翔,从湖面上叼起一只昆虫,所有这一切,都似曾相识。今天晚上,我又突然想到,好像我这二十多年来,不是差不多每天看见它似的,——啊,这是瓦尔登湖,我多年前发现的那同一汪林中之湖;去年冬天一片树林被砍倒,今年,它的岸边就会长出新的树林,又是郁郁苍苍的一片[70];同样的思绪,像从前一样涌现出它的水面;为自己和造物主同样带来充溢的快乐和幸福,唉,也给我带来快乐和幸福。它无疑是一个勇敢的人的作品,这个人心里是没有诡诈的[71]!他用手把这片水域捏成圆形,用他的思想使它变得深邃、纯净,然后在他的遗嘱中把它传递给了康科德。从它的水面上,我能看见,来此拜访它的是同样的倒影;我几乎要说,瓦尔登湖,这是你吗?

  我的梦想,
  并不是点缀着一条诗行;
  住在瓦尔登湖
  我是如此接近上帝和天堂。
  我是它石砌的湖岸,
  我是飘过湖面的微风;

---

69 The Deep Cut,瓦尔登湖西北面一个地点,为了铺平铁轨,那里的土被挖了出来,成了一个大坑。

70 在《森林树木延续》中,梭罗解释道:"茂密的松树林荫,更有利于其中的橡树繁殖,而不利于同样种类的松树繁殖,尽管松树被砍倒时,如果地上有成熟的种子的话,同类的松树也会长得很茂盛。"【W 5: 190】

71 典故来自《约翰福音》1: 47:"耶稣看见拿但业来,就指着他说:'看哪!这是个真以色列人,他心里是没有诡诈的。'"

| 湖 泊 |

> 在我的手心
> 是它的清水和细沙，
> 它最隐秘的深处
> 高驻在我的脑海之中。[72]

火车从来没有驻足凝望瓦尔登湖；不过，我想象着，那些司机、司炉和司闸员，那些持有季票、经常看见瓦尔登湖的乘客，是懂得怎样观赏这幅景致的。火车司机在夜晚并不会忘记，或者说他的天性晚间不会忘记，他在白天里至少有一次曾经享有过这种宁静和纯洁的景致。哪怕他只看见过一次瓦尔登湖，它都能够帮助他洗尽州街[73]和发动机的煤烟。有人建议把它称为"上帝的水滴"[74]。

我说过，瓦尔登湖没有可见的进水口或出水口，但它一面连着地势更高的弗林特湖，中间是介于这两个大湖之间的一连串小湖，而另一面则和低处的康科德河相通，在某些地质时期，这些小湖可能会被康科德河溢满，稍微挖一下的话，上帝保佑，康科德河可能还会流向那里。瓦尔登湖像一位林中隐士那样克制而简朴地生活了这么长久的岁月[75]，因而得到了这样卓绝的纯净，那么，一旦弗林特湖那相对来说不那么纯净的水混入其中，或者瓦尔登湖那甜美的湖水流入大海，浪费在海洋的波浪中，谁不会感到遗憾万分呢[76]？

---

72 梭罗的诗。

73 州街（State Street），波士顿的金融和商业区，代表商业和物质财富。爱默生在他1841年的日记中评论道："超验主义对州街的看法，就是认为它有此合同无效的危险。"

74 可能来自爱默生，爱默生在他1840年4月9日的日记中，称鹅湖（Goose Pond）为"水滴或上帝之湖"（the drop or God's pond）。在他1849年9月11日的日记之后，梭罗建议用两个名字"黄松湖"（Yellow pine lake）和"海吉雅之水"（Hygae's Water）来为瓦尔登湖重新命名【PJ 3: 24】。

75 典故来自安德鲁·马维尔（Andrew Marvell，1621—1678）的《贺拉斯颂》（*Horatian Ode*）"他生活得克制而简朴"【I. 34】。

76 典故来自托马斯·格雷的《墓园挽歌》"如此多花朵生来无人识得，/ 在沙漠的空气中蹉跎了它的甜美"【II. 55—56】。

林肯的弗林特湖，或沙湖[77]，是我们这里最大的湖泊和内海，坐落在瓦尔登湖东面大约一英里处。它比瓦尔登湖要大得多，据说面积有一百九十七英亩，湖里的鱼类也更丰富；但它相对来说比较浅，也不是特别纯净。我常常穿过树林朝那个方向走，这是我的一大乐事。这么走一趟很值得，哪怕仅仅是为了让风自由自在地拂过你的脸颊，观看波浪奔腾，怀想水手的生活。秋天刮风的时候，我到那里去捡板栗，板栗落进水里，冲到我的脚下；一天，当我蹑手蹑脚地走过莎草茂密的湖岸时，清新的浪花打在我的脸上，我碰到了一条船腐烂的残骸，船帮都没了，灯芯草丛里隐隐约约也只能看见一点扁平的船底留下的印记；不过它的轮廓还是很清晰，就像一片腐坏了的大睡莲叶[78]，剩下的只是它的筋络了。它和海岸边的船只残骸一样令人难忘，也在诉说着一样的故事。此时，它仅仅是一片滋养植物的腐殖质，看起来和湖岸完全一样，因为周围已经长满了灯芯草和鸢尾花。我常常观赏这个湖北端的沙底上的波纹，由于水的压力，湖底在涉水人的脚下又稳又硬，那儿的灯芯草也像印第安人一样，一个接一个地单列排行[79]，也依着这些印记，相应地长出了波纹形，一排一排很有规律，好像是波浪种下的一样。我在那里还发现了很多奇怪的绒球[80]，里面显然是纤细的草或根，大约是谷精草，直径在半英寸到四英寸之间，形成完美的球形。它们在浅浅的沙底荡来荡去，有时候被冲上湖岸。它们要么全都是实心的草，要么中间有一点沙子。起初，你会以为它们就像鹅卵石一样，是波浪冲刷而成；但是，即使是最小的绒球，只有半英寸长的那些，里面也是同样粗糙的材料，而且一年中只有一个季节会出现。此外，我疑心，波浪所起的作用并不是构造了这种绒球，而是在损害这种本来十分稠密的材料。干燥以后，它们会长期保留自己的形状。

---

[77] 梭罗的朋友、哈佛的同屋查尔斯·斯登·惠勒（Charles Stearns Wheeler, 1816—1843）在弗林特湖附近盖了一个小窝棚，他 1836 年至 1842 年间不同时间里在那里住过。梭罗在小窝棚里住过，大约是在 1837 年，但关于居住时间长短各说不一。尽管惠勒的小窝棚的确切位置无人知晓，它很可能是建在他哥哥威廉·弗朗西斯·惠勒（William Francis Wheeler, 1812—1890）的土地上。

[78] 睡莲（Lilypad）。

[79] 在 1851 年 9 月 4 日的日记中，梭罗提到印第安人走时"排成单行，更孤单，——而不是并排走着，边走边聊"【J 2: 457】。

[80] 绿藻球（Moorball，学名 Cladophora aegagropila）：一种形成球状体的淡水藻类。

弗林特湖！我们命名的本事就是这么低下。那个肮脏愚蠢的农民，他的土地紧挨着这片上天赐的天湖，残酷无情地把湖边砍得光秃秃的，有什么资格用自己的名字为这个湖命名[81]？他只不过是一个吝啬鬼，更喜欢一枚美元明亮如镜的表面，或者是闪闪发光的一枚分币，他在钱币上面能够看见自己厚颜无耻的脸；他把湖上栖息的鸭子当作入侵者；他的手指因为长期习惯于像鸟身女怪哈比[82]那样残酷贪婪地抓东西，已经长成了弯曲的硬爪；我不喜欢弗林特湖这个名字[83]。我到那里去，并不是去看他，也不是去听他说话；他从来没有欣赏过这个湖，从来没有在湖中沐浴，从来没有爱过它，从来没有保护过它，从来没有赞美过它，也没有感谢上帝创造了它。要给湖命名的话，还不如用湖中游泳的鱼、经常光顾湖中的野禽走兽、湖岸边生长的野花或者某个野人或野孩子的名字来命名，起码他们生命的历程，与湖的历史毕竟是互相交织在一起的；除了一个和他一路货色的邻居或立法机构给他的契约以外，弗林特对湖没有任何别的所有权，——他考虑的只是湖的金钱价值；他的到来，说不定给整个湖带来了厄运；他耗尽了周围所有的地力，肯定还想耗尽湖中的水；他唯一的遗憾是，可惜这里不是能够种植英国草或蔓越橘的草地，——的确，在他眼里，这是无法弥补的遗憾，——他甚至会把湖水排干，出卖湖底的淤泥。这湖不能带转他的水磨，就算拥有它，也不能给他带来开磨坊的特许权[84]。我对他的劳动毫无敬意，对他的农场也毫无敬意，在他的农场里，一切都可以明码标价出售；如果风景能够为他换取什么东西，他甚至会把风景带到市场上出售，他甚至会把他的上帝带到市场上出售；他到市场上去其实是为了找到他的上帝；在他的农场里，没有什么东西可以自由地免费生长，他的田地里除了美元以外不生长任何作物，他的草地除了美元以外不长任何鲜花，他的果树除了美元不结任何果实；

---

[81] 林肯的弗林特湖是根据其最初的所有主托马斯·弗林特（Thomas Flint, 1603—1653）命名的。十七世纪时亦称弗林特先生湖、弗林特夫人湖、大湖，十八世纪初又称沙湖。通过查尔斯·斯登·惠勒，他和弗林特湖有一层关系，有人猜测梭罗最初希望在那里盖房，但没有得到特许权，招惹他发出了一语双关的某个"吝啬鬼"（skin-flint）的谩骂。不过，没有任何证据证实这个猜测，这个故事不过是臆想。

[82] Harpy，希腊神话中一个肮脏、狰狞的鸟身女怪。

[83] 根据梭罗，一座湖不应当用湖的所有者的名字来命名。

[84] 授权用水来带转磨坊机器或其他私人目的的特许权。

他爱的不是他的果实的美丽，他的果实只有在变成美元时才算成熟。让我享受那种真正富有的贫困生活吧。一个农夫越是贫困，我就越是尊敬他们，越是对他们感兴趣。看看那些模范农场吧！房子像蘑菇一样坐落在一块粪堆上，人、马、牛和猪的住室，干净的和不干净的，全都连在一起！挤满了人！一个大大的油渍，发出粪肥和牛奶的馊臭味！在这种农耕之上的高级状态下，人们是在用人的心和脑沤肥！就像在教堂墓地里种土豆一样！这就是模范农场。

不，不；如果一定要用人名来给风景中最美好的景致命名，那么，至少只采用那些最高贵和最当之无愧的人的名字吧。让我们的湖泊得到真实的名字吧，至少像伊卡洛斯海[85]那样，那里的"海岸依旧回响着勇敢的尝试"[86]。

鹅湖[87]面积小一点，位置在我去弗林特湖的路上[88]；费尔黑文湖从康科德湖延伸出来，据说约有七十英亩，在西南面一英里处；白湖大约四十英亩，在费尔黑文过去一英里半的地方。这是我的湖畔[89]。这些湖，加上康科德河，是我有权享受的水域[90]；日复一日，年复一年，它们碾磨着我给它们扛过去的谷物。

由于伐木人、铁路和我自己亵渎了瓦尔登湖，白湖现在是林中瑰宝，在所有湖中，它可能不是最美的，但它肯定是最有吸引力的。白湖这个名字可能是出自湖水那特殊的纯净，也可能是出自湖沙的颜色，这个名字不好，有点太过平凡。不过，在这方面，就像在其他方面一样，白湖是瓦尔登湖的双胞胎，小

---

[85] 伊卡洛斯海（The Icarian Sea），爱琴海中以伊卡洛斯（Icarus）命名的部分。根据希腊神话，伊卡洛斯用他的父亲代达罗斯做的蜡翅膀逃出克里特（Crete）。他飞得离太阳太近时，翅膀融化掉了，伊卡洛斯坠入海中。

[86] 引自霍索恩登的威廉·德拉蒙德（William Drummond of Hawthornden，1585—1649）的《伊卡洛斯》(*Icarus*)："海岸依旧回响着我勇敢的尝试。"

[87] 鹅湖（Goose Pond），瓦尔登湖东面的小湖。

[88] 尽管鹅湖不是正好在梭罗的瓦尔登房子和林肯的弗林特湖之间的路上，他喜欢这条路线，正如他1845—1846年秋天或冬天这则日记所说："弗林特湖——要去那里你要经过鹅湖——那里住着一群麝鼠并把它们的窝盖在冰上——但上面一只也没见过。"【PJ 2: 141】1851年9月12日，他写道："经弗林特湖东面回来，经鹅湖和我的房子到铁路。"【J 2: 496】《冬天的动物》里也提到了这条路。

[89] 指英国西北部的湖区（the Lake District），因诗人华兹华斯、柯勒律治和罗伯特·骚塞（Robert Southey，1774—1843）而著称于世。

[90] 梭罗指的是将这些水用作他的"个人事务"（private business）的特许权。

一点的那个。它们彼此非常相似，你会认为它们在地下肯定是互相连接着的。白湖有和瓦尔登湖同样的石岸，湖水也是一样的颜色。就像瓦尔登湖一样，在闷热的三伏天里[91]，从林中俯瞰那些湖湾，水不太深，但是湖底的折射为它们染上了颜色，白湖的水也是一种雾蒙蒙的蓝中带绿或淡绿蓝色[92]。很多年前，我曾经去那里一车一车地挖沙子，供制砂纸所用[93]，从那以后，我便成了那里的常客。有个人经常去那里，建议将它取名叫绿湖[94]。因为下面这个缘故，我们可以称它为黄松湖。大约十五年前，你在这里可以看见一株油松的树梢，从离湖岸很多杆的地方，探伸向深深的水面，人们称它为黄松[95]，尽管黄松并不是特指哪一种树。有些人甚至认为白湖是地面下陷的结果，而这棵树就来自从前矗立在那里的原始森林。我发现，早在1792年，在《马萨诸塞州历史学会文集》中就有记载，一个康科德公民写了一篇《康科德镇地形介绍》，作者在谈过瓦尔登湖和白湖之后，补充说："在白湖中，水位较低时，可以看见一棵树，看起来像是在它现在所处的地方长出来的，尽管树根在水底下深达五十英尺；树梢断了，断口的直径有十四英寸。"[96]1749年春天，我和萨德伯里一位住得离湖最近的人交谈过，他告诉我，是他十到十五年前把这棵树打捞上来的[97]。他所能记得的，就是这棵树位于离湖岸十二或十五杆的地方，那里的水大概三十或五十英尺深。时令是冬天，他上午在采冰，下午时，决定找邻居帮忙，把这株老黄

---

91 夏天最热的日子，称作"狗天"（Dog Days）是因为得名于"狗"星（the Dog Star）天狼星（Sirius），这段时间里，天狼星和太阳同时升起。

92 淡蓝（glaucous）。

93 梭罗家的生意除了制造铅笔和黑铅以外，还包括制造砂纸。

94 Virid，绿。富兰克林·桑伯恩在《七十年回忆》中说埃勒里·钱宁提出了这个建议。

95 黄松（Yellow-pine），初生的美洲油松的木头带有一种黄黄的颜色。在《从前的居民》一章中，梭罗使用了口语中的名字南瓜松树（pumpkin pine）。

96 引自《马萨诸塞州历史学会文集》（*Massachusetts Historical Society*）1: 238 中威廉·琼斯（William Jones，1772—1813）的《康科德镇地形介绍，1792年8月20日》（*A Topographical Description of the Town of Concord, August 20, 1792*）。马萨诸塞州历史学会成立于1791年，是一个旨在收集、保存和分享美国历史研究的资源的资料库和出版商。琼斯于1792年8月20日提交了这篇文章，他当时还是哈佛的学生。

97 小约西亚（Josiah，约书亚-Joshua）·海恩斯（Haynes，1800—1884）。

松打捞上来。他在冰上凿出了一条通向湖岸的通道，用牛把它拖出冰面；但是，他的工程还没有多大进展时，他就惊奇地发现，其实树是倒立着的，树枝的茬子冲下面，小头结结实实地扎在沙底里。树的大头直径大约有一英尺，他本来指望能够得到一条好木材，但树烂得太厉害，只能用作燃料，甚至作燃料都不够好。他那时还有一些残木头存在小棚子里。树茬[98]上有斧子和啄木鸟留下的痕迹。他认为，这棵树可能是岸边的一株死树，但最后被风刮进了湖里，后来树梢进水，树茬还又干又轻，树就漂走了，头朝下沉入水底。他那八十岁的老父亲，从他记事起那棵树就在那里。可以看见，水底还有几株挺大的木头，由于水面的波动，它们看起来像是巨大的水蛇在蠕动。

白湖很少遭到渔船的侵扰，因为这儿没有什么能够吸引渔民的东西。这里长的不是需要淤泥的白睡莲[99]，或者常见的菖蒲，而是稀稀落落地长着开蓝花的鸢尾（Iris versicolor），从多石的湖底环绕着湖的四周生长出来，六月时蜂鸟会光顾它们，它那泛蓝的叶片和花朵的颜色，特别是叶片和花朵的倒影，和蓝绿色的湖水搭配得浑然天成。

白湖和瓦尔登湖是地球表面上伟大的水晶石，是光明之湖。如果把它们永久性地凝固起来，如果它们小得能够抓起来，或许可以让奴隶把它们像宝石那样扛去装饰皇帝们的冠冕；但是，由于它们是液体的，面积又很大，于是，它们就永远属于我们和我们的后人，而我们却抛弃它们，转而追求科希努尔的钻石[100]。它们太纯洁，没有市场价值；湖中也没有肥料。它们比我们的生活美好得多，它们比我的本性要透明得多！我们从来没有发现它们有任何卑劣之处。它们比农夫门前供鸭子游泳的池子清澈多了！这里只有干净的野鸭才会来造访。居住在大自然中的人类居民，不懂得欣赏大自然。鸟儿凭借它们的羽毛和歌唱，与花朵是和谐的，可是，哪个少男少女能够与大自然那野性丰饶的美相得益彰呢？大多数时候，大自然在远离人类居住的村庄的地方，独自枯荣。还奢谈什么天堂！你们把人间都玷污了。

---

98 But，树干，特别是离地面最近之处。
99 睡莲（Water Lily）。
100 产自印度的 186 克拉的钻石，又名"光之山（mountain of light）"。1850 年，东印度公司将它献给维多利亚女王（Queen Victoria），女王让人将它重新切割成了 108.93 克拉。

贝 | 克 | 农 | 场

  有时候我会漫步走到松林里，松树像庙宇一样高高耸立，或者像是海上装备完整的船队，波浪般的树枝，在阳光下荡漾起伏，那么柔软、翠绿、荫凉，德鲁伊[1]宁愿放弃他们的橡树，转而崇拜这些松树；或者漫步到弗林特湖那边的香柏树林[2]，那里的树身上满是覆盖着一层灰白色的蓝色浆果，树梢一株比一株高，它们完全有资格站立在瓦尔哈拉殿前[3]，匍地松[4]用满是果实的枝蔓覆盖着大地；或者漫步到沼泽地带，那里的松萝地衣像花饰一样从黑云杉树上悬垂下来，地上满是伞状的毒蕈[5]，像是沼泽神祇的圆桌会议，更绚丽的菌类装饰着树桩，就像蝴蝶或贝壳，或者是植物界的滨螺[6]；那里生长着沼泽杜鹃花[7]和山茱萸[8]，红色的冬青果[9]像小精灵的眼睛一样闪闪发亮，南蛇藤[10]用它层层叠叠的藤划破击

---

1 德鲁伊（Druid），古代凯尔特祭司，对他们来说橡树是圣树。罗马历史学家和自然学家老普林尼（Pliny the Elder，该犹·普里纽斯二世-Gaius Plinius Secundus, 23—79）记录说，德鲁伊"认为没有比槲寄生和橡树更神圣的了，他们行使所有的仪式，都必须有一束槲寄生和橡树。他们选择橡树组成的树林，仅仅是为了树的缘故"。
2 The Eastern red cedar（香柏树），学名弗吉尼亚桧（Juniperus virginia），母树会长出光滑的蓝色浆果。
3 斯堪的纳维亚神话中，奥丁（Odin）的大殿，被杀的英雄的灵魂在那里永远安息。
4 不是真正的紫杜松（creeping juniper，学名 Juniperus horizontalis），而是普通的欧刺柏（common juniper，学名 Juniperus communis，叶甲类）。
5 不可食或有毒的像蘑菇的菌类，带着一种伞状结果的菌体。
6 Vegetable winkle，常用名玉黍螺，一种可食的海螺。
7 沼泽杜鹃（swamp azalea，学名 Rhododendron viscosum）。
8 有毒的山茱萸（dogwood）或漆树（sumac，学名 Rhus vernix），梭罗在日记中写道："铁路边，就在红房子上方的**沼泽**里的山茱萸和它的果子，从长长的茎上像断了一样垂下来……啊，让我去山茱萸沼泽里走一走吧，那些为数不多的粗糙的树枝！像撒旦一样美丽。"【J 3: 147】
9 冬青树（the winterberry）或黑冬青（black alder）的红色浆果，黑冬青（black alder）根本不是赤杨（alder），而是一种冬青（holly，学名 Ilex Verticillat）。
10 爬行的美洲南蛇藤（climbing bittersweet）。

225

败了最强壮的树木，野生的冬青[11]以自己的美丽让看到它的人乐而忘蜀，还有其他无名的野生禁果，美丽得凡人无法品尝，一味迷惑着他，引诱着他。我不去拜访名家，而是多次去拜访一些特定的树木，它们在这一带非常罕见，或者是藏身于遥远的某一片牧场中间，或者是在林中或沼泽深处，或者是在山顶上；比如说黑桦树，我们就有一些直径两英尺的漂亮标本；它的表亲黄桦树，披挂着宽大的金黄背心，像黑桦树那样散发着香味；山毛榉，树干[12]那么整洁，青苔把它装点得那么漂亮，一切细节都是那么完美，除了零零星星的标本以外，我知道镇里只剩下了一小片，树还足够大，有些人认为这片林子是鸽子播种的，它们以前被附近的山毛榉果子吸引来过；劈开这种木材的时候，发出的银色颗粒闪光很值得一看；另外还有椴树，鹅耳枥；还有 Celtis occidentalis，即假榆树，这种树我们只有一株生长完好；一株高大的白松[13]，一种适合做墙面贴板的树[14]，或者一株异常完美的铁杉树，像一座宝塔一样在林中亭亭玉立；还有很多我可以如数家珍的树。这是我每年夏天和冬天参拜的圣地。

有一次，我碰巧正好站在一道彩虹的尽头[15]，这道彩虹覆盖了大气层的下端，给四周的青草和树叶都涂上了颜色，令我眼花缭乱，像是看着一枚五彩缤

---

11 山冬青（Mountain holly，学名 Nemopanthus mucronata）。

12 第一枝主分枝以下的树干。

13 白松（white pine），康科德本地生长的唯一一种高树种。

14 Shingle tree，一种出产适合制作墙面贴板的木头的树，不是顶果树（East Indian timber tree，学名 Arcocarpus fraxinifolius），又名贴板树（shingle tree），其坚硬耐用的木材被用来制作茶叶盒。选用贴板树时，先砍进树身，分出一块，试试看它能不能够顺利地分出来。

15 梭罗在他的日记中两次作出了这样的记载，一次是1851年8月9日："我们正好日落时在小雨最西端，太阳光从云彩和正在下落的雨中照射下来。实际上，我们身在彩虹之中，彩虹的顶端就是在这里接上地面。"【J 2: 282—83】1852年8月7日他写道："我们在雨线边上太阳正落的时候清楚地看见了彩虹。如果我们在雨稠密之处，彩虹便显得有些暗。有时候它那么近，我在湖这一边的地平线上也能看见它的一部分虹霓，给地平线染上了彩色。有时候我们完全进入了彩虹，被它团团环绕，体验到了一个孩子实现自己愿望的感觉。"【J 4: 288】尽管梭罗号称他站在彩虹的霓拱上，这根本不可能。物理学法则注定了彩虹只有在太阳对面离观察者42°的角度，亦即"彩虹角度"的地方才会出现。梭罗经历的是什么自然现象还不清楚。

纷的水晶石一样。整个湖里满是彩虹的光芒，而我在彩虹之中，有那么一小会儿，我觉得自己像是一只海豚[16]。如果它持续的时间长一点，说不定会给我的职业和生活也增添光彩。我在铁路铺道上行走时，我的影子周围的光晕有时会让我感到神奇，然后会幻想着我是上帝的一个选民[17]。一个来拜访我的人宣称，他前面的一些爱尔兰人周围没有光晕，只有本地人才有这个特点。本韦努托·切利尼[18]在他的回忆录中告诉我们，当他被关在圣安杰洛城堡[19]时，他曾经有过一个可怕的噩梦或幻见，自那以后，不管他是在意大利还是在法国，在清晨和黄昏，就会有一道灿烂的光环在他的头的影子上方，草地上有潮湿的露水时更加明显[20]。这可能就是我前面提到过的那一种现象，早上最容易观察到，不过其

---

[16] 人们相信，海豚将死时会发出美丽的色彩，尽管发出彩色的不是鲸类的水生哺乳动物，而是海豚鱼（dolphin fish，学名 Coryphaena hippurus）。梭罗可能是在拜伦勋爵（Lord Byron，1788—1824）的《恰尔德·哈罗德旅行记》（*Childe Harold*）4.29.6—9 中读到这个故事的：

> 分别之日
> 像海豚一样死去，每一次剧痛
> 输入新的颜色，伴随它渐弱的喘息——
> 最后的彩色最可爱，——

[17] 清教徒们相信上帝选择某些个人作为拯救的对象。更广义地说，指任何被圣恩从诅咒中拯救出来的人。

[18] 本韦努托·切利尼（Benvenuto Cellini，1500—1571），意大利艺术家和金匠，今日以其《自传》（*Autobiography*）而著名。

[19] 圣安杰洛城堡（the castle of St. Angelo），在罗马，切利尼曾在那里遭囚禁，罪行（可能是不确的）是偷窃了罗马教皇头饰上的珠宝。

[20] 在 1851 年 9 月 12 日的日记中，梭罗写道：

> 本韦努托·切利尼在他的回忆录中写道，囚禁在罗马的圣安杰洛城堡期间，他有过一个可怕的梦或幻见，某些事件被传达给他，后来又消失了，然后他又加上，'从看到这个现象的那一刻起，我头上出现了（奇怪的关联！）一道灿烂的光环，这道光芒在所有我觉得适合展示的人面前都显示得很清楚，不过这样的人不多。这道光从早上到下午两点可以在我头上的影子里看到，当草地因为露水而潮湿的时候最利于观察；晚上日落时也能看得见。我在巴黎也观察到了这个现象，因为在那里的气候中空气特别纯净，我在那里比在意大利能更清楚地辨认出来，意大利雾气更频繁；不过我在意（转下页）

他时间也有，甚至月光下也能看到。尽管这种现象经常出现，但通常不会引人注意，在像切利尼这样想象力丰富的人眼里，它足以成为迷信的基础。此外，他告诉我们，他只向寥寥无几的几个人展示过他头上的光圈。但是，那些知道自己有光圈的人，难道不真是非常出众吗？

　　一天下午，我穿过树林去费尔黑文钓鱼，勉强补充一下我分量不太充足的菜肴库存。途中我经过与贝克农场相邻的快乐草甸[21]，一位诗人[22]曾经歌唱过这个隐居之处，开头是，——

　　　　你面向欢欣的田野，
　　　　长满苔藓的果树
　　　　遮掩着一条红红的小溪，
　　　　麝鼠们[23]在小溪中滑行，
　　　　银色的鳟鱼
　　　　疾速游过。[24]

我去瓦尔登湖居住之前，曾经想住在那里。我在那儿"顺"[25]过苹果，跳过小溪，吓唬过麝鼠和鳟鱼。那是一个让人觉得无限漫长的下午，在这样的下午，很多事情都可能发生，我们的自然生命中大部分时候都是如此，尽管我动身的时候，这一天已经过去了一半。路上下起了雨，我只好到一棵松树下躲了半个

　　（接上页）大利还是能够看见，并向别人展示，尽管不像在法国那么清楚。'这让我想起早上在铁路上注意到的我的影子周围的光晕，——月光下也能看到，——就像，在一个有很丰富的想象力的人那里，这种现象足够成为他的迷信的基础。【J 2: 294—95】

21 快乐草甸（Pleasant Meadow），瓦尔登湖南面，在费尔黑文湖岸。
22 埃勒里·钱宁，亦即《动物邻居》和《室内取暖》两章中提到过的诗人。
23 Masquash，麝鼠（maskrat）。
24 引自埃勒里·钱宁的《樵夫和其他诗篇》中的《贝克农场》一诗，略有改动。
25 Hooked，偷。

小时，把树枝遮在头顶上，用手帕搭成一个棚子[26]；当我站在水齐腰深的地方，终于将渔线抛过一片梭鱼草[27]时，我突然发现我是在一片乌云的中心，雷声开始轰隆，震耳欲聋，我只能乖乖听着。我想，神灵们肯定很傲慢得意，用这么多交叉耀眼的闪电，击败了一个可怜的手无寸铁的渔夫。于是我急忙逃往最近的小棚子，小棚子离最近的小路也有半英里，但比湖还是要近得多，很久无人光顾了：——

诗人修造在此处，
时光流逝弹指间，
平凡一只小窝棚，
驶向毁灭不得见。[28]

这是缪斯的寓言。不过，我发现那里现在住着爱尔兰人约翰·菲尔德[29]，他的

---

[26] 这个句子内含的韵律，表明它可能是一首弃置的诗中的片段。

[27] 梭鱼草（Pickerel-weed），见于北美浅水中的一种淡水植物（Pontederia cordata）的俗名，有星形的叶子和紫蓝色的花穗。

[28] 引自埃勒里·钱宁的诗《贝克农场》（The Baker Farm），略有改动。钱宁在他那本《瓦尔登湖》中标记说，"诗人"这个词"就是制作者或机械师"。

[29]《马萨诸塞州林肯镇重要记录》（The Vital Records of Lincoln, Massachusetts）中记录约翰·菲尔德（John Field）是一个爱尔兰工人，妻子玛丽（Mary），女儿玛丽（Mary）生于1844年5月，除此之外没有关于他的信息。梭罗于1845年8月23日访问了约翰·菲尔德。去找水喝这一节故事，梭罗在他"1845年秋"一则关于一位约翰·弗罗斯特（John Frost）的日记讲到过。根据康科德市镇记录，有一个约翰·N. 弗罗斯特和莱克星顿的玛丽·E. 科尔比（Mary E. Colby），他们于1841年7月27日结婚，尽管这可能不是同一个约翰·弗罗斯特。《亨利·D. 梭罗作品》（The Writings of Henry D. Thoreau）中把菲尔德和弗罗斯特当作一个人。不过，很可能，梭罗是在用弗罗斯特插曲来渲染他和这个爱尔兰家庭的遭遇。如果1841年7月结婚的约翰和玛丽是同一对约翰和玛丽，假设他们第一个孩子是在他们结婚后九个月后出生，那么"那个帮助他父亲的宽脸膛的小男孩"只有三岁多一点。这些人可能是不同的人的另一个线索是，在关于弗罗斯特最初的那则日记段落里，没有提到任何家庭或别人在场，但挪到《瓦尔登湖》之后，梭罗插入了一段关于水的"咨询"（consultation）。

妻子和几个孩子，一个宽脸膛的男孩，可以帮他父亲干活了，现在刚从沼泽里逃到他身边躲雨，还有一个皱巴巴的、像个女巫[30]、脑袋像个圆锥体的小婴儿，小婴儿坐在父亲的腿上，就像坐在贵族的宫殿里一样，带着孩提时代的特权，从他处于潮湿和饥饿的家中好奇地看着这个陌生人，他并不知道自己其实不是约翰·菲尔德的可怜挨饿的孩子，而是某个高贵家族的最后血脉、世界的希望和万众瞩目的星辰。外面还在下着倾盆大雨，我们坐在屋顶漏得最轻的地方。旧时，那艘把这个家庭漂流到美国的船只还没有建成之前，我就已经在那里坐过很多次。约翰·菲尔德是一个诚实、勤劳但显然十分无能的人；他的妻子，能够在那个高高的炉子上不断地做出那么多晚餐，也算得上勇敢了；她有一张圆圆的油乎乎的脸，敞着胸怀，还在想着某一天日子能够变得更好；她手里抓着一把从不离手的笤帚，不过家里看不到任何打扫过的痕迹。那些鸡也在躲雨，像家庭成员一样在房间里走来走去，我觉得，它们太通人性了，烤来吃不合适。它们站在那里看着我的眼睛，或者是郑重其事地啄我的鞋。与此同时，我的主人讲述着他的故事，他怎么为附近一个农场主"清理沼泽"，用铁锹或沼泽锄头翻草地，报酬是每英亩十美元，外加一年无偿使用这块土地和上面的肥料。他的小宽脸的儿子一直高高兴兴地在他爸爸身边干活，不知道他爸爸达成的交易有多吃亏。我试着用自己的经验帮助他，告诉他，他是我最近的邻居之一，我来这里钓鱼，看着像一个游手好闲的浪子，其实也和他一样为自己谋生；我住在一个严密、采光和干净的房子里，每年的租金比他这个破棚子通常花费的也多不了多少；只要他愿意，他一两个月就能为自己盖出一所宫殿；我告诉他我不喝茶，也不喝咖啡，不吃奶油，不喝牛奶，不吃鲜肉，这样我就不用辛苦干活去挣这些东西；反过来，由于我无需猛干，我也无需猛吃，我的食品所费不多；而他需要茶、咖啡、奶油、牛奶和牛肉，他就得拼命干活才能买得起这些东西，当他拼命干活时他又必须再次猛吃才能弥补自己身体的消耗，——这样我和他之间也就是半斤八两了[31]，其实还是他更得不偿失，因为他很不满足，把自己的生命浪费在这笔交易中了；但他觉得到美国来还是赚

---

[30] 在希腊神话中，女巫（Sybil）是一个女预言者，她得到的寿数等于她手里能够抓住的沙子的数目。岁数越大，她就越衰老。

[31] It was broad as it was long，英语谚语，至少能够上溯到十七世纪。

了，在这里你可以每天喝茶、喝咖啡、吃肉。但是，唯一真正的美国，是一个你可以自由地追求一种让你没有这些也能生活的生活方式，在这里，国家不会努力强迫你支付奴隶制、战争和直接或间接来自使用这些物品导致的额外开支。我谈话的时候，有意把他当作一个哲学家，或者一个希望成为哲学家的人。如果蛮荒是人开始救赎自己需要付出的代价，那么，我希冀地球上所有的草地都保留住其蛮荒状态。一个人不需要研究历史，就应当知道什么东西最有益于他自己的文化。可是，啊！一个爱尔兰人的文化，是一种需要用某种道德的沼泽锄头来对付的工程。我告诉他，像他这样忙着清理沼泽，他需要厚靴子和结实的衣着，它们很快就变脏变破，而我只穿着轻便的鞋子和衣服，花的钱还不到他的一半，尽管他可能以为我穿得像个绅士（实际情况并非如此），一两个小时内，如果我愿意的话，我可以毫不费力地，玩儿似的，钓到足够我两天吃的鱼，或者挣到足够维持我一个星期生活的钱。如果他和他的家庭能够简单地生活，他们夏天时可以全都去摘越橘玩儿。听到这句话，约翰叹了口气，他的妻子双手叉腰瞪着眼，两个人看起来都像是在考虑他们是否有足够资本来开始这个过程，或者有足够的计算能力承担这个工程。这对他们来说，就像是根据航位推算来航行一样复杂，他们看不清如何找到他们的港湾；因此，我想还是让他们以他们自己的方式勇敢地面对生活，全力以赴，胼手胝足[32]去吧，因为他们没有本事用任何锋利的楔子劈开生活那巨大的柱子，从细微之处打败它；——他们只想着能够粗枝大叶地对付它，就像对付蓟草那样。但是，他们是在非常不利的条件下奋斗的，——约翰·菲尔德，啊！活着而不懂得盘算，输得如此一败涂地。

"你钓鱼吗？"我问。"我钓啊，我闲着时也时不时钓点吃的；我钓到很好的鲈鱼[33]。""你拿什么做鱼饵？""我用蚯蚓当鱼饵钓小银鱼，再用小银鱼来钓鲈鱼。""约翰，你现在就去吧。"他的妻子满怀希望地催促道，但约翰不乐意。

雨这时已经停了，东面树林上方的彩虹，预示着一个晴好的夜晚；于是我起身向他们道别。出门后，我问他们讨点水喝，希望看看井底，完成我对这块

---

[32] Giving it tooth and nail，常用语，可以追溯到古典时期，意思是用尽所有的力量和办法。

[33] 黄鲈（Yellow perch，学名 Perca flavescent）。

地产的测量；可是，啊！水很浅，还有流沙，绳子断了，桶也捞不上来了。与此同时，他们挑中了合适的炊具，水好像也澄清了，商量着磨蹭了好一阵子以后，才把水递给口渴的人，——水还没有凉下来，也没有澄清下来。我想，他们靠喝这样的浑水为生；于是，我闭上眼，巧妙地摇晃着下面的水，把水面的灰尘撇开，牛饮一般为主人真诚的好客行动干杯。在事关礼貌之处，我是不太苛求的。

  雨过之后，我离开爱尔兰人的家，再一次往湖边走去。我走过偏僻的草地，蹚过泥沼和沼泽坑，经过凄清和荒凉的地方，有那么一会儿，我觉得我这个上过中小学和大学的人，这么急急忙忙地去抓梭鱼，好像是有点儿不值得[34]；但是，当我朝着渐渐泛红的西方冲下山坡，肩头披着彩虹，从不知名的方向，隐隐约约的叮铃声穿过雨水洗净的空气传入我的耳中，我的好天性又似乎在告诉我，——一天一天到宽广的天地里去捕鱼打猎吧，——到更宽更远的地方，无忧无虑地在众多溪水和炉火旁歇息吧。少壮时宜纪念造你的主[35]。黎明前无忧无虑地起床，寻找探险的机会。中午时，你已经到了别的湖泊，夜晚时，你又可以四处为家。没有哪一片田野比这里更为广阔，也没有哪儿的游戏比这里更为丰富。根据你的天性随性成长，像这些莎草和凤尾蕨，它们永远也不会成为英国草。让雷声轰隆吧，它会毁掉农夫的收成那又怎么样，这不是它交给你的任

---

[34] 梭罗经常批评他受过的正规教育。"教育常常起了什么作用？他把一条自由自在、蜿蜒的小溪变成一条削平了的水沟"，他在日记中记述【J 2: 83】。约翰·阿尔比（1833—1915）在他的《回忆爱默生》中写道：

  我还注意到，爱默生不断地推却到他那里，似乎是期待着他的看法，自己显然准备静静地对着梭罗的负面和激烈的批评发笑，尤其是在关于教育和教育机构的问题上……

  一俟机会来到，我就提出了我开始考虑的问题——一个年轻人应当采取什么措施得到最好的教育。爱默生总是为大学辩护；说他是十四岁就上了大学。这一点令梭罗大为光火，他容不得说大学的任何好话。在我看来，爱默生说的话是有意惹梭罗发火，以此自娱。当提到剑桥的课程，爱默生随口说道，那里教授大部分学科分枝时，梭罗抓住一次机会答复道："对了，确实，所有的分枝，却没有一条根源。"听到这句话，爱默生哈哈大笑。

[35] 典故来自《传道书》12: 1："少壮时宜纪念造你的主。"

务。在乌云下躲雨，让别人逃到车里和棚子里去吧。不要以生意为生，而要靠游戏为生。享受土地，但不要拥有土地。由于缺乏策划和信仰，人们陷入了目前的境地，买啊卖啊，像奴隶一样虚度他们的人生。

哦，贝克农场！

其风景中最丰饶的成分
是一缕纯洁的阳光。**

没有人会争抢着
欣赏你铁围栏中的草地。**

你不曾与任何人
　就不曾因惑你的问题有过争论，
如眼下的初见一般驯服，
　穿着你平常的赤色华达呢。**

爱人的人来吧，
　恨人的人来吧，
圣鸽的孩子啊，
　家国的盖伊·福克斯[36]，
把阴谋高悬在
　最强硬的树橡上！[37]

每天晚上，人们驯服地从离家不远的田地或街道上回到家中，那里甚至能

---

[36] 盖伊·福克斯（Guy Fawkes，1570—1606），英国天主教徒，曾经图谋于1605年11月5日炸毁英国议会上院，1606年1月31日被绞死。
[37] 引自埃勒里·钱宁的《贝克农场》，标点符号略有改动。双星号是表示删去了一些诗节。

够听见他们家里的回声,他们的生活日渐虚羸,因为周而复始地吸入自己呼出的气息;他们早上和晚上的影子,都比他们每天走的路程还要远。我们应当从遥远的地方,从探求、风险和每天的新发现中,带回新的经验和品格。

我还没到湖边,约翰·菲尔德有了新主意,也出门了,他改变了初衷,因为有这样的日落而不去"清理沼泽"了。可是,他,这个可怜的人,只钓到了一两条鱼,而我却钓到了一串,他说这只是他运气不好;可是我们在船上换了座位以后,他还是没有钓到鱼。可怜的约翰·菲尔德!——我相信他不会读到这些文字,除非他会因此而有所改善,——在这个原始的新国家里,他以为还可以按照某种从故国衍生出来的模式而生活,——用银鱼来钓鲈鱼[38]。银鱼有时候是好鱼饵,我同意。整个地平线全都是他的,他却仍然是一个穷人,生来就是穷人,带着继承而来的爱尔兰贫穷或贫穷的生活,他那亚当的老祖母[39]和泥沼[40]的方式,他或者他的后代,在这个世界里是不会上升的,除非他们那在泥泞中跋涉的泥腿子[41]生出脚翼[42]飞奔起来[43]。

---

38 黄鲈用蚯蚓也能钓到,所以菲尔德用蚯蚓钓银鱼来做钓鲈鱼的钓饵,是多此一举。
39 由于亚当是圣经中的第一人,并没有祖母,这里指的是很古老的东西,或者是自古以来一直存在的东西,但也让菲尔德在行为举止上看起来像个老妇人。
40 像沼泽(bog)一样,因而是人有可能卡住或陷入的地方,但也指"泥腿子爱尔兰人"(bog Irish),来自乡村,没有经历过也不能理解任何别处的生活。
41 泥腿子(Bog-trotter),起自十七世纪,"泥腿子"最初是英国人对爱尔兰人的蔑称。
42 Talaria,几个希腊小神穿的有翼凉鞋,或者是直接长在脚踝上的脚翼,使他们能够飞快畅通地飞翔。
43 菲尔德无力上升,让人想起关于鹰的日记段落,梭罗在日记中写道,它"忠实地在地上爬行着,就像一只爬行动物以前的生存状态一样。要跑,必先爬;要飞,必先跑"【J 3: 108】。

更 | 高 | 的 | 法 | 则[*]

我提着钓到的一串鱼穿过树林回家,用渔竿探着路,因为天已经很黑了,我瞥见一只土拨鼠偷偷从我走的路上溜过,我感到一种陌生而野蛮的快乐冲动,特别想把它抓来生吃了[1];倒不是饿了,我只是渴想着它所代表的野性[2]。不过,我在湖边生活时,有那么一两回,我发现自己在林中狩猎,像一头半饥的猎犬一样,带着一种奇异的决绝,寻找某种我能够吞噬的猎物[3],吃什么野味我都不会觉得太过野蛮。最野性的场景,都变得莫名其妙地熟悉。我在自己身上发现了两种本能,一种是和大多数人一样向往更高的,或者如人所称的精神生

---

[*] 梭罗的《公民不服从》(*Civil Disobedience*)上诉的是比宪法或社会法则更高的法则。他在其中写道:"这样,国家从来不会有意挑战一个人的理性,无论是知识性或道德性,而只是挑战他的身体,他的感官。它拥有的手段不是更高的智慧或诚实,而是更强的物质力量。我生来不是被强迫的。我会按我自己的方式呼吸。让我们看谁是更强大的。哪种力量更大?他们只能强迫我,而我只服从高于我个人的更高的法则。"【W 4: 376】这个说法,因为纽约参议员威廉·亨利·西沃德(William Henry Seward, 1801—1872)在1850年3月11日反对《逃亡奴隶法》(*The Fugitive Slave Bill*)的发言而流行开来:"宪法将国家范畴纳入联邦、公正、国防、福利和自由。但是,还有一个比宪法更高的法则。"回应西沃德,梭罗在《马萨诸塞州的奴隶制》(*Slavery in Massachusetts*)中写道:"人所缺乏的不是政策,而是廉洁,——他们承认比宪法更高的法则,或者是多数人的决定。"【W 4: 403】

[1] 关于人的原始本能,梭罗写道:"人的生活中的独特性,不在于他对其本能的服从,而在于他对其本能的抵抗。"【J 2: 46】他在《简朴生活》一章中解释过,他确实吃过一次土拨鼠,尽管不是生吃的。

[2] 野性与旷野或自然不是同义词,但却是旷野或自然所代表的东西:"我要为自然说句话,"梭罗在《漫步》一书的开头写道,"提倡绝对自由和野性,不同于一种仅仅是公民的自由和文化,——将人当作自然的居民或自然的一部分,而不是社会的一个成员。"【W 5: 205】"一切没有进入人的控制之下的都是野性的。从这个意义上说,原初和独立的人是野性的,——没有被社会驯化和击碎,"梭罗在他的日记中写道【J 2: 448】。

[3] Venison,通常指鹿肉,但有时也会泛指任何猎物的肉,比如在此处。

活的本能，同时还有一种向往原始和野蛮类型的本能，这两种本能我都崇敬，这两种本能在我身上依然存在。我对野性的热爱，不亚于我对善的热爱。钓鱼中的野性和冒险，依然引导我回归野性。有时候，我想直接抓住生活，像动物那样度过我的岁月。这大概是因为我童年时常常捕鱼狩猎，和大自然有过最亲密的接触。通过渔猎，我们很早就认识自然景色，并使我们耽留其中，不然，在那个年龄，我们是不会对大自然有太多了解的。渔夫、猎人、伐木人和其他一些人，在田野和树林中度过一生，以他们特有的方式成为大自然的一部分，他们在劳作之余，通常能够以一种比哲学家甚至诗人更好的心境来观察大自然，因为哲学家和诗人在接触大自然时是带有某种目的性的。大自然不会怯于将自己展现在他们面前。草原上的旅人自然就是一个猎人，在密苏里河和哥伦比亚河[4]源头的旅人自然就是一个捕猎人，在圣玛丽大瀑布[5]的旅人自然就是一个渔夫。一个人如果仅仅是一个旅人，那么他只能从二手知识中学习，只能学到一半的知识，不足以成为权威。当科学报道这些人在实践中学到的或本能地就已经知道的东西时，我们最感兴趣，因为这才是真正的人类知识，或者说是人类经验的记录。

　　有些人声称，我们美国扬基人娱乐很少，因为我们没有那么多公共假日，大人小孩也不像英国人那样玩很多游戏，但是，这些人错了，因为在我们这里，我们还有渔猎等更原始、更孤单些的娱乐活动，而不是从事体育活动。我这一代人中，新英格兰差不多所有男孩在十到十四岁之间都扛过猎枪；他狩猎和钓鱼的地盘，不是局限于像英国贵族那样的保留猎场，而是比野蛮人的猎场还要广阔无垠。这样，他不情愿留在镇中心的公共牧场上[6]玩耍，就毫不奇怪了。不过，情况已经有了一些变化，倒不是因为我们更有人性了，而是因为猎物越来越少，因为猎人或许是猎物最好的朋友，甚至比人道主义协会[7]还要友好。

---

4 美国中部的密苏里河（Missouri）和最西面的哥伦比亚河（Columbia）。
5 圣玛丽大瀑布（The Falls of St. Mary），可能是构成加拿大和美国国界的苏必利尔湖（Lake Superior）到休伦湖（Lake Huron）西南面的瀑布，不过北美叫这个名字的瀑布有好几个。
6 The common，靠近大部分新英格兰的镇中心，供农场动物放牧的公共牧场。
7 The Humane Society，对任何保护动物的慈善机构的统称。最初建立是为了减轻人类痛苦，如建立于1770年的伦敦皇家人道协会（The Royal Humane Society in（转下页）

此外，在湖边生活的时候，我有时候也吃鱼，丰富我的食谱。我捕鱼，实际上与最初的渔夫一样，都是出于生活所需。我所能想得到的反对捕鱼的人道主义全都是虚假的，更多的是出自我的哲学，而不是出自我的感情。我现在谈论的只是捕鱼，因为我对捕鸟一直有不同的感觉，在搬进林中之前就把鸟枪卖掉了[8]。倒不是我的人情味比别人少，而是我没有觉得我的感情受到了什么影响。我不可怜鱼，也不可怜蚯蚓。这是一种习惯。至于捕鸟，在我带着猎枪的最后几年，我的借口是研究鸟类学，只追寻新的或珍稀鸟类。但是，我承认，我现在认为，研究鸟类学，可以有更优雅的方式，根本不必扛着猎枪。研究鸟类需要更密切地关注鸟类的习性，这样，哪怕只是因为这一个原因，我也愿意放弃枪支。[9]不过，尽管有很多人反对打猎，但是，体育活动，虽然同样有价值，我还是不完全相信它能够替代渔猎活动。我有些朋友焦急地就他们的儿子的情况向我咨询，问我他们是否应该让儿子打猎，我回答说，应该让他们打猎，——我记得，打猎是我所受过的最好教育中的一种，——打猎会把他们锻造成猎人，尽管起先只能是一个运动员，如果可能的话，最终把他们变成强大的猎人，这样，他们就不会在这个或任何一个蛮荒地带寻找大猎物，——不会把同类的人当作狩猎或垂钓的对象[10]。这样，我和乔叟笔下的那个修女意见一致，她

（接上页）London），但后来发展为帮助无助者，包括儿童、老人和动物。英国爱护动物协会（The English Soceity for the Prevention of Cruelty to Animals）成立于1824年。美国爱护动物协会（The American Society for the Prevention of Cruelty to Animals）迟至1866年才成立，其时梭罗已过世四年。

8 梭罗和他哥哥在河上航行时，还带着枪。划出康科德时，"我们充分放松，直至让枪为我们说话，最后我们终于漂出了视线，就这样让林中回荡着枪声"【W 1: 14】。后来，在列数"为一个希望在缅因的丛林中远足十二天的人应该穿的外套"时，他写道："枪不值得携带，除非你是作为猎人前往。"【W 3: 350—51】但是，在大约1848年的《在康科德河和梅里迈克河流上的一周漂流》中《星期三》一章的开头，梭罗写道："确实，在效率和轻便上能和枪匹敌的工具很少。我们不知道有任何和它一样完整的武器。"【《梭罗的复杂编织》(*Thoreau's Complex Weave*) 463】

9 可能出自爱默生的诗《气度》(*Forebearance*)，开头是："你是否不用枪支/就叫出了所有鸟儿的名字？"

10 出自《马可福音》1:17：耶稣对他们说："来跟从我，我要叫你们得人如得鱼一样。"

237

> "不曾听到拔了毛的小母鸡抱怨
> 猎人不可能是圣洁的人。"[11]

无论是在个人还是在种族的历史上,都曾有过这样一个阶段,猎人是"最好的人",阿尔冈昆印第安人[12]就是这样称呼猎人的。我们不由得对那些从来没有放过枪的少年心生怜悯;他并没有因此而更加人道,而他受的教育因此有了可悲的欠缺。对于这些一心热衷于此道的年轻人,这就是我的回答,我相信他们很快就会长大,而不再痴迷其中。没有哪个人,过了没心没肺的少年时代之后还会随意谋杀[13]任何生物,因为动物和他一样,也有生命的权利。兔子在陷入绝境时,会像孩童一样哭泣。我要提醒你们,母亲们,我的同情心并不仅仅限于人类[14]。

年轻人往往就是这样通过打猎开始接触森林,开始接触他自己身上最具有原始本性的那一部分。起初,他是作为一个猎人和渔夫走到那里,如果他身上有一种过更高尚的生活的种子,到最后,他就像一个诗人或自然学家那样,明确自己正确的生活目标,从而放弃他的枪支和渔竿。从这个意义上说,大部分人还是年轻的,而且会一直年轻下去。在有些国家中,牧师打猎也并不是什么

---

11 乔叟的《坎特伯雷故事集》的前言,梭罗引自亚历山大·查默斯(Alexander Chalmers, 1759—1834)的《从乔叟到考珀的英国诗人作品集》1:4。这个对句写的是一个修道士,梭罗误作修女。

12 阿尔冈昆印第安人(Algonquins),加拿大土著部落,曾居住在圣劳伦斯河北面地域。

13 梭罗在几处将夺取动物生命说成谋杀(murder)。1847年2月16日的一封信中,他写道:"我承认在抢劫它们(鸟儿)的窝时有点心神不宁,尽管我能够轻松地时不时从它们的窝里顺走一两只蛋,如果科学的发展要求的话,这也可以延伸到极端,算作有意谋杀。"【C 175】梭罗在《缅因树林》中提到屠杀麋鹿时,也用了"谋杀"一词。

14 像在别处一样,梭罗在通过分开单词来强调一种观点(phil-*anthropic*:philos,爱,anthropos,人);这里,他的强调表明,他的爱不仅仅限于人类。他在《在康科德河和梅里迈克河流上的一周漂流》中作出了同样的区别:"远离人们那肤浅和自私的慈善爱一人。"【W 1:36】

稀罕事。这样的牧师，可以是一条很好的牧羊犬，但却远远不是一个好牧人[15]。我有些吃惊地想到，能够让我任何同乡，不管是父亲还是儿子，在瓦尔登湖滞留一整个半天的活动，除了伐木、砍冰等活计以外，就只有捕鱼了。一般情况下，要是不能钓到一长串鱼，他们就觉得自己不够幸运，或者他们花费这么多时间得不偿失，其实他们一直可以用钓鱼的机会来赏湖。他们可能得去那里一千次，才能让钓鱼的杂物沉到水底，才能让他们的来意变得纯洁；但是，毫无疑问，这种净化过程需要持续很长时间。州长和他的协商委员会[16]模模糊糊地记得这座湖，因为他们少年时代曾经去那里捕过鱼；但是他们太老、太有尊严，不能再去捕鱼了，于是他们从此永远不会再来光顾这座湖了。但是，即便是他们，也希望最终进入天堂。如果立法机构关注它，主要也只是为了规定在那里能够用多少鱼钩[17]；但是，他们不知道，假如湖是鱼，用什么样的鱼钩才能钓起它，他们只是将立法当作鱼饵穿上了。可见，即使是在文明社会里，处于胚胎状态的人也需要经历狩猎这个发展时期。

近年来，我多次发现，我每钓一次鱼，我的自尊心就要下降一些。我试过一次又一次。我钓鱼的技巧还不错，而且，像我很多同好一样，对钓鱼有某种本能的喜好，不时会重新冒出来，但是，我每次钓完鱼都十分后悔：我要是压根儿没去钓鱼就好了。我想我没有搞错。这只是一种依稀的暗示，不过，黎明时的头几缕晨曦也是一种依稀的暗示啊。毫无疑问，我身上这种本能属于某种更低层次的族类；然而，年复一年，我钓鱼的次数越来越少，尽管我并没有变得更加人道，或者更有智慧；眼下，我已经完全不钓鱼了。但我发现，如果我住在野外，我还是会向往成为一个真正的渔夫和猎人。此外，我们吃鱼吃肉的饮食方式，本质上是不洁净的，而且，吃鱼吃肉也平添了一些家务事，然后就是花费很高的各种麻烦事，每天要保持整洁和令人尊敬的外表，让家里清爽整洁，没有任何令人不快的气味和杂乱。我同时既是屠夫、厨房下手[18]和厨师，

---

15 典故出自《约翰福音》10:11："我是好牧人，好牧人为羊舍命。"
16 马萨诸塞州的州长协商委员会（The Governor's Council）是遴选来就州事务对州长提出建议的组织。
17 作为防止过分捕鱼的保护手段。
18 厨房下手（Scullion），洗盘子和从事其他体力劳动的厨房帮手。

又是享用这些菜肴的绅士,所以,我可以根据我独特的全面经验来发言。对我来说,我反对吃肉的原因是因为它不洁净;此外,当我捕获、清洗、烹饪并吃掉我的鱼之后,它们好像并没有从根本上给我提供多少营养,就算有也是微不足道,得不偿失。一点面包和几个土豆也同样能够管用,而且还没有这么多麻烦,这么脏。像我很多同时代人一样,我已经有很多年不太吃肉、喝茶、喝咖啡等等;这倒不是因为我了解到了它们带来的不良后果,而是因为它们不符合我的想象力[19]。对动物肉食的反感,不是经验的结果,而是一种本能。从各方面看,低调生活、粗茶淡饭都显得更加美好;尽管我从来没有做到这一点,但为了满足我的想象力,我还是做出了一定的努力。我相信,任何人,要想认真地把自己更高尚或者诗意的本性保持在最佳状态,都会忌食荤腥,不会暴饮暴食任何种类的食品。我在柯比和斯彭斯的书中发现[20],昆虫学家阐述了一个重要的事实,即"有些昆虫处于完美状态中,尽管生长着食用器官,却从来不使用它们";他们把它定为一项"普遍规律,即几乎所有处于这种状态的昆虫都比处在幼虫状态的时候吃得少得多。贪嘴的毛虫蜕变成蝴蝶","贪嘴的蛆虫变成一只苍蝇时"[21],只要有一两滴蜂蜜或其他某种甜汁就心满意足。蝴蝶翅膀下的腹

---

[19] 梭罗1852年11月27日最初的日记中,这一段表现出一种略有变化的意向,但这种变化没有收入《瓦尔登湖》:"像我很多同时代人一样,我已经有很多年很少享用动物食品、茶、咖啡等等;倒不是因为我归结到它们头上的不良效果,尽管我可以按这个方向从理论上全面阐述,而是因为它们不符合我的想象力。"【J4: 417】尽管梭罗不是严格的素食主义者,但他很少吃肉,通常因为这是一种习惯或更实际。他在1853年12月22日的日记中写道:"如果我能自由选择,我将永远不再……吃肉。"【J 6: 20】《简朴生活》一章中,他把猪肉列在他的饮食之中,1858年1月28日的一封信中,他提到他在去缅因远足时买的麋鹿肉【C508】。不过,这些例子可能只是一种社会习惯和易用性,如蒙丘尔·康威(Moncure Conway)在他的《自传》(*Autobiography*)中所写的:"梭罗不吃肉;他告诉我,唯一的原因是他觉得吃肉肮脏。他认为,一个猎熊的人有权得到他的肉排。他从来没想在这个问题上提出什么一般法则,生命后期,为了不给家庭添负担,也吃肉食。"
[20] 威廉·柯比(William Kirby, 1759—1850)和威廉·斯彭斯(William Spence, 1783—1860),《昆虫学简介,或昆虫自然历史要素》(*An Introduction to Entomology, or Elements of the Natural History of Insects*)的作者,第一版出版于1815年。
[21] 引自柯比和斯彭斯的《昆虫学简介》(费城,1846),258页。

部仍然是幼虫的形状。正是这只肚腹驱使它吞噬昆虫。饕餮之士就是一个处在幼虫状态的人；有些民族全部都处于这种状态，他们是没有幻想或想象力的民族，他们那巨大的肚腹暴露了他们的本性。

　　提供和烹制一盘简单、洁净，而又不冒犯我们的想象力的饮食，其实并非易事；但我认为，我们在喂养我们的身体时，也必须喂养我们的精神；身体和精神应当同时端坐在同一张餐桌上。不过，做到这一点或许并不是很难。适量地吃一些水果，不必让我们为我们的胃口感到羞愧，也不妨碍我们进行最有价值的追求。但是，如果你给自己盘子里多加一份佐料，它就会毒害你。靠丰盛的美味佳肴活着是不值得的。大多数男人，如果让人发现他们是在亲手准备自己的丰盛菜肴，不管是肉食还是素食，他们都会觉得羞愧，但是，即使他们是靠别人为他们准备这样的饮食，他们也该觉得羞愧。只有改变这种大吃大喝的方式，我们才能真正文明化，绅士淑女才能成为真正的男人女人。这个道理也告诉我们应当作出哪些变化。不要质问为什么想象力与肉和脂肪水火不相容，质问是徒劳无益的。知道它们之间水火不相容，对我来说就已经足够。人是肉食动物，难道这不是一种耻辱吗？确实，在很大程度上，他可以靠捕食其他动物而活着，而且事实上他也是这么做的；但这是一种很悲惨的方式，任何一个去套过兔子、杀过羊羔的人都会发现这一点；那个教会别人接受一种更纯洁完整的饮食方式的人，应当被看作是一个有益于他的种族的人。不管我自己是不是能够做到[22]，对此我是毫无疑问的：人类在逐步发展的过程中，会逐步放弃吃动物，这是人类命运的一部分，就像野蛮部落开始与更文明的部落接触时，放弃吃对方部落成员的习惯。

　　如果一个人只听从他的本性的驱使，它虽然轻微，然而却持续不断、千真万确，他看不出这种本性会把他带到哪一种极端，甚至是疯狂的境地；但是，他会逐步变得更为坚定、忠诚，他会找到自己该走的道路。一个健康人内心确定的异见，哪怕是最微弱的，最终也必将战胜人类的常理和习惯。只有任凭本性将人带入独辟的蹊径之后，一个人才能真正跟随自己的本性。尽管素食的结

---

[22] 这句话再次表明，梭罗理解《瓦尔登湖》有制造神话的一面，理解他的实际行动，或事实，与理想的可能性之间的区别。如他在这一章后面所写，"我的实践是'子虚乌有'（nowhere）的，而我的意见在这里（here）。"

果可能是身体上的虚弱，但是，不会有人说这样的结果令人遗憾，因为它是一种遵循了更高尚的原则的生活。如果白天和黑夜都是那么美好，让你每一天都能带着欢乐迎接它们，生活能够像花朵和香草一样发出芬芳，更加灵活，更加明亮，更加永恒，那么你就成功了。整个大自然都是你的贺礼，你一瞬间就有了祝福自己的理由。最伟大的成就和价值，得到的赞赏最少。我们很容易怀疑它们是否存在。我们很快会忘记它们。它们是最高的现实。最惊人和最真实的事实，或许从来就没有从一个人传递给另一个人。我每日生活中真正的收获，和凌晨或下午的颜色一样无形无状，难以述说。它是我捕捉住的一点星尘[23]，是我抓住的那一段彩虹。

不过，就我自己来说，我从来就不是特别挑剔；必要的时候，我偶尔也会津津有味地吃掉一只油炸老鼠[24]。我很高兴我这么多年喝的一直是水，我更喜欢自然的天空，而不喜欢鸦片鬼的天堂[25]，是出于一样的原因。我宁可永远保持清醒；而沉迷陶醉的方式是没有止境的。我相信，水是智者唯一的饮料；葡萄酒就不是这样一种高贵的饮料；想一想吧，一杯热咖啡会打破一个早晨的希望，而一杯茶则会打破一个夜晚的希望[26]！啊，受到这些东西诱惑的时候，我堕落得多么低下啊！即使音乐也可能使人迷醉。这些东西，表面上看起来微不

---

[23] 字面上指的是从太空落到地球上的宇宙灰尘，但是，就像这里，也可以指一种魔术般的或如梦的感觉。

[24] 可能是麝鼠（muskrat）。

[25] 可能典故来自托马斯·德昆西（Thomas de Quincey, 1785—1859）的《一个英国鸦片吸食者的忏悔》(*Confessions of an English Opium-eater*, 1822）。尽管鸦片很常用，因为十九世纪时鸦片合法销售，价格低廉，包括像麦克蒙的鸦片剂这样的成药。一个新英格兰医生兼药剂师于大约1870年写道："在这个镇上，我已经行医二十年了。当初的一万人口增长不多，但是我的鸦片销售，从第一年的五十磅，增加到了现在的三百磅。"十九世纪使用鸦片的人，尽管医疗文献中称他们为吃鸦片的，实际上是喝鸦片的，用的是鸦片酊或其他鸦片液剂。

[26] 梭罗在日记中写道："如果它们歌唱之前喝一盘茶或热咖啡，它们会成为哪一种鸟儿，或者一种新的蝙蝠和猫头鹰……？"【J2: 316】(在他那个时代，人们喝茶之前，把茶从杯子里倒到茶托或盘子里晾凉。) 他这里的思想是追随了爱默生关于诗人的灵感和习性的信条："我们从毒品中得到的不是灵感，而是某种伪造的兴奋和愤怒。"

| 更 | 高 | 的 | 法 | 则 |

足道,却摧毁了希腊、罗马,也可以摧毁英国和美国。在各种各样的陶醉物[27]中,谁不想沉醉于他所呼吸的空气呢[28]？我反对长期持续的粗笨劳作,最主要的原因是它迫使我也要吃喝抗饿的粗食。不过说实话,我发现我现在在这些问题上也不那么偏狭了。我带到餐桌上的宗教少了,不再祈求祝福；这不是因为我比以前有智慧了,而是,我不得不承认,随着岁月的消逝,我变得更加粗放和冷漠了,这是事实,不管我觉得这多么令人遗憾。可能人只有在青年时代才会思考这些问题,就像大多数人只有在年轻的时候才喜爱诗歌一样。我的实践是"子虚乌有",而我的意见在这里。不过,我倒也没有把自己当作吠陀[29]所指的那些特权人士,吠陀说"真正信仰无所不在的至尊的人,可以吃一切生存之物"时,指的就是这些人,也就是说,他们不必过问自己吃的是什么,也不必过问是谁在准备这些食物；即使是在他们的情况下,正如一个印度评论家说过的,吠陀也只将这个特权局限于"危难之时"[30]。

谁不曾偶尔从他的食品中得到无法言说的满足,而这种满足与食欲全然无关？我从通常比较粗放的味觉中得到了一种精神上的感悟,亦即,我从上颚中得到了灵感,我在山坡上吃过的一些浆果,哺育着我的灵性[31],想到这一点我就欣喜万分。曾子[32]说:"心不在焉,视而不见,听而不闻,食而不知其味。"[33]能够分辨出自己食品的真正味道的人,永远也不会饕餮暴食；不能分辨其味的人

---

27 Ebriosity,醉。

28 梭罗在日记中写道:"哦！如果我能在空气和水中陶醉！"【J 2: 72】

29 The Ved,吠陀(The Vedas)。

30 出自拉贾·罗姆摩罕·罗易(Rajah Rammonhum Roy)的《吠陀几本主要著作、段落和文字和婆罗门教的几种有争议之作的译文》(*Translation of Several Principal Books, Passages, and Texts of the Veds and of Some Controversial Works of Brahmunical Theology*,伦敦,1832),21。

31 富兰克林·桑伯恩那一本《瓦尔登湖》里附了一份埃勒里·钱宁的报告,说梭罗"见到浆果就要摘。他对越橘、野草莓、板栗、橡实和野苹果有一种几近迷信的崇拜"。梭罗称小山是"永远摆就的餐桌"【J 5: 330】。

32 曾子,偶尔也作曾参,孔子大弟子。

33 梭罗翻译的孔子《礼记·大学》7: 2,《曾子曰》,译自鲍狄埃的法文版《孔子与孟子》第 51 页。

则肯定会暴食。一个清教徒吞噬他的褐色面包皮，胃口就像一个市议员吃甲鱼一样好[34]。使人污秽的不是进入他口中的东西[35]，而是他进食时的那种食欲。问题的关键不是食物的质量也不是数量，而是对感官味觉的专注投入；还有一个问题就是，我们吃下的东西，并不是用来维持我们的动物性生存或者启发我们的精神生活的食品，而是滋养了那些附着在我们身上的寄生虫。一个猎人喜欢吃鳄龟、麝鼠或者其他类似的野味，一个优雅的女士喜欢吃牛犊蹄子熬出的肉冻[36]，或者海外来的沙丁鱼，那么，他们之间其实是半斤八两。只不过猎人吃的在水塘里，而贵妇的在罐头里。奇怪的是，他们，你和我，怎么能只管吃吃喝喝，过着这样黏黏糊糊野兽般的生活。

我们的生命惊人地富有道德性。美德与邪恶之间，时刻都在交战。善是唯一一种从来不会失败的投资。在整个世界上弹奏着的竖琴乐声中，正是因为它一直赞颂善良，才能够打动我们。竖琴是宇宙保险公司推荐宇宙法则的旅行推销员，我们小小的善行，是我们付出的全部保险费用。尽管年轻人最终会变得冷漠，宇宙法则却不会冷漠，它们永远站在最敏感的人一方。聆听每一缕和风的倾诉吧，因为它千真万确地是在那里，听不见的人就太不幸了。我们每触动一根琴弦，移动一只琴档[37]，美妙的道德就会征服我们。很多跑调的令人厌烦的噪音，都被人当作音乐来听，它是对我们卑微生活的绝妙讽刺。

---

[34] 市议员们（Aldermen）经常被漫画成热爱奇珍异味的人。梭罗指的可能是甲鱼（terrapin）或鞍背龟（saddleback），一种可食淡水龟，或指的是甲鱼汤。吃甲鱼的市议员，是几部同时代或更早的文献中一个很常见的形象，如华盛顿·欧文（Washington Irving）的《杰弗里·克雷恩见闻札记》（The Sketch Book of Geoffrey Crayon）；1846年4月的《美国辉格党评论》（The American Whig Review）上无名氏的《一个医学折中人士的生活片段》（Passages from the Life of a Medical Eclectic）；威廉·梅克皮斯·萨克雷（William Makepeace Thackeray, 1811—1863）的《名利场》（Vanity Fair）；查尔斯·狄更斯（Charles Dickens, 1812—1870）《汉弗雷老爷之钟》中《大百科全书简介》（Introduction to the Giant Chronicles）这一部分。

[35] 典故出自《马太福音》15: 11:"入口的不能污秽人，出口的乃能污秽人。"

[36] 将牛犊的蹄子熬煮，练出其中的天然明胶，加入由葡萄酒、柠檬汁、佐料等混合成的汁儿，加糖，晾凉至成型，肉冻就制成了。

[37] 琴档（stop），风琴或竖琴上控制风管或琴弦使用的杠杆。

我们意识到我们内心潜伏着兽性,当我们崇高的天性昏睡时,它就相应地苏醒过来。它是卑下的,注重官能享受的,或许我们不能够将它完全驱除;就像那些寄生虫一样,即使在我们在世和健康时,它们也还是盘踞在我们体内。我们有可能规避它们,但却不能改变它们的习性。我担心,这个动物可能本身是健康的;我们也可能很健康,但却不纯洁。那天,我捡到一头猪的下颚骨,上面有洁白坚固的牙和獠牙[38],表明那头猪有一种动物性的健康和活力,与精神完全不同。这只动物获得了健康和活力,使用的手段不是节制和纯洁。孟子说:"人之所以异于禽兽者,几希。庶民去之,君子存之。"[39] 如果我们都变得纯洁,谁知道会产生什么样的生活? 如果我知道有人有足够的智慧,能够教我如何净化,我会立刻去寻访他。"吠陀宣布,要在精神上接近上帝,我们必须控制我们的情感,控制我们身体的外在感官,虔心行善,都是不可或缺的。"[40] 然而,一时之间,精神是可以涵盖和控制肉体的每一个组成部分和每一项功能,将形式上最粗鄙的感性嬗变为纯洁和忠诚。它所生成的能量,在我们放松时,会使我们变得虚浮和不洁,而当我们镇静时,又会振作和激励我们。贞洁是人性之花在绽放;人们所称的天才、英雄主义、神圣等等,只不过是随之结出的不同果实。一旦纯洁的通道畅通无阻,人们会马上流向上帝。我们的纯洁激励我们,我们的不洁使我们感到沮丧。确信他身上的动物在逐日死去、神圣在逐步确立的人,是有福之人。人唯一应当引以为耻的事情,就是与低劣野蛮的兽性同流合污。我担心我们只是像农牧之神和山林之神[41]那样的神或半神,半神半兽的怪物,充满了欲望的动物,而在某种程度上,我们的生活本身就是我们的耻辱。——

---

38 梭罗于 1850 年 6 月 15 日至 20 日之间发现了这块颚骨。富兰克林·桑伯恩在《瓦尔登湖》的藏书版中回忆说这是"在普利茅斯,和马斯顿·沃森(Marston Watson)一起闲逛的时候",但那一次是在 1857 年 6 月,只找到了猪鬃。

39 梭罗翻译的孟子,译自鲍狄埃的《孔子与孟子》第 349 页。

40 删节简写自罗易的《吠陀几本主要著作、段落和文字的译文》第 19 页。

41 分别为罗马和希腊神话中半人半兽(通常为羊)的树林之神(fauns)和山谷之神(satyrs),欲望强烈,喜欢狂欢。

> "为他的魔鬼设定了固定位置，释放 [42]
> 他的思想的人该是多么幸福！"

> "可以驭使他的马、羊、狼和所有牲畜，
> 对所有其他动物他自己并非笨驴一头！
> 否则人不仅是一群蠢猪，
> 他还将是那些恶魔，恶魔令他们
> 陷入轻率的狂怒，令他们变得更为下流。" [43]

一切肉欲，尽管形式多种多样，本质上却是一样的；所有的纯洁也是一样的。一个人无论吃、喝、同居或睡眠，都是一样的。它们都是同一种欲望，我们如果看见一个人做其中任何一件事情，就能知道他是什么程度的感官主义者。不纯洁的，不能忍受纯洁，也不能和纯洁和谐相处。如果一只爬行动物在它的一个洞口遭到袭击，它会在另外一个洞口现身。如果你想要贞洁，你就必须有所节制。什么是贞洁 [44] ？一个人怎么才能知道他是否贞洁？他不会知

---

[42] Disaforested，英国法律中，脱离森林法的限制，亦即变为一般土地，但也指废林（defoliage），或将森林变为可耕地。梭罗在1846年秋天的一段日记中引用了"释放他的思想"这个说法。

[43] 来自约翰·多恩（John Donne, 1572—1631）的诗歌《在朱莱尔斯致爱德华·赫伯特爵士》（*To Sir Edward Herbert at Julyers*），转引自《从乔叟到考珀的英国诗人作品集》5: 165。多恩的典故来自《马可福音》5: 11—14："在那里山坡上，有一大群猪吃食。鬼就央求耶稣说：'求你打发我们往猪群里附着猪去。'耶稣准了他们，污鬼就出来，进入猪去。于是那群猪闯下山崖，投在海里，淹死了。猪的数目约有两千。"

[44] 1852年9月给他的朋友H. G. O. 布雷克（Blake）的信中，梭罗附了一封论文：《贞洁与感官享受》（*Chastity and Sensuality*），前言中说："我不安而羞愧地给你呈上我关于贞洁和感官享受的想法，我不知道我说的有多少是泛泛关于人的状况，有多少是暴露了我自己特有的缺陷。"在论文中，梭罗写道：
> 如果婚姻来自纯洁的爱，那么婚姻中就不可能有任何声色之处。贞洁是一种积极而不是消极的东西。它尤其是已婚人的美德。所有肉欲或低贱的享乐，必须让位给更高尚的愉悦。作为高贵者相遇的人，不能进行低贱者的活动。爱的行为，比任何个人行为都更加不容置疑，因为，由于它是建立（转下页）

道。我们听说过这种美德，但我们并不知道它究竟是什么。我们盲目相信我们听到过的谣言。智慧和贞洁来自努力；无知和感官主义来自懒惰。对一个学者来说，纵欲是一种懒惰的思维习惯。一个不贞洁的人通常是一个懒惰的人，他坐在炉子旁边，太阳高照着他，他却依然觉得沮丧，即使并不疲惫，他也在休息养神。如果你想避免不洁和所有罪恶，那就认真劳作吧，哪怕是打扫马圈[45]。天性很难克服，但我们必须克服它。如果你并不比异教徒更加纯洁，如果你自己不放弃更多的东西，如果你不是更笃信宗教，那么，就算你是一个基督徒又怎么样呢？我知道很多被人认为是异教的宗教体系，它们的戒律使读者倍感羞耻，促使他们作出新的努力，哪怕只是在礼仪形式上。

我谈论这些事情时心里有些犹豫，但这不是因为主题，——我并不在乎我的言论有多么不雅，——而是因为我一说出这些话，就会暴露出我的不洁。我们毫无顾忌地自由谈论一种形式的感官享受，而对另外一种形式的感官享受缄口不言。我们已经如此堕落，不再能够简单地谈论人性的必要功能。远古时代，在某些国家，人们都是带着敬意谈论每一种功能，法律也做出了相应的规范。对印度教立法人[46]来说，没有任何事情是微不足道的，尽管它们会冒犯现代人的欣赏趣味。他指导人们如何吃、喝、同居、大便小便等等，提升了原本

（接上页）在少有的互相尊敬的基础上，相关人员不断地激励对方过一种更高尚纯洁的生活，把他们联系在一起的行为也必须是真正纯洁和高尚的，因为天真和纯洁是无与伦比的。在这种关系中，我们对待我们尊重的人，比我们尊敬我们的另一半还要虔心，我们会像在上帝面前那样谨慎行事。【W 6: 197，205—6】

[45] 在他1841年4月2日的日记中，梭罗写道："今天我从猪圈中往外铲粪，挣了75美分，这笔交易很划算。如果挖粪的人同时在思考他能够如何高尚地生活，挖粪的铁锹和刀都可以雕刻在他的后来者的纹章上。"【J 1: 250—51】

[46] 摩罗（Manu 或 Menu），传说中为公元前一世纪集成册的梵文印度教宗教法典《摩罗法典》（*Manusmitri*）的作者。摩罗也是印度教中第一个人的原型，洪水中的幸存者，人类的始祖。从威廉·琼斯爵士（William Jones，1746—1794）翻译的《印度法律，或摩罗法典，依据卡鲁卡的注释，包括印度的宗教和民事税务系统》（*Institutes of Hindu Law, or The Ordinances of menu, According to the Gloss of Culluca, Comprising the Indian System of Duties, Religious and Civil*）中，梭罗为1843年1月的《日晷》杂志编纂了《摩罗法典》中的一些选段。

十分卑下的事情，并不是简单地把这些事情称为鸡毛蒜皮，避重就轻。

每个人为他信奉的神明、完全遵从自己的风格建造着一座神殿[47]，这座神殿就是他的身体，他也不能弃之而去，就是建造大理石的神殿也替代不了。我们都是雕塑家、画家，材料就是我们自己的肉体、血液和骨骼。任何高贵的品质，都会马上使人的面目变得更加高雅精致，任何卑鄙或纵欲，都会使他的面目变得粗暴野蛮。

九月的一个夜晚，农夫约翰[48]在一天的辛勤劳作之后，坐在门前，脑子里还在盘算着他的活计。他已经洗过澡，现在坐下来琢磨一些要紧的事情。那天晚上有些凉，他的一些邻居认为会有霜降。他的思路还没有走得太远，就听见一个人在吹笛子[49]，笛声和他的情绪正好合拍。他仍旧在想着自己的活计；但是，尽管他脑子里还是不停地想着这些活计，并且还在不由自主地计划、盘算，然而，他思想上的负担却和他没有任何关系。这些不过是他皮肤上不断弹落的皮屑[50]。但来自于他耕作的这个层面全然不同的另一个世界的笛声，传入他的耳中，唤醒了他身上一直沉睡的某些功能。乐声轻柔地拂去了街道，村

---

[47] 可能典出《哥林多前书》3:16："岂不知你们是神的殿，神的灵住在你们里头吗？"梭罗想的可能是诺瓦利斯（Novalis）那个版本（弗里德里希·利奥波德，冯·哈登伯格男爵-Friedrich Leopold, Freiherr von Hardenberg, 1772—1801），他是在卡莱尔（Carlyle）的《衣着哲学》（Sartor Resartus）中读到的："诺瓦利斯说，'世界上只有一所圣殿，这座圣殿就是人的身体。'"

[48] 可能是一个泛指的名字，尽管在手稿中，从第四段开始，这个农夫的名字是约翰·斯波尔丁（John Spaulding）。

[49] 可能是梭罗本人，他经常在湖里或河里坐在他的船上吹笛子（"我今天晚上在瓦尔登湖里坐在我船上吹笛子"）【J 1: 260】；"昨天晚上我带着笛子航行到了北河，我的音乐像一条叮当作响的小溪，沿着河水蜿蜒而下，一个音符随着一个音符飘落，就像小溪流过一个个石头。"【J 1: 271—72】梭罗也可能回想起了他自己对笛声的反应，如他1852年5月25日的日记："我现在听到的从仓库地那里传来的笛声，在我想来没有找到这样能够呼应和回响的洞穴，——没有那种回应的深度……既然他一天的工作完成了，劳动者吹响他的笛子，——只有这个时辰才能吹笛。与他的工作相比，多大的成就啊！有些人喝酒赌博。他吹奏某一首著名的进行曲。但音乐不在于音调；音乐在于声音。"【J 4: 144】

[50] Scurf，从皮肤表面脱下的死表皮薄片。

庄，和他所居住的州和境况[51]。一个声音对他说，——你本来可以过一种辉煌的生活，为什么还留在此地过这种卑微的苦役[52]生活？那同样的星星，也会在别处的田野上空闪耀。——但是，如何脱离这种境界，移居到那里去？他能够想到的，只是采纳某种新的艰苦简朴的生活方式，让他的思想降入肉体，拯救肉体，并且让自己越来越值得尊敬。

---

51 The state，双关语：马萨诸塞州，也指与他的境况有关的条件或状态。

52 Moiling，苦工（drudging）。

动 物 邻 居 [*]

　　有时候，我钓鱼时有个朋友做伴，他从镇子另一头穿过村子来到我这儿。为晚餐钓鱼，和吃晚餐一样，也是一项社交活动[1]。

　　隐士[2]。我真不知道世界现在怎么了。整整三个小时，我连蝗虫飞过香蕨木这样微小的动静都没有听到。鸽子都在它们的窝里睡觉，连翅膀都没有扑闪一下。刚才从树林外传来的是农夫唤人吃午饭的号声[3]吗？帮工们要回家去享用煮咸牛肉、苹果酒和印第安玉米面包[4]。人为什么要这样自寻烦恼呢？不食者不需要劳动[5]。我不知道他们究竟收获了多少东西。因为小狗博斯[6]不停地吠叫，吵得人根本无法思考——谁愿意住在这么一个地方啊！还有，啊！家务琐事！在这个明亮的日子里，要把该死的门把儿擦得锃亮，要把浴缸擦得干干净净！最好不要拥有一所房子。比如说，就住在某个挖空的树里；然后就无需操心上午的访客和晚上的宴会！只有啄木鸟啄木的声音。哦，成群结队的人；那儿的阳光太炙热；对我来说，他们太入世了。我有来自山泉的水，架子上有一块褐色面包[7]。——唰！我听见树叶沙沙作响。是不是村里哪条狗出于本能追逐起猎物

---

[*] 梭罗在1856年3月23日的日记中写道："我花去很大一部分时间来观察我附近的野生动物的习性。它们的种种活动、迁徙，把一年四季的变化拱手托到我眼前。"【J 8: 220】

[1] 他的伙伴是埃勒里·钱宁，下面对话和《室内取暖》一章中的诗人。钱宁此时住在位于瓦尔登湖北面六英里处的庞卡塔塞特山（Punkatasset，亦作 Ponkawtasset）。

[2] 梭罗在此称自己为"隐士"（Hermit），如《村庄》和《访客》中已经显示的，并不是严格意义上的说法。隐士和诗人之间的对话，可能是模仿伊扎克·沃尔顿（Izaak Walton, 1593—1683）的《钓鱼高手，或沉思者的娱乐》（The Compleat Angler or, the Contemplative Man's Recreation）中"钓鱼人、猎鹰人和猎手各自评论自己爱好的集体对话"。

[3] 喊田里的帮工吃饭。

[4] Indian bread，用玉米粉做成的面包。

[5] 典故来自约翰·史密斯（John Smith, 1580—1631）对弗吉尼亚州其他殖民者的指控："你必须遵从这项法则：不劳动者不得食，除非是他因为生病而无法劳动。"

[6] 博斯（Bose），常用狗名。

[7] 褐色面包（Brown bread），加了糖蜜和葡萄干而带甜味的面包。

来？或者是那头猪，据说是在这片树林里走失了，下雨之后，我还看见过它的脚印。它跑得很快；我的漆树和锈红蔷薇正在颤动。——哦，诗人先生，是你吗？你喜欢今天的世界吗？

诗人。看那些云；瞧它们高高挂在天上悬的样子！这是我今天看到的最伟大的景致。古老的绘画中没有这样的场景，异国也没有这样的场景，除了在西班牙的海岸[8]。那是真正的地中海的天空。我想，既然我还需要谋生，今天还没有吃饭，我可能会去钓鱼。这是一种适合诗人的职业。这是我学会的唯一一门手艺。来吧，我们一起去。

隐士。我无法拒绝。我的黑面包马上就吃完了。我很快就会高高兴兴地和你一起走，不过我需要结束这次严肃的冥想。我觉得我快结束了。那么，这一会儿先不要打断我吧。但为了不耽误时间，你可以边等我边挖鱼饵。这些地方不容易挖到鱼饵，因为这里的土壤不够肥沃；蚯蚓都快绝种了。人不是很饥饿的时候，挖鱼饵差不多和钓鱼一样是一种娱乐；今天你可以一个人把它全包了。我建议你在花生地那里下锹开挖，你能看见那儿有金丝桃[9]在摇曳。我想，我可以向你保证，如果你像锄草那样在草根里仔细察看，每挖三块草皮你能够挖到一条蚯蚓。或者，如果你想走远一些的话，那也是个好主意，因为我发现，你走得越远，你发现的好鱼饵就越多，鱼饵的增加量差不多是你走的距离的平方。

隐士独白。我想想；我刚才想到哪儿了？我认为我这种思维境界快要结束了；世界处于这种角度。我是该上天堂，还是去钓鱼？如果我这么快就结束这次冥想，我以后还能再次得到这么美妙的机会吗？我有生以来，从来都没有像现在这样接近事物的本质。我担心我这些思想再也不会回到我这里。如果吹口哨有用的话，我会吹口哨把它们呼唤回来。如果思想对我们提出什么建议，我们推诿说，我们会加以考虑的，这么做难道是明智的吗？我的思想没有留下任何轨迹，我再也找不到思路了。我正在思考着什么问题？那一天大雾弥漫。我

---

8 1846年，靠爱默生的经济资助，埃勒里·钱宁沿着西班牙海岸航行通过直布罗陀海峡，抵达意大利。

9 Johnswort, St. John's wort, 学名 Hypericum：金丝桃（贯叶连翘），一种多年生草本植物或灌木。

还是来试一试孔夫子[10]这三句话；它们或许能够把那种状态带回来。我不知道那种状态是悲伤，还是即将出现的狂喜。记住[11]。这样的机会只有一次，时不再来。

诗人：现在怎么样，隐士，我是不是太快了？我只挖到了十三条整的，再加几条不完整或太小的；不过要是钓鱼苗，这些就足够了；它们不会把整个鱼钩都盖住。村里那些蚯蚓太大了；一条银鱼[12]光吃鱼饵就吃饱了，而不会上钩。

隐士：那么，我们动身吧。我们去康科德[13]吧？要是水不深的话，那儿钓鱼不错。

为什么恰好就是我们看见的这一切事物构成了世界？为什么人类正好有这些动物做他们的邻居，就好像只有一只老鼠才能填补这个缝隙？我疑心比德帕伊[14]等人[15]最好地利用了动物，因为它们在某种意义上都是负重的动物，本来就承载着一部分我们的思想。

在我的寒舍出没的老鼠不是常见的那种据说是引进这个国家的老鼠，而是一种在村里见不到的本地野老鼠[16]。我给一位杰出的自然学家送去过一只，他对

---

10 Con-fut-see，梭罗所用的孔夫子的拉丁拼法。在他的作品中，梭罗没有在任何别的地方使用孔夫子名字的这种拼法。

11 Memorandum，备忘录。

12 Shiner，新英格兰对任何小淡水鱼的通称。

13 此处指康科德河。

14 比德帕伊，Pilpay, Pilpai 或 Bidpai，据说是梵语寓言《嘉言集》(the Hitopadesa) 的作者。比德帕伊本来写作 bidbah，一个印度王子官廷中的主要学者的称呼。梭罗可能是从查尔斯·威尔金斯（Charles Wilkins）翻译的《毗湿奴舍哩曼嘉言集》，其中一部分发表于《日晷》1842 年 7 月号（《声籁》一章中也引用过）。

15 其他寓言集，如伊索（Aesop）寓言或让·德·拉封丹（Jean de la Fontaine）寓言。

16 梭罗在他那一本《瓦尔登湖》中注释道，这是常见的家鼠（house mouse），学名 Mus lecopus，不过他日记中的描述说明这可能不对："像一只松鼠，看起来在家鼠和松鼠之间。它的腹部有些发红，耳朵要长一些。"【J 1: 368】如 1855 年一段日记所示，梭罗错误地将这个名字用来指 Peromyscus Leucopus，一种白肚皮的老鼠，白足鼠（the white-bellied or deer mouse）【J 7: 345】。

此十分感兴趣[17]。我盖房子时，有一只老鼠就在房子地下做窝，我还没有铺好第二层地板，还没有把刨花都扫走时，它会在午饭时按时跑出来，在我的脚底下吃饭渣。它以前可能从来没有见过人；不过它不久就和我混得相当熟了，会从我的鞋上跑来跑去，还会爬上我的衣服。它的动作很接近松鼠，能够像松鼠一样短距离地跳跃，能够轻而易举地爬上墙壁。终于，有一天，当我把胳膊支在长凳[18]上斜靠着的时候，它沿着我的袖子爬上我的衣服，绕着我包晚餐的纸一圈一圈地爬，我把晚餐拿得近近的，藏来躲去，和它玩捉迷藏[19]；最后，我用拇指和食指夹牢一片奶酪，它爬过来坐在我手心里，一点一点地吃奶酪，然后像一只苍蝇一样洗了洗脸和爪子，心满意足地扬长而去[20]。

一只燕雀很快在我的棚子上筑巢，一只知更鸟在一株依着我房子生长着的松树上找到了安乐窝。六月份，生性特别害羞的鹧鸪（Tetrao umbellus）[21]，带着它的一窝雏鸟从我窗前走过，从背后的树林中来到我的门前，它像一只母鸡一样咕咕叫着呼唤着自己的小鸟，一举一动都表明它俨然是母仪森林的鸟王。你一走近，母亲就发出信号，小鸟儿马上四散逃开，就像一阵旋风将它们卷走了一样，而且，因为它们看起来和死树叶和树枝一模一样，很多旅人会无意间踩在一窝鸟儿中间，听见了母鸟呼呼飞走，听见它惊慌的呼叫和哀鸣，或者看见它扑打着翅

---

17 十九世纪四十年代，梭罗偶尔会将样品送给1846年来到美国的瑞士自然学家路易斯·阿加西斯（Louis Agassiz）。1847年6月1日致阿加西斯的助手詹姆斯·艾略特·卡博特（James Elliot Cabot，1821—1903）的信中，梭罗提及送给他"昨天晚上在我的地窖里抓到的一只睡鼠（dormouse）？"【C 182】。卡博特回复说，阿加西斯"好像认识你的老鼠，管它叫白肚鼠（white-bellied mouse）。这是他见过的第一份样品"【C 183】。

18 Bench，不是坐凳，而是工作台（workbench）或长桌子（long table），如木匠的案台（carpenter's bench）。

19 捉迷藏（bo-peep）这个词，至少和莎士比亚的《李尔王》(King Lear)一样古老，见《李尔王》1.4.143—144："这样的国王会捉迷藏，/加入到傻子中间。"

20 梭罗"没能让我看见他的一个小伙伴——一只小老鼠，觉得特别失望"，约瑟夫·霍斯默1845年9月初去瓦尔登湖拜访梭罗后写道。"他讲给我听，说他靠着墙壁站着时，老鼠会跑到他的背上，顺着他的胳膊跑到他手上，吃他手指头上夹着的奶酪；还有，当他吹笛子时，老鼠会过来，在它藏身的地方聆听，他接着吹同一支曲子时它会静静地待在那里，但他改吹另一支曲子时，小客人就马上跑开了。"

21 披肩榛鸡（the ruffed grouse，学名 *Bonasa umbellus*），常用名为鹧鸪。

膀企图吸引他的注意,却压根儿就不知道自己周围有一窝鸟儿。成年鸟儿有时候就在你面前这样翻跟头转圈儿,让你一时半会儿根本看不清它是哪一种动物。小鸟儿则安静地低低蹲着,常常将脑袋藏在树叶底下,一心只听从它们的母亲从远处发来的信号,即使你靠近,它们也不会再次跑起来,暴露它们自己。你甚至有可能踩着它们,或者视线在它们身上停留过,却还是没有发现它们。这种时候,我曾经把小鸟儿捉在手中,可是,由于小鸟儿只听从它们的母亲和自己的本能,它们依然只是蹲在那里,一点儿也不害怕,一动不动。它们这个本能实在是太完满了,有一次,我把它们放回落叶上,有一只小鸟不小心歪着身子跌倒了,十分钟以后,我发现它还是依照同样的姿势歪着身子躺着。它们不像大部分鸟类的雏儿那样稚嫩,而是发育得甚至比鸡更完善、更早熟。小鸟儿大睁着的宁静的双眼中那种特别成熟而又特别纯净的眼神,令人难以忘怀。它们眼中似乎反射着所有的理性。这些鸟儿的眼中不仅表露出童稚的纯真,而且也表露出有了生命经验以后得到了净化的智慧。这样的眼睛,并不是鸟儿与生俱来的,而是与它们所映照着的天空一样久远。它们是树林中唯一的瑰宝。旅人经常对这汪清澈的水井视而不见。无知或残忍的猎手常常在这种时候射击成年鸟儿,让这些天真的小鸟儿成为某个潜行的野兽或鸟儿的猎物,或者是渐渐混入那些和它们在外表上很相近的落叶,一同腐烂。据说,如果把它们孵化出来的是母鸡,它们一听见什么动静就会四散逃开,然后走失,因为它们再也听不见把它们呼唤到一起的母鸟的叫声。这些就是我的母鸡和小鸡。

  有多少生物自由自在地生活在森林中,但却无人知晓,它们依然能够在乡镇之间生存下来,只有猎人才疑心它们确实在那儿,这可真不简单。水獭在这里活得多么隐秘啊!它长到了四英尺长,和一个小男孩一般大,却没有一个人亲眼见过它。我以前在我盖房子这片树林后面见过浣熊,晚上可能还听见过它们的呜呜低鸣[22]。我一般上午耕作,中午在树荫底下休息一两个钟头,吃午饭,在一条小溪边读一会儿书,这条泉水从离我的菜地半英里处的布里斯特山上[23]冒出来,是一片沼泽和一条小溪的源头。要走到这里,中间要穿过一连串

---

22 轻声哀鸣(whinnering)。
23 瓦尔登湖北面四分之一英里处,瓦尔登街上的一块高地,临近哈普古德·赖特(Hapgood Wright)树林,因布里斯特·弗里曼(Brister Freeman)而命名(见(转下页)

几块下坡的低洼草地,里面长满了美洲油松幼苗,然后进入沼泽地旁边一片较大的树林。在那里,在一株枝叶繁茂的美洲油松树下,有一个特别僻静和荫凉的角落,还有一片干净坚固的草地,可以坐一坐。我挖出了这条泉水,让清亮的灰白色的水聚成了一口井,我可以从井里打出一桶水而不把它搅浑,仲夏时节,湖里最热的时候,我差不多每天都去那里打一回水。山鹬也带着它的一窝幼鸟来这里,在泥土里翻找蚯蚓,母鸟在它们头顶上一英尺的低空沿着河岸飞过,而雏鸟们则在地面结队奔跑;不过,母鸟终于看见我了,它会撇下自己的小鸟,绕着我一圈一圈地飞,越飞越近,直到离我四五英尺的地方,假装折断了翅膀和腿,目的是吸引我的注意力,把我从它的小鸟儿前引开,小鸟儿已经开始前行了,听从母鸟的引导,轻声唧啾着,一只一只地穿过沼泽。或者是正好相反,我听见了小鸟儿唧啾,却看不见成年鸟儿。哀鸽[24]也在小溪上方栖息,或者从我头顶上那柔软的白松树的树枝间扑来扑去;间或有红松鼠,从最近的树枝上跃下来,特别亲昵好奇。你只需要在树林中某个有吸引力的地方坐上一段时间,林中所有的居民就会轮番向你展示它们自己。

我还目击过一些事件,就没有这么和平了。有一天,我正往我的木柴堆(或者说树桩堆)走去,路上看见两只大蚂蚁在激烈格斗,一只是红的,另一只是黑色的,黑蚂蚁比红蚂蚁要大得多,差不多有半英寸长。一旦抓住对方,它们就再也不放开,而是不停地搏斗、厮打,在木屑上翻滚。我从远处看去,吃惊地发现木屑上有这样的斗士,这不是一次决斗,而是一场战争[25],这是两种蚂蚁之间的战争,永远是红蚂蚁对黑蚂蚁,而且经常是两只红蚂蚁对一只黑蚂蚁。这些密耳弥多涅人[26]的军团爬满了我的木材场里所有的山坡和谷地,地面上早

(接上页)《从前的居民》中的叙述)。

24 哀鸽(mourning dove);真正的斑鸠(turtledove)不是北美本地鸟。
25 拉丁文,意思分别为决斗(duellum)和战争(bellum)。
26 密耳弥多涅人(Myrmidons),特洛伊战争中,阿喀琉斯麾下的古代塞萨利的好战之民。郎普利埃的《古典书目》中说:"据有些人说,密耳弥多涅人如此得名,是因为他们本来是蚂蚁。"梭罗可能是因为瑞士昆虫学家皮埃尔·胡博(Pierre Huber, 1777—1840)而想到了这两者之间的联系,柯比和斯彭斯在《昆虫学简介》(*An Introduction to Entomology*,费城,1846年)第362页引用了胡博的话:"由于青蛙和老鼠的战功是荷马的缪斯的主题,那么,如果我像他一样有才华,我会不会趁这样的机会(转下页)

已铺满了已死和将死的蚂蚁，红的黑的都有。这是我亲眼目睹的唯一一场战争，这是我亲自涉足的唯一一个鏖战正酣的战场；这是一场两败俱伤的自相残杀的战争；一方是红色的共和党人，一方是黑色的帝国主义者。双方都在进行拼死格斗，我却听不见任何声音，人类的战士从来不曾这样坚决地战斗过。我看见一对蚂蚁，在一道阳光灿烂的小山沟里的一堆木屑上，紧紧地掐住对方，此刻是正午时分，它们就准备从现在一直搏斗到日落以后，或者是到死为止。小一点的红蚂蚁武士像一把钳子一样夹住它的敌手的前额，在那片战场上前翻后滚，先是让对方滚下木板[27]，然后又一刻不停地啃咬对方的触须的根部；而更强壮的黑蚂蚁则把它掀起来翻过去，我就近看时，发现它已经打掉了红蚂蚁几条肢体。它们打得比斗牛犬还要顽强。两只蚂蚁都丝毫没有任何退让的意图。很明显，它们的战斗口号是：不征服，毋宁死[28]。与此同时，山谷的山坡上来了一只红蚂蚁，显然兴奋莫名，要么它已经收拾了它的敌人，要么还没有参加战斗；很可能是因为没有参加战斗，因为它还没有丢掉任何肢体；它的母亲命令过它，不是带着盾牌胜利归来，就是战死沙场躺在盾牌上回来[29]。也或许它是某个英雄

（接上页）称颂密耳弥多涅人表现出的勇气……如果我不能准确说出我任何一个英雄的名字，而让我的密耳弥多涅们（Myrmidonomachia）都一概匿名，我想你们不会抱怨吧。"

27 Going by the board，原意为从船上落水，但这里也是双关语，指从它们当初搏斗的木板上摔下。

28 Conquer or die，肯特公爵（the Duke of Kent）的座右铭，贝德福德（Bedford）民兵的旗帜上也有其拉丁文版。梭罗也可能是从菲利西亚·赫曼斯（Felicia Hemans）的《斯巴达母亲和她的儿子》（The Spartan Mother and Her Son）一诗中得知这句座右铭，诗歌结尾，儿子说：

　　再见！我的母亲，如果我不能
　　光荣返家，遍体鳞伤，
　　我会在战场上的冲锋中勇敢地阵亡；
　　不征服，毋宁死——"就像我勇敢的父亲那样！"

29 根据普鲁塔克的《拉柯尼亚女人之言》（Apothegms of the Laconian Women）(《斯巴达女人之言》-Sayings of Spartan Women, 16）：一位斯巴达母亲，"将盾牌递给她儿子时，叮嘱他说，'儿子，要么带着它回来，要么躺在它上面回来。'"

阿喀琉斯，独自聚集着自己的愤怒，现在要来拯救或者为帕特洛克罗斯复仇[30]。它从远处观察着这场实力不均衡的战斗，——因为黑蚂蚁差不多比红蚂蚁大一倍，——它飞快逼近，在离两位战士半英寸的地方等候战机；然后，它寻找机会，纵身扑到黑蚂蚁战士身上，在黑蚂蚁右前腿的根部开始咬动，于是敌人不得不选择要保护哪一条肢体；于是，这三只蚂蚁就终身捆绑在一起，就像发明了一种新的吸引力，这种吸引力是那么强烈，令所有其他铁锁和水泥等黏合剂都相形见绌。到这时候，我已经毫不怀疑，它们各自都有自己的军乐队，驻扎在某块突出的木片上，一直在演奏着它们的国歌，激励着落在后面的战士，鼓励着即将阵亡的战士。我自己也有些激动，就像它们是人类的战士一样。你越想，就越觉得蚂蚁战争和人类战争之间大同小异。不说在美国历史上吧，至少在康科德的历史记录上，不曾有一场战斗能够和这一刻相比拟，无论我们比较的是参加战斗的人数，还是其中所表现出的爱国主义和英雄主义精神。就参战人数和屠杀人数来说，人类的战争之最当数奥斯特里茨之战或德累斯顿之战[31]。康科德之战算得了什么！爱国者一方阵亡两位，路德·布兰查德[32]负伤！这里每一只蚂蚁都是一位巴特里克，"开火！以上帝的名义，开火！"[33]——成千上万只蚂蚁和戴

---

[30] 蒲柏翻译的荷马的《伊利亚特》是这样开头的：

　　Achilles' Wrath, to Greece the direful spring

　　of woes unnumber'd, heavenly goddess, sing!

　　That wrath which hurl'd to Pluto's gloomy reign

　　The souls of mighty chiefs untimely slain.

　　歌唱吧，女神！歌唱裴琉斯之子阿喀琉斯的愤怒——

　　他的暴怒招致了这场凶险的灾祸，给阿开亚人带来了

　　受之不尽的苦难，将许多豪杰强健的灵魂打入了哀地斯。

阿喀琉斯因为愤怒而拒绝参加特洛伊战争；他的朋友帕特洛克罗斯（Patroclus）的死，最后促使这位希腊英雄参加战斗。

[31] 拿破仑战争中的两次激战，分别爆发于1805年12月2日和1813年8月12—27日，阵亡士兵总数超过八万人。

[32] 路德·布兰查德（Luther Blanchard），来自马萨诸塞州艾克顿镇的横笛手，英国在1775年4月19日的康科德战场上开枪后，他可能是第一个受伤的美国人。

[33] 约翰·巴特里克少校（Major John Buttrick）指挥着康科德战场的五百名民兵。爱国者们得到命令不许开火，但是，英国人开始开枪后，巴特里克大喊："开火，士兵们，以上帝的名义，开火！"

维斯和霍斯默战死疆场[34]。这里一名雇佣军都没有[35]。我毫不怀疑，它们和我们的前辈一样，是在为原则而战，而不是为了逃避三分钱的茶税[36]；对于参加战斗的成员来说，这场战争的结果至少和邦克山之战[37]的结果一样重要，一样难忘。

我拿起我详细描述的这三只蚂蚁搏斗的木片，把它带进我的房子，放在我窗台上，用一只玻璃杯将它们扣住，然后观察事态如何进展。我拿着一只放大镜看那第一只红蚂蚁，我看见它虽然撕断了它的敌人剩下的那根触角，现在在拼命咬着敌人的前腿，但它自己的胸部也全部扯开了，它所有的重要器官都暴露在黑蚂蚁战士的钳夹之下，而黑蚂蚁的胸甲却显然太厚了，令它无法穿透；伤员的黑眼珠中闪露着只有这样的战争才能激发的凶光。它们在玻璃杯下又打了半个小时，我再看时，黑蚂蚁战士已经将它的两个敌人的头和身子分开了，两只仍然活着的头，像阴森的马鞍上的锦标一样[38]挂在它身体两侧，看起来好像还是抓得紧紧的，它的触角没有了，腿也只剩下了一部分，我还不知道它身上还有多少伤痕，它还在微弱地挣扎着，努力挣脱敌人的残体；终于，又过了半个小时，它总算挣脱了。我拿开杯子，它就那样跛着身体爬下了窗台。我不知道这场战斗之后它是否幸存下来，是否会在老兵医院[39]里度过残生；但我想，它以后不会再有什么大的作为了。我始终不知道哪一方是胜方，也不知道战争是怎么爆发的；但那一天剩下的时间里，我一直觉得又激动又痛苦，就像在我门前目击了一场人类血流成河的大恶战[40]。

柯比和斯彭斯说，人类很早就关注蚂蚁之间的战争，并且记录下了这些战

---

34 艾萨克·戴维斯上尉（Capitain Isaac David）和阿伯纳·霍斯默（Abner Hosmer）是这场战斗中阵亡的唯一两位美国人。
35 指美国革命战争中英国人雇用的黑森雇佣兵（the Hessian mercenaries）。
36 英国人对殖民者征的税，加剧了他们的不满，导致了波士顿茶叶党（the Boston Tea Party）和美国革命（the Revolution）。
37 1775年6月17日的战斗其实是在马萨诸塞州查尔斯顿（Charlstown）的布里茨山（Breed's Hill）爆发的，而不是附近的邦克山（Bunker Hill）。
38 Saddle-bow，马鞍前面拱起的部位。
39 Hotel des Invalides，十七世纪七十年代路易十四在巴黎为退伍士兵修建的医院。
40 柯比和斯彭斯在《昆虫学简介》第363页写到了蚂蚁战争中的"愤怒和屠杀"（fury and carnage）。

争发生的日期[41]，但胡博[42]可能是亲眼目睹过蚂蚁战争的唯一一位现代作家。他们说，"埃涅阿斯·西尔维乌斯[43]根据二手材料，描述了一种大蚂蚁和一种小蚂蚁在一株梨树的树干上进行的一场非常顽强的战斗，"并且加上，"这场战事发生在教皇尤金四世时代[44]，在场的有著名律师尼克拉斯·皮斯托林西斯，他非常忠实地记述了这场战斗的整个过程。奥劳斯·马格努斯[45]也记录了类似的一场大蚂蚁和小蚂蚁之间的交战，交战中，小蚂蚁得胜，据说它们埋葬了自己的兵蚁的尸体，而留下大蚂蚁的尸体让鸟儿猎食。这次事件发生在暴君克里斯蒂安二世[46]被驱逐出瑞典[47]之前。"我见证的蚂蚁之战发生在波尔克总统任内[48]，比韦伯斯特的《逃亡奴隶法》通过要早五年[49]。

---

41 根据柯比和斯彭斯的《昆虫学简介》第361页："它们的战争人所共知；这些战争的日期，就像至关重要的事件一样，正式记录下来了。"

42 瑞士昆虫学家皮埃尔·胡博；柯比和斯彭斯在《昆虫学简介》第362页中写道："M. P. 胡博可能是亲眼目睹过这些战争的唯一一位现代作家。"胡博的《蚂蚁自然史》（*Natural History of Ants*，伦敦，1820）中用长达三页的篇幅记录了一场红蚂蚁和黑蚂蚁之间的战争。1854年9月2日（纽约）《教友》（*Churchman*）杂志上的一篇《瓦尔登湖》书评提到"一位 M. 韩哈特（M. Hanhart）曾经有一段相当有诗意的记述，可以与土耳其人和俄国人之间的战争相媲美，比胡博讲得还好，李·亨特（Leigh Hunt）给予好评，原文见于1828年的《爱丁堡科学杂志》（*Edinburgh Journal of Science*）"。没有证据表明梭罗知道韩哈特的记述。

43 原名埃内亚·西尔维奥·皮科洛米尼（Enea Silvio de' Piccolomini, 1405—1464）；教皇庇护二世（Pope Pius II, 1458—64）的文名，他也是一位诗人、地理学家和历史学家。

44 加布里埃尔·康杜尔梅尔（Gabriel Condulmaro, 1383—1447；教皇尤金四世 - Pope Eugene IV, 1431—47）。

45 奥劳斯·马格努斯（Olaus Magnus, 1490—1558），瑞士天主教牧师和历史学家，乌普萨拉（Upsala）名义大主教，《瑞典人和汪达尔人的历史》（*Historia de Gentibus Septentrialibus*）的作者。

46 克里斯蒂安二世（Christian II, 1481—1559），丹麦、挪威和瑞典的残酷国王。他的臣民于1532年暴动，将他终身监禁。

47 引自柯比和斯彭斯的《昆虫学简介》第361—362页，略有编辑和改动。

48 詹姆斯·K. 波尔克（James K. Polk, 1795—1849），1845—1849年之间任美国总统。

49 丹尼尔·韦伯斯特（Daniel Webster, 1782—1852），马萨诸塞州参议员，支持重申逃亡奴隶法的1850年妥协，此法与他有关，虽然法案作者是弗吉尼亚州参议员（转下页）

村里很多狗，明明只有在储藏食物的地窖里追一追[50]鳄龟的本事，趁它的主人不注意，也会到林子里来活动活动它们那粗笨的四条腿，徒劳地在狐狸的废洞和土拨鼠窝前嗅来嗅去；大概是哪只灵活地在林中穿行的小杂种狗把它们引来的吧，也许还能让林中动物产生一点天然的恐惧；——它现在远远落在向导后面，像一条斗牛犬一样对着躲在树上张望的松鼠狂吠不止，然后，它慢慢跑走，想象着自己是在尾随一只跳鼠[51]；它的体重压弯了树丛。有一天，我看见一只猫沿着湖边的石岸走着，略有些吃惊，因为猫很少走到离家这么远的地方。我和猫都有些吃惊。不过，这只猫虽然非常驯服，成天懒懒地躺在地毯上，在林中却显得相当逍遥自在，它那狡猾和躲躲藏藏的行为，显得它比长期生活在林中的动物还像林中动物。有一次，摘浆果的时候，我在林中碰到一只猫，它带着小猫，看起来是野猫，小猫和它们的母亲一样，高耸着背，对着我凶恶地叫。在我搬到林中去住之前几年，林肯镇离湖最近的农舍、吉廉·贝克先生[52]的农场里有一只猫，人称"有翼飞猫"[53]。我1842年6月去看她

（接上页）詹姆斯·M. 梅森（James M. Mason, 1798—1871）。该法令要求将在自由州发现的逃亡奴隶归还回去。马萨诸塞州反对韦伯斯特的情绪很强烈，爱默生在日记中几次嘲讽他："啊！为了体面，让韦伯斯特先生这辈子再也不要说这个字了。韦伯斯特先生嘴里说出来的'**自由**'，就像妓女嘴里说出来的'**爱情**'。"梭罗在《马萨诸塞州的奴隶制》一文中写道："我听到很多关于摒弃和践踏这条法律的言论。其实，要做到这一点并不难。这条法律从来就没有达到头部或理性的高度；它自然的处所是在泥土里。它在人脚下的灰尘和泥沼中诞生，也只有在脚下才能生存；一个自由行走的人，一个不像有印度教那样的慈悲、避免践踏所有有毒的爬虫的人，都会不可避免地踩上它，将它践踏在脚下，——并同时将起草这项法律的人——韦伯斯特，像泥虫一样一并踩在脚下。"【W 4: 394—95】

50 Course, 追逐（pursue）。

51 未知，不过可能是跳鼠（jerboa），飞鼠（jumping mouse）的一种。尽管北美的飞鼠（jumping mouse, 林跳鼠科 Zapodidae）和跳鼠（Jerboa, 跳鼠科 Dipodidae）不属同一科，有可能是梭罗把两者混淆了。梭罗在《瓦尔登湖》第六和第七稿中用了这个名称，校稿中也没有改正它。

52 按方位判断，这应当是贝克农场，尽管我们不能确认吉廉·贝克（Gilian Baker）是谁。

53 由猫类皮肤症引起，一种遗传性皮肤综合征，使前腿、后背和后腿上的皮肤十分松弛；某个长毛种类的皮毛堆积得很厚时，也会出现看起来像翅膀的情况，这里的情况可能就是如此，梭罗因此得到了一对猫翅膀。

时[54]，她已经按照自己的习惯到林子里抓猎物去了（我不知道她是公猫还是母猫，用了最常见的阴性代词），但她的女主人告诉我，猫是一年多以前的四月份来到附近的，最后被他们家收养了；她的毛色是一种很深的棕灰色，咽喉处有一只白点，脚也是白的，还有一条像松鼠那样蓬松的尾巴；冬天的时候，她的皮毛长得很厚，沿着身体两边平摊开，长成十到十二英寸长、两英寸半宽的条条，下巴下面也有，像一只暖筒一样，上方很蓬松，下方则像毡子一样缠结着，到春天时，这些额外的附加物都会脱掉。他们给了我一对猫"翼"，我现在还留着。猫翅膀上看起来没有表层。有人认为它有一部分飞鼠或者某种其他野生动物的血统，这也不是不可能，因为据自然学家说，貂[55]和家猫交配后产生了多种多样的杂交品种。如果我要养猫的话，这应当是适合我豢养的猫；既然诗人的马有翅膀，他的猫岂不是也应该生出双翼[56]？

秋天时，潜鸟（Colymbus glacialis）照例来到，在湖中换毛、洗浴，我还没有起床，林中就回荡着它豪放的狂笑[57]。听说潜鸟来了，康科德镇上的所有狩猎爱好者都警觉起来了，有的坐车[58]，有的步行，带着步枪、子弹和望远镜，

---

54 没有现存的日记能够证实这个日期。

55 食肉貂类（Martes），亦含黄鼠狼（weasles）、鼬（stoats）、獭（otters）和獾（badgers）。有八个种类，分别出现在北半球的温带地区。它们在树上捕猎，松鼠是它们最喜欢的猎物，尽管它们也会捕捉其他小哺乳动物或鸟。美洲有两类：渔貂（fisher，学名 Martes pennanti），和美洲貂（the American marten，学名 M. americana）。尽管从遗传上看和家猫杂交是不可能的，梭罗在理查德·哈伦（Richard Harlan，1796—1843）的《美洲动物区系：北美哺乳动物简述》（*Fauna Americana, Being a description of the Mammiferous Animals Inhabiting North America*，费城，1825年）第77—78页读到过这样的案例。在描述了一只貂和一条狗之间成功的杂交之后，哈伦写道："与上述杂交相佐证，我们可以补充，遗传学上互相不同的动物之间，比如鼬貂（the martin，Mustela Martes）和家猫（the domestic cat）之间的交配，产生了很多杂种种类。"

56 典故来自珀伽索斯（Pegasus），希腊神话中有双翼的飞马，它是缪斯的最爱，和诗兴也密切相关。

57 这一段话也出现在《马萨诸塞州自然史》中："晚秋时节，霜开始染红树叶时，一只孤独的潜鸟来到我们闲置的湖泊，它会在那里自由自在地藏匿到蜕毛季节结束，树林中回荡着它狂野的笑声。"【W 5: 114】

58 Gigs，两只轮子的无顶棚的马车。

三三两两地都来了。他们像秋天的树叶一样窸窸窣窣地闯过树林，人对潜鸟的比例至少是十比一。有些人驻扎在湖这一面，有些人在那一面，因为这只可怜的鸟儿不可能无处不在；如果它从这里潜下去，它一定得从那里出来。不过，此时，十月的好风刮起，吹得树叶窸窣，湖水荡漾，这样一来，即使潜鸟的敌人用望远镜扫视着湖面，树林中回荡着他们的枪声，潜鸟也依旧无声无息，无影无踪。湖水是站在所有的水鸟一边的，湖中水浪翻腾，愤怒地冲刷着湖岸，我们的猎手们只好退回到镇里，回到他们的店铺里，回去做他们没做完的活计。但是，遗憾的是，他们狩猎常常会成功。清晨时，我到湖边打水时，经常看见这只庄严的鸟儿从离我几杆远的地方划离我的小水湾。如果我试图划着小船追它，看看它会怎么反应，它就会潜下水去，完全不见踪影，这样，我有时候要等到那天很晚的时候才会再见到它[59]。但要是在水面上，我就常常能够超过它。要是下雨天，它通常就飞走了。

十月的一个风平浪静的下午[60]，我沿着湖的北岸划着船，在这样的日子里，潜鸟都像下面的乳草的短绒毛一样，平静地飘在湖面上，我在湖上徒劳地搜寻着它，突然，一只潜鸟在我前面几杆远的地方从湖岸往湖心游去，发出它那豪迈的狂笑，暴露了自己。我划着船去追它，它潜下水去，但等它浮上来时，我比刚才更接近它了。它又潜水下去，但这一次我错误估计了它的方向，等它再上来时，我们之间的距离有五十杆远，是我划错了方向，帮助它扩大了我们之间的距离；它再次发出漫长高亢的笑声，比上一次狂笑又多了一层得意。它那么熟练灵巧地游动着，我根本无法靠近到离它六杆之内的地方。它每一次浮上水面时，都会把头左右转来转去，冷静地观察着水面和地面，很显然，它选择路线时，都会保证自己一定要有最宽阔的水面，和船保持最远的距离。它那么快地做出决定，并且那么快地将决定付诸实施，实在是令人惊叹。它马上把我引到湖上水面最宽的地方，你就再也无法把它赶

---

[59] 在《马萨诸塞州自然史》中梭罗这样写潜鸟："这种鸟，伟大的北方的潜水员，真是名副其实；当它追逐一条船时，它会潜水，像一条鱼在水下游泳，游过六十杆或更远的距离，和划船的速度一样快，追它的人，如果想找到自己的猎物，必须把水贴在水面去听听它会从哪里再冒出来。"【W 5: 114】

[60] 1852 年 10 月 8 日。

走了。它在自己的头脑里思考一件事时，我也在自己的头脑里努力揣测它的想法。在这平缓的湖面上，一个人和一只潜鸟之间进行着一场有趣的棋赛。突然，你的对手的棋子消失在棋盘之下[61]，现在的关键，是要把你的棋子放在离他的棋子即将出现的位子最近的地方。有时候，它会出其不意地出现在与我相反的方向，显然是直接从船下穿过去了。它一口气能游得那么远，又从来不知疲倦，虽然游了很远，它却还是能够马上再潜到水下去；然后，再聪明的人也无法揣测它究竟是在湖水深处，还是在平滑的湖面下什么地方，像一条鱼一样飞速游动，因为它确实有时间和能力光顾湖水最深的湖底。据说，在纽约的湖中，潜鸟挂在钓鳟鱼的鱼钩上了，那鱼钩在湖面下八十英尺的深处[62]，尽管瓦尔登湖还不止八十英尺深。鱼儿们看见这个来自另一个世界的其貌不扬的不速之客在它们的鱼群中飞速驶过，该是多么惊

---

61 游戏中，比如纸牌或棋盘游戏，将某物藏在棋盘或桌子底下是作弊（cheating），与之相反的则是"明棋"（above board），或直截了当、不玩花招。

62 梭罗 1852 年 10 月 8 日的日记说："一个新闻权威说一个渔民——顾名思义——在纽约的塞内卡湖湖面下八十英尺处鳟鱼的鱼钩上抓到了一只潜鸟。库珀小姐（Miss Cooper）也讲了同样的故事。"【J 4: 380】这个新闻权威是"一个旅行者"写给编辑的信，发表在 1852 年 8 月 20 日的《日内瓦公报》（Geneva Gazette）上：

> 我在去年的一份日内瓦报纸上，看到关于潜鸟或伟大的北方潜水员的评论，库珀小姐在她的《乡间时光》（Rural Hours）中提到，这只潜鸟被水下八十或九十英尺的鱼钩钩住了，我相信这个说法是正确的，不过没有从编辑那里得到任何确认。
>
> 我后来碰到了威廉·奥蒙德（William Ormond）先生，他住在塞内卡湖（Seneca Lake）北岸的日内瓦靠近栈道的地方，他说他在那里住了十五年，他自己也从沉到水下八十英尺的抓淡水鳟鱼的钩子上抓到过潜鸟。

詹姆斯·费尼莫尔·库珀（James Fenimore Cooper）的大女儿苏珊·费尼莫尔·库珀（Susan Fenimore Cooper, 1813—1894）在《乡间时光》中写道："不久，我们就看到了那种个头特别大的鸟【潜鸟】，重大约十九磅；它是在沉到水底九十五英尺深度的渔民们所谓钓鱼线的钩子上抓到的，这种鸟潜水这么深去吃鱼饵。另外几只潜鸟也同样在塞内卡湖中沉到水底八十到一百英尺的深度里被擒。"除了从《日内瓦公报》中得到的信息外，由于梭罗在他的日记或其他地方没有记录库珀的记述中任何其他信息，他不太可能读过她的作品。

诧莫名啊！但在水下，它看起来也像在水面上一样，对自己的航线了如指掌[63]，在水下游得还要快得多。偶尔有那么一两回，它接近水面、探头侦察一番，然后又马上潜入水底，我能看见那儿的一道涟漪。我发现，我与其想方设法地算计它会在哪里出现，还不如干脆歇下船桨，等它重新露头；因为几次三番，我睁大眼睛看着一个方向的水面，它却突然会在背后发出怪异的笑声，把我吓一大跳。可是，既然它表现出这么多的计谋，为什么它一浮上水面，就总是用那高亢的笑声暴露自己？它那白色的胸脯还不足以暴露它吗？我想，它只是一只愚蠢的潜鸟。我通常能够听见它上来时的水声，因此也就发现了它。但是，一个小时以后，它还是一样精神抖擞，自由自在地潜水，游得比刚才还远。看见它浮上水面时，安详地游走，胸脯上毛发平滑，它的脚蹼在下面完成所有的动作，真是奇观。它通常的曲调是这种恶魔般的笑声，不过这还多少算是水禽的声音；偶尔，当它最成功地击败了我，从很远的地方钻出来时，它会发出一种悠长的奇怪的嚎叫，更像是狼嚎，而不是鸟叫；就像一只野兽把鼻口部位支在地上，放肆哀嚎。这就是它的潜鸟之嚎[64]，——可能是在这里能够听见的最野性的嚎叫，远远地传入林中深处。我得出了结论，它是对自己的能耐很有自信，它的笑，是在嘲弄我白费力气。到这时候，天已经阴沉下来了，湖

---

63 双关语：course 既指方向、航线，也指和上文的学校有关的"课程"，一系列课程或研究。

64 Looning（潜鸟之嚎）显然是梭罗自造的词，这个词在《瓦尔登湖》之前的字典里从来没有出现过，1889 年的《世纪字典》（*The Century Dictionary*）引用梭罗作为这个词的来源。他在《缅因森林》中使用了这个词：

> 潜鸟的叫声——我指的不是它的狂笑，而是它的嚎叫，——是一种拖长的嚎叫，有时候听起来特别像人声，——呜—呜—呜，就像一个人用特别高的音调嚎叫，把所有的声音都填充到头脑里去了。我晚上十点钟半睡半醒地躺着时，通过我自己的鼻子重重地呼吸，就这样，我听到了和潜鸟嚎叫一模一样的声音，表明我和潜鸟是类似的；就像它的语言不过是我自己的语言的一种方言一样。以前，半夜时分在林中无法入睡时，我聆听着它们的语言中的一些音节或段落，但结果是，在听见潜鸟的嚎叫之前，我一直毫无所获。我偶尔在家乡的湖泊中听见过这种声音，但是，那里的旷野周围，没有周围的风景来衬托。【W 3: 248】

面是那么平滑,我即使听不见它,也能看见它钻出湖面的地方。它那白色的胸脯,寂静的空气,和平滑的水面,都是对它不利的因素。最后,在离我五十杆的地方,它发出了那种长长的嚎叫,就像呼唤潜鸟之神来拯救它,然后一阵东风刮起来,在湖面上吹起了波纹,天空中也下起了蒙蒙细雨,我心服口服,就像潜鸟的祈祷得到了回应,它的上帝对我发怒了;于是我离开它,任它在汹涌的水面远远消失。

　　秋天的日子,我几个小时几个小时地看着野鸭们熟练地在湖中嬉戏、盘旋,令猎手们远不可及;在路易斯安娜河口,它们就用不着这些小花招了。当被驱赶着飞起来时,它们有时候会绕着瓦尔登湖一圈一圈地高高地翱翔,从高处看,它们像天上的微尘一样,可以轻而易举地看见其他湖和河;正当我以为它们一去不复返了时,它们会在远处无人打搅的四分之一英里的斜坡上安营扎寨;但是,在瓦尔登湖中间游泳航行,除了安全以外,它们还能得到什么,我不得而知,除非它们热爱这片湖水,就像我热爱这片湖水一样。

室 | 内 | 取 | 暖 [*]

十月份，我去河边草地里摘葡萄，收获了一串串的果实，它们这么弥足珍贵，不是因为它们的美味，而是因为它们的美丽和芳香[1]。我在那里还欣赏了蔓越橘[2]，不过我并没有摘取，它们像小小的上了蜡的宝石，又像是野草上悬挂着的饰物，鲜红的珍珠，农民却用丑陋的钉耙收割蔓越橘[3]，将平坦的草地搅得一片狼藉，漫不经心地仅仅用容器和金钱来衡量它们，然后把这些从草地里掠获的赃物出售到波士顿和纽约；这些果实注定将被做成果酱，来满足那里热爱天然野生食品的人的口腹之欲。屠夫们从草原上的草丛里收获美洲野牛的舌头[4]，

---

[*] House-warming，双关语：暖房，搬入新家时庆祝搬家，以及这个词的本意：冬天房屋取暖。

[1] 梭罗在日记中写道："十月呼应着人生中这个阶段：他不再仰赖于他稍纵即逝的情绪，他所有的经验都成熟为智慧，他所有的根茎和枝叶都闪耀着成熟。他春天和夏天曾经去过的地方、曾经做过的事情都展现出来。他结出了丰硕的果实。"【J 5: 502】梭罗日记中有几处提到他秋天摘葡萄的经历。1859年9月13日他回忆道："我记得我第一次摘葡萄的事。（我们竟然能够赶上葡萄成熟的季节，真是一桩奇事。）更多的乐趣在于发现和看见高高的树上那一大串一大串紫色的果实、爬上高高的葡萄架，而不是吃葡萄。我们曾经小心翼翼，吃葡萄皮时不要嚼得太久，免得把嘴嚼酸了。"【J 12: 324】他摘得最多的是一种野生葡萄（Vitis labrusca），俗称北方狐狸葡萄。

[2] 尽管梭罗在此没有摘蔓越橘，他的日记中有几个段落描述采摘蔓越橘的乐趣："尽管又湿又冷，我还是非常喜欢摘蔓越橘，这片沼泽好像是为了我一个人出产果实……我装了满满一篮子，把它们在我身边放上几天……我没有储存任何黑麦或燕麦，但我采集了阿萨贝特河谷中的野藤。"【J 9: 40—41】

[3] 1853年11月，梭罗描述了他收割蔓越橘的经历："我发现，采集蔓越橘最好的办法是在淹水的时候去，涨水之前、强风之后，选择藤蔓最密的地方，一个人拿着譬如说一把大粪叉那样的工具，按住漂浮的草和其他和它纠缠在一起的杂藤，另一个用普通的铁耙，把它们耙进船里，这样就正好有足够的藤条让你捞上船，又不带上很多水。"【J 5: 514】

[4] 美洲野牛（Bison），常被人误称为水牛（buffalo），在草地上放牧，它们的舌头被当作美味，美洲野牛亦因其舌头而被视为珍品。《哈珀》（Harper）1851年7月（转下页）

丝毫不担心践踏和破坏了草丛。同样,伏牛花也只是用来养眼,光看不吃[5];但我采集了一小堆野苹果来熬苹果酱[6],这种吃法,这块地的主人和过路的旅人们都不曾想到。板栗成熟时[7],我储存了半个蒲式耳,留着过冬。以前那个季节,林肯镇还有漫无边际的板栗树林[8],我很开心地在栗林中漫步,如今这些树林都

(接上页)号上刊登了一篇文章《遭遇美洲野牛》(A Brush with the Bison),解释说,"众所周知,大批美洲野牛因为它们的舌头而遭灭顶之灾。"

5 梭罗在 1853 年 5 月 25 日的日记中写道:"我现在觉得,靠近科南塔姆(Conantum)附近的篱笆的伏牛花(barberry bush)是我看见的最美丽、轻灵和优雅的盛开的花丛"【J 5: 191】,但他也认为伏牛作为果实也比苹果好,因为它们"整个冬天可以每天都端上饭桌,而我们存下两桶苹果都无法保证每天都有"【J 9: 86】。

6 Coddling,在热水中而不是开水中慢煮;或者是细心处理。在《野苹果》(Wild Apples)中,梭罗写道:

> 大约在 11 月 1 日左右,沿着一片山崖往上走的时候,我看见了一株茂盛的苹果幼树,这棵树是鸟儿或牛种下的,在那里的石头和树林中长了出来,如今结满了果实,所有种植的苹果都已经采摘了,它们在霜冻下却毫无损伤。这棵树长得很茂盛,上面还有很多绿叶,看起来有刺的样子。果子又硬又绿,但看起来到冬天时会变得很爽口。有些在树枝上悬挂着,但很多的是半埋在树下的湿树叶中,或者是远远地滚到了山下的石头间。主人对此一无所知……
>
> 不过,**我们**的野苹果或许是和我一样的"野"法,并不是这里的土著,而是从培育的品种中流落到了这里……
>
> 几乎所有的野苹果都很好看。它们看起来都不是很粗糙、酸涩、锈褐难看。最粗糙的,在人眼中也会有某些可以弥补缺陷的优点……
>
> 野苹果时代即将成为过去。野苹果可能会从新英格兰永远消失……我担心,一个世纪以后在这片田野里行走的人,可能享受不到打下野苹果的乐趣。啊,可怜的人啊,有很多乐趣,他将永远不会知道。【W 5: 199—301, 314, 321】

7 根据梭罗 1855 年 10 月 23 日【J 7: 514】和 1857 年 10 月 22 日("现在是收板栗的时候了")【J 10: 119】的日记,应为十月中旬。

8 梭罗担心过度使用森林,担心曾经"无边无际"(boundless)的树林会变得不那么丰富。他在 1860 年 10 月 17 日写了一则日记:"众所周知,过去十五年里,这一带的栗树材在急剧消失,被人用来制作铁路枕木、栅栏和木板,我们这片森林有完全消失的危险……最后一片略有规模的板栗树林是在林肯镇那一面。"【J 14: 137】

267

长眠在铁路下面了[9]。我肩上背着一只袋子，手里拿着一根敲开板栗壳的棍子，因为我并不总是等到霜降时板栗自动裂开[10]，周遭树叶沙沙作响，红松鼠和松鸦大声抗议[11]，我常常偷它们吃了一半的板栗，因为它们选中的毛刺里肯定是有好果子。我偶尔也爬上树去摇晃树枝，把栗子晃下来[12]。我房子后面也长了很多板栗树，有一株大板栗树差不多把房子都遮蔽起来了，开花时节[13]，它就是一束大花束，让周围都充满了芬芳，不过松鼠和松鸦把大部分果子都吃了；松鸦清早时成群结队地飞来，在板栗落地之前就把它们从刺球里啄出来吃了。我把这些树让给它们，自己则去拜访远处那些全部都是板栗的树林。这些坚果，本身就完全能够代替面包[14]。也许还能找到很多其他替代品。有一天挖蚯蚓的时候，我发现了挂在藤上的美国土圞儿（Apios tuberosa）[15]，本地土著居民的土豆，一种绝佳果实，有人说，我小时候就挖过、吃过这种果子[16]，我搞不清这是不是真的，还是仅仅在梦里见过。我经常看见它皱皱的、红色丝绒般的花朵，攀援在其他植物的杆茎上，却不知道它就是我吃过的那种植物。耕作农业差不多把这种植物消灭殆尽了。它带着一丝甜味，很像冻坏了的土豆的味道，我觉得它煮

---

9 Sleep，双关语：铁路枕木又名枕轨。

10 霜冻开始时，板栗的壳会裂开。梭罗在他1957年10月22日的日记中写道："霜冻终于来打开它的外壳；只有霜冻才有一把真正的钥匙。它的壳直直地裂开，十月的和风轻吹而入。"【J 10: 21】

11 梭罗在1852年10月的一则日记中写道："松鸦（jays）啾啾，松鼠（the red squirrels）吱吱，而你却在摇晃和用棍子敲打树枝。"【J 4: 382】

12 梭罗不喜欢摇树采果子的办法。他在日记中写道："摇树是一种很野蛮的行为，我知道我对此很后悔。只轻轻地摇树，或者让风为你晃动树枝。"【J 10: 123】

13 板栗树六月和七月开花。

14 和面包一样，它们的淀粉成分很高。中世纪时代，板栗被磨成粉，烤面包时代替谷物。在亚洲和欧洲南部某些地区，很多人仍旧将板栗磨渣做饼。板栗树常常被叫做"面包树"（bread tree）。

15 美国土圞儿（the ground nut），亦称Apios americana，带可食粗茎和根块的多年生草本植物，亦称野豆子（the wild bean）、土豆（pomme-de-terre）、印第安土豆（Indian potato）、野甜薯（wild sweet potato）、豆茎（pea vines）和其他名字。

16 现存的梭罗文字中，没有任何地方提到他童年时吃过土圞儿。尽管从上下文看他的意思可能是"如别人告诉我所说"，这一段现存的草稿没有证据能够证实这种猜测。

比烤好吃[17]。这块根茎似乎是大自然依稀的承诺：将来某个时刻，她会在这里喂养、哺育她的儿女。在如今这个崇尚催肥的牛群和麦浪滚滚的田野的时代，尽管这种谦卑的植物曾经是一个印第安部落的图腾，人们还是差不多完全忘记了它，或者只认识它开花的藤蔓[18]；但是，如果我们让原生的自然重新统治这片土地，那些柔嫩和娇贵的英国谷物可能会在各种竞争对手面前战败消失，如果没有人为的干涉，乌鸦也会把玉米的最后一颗种子带回到西南部印第安人神明那广袤的田野，据说玉米就是从那里来的[19]；现在差不多完全绝迹的土圜儿，或许也会战胜风霜和荒野，重新复苏繁茂，证明自己是土生土长的本地植物，恢复它作为古代狩猎部落的食物时那种重要地位和尊严。发明了土圜儿，并将它赐予人类的，一定是某个印第安人的农业女神刻瑞斯或智慧女神密涅瓦；诗歌的王国降临此地时，它的枝叶和成串的果实，就会出现在我们的艺术作品中。

九月一日时[20]，我就能够看见，湖对面，靠近水边的尖角上，那三株白杨的白色树干分叉处的下方，三株小小的枫树已经开始变红。啊，它们的颜色讲述着多少故事[21]！一个星期接一个星期，每一棵树的特色都显现出来，每一棵树

---

17 梭罗在他1852年10月的日记中写到烤土圜儿和煮土圜儿之间的区别："烤的，它们有一种类似土豆的适口的味道，尽管质地上有点粗纤维。闭上眼睛，我不会知道我吃的并不是一只很软的土豆。煮的，它们竟然很干，尽管这样一来就有点太硬，更有坚果的味道。加点盐的话，它们可以成为一个肚子饿了的人的一顿佳肴。"【J 4: 384】

18 奥卡拉汉（O'Callaghan）在《纽约州志》（*Documentary History of the State of New York*）中收录了一份1666年法文文件，其中提到土豆是易洛魁人（the Iroquois）土豆部落（"Potatoe tribe"或"La famille de la Pomme de Terre"）的图腾。

19 罗杰·威廉斯（Roger Williams，1603？—1683）在《美洲语言入门》（*A Key into the Language of America*）中写道，新英格兰的印第安人"有一个传说，就是一只乌鸦最初从西南方的大神考坦托维（Cawtantowwit）的田野里，用一只耳朵带来了印第安人的玉米，另一只耳朵带来了印第安人或法国豆，他们认为，他们所有的玉米和豆子都是从那儿来的。"梭罗在他1852年5月9日的日记中又提到了这个传说："这些日子里，刮着温暖的西风，梦一般的青蛙，初叶绽放，婀娜，朦胧的日子……正是在这样一个日子里，乌鸦从西南方把玉米带到了这里。"【J 4: 43】

20 1852年。

21 可能典故来自托马斯·摩尔的《暮钟》（*Those Evening Bells*）："暮钟！暮钟！它们的钟声述说着多少掌故。"梭罗1852年9月1日的日记接上这首诗续了一段，（转下页）

都在欣赏着自己在明镜般的湖面上的倒影。每天早上，这个画廊的管理人都会取下旧画，挂上新画，新画的颜色更鲜艳，画面更协调[22]。

十月份[23]，成千上万只黄蜂来到我家里，准备在这里过冬，它们在我屋内的窗户上和头顶的墙上安营扎寨，有时候吓得客人不敢进屋。每天早上，它们被冻木了以后，我就把它们扫出去，但我没有花太大力气清除它们；它们觉得我家里是个理想的栖身之地，倒让我觉得有点受宠若惊。尽管和我同床共枕，其实它们并没有特别骚扰我；后来它们就慢慢消失了，到我一无所知的缝隙里躲避严冬和难言的寒冷去了[24]。

十一月份，我也像黄蜂一样搬入过冬的住所，在此之前，我会来到瓦尔登湖东北面，太阳从松林和石岸上反射过来，像是在湖岸边点起了篝火；尽可能用阳光取暖，晒太阳比人工取暖要舒服得多，健康得多[25]。就这样，夏天像一个猎人留下了篝火，我就着这依然闪烁的篝火的余烬，烤火取暖。

我开始修烟囱时[26]，研究了一番泥瓦匠的技术。我的砖头是旧砖，需要用瓦刀刮干净，于是，关于砖头和瓦刀的质量，我比常人学到了更多的知识。这些砖头上的砂浆少说也有五十年了，据说还会变得越来越硬；不过这是那种人们喜欢人云亦云地重复的说法，其实谁也不知道究竟是真是假。这些说法本身也是随着

（接上页）押着同一种韵："啊，它们的颜色述说着印第安时代的掌故——秋天的水井【？】——远古的山谷。"【J 4: 337】

22 1859 年 2 月梭罗以《秋天的颜色》(*Autumnal Tings*) 发表了一次演讲，该文在他死后发表于《大西洋月刊》(*the Atlantic Monthly*) 1862 年 10 月号。

23 最初的日记（1850 年 11 月 8 日）说黄蜂是十一月份到他的房子里来的。

24 可能是和梭罗 1852 年 4 月 18 日的日记中提到过的"希腊冬天难言的雨水"【J 3: 437】混淆了。他可能是从阿拉托斯（Aratus，约公元前 315—约公元前 245）的《物象》(*Phaenomena*)、维吉尔的《农事诗》(*Georgic I*) 或普林尼（Pliny）的《自然史》(*Naturalis Historia*) 中得到了对希腊冬天的印象。

25 1853 年早春的一则日记中，梭罗写道："这个早晨别有趣味，人开始用太阳取暖，而不是生火取暖；沐浴在阳光中，不久又沐浴在湖水中；避开火，打开一扇窗户，就像他身旁嗡嗡叫着的苍蝇那样，在大自然伟大的中心火炬前温暖他的思想。"【J 5: 38】

26 1845 年夏末。

时间而变得越来越硬、贴得越来越紧，要用瓦刀铲很多次，才能铲除这些自作聪明的老生常谈。美索不达米亚的很多村庄是用从巴比伦废墟中[27]找来的优质旧砖盖成的，这些旧砖上的水泥更早，也可能更硬。不管怎样，旧砖上的砂浆确实是很坚硬，我狠狠地砸了那么多次，它还是岿然不动，实在是令我震惊。我的砖以前是用在烟囱上的，尽管我在砖上没有读到尼布甲尼撒[28]的名字，为了省时省力、减少浪费，我拿来了我能找到的所有的火炉砖，我用湖岸找到的石头填塞壁炉周围砖头之间的缝隙，还用湖里同一个地方的白沙做我的砂浆。我在壁炉上花的时间最多，因为壁炉是房子里最重要的部分。确实，我干得十分细致小心，虽然我一大早就从地面开始砌砖，到晚上时，我砌的砖头离地面还是只有几英寸，正好够晚上当枕头垫着脑袋睡觉[29]；不过，我记得，我不是因为睡砖头落枕的；在这之前我就落枕了。差不多就是这个时候，一个诗人来我这里住了两个星期，我就把它用作了一个房间[30]。他带来了一把刀子，尽管我已经有两把刀子了，我们把刀子插进地里来把它们擦亮。他和我一起做饭。我很高兴地看到我的烟囱工程一方一方、牢固可靠地逐步进展，我的想法是，如果它进展这么缓慢，它就应该十分经久耐用。烟囱在某种意义上是一种独立的结构，拔地而起，从房子里通向天庭；即使是房子烧毁以后，烟囱有时还会傲然直立，它的重要性和独立性显而易见。那时还是夏末时分。现在是十一月份了。

北风吹拂着瓦尔登湖，已经开始使湖水变凉了，但是，因为湖水很深，北风要持续吹拂几个星期，才能让湖水真正结冰。我晚上开始生火那些天，那时我还没有来得及给房子抹上灰泥，由于墙壁的木板之间有很多缝隙，烟囱的透烟效果特别好。不过，我在这间凉爽通风的房间里度过了很多美好时光，我周围是带着很多树节疤的棕色木板，头顶是高高在上的带着树皮的椽子。房子抹

---

[27] 幼发拉底河（Euphrates）上的美索不达米亚古城（Mesopotamia）。
[28] 公元前 605—562 年巴比伦的迦勒底王（Chaldean king of Babylon），他的臣民善于制作太阳烘烤的泥砖。据爱德华·欣克斯（Edward Hincks, 1792—1866）鉴定，巴比伦废墟上发现的砖头上镌刻着尼布甲尼撒（Nebuchadnezzar）的名字。
[29] 典故可能出自《创世记》28:11 中约伯（Job）的枕头：约伯"到了一个地方，因为太阳落了，就在那里住宿，便拾起那地方的一块石头，枕在头下，在那里躺卧睡了"。
[30] 埃勒里·钱宁 1845 年秋天在梭罗这里住过，在地上睡觉。

上灰泥以后，在我眼里就再也不像这样赏心悦目了，尽管我得承认，屋子确实更舒服了。人所居住的每一个房间，难道不应该有足够的高度，这样能够在头顶上制造一点朦胧神秘之处，这样，在晚间时分，闪烁的光影能够绕着椽子恣意嬉戏？这些光影，比壁画或其他昂贵的家具更能够激发幻想和想象。可以说，我既在房子里栖身又能在房子里取暖避寒以后，才算是真正开始在房子里居住了。我找到了一对壁炉柴架[31]，有了它木柴就不会掉到炉膛里去，我很高兴地看到煤烟把我盖的烟囱的后膛熏黑了，我拨弄着炉火，觉得自己更有权利这么做了，心里也特别满足。我的小屋十分窄小，窄得连回声都没有；但因为里面只有一个房间，而且和邻居相隔很远，所以看起来并不小。房子的所有功能都集中在一个房间里；它既是厨房，又是卧室，既是客厅，又是起坐间[32]；无论是父母还是子女，无论是主人还是仆人，他们能够从一所房子里得到的所有满足，我都能够享受到。加图说，一家之主（patremfamlias）在自己的乡村别墅中一定要拥有 "cellam oleariam, vinariam, dolia multa, uti lubeat caritatem expectare, et rei, et virturi, et gloriæ erit," 也就是说，"一个储存油和酒的地窖，要放很多木桶，以便从容对待艰难时日；这是为了他的便利、美德和光荣。"[33] 我的地窖里有一桶[34]土豆，大概两夸脱的生了象甲虫[35]的豌豆，我的架子上有一点米，一罐糖蜜，一罐一配克的黑麦，一罐一配克的玉米。

我有时候会梦想到一所更宽敞、里面住的人口更多的房子，耸立在黄金时代，用结实耐用的材料盖成，没有洛可可时代那种华而不实的装饰[36]，这所房子仍旧只有一个房间，一个庞大、简朴、坚固、原始的大厅，没有天花板，也没有抹墙灰，裸露的椽子和檩条，支撑着人头顶上那一片低矮的天庭，为人们来遮雨挡雪；你越过门槛，对古代的农业之神萨图恩[37]致敬以后，中柱和双柱

31　壁炉柴架（Andirons）。

32　Keeping-room，新英格兰对起坐间的称呼。

33　引自加图的《农业志》第三章，梭罗的译文。

34　Firkin，木制小容器，能够装四分之一桶（barrel）。

35　Weevil，吃谷物的甲虫类昆虫。

36　Ginger-bread work，洛可可涡卷的建筑装饰，在梭罗时代很流行。

37　萨图恩（Saturn），罗马神话中，将他的父亲优拉纳斯流放以后，成为宇宙的统治者。他自己又被儿子朱庇特推翻，逃往罗马，在那里迎来了黄金时代。

架 [38] 会伸出来接受你的景仰；这座房子像一座穹庐，在这里，你必须将火把伸到柱子上面才能看见屋顶；在这里，只要他们愿意，可以有人住在壁炉里，有人住在窗户前，有人住在高背长靠椅上，有人住在大厅这一头，有人住在那一头，有人和蜘蛛一起悬在橡子上；这样一所房子，你只要打开外面的门就可以进来，再也没有别的客套寒暄；疲倦的旅人可以在这里洗浴、就餐、交谈和睡眠，而不必继续上路；这样的避身之所，在风雨交加的夜晚，你会欣然抵达，它带有一所房子的一切必需品，却没有家务烦扰；在这里，你一眼就能看到家里的所有宝藏，一个人需要使用的一切都挂在钩子上；它同时是厨房、储藏室、客厅、卧室、仓库和阁楼；在这里，你能看见像桶或梯子这样的必需品，像碗柜这样的便利家具，能够听见锅开了，能够对烹调你的晚餐的火和烘烤你的面包的炉子表示尊敬，主要的装饰品就是必需的家具和用具；在这里，洗过的衣物不必拿到外面去晾晒，火不会熄灭，女主人也不必回避，或许，有时候，厨子要下地窖时，有人会请你从活板门那儿让开，这样你不用跺脚，就能够知道你脚下的地是实心的还是空心的。这所房子内部像鸟巢一样开放和通透，你从前门进去、后门出来，就一定会碰见在里面住的人；在这里做客，就会得到在整座房子活动的自由，而不是小心翼翼地被排除在其中八分之七的区域以外，关在特定的一间牢房里关禁闭，然后还假客气地告诉你把这儿当自己家里一样。当今这个世道，主人不是请你到他的壁炉前去，而是让石匠在他的过道什么地方给你另造一个 [39]，殷勤好客，也不过是尽可能与你保持最大距离的一种技巧。烹饪也搞得那么神秘，好像他是在诚心图谋毒杀你一样。我知道，我去过很多人的住宅，也曾经有人采取法律手段把我赶走，但我不觉得我真正进入过很多人的家。如果顺路的话，我完全可以穿着旧衣服，去拜访居住在我描述过的那样的房子里、简朴地生活着的国王和王后；但是，如果我不幸闯进一所现代宫殿，我唯一想学会的本领，是如何倒退着告辞出来 [40]。

我们的客厅语言看起来似乎失去了它的活力，完全退化成了客厅里的胡言

---

38 人字架上的中柱（king post），是将一个三角桁架的顶端与底部联系起来的直立结构。双柱架（queen post），是桁架上不通到顶端的两根直柱。

39 Alley，过道或狭窄的通道。

40 宫廷礼仪要求臣民向皇室告别时退步出来，而不能背对着他们。

乱语[41]，语言的符号与我们的生活相距如此遥远，其隐喻和比喻也注定遥不可及，就像把食物放在传送带和小型升降机上传递过来一样，换句话说，客厅离厨房和工作间相隔太远。甚至连就餐的寓意也只是指一顿饭。好像只有野蛮人才能与自然和真理毗邻而居，才能从其中借鉴它们的比喻。身处遥远的西北领地[42]或马恩岛[43]的学者，又怎么能够知道厨房里正在议论什么？

不过，只有一两个客人有胆量留下来，和我一起吃玉米粥；不过，他们看到玉米粥就要上桌时，马上就匆匆告别，好像房子会轰然倒下。不过，吃过无数顿玉米粥以后，我的房子还依旧傲然挺立着。

我直到天气上冻时才给房子抹了灰浆[44]。为了刷房子，我用船从湖对岸运过来很多更白更干净的沙子，有了这种交通工具，必要的时候，再远的地方我都愿意去。在此期间，我的房子四面都全部钉上了护墙板。钉木条的时候，我很高兴地发现，我一榔头就能够把钉子钉到底，这让我信心大增，兴致勃勃，琢磨着怎么能够又快速又干净利落地把灰浆抹到墙上去。我想起一个自高自大的家伙的故事，他曾经衣冠楚楚地在村里游荡，到处给工人们指手画脚。有一天，他以动手代替动口，卷起袖子，估量了一下泥灰匠的木板，不费力气地往抹子上装好了泥灰，冒冒失失地来了那么一下子；结果，全部灰浆马上撒了他一个满怀，让他尴尬万分。我再次体会到抹泥灰是多么经济和方便，它防冷十分有效，看起来也整洁美观，我还领教了泥灰匠会碰到的各种各样的事故。我很惊奇地发现，我还没有来得及抹平灰浆呢，砖头就饥渴地吸收了我的泥灰中所有的水分，要新盖一座炉子，需要用那么多桶水。为了做试验，我在头一个冬天，烧了一些我们这里盛产的河蚌的外壳[45]；所以我知道我可以从哪儿去找原材料。如果我愿意的话，我可以在一两英里以内的地方找到优质石灰石，自己

---

41 Parlaver，客厅（parlor）和胡扯（palaver）合并成的一个词。

42 西北领地（The North West Territory），这块领土于1783年得到，在梭罗时代算是边疆，其疆域包括后来的俄亥俄州、印第安纳州、伊利诺伊州、密歇根州、威斯康星州，以及明尼苏达州的一部分。

43 马恩岛（The Isle of Man），爱尔兰海中的英国岛屿。

44 1845年秋末。他在11月12日至12月6日离开了房子，让石灰干燥。

45 河蚌（Unio fluviatilis），常见的淡水河蚌（蚌类），梭罗在《马萨诸塞州自然史》中提到过："那种常见的蚌，Unio complanatus，或者更准确地说，fluviatilis。"【W 5: 129】

烧制石灰[46]。

　　与此同时，湖里最背阴和最浅的地方都上冻了，比全面封冻要早几天甚至几个星期。初上冻的冰是最有趣、最完美的，它又硬，颜色又深，又透明，给你提供了在水浅的地方研究湖底的最好机会；因为你可以就像水面上的水黾一样，全身伸展趴在厚度仅仅一英寸的冰上，从相隔仅仅两三英寸的地方，逍遥自在地研究湖底，湖底就像玻璃后面的图画，而湖水在这时候通常也是非常平静的。沙地上有很多槽子状的痕迹，像是某种动物来回爬过后留下来的行踪；要看残骸的话，它们和包含着微粒的白色石英的石蚕[47]壳散落在一起。这些槽子可能是石蚕留下的，不过它们看起来太深、太宽，不太像是石蚕爬出来的。但是最有趣味的研究对象还是冰本身，尽管要研究冰的话你必须抓住最早的机会。如果你在上冻的第二天早上就开始研究它，此时冰相对来说还没有完全变硬变黑，也就是说，你还能够透过冰面看见水，你会发现，大部分气泡，刚开始看起来是在冰里面，其实是靠冰下面的，更多的气泡还在从水底冒上来。这些气泡的直径在八十分之一到八分之一英寸之间，透明而美丽，你可以透过冰面看见气泡上倒映出的你的面容。每平方英寸大概有三四十个这样的气泡。冰层里面，也已经有了一些大约半英寸长的气泡，有窄椭圆形的垂直气泡，也有顶头朝上的尖锥体；更常见的是，刚刚结冰时，小小的圆气泡像是一串珠子一个一个地直接摞起来。但冰里面的气泡不像冰下面的气泡那样多，也没有那么明显。我有时候会往湖里扔石头，看看冰到底有多结实，砸破了冰面的石头会带进空气，在冰下面形成很大、很明显的气泡。有一天，我在四十八小时以后回到同一个地方，发现那些大气泡还是完好无损，尽管冰已经又结了一英寸，我在一块冰的边缘上还能看清它的接缝。但那两天天气很暖和，像印第安夏天一样[48]，现在冰的颜色不那么透明了，不再能够显示出了水的深绿色和湖底，而是不透明的白色或灰色，尽管冰的厚度是原来的两倍，却一点儿也没有两天前那样坚硬，因为气泡在暖和天气中膨胀了很多，连到一起了，失去了固

---

46 康科德北部的埃斯特布鲁克（Estabrook）一带有开采石灰石的地方。
47 Cadis，石蛾的幼虫石蚕，或者现在更常用的拼法，石蛾（Caddis fly）。
48 1850年10月31日，梭罗称印第安夏天是"一年中最美好的季节"【J 2: 76】。

定形狀；它们不再是一个一个地摞着，而是像从一个包里倒出来的银币一样，一个一个交叠着，或者是很薄的薄片，就像占据一条浅沟一样。冰的美丽一去不复返，要研究水底为时已晚。我很好奇我的大气泡在新结的冰中占据了什么位置，我砍出了一块内含一只中型气泡的冰块，把它底朝天翻过来研究。新冰是在气泡周围和下面结成的，所以气泡是镶嵌在先结的冰和后结的冰两种冰之间的。气泡的位置完全是在冰的下半部，但紧靠着上半部，平平的，或者说稍微有点凸凹透镜状，边沿圆圆的，四分之一英寸厚，直径四英寸；我有点惊奇地发现，在气泡的下面，冰很规则地融化了，像是一块茶碟翻过来的形状，中间的高度有大约八分之五英寸，使水和气泡之间产生了八分之一英寸不到的小小间隔；在很多地方，这些间隔里的小气泡向下裂开了，在最大的直径一英尺的大气泡底下，可能一点冰都没有。我推断，我最初看见的在冰下朝水那一面相称的无数小气泡，现在也同样冻上了，而每一只气泡，都不同程度地像一只可以用来点火的聚焦放大镜[49]一样，在冰下融化侵蚀它。这些气泡是有助于让冰破裂作响的小气枪。

我刚刚刷完房子时，冬天终于正式开始了，寒风开始在房子周围怒号，好像它只是到这时候才得到了呼啸的许可一样。每天晚上，即使在大雪覆盖了地面之后，大雁还在嘎嘎叫着、扑扇着翅膀闹闹嚷嚷地在黑夜中飞来，有的降落在瓦尔登湖上，有的低飞过林子朝费尔黑文方向飞去，目的地是墨西哥。有几次，我晚上十点钟甚至十一点钟从村里回来时，能够听见一群大雁，要么就是一群野鸭，踩踏着我房子后面湖潭边的树林中的干树叶，它们上岸到这里来觅食，我还能听见它们慌忙飞走时，头雁或头鸭那模糊的咕咕或嘎嘎声。1845年，瓦尔登湖在12月22日晚上第一次全面封冻，弗林特湖或其他浅一些的湖和河早在十多天以前就完全封冻了；1846年，16日；1849年，大约30日左右；1850年，大约12月27日；1852年，1月5日；1853年，12月31日[50]。这一年，大

49　Burning glass，用来生火的放大镜。
50　梭罗经常记录这些自然现象。他1845年12月的日记中有这样的几条：
　　12月12日。星期五。湖中今晚表面结冰，除了从栅栏到西北岸那（转下页）

雪从 11 月 25 日就完全覆盖地面了，我周围突然就已经是一派冬日风光。我更深地缩进自己的壳里，努力让明亮的火焰在我的房子里和心里持续燃烧。我现在的室外劳动是在森林里搜集枯树，手提肩扛把它们运回来，或者有时候一手一株枯松树，把它拖到我的柴棚里。我花了很大力气搬运了森林中一道已经破烂了的旧篱笆。我把它献给了火神武尔坎[51]，用它来烧火，因为它已经无法再为界标之神忒耳弥努斯[52]服务，继续做篱笆了。一个人刚刚去雪中猎获，不，你可以说，偷窃[53]做饭的柴火，他的晚餐该增加多少情趣啊！他的饼和肉都是甜的[54]。我们大部分村镇的树林里，都有足够的各种各样的干树枝和废木头供很多人烤火，但目前却没有为任何人取暖，而且，有些人还认为，其实它们还会妨碍新树的生长。还有湖中的浮木。夏天时，我发现了一只用带皮的油松木扎成的筏子，是爱尔兰人在修铁路的时候扎成的。我把这个筏子的一部分木头拖到了岸上。木头在水中泡了两年，然后又在岸上摊了半年，仍然完好无损，尽管它已经吸水太多，再也干不透了。一个冬日，我乐颠颠地把这些木头一根一根地拖过湖面，每一趟的路程差不多半英里，十五英尺长的树，一头在我肩上，一头在冰上，我就这样跟在后面滑行；或者我用一块桦树皮把几根木头捆在一起，然后，用带钩的桦树或赤杨枝，钩着木头拖过湖面。这些木头尽管被水泡透了，像铅一样沉，但它们不仅耐烧，而且还能烧出很旺的火；不，我认为它们因为浸泡而烧得更好，就像泡过水的松脂在灯里可以烧得更久一样。

（接上页）一条。弗林特湖已经上冻一阵子了。

12 月 16，17，18，19，20 日。湖中相当多的地方**没结冰**，还没有完全上冻。

12 月 12 日。星期二。湖中今晚第一次全面上冻，不过还不能在冰上安全行走。【J 1: 394—95】

51 Vulcan，罗马神话中的火神武尔坎。

52 Terminus，罗马神话中的界标之神忒耳弥努斯。木头不能再做界标了，现被用作燃料。

53 爱默生的日记记录了 1838 年 11 月和梭罗一起散步的经过："他说，假设在他出生前，某个大业主买下了整个地球。然后他就这样被赶出了大自然。他并不知悉任何这些安排，他并不觉得应当同意这些安排，于是他就在树林中砍渔竿，而不费心去打听谁比他有更多的森林所有权。"

54 典故来自圣经《箴言》9: 17："偷来的水是甜的，暗吃的饼是好的。"

吉尔平在描写英国那些住在森林周边的居民时说，"侵入者侵占林地，为此在森林边界盖的房子和修的篱笆，""旧法认为是严重干扰，并以**侵占公产**的罪名严加惩办，因为这种行为 ad terrorem ferarum—as nocumentum foresta, &c."[55]，惊吓猎物，破坏森林。但我比猎人或伐木工对保护猎物和林木[56]更感兴趣，好像我就是森林看守官一样；如果任何一部分焚烧了，即使是我不小心烧掉的，我也会伤心难过，比任何业主伤心难过的时间更长，更伤心欲绝[57]；不，

---

[55] 引自威廉·吉尔平的《漫谈森林风景和其他树林风景》1: 122，意即：惊吓猎物，破坏森林。梭罗阅读吉尔平的笔记见于他 1852 年 4 月 12 日的日记中。

[56] 回应吉尔平的《漫谈森林风景》2: 100—101，那本书中解释道，在森林看守官之下"有两个专门任命的官员，一个负责保护森林中的猎物，一个负责保护草木。按照森林法的条例，猎物包括各种动物；而草木则包括所有供动物栖息和放养的树林和草地"。英国的森林看守官负责保护森林野生动物和风景。1852 年 4 月 12 日的日记中，梭罗部分引用吉尔平，写道："在罕布什尔的新森林中，他们有一个称作森林看守官的职位，他手下有两个不同的官员，一个负责保护森林中的猎物，另一个负责保护草木，亦即树林、草地等等。我们的看守官难道就不需要这么做吗？看守官大人（The Lord Warden）和格洛斯特公爵（the Duke of Gloucester）一样，是一个杰出的人物。"【J 3: 407—8】

[57] 事故六年之后，梭罗于 1850 年 6 月写的一则日记中，可以看出他因为森林火灾事故而经久的哀伤：

> 火灾烧了一百多英亩，烧毁了很多幼树。那天晚上，我和乡亲们晚归时，我不禁注意到，那些随时准备谴责引起火灾的个人的人群，其实并不同情森林所有人，而实际上是欣喜万分，感谢这次火灾让他们有一次玩闹的机会；只有六个所谓业主，而不是所有的业主看起来有些心酸或难过，我觉得我比这些人中的任何一个人或者所有的人对森林的兴趣都要更加浓厚，对森林的了解更深，也更能体会到这种痛失。我最初带到林中的农民被迫问我，从他自己的林子里，走哪条路回镇上最近。那么，为什么只有那六个业主和引起火灾的个人才为失去森林感到伤心，而其他的人则兴奋莫名？不过，有些业主像男子汉一样承受了他们的损失，而其他的，则背着我说我是一个"该死的坏蛋"；一两个啰嗦鬼，像老公鸡一样嘎嘎叫着，好几年以后还在叫喊着提起"烧森林"的往事。我对他们无言以对。从那以后，火车发动机差不多烧完了同一片森林，甚至烧得更多，在某种程度上，掩埋了上次大火的记忆。得到这次教训之后很长时间，我都觉得这些事情都是奇迹：火柴和火种同时存在，世界却没有焚烧殆尽；带着壁炉的房子没有在一天结束之前就（转下页）

业主自己把树砍掉时，我也会难过。我希望我们的农民在砍掉树林时，能够感受到古罗马人砍树的那种敬畏，他们为了间疏树林或者是让光线进入神圣的树林（lucum conlucare）中而砍伐树木时，他们相信这片森林是属于某位神明的。罗马人砍树时会献上赎罪的供物，然后祈祷：神啊，不管你是男神还是女神，这片森林是属于你的，请保佑我，保佑我的家人孩子，等等[58]。

即使在这个时代、在这个新国家中，森林仍旧还是这么有价值，具有比金子的价值更长久、更普遍的价值，这一点真是令人惊异。我们有了这么多的发现和发明，一个人还是不会轻易放弃一堆木头。在我们眼里，木料和在我们的撒克逊和诺曼祖先们眼里一样珍贵。他们用木头造弓箭，我们用木头造枪支。米肖[59]三十多年前说，纽约和费城用作燃料的木材"差不多等于甚至超过巴黎最好的木材的价格，尽管巴黎这个巨大的首都每年的需求量是三十万捆，而且周围三百英里都是平原可耕地"[60]。本镇的木材价格差不多是稳步上升，唯一的问题是，今年的价格会比去年增加多少。机械师和商人亲身来到林中，如果没有其他事务的话，肯定是来参加木材拍卖的，他们甚至情愿付高价，竞买搜集伐木工留下的边角料的特权。多少年来，人类一直在从森林中寻找燃料和艺术素材；无论是新英格兰人，还是新荷兰人，巴黎人还是凯尔特人[61]，是农夫还是罗宾汉[62]，布莱克老大娘还是哈里·吉尔[63]，世界上大部分地方的王子和农夫，学者和野蛮人，都需要从林中搜集几根

（接上页）被烧掉；火焰不像我点着它的时候那样旺。我马上不再关注业主，也不再关注我自己的错误，——如果在这事上有什么错误的话，——而是关注我眼前的现象，决心尽力而为。【J 2: 24—25】

58 典故来自梭罗自己翻译的加图的《农业志》139。

59 弗朗索瓦·安德烈·米肖（François André Michaux，1770—1855），法国自然学家。

60 引自米肖的《北美树木，或美国、加拿大和诺瓦斯克夏的森林树木》(*The North American Sylva, or a Description of the Forest Trees of the United States*)，译者为奥古斯都·希尔豪斯（Augustus L. Hillhouse，巴黎，1817—19），3: 269，文字略有改动。梭罗在他1851年5月18日的日记中，摘录了米肖的一些段落，包括这段引言，文字略有改动。

61 凯尔特人（the Celt），所知的居住在现在的英国的最早居民。

62 罗宾汉（Robin Hood），英国传说中雪伍德森林（Sherwood Forest）中的绿林好汉，有很多关于他的民谣。

63 威廉·华兹华斯的诗歌《布莱克老大娘和哈里·吉尔》(*Goody Blake and* 转下页)

树枝来取暖做饭。没有它我也无法生存。

每个人看着他的木柴堆，都会充满喜爱。我喜欢把我的木柴堆在窗前，柴片越多，就越能让我想起我愉快的劳作。我有一把无人认领的旧斧子，冬天时，我在房子向阳的一面，一有空闲，就用它来折腾我从豆地里弄来的树兜子。我耕地的时候，那个赶牲口的人[64]曾经预言过，木材能够两次为我取暖，先是在我劈柴的时候让我觉得暖和，等我烧它的时候又能让我暖和一次，没有别的燃料能够提供更多的热量了。至于那把斧子，有人建议我到村里的铁匠那里去给它"开刃"[65]；不过，我开刃比他还快[66]，然后，我还从树林里找了一根山核桃木柄给它装上，就这么凑合着用了。就算它很钝，至少它挂起来很周正。

几块多脂的松树[67]真是无价之宝。想到有多少火焰的食粮还埋藏在地球的肚膛里，还是很有意思的。前些年，我常常去一些光秃的山坡"勘查"，那儿曾经长着一片油松林，我挖出了一些饱含松脂的树根。它们特别坚硬，差不多是坚不可摧。那些树兜至少有三四十年，中心还是好的，而边材全都腐烂成了腐殖质，厚厚的树皮鳞片，形成了一个大小不等的环形，离树心四五英寸，与地面持平。你用斧子和铁锹开发这个矿藏，顺着像牛脂那样发黄的存积，就像你在地球深处挖到了金矿的矿脉，一路挖掘下去。但我通常用森林里的干树叶点火，那是我在下雪前存在柴棚里的。伐木工在林中露营时，最好的火种，是精心劈就的绿色山核桃树。我偶尔也搞到一点这种东西。当村民们在地平线之外点起他们的炉火时，我也用我烟囱里的袅袅炊烟，向瓦尔登山谷里不同的野生居民宣告，我也醒过来了。——

> 轻烟的羽翼，伊卡洛斯般莽撞的鸟儿，
> 你的羽毛在你向上飞升时消融，
> 没有歌声的云雀，黎明的信使，

（接上页）*Harry Gill*）中的布莱克老大娘因为哈里·吉尔不给她柴火而诅咒他："不管他活得多久，/他都再得不到温暖。"

64 赶着牲口拉动车辆（包括犁）的人。这里赶牲口的人具体是谁，我们无从得知。

65 Jump，启动。通过敲击白热的铁刃而把它铲平、加厚或者磨快。

66 I jumped him，赶在他前面了。

67 Fat pine，饱含树脂的松树。

做窝时盘旋在村庄的上空；
也或许，离开梦乡，是午夜之景
那朦胧的形状在你的周围荡漾；
晚间掩盖着星星，白日
屏蔽着天光，遮挡着太阳；
我的焚香从这个炉膛飘飞而上，
祈请诸神饶恕这明澈的火光。[68]

刚刚砍下的坚硬的青木头，尽管我用得不多，还是比别的木柴更能满足我的需要。有时候，我在冬日下午出去散步时，会让一炉旺火继续燃烧；等我三四个小时以后回来时，炉火还没有灭，还在熊熊燃烧。尽管我走了，我的房子里并不是空空荡荡的，仿佛我在身后留下了一个快乐的管家。我和火一起住在那里；我的管家通常很可靠。不过，有一天，我在劈柴时，心里想着最好还是从窗户里往里看看，看房子是不是着火了；这是我记得的唯一一次因为着火而感到特别焦虑；我看了看，果然看见一朵火花窜到我床上去了，我进去把它扑灭，它在床上已经烧出了和我的手一样大的一块。但我的房子占据的地方阳光充足，地势背风，房顶这么低，因此，冬天任何一天，我都可以听凭炉火熄灭。

鼹鼠住在我的地窖里，吃掉了我三分之一的土豆[69]，它们甚至还用我刷墙剩下的毛和牛皮纸，在那儿做了一个舒适的窝；即使是最野蛮的动物也和人一样喜欢舒适和温暖，它们能够活过冬天，也是因为它们这样小心地为冬天做好准备。听我一些朋友说起来，就好像我冬天到树林里来是故意挨冻。动物只是做一个窝，使它能够在一个避风的地方让它的身体保持温暖；但人发现了火，将一些空气圈在一个宽敞的房间里，而不是掠夺自己的热量，把这个房间烘暖，

---

68 梭罗的诗，最初以《烟》（*Smoke*）为题发表在《日晷》1843 年 4 月号。
69 鼹鼠基本上只吃土里的虫子，如蚯蚓或蛴螬（grubs）；植物的块根，鳞茎和块茎不是其食物来源，但鼹鼠打洞时有可能间接伤害到它们。梭罗的土豆可能是老鼠吃的，它们在鼹鼠挖的地道里藏身，也用它作食物来源。在《动物邻居》一章中，梭罗描述过"光顾我的寒舍的老鼠"。

把它变成自己的床铺，在这里，他可以脱掉厚重累赘的衣服四处走动，在冬天也能维持一种夏天的气氛，甚至还能够通过窗户采光，还能够点亮灯火，延长白天。这样他就从人的原始本能进化了一两步，可以省下一点时间来从事精美的艺术。在最严峻的寒风中吹了很长时间以后，我的整个身体会变得麻木，但一旦进入我房子里这种暖和的气氛中，马上会恢复我身体的功能，继续我的生活。但住得最豪华的人在这方面没有什么可吹嘘的，我们也不需要费心去猜测人类会不会最终毁灭。从北方吹来的狂风再强一点，就足以随时砍断他们的生命线 [70]。寒冷星期五 [71] 和大雪之冬 [72] 之后我们依然健在；但是，星期五再冷一点点，或者雪再大一点点，人类在这个地球上就不复存在。

既然我不是森林的主人，第二年冬天，为了节省，我用一个做饭用的小炉子取暖；但这个炉子的火不像开放的壁炉那样持久。这时候，烹饪也不再那么有诗意了，仅仅是一种化学过程。在如今的炉子时代，我们很快就会忘记，我们也曾经像印第安人那样在火灰里烤土豆。炉子不仅占地方，让屋子里有气味，而且还挡住了火，我觉得我好像失去了一个同伴一样。在火中，你总能看见一张脸。劳作之人，晚上凝望着火时，能够把他白天积存下来的渣滓和尘土从他的思绪中过滤出去。但我不再能够静坐着观察炉火，一位诗人有关的诗句，带着新的力量重新浮现在我的脑海里。——

明亮的火啊，永远不要从我这里夺去
你这亲爱的，像生命一般的，亲近的怜惜。
除了我的希望，还有什么会这样明亮地飞升？

---

[70] 典出阿特洛波斯（Atropos），砍断生命之线的命运女神。

[71] 1810 年 1 月 19 日，新英格兰刮起了大风，一夜时间，气温下降到零下五十度。梭罗在他的日记中两次提到此事："母亲还清楚地记得寒冷星期五（the Cold Friday）。她住在我出生的那所房子里。厨房里的人……靠近炉火，但离火很近的地方，哈代家女孩刷的盘子一洗完就结冰了。他们靠在客厅中生的大火勉强保暖"【J 9: 213】；还有，"我向迈【诺特】（Minott）问起寒冷星期五。他说，'那可是真冷；像黄蜂一样刺人。'他记得看见人们在通常很暖和的鞋匠的店里泼水，等水落地时就已经结冰了，像无数粒弹丸一样。"【J 9: 230】

[72] 可能指的是 1717 年 2 月 17 日的"大雪"。

|室|内|取|暖|

除了我的命运,还有什么会在今晚这么低沉?

你为什么被挡在我们的火炉和大厅之外,
你这人人欢迎和喜爱的火焰?
是不是你的存在太过恣肆,
不屑于充当我们的庸火,我们如此贫瘠?
你那闪闪的光亮神秘的交谈维系
我们相通的灵魂吗?大胆过人的秘密?
是啊,我们安全而坚强,因我们此刻
炉火旁,没有一丝晦暗的阴影掠过,
无喜无忧,只有一团旺火
温暖着手脚——它也不乞求更多;
依着它紧凑的实利的积累
当下可能会坐下,沉睡,
不惧从幽暗的过去走过来的鬼魂,
就着老木头参差的光线,火与我们高谈阔论。[73]

胡珀夫人

---

[73] 引自美国诗人埃伦·斯特吉斯·胡珀(Ellen Sturgis Hooper,1812—1848)的诗《木材之火》(*The Wood-Fire*),标点符号略有改动。这首诗最初发表在《日晷》第二期(1840年10月)上。

从前的居民，冬天的访客

我经历了几次欢快的暴风雪，当外面雪花飞舞的时候，即使是猫头鹰的叫声也归于静默，我则向着炉火度过了一些快乐的冬夜。一连好几个星期，我出去散步时，除了那些偶尔来砍木头、用爬犁把木头拉到村里的人以外，我碰不到一个人。然而，情势却促使我在林中最深的雪地里开出了一条路径，因为我有一次穿林而过时，风把橡树叶吹到了我的脚印里，树叶落下后，通过吸收阳光融化了里面的雪，这样不仅为我的脚提供了干燥的路面，而且，到晚上时，它们形成的黑线还成了我的向导。至于与人的交往，我只好在想象中会见这些树林中从前的居民[1]。我很多同乡都记得，靠近我房子的那条路上[2]，曾经回荡着那些居民的笑声和闲谈，路旁的树林中三三两两地散布着他们的小菜园和房舍，不过那时的森林比现在要茂密得多。我自己能够记得，在有些地方，马车经过时，路两旁的松树都会刮到它，不得不独自走这条路前往林肯[3]的妇孺，路过这里的时候都会觉得害怕，大部分路段都是一路跑着过去的。尽管它只是通向周围村庄的便道，或者是樵夫的马队的路径，曾几何时，因其多彩多姿，它却比现在更能够使旅人感到愉快，能够在他的记忆中流连更久。如今，从村里到树林之间是一片连绵不断的开阔田野，而那时候，则是由一条圆木铺成的小路[4]穿过一片枫树沼泽，毫无疑问，这条圆木小路的遗迹，如今依旧残留在灰尘飘扬的公路之下，从斯特拉顿农场（如今的救济院）[5]，一直通到布里斯特山。

---

1 富兰克林·桑伯恩在藏书协会版的《瓦尔登湖》中，将这片树林描绘成"那些希望逃避社会的居民的住所，譬如十八世纪得到自由的奴隶，和比常人更喜欢烈性酒的白人。瓦尔登树林另一面的旧马尔波罗路上也有类似的居住地"。
2 康科德和林肯镇之间离梭罗的房子最近的一条路，是穿过瓦尔登树林通往树林和湖泊的便道。
3 从康科德到林肯，穿过树林，路程比林肯路（现 126 路）要近。
4 在马车路或偏僻的路上，将圆木一根接一根地横铺在泥泞的路面而形成的便道。
5 十七世纪末，斯特拉顿家族拥有从瓦尔登街西到瓦尔登湖之间的大部分土地。根据雷米尔·沙特克（Lemuel Shattuck）的《康科德镇志》（*History of the Town of* （转下页）

| 从 | 前 | 的 | 居 | 民 ， | 冬 | 天 | 的 | 访 | 客 |

我的豆地东面，路对面，曾经住着加图·英格拉哈姆[6]，康科德镇的乡绅邓肯·英格拉哈姆先生[7]的奴隶；英格拉哈姆先生为他的奴隶盖了一所房子，并允许他住在康科德林中；——这个加图不是尤蒂卡的[8]加图，而是康科德的[9]加图。有些人说他是几内亚奴隶[10]。还有几个人记得他在核桃林里的那一小片地，他听任这些树生长，以备他年老需要它们时所用；但最终还是一个比他年轻的白人投机者得到了这些树[11]。不过，目前他也不过占领着同样窄小的三尺墓地[12]。加图的半废弃的地窖坑依然还在[13]，不过知道这个地方的人不多，因为一片松树挡住了路人的视线。眼下里面长满了光滑的漆树（Rhus glabra），还有最早的一种

（接上页）Concord），"休·卡吉尔先生（Mr. Hugh Cargill）把所谓'斯特拉顿农场'（Stratton Farm）遗留给康科德镇，1800年时，该农场价值为1360美元，'供修缮为救济院'，土地由穷人改良，并为穷人造福。"

6 加图·英格拉哈姆（Cato Ingraham）卒于1805年8月23日，享年54岁。根据沃尔特·哈丁（Walter Harding），"加图以做日工为生。他和他妻子显然开着一间供短期客人暂住的客房。"

7 邓肯·英格拉哈姆（Duncan Ingraham）是十八世纪末康科德最富有的居民，在奴隶贸易中赚了很多钱。根据富兰克林·桑伯恩的藏书协会版："加图的主人邓肯·英格拉哈姆是一个船长和苏里南商人，他发了财，退休后住在康科德镇，离今天图书馆所在地不远。他是小说家马里亚特船长和美国海军的英格拉哈姆船长的祖先，英格拉哈姆船长因为拒绝出卖1854年在他船上的一名匈牙利难民而声名卓著。加图是英格拉哈姆偶尔买卖的奴隶中的一名；加图结婚时，他的主人给了他自由，于是他便到瓦尔登湖附近居住。他死于1805年，他的主人死于1811年。"

8 Uticensis，拉丁语，尤蒂卡的（of Utica）。这里指的是死于北非的尤蒂卡的罗马政治家小加图（尤蒂卡的马库斯·波尔齐乌斯·加图-Marcus Porcius Cato Uticensis，公元前95—46年），而不是他的曾祖父马库斯·波尔齐乌斯·加图（Marcus Porcius Cato）。

9 Concordiensis，拉丁语，of Concord，康科德的。

10 来自非洲东海岸的几内亚湾（Gulf of Guinea），十六世纪到十八世纪奴隶贸易的主要来源，与美国土生的奴隶不同。

11 所指不详。

12 Narrow house，坟墓。梭罗在《简朴生活》一章中使用了同一个词。

13 埃勒里·钱宁在他那本《瓦尔登湖》上加注说，这个地窖坑"正好在从瓦尔登路到鹅湖的路口。"

秋麒麟草（Solidago stricta）[14]在那里长得正欢。

在我这块地的边角上，离镇里更近的地方，坐落着一个有色女人泽尔法[15]的小房子，她在那里为镇里人纺线织布，瓦尔登湖畔的树林中经常回荡着她高昂的歌声，因为她的声音很高，很引人注意。最后，1812年战争中[16]，她不在家时，她的房子被假释中的英国俘兵[17]放了火，她的猫、狗和鸡全都被烧死了。她过着艰难的生活，那种非人的生活。一个经常去这片林子的人记得，他有天中午经过她的房子时，听见她对着咕咕响着的锅喃喃抱怨——"你们全是骨头，骨头！"我在那里的橡树丛里看见过残存的砖头。

沿路下去，右手边的布里斯特山上，住着布里斯特·弗里曼[18]，"手巧的黑

---

14 秋麒麟草（golden-rod，学名 Solidago stricta），这个品种不曾出现在新英格兰。梭罗在他那本《瓦尔登湖》中用"arguta？"代替了"stricta"。尽管秋麒麟草是新英格兰的常见植物，却不是最早的植物。根据植物学家雷·安杰洛："很明显，根据《格雷植物手册》第二版中提到秋麒麟草开花较早的论断，以及这两种植物其他某些外表上的相似之处，梭罗把秋麒麟草这个名字当作了早麒麟草（Solidago juncea）。"

15 泽尔法（Zilpha，有时亦作 Zilphah 或 Zilpah）·怀特（White，卒于1820年），前奴隶。她的讣告出现在1820年4月22日的《米德塞克斯公报》（*Middlesex Gazette*）上："卒。在这个镇里，泽尔法·怀特，一位有色女人，年龄72岁——多年来，她在一间陋室里过着女隐士生活，她的陋室甚至连茅棚都称不上，她下半辈子虽然几乎失明，却一直坚持参加公众崇拜。"她在康科德注册簿中被列为："属于斯宾塞家（的黑人），卒于1820年4月16日"，享年82岁。究竟她享年72岁还是82岁，不知道哪个是正确的。

16 美国对英国宣战（1812—1814），导火线是英国限制美国在拿破仑战争中的贸易、英国船只征用美国水手、英国和加拿大支持美国西部的印第安人的暴乱。

17 桑伯恩在藏书协会版的《瓦尔登湖》中写道："康科德是一个内陆镇，于是被选作我们和英国的两次战争中等候战俘交换的英国战俘的住所。1812年战争中接收的战俘有'老铁甲'（Old Ironsides）在离马萨诸塞州海岸不远处俘获的盖里耶号（Guerrière）上的官兵；可能是他们将可怜的泽尔法的小房子付之一炬。"

18 布里斯特（Brister，有时亦作 Bristol，布里斯托）·弗里曼（Freeman），康科德居民，被释放的奴隶，卒于1822年1月31日。梭罗最早在日记中提到他时，将他的名字拼作 Bristow。爱德华·贾维斯在《马萨诸塞州康科德镇的传统和回忆》中写道："布里斯特·弗里曼是个感情很丰富的黑人，粗俗多疑。据说他曾经偷过一条黑线鳕，男孩子们因此折磨和咒骂他。然后他会骂人，暴怒。他周围聚集的大人小孩更激烈地羞辱和冒犯他。"根据桑伯恩的藏书协会版的《瓦尔登湖》：

（转下页）

人",他曾经是乡绅卡明斯[19]的奴隶,——那里现在还长着布里斯特种植和看护过的苹果树;这些树现在都又老又大了,但树上的苹果叫我吃起来还像是野生苹果,有点儿苹果酒的味道。不久前,我在林肯的旧墓地[20]读到了他的墓志铭[21],有点靠边的地方,靠近那几个在从康科德撤退时阵亡的英国掷弹兵那些没有标志的坟墓[22],——墓碑上的名字是"西庇阿·布里斯特",——他有资格叫做非洲的西庇阿了[23],——下面还标明"有色人",好像他是变色人似的。同时,这个墓志铭还显眼地告诉我他去世的日期;这只不过是间接告诉我,他曾经活过。他旁边安息着他那热情好客的妻子芬达,她算过命,不过从来都是乐呵呵

（接上页）布里斯特大约那时（1749）出生,比他的主人活得长得多,他是一个活跃和节俭的黑人,但常常受害于那些喜欢拿他的种族说事的人的粗鲁玩笑。镇里的屠夫彼得·惠勒（Peter Wheeler）要杀一条凶猛的牛,却不敢把它带到牛场里来。惠勒看见布里斯特经过他屋子旁边往瓦尔登湖走,就让他去屠宰场拿一把斧子,——拿到斧子他有一桩活儿干。布里斯特未起疑心,进来了,牛朝他冲过来,——然后,他找到了斧子,勇敢地防御自己,最后把牛杀了。但他带着恐惧和愤怒出来时,他没有等着拿报酬就逃到了林子里。他的妻子芬达（Fenda）是一个几内亚黑人,他自己可能也是。

19 约翰·卡明（Cuming）或卡明斯（Cummings,1728—1788）。在他最初的日记段落中,梭罗在名字后面打了个问号,表示他要么拿不准那个乡绅的姓,要么拿不准弗里曼是不是卡明斯的奴隶【J 1: 249】。

20 占地一英亩的老地区墓地,是今天莱克星顿路上的林肯墓地的一部分。

21 梭罗把康科德的布里斯特·弗里曼和林肯的布里斯特·霍尔（Brister Hoar, 1756？—1820）混起来了,后者是约翰·霍尔家的奴隶。他在得到自由以后,大约在1791年前后把名字改为西庇阿（Scipio,有时亦作 Sippio 或 Sippeo）。梭罗看见他的墓志铭——"纪念西庇阿·布里斯特,有色人,卒于1820年11月1日,享年64岁"之后,评论道"它没有告诉我们他曾经活过"【J 2: 20】。

22 梭罗在他1850年5月31日的日记中写道:"我今天访问了林肯一个废弃的、现在基本不再使用的墓地,那里埋葬着1775年4月19日阵亡的五名英国士兵。"【J 2: 19】

23 非洲西庇阿（Scipio of Africa）;梭罗心里想的还有一位历史上的非洲西庇阿:西庇阿·阿菲利加努斯·普布利乌斯·科尼利厄斯（Scipio Africanus Publius Cornelius,公元前237—183年）,亦称老西庇阿,率兵侵略迦太基、打败汉尼拔的罗马将军,之后他得到了阿菲利加努斯（Africanus）的荣誉称号。

地算命，——她是个大块头，圆滚滚，皮肤黝黑，比所有的夜之子都要黑[24]，在康科德空前绝后，从来没有过她这样黝黑的球体。

沿山往下走，左面靠树林的老路上，有斯特拉顿家族的房舍的遗迹[25]；他们家的果园曾经盖满了布里斯特山的山坡，但果园早就被油松吞噬殆尽，只剩下一些树墩，它们的老根上又长出了茂盛的树木[26]。

离村子更近的地方，你就到了布里德的地方[27]，它在路对面，正好在树林边上；这块地方因为一个恶魔[28]的恶作剧而著称，这个恶魔在旧神话中没有明确

---

[24] 可能典故来自赫西俄德的《神谱》（*Theogony*）中的夜之子（the Children of Night）："黑夜之子亦有了栖身之地。"

[25] 斯特拉顿家族的房屋位于今日瓦尔登街和布里斯特山路的交叉口。这所房子毁于1770年。

[26] 梭罗在他自己那本《瓦尔登湖》这一段的末尾加注："1856年12月23日为塞勒斯·贾维斯测量——他给我看了这块地的地契，面积为6英亩52杆，全部在韦兰德路西面——另'包括耕地、果园和林地'——于1777年8月11日由约瑟夫·斯特拉顿出售给康科德的塞缪尔·斯万（Samuel Swan）。"

[27] 约翰·布里德（John Breed，卒于1824年），理发匠，根据梭罗的日记，他的店标是这样写的："快速裁剪理发 / 约翰·C. 纽厄尔（John C. Newell）和约翰·C. 布里德（John C. Breed）。"【J 2：20】约翰·格罗夫斯·海尔斯（John Groves Hales，1785—1832）在《马萨诸塞州康科德镇计划》（*A Plan of the Town of Concord, Mass.*）中，将布里德的房子定位在瓦尔登街北面，现在的哈普古德·莱特镇上公有森林的西面。爱德华·贾维斯写道：

> 镇里有几个酒鬼，失去了任何自尊心，随时都能见到他们醉醺醺地，在路上跌跌撞撞艰难地走着，或者是无力地躺在地上。他们中最领先的是理发匠布里德，对他来说，朗姆酒是压倒一切的需要和所有行动的动力。他会不择手段、不遗余力地把酒搞到手……如果他有机会为人刮脸或理发，挣得六分钱，他会花一分钱来买一块饼干，五分钱买朗姆酒。人们经常看见他烂醉如泥地躺在路上，如果是在车道上，有受伤的危险，人们会把他拖到有草的那一面，就像清除一条木头或其他任何挡路的物件一样，然后让他恢复了足够的神智和行动力，能够回家。1824年9月，人们发现他因酗酒而死在路上。

[28] 典故来自改革家、尤其是禁酒运动中的改革家们所用的"恶魔朗姆酒"（demon rum）或"恶魔酒精"（demon alcohol）等用语。

命名，但在新英格兰生活中却起了惊人的重要作用[29]，和其他的神话人物一样，有朝一日理应有人为他树碑立传；他首先扮成一个朋友或雇工，然后抢劫并谋杀整个家庭，——这个恶魔，就是新英格兰朗姆酒。但历史尚且不能描述这里上演的悲剧；让时间以某种形式加以干预，为这些悲剧涂上一层蔚蓝吧。这里，最模糊和可疑的传统，说是此处曾经有一座酒馆[30]；还有一口水井，正好供旅人和他的坐骑饮用。人们曾经在这里互相致意，听新闻、谈新闻，然后踏上各自的旅程。

布里德的小木屋十二年前还在，尽管那之前已经很久无人居住。小木屋的大小和我的房子差不多。如果我没记错的话，几个调皮的男孩子在选举日的晚上[31]放火把它烧了。我当时住在村边上[32]，刚刚入神地埋头阅读达文南特的《冈地波特》[33]，那个冬天我一直觉得特别疲倦，——顺便说一下，我一直不知道这是因为一种家族遗传病[34]（我有个舅舅能够在刮胡子的时候刮着刮着就睡着了[35]，于是被迫星期天的时候在地窖里摘土豆上生出的

---

[29] 朗姆酒在喝酒和酿酒的人的生活中都起着重要的作用。到十九世纪初时，仅波士顿就有40家制造朗姆酒的酿酒厂，哈特福德（Hartford）和纽波特（Newport）还另有厂家。十七和十八世纪，朗姆酒被用来支付几内亚海岸的奴隶的费用，这些奴隶之后被带到西印度群岛去换糖；糖和其他东西被带到新英格兰来酿酒，酒又被送到几内亚海岸去买更多的奴隶。在主张废奴的北方，很多新英格兰家族大部分财富都来自奴隶三角贸易。

[30] 目前没有任何文件能够确认这种"模糊和可疑的传统"。

[31] 1841年5月26日，星期三。

[32] 梭罗1841年4月至1943年5月住在爱默生家。

[33] 威廉·达文南特爵士（William D'Avenant, 1606—1668），英国诗人，1638年的桂冠诗人，他的诗《英雄诗篇冈地波特》（Gondibert, an Heroick Poem）一直没有完成。该诗发表于1851年。

[34] 关于这种嗜睡的癖性，梭罗在他1843年7月7日从史坦顿岛给他母亲的信中写道："那个据说在琼斯家族中作祟的恶魔——用沾着罂粟汁的翅膀在他们的眼帘前飞舞——又开始向我发动全面进攻了。"【C 122】琼斯（Jones）是梭罗母亲的外祖父母。

[35] 梭罗的舅舅查尔斯·邓巴（Charles Dunbar, 1780—1856），于1821年在新罕布什尔的布里斯托（Bristol）发现了石墨矿，后来和他的姐夫约翰·梭罗一起开始做铅笔生意。舅舅去世不久之后，梭罗在他1856年4月3日的日记中写道：（转下页）

芽[36]，避免睡着、遵守安息日），还是因为我企图一字不落地阅读查默斯的英国诗歌集[37]。《冈地波特》完全征服了我的思维[38]。我刚埋下头来，就听见了报火警的钟声[39]，救火车十万火急地冲那个方向开去，前面是零零星星的一群大人小孩儿，我在最前面那一拨儿里，因为我跳过小溪抄了近路[40]。我们以为火是在树林里更往南的地方，——我们中那些以前跑着去救过火的人这么想[41]，——仓库、商店或者是住家，或者全部一股脑儿都烧着了。"是贝克家的谷仓。"一个人喊

（接上页）人们在谈论我的舅舅查尔斯。迈诺特告诉我，他听见蒂利·布朗有一次请他给他演示一下摔跤时一种奇怪的（内）锁动作。"不过，别伤着我，别狠扔我。"他用脚攻击对手的膝盖内侧，让他的脚派不上用场。霍斯默记得他在酒吧里的手段，洗牌等等。他纸牌玩得得心应手，但他不赌博。他能抛起自己的帽子，让它一圈一圈地转，最后毫无例外地用头把它接着……

他意志很坚定，从来不曾喝醉；他有时候喝点杜松子酒，但从来不喝多。他不抽烟，只是偶尔从别人的盒子里嗅一嗅。他特别整洁。不粗俗，尽管有点庸俗……

查尔斯舅舅曾经说，他嘴里连一颗正常的单齿都没有。事实上，他的牙齿全是复齿。我听说他到二十一岁时牙就全掉光了。从我认识他起，他就能吞自己的鼻子。【J 8: 245—46】

36 Sprout potatos，把土豆上发的芽摘掉。

37 亚历山大·查默斯于1810年发表了他的二十一卷本《从乔叟到考珀的英国诗人作品集》。

38 双关语，一为纳尔维（Nervii），恺撒在高卢战争中于公元前57年征服的古代凯尔特–日耳曼部落，二为思维（nerves），典故出自莎士比亚的《裘力斯·恺撒》3.2.167："那一天他征服了纳尔维。"

39 根据1841年5月28日的《康科德共和党人》（Concord Republican），火警钟声到半夜才敲响。

40 磨坊小溪（the Mill Brook），从爱默生家和布里德的地产间流过。

41 尽管大火有很大伤害力，有公民感的人都赶来帮助将它扑灭，梭罗还是明白它的娱乐价值。1850年6月5日，他在日记中写道："人去救火是为了娱乐。当我看见人不管天冷还是天热，白天还是晚上，都是那么急切地冲向大火，身后拖着一辆救火车，我都会吃惊地想到，人爱热闹的天性能够为多好的一个目的服务啊。请问，还有什么别的力量，哪一种提供的报酬，哪一种无私的睦邻能够起这么大的作用？"【J 2: 30】

道[42]。"是科德曼家。"另一个人断言[43]。然后又有新的火焰窜到树丛上来，好像屋顶已经塌了，我们一齐高叫："康科德来救火了！"马车负载着重荷飞速驶过，上面除了别人以外，可能还有保险公司的代理[44]，他们肯定多远都得去；救火车的铃声时时在后面响起来，更慢条斯理，最后边的，听后来有人嘀咕，是那些放了火然后又报警的人。就这样，我们像真正的理想主义者一样坚持着，拒绝相信我们的感官提供的任何证据，直到路拐弯时听见了噼噼啪啪声，并且真正感觉到了墙那面的火的热度，然后，啊！才意识到我们已经到了。火这么近，却冷却了我们的热情。开始，我们还想泼一车水上去；不过最后还是决定让它烧下去，因为为时已晚，不值得费事。于是我们围着救火车站着，互相争抢着，用大喇叭[45]表达我们的感情，或者压低嗓门提到世界见证过的大火，包括巴斯科姆的商店[46]，还有，我们自己人中间想到，如果我们带着我们的救火"桶"[47]按时到达，把全部的水都撒出去以后，我们可以把世界末日那场最后的大火[48]，变成另一场大洪水[49]。最后，我们没干什么坏事就撤退了，——回去睡觉，回去读《冈地波特》。提到《冈地波特》，我要摘录前言里关于智慧是灵魂的火药那一段，——"但人类大部分人不知道智慧，就像印第安人不知道

---

42 雅各和詹姆斯·贝克（Jacob and James Baker）都住在瓦尔登湖以南。

43 科德曼农场（The Codman Farm），亦称大农庄（the Grange），是林肯最富有的一家人的住宅。它于十八世纪三十年代中叶建成，是这个镇的主要创始人钱伯斯·罗素（Chambers Russell, 1713—1766）的房地产，后来约翰·科德曼（John Codman, 1755—1803）于十八世纪九十年代把它从一个乔治式大厦改建成了一个联邦式的乡村住所。

44 米德塞克斯互助火灾保险公司（The Middlesex Mutual Fire Insurance Company），1826年3月在康科德成立。

45 大喇叭（speaking trumper），救火时将命令声放大的标准设备。

46 康科德的巴斯卡姆和科尔英国和西印第安商店（The Bascom & Cole English and West Indian Shop）于1828年4月25日晚上着火。1828年5月3日的《农民公报》刊登了这个公司的一张"卡片"，"对救火会成员、对救火车人员、对这个镇上的其他公民表示感谢。"

47 手拉的救火车，用于十九世纪美国很多小镇。

48 典故来自《彼得后书》3: 10 中的"主的日子"："但主的日子要像贼来到一样；那日，天必大有响声废去，有形质的都要被烈火销化，地和其上的物都要烧尽了。"

49 典故来自《创世记》6—7中的诺亚洪水。

火药。"[50]

　　第二天晚上差不多同一个时间，我碰巧又从那条路穿过，听见这个地方有人低声哭泣，我在黑夜中走近，发现那是我认识的这个家庭的唯一幸存者，他继承了这个家族的美德和邪恶[51]，只有他一个人对这次火灾感兴趣，他趴在地上，从地窖壁上往里看着下面还在焖烧的灰烬，习惯性地自言自语着。他整天都在远处的河边草地上干活，一有了自己的时间，就来拜访他的父辈和他自己年轻时居住过的家园。他轮番从各个方向和视点盯视着地窖，一直是在躺着看，似乎里面有什么他记得的珍宝藏在石头之间，其实里面除了砖头和灰烬以外一无所有。房子没了，他在看看还有什么东西留下了。仅仅是因为我出现在那里，他就得到了一点安慰，在黑夜中，他想方设法地让我看井被盖住的地方；谢天谢地，井总是烧不坏的；他在墙上摸索了很久，寻找他父亲砍好后安装的吊桶竿[52]，摸索着那个用来把重物系在重端的铁钩子或工具，——这是他能够抓住的唯一的东西，——告诉我，这可不是一般的"零件"[53]。我摸了摸，每天散步时差不多都要对此感叹一番，因为一个家庭的历史就维系在这唯一一件东西上了。

　　左面，能够看见这口井和墙边的丁香树的地方，现在是一片开阔地带，纳丁和勒格罗斯曾经在那里住过[54]。不过我们还是回到林肯吧。

50　引自达文南特的《冈地波特》序："智慧不仅是运气和做工，也是思想的灵巧……它是灵魂的火药，……（但人类大部分人都不知道智慧，就像印第安人不知道火药一样）。"人们认为《冈地波特》十分乏味，所以梭罗才会把它和睡眠联系在一起。约翰·斯威夫特（John Swift）在《书的战争》（The Battle of the Books）中说这本书"身穿沉重的盔甲，跨上稳重冷静的阉马，它出名的不是速度而是温顺，每当它的骑手要上马下马时，它都会跪下来。"

51　桑伯恩在他那本藏书协会的《瓦尔登湖》中批注，约翰·布里德"在这次大火发生时已经死了很多年了……这是他儿子，也是个醉鬼，梭罗第二天在废墟上发现的就是他"。埃勒里·钱宁在他那本《瓦尔登湖》上称这个布里德为"半痴呆"（a semi-idiot）。

52　吊桶竿（The well-sweep），用来提水的竿子。

53　零件（rider），挂上或附上的东西，如一道用交叉的木头支着横木（stake-and-rider fence）搭成的篱笆最上面那一层横木。

54　斯蒂文·纳丁（Stephen Nutting，生于1768年），1792年4月1日购买了一所房子，一座仓库，和一百一十三英亩土地；弗朗西斯·勒格罗斯（Francis Le Grosse，约1764—1809），从一位彼得·惠勒那里租赁了一小块地，包括房子和仓库。

比这些人家在森林更深处，在这条大路快通到瓦尔登湖边的地方，陶匠威曼[55]借住在别人拥有的土地上，他为同乡们提供陶器，并且还留下了后代来继承他的制陶事业。他们的俗世财物并不多，活着时勉强保留着那块土地的使用权；根据我阅读的记录，郡治安官时常前来收税，却总是空手而归，为了做做样子"没收一块碎片"[56]，因为他实在找不到什么值得拿走的东西。仲夏的一天，我锄草的时候，一个拉着一车陶器前往市场的人在我的地头勒住马，问起威曼家的儿子[57]。很久以前，他从威曼那里买了一只制陶用的转轮，想知道他现在过得怎么样。我在《圣经》中读到过陶匠的陶土和转轮[58]，但我从来没想过，我们所用的陶器，并不是完好无损地从那个年代流传下来的，也不是在什么地方像葫芦那样从藤上长出来的，我附近就有人从事制陶这种塑造艺术，令我很高兴。

在我之前住在这片林子里的最后一个居民是一个爱尔兰人休·科伊尔[59]，

---

55 约翰·威曼（John Wyman），《湖泊》一章中提到的陶匠。

56 法律姿态，通过没收一件无用物品，证明为了征集无法征集到的税收作出了正式努力。

57 托马斯·威曼（Thomas Wyman，1774？—1843），约翰的儿子，爱默生从他那里买来了瓦尔登湖附近梭罗盖房子那一片地。爱默生这样写到他："汤姆·威曼会成为圣人和时代的楷模。"乔治·霍尔（George Hoar，1826—1904）在他的自传中说：

> 我还是个小孩儿的时候，我们一帮人到瓦尔登林子里去……那儿有个叫汤米·威曼的老头儿，住在湖边一个小房子里，他不喜欢男孩子们侵犯他附近的越橘地。他告诉我们那儿不安全。他说，林子里有个印第安大夫，专门抓小男孩，挖他们的肝来做药。我们都吓坏了，全都慌忙跑回家了。
>
> 我们到镇边上时，碰到了老约翰·梭罗和他的儿子亨利，我记得，他听到我讲的故事时，乐坏了。他从口袋里掏出一把钥匙，说："等我碰到他，我要用这把钥匙划开他的喉咙。"

58 典故来自《耶里米书》18：3—6："我就下到窑匠的家里去，正遇他转轮作器皿。窑匠用泥作的器皿，在他手中作坏了，他又用这泥另作别的器皿；窑匠看怎样好，就怎样作。耶和华的话就临到我说：'耶和华说：以色列家啊！我待你们，岂不能照这窑匠弄泥吗？以色列家啊！泥在窑匠的手中怎样，你们在我手中也怎样。'"

59 休·科伊尔（Hugh Coyle，1784？—1845）。梭罗在瓦尔登期间的日记中有一份更长的人物素描，这一段是从那段日记中缩写而成的，下见日记中的一个片段：（转下页）

（我把他的名字拼得够绕口了吧，）他住在威曼的房子里，——人们管他叫科伊尔上校。据说他是参加过滑铁卢战争的士兵[60]。如果他还活着，我会让他重温一下他以前打过的仗。他在这里干的活计是挖沟[61]。拿破仑去了圣赫勒拿岛；科伊尔来到了瓦尔登森林。我所知的关于他的一切都是悲剧性的。他是一个很有风度的人，像是一个见过世面的人，谈吐优雅得令你无所适从。他大夏天也穿着一件大衣，因为他得了震颤性谵妄症，他的脸色也是一种胭脂红色。我搬到林中不久，他就死在布里斯特山脚的路上了，所以我并不记得有他这么一个邻

（接上页）我刚到林中时，有一小段时间有个半英里以内的邻居，休·科伊尔，一个参加过滑铁卢战争的士兵，人们管他叫科伊尔上校，——我认为他是杀了一个上校，然后骑着他的马跑了。——他挣的钱——有时候仅够糊口，尽管他手里抓着的通常是一杯朗姆酒。他和他的妻子在瓦尔登湖的一座废弃的老房子里等候大限。他的生计——或意味着死亡的——是挖坑……

他比我酒量大，喝得更多，但从来不从湖里喝水。对他来说，这再低贱不过了。我可能吃得比他多。我最后一次碰见他，唯一一次跟他交谈，是在山脚的大路上，我在那个夏天的下午穿过大路去泉水那儿，因为湖里的水太热了。我手里提着一只桶在过马路，科伊尔从山上走下来，穿着他那件烟色大衣，好像现在是冬天似的，而且还因为震颤性谵妄而不停地发抖。我跟他打了个招呼，告诉他我要到附近的泉水里打水，泉水就在篱笆那面的山脚下。他嘴巴又红又干燥，满眼充血，步履蹒跚，回答说，他也想看看。"那就跟我走吧。"但我的水桶都打满了，人都回来了，他还没有翻过篱笆。他把大衣裹裹紧，要么是保暖，要么是乘凉，带着震颤性谵妄和这里不容易记下来的恐水症口音说，他听说过这口泉水，但从来没见过它；然后他就抖抖索索地回镇里了，——回到酒精和遗忘。

星期天时，早就远离了固定习惯和村庄的爱尔兰兄弟们和其他人等，提着空瓶子穿过我的豆地前往科伊尔家。不过去那儿干什么呢？他们在那儿买朗姆酒吗？我问。"他们是值得尊敬的人"，"不知道他们干过任何坏事"，"从来没听说他们喝多了"，所有过路的人都这么说。他们去时清醒、隐蔽、沉默，偷偷摸摸的（星期天搞点儿榆树皮不算什么）；归时饶舌，和睦，早就想拜访你了。【J 1: 414—16】

60 滑铁卢（Waterloo），比利时村庄，拿破仑1815年被英国打败的战场。战败后，拿破仑被流放到大西洋北面的圣赫勒拿岛。
61 挖掘或修复沟渠的人。

居 62。在他的房子被推倒之前，他的朋友觉得这座房子是"凶宅"，对之退避三舍 63，只有我去看了看。在他垫高的木板床上，他那些穿旧了的衣服窝着卷着，就像他本人在那儿躺着一样 64。壁炉旁放着他的破烟斗，而不是"瓶子在泉旁损坏" 65。瓶子不可能成为他死亡的象征，因为他对我承认过，虽然他听说过布里斯特泉，却从来没有见过它；肮脏的扑克牌，方块、黑桃、红桃等等，撒了一地。一只官员抓不住的黑鸡，像黑夜一样黑暗，也像黑夜一样沉默，甚至叫都不叫，等待着列那狐 66，仍旧到隔壁的房间里栖息。房子后面模模糊糊看得出像是一个菜园，菜种下了，但因为他那可怕的震颤病，虽然现在已经是收获季节，菜园里却一次也没有锄过草。园子里长满了罗马苦艾和鬼针草 67，鬼针草的种子沾满了我的衣服。房背后还刚刚摊开了一张土拨鼠的皮，这是他最近一次滑铁卢战争的纪念品；不过他再也不需要暖和的帽子和手套了。

如今，只有地上的坑洼标识着这些住房的遗址 68，修建地窖的石头如今深埋在地下，那儿向阳的草地上生出了草莓、覆盆子、糙莓、榛子丛和漆树；一些油松或粗糙的橡树，长在从前烟囱所在的地方，而一株气味香甜的黑桦树，或

---

62 科伊尔的讣告见于1845年10月3日的《康科德自由人》上："休·科伊尔先生，一个生活习惯没有节制的人，住在这个镇上的瓦尔登湖一带，上星期三下午死于他房子附近的路上。在他发现身亡之前不久有人在他回家的路上见过他，加上他面部表情扭曲，身体虚弱，他可能是死于一次震颤性谵妄发作。他是一个老战士，曾经参加过滑铁卢战争。"

63 梭罗日记中修改了这一段，表明是一个本地爱尔兰人称这所房子为"凶宅（unlucky castle）"，避之唯恐不及。

64 Curl，窝着卷着，科伊尔（Quoil）这个名字的双关语（coil）。

65 典故来自《传道书》12：6—7："银链折断，金罐破裂，瓶子在泉旁损坏，水轮在井口破烂。尘土仍归于地，灵仍归于赐灵的神。"

66 列那狐（Reynard），狐狸的传统文学名，来自中世纪法国动物故事诗《列那狐的故事》。

67 鬼针草（beggar-ticks），一种野草，其种子借粘附在衣服或毛皮上传播。

68 梭罗在他1857年1月11日的日记中，把他对地窖坑的发掘与奥斯汀·亨利·莱亚德（Austen Henry Layard, 1817—1894）在美索不达米亚的考古发掘进行比较："它们是我们的尼尼微（Ninevehs）和巴比伦（Babylons）。我对这些地窖坑的态度和莱亚德对待他的劳动场所的态度一样，我从来不会觉得这些废墟对我来说，不如他的有翼的公牛那么有趣。"【J 9：214】

许是在从前的门阶石所在的地方摇曳。有时候还能看见井坑，一汪泉水曾经在那里流淌，如今却是干燥无泪的杂草；也有的井是深深掩埋着的，这个家族最后一个人离开的时候，用盖着草皮的一块平坦的石头掩埋了井口，——要到将来什么日子才能被人发现。盖住井口——这是多么伤心的一桩事！泪水之井也会同时哗哗流淌。这些地窖坑，像废弃的狐狸洞和古老的洞穴一样，是唯一残留的遗迹，而这里，人类生活曾经激荡喧嚣，人们以这样那样的方式，操着这里那里的方言，讨论着"命运、自由意志、绝对先知"[69]。但我从他们所有的结论中学到的只能归结为这一点，就是"加图和普里斯特扯过羊毛"[70]；这比任何著名的哲学学派的历史意义都更具有启发性。

  大门、门楣和窗台已经消失整整一代人的时光了，一丛生机勃勃的紫丁香却依旧开得灿烂，每个春天都绽放出它那馨香的花朵，供沉思的旅人采摘；孩子们的手曾经在前院里种下它、关照它，——如今它站在废弃草地的断垣一侧，让位给新长出的森林；——这是那个家族的最后一代[71]，那个家庭唯一的幸存者。那些黑黑的孩子们从来没想到，他们在屋后避阴的地方插下去、天天浇水的那株只有两只小芽眼的小不点儿，会这样扎下根来，并且比他们本人活得更久，比在树后为它遮荫的房子活得更久，比人们曾经种植过的花园和果园活得更久，在他们长大、去世半个世纪之后，还会依稀地向孤独的流浪汉讲述着他们的故事。它的花开得依然像第一个春天那样美丽、芬芳。它那依然温柔、文静、欢快的紫丁香色令我惊叹不已。

---

[69] 引自弥尔顿的《失乐园》2.557—61：
  其他人散坐在废弃的山坡，
  思绪高扬，理智飞升
  思索着天意，先知，意志和命运，
  前定的命运，自由意志，绝对先知；
  找不到尽头，迷失在迷宫。
梭罗在1843年10月16日写给利蒂安·爱默生（Lidian Emerson，1802—1892）的信中说："我猜想，在康科德曾经讨论过的命运、自由意志和先知的大问题还是没有解决。"【C 143】

[70] 从羊皮上往下扯羊毛，可能典故来自短语"将羊毛扯过某某的眼睛"（欺骗某某）。

[71] The last of the stirp，从一个共同祖先传下来的一条血脉。

但是，这个小村，本来也是一粒能够成长的微生物，为什么康科德挺住了，而它却失败了？难道是因为它没有自然优势？是因为它没有用水权？啊，深深的瓦尔登湖，清凉的布里斯特泉，——这里的水可以持久地畅饮，而且有益于健康，但这些人没有善待它，只用它来稀释他们的酒杯。他们永远是嗜酒的一群。编篮子、编扫帚、织垫子、烘玉米、织布和制陶这样的行业，为什么不能在这里兴旺发达，让旷野像玫瑰一样绽放[72]，为什么不能培养出众多的后代，让他们继承他们先父的土地呢？贫瘠的土壤，至少能够防止低地的退化吧。呜呼！这些居民留下的记忆，一点儿也没有增加风景的美丽！或许，大自然会以我为第一个居民，我去年春天盖的房子作为这个地区最老的房子，再振雄风，从头来过。

我不知道以前有没有人曾经在我占据的这个位置上盖过房子。千万不要让我住在一座建造在另一座更古老的城市遗址上的城市里[73]，它的材料是废墟，它的花园是墓地。那里的土地枯焦，承荷着诅咒，在此之前，地球本身也会毁灭。带着这样的回忆，我让森林重新有人居住，自己也安然进入了梦乡。

这个季节，我很少有访客[74]。大雪最深时，有时一个星期、半个月都没有人来到我房子附近，不过我住得像一只草地老鼠一样舒适，或者像牛和家禽一样，据说它们哪怕没有食物，埋在雪堆里也能活很长时间；或者像萨顿镇一家早期定居家庭一样，1717年大暴风雪时，他正好出门去了，他家的小房子完全被大雪覆盖了，一个印第安人仅仅靠烟囱里冒出来的烟在雪堆里融出来的洞，

---

[72] 典故来自《以赛亚书》35：1："旷野和干旱之地必然欢喜，沙漠也必快乐，又像玫瑰开花。"

[73] 梭罗读过并几次在日记中提到莱亚德（Layard）的《尼尼微及其废墟》(*Nineveh and Its Remains*，纽约，1849）和《尼尼微和巴比伦废墟中的发现》(*Discoveries Among the Ruins of Nineveh and Babylon*，纽约，1853），包括1850年6月和1853年他住在瓦尔登期间写的日记。他1853年12月9日的日记是对莱亚德的回应："首先，给我一座建造在另一座更古老的城市遗址上的城市，一座城市的原料是另一座城市的废墟。在那里，生者的居室是死者的陵墓，土地是枯焦的，承荷着诅咒。"【J 6：15】

[74] 尽管梭罗在冬天可能确实访客要少一些，但乔治·霍尔写道，他"冬天我放假时曾经去湖边他的小房子里看他。他是最棒的同伴"。

才发现了小屋所在，解救了这一家人[75]。但是，没有友好的印第安人会关心我；也用不着人来关心我，因为这里的一家之长没有出门。大暴风雪！听起来多么开心啊！农夫们不能赶着马队进入树林和沼泽，只好砍掉他们门前遮阴的树林，或者等积雪的硬壳变硬之后，到沼泽地里去砍树，第二年春天一看，砍树的地方离地面竟然有十英尺。

雪下得最深时，从大路通到我的房子的那条大约半英里的路，可以用一条弯曲的虚线来代表，虚线的两点之间距离很宽。一整个星期天气平和时，我不管来去，走的步子的数目完全一样，长度也完全一样，我踩着自己最深的脚印，认真地踏进去，像一对丈量用的测量尺[76]一样准确——冬天迫使我们养成这样的习惯，——不过脚印里经常充满着天空才有的蓝色[77]。但是，天气再坏，也没有完全阻止我出去散步，或者说出门，因为我经常在深雪中跋涉八到十英里，赶赴和一株山毛榉树、黄桦木或松树林里哪个老朋友的约会；冰雪压得它们枝杈低垂，使它们的树顶突出，将松树变成了冷杉；大雪在平地约有两英尺深时，我爬到最高的山顶，每一步都会碰上树枝，在我头顶上又摇出另一场暴风雪；或者有时候，在连猎人都在猫冬的时候，我只能四肢着地爬到那里。一天下午，我在观看一只斑鸺[78]，它大白天坐在一株白松低处靠近树干的枯树枝上，我站的地方离它只有一杆远。它能听见我挪动、用脚踩[79]雪，但看不见我。我声音弄得很大时，它会伸长脖子，脖子上的毛也会竖起来，它的眼睛也睁大了；但它的眼帘一会儿又闭上了，开始打瞌睡。看了它半个小时以后，我

---

[75]《1704年至1876年马萨诸塞州萨顿镇志》(*History of the Town of Sutton, Massachusetts*)中，记载了一个名叫以利沙·约翰逊（Elisha Johnson）的人在大雪那天早上离开自己的小房子去办货。"路上有个印第安人看见过他，大雪平息以后，这个印第安人穿着雪靴来到他的小屋前，顺着壁炉里冒出来的烟在雪地上烤出的小洞找到了约翰逊先生的小屋。如果没有这个友好的印第安人善良的远见，他的家庭毫无疑问会全部死去。约翰逊夫人说，'没有人的声音比那个印第安人的声音更甜蜜了。'"

[76] 丈量用的测量尺（Dividers），用来丈量地图上的距离。

[77] 埃勒里·钱宁在他那本《瓦尔登湖》上批注说，梭罗"经常在雪里挖个洞来观察空气中的蓝色——他管观察蓝色叫观蓝（bluing）"。

[78] Barred owl，现为 Strix varia，斑鸺，横斑林鸮。

[79] Cronch，梭罗对 crauch 的拼法，意思是踩得嘎嘎响。

也觉得犯困了,它就这样半睁着眼睛蹲着,像一只猫一样,它本来就是猫的带翅膀的兄弟[80]。它的眼帘间只留下一条细缝,通过这条细缝,和我保持一点半岛式延伸着的若即若离的关系;它就这样从半闭的眼睛里从梦乡看着外面,努力认识我,极力想要弄明白,我究竟是一个干扰它的实体,还是它眼里的一颗尘埃。最后,因为我弄出的声音太高,或者我靠得太近了,它觉得有些不安,在它栖息的枝头缓慢地转动着,好像是因为好梦被打断而有些不耐烦;当它振翅起飞、拍打着翅膀飞过松树林时,它的翅膀伸长到了惊人的宽度,但它翅膀扇动的声音,我却一点儿也听不见[81]。就这样,靠着它对周围环境细致的感觉而不是视觉,它飞过松树枝,用它敏感的羽毛感觉着它的黄昏,找到了新的栖息之地,它可以在那里太太平平地等候它的黎明降临[82]。

我穿过那条为了让铁路横跨草地而修建的长长的铺道时,遭遇过很多次呼啸刺骨的寒风,那儿的寒风最为放肆;我的左脸冻得麻木,尽管我是个异教徒[83],我还是把右脸也转过来任寒风抽打[84]。布里斯特山那边那条马车路也好不了多少。纵然宽阔的田野的暴雪全部在瓦尔登路两旁堆积成墙,只要半个小时,前一个旅人的足迹就会全部掩埋,我还是像一个友好的印第安人一样,一定要去镇里的。等我回来时,新的雪堆又堆成了,我从雪堆里蹒跚走过,西北风不停地刮着,在路上的急拐弯处堆积上粉末般松松的雪,看不见野兔的脚印,更看不见小小的白足鼠那轻微的痕迹。不过,即使是深冬季节,我也能够

---

80 尽管梭罗将斑鸮(the barred owl)和猫(the cat)联系起来,他所称的猫鹰(cat owl)其实指的是大雕鸮(the great horned owl,学名 Bubo virginianus)。

81 猫头鹰的翅膀差不多是无声的;翅膀前端的边缘减弱它们翅膀扇动的声音。

82 因为猫头鹰是夜鸟,它的一天是黄昏时开始的。

83 可能与梭罗1860年12月底写的日记中的定义有关:"从前,住在离城镇很远的荒野(heath)里的人会落后于接受城镇中流行的教义,于是被带贬义地称作荒野之人(heathen),所以,我们是住在越橘草地里的荒野之人,越橘草地就是我们的荒野。"【J 14: 299】他是从理查德·钱尼威克斯·特兰契(1807—1866)的《词语研究》中读到这个典故的,这本书将这个概念的起源追溯到德国引进基督教的时代,"住在'荒野'上的野人长期抵制着教堂的真理。"

84 典故出自《马太福音》5: 39:"只是我告诉你们,不要与恶人作对。有人打你的右脸,连左脸也转过来由他打。"

发现一块暖和如春的沼泽，那里的青草和臭菘依旧泛着多年生草木的翠绿，一只耐寒的鸟儿偶尔在那里等候着春天归来。

有时候，虽然下雪了，等我晚上出去散步回来以后，我还是能踩到一个樵夫通向我的房子深深的脚印，在炉边发现他留下的一堆锯屑，我的房子也弥漫着他的烟斗的气味[85]。或者是星期天的下午，我碰巧在家的话，我能听见一个脑袋很长的农夫[86]踏过雪地的沙沙脚步声，他长途跋涉穿过树林，为的是和我来"侃大山"[87]；在他那个行当里，他是为数不多的"务农人士"[88]；他穿着农民的罩袍，而不是教授的长袍，但他既能从他的院子里拉出一车粪肥，又能自如地探讨教会或国家的道德事务。我们谈及粗放、简朴的时代，那时的人在寒冷清爽的日子里围着熊熊的火炉坐着，保持着头脑的清醒；其他助兴的话题说完了时，我们试着去啃聪明的松鼠们早就放弃了的谜语硬果[89]，因为外壳最厚的坚果，里面一般都是空心的。

从最远的地方穿过最深的雪、顶着最大的狂风来到我的住处的，是一位诗人[90]。一个农夫、猎人、士兵、记者，甚至哲学家，可能会被这一切吓坏了；但

---

85 可能是阿列克·塞里恩。

86 在他的收藏协会版本中，桑伯恩将这个农民认证为埃德蒙·霍斯默。梭罗时代流行的（伪科学）颅相学，认为一个人大脑发育的程度，据称能从头颅的形状看出来，头颅反映的是里面大脑的部位。长颅意味着精明和才能。乔治·库姆（George Combe, 1788—1858）的《人的构造》(*Constitution of Man*, 1829) 使颅相学（Phrenology）在美国流行开来，爱默生称之为"我很久以来读到的最好的布道"。爱默生后来称赞起来要更谨慎一些："对于搞科学的人来说，这种试图有点粗糙鄙陋，但其中有一部分真理；它在教授们否定的地方也能找到联系，是一种引向尚未宣布的真理的向导。"

87 侃大山，俚语：闲聊（crack）。

88 在《美国学者》(*The American Scholar*) 中，爱默生区别了"身在农场的人"和农夫："种田的人，亦即被送到田里去搜集食物的人，很难因为他的职业的真正尊严的想法而感到欢欣鼓舞。他看见的只是自己的桶和车，不能超越它们而看及其他，从而沉沦为农夫，而不是身在农场的人。"

89 Nut，谜语，说法始自十八世纪初，像一只很难打开的坚果。

90 埃勒里·钱宁。桑伯恩的藏书协会版本说他"习惯在任何天气下在林子里行走，【从他当时居住的庞卡塔塞特山】走到爱默生松树林中的小屋，绕行这六个小时对他来说根本不在话下"。

没有什么事情能够吓退一个诗人，因为他是受真爱的驱使而来。谁能够预言他何时来，何时去？他的使命随时都会召唤他，即使是连医生都在安睡的时候。我们让陋室里充满了喧闹的欢笑，也进行了很多严肃的交谈，弥补了瓦尔登山谷那长久的静默。与之相比，百老汇都太安静寂寥。恰当的幕间休息，就是时不时爆发的大笑，引发这些大笑的，或许是刚刚说出的笑话，也或许是即将说出的妙语。我们就着一盘稀粥，这盘稀粥兼有着欢乐和哲学必需的冷静头脑这两种长处，发明了很多关于生活的"崭新"[91]的理论。

我不会忘记，我在湖边最后一个冬天有一个很受欢迎的访客，他曾经穿过村子，冒着雨雪，踏过黑夜，直到他透过树林看见我的灯光，和我共享了许多漫长的冬夜[92]。他是最新锐的哲学家之一，——康涅狄格州把他奉送给世界，——他最初贩卖过商品[93]，后来，如他所说，又贩卖他的大脑。他今天仍然在贩卖自己的大脑，弘扬上帝，褒贬世人，结出的果实只是他的大脑，就像坚果的果实就是它的核心一样。我认为，在当今活着的人里面，他肯定是最有信仰的人。他的言语和态度总是设想有一种比其他人所熟悉的更好的状态，随着时代的运转，他会是最后一个感到失望的人。他目前没有什么职业。但尽管目前他相对不受重视，总有一天，大多数人没有料到的规则会发生作用，家族的主人们和统治者都会到他这里来寻求高见。——

---

[91] 更正确的拼法是"brand new"，尽管十九世纪通常拼作"bran new"，这是十六世纪以来的说法，意思是新鲜或刚从火中出来。

[92] 布朗森·阿尔科特，梭罗在1853年5月8日的日记中这样写到他：

> 我大部分时间都给了阿尔科特先生。他很宽厚、和蔼，但不坚定；有人说他很软弱；永远在他的言论中徒劳地寻找着但什么也接触不到。但这是一种对他非常负面的评价，因为他就这样表现出的，远超出敏锐和坚定的实用的头脑。因为涉及广泛，他的思想的触角是发散性的，而不是聚合性的；只有和他在一起，我才能从容地、几乎成功地表达我模糊然而珍贵的幻想或思想。我们相聚没有任何障碍。他没有教条。他是我认识的人里最理智的人；毕竟，他的怪癖最少。【J 5: 130】

[93] 阿尔科特于1799年11月29日生于康涅狄格州沃尔科特（Wolcott市），1817—1823年在南方做过小贩，并不成功。

> "看不见尊者的人，是多么盲目！"[94]

他是真正的人类之友；差不多是人类进步的唯一朋友。他是一个"修墓老人"[95]，或者说是一个"不朽之人"，带着不倦的耐心和信仰，展示着人的身体上镌刻的上帝的形象[96]，人类的上帝已经被损坏得面目全非，成了东倒西歪的纪念碑。他用友好的智慧拥抱儿童、乞丐、疯子和学者，对所有人的思想兼容并包，并为之增加一些广度和精度。我认为，他应当在世界的大路上开一间客舍，各国的哲学家都可以住宿，他的店标上应当写着"款待人性，但不款待他的兽性[97]。拥有闲暇和冷静的思想、真诚地寻找正确道路的人，欢迎光临"。在我有幸结识的人里，他差不多是最有理智、最没有怪癖[98]的人了；昨天是什么样子，明天也会是什么样子。从前，我们漫步闲谈，完全把世界抛在脑后；因为他在世界上不属于任何一种机构，他是一个生来自由的人，ingenuus[99]。不管我们转向哪个方向，天地好像都和谐地衔接在一起，风景也因他而增辉。他是穿着蓝色长袍的人，最适合他的房顶，就是反映着他的宁静的高天。我想象不出他会死去；大自然不能失去他。

我们把所有思想的木片都晾晒干了，我们坐着刨它们，试试我们的刀子，

---

[94] 引自托马斯·斯托勒（Thomas Storer，1571—1604）的《托马斯·沃尔西枢机主教的生平和死亡》(*The Life and Death of Thomas Wolsey, Cardinal*，伦敦，1599）；根据埃勒里·钱宁，梭罗从托马斯·帕克（Thomas Park，1759—1834）那里读的《海里康宝集：1575 至 1604 年期间写作或发表的伊丽莎白时代的英国诗歌选》(*Heliconia: Comprising a Selection of English Poetry of the Elizabethan Age Written or Published Between 1575 and 1604*，伦敦，1815）。

[95] 罗伯特·帕特森（Robert Paterson，1759—1834）的绰号，他在苏格兰四处流浪，清洗和修缮保守福音派教徒的墓碑。瓦尔特·司各特的小说《墓园老人》(*Old Mortality*，1816 年，亦作《清教徒》）中的老古董商人就是以帕特森为原型的。

[96] 典故来自《创世记》1: 26: "我们要照着我们的形象，按着我们的式样造人。"

[97] "招待人和牲口"（Entertainment for man and beasts）是客舍旅店常挂的招牌。

[98] Crotchets，怪癖（eccentric），观点或爱好特别有个人特色。

[99] Ingenuus，拉丁语：适合一个生来自由人的，或高贵，因而坦率又诚实。

欣赏着南瓜色的松木上那透明的黄色纹理[100]。我们轻轻地满怀敬意地涉过湖水,或者是熟练地拉起渔线,这样,思想之鱼就不会吓得从小溪中惊慌地逃走,也不会害怕河岸上的钓鱼者,而是大摇大摆地来来去去,就像西方天空中飘浮的云彩,或者是偶尔在那里出现的珍珠云串[101],时而聚拢,时而又飘散[102]。我们在那里工作,修订神话,润色寓言,建造着空中楼阁,而地球并没有为它提供可靠的地基[103]。伟大的观察者!伟大的预言家!和他交谈,真是新英格兰冬夜的天方夜谭[104]!啊!我们有过多么充实的谈话啊,隐居者和哲学家,我说过的老居民[105],我们这三个人;我们的谈话扩大和考验着我的陋室;我说不清,每一寸气压上空承担着多少磅的重量;这些谈话在我的木屋上打开了很多缝隙,事后不得不用大量乏味的东西来填补缝隙,以免它不断地滴漏下来;——好在我摘的填絮已经足够[106]。

---

100 刚刚长出的油松有一种黄黄的颜色。乔治·B. 爱默生(George B. Emerson,1797—1881)在《关于马萨诸塞州自然生长的树和灌木的报告》(*A report on the Trees and Shrubs Growing Naturally in the Forests of Massachusetts*,1846)中写道:"根据其生长方式和木材的外表,白松有不同的名字。当很密地长在又深又湿的老森林里,只有靠近树顶才有不多的树枝时,生长缓慢的木材特别干净柔软,没有树脂,几乎没有边材,还带有一种像南瓜那样的黄色。因此,人们称之为南瓜松树。"在《湖泊》一章中,梭罗称之为"黄松"。

101 Flocks,指一团羊毛,而不是一群羊。

102 这段描述很多来自梭罗在 1853 年 5 月 8 日与布朗森·阿尔科特共度一日后对他的记录。

103 在《结语》中,梭罗写道:"如果你建造空中楼阁,你的工作并没有遗失;它本来就应该在空中。现在,为它建造一个基座吧。"

104 回应搜集了印度、波斯和阿拉伯故事、用阿拉伯语写就的《天方夜谭》,亦称《一千零一夜》。

105 在《独处》和《湖泊》两章中。

106 从旧外衣里摘取毛纤维(麻絮)用作防漏之用,是一件非常乏味单调的工作,通常用来让水手们有点事情来保持忙碌。梭罗的大学同学理查德·亨利·达纳(Richard Henry Dana,1815—1882)在《弄潮两年》(*Two Years Before the Mast*)中说水手们被迫"循环往复地摘毛絮。摘毛絮通常是雨天的活计,因为下雨的时候不能在索具那里干活;下倾盆大雨时,他们不让水手站在躲雨的地方聊天享福,而是把他们分(转下页)

还有一个人[107]，要记住，我在村里他家和他有过"坚实的季节"[108]，他时常来关照我；但我不再需要去那里寻找同伴了。

在那里，和在任何别的地方一样，我有时候期待着的访客，而他却永远不会到来。《毗湿奴往世书》说，"黄昏时分，一家之主应当在他的院子里逗留一段时间，以为一头牛挤奶的时间为准，或者如果他愿意的话，时间更长一些，恭候客人来临。"[109] 我经常行使这种好客的职责，等候的时间足够给一大群牛挤奶了，但还是没有看见有人从镇里走过来[110]。

(接上页)到船上不同的部位摘毛絮。我见过放在船上不同位置的毛絮，其目的就是为了在穿过赤道的频繁的暴风雨之间的间隙，不让海员们闲下来。"

107 爱默生。

108 可能是指爱默生 1843 年 2 月写给梭罗的信，爱默生在信中描述他正在纽约发展的友谊："我闲时见到了 W. H. 钱宁先生和詹姆斯先生，度过了如贵格会（the Quakers）所称的一个'坚实的季节'（a solid season）。和塔潘（Tappan）度过了非常幸福的两个钟头，我一定要与他再次相见。"

109 引自《毗湿奴往世书：印度神话和传统》(*The Vishnu Purána: A System of Hindu Mythology and Tradition*)，由 H. H. 威尔逊（H. H. Wilson）译自梵文原文，并主要用从其他往世书而来的笔记加上说明。

110 典故来自英国古老民歌《树林中的孩子》(*The Children in the Wood*)：
　　这些漂亮的儿童，手拉着手，
　　上上下下地走个不停，
　　但他们再也看不见
　　镇上来人在向他们靠近。【II 113—16】

冬 天 的 动 物 *

　　湖泊完全封冻以后，不仅提供了通向很多地方的新路径和近路，还能让人们能够站在湖面上，观察周围熟悉的风景。尽管我经常在弗林特湖上划船、滑冰，等它盖满白雪之后，我从湖面上穿行而过，还是觉得它宽阔、陌生，禁不住想起巴芬湾[1]。雪原的尽头，林肯的小山耸立在我的周遭，我不记得以前曾经在那里驻足；在冰上说不清多远的地方，渔民和他们像狼一样的狗一起慢慢蠕动着，看起来像是猎海豹的人或者是爱斯基摩人，或者雾天里看起来像是神话传说中的人，我只是不知道他们该算是巨人还是小矮人。我晚上去林肯讲课的时候走这条路[2]，从我的小屋[3]到演讲室，中间不走任何正式的路，也不路过任何房子。我路上经过鹅湖，湖里住着一群麝鼠，它们把窝筑在冰面高处，尽管我从那里路过时，从外面看不见一只麝鼠。瓦尔登湖是我的院落[4]，它和别的湖一样，湖面上通常是没有雪的，或者只是浅浅的或者零零星星的雪堆，当别处的雪差不多有两英尺深、村民们都困在自己的街坊里的时候，我却可以在湖面上自由自在地行走。那里，远离村镇的街道，只有间隔很久之后，才能听到远处传来雪橇的铃声，我滑着冰，就像在一片麋鹿踩出的严实平地一样，上方垂悬着被雪压弯或者挂着冰挂的橡树和庄严的松树。

　　说到冬夜的声音，我能够听见从不知道多远的地方传来猫头鹰那悲凉但很悠扬的叫声，这声音白天也常常能听到，就像用合适的琴拨子敲打着冰冻的地

---

* 关于耐冬的动物，梭罗写过："昆虫和以它们为生的动物大多消失了；但更高贵的动物和人一样承受着冬天的严峻。"【J 3: 70】

1 巴芬湾（the Baffin's Bay），北极的一部分，在格陵兰岛（Greenland）和加拿大之间。
2 梭罗住在瓦尔登湖期间于 1847 年 1 月 19 日在林肯学苑（the Lincoln Lyceum）作过演讲，另外还有两次，是在他写作《瓦尔登湖》期间，分别在 1849 年 3 月 6 日和 1851 年 12 月 30 日。他总共作过至少 75 次演讲。
3 梭罗只有两次称自己的房子是小屋（hut，都在这一章里），这是第一次。
4 踩平的一片地，是麋鹿和驯鹿在深雪里踩出来的，然后它们可以更舒服，可以觅食，如下一句中提到的"麋鹿踩出的严实平地"。

瓦尔登湖

球发出的声音，正是瓦尔登森林自己的方言母语（lingua vernacular）[5]，后来我听得非常熟悉了，尽管我从来没有看见过正在发出这种声音的猫头鹰。冬天晚上，我一打开门就能听见这种声音：**咕咕咕，咕勒咕，呼如呼**，听起来很响，头三个音节的重音像是"你好吗"，或者有时候只有咕咕两声。初冬的一个晚上，湖面还没有全冻时，九点来钟的时候，我吃惊地听到一只加拿大雁的高声叫唤，我走到门边，听见一群雁低低地从我的房顶上飞过时，它们的翅膀发出的声音像树林中刮起的大风。它们飞过瓦尔登湖，朝着费尔黑文飞去，好像是我的灯光吓得它们不敢在这里歇息，它们的头雁一直按照固定的节奏呼叫着雁群。突然，从离我特别近的地方传出一种叫声，毫无疑问这是大雕鸮[6]的叫声，带着我听见过的林中居民里最尖利、最巨大的声音，有节奏地回应着雁鸣，好像是决心要表现出本地鸟音量更大、音域更宽的声音，来揭露和羞辱这个来自北国的哈德逊湾[7]的侵入者，用嘘嘘的倒彩声把它们撵出康科德的地平线。你凭什么挑这么个时辰，这个本来属于我的时辰，惊动整个城堡[8]？你以为你会发现我在这个时间打盹，以为我没有和你一样好的肺活量和音量？**拨咕，拨咕，咕咕！**这是我所听到过的最惊心动魄的不谐和音。然而，如果你的耳朵有很强的鉴别能力，你能听见，其中有一种这些平原见所未见、闻所未闻的康科德的和声[9]。

我也听见过冰在湖中哔哔剥剥的爆裂声[10]，湖是我在康科德这片地带的同床而卧的好友，好像它在床上烦躁不安，想翻个身，肠胃气胀和噩梦在困扰着它；或者我被霜冻在地上发出的吱吱嘎嘎声惊醒，好像什么人赶着一群牲口从我门前走过，第二天早上，我在地上会发现一道四分之一英里长、三分之一英寸宽的裂缝。

---

[5] 拉丁文：母语（lingua vernacula）。

[6] 大雕鸮（Great horned owl，学名 Bubo virginianus），梭罗有时候称之为 cat owl。

[7] 哈德逊湾（Hudson Bay）：加拿大中北部内陆海，以 1610 年发现它的探险家亨利·哈德逊（Henry Hudson，约 1565—1611）命名。

[8] 典故出自公元前 390 年高卢人（the Gauls）袭击罗马时朱诺神殿中向城堡报警的鹅。几个古代罗马作家都讲过这个故事：李维（Livy），维吉尔（Virgil），卢克莱修（Lucretius），奥维德（Ovid）和马提雅尔（Martial）。

[9] Concord，用作一个通常的名词，亦指康科德镇。

[10] 由冰的收缩引起，在《春天》一章中有详细描述。

有时候我能听见狐狸在月夜里穿过雪地,搜寻着鹧鸪或其他猎物,它们像看林狗一样粗声恶气地嚎叫着,似乎是怀着某种焦虑,也或者是试图表达自己,努力寻找着光明,或者渴望着干脆变成狗,在大街上自由自在地跑来跑去;如果我们考虑到时代的变迁,难道在野兽中不是和人类一样,也有可能发展出文明吗?在我看来,它们就像初级的穴居人[11],仍旧处于自卫阶段,等候着它们的变迁。有时候,有一只会循着灯光跑到我窗前,朝我吼出一句狐狸的诅咒,然后悄然溜走。

通常,红松鼠(Scirus hudsonius)[12]在黎明时将我唤醒,它们在我房顶上窜来窜去,在我的墙外上下奔跑,似乎它们派驻森林就是为了这个目的。整个冬天,我往门口的雪地上扔出了大约半个蒲式耳没有长熟的甜玉米穗,然后高高兴兴地看着那些被它们诱惑过来的动物围着它们忙乎。黄昏时和晚上,兔子们会定期来大快朵颐一番。红松鼠整天来来回回地跑,它们的动作让我觉得非常逗乐。一只松鼠会小心翼翼地从矮栎丛里爬过来,像被风刮起的一片树叶那样跌跌撞撞地穿过雪地,一会儿往这儿跑几步,速度极快,能量充沛,后腿站立着奔跑的速度快得不可思议[13],就像它是在和谁打赌一样,一会儿又往那儿跑几步,但每一步都不会跑过半杆远;然后带着一种滑稽的表情翻了个轻松的筋斗之后又突然停下,好像整个宇宙的眼睛都在紧盯着它,因为一只松鼠所有的动作,即使在森林中最偏僻之处,也像一个舞女的动作一样,意味着有观众在场,它磨磨蹭蹭、左顾右盼的工夫,足够它走过整个路程的了,但我从来没有看见一只松鼠走过来。然后,突然之间,在你能说完"杰克·罗宾逊"这个名字一小会儿工夫[14],它已经站在一株小油松的树顶,给它的钟上着发

---

11 梭罗在1845年一则日记中用过同样的典故,他把松鼠描绘成"不过是小矮人之前的模糊的人;一个不完美的穴居人"【J 1: 396】。

12 Sciurus Hudsonius,红松鼠(the red squirrel),学名现为 Tamiasciurus hudsonicus。

13 Trotter,后腿。

14 来自一个名叫哈德逊(Hudson)的伦敦烟草商写的流行于十八世纪的歌曲:"这桩活计很容易完成/容易得像说一声杰克·罗宾逊(Jacke! robyson)。"不过,根据弗朗西斯·格罗斯(Francis Grose)的《俗语字典》(Dictonary of the Vulgar Tongue, 1811),杰克·罗宾逊是一个"叫这个名字的特别活跃好动的绅士,他会拜访邻居们,在他的名字被报给主人之前,他就已经离去了"。

条[15]，责骂着所有想象中的观众，一边独白，一边同时与整个宇宙交谈，——我并不知道它为什么会这么做，其实恐怕连它也不明白。最后，它终于来到玉米旁边，选出合适的一根，以同样的像三角函数一样方向不定的方式，蹦蹦跳跳地爬到我窗前的木材堆最顶上的木棍上，从那里看着我的脸，然后一坐就是几个小时，时不时给自己换一根新玉米，大快朵颐地啃着玉米，把啃了一半的玉米扔来扔去；然后它越发挑剔了，玩起它的食物来，只尝尝玉米粒的芯，那玉米棒本来是用一只爪子支在木棍上的，现在不小心从它爪子里滑下去掉在地上了，然后它会带着举棋不定的滑稽表情看着它，好像是怀疑这玉米是不是活的，脑子里拿不定主意是该把它再拿回来，还是另拿一根，还是干脆开步走；它一会儿想着玉米，一会儿又竖起耳朵，想听听风中有什么动静。就这样，这个鲁莽的小家伙一个上午就能够糟蹋很多玉米棒子；直到最后，它终于抓着最长、最饱满的玉米棒子，比它自己的个头还大得多，熟练地平衡着它，然后带着它往林子里开步走去，就像一只老虎扛着一头水牛一样，沿着之字形的歪歪斜斜的锯齿路线，走走停停，好像不堪重负似的抓着玉米走啊走，它那么坚决地一定要不惜一切代价完成任务，玉米一路往下跌，跌落的路线是垂线和横线之间的对角线；这么一个原本特别轻浮怪诞的家伙，就这样把玉米带到它的窝里，或者是带到离此处四五十杆远的松树的树顶，以后我会发现，森林里到处散落着玉米芯。

冠蓝鸦终于来了[16]，它们飞过来时，离这里还有八分之一英里，那刺耳的尖叫[17]就早早传来，它们躲躲藏藏地从一棵树掠到另一棵树，越来越近，捡起松鼠掉下的果仁。然后，它们坐在油松丛里，匆匆忙忙想吞下一颗果仁；果仁太大，它们的嗓子眼太小，噎着了；它们花了很大力气把果仁吐出来，然后又花

15《在康科德河和梅里迈克河流上的一周漂流》中，梭罗描述了红松鼠那"奇特的闹钟……就像给一个特别强大的钟表上弦"【W 1: 206】。
16 Blue jay，蓝鸟，学名冠蓝鸦（Cyanocitta cristata）。
17 梭罗 1854 年 2 月 2 日写道："蓝鸟的嘶鸣是一种真正的冬天的声音。"【J 6: 91】他的日记中几次提到蓝鸟的叫声，不过最刻薄的是 1854 年 2 月 12 日那一则日记："蓝鸟那无情的钢铁般清冷的嘶鸣，没有融化，从来不会流淌成一首歌，一种冬天的号角，尖叫的寒冷，硬邦邦，紧绷绷，冰冻的音乐，就像冬天的天空那样……就像车轮的吱吱嘎嘎声。现在没有东西能够缓冲蓝鸟的叫声。它听起来实在刺耳。"【J 6: 118】

上一个钟头，用嘴喙反反复复地啄，试图把果仁啄裂开来。它们显然是小偷，我不太尊敬它们；但松鼠刚开始虽然有点害羞，还是开始劳作，就像是在采集本来就属于它们的东西。

与此同时，成群的山雀[18]也来到了，它们叼起松鼠丢下的碎末，飞到最近的树枝上，用爪子按住碎末，然后用它们小小的喙不停地啄，就像啄树皮里的一条虫子一样，直到把碎末啄得更小，它们那窄窄的喉咙也能吞得下去。一小群这种山雀每天到我的柴堆里觅食，或者找我门口的残羹剩饭，它们发出模模糊糊跳跃不定的叫声，就像冰块在杯子里叮当作响，或者是一种明快的**得得得声**[19]，更罕见的是，冬暖如春的日子里，它们从树林那里发出一种如夏日般婉转的菲比声[20]。它们跟我混熟了，终于有一只降落在我怀里抱着的一捆柴禾上，毫不惧怕地啄着柴禾。有一次，我在村里的菜园里锄草时，一只麻雀在我的肩头落了一会儿，我觉得，那一刻，我比佩戴着任何肩章都显得更加光荣杰出。松鼠也慢慢和我混熟了，偶尔会抄个近路，从我的鞋上爬过去。

当地面没有完全被雪覆盖，或者冬天快结束，山南面和我柴堆附近的雪已经融化时，鹧鸪们早晚都会去那里觅食。不管你在林子里走哪条路，都能听到鹧鸪拍着翅膀飞走，震落高处的干树叶和枝杈上的雪，雪在太阳光下像金雨一样纷纷落下；这种英勇的小鸟是不会被冬天吓住的。鹧鸪经常被雪堆盖住，据说，"有时候一头扎进松软的雪堆，在那里埋上一两天。"[21] 它们日落时分飞出树林来吃苹果树的幼芽[22]时，我也会惊着它们。它们会每天晚上定期到固定的几棵

---

18 Black-capped chickadee，山雀（学名 Parus atricapillus），如下一句所说，属于山雀（titmouse）类。

19 搬离瓦尔登以后的一则日记中，梭罗将这种声音形容为"切得得得"【J 13: 87】。

20 在他 1852 年 3 月 10 日的日记中，梭罗提到"山雀的菲比声"（Phæbe note of the chickadee）【J 3: 345】。

21 引自约翰·詹姆斯·奥杜邦（John James Audobon）和约翰·巴赫曼（John Bachman）的著作《北美的四足动物》(*The Quadrupeds of North America*) 1849—1854, Vol.1, P.47。奥杜邦形容披肩鸡（ruffed grouse）有同样的特点，而人们通常称披肩鸡为鹧鸪："当地面铺满了雪，雪足够松软，使这种鸟能够把自己藏在下面时，它会迎头冲向雪里全力扎进去，扎出一个长达几码的洞，然后又从几码的深处爬出来飞走，继续躲开猎人的追逐。"

22 吃树上的幼芽。雅各布·珀斯特·吉罗（Jacob Post Giraud, 1811—1870）（转下页）

树上去，狡猾的猎人会躲在那里等候它们，就这样，远处靠近树林边的果园可没少遭殃。不管怎么说，鹌鹑有东西吃，我感到很高兴。它靠幼芽和健康饮料为生，是大自然自己亲生的鸟儿[23]。

昏暗的冬天的早晨，或者是短暂的冬天的下午，我有时候能够听见一群猎狗穿过树林，它们呜呜吠叫着，无法抑制追逐的本能，偶尔还能听见断断续续的猎号声，证明有猎人跟在猎犬后面。森林又回荡起吠叫声和号声，但没有狐狸冲进湖中的平地，后面也没有反过来追逐它们的猎人阿卡同的猎狗群[24]。晚上时，我或许会看见猎人们打猎归来，爬犁上只带着一根狐狸尾巴[25]权充战利品，要找个过夜的地方。他们告诉我，狐狸如果躲在冻土里面的话会很安全，如果它跑的时候沿着直线跑，没有猎狗能够追上它；但是，狐狸把追它的猎狗和猎人甩在后面时，会停下来休息、聆听，直到他们又追上来，而且，它跑的时候会绕着圈儿跑回老地方，这样猎人们就会在那里等着它。不过，有时候，它会沿着一堵墙跑很多杆，然后在远处跳到墙那一面，它好像也知道水里不会留下它的气味。一个猎人告诉我，他有一次看见一只被猎狗追着的狐狸冲到湖里来，当时湖里的冰上有浅浅的水坑，狐狸跑过一截湖面后，然后又回到岸边。过了一会儿，猎狗跑到了，但它们闻不到狐狸的气味了。有时候，一群自己打猎的猎狗会从我门前经过，然后绕着我的房子转圈，旁若无人似地狺狺吠叫追逐，好像是染上了各种疯狂症一样，它们除了追逐以外完全心无旁骛。于是它们转啊转，直到找到狐狸最近跑过的路线，一只聪明的猎狗，就会这样不

（接上页）在《长岛上的鸟》（*Birds of Long Island*, 1844）中说："冬天时，当地面被雪覆盖着时，它【披肩鸡】转向果园，吃苹果树的幼芽……这种行为叫做'吃幼芽'（budding）。"

23 一种汤，通常含愈疮木（guaiacum）、菝契（sarsaparilla）、檫木（sassafras）的干树根皮，要么单喝，要么和一天内的正常饮料一起喝，通常一喝就是几个月，目的是改变身体习惯。梭罗在日记中写道："每个季节到来时，生活在那个季节中；呼吸空气，畅饮饮品，品尝果实，让你自己接受这一切给你带来的影响。让它们成为你唯一的健康饮料和草药。"【J 5: 394】

24 阿卡同（Actæon），希腊神话中，一个偷看过阿尔特弥斯（Artemis）洗澡的猎人，被变成了一只雄鹿，被自己的猎狗追逐吃掉。

25 Bush，狐狸尾巴。

惜一切代价找到狐狸的踪迹。有一天，一个人从莱克星顿[26]来到这里，向我打听他的狗的消息，他的狗自己独自打猎了一个星期，留下了很明显的踪迹。但我担心，我对他说了那么多，他还是一无所获，因为每次我回答他的问题时，他都会打断我，问我："你在这儿干什么？"[27]他丢失了一条狗，但却找到了一个人。

一个嘴巴有点干燥的老猎人，每年湖水最暖和的时候会到瓦尔登湖来洗一次澡[28]，每次来总会来看望我，他告诉我，很多年以前，有一天下午，他带着枪到瓦尔登湖巡视一番[29]；他正在韦兰德路上走着时，听见一群猎狗越跑越近的吠声，不久，一只狐狸从墙上跳到路上来，然后转眼之间就从另一面的墙上跳出去了，他匆忙射击，子弹再快，也没有追上狐狸。后面的路上，有一只自己狩猎、没有猎人跟随的老猎狗和它的三只小狗全速追上来，然后又消失在树

---

26 莱克星顿（Lexington），康科德东部小镇。
27 梭罗日记中有更完整的谈话记录：

"你见过我的狗吗，先生？我想知道！——什么？律师办公室？法律书籍？——你在这儿有没有看见一条猎狗。哦，你在这儿干什么？""我住在这儿。没有，我没看见。""你没在林子听见哪儿有条狗吗？""哦，对，今天晚上我听见过。""你在这儿干什么？""不过它在挺远的地方。""它大概在哪个方向？""嗯，我想它是在湖对面。""这条狗挺大；留下的脚印也很大。它从莱克星顿出来打猎有一个星期了。你在这儿住了多久？""噢，差不多一年吧。""有人说，这儿上面有个人在林子里露营，狗在他那儿。""嗯，我不知道是谁。另一条路上有布里顿的营地。狗可能在那儿。""这片林子里没有别人吗？""有，他们就在我后面那儿砍树。""有多远？""没几步路。听一听。对了吧，你听见他们的斧子的声音吗？"【J 1: 398—99】

28 可能是乔治·迈诺特，梭罗1852年7月8日的日记中这样写到他："M——昨天晚上告诉我，他本来想锄完草以后洗个澡，——拿上肥皂到瓦尔登湖来好好搓个澡，——但有点事情耽搁了，他没洗成，这回他只好等到收割完毕才能再洗澡了，唉，或者是等下次锄完草以后……人们滞留在岸上，保持干燥，然后喝朗姆酒……我住在瓦尔登湖的时候，有一个农民来湖里洗澡，他告诉我，这是他十五年来第一次洗澡。"【J 4: 202】

29 Cruise，巡查树林，估算它出产木材的潜力，不过此处所用的可能是更广义的用法，即走动或巡视，通常是为了新的发现。

林中。那天下午晚些时候，他在瓦尔登湖南面的密林中休息时，听见费尔黑文方向传来猎狗的声音，它们还在追狐狸；它们不停地追赶，吠声在整个湖上回荡，听起来越来越近，一会儿在威尔草地那个方向[30]，一会儿又在贝克农场那个方向。他静静地站在那里，听着它们的音乐，这种音乐在猎人耳朵里是那么悦耳，然后狐狸突然出现了，它步履轻捷地跑过庄严的林间小道，树叶的沙沙声掩盖了它的脚步声，它又轻又快，掌握着地势，把追它的人远远甩在后面；然后，它跳到林中一块石头上，背朝着猎人，坐直了身子，侧耳倾听。有那么一小会儿，猎手的胳膊受到了怜悯心的约束；但这种情绪为时不久，一闪念间，他的枪已经平举起来了，然后，**砰**！——狐狸滚下石头，死在地上。猎人原地蹲着，听着猎狗的声音。它们在逼近，附近的林中每一条小道上都回荡着它们的吠声。终于，老猎狗嘴贴着地面冲入视线，像魔鬼附体一样地嗅着空气，然后直接冲到石头那里；但是，一看见死狐狸，它就像惊呆了一样，突然停止狩猎，默默地围着狐狸转圈；它的小狗一只接一只地到来，像它们的母狗一样，都被这个不可思议的秘密惊得哑口无言。然后猎人走出来站在它们中间，秘密就这样揭开了。猎人剥狐狸皮的时候，猎狗们默默地等着，然后跟着狐狸尾巴跟了一会儿，最后又转回林中去了。那天晚上，一位韦斯顿[31]乡绅到康科德猎人的小屋来打听他的猎狗的行踪，说起它们这个星期一直在韦斯顿的林中自己打猎。康科德猎人告诉他，他知道，并提出把狐狸皮给他；但韦斯顿乡绅婉拒了狐狸皮，兀自离去。他那天晚上没有找到猎狗，但第二天发现，它们渡过河，在一家农舍中过了一夜，饱餐了一顿以后，一大清早就离开了那里。

给我讲这个故事的猎人记得一位山姆·纳丁，纳丁曾经在费尔黑文山崖[32]

---

30 威尔草地（Well-Meadow），在费尔黑文湾岸边，瓦尔登湖南面一英里处。

31 韦斯顿（Weston），康科德西南面的村庄，不过也可能是双关语，另指亨利·菲尔丁（Henry Fielding, 1707—1754）的小说《汤姆·琼斯》(*Tom Jones*) 中的乡绅韦斯顿（Western）。

32 在瓦尔登湖西南的费尔黑文山。在1853年3月10日的日记中，梭罗写道："迈诺特说，——四十多年就死去了的猎人老山姆·纳丁（Sam Nutting），——人们称他为狐狸纳丁、老狐狸（他住在林肯镇雅各布·贝克家里；来自韦斯顿）；他那时已经差不多七十岁了，他告诉迈诺特，他在费尔黑文附近的核桃林里不仅打死过熊，还打死过**麋鹿**！"【J 5: 16】

猎熊,并用熊皮到康科德镇里去换朗姆酒;纳丁还告诉他,他甚至还在那里见过麋鹿。纳丁有一条著名的猎狐犬,名叫伯戈因,——他把它叫做布金[33],——给我讲故事的猎人曾经借过这条狗。我从这个镇上的一个老商人兼上尉、镇书记和法庭代表[34]的账簿里发现了下面的记录[35]。1742—3,1月18日,"约翰·梅尔文,贷方,灰狐皮一张,零镑二先令三便士"[36];现在这里见不到灰狐狸了;1743年2月7日,希西家·斯特拉顿"用半张猫[37]皮贷款零镑一先令四个半便士";这里的猫自然是猞猁了,因为斯特拉顿是老法国战争中的军官[38],不会通过猎获不那么高贵的猎物而得到信用存款。鹿皮也能贷款,每天都有出售。有

---

33 Burgoyne,伯戈因,梭罗1851年5月30日的日记标为Bugīne,布金【J2: 233】。

34 梭罗在他1854年1月27日的日记中写道:"我手里有一本老账簿,封面是棕色的纸,在很多标记和涂鸦之间,我发现上面写着:

埃弗兰·琼斯先生

记账簿

公元

1742年

35 记账本。

36 这些和下面的数字表示英镑、先令和便士。

37《瓦尔登湖》出版后,尽管梭罗在他那本《瓦尔登湖》中质问——"会不会是小息?"——他在最初的日记这一段中并没有怀疑:"希西家·斯特拉顿(Hezekiah Stratton,1743年有存款,'2月7日半张猫皮0—1-4 1/2,'——当然是野猫了。"【J 6: 95】马萨诸塞州东部曾经有红猞猁(the bay lynx)等野猫被杀死过,梭罗在《马萨诸塞州自然史》中也这么写过:"从报告中看,本州有大约有四十种四脚走兽,让人很欣慰的是,其中有一些熊(bears)、狼(wolves)、猞猁(lynxes)和野猫(wildcats)。"【W 5: 114】在1860年10月13日一封致波士顿自然历史学会的信中,梭罗说"这一带最近一些年间杀死的一些人称红猞猁的猞猁,其实是加拿大猞猁"【C 592】。离开瓦尔登湖后的一则日记中再次确认了野猫在此地的存在:"和斯金纳(Skinner)谈到他说他一个月之前听说在埃比·哈伯德(Ebby Hubbard)林中的野猫。他晚上(和一个同伴)前往瓦尔登察看大雁是不是已经在那里安家,他们听见了什么声音,他的同伴刚开始以为是潜鸟,但斯金纳说,不,那是一只野猫。他说他在购买皮毛的阿迪朗达克地区(the Adirondack region)经常听见它们的叫声。"【J 10: 212—13】

38 The old French war,1754—1763年法国对印第安人的战争。

个人还珍藏着这一带猎获的最后一头鹿的鹿角[39]，另一个人给我讲过他叔叔参加过的一次狩猎的许多细节。这里的猎人曾经是人数众多、快乐开心的人。我记得一个憔悴的尼姆罗德[40]会从路旁摘取一枚树叶，用它吹出一些曲调，如果我记得不错的话，他吹出的曲调比任何狩猎号更奔放、更有旋律。

夜半时分，有月亮的时候，我偶尔会在林中的路上碰到猎狗，它们好像害怕我似的，躲着我，静悄悄地藏在树丛里等我走开。

松鼠和野鼠争抢着我库存的坚果。我房子周围有几十棵油松树，直径在一到四英寸之间，去年冬天被老鼠啃过，对它们来说，去年冬天是一个挪威式的严冬[41]，因为积雪又深时间又长，老鼠被迫吃了很多松树皮。仲夏时分，这些树虽然被完整地咬了一圈，但还都活着，显然还很繁茂，很多树长了一英尺；但经过另一个冬天，这些树毫无例外地全都死掉了。值得注意的是，单是一只老鼠就能够这样一顿饭就吃掉一棵树，因为它是绕着树咬，而不是上下咬；不过，为了减少树林密度，这也可能是必要的，因为树总是长得过于稠密。

雪靴兔（Lepus Americanus）[42]十分常见。有一只整个冬天就在我房子底下搭窝[43]，和我的间隔只有地板，每天早上我开始起身时它就匆匆离去，吓我一大跳，——嘭，嘭，嘭，它在慌张逃窜时，脑袋撞上了地板的木板。它们曾经在黄昏时跑到我门口啃我扔出去的土豆皮，它们的颜色和地面的颜色那么接近，一动不动的时候，差不多无法分辨。有时候，黄昏时分，我盯着一只一动不动地坐在我窗下的野兔，一会儿看不见它，一会儿又能看见它了。等我晚上打开

---

39 梭罗时代，康科德一带的驯鹿被狩猎殆尽。
40 典故来自《创世记》10：9：“像宁录在耶和华面前是个英勇的猎户。”
41 挪威式的严冬（Norwegian winter），指挪威那漫长、寒冷、大雪纷飞、黑暗的冬天。
42 雪兔（Snowshoe hare），或美国兔（American hare），但梭罗在《马萨诸塞州自然史》中评论过的、埃比尼泽·埃蒙斯（Ebenezer Emmons, 1799—1863）的《马萨诸塞州四脚走兽报告》(*Report on the Quadrupeds of Massachusetts*, 1840)，也将其名等同于美洲兔。我们不敢肯定梭罗是否将家兔和野兔区分开来——下一段中，他将两个名词交替使用——很可能，他指的是常见的灰兔（gray rabbit，学名 Lepus floridanus transitionalis）。
43 Form，野兔或家兔的窝或床。在最初那则日记中，兔子是公的："将你和整整一窝兔分开的只有一层地板。你早上有了动静时听到的是兔先生匆忙离去时的敬礼，——嘭，嘭，嘭，它的脑袋撞上了地板的木板。"【J 1: 425】

门时，它们吱吱叫着跳开了。走近看时，它们只让我感到怜惜。一天晚上，有一只野兔坐在我门前离我两步远的地方，一开始怕得浑身发抖，却不愿意离开；可怜的小东西，骨瘦如柴，松松的耳朵，尖尖的鼻子，短短的尾巴，纤细的爪子。看起来就像大自然中根本没有比它更高贵的动物[44]，不过高贵的品种已经为数不多了。它的大眼睛看起来年轻而不健康，差不多有点肿胀。我走了一步，嗖，它就像上弦了一样冲过雪地[45]，它的身体和四肢伸展到一种优雅的长度，一瞬间就离我而去，跑到森林另一头去了，——这充满野性的自由的野生动物，展现出它的活力和大自然的尊严。怪不得它是那样苗条。这就是它的天性。（有人认为，野兔的学名 Lepus 来自 levipes，就是脚步轻快的意思[46]。）

没有兔子和鹧鸪的乡野，算什么乡野？兔子和鹧鸪是最简单、最土生土长的动物；从古代至今，人们都知道这些古老和可敬的族类；它们带着大自然本身的颜色和本质，也是树叶和大地最亲密的同盟，也是相互间最亲密的同盟；只不过一个是靠翅膀，一个是靠腿。当一只兔子跑走或一只鹧鸪飞走时，根本不能算是你看见了野生的动物，你只不过是看见了自然的动物，就像看到了沙沙作响的树叶那样。不管发生什么样的革命，鹧鸪和兔子都会像土壤里真正土生土长的一切一样，继续茁壮成长。如果森林被砍伐了，新生的幼芽和树丛会给它们提供藏身之地，然后它们又会繁殖起来。兔子不拉屎的地方，一定是真正贫穷的地方。我们的树林中有很多兔子和鹧鸪，每一块沼泽地周围都能看见它们出没，周围环绕着牧童们布下的用小树枝做的篱笆[47]和用马毛做的圈套[48]。

---

44 典故来自莎士比亚的《裘力斯·恺撒》1.2.152：“罗马啊，你的高贵的血统已经中断了。”

45 Scud，匆匆忙忙地快速移动。

46 典故来自瓦罗（Varro）的《论农业》（*Rerum Rusticarum*）3：12：“卢修斯·埃琉斯认为兔子之名 Lepus 来自其神速，因为它 levipes，脚步轻快。”

47 Twiggy fences，用小树枝扎成的小篱笆，把兔子拦住，引向圈套。

48 Snare，或 gin，用马毛扎成的圈套，或陷阱，用来捕捉鸟或小动物。

冬天的瓦尔登湖

我从一个宁静的冬夜醒过来，依稀记得好像有什么问题在缠绕着我，我在睡梦中徒劳地试图回答：什么——如何——何时——何处？但眼前是万物生长的大自然，黎明时分，她正在苏醒过来，带着宁静和满足的脸庞看着我宽敞的窗户，她可没有询问任何问题。我醒过来面对的是已经有了答案的问题，面对的是大自然和白昼。深深的白雪覆盖着大地，上面点缀着幼小的松树，我的房子所在的这座山坡似乎在说：前进！大自然不提出任何问题，也不回答我们凡人提出的任何问题。她很早以前就做好了决定。"哦，王子，我们的眼睛带着崇敬，思考着这个宇宙中那奇妙多样的场面，并把它们传递给灵魂。夜晚毫无疑问会遮挡这光荣的创举的一部分；但白昼来临时，将会向我们显示这伟大的工程，它甚至从地球延伸到了茫茫太空。"[1]

然后我开始上午的工作。首先我拿起斧子和水桶去找水，但愿这不是一场梦想。经历了一个寒冷多雪的夜晚之后，你得用一根探矿杖才能找到水。每年冬天，瓦尔登湖那凌波荡漾的湖面，本来每一次轻风都荡起涟漪，倒映着每一道光和影，此刻却严严实实地冻出了一英尺到一英尺半厚的坚冰，它能承受最沉重的马车队，上面或许也盖上了那么厚的雪，和任何平地并无分别。就像周围山岚中的土拨鼠[2]一样，它合上眼帘，一冬眠就是三个多月。站在大雪覆盖的平原中，就像站在山峰间的草原上一样，我首先铲走一英尺的雪，然后凿开一英尺的冰，在脚下敲出了一个洞，我跪下来喝水，往下看着鱼儿们安静的居室，透过地面的玻璃，水中弥漫着柔和的光芒，而铺满明亮细沙的湖底还是和夏天一样；永恒的没有一丝波澜的宁静占据着水底，就像它也占据着琥珀色黄昏的天空一样，正好符合周围住户们那冷峻平和的性情。天堂在我们头上，也在我们脚下。

---

1 梭罗翻译的朗格卢瓦（Langlois）版本的《哈里维萨，或哈里族史》(*Harivansa, ou Histoire de la Famille de Hari*), 2: 361。

2 Marmots，笨重的旱獭类穴居啮齿动物，但梭罗可能是特指美洲旱獭，亦称土拨鼠。

清晨时分,一切都冻得脆生生的时候,渔夫带着渔具和简单的午餐来了,他们在雪地上放下纤细的渔线去钓梭鱼和鲈鱼;这些喜欢野外的人,和他们镇子里的同乡不同,本能地追随不同的生活方式,遵从不同的权威,他们来来往往,把村镇都连在了一起,否则这些村镇就会四分五裂了。他们穿着厚实的羊毛大衣[3],坐在岸边的干橡树叶上吃午餐,他们有十分丰富的自然知识,而市民们只有丰富的人工知识。渔夫们从来不参看书本,能做很多事情,但并不一定知道它们是什么,也不一定能够表达出来。他们已经做过的事情,据说很多尚且不为人所知。比如说,这个人用成年鲈鱼做鱼饵来钓梭鱼。你看着他的桶,就像看着夏天的湖水一样万分惊奇,就像他把夏天锁在家里,或者知道夏天到哪里去了。老天爷,大冬天里他从哪儿钓来这么多鱼?哦,因为地都封冻了,所以他从腐朽的烂树中找到了虫子,于是就钓到了这些鱼。他本人的生活,深深地进入了大自然,比自然学家的研究更加深刻;他自己就是自然学家研究的对象。自然学家轻轻地揭开青苔和树皮来寻找昆虫;而渔夫一抡板斧将木头劈开,青苔和树皮四处飞溅。他是靠劈剥树皮为生的[4]。这样的人有权捕鱼,我乐于看见大自然在他身上充分展现。鲈鱼吃虫子,梭鱼吃鲈鱼,渔民吃梭鱼;伟大的生命之链[5]上所有的缺口都填满了。

我在雾蒙蒙的天气里沿湖漫步,一些比较马虎的渔夫采用的原始方法,时时让我觉得好笑。他会把赤杨树枝架在几个窄窄的冰洞口上,这些洞相距四五杆左右,离湖岸边一样的距离,他把渔线的线头拴在一根棍子上,这样它就不会滑脱,把松松的渔线穿过一根比冰面高出一英尺多的赤杨枝桠上,上面再拴上一枚干橡树叶,树叶往下拉时,赤杨树枝就会倒下,告诉他鱼咬钩了。你

---

3 羊毛大衣(Fear-naughts),厚重的大衣,通常为毛纺的,亦称"不怕冷"(dreadnought)。梭罗在《冬日漫步》中写道:"远处的冰面上,钓梭鱼的渔夫站在铁杉树丛和大雪覆盖的小山之间,他的渔线垂在那个偏僻的小水湾里,他的手揣在他的羊毛大衣的口袋里,看起来像个芬兰人一样。"【W 5: 180】

4 劈剥树皮(barking trees),剥掉或者除掉一圈树皮,让它死亡。

5 亦称柏拉图之链(the great chain of being),所有的自然体、动物、矿物、植物都连接成一条连续不断的秩序的学说。这种神学和社会概念始自柏拉图,代表一种将最低的自然形式与其他形式联系起来一成不变的等级制度,最终到达上帝。直到十九世纪初,柏拉图之链是生物学中最重要的统一概念。

瓦尔登湖

绕湖走上半圈，就能看见这些赤杨树枝彼此隔着相同的距离，在雾气中若隐若现。

啊，瓦尔登湖的梭鱼！当我看见它们躺在冰上，或者躺在渔夫挖出的小坑里（渔夫在冰上凿出一个小洞，好让水从湖里漫上来），它们那罕见的美丽总是令我惊叹，它们就像神话传说中编造的鱼一样，在市井街头很少见到，就是在林中也很少见，在我们康科德的生活中，就像阿拉伯一样陌生。它们具有一种十分耀眼和超凡脱俗的美，使它们远远超出在我们街头名声大噪的苍白的大西洋鳕和黑线鳕[6]。它们的颜色不是松树那样的碧绿，石头那样的银灰，或者天空那样的湛蓝；但在我看来，如果可能的话，它们的颜色更为罕见，就像是奇异的花朵或宝石，就仿佛它们是珍珠，是瓦尔登湖水变成的动物形状的核心[7]或水晶。它们是完完全全、彻头彻尾的瓦尔登湖[8]；它们本来就是动物世界里的小瓦尔登，瓦尔登教派的信徒[9]。在这里捕到梭鱼实在令人感到意外，——在这汪幽深宽阔的泉水中，瓦尔登湖路面上行驶着吱吱嘎嘎的牛群马群、马车和叮当作响的雪橇，而路面深处，却游弋着这种奇妙的金黄翠绿的鱼儿。我从来没有在任何鱼市上见过这种鱼；要是把它们带进市场，它们一定会成为众人瞩目的中心。真要是去了市场，它们会轻轻抽搐几下，释放了它们水中的灵魂，像一

---

[6] 十九世纪的鱼贩子在街头买鱼时会吹"渔号"（fish horns），如霍桑的《村里大叔》（*The Village Uncle*）："和士兵和商人一起经历了无数航行，使唤着渔篷船和近岸小渔船之后，老水手变成了一台手推车的主人，他每天推着车在这一带四处转悠，有时候在塞莱姆的街头吹响他的渔号。"

[7] Nuclei，物质在其周围聚集的载体，核。

[8] 双关语：作为鱼，它们周围是瓦尔登湖（Walden）的水，但它们也被水"环绕"（walled in）着。

[9] 十二世纪法国商人彼得·瓦尔多（Peter Waldo，卒于1218年）。因为反对教皇的权威和多种礼仪，他们于1184年被逐出教门，遭受迫害。迫害一直持续到十六、十七世纪，最后瓦尔登人只剩下意大利和法国阿尔卑斯山偏僻地带的小社区。尽管十六世纪改革中有些党派承认他们是最早捍卫真正和纯洁的宗教的人，压制和迫害仍旧没有缓和。十七世纪中叶，萨沃伊公爵（the Duke of Savoy）开始压制住在他的皮埃蒙特领地的居民，约翰·弥尔顿在他的十四行诗《皮埃蒙特近期的屠杀》（*On the Late Massacre at Piedmont*）中写过此事。梭罗也用拉丁词尾 -ensis 来一语双关，-ensis 意为某地居民，亦即，瓦尔登湖居民。

个凡人，寿数未到就提前升入浩渺的天堂。

我很想发现瓦尔登湖那消失很久的湖底，于是，1846 年初冰化之前，用罗盘、链条和测深绳 [10] 仔细测量了一番。关于瓦尔登湖底的故事很多，或者说声称瓦尔登湖没有底的故事很多，很多故事本身就没底 [11]。奇怪的是，很多人会一直相信一个湖是没有底的，却不会费心去勘察一下。我有一次在这一带散步，一下子就路过了两个这样的无底之湖 [12]。很多人认为瓦尔登湖通到了地球的另一面。有些人在冰上趴了很久，通过虚幻失真的冰层观察下面，可能眼睛还是水汪汪的，因为担心伤风感冒，于是匆匆作出结论，这些人看见过"可以装载一大车干草的大洞"，如果有人往里装草的话，这个大洞毫无疑问是冥河的源头，从此地进入地狱的入口。另外一些人从村里带着一只"五十六磅重的秤砣"[13] 和一马车绳子来了，但他们也没有找到湖底；五十六磅的秤砣在旁边待战时，他们在往下放绳子，徒劳地丈量着，其实真正无法衡量的，是他们的好奇心。但我可以向我的读者保证，瓦尔登湖有相当密实的湖底，深度虽然相当超乎寻常，却不是完全深不可测。我用一根鳕鱼线和一个一磅半重的石头，很容易就测量出来了，我能够准确地判断石头是什么时候离开湖底的，因为在水的浮力从下面托起石头之前，我需要花很大的力气拉石头。最深的地方正好是一百零二英尺；从那以后因为涨水了，应当再加上五英尺，总深度为一百零七英尺。这么小一片湖水却达到这么惊人的深度；不过无论人们如何遐想，都不可能让

---

10 测深绳（sounding line），连着一块发声的铅或秤砣的绳子，通过将秤砣沉到湖底、测量绳子长度来判断水的深度。

11 双关语：foundation，坚实的湖底，也是支持一项假设的基本事实。

12 在他 1850 年 9 月 15 日的日记中，梭罗记下了这样一次访问："昨天，9 月 14 日，经过萨德伯里的一个湖，这个湖有时叫普拉特湖（Pratt's Pond），有时叫无底湖（Bottomless Pond），然后沿马尔波罗路（Marlborough road）走到了斯都（Stow）的白湖。后来在威利斯（Willis）家后面的深沼泽里又看见了另一个湖，这个湖也叫无底湖（Bottomless Pond）。两个湖都有底，却都叫无底湖！人肯定都是选择黑暗，而不选择光明。"【J 2: 68】

13 一只五十六磅的铁秤砣，是百磅砣的一半（梭罗时代，一只百磅砣的重量是一百一十二磅。）

它减少一英寸。要是所有的湖都很浅呢？难道不会对人的思想产生影响吗？我很感激，这个湖这么深邃，这么纯洁，是一个伟大的象征。只要有人相信时空的无限，人们就会相信有些湖是无底的。

一个工厂主[14]，听说我测出的湖底的深度以后，认为这不可能，理由是根据他对水坝的了解，沙子不可能沉淀在这样陡的角度上。但是，最深的湖，其深度，也不像大多数人想象的那样与其大小成正比，如果把水抽干，也不会留下特别明显的沟谷。湖中的沟谷和两山之间的谷地有所不同；因为这道沟谷，与其面积相比，算是非同寻常的深，但是，若从垂直穿过中心的纵断面来看，它比一只浅盘子也深不了多少。大多数湖泊，干涸以后，留下的会是一片草地，并不比我们平时看见的草地低洼多少。威廉·吉尔平所有有关风景的描写都非常令人敬佩，通常也十分正确，他曾经站在苏格兰的法恩湖上[15]，形容法恩湖是"一湾咸水，深六十或七十英寻，宽四英里"，长约五十英里，周围群山环绕，他观察道，"如果我们在大洪水刚刚冲刷之后就看到它，或者在大自然以某种灾变方式使它诞生、在洪水冲下之前就看到它，它看起来该是多么可怕的一道深渊！"

> 巍峨的山岭如此之高，凹陷的
> 洞穴如此之深，宽阔幽邃，
> 奔腾冲刷着滔滔洪水。[16]

不过，如我们前面所见，瓦尔登湖在纵断面看起来仅仅像是一个浅浅的盘子，如果用法恩湖最短的直径，按比例应用到瓦尔登湖中，那么，我们会发现，法

---

14 可能是卡尔文·卡佛·达蒙（Calvin Carver Damon, 1803—1854），他于 1835 年买下了康科德西部一个即将倒闭的纺织厂，把它改造成了一个出产绒布的成功企业。1859 年，达蒙的儿子爱德华（Edward, 1836—1901）委托梭罗测量"达蒙纺织厂（Damon's Mills）"。

15 法恩湖（Lock Fyne）位于苏格兰高地的最西南处。它是苏格兰盐水湖中最长的一个，始于阿伦岛（the Isle of Arran）对面的科尔博朗南海岛（Kilbrannan Sound），直到北部的阿盖尔（Argyll）的大山山脚，总长达四十多英里。

16 引自威廉·吉尔平的《大不列颠几个地区的考察》2:4。吉尔平的原文引自弥尔顿的《失乐园》7.288—290。

恩湖的深度只有瓦尔登湖的四分之一。法恩湖抽干后的深渊，说起来会有多么恐怖，其实也不过尔尔。毫无疑问，很多微笑的山谷和它周围的玉米地都正好坐落在这个水位退下后的"可怕的深渊"上，尽管需要有地质学家的慧眼和远见卓识，才能说服那些一直蒙在鼓里的居民相信这个事实。一双好奇的眼睛，经常能够在低矮的地平线上的山间辨认出一个原始湖的湖岸，后来平原逐步升高，也不一定能够埋没这个事实。那些在公路上干活的人知道，下雨之后，最容易通过水洼找到低洼的洞穴。只要我们放开想象力，它就会比大自然下潜得更深、飞升得更高。因此，我们或许会发现，海洋的深度，和它的宽度相比，其实是微不足道的[17]。

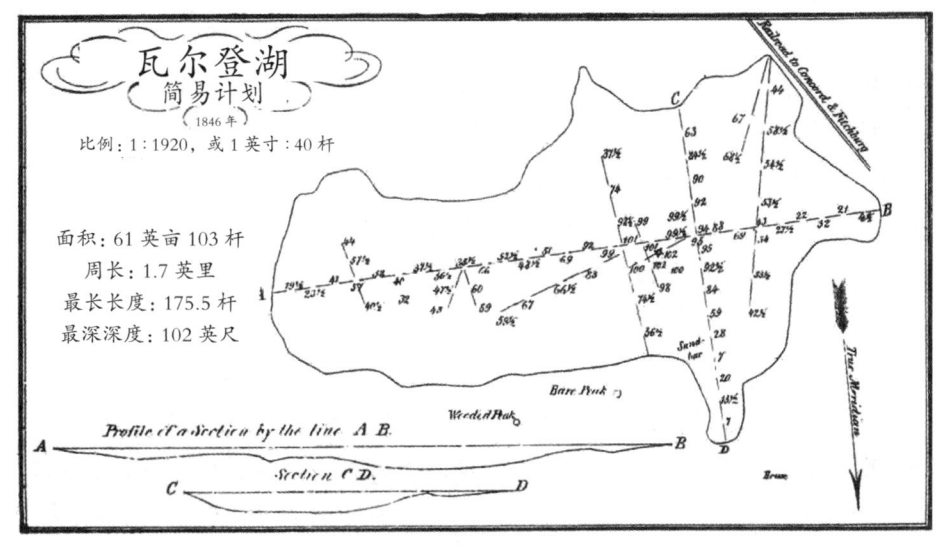

梭罗的勘测，《1846年，瓦尔登湖简易计划》（石版画；初始版为波士顿的S.W.钱德勒兄弟-S.W.Chanderland Bros.-发行）。

梭罗勘测结果在第一版中印在307页对面。梭罗的原图为16×21英寸，比例为1英寸:10杆，出版时缩减为1英寸:40杆。

我在瓦尔登湖利用冰层的回声进行测量，和测量不封冻的水面相比，能够更加精确地确定湖底的形状，瓦尔登湖的湖底总体上是十分规则的，这一点着实令我惊奇。在最深的地方，有几英亩的面积，差不多比任何经受着阳光雨露

---

[17] 大西洋平均深度为12877英尺；大西洋的宽度各有不同，巴西和利比里亚之间为1769英里，美国和北非之间为3000英里。

的耕地还要平坦。有一块地方，你可以随意选择的一条线上，在三十杆的总距离内，其深度的变化不会超过一英尺；总的来说，靠近湖心的地方，无论是哪个方向，我可以事先计算出来，一百英尺距离以内，其深度差异不会超过三四英寸。有些人习惯于说，即使是像瓦尔登湖这样平静的沙质湖，也会有深而危险的洞穴，但如果真是这样，湖水的涌流也会冲平所有高低不平的地方。瓦尔登湖底如此规则，与湖岸和周围的山丘又吻合得如此天衣无缝，我越过湖面进行声测，也能测出远处的一只岬角，观察对面的湖岸，就能够判断出它的方位。沧海桑田——岬角变成了沙洲和平坦的浅滩，桑田沧海——山谷和峡谷又变成了深潭和沟渠。

我按照十杆对一英寸的比例画出了瓦尔登湖的地图，标上了一百多个声测的结果，我发现了一个惊人的巧合。我注意到，数据表明最深的深度显然是在地图中央，我用尺子先纵向丈量，然后又横向丈量，吃惊地发现，尽管湖中心差不多是平坦的，湖岸的边线一点儿也不规则，而最长和最宽处的数据是靠测量洞穴而得到的，然而，长度最长的线和宽度最宽的线却正好在最深处相交；我自己思忖，这个办法是不是既适用于测量湖泊和水洼，又适用于测量海洋的最深处？高山等于是倒过来的山谷，这个办法，是不是也可以用来测量高山的高度？我们知道，一座山最狭窄的地方，并不是最高的地方。

五个水湾中[18]，我用声音测量过的有三个，它们在湾口都有一道岬角，里面也有深水，这样湖湾就扩充了水面在陆地上的延伸，既是横向延伸，也是纵向延伸，变成一块盆地或一个独立的湖，而两个岬角的方向就勾勒出沙洲的轨迹。海岸的每一个海湾，也在入口处有它的沙洲。从比例上看，湖湾口的宽度大于长度，沙洲处的水比湖湾里的水要深。这样，已知水湾的长度和宽度，以及周围湖岸的特点，你就有了足够的要素，可以得出一个满足所有条件的公式。

在这种经验基础上，为了看看我仅仅通过观察湖面的轮廓和湖岸的特点，

---

[18] 梭罗日记中提到瓦尔登湖的五个水湾："我的"水湾【J 8: 56】，靠近威曼草地，赫伯特·格里森（Herbert Gleason，1855—1937）曾经提及过，现名梭罗湾（Thoreau's Cove）；冰堡湾（Ice Fort）或冰堆湾（Ice Heap）【J 9: 190, 8: 168】，霍桑在他的笔记中称它为"整个湖中最美丽的水湾"；长湾（Long Cove）【J 8: 211】；深湾（Deep Cove）【J 5: 28, 9: 190, 11: 433】，格里森称之为东南湾（South East Cove）；和小湾（Little Cove）【J 11: 433】。

来猜测到湖的深度到底是不是准确,我绘制了一个白湖平面图。白湖面积大约四十一英亩,像瓦尔登湖一样,既没有岛屿,也没有可见的入水口或出水口;由于最宽处的那条线非常接近最窄处的那条线,那里两只面对面的岬角离得很近,又有面对面的两片湖湾则离得很远,我在离最窄处那条线最近、但仍然在最长处那条线上的地方标出一点,把它当作全湖的最深处。最深的一个地段在离这一点一百英尺处,比我原来预想的要更远一点,比我预测的只深了一英尺,亦即,六十英尺。当然,如果是有溪水流入,或者湖中有个岛屿,那么问题会更为复杂。

如果我们了解所有的自然法则,那么我们只需要一个事实,或者关于一个实际现象的描述,就可以推断出有关这个事实的一切具体结果。可是我们只认识到几条法则,于是,我们的结果便是混乱不清的,这不是因为自然本身的任何混乱或不规则,而是因为我们不了解推断过程中所需的基本元素。我们对于法则与和谐的理解,通常只局限于我们能够观测到的那些个例;但是,我们尚未观测到的法则数量要大得多,它们看起来互相冲突,而实际上是一致的,由此而生的和谐,也要完美得多。我们能够观察到的具体法则,就像一个旅人眼中山的轮廓,随着他行走的每一步而变化万端,尽管它绝对只有一种形状,却有无限个侧影。即使是将它劈开或者在其中钻孔,也不能够理解它的完整性。

我对瓦尔登湖的观察,同样也适用于伦理学。它是一种平均律。这种两条对径的方法,不仅可以指导我们认识星系中的太阳,还可以指导我们认识人的心灵,如果把一个人某一天特定的行为和生命的波动并集起来,画出一条通过他的海湾和入水口的最长的长度线和最宽的宽度线,那么,这两条线的交叉之处,便是他的个性的最高点或最深处。或许我们只需要知道他的海岸的走向,和他附近的乡村或环境,就能够推导出他的深度和暗藏的底蕴。如果他周围是山峦层叠的环境,就像阿喀琉斯的海滩那样[19],高峰叠嶂,反映着他的胸怀,那么这些山就说明他有深度。但是,如果他周围是又低又平的沙滩,那就说明他有些肤浅。在我们身上,一道醒目突出的眉毛、向下倾斜的额头,表明我们的思想有同样的深度[20]。我们每一道水湾前面也有一片岬角,或者特别的禀性;每

---

[19] 希腊英雄阿喀琉斯生于希腊东北部多山的塞萨利(Thessaly)。
[20] 与《从前的居民》(注86)一样,又一次提到颅相学。

瓦尔登湖

一片岬角都在某一个季节里成为我们的港湾,将我们包容其中,成为内陆的一部分。这些秉性通常并不奇怪,但它们的形状、大小和走向都取决于岸边的海角,那古老地壳上升的轴线。当这块浅滩因为暴风雨、潮汐或波浪的影响而逐步增加,或者水位下降、浅滩浮上水面时,起初只是停泊着一种思想的小浅湾,便变成了单独的一汪湖泊,和海洋分离开来,藏身其中的思想得到了自己特有的条件,或许从咸水变成了淡水,变成了淡水海、死海,或者沼泽。当每一个人来到这个世界上开始此生时,我们是不是可以设想有一道浅滩在什么地方浮出了水面?诚然,我们不是很好的航海家,我们的思想大部分产生于或者漂浮在一片没有港口的海岸,只熟悉一些诗歌海洋中的小海湾[21],或者驶向公共港口,进入科学那枯燥的码头,他们在那里仅仅是为了重新适应这个世界,没有自然的潮流赋予他们独立的个性。

至于瓦尔登湖的入水口和出水口,除了雨、雪和蒸发以外,我没有发现有别的途径,尽管如果有一只温度计和一条绳子的话,我们可以发现这样的入水口或出水口,因为有水流入瓦尔登湖的地方,可能会夏天最凉,冬天最暖。凿冰人1846—1847年在这里凿冰的时候,有一天他们送到岸上的冰块被那里堆冰的人报废了,因为它们厚度不够,没法和别的冰块一起堆放;砍冰的人这才发现,有一小块地方的冰比别的地方要薄两三英寸,这让他们猜想,说不定那里有个入水口。他们又让我看了另外一个地方,他们觉得这个地方是一个"浸洞"[22],瓦尔登湖就从这个浸洞向山下渗漏进旁边的草地,他们还把我推到一块冰上去看这个洞。这是个在水下十英尺处的一个小洞穴;但我觉得,我可以保证,除非他们找到更大的漏洞,瓦尔登湖还用不着堵什么漏洞。有人建议,如果找到了这样的"浸洞",如果想证明它和草地之间有通道,可以在洞口撒上一种彩色粉末或锯末,然后在草地的泉水上放一只滤网,这只滤网便会拦住水流冲过来的颗粒。

---

21 Bights,一种狭窄的弯道或像海湾的凹处。在他那本《瓦尔登湖》里,梭罗在"诗歌海洋中的小海湾,或者驶入公共港口,进入科学那枯燥的码头,他们在那里"这段文字旁边打了一个问号,不过不太清楚他是在质询哪个字或哪些字。

22 Leach hole,已知的唯一书面使用这个术语的地方。浸(leaching)是指液体从固体中经过或过滤。这个术语可能来自制造碱液时用来泡灰的大桶"浸桶"(leach-tub)下面的开口。

我测量的时候，厚达十六英寸的冰，在微风下会像水一样波动着。众所周知，冰上是不能用水平仪的。尽管看起来冰是牢牢地和湖岸连在一起的，可是，如果你把刻有尺度的水平仪放在离陆地一杆远的冰面上，从冰面向水平仪里看去，最大的波动幅度高达四分之三英寸。湖中心的波动可能还要更大。谁知道呢，如果我们的仪器足够精密的话，说不定能够勘察到地壳的波动呢。当我的水平仪两只脚在岸上、一只脚在冰上、视角对着冰上那一只脚时，冰上几乎无法察觉的细微升降，相当于湖对岸一株树上几英尺的差别。我为了测量湖水深度，在冰上凿洞，在深深的雪下沉了三四英寸，于是冰面上也积存了三四英寸的水；但洞一打好，水就马上流进这些洞里，接下来两天仍然一直继续流进来，把四周的冰都磨光了，而湖面却一直能够保持干燥；因为水流进洞里后，使冰面升高了，让它浮了上来。这就像在船底下凿一个洞，让水流出去。等到洞口结上冰，要是再下雨时，最后新的冰冻又给整个冰面铺上一层新鲜平滑的冰，冰里面会有美丽斑驳的黑色形状，它们是水从各个方向流向中心时的通道形成的，看起来像一只蜘蛛网，你可以称它为冰花环。还有，有时候，当冰上有很多浅水洼时，我能看见我的双重影子，一个影子的脑袋顶着另一个影子的脑袋，一个在冰上，另一个在树上或山坡上。

一月份天还很冷，积雪和冰层都又厚又硬，深谋远虑的地主乡绅就已经从村子到这里来取冰，准备夏天用来冰镇饮料了；他还有那么多事情需要操心，却在一月份还穿着厚大衣、戴着大手套时，就已经预见到了七月的酷热和口渴，这份精明真是令人印象深刻，甚至感到可悲。也可能是因为在这个世界上，他还没有积攒下任何可以在来世为他冰镇夏天饮料的财宝[23]。他在坚硬的湖面上又砍又锯，砍掉鱼儿们的房顶，拉走它们的养料和空气，用链子绑住冰块，把它们像捆好的木材那样用车拉走，穿过顺畅的冬日之风，来到冬天的地窖里，在那里为夏天做好准备。冰块从街上拖拉而过时，从远处看，就像是凝固了的蔚蓝色。凿冰人是快乐的一群人，喜欢玩笑打闹，我到他们那儿时，他们喜欢让我和他们一起在坑里锯冰[24]，他们站在上面，我站在下面拉锯。

---

[23] 典故出自《马太福音》6: 20："只要积攒财宝在天上。"
[24] 一个拉锯的人站在木材下面的坑里，另一个站在上面，有时在抬高的平台上。

瓦尔登湖

  1846—1847年冬天的一个上午，一百来个极北之人[25]降临在我们的湖上，带着很多车看起来十分笨拙的农具，雪橇、犁、播种机[26]、柴刀、铁锹、锯子、耙子等等，每个人都配置着一把尖头的双股杖，《新英格兰农民》和《种植者》都不曾提到过这种双股杖[27]。我不知道他们是来播种冬黑麦[28]，还是别的什么新近从冰岛介绍过来的谷物[29]。我没有看见粪肥，所以我猜想他们可能认为土壤很深，并且休耕时间也够长了，打算和我一样在地上点播种子[30]。他们说，在幕后操纵的是一位富裕乡绅[31]，他希望让他的收入翻倍，据我所知，他的收入已经高达五十万；但是，为了让他的美元翻番，让每一块美元上再叠上另一块，他在一个严峻的冬天又剥去了瓦尔登湖的一件外套，唉，这可是她唯一的一件外套啊。他们以令人钦佩的秩序马上开始工作：犁着、喊着、滚着、挖着，就像他们在努力把这个地方变成模范农场；但正当我睁大眼睛想看看他们往沟里撒进了什么种子时，我身边的一群人却突然开始把那片处女地钩了起来，它奇怪

---

25 极北之人（Hyperborean），希腊神话中住在北方的种族，但像此处一样，也指寒冷或极冷。

26 播种机（Drill-barrows），这种播种工具如何用来采冰，详情不清楚。

27 农业杂志《新英格兰农民》（*New England Farmer*，1822—1871）和《波士顿种植者》（*Boston Cultivator*，1839—1876）。

28 秋天播种，春天或夏天收获，但名叫冬黑麦（winter rye），因为它能活过冬天。

29 冰岛的可耕地在百分之一以下，因为气候原因，谷物很难在那里生长，所以，很明显，"最近从冰岛介绍过来的谷物"并不是文字表面说的意思，而是双关语，指冰中的纹理（grain），如《春天》一章："冰中既有木头，又有纹理。"

30 如梭罗在《豆圃》中解释的："我种了大约两英亩半高地；由于离这片地开垦出来只有十五年，而我自己也挖出了两三捆树桩，我没有施肥。"

31 弗里德里克·都铎（Frederic Tudor，1783—1864），人称"冰大王"（ice king）。尽管他下半辈子是在马萨诸塞州林市（Lynn, Massachusetts）耕种家族的土地，1805年他发明了一种将130吨冰运往马提尼克岛（Martinique）的办法。接下来十五年中，他致力于完善没有损伤地运送冰的办法，试验隔绝材料和修建冰房等，将冰块融化的损失减少了50%。他的助手纳撒尼尔·贾维斯·惠氏（Nathaniel Jarvis Wyeth，1802—1856）发明了可以轻易地砍出大量冰块的马拉冰犁。都铎和惠氏闹翻后，开始了贸易战，没有一块冰源逃脱过这场贸易战，有一小段时间，瓦尔登湖也未能幸免。1847年，每天从湖中收获的冰块大约有一千吨。

地抖了一下，一直抖到沙里，或者水里（因为那是一种非常有弹性的土壤，实际上那里的土壤都是这样的），然后他们就把原始的松软沃土放在雪橇上拖走了，我猜他们一定是在沼泽里挖泥炭。就这样他们每天伴随着火车发出凄厉的尖叫，来来去去，在我看来，他们就像一群极地雪鸟一样，在此地和北极什么地方之间来回奔忙。但有时候瓦尔登老妇也有机会报复，一个赶车的雇工跌进地上一个缺口，直冲冥府[32]而去，从前那么勇敢的一个人，突然变得奄奄一息，差不多就此丧生，于是他感激不尽地来我的房子里避难，承认炉子也还是有些好处的；要不就是有时候冰冻的土地会从犁铧下啃掉一块钢，或者犁在畦中牢牢冻住，必须凿开冻土才能挖出来。

　　毫不夸张地说，至少有一百个爱尔兰人，由扬基工头带着，每天从剑桥[33]来这里砍冰。他们将冰凿成冰块，用的办法众所周知，无需赘言[34]，他们用雪

---

[32] Tarturus，塔耳塔洛斯，希腊神话中，冥府的最低地区，在地府的深度，等于天堂的高度。

[33] 剑桥（Cambridge），查尔斯河上的小镇，在康科德东面十五英里处。

[34]《瓦尔登湖》第五版上有一段描述，梭罗后来把它删除了。富兰克林·桑伯恩在他那一本藏书协会版的《瓦尔登湖》(2: 207—208) 中编辑了这一段，见下：

　　瓦尔登湖冰雪覆盖以后，十几个人不断地忙着用各种马拉的刮冰工具，在方圆几英里的地方刮湖上的冰。两个人拉着一匹马和一只轻便切割机，——一个人小心地拉着马，另一个人扶着切割机，沿着离冰面上直拉着大约十到十二杆的绳子几英寸的地方割过去。这样就在一个平行四边形的两边割出了两道槽子。然后，各式各样的带标尺的切割机——亦即，用平行线或不带齿的板子扎成的框架连在一起的切割机，与一边或两边都保持适当距离，沿着上次割出的槽子割过去，——整个这一片终于被切成了平均二十二平方英尺的方块。

　　有人告诉我，最好的切冰机或犁价格为一百多美元，每一个回合能够切割四英寸，但马很辛苦。然后用人来用粗木锯把这个方块割成一块冰块那么宽的长条；六个人把长条沿着一道窄水道拉到装运的地方，那里站着一个人，用一个像铲子一样的凿子来砍出"冰糕"（cake），这块冰糕由两个正方体组成，大小是二十二乘以二十四英寸。最后，这些冰块会在装载船上沿着浅槽分开，这样一个人就可以对付它们。

　　水道尽头有十二到十五个人，两边各站一半，不停地将冰块搬上一（转下页）

橇把这些冰块拉上岸以后，很快就把它们拉到一块冰台上，几匹马拉着复杂的由铁钩、木块和索具组成的吊车把冰块摞上冰垛，就像码一桶一桶的面粉那样精准，然后平整地一块接一块、一排接一排地放着，就像组成了一座直指白云间的高塔的基座。他们告诉我，干得好的话，他们一天能挖出一千吨冰，这是大约一英亩冰面的产量。雪橇沿着同样的轨道滑过，在冰上和陆地上留下了深沟"浅洼"[35]，马儿都是从冰块上挖出的桶状的坑里吃燕麦。他们就这样在露天里把冰块堆成三十五英尺高、体积六七杆见方的冰堆，在靠外的冰块间铺上干草，防止空气进入；因为风虽然不是很冷，但如果它找到一条缝隙的话，会磨蚀出很大的窟窿，让这儿那儿支撑不够稳固，或者只剩下一个支点，最后让冰堆轰然倒塌。刚开始时，冰堆看起来像是一座巨大的蓝色堡垒或瓦尔哈拉神殿；但当他们开始把草地的粗糙干草塞进缝隙、干草上又盖满白霜和冰挂时，它看起来像是一座庄严的长满青苔的苍凉废墟，是由浅蓝色大理石建造的冬神的住宅，冬神就是我们在历书中见过的那个老人[36]，这是他的小房子，就像他计划和我们一起度过夏天[37]一样。他们计算过，能够到达目的地的冰不足百分之二十五，车上还要浪费百分之二到三。不过，这一堆冰里绝大部分的命运与预想的背道而驰；因为他们要么发现冰块中含的空气太多，不像预想的那样保持完好，要么是因为其他原因，这些冰块从来就没有运到市

（接上页）条狭窄的铁架子或铁道，一头沉在木头上，另一头架在雪橇上，用的是带着两个尖的杆子，一个弯尖可以拉，另一个直尖可以推。每一只雪橇拖着十四五块冰块，约两吨重，由一匹马拉到岸边，然后在那里很快就被拉到一块冰台上，马拉着盘根错节的铁杆、木块、器具把它们摞上冰垛，就像码这么多桶面粉那样精准，然后平整地一块接一块、一排接一排地放着，就像组成了一座直指白云间的石碑的基座。冰堆上有六十个人在工作，上面约三十人，下面约三十人，——大约二十人装载、拉雪橇，大约二十人砍冰、挖槽、锯冰和打洞。

35 路上的小洼（depressions）或辙印（ruts），尤其是雪中或盖住路面的冰上的小洼或辙印。

36 十九世纪五十年代的《老农历书》(*The Old Farmers' Almanac*) 在一月份那一页上把冬天描绘成一个老头儿。梭罗在《冬日漫步》中写道，"历书把冬天描绘成一个面对寒风雨雪、把大衣裹在身上的老头儿。"【W 5: 182】

37 Estivate，像某些蜗牛和软体动物一样，在休眠状态中度过夏天。

场[38]。1846—1847年冬天挖就的这个冰堆，估计重量有一万吨，最后用干草和木板盖上了；尽管1847年7月份人们把顶上揭开了，运走了一部分，其他的冰块还是在太阳底下晒着，整个夏天和那年冬天都一直在那里堆着，直到1848年9月才完全融化。瓦尔登湖这才回收了大部分湖水。

瓦尔登湖的冰，和湖中的水一样，近处放在手上看，泛出的是绿色，但从远处看是一种美丽的蓝色，你很容易把它和河里的白冰，以及离这儿四分之一英里的那些湖里发绿的冰区别开来[39]。有时候，一块冰块从凿冰人的雪橇上滑到街上，像一块大绿宝石那样在那儿一躺就是一个星期，令所有过路人都兴味盎然。我注意到，瓦尔登湖有一部分，没有结冰的时候是绿色的，而结冰以后，从同一个地方看去，就是蓝色。冬天时，瓦尔登湖周围的一些孔洞有时候会灌满和湖水有些类似的绿色的水，但第二天一结冰就变成蓝色了。水和冰中的蓝色可能是来自其中包含的光和空气，最透明处最蓝。冰真是一个很有意思的沉思主题。他们告诉我，弗莱西湖[40]的冰库里有存放了五年的冰，还是和当初一样好。为什么一桶水马上就腐化变馊，而冻结的水却一直新鲜呢[41]？人们常常说，这就是感情和理智之间的区别[42]。

就这样，一连十六天，我从窗户里看着一百个人像忙碌的庄稼汉那样，带着牛马和显然是耕作用的农具，看起来就像我们在历书第一页上看到的场景[43]；每次往窗外看，我都想到了云雀与收割者的故事[44]，或者是撒种者的比

---

38 都铎和惠氏之间的贸易战结束以后，就不再需要瓦尔登湖的冰了。
39 The Goose Ponds，瓦尔登湖东面的鹅湖。
40 弗莱西湖（Fresh Pond），在马萨诸塞州的剑桥市。
41 当时尚未发现细菌的作用，所以梭罗的问题是一个真问题，不是修辞意义上的问题。
42 爱默生在他的论文《理智》（Intellect）中说："理智就是不带任何感情，从科学的角度观察事物本身，冷静、疏远。"
43 可能是《老农历书》，封面上通常是这一类插图。
44 以不同形式出现的寓言。在《伊索和其他人的寓言》（The Fables of Æsop and Others，纽卡斯尔，1818）中它以《云雀和它的宝宝们》（The Lark and Her Young Ones）出现，在拉封丹寓言中叫《云雀和它的家庭和地主》（The Lark and Her Young Ones with the Owner of the Field）。梭罗知道民歌形式的寓言《云雀和它的家庭》（The Lark and Her Family），作者为亚瑟·波尔（Arthur Bour），或波彻尔（Bourcher），他在自己的笔记本（转下页）

喻 [45]，等等；现在他们全都走了，说不定再过三十天，我会从同一扇窗户里看着那里纯净的豆绿色的水，映照着白云和树丛，在孤独中向上蒸发，看不见任何有人曾经在那里驻足的痕迹。也或许我会看见一只孤单的潜鸟，一边潜水，梳理羽毛，一边狂笑着，或者看见一个孤独的垂钓者泛舟湖上，就像一枚漂浮的树叶，看着他的身影倒映在湖面的波浪上，不久之前，一百个人曾经在那里的冰面上稳稳当当地工作过。

就这样，从查尔斯顿到新奥尔良 [46]，从马德拉斯到孟买到加尔各答 [47]，那些溽暑中的居民似乎都在从我的井里喝水。清晨时，我在《薄伽梵歌》那宏大的宇宙哲学中 [48] 濯洗我的理智，自从这部作品写就以后，又过去了很多神年 [49]，和它比较，我们的现代世界及其文学，显得那么微不足道；我疑心，那种哲学只是过去的一种存在状态，它的崇高性离我们现在的思维是如此遥远。我放下书，走到我的井前喝水 [50]，啊！我在那里碰见了婆罗门的仆从、梵天、毗湿奴和因陀罗 [51] 的僧侣，他仍旧坐在恒河边的庙宇前读着他的吠陀经，或者带着他的干粮和水钵寄居在树下。我碰见他的仆人来给主人汲水，我们的水桶在同一

（接上页）里抄过几段，题目叫《云雀与农夫》(*The Lark and the Reapers*)。

45 典故来自《马太福音》中的几个比喻，比如这一个：

> 所以，你们当听着撒种的比喻。凡听见天国道理不明白的，那恶者就来，把所撒在他心里的夺了去；这就是撒在路旁的了。撒在石头地上的，就是人听了道，当下欢喜领受；只因心里没有根，不过是暂时的；及至为道遭了患难，或是受了逼迫，立刻就跌倒了。撒在荆棘里的，就是人听了道，后来有世上的思虑，钱财的迷惑，把道挤住了，不能结实。撒在好地上的，就是人听道明白了，后来结实，有一百倍的，有六十倍的，有三十倍的。(《马太福音》13：18—23）

46 分别在南卡罗来纳和路易斯安娜。

47 新英格兰的冰运达的印度三大主要城市（马德拉斯：Madras，孟买：Bombay，加尔各答：Calcutta）。

48 梭罗在《在康科德河和梅里迈克河流上的一周漂流》【W 1: 149】中也用同样的词汇形容《薄伽梵歌》。

49 在印度的时间循环中，神的一年等于人的三百六十年。

50 回应《创世记》24 中利百加和亚伯拉罕的仆人的故事。

51 印度教三大神（梵天：Brahma，毗湿奴：Vishnu，因陀罗：Indra）。

口井里互相碰撞过。纯净的瓦尔登湖水，和恒河的圣水融合在一起。顺风时，它漂流过传说中亚特兰蒂斯[52]和赫斯珀里得斯[53]那神奇的岛屿，沿着汉诺的航线[54]航行，从德那第岛、蒂多雷岛[55]和波斯湾的入口前漂过，融入印度洋的热带风暴，最后在亚历山大只听说过名字却无缘驻足的港口登陆[56]。

---

52 亚特兰蒂斯（Atlantis），传说中直布罗陀海峡附近大西洋底的岛屿。柏拉图在《蒂迈欧篇》(*Timaeus*)和《柯里西亚斯》(*Critias*)中将它描绘得美丽富饶，说它统治着欧洲和非洲的一部分，但雅典人在这个岛屿的国王企图征服其他王国的时候打败了它的国王，大海亦吞噬了这个岛屿。

53 赫斯珀里得斯（Hesperides），希腊神话中，位于遥远西方的蒙恩之人居住的天堂般的岛屿。

54 航线（Periplus），环岛或海岸旅行的记录。

55 沿着曾经航行到西非的迦太基探险家汉诺的航线航行。德那第（Ternate）和蒂多雷（Tidore）是香料群岛中两个岛屿，弥尔顿在《失乐园》2.639—640中把它们配成了一对："商人们从德那第和蒂多雷/带来他们的香料"。

56 亚历山大大帝把他的帝国扩张到了印度西北部，他在那里听说过恒河的故事，但他没能到达恒河。

| 春 | 天 |

凿冰人在冰上挖开了大缺口，通常会使瓦尔登湖提前开化；因为即使在寒冷天气里，风吹起的水波，也会慢慢消蚀周围的冰块。不过这一年的瓦尔登湖没有出现这种状况，因为它很快又披上了一层厚厚的冬装，取代了原来那一层旧装。瓦尔登湖更深，而且也没有流水来融化或者侵蚀湖中的冰，所以它总是比周围其他湖泊开化得迟一些[1]。我没有听说瓦尔登湖冬天开化过，只有1852—1853年冬天是例外，冬天开化对这些湖泊是一种严峻的考验。瓦尔登湖通常是在4月1日左右开化，比弗林特湖和费尔黑文要晚七到十天，它一般都是在北面和最早上冻的浅水地段开始融化。和附近的任何水域相比，瓦尔登湖都更好地反映了季节的绝对变化过程，因为气温反复无常的变化对它的影响最小。三月份连续几天奇冷，极有可能延迟其他那些湖泊的开冻，但瓦尔登湖的温度还是差不多毫不间断地继续上升。1847年3月6日放进瓦尔登湖的一支温度计，读数是32度，或冰点；靠近湖岸是33度；同一天，弗林特湖湖心是32.5度；离岸边十二杆的地方的浅水里、冰下一英尺的地方，是36度。弗林特湖中深水和浅水之前温度之差高达3.5度，再加上湖中很大一部分都很浅，说明了它为什么要比瓦尔登湖解冻得早。这段时间，浅水地段的冰比湖心要薄几个英寸。隆冬时，湖心最暖，那里的冰最薄。另外，任何一个夏天时在湖岸边淌过水的人都知道，靠近岸边只有三四英寸深的水，比离岸边远一点儿的地方要暖和得多，而在深水地段，也是表面的水比靠近湖底的水要暖和得多。春天时，太阳的作用不仅仅使空气和地球气温逐渐升高，它的热力，还会深入到一英尺或更厚的冰层里，在水浅的地方会从湖底反射上来，就这样，太阳温暖着水，从冰层下面融化冰层，太阳一面在冰上面直接化冰，一面又同时从冰层下面化冰，下面化得还更快，使冰层变得凹凸不平，冰中的气泡同时向上和向下膨胀，直到冰层变得像蜂窝一样，最后在一场春雨里突然完全消失。冰中既有木头，也有纹理，当一块冰块开始侵蚀或者"蜂窝化"，亦即，看起来像蜂窝时，不管它在什么位置，气泡总是和水面垂直的。如

---

[1] 根据梭罗的勘察，瓦尔登湖此时的深度为102英尺。

果在靠近水面的地方有一块石头或木头，其上的冰便要薄得多，并且经常被这种折射的阳光融化；我听说，剑桥有人在一个木头池子中做过实验，尽管冷空气在下面循环，能够接触到冰的两面，但从底部反射的太阳，远远抵消了这个优势[2]。冬天一场暖雨消融了瓦尔登湖上的积雪结成的冰，在湖心留下一块坚硬的黑色或透明的冰层，而靠近湖岸，则因为这种折射的热量，而形成了一条略有侵蚀但却更深的白冰，宽度达一杆或一杆以上。另外，如我所说，冰下的气泡起到了凸透镜的作用，从下面融化着冰。

一年的气候现象，每天都在湖里小规模地上演着。通常，每天清晨，浅水比深水升温更快，尽管最后的温度也不是很高，而晚上直至次日清晨，浅水降温也更快。一天是一年的缩影[3]。晚上是冬天，上午和下午是春天和秋天，中午是夏天。冰的开裂和膨胀，表明气温的变化。1850年2月24日[4]，寒夜之后一个愉快的早晨，我准备在弗林特湖度过这一天，我惊奇地发现，我用斧头砸冰时，它的回声像铜锣一样发出回响，声震周围方圆很多杆的地方，就像我击中了紧绷绷的鼓面[5]。日出一小时以后，阳光从山坡上斜射在它水面，当湖面感觉到阳光的影响时，湖就开始膨胀了；它像一个正在苏醒的人一样伸展着身子，打着哈欠，动静越来越大，一直持续三四个钟头。中午它会午休一会儿，向晚时太阳逐渐回收热力，它便又躁动一回。气候正常的时候，湖泊都会极有规律地鸣放晚礼炮。但白天时，由于缝隙很多，空气也不是那么有弹性，它完全失去了共鸣，在冰上狠砸，恐怕也吓不着鱼和麝鼠[6]。渔夫说，"湖中轰响"会吓

---

[2]《康科德自由人》1842年9月30日报道："为了明年生产冰，他们在弗莱西湖建造一个很大的水库。这个水库将把水抽进深池里，让它冻结，因为池子很浅，受的干扰也很少，这样比在湖中冻得更快。——《查尔斯顿编年史》（Charlstown Chronicle）"

[3] 梭罗在他1853年8月23日的日记中写道："一天——比如说八月的一天——和一年完全对应，又一次令我震惊。我认为，一天的晨昏变迁和一年的四季更替之间可以画出完美的平行线。"【J 5: 393】

[4] 现存的日记不能证实这个日期。

[5] 梭罗对他发现的室外音乐感到好奇的另一个例子，他在《豆圃》（注31）中提到过；他称振动的电报线"电报竖琴"（telegraph harp）【W 3: 11】，一个朋友称扔进冰冻的湖面的小石头"冰竖琴"（Ice-Harp）【J 1: 14】。

[6] 狠砸冰面，有时候会把鱼震昏，这样就容易抓到。

着鱼类，让它们不敢咬钩。瓦尔登湖并不是每天晚上都轰响，我也不能准确地预知它什么时候会响；但虽然我感觉不到气候差异，湖却能感觉得到。谁会想到这么庞大、寒冷和厚脸皮的家伙会这么敏感？然而，它有自己严格遵守的规律，应该轰响的时候就肯定会轰响，就像花蕾在春天必然绽放一样。大地依然鲜活，并且长满了乳芽[7]。哪怕是最大的湖泊，它对大气环境的变化，也像温度计里的水银球一样敏感。

吸引我到林子里生活的一大好处，就是我有了观察春天来临的奢侈和机会。湖中的冰终于开始布满了蜂窝，在上面行走的时候，脚后跟可以踩进去。雾气、雨水和渐暖的阳光在逐步融化着积雪；可以感觉得到，白天变长了；我知道，我不用再往木材堆里加柴禾就能度过冬天了，因为我用不着再生旺火了。我警觉地关注着春天的第一条消息[8]，聆听着某只来临的鸟儿的啁啾，或者是花

---

[7] 微小而敏感的突出细胞，见于身体上任何细小的乳头状突起或植物上细小的肉质突起。

[8] 梭罗的日记中记录了很多关于春天来临的迹象，如下面的例子：

1852年4月17日：春天的气息，生命在幼芽中生长的气息，大地的颂歌的气息。最早开放的花朵，比如说柳絮（catkins），不是香味最浓郁的，就像最早歌唱的鸟儿，比如说乌鸫（blackbirds）和歌雀（song sparrows），不是最好的歌手，等等。一年之始是非常谦恭的。但是，尽管这种芬芳并不浓郁，它其中却包含和预示着其他一切。【J 3: 432】

1859年3月3日：春天的觉醒是多么难以察觉啊！在某些和小溪的气温更接近的平静、泥泞的溪流中，当小溪和水沟都厚厚地冻着，地面还铺满白雪，仍旧是寒冷、严峻、刺骨的冬天天气时，某些像青苔一样充满水中的纤细的小草已经开始从水面上探出它们那细小的尖尖或叶片，沿着水面平铺出半英寸或一英寸（尽管它们可能会被冻坏了），你可以用它们来判断春天的进程已经有多远，——春天蜿蜒而至。很少人，包括植物学家，了解这些植物的生长。有些草甚至长在冰雪之下，或者是在我描述过的地方，如果它依旧有赤杨等树木遮挡的话，你（在3月2日）还能看见驴蹄草那小小的绿色半圆，伸出水面一英寸左右，有叶子，但叶子是半伸半卷，好像晚上又会缩回水下一样。我认为，这可能是春天最明显和最早的绿色。雪一开化，也能在湿润的地面看到酸模草小小的红尖叶，就像它们一直在雪底下生长一样。【J 12: 8】

栗鼠[9]的吱吱叫声,因为它的存货现在肯定差不多告罄了,或者看见土拨鼠从它的冬居里探出头来。3月13日[10],我听到知更鸟、歌雀和红翼鸫之后[11],冰还有差不多一英尺深。天气逐渐变暖时,湖水并没有把冰化掉,也不是像在河里的冰那样碎裂漂走,尽管岸边已经完全化掉了半杆远,而湖中心却只不过是变成了蜂窝状,而且灌满了水,有六英寸深的时候,你还可以把脚踏上去;但是,说不定第二天,下过一场暖雨,再飘上一阵雾,它就会完全随雾飘散,不见踪迹。有一年,我在冰面完全消失的五天之前,还走到过湖心。1845年,瓦尔登湖是在4月1日完全开冻;46年是3月25日;47年是4月8日;51年是3月28日;52年是4月18日;53年是3月23日;54年大约是4月7日[12]。

我们这些住在如此极端的气候中的人,对所有与河湖开冻、气候变化有关的事件都特别感兴趣。天气渐暖时,住在河流附近的人,晚上能够听见冰发出像炮火那样响亮的轰鸣,就像它的冰链从头到尾全部震裂,几天之内就快速消融。于是,大地颤动,鳄鱼从淤泥中爬出。有一位老者[13],一直密切观察着大自然,对大自然的一切行止都了如指掌,就像在他还是一个小孩子的时候,他就把大自然放在造船架上[14],他曾经帮助她置放龙骨,现在,他已经完全成熟,即使他活到玛土撒拉那个岁数[15],也很难再得到更多的有关大自然的故事了,——

---

9 The striped squirrels,几种背上有条斑的小啮齿动物中的一种,不过梭罗用来指这个名字最常见的用法,即东部花栗鼠(the Eastern chipmunk)。他在《在康科德河和梅里迈克河流上的一周漂流》中更具体地点明了这种动物:"有斑纹的松鼠,学名 Sciurus striatus(Tamias Lysteri)"【W 1: 205】,《森林树木延续》中也提到过:"秋天时,有斑纹的松鼠嘴里被一大堆坚果塞得满满的,这种场面是多么常见啊!这种动物的学名 Tamias,或保管员,来自它储存坚果和其他种子的习惯。"【W 5: 198】

10 1846 年。

11 美洲红翼鸫(red-winged blackbird),学名 Agelaius phoeniceus。

12 这些日期再次证明《瓦尔登湖》不是精确记录梭罗在瓦尔登湖居住的生活,也不应该当作这样的精确记录。根据他的日记,梭罗于1854年3月28日收到了《瓦尔登湖》的校样,他在这里包括"4月7日",表明他在把校样还给出版社之前还一直在校订和更新文字。没有现存的日记表明他是否记下了瓦尔登湖1848—1850年开冻的情况。

13 身份不明。

14 Stocks,建造船只期间船身停放的支架或木材。

15 据《创世记》5:27:"玛土撒拉共活了九百六十九岁就死了。"

这位老者告诉我一桩事，听到他这样表达对自然现象的奇妙，我还着实有些吃惊，因为我以为他对大自然已经见怪不惊了。他告诉我，春季的一天，他拿出了枪支，开出了船，想去打鸭子玩儿。草地上仍然还有冰，但河里早就一点儿没有了，他从他居住的萨德伯里[16]一路畅通地朝着费尔黑文驶过来，意外地发现那里大部分地方还覆盖着坚实的冰层[17]。那天很暖和，所以他看到那么一大块冰依然还在就有些吃惊。他一只鸭子也没看见，于是就把船藏在湖中一座小岛的北面，或者说是背面，然后自己藏在南面的灌木丛里等它们。冰化到了离岸三四杆的地方，有一片平静暖和的水面，加上鸭子喜爱的泥泞的湖底，他想，可能很快就有鸭子要过来了。他在那里静静地潜伏了一个钟头以后，听见了一阵低低的似乎非常遥远但又特别宏伟雄壮的声音，这声音不同于他听过的任何声音，这声音逐步扩大、增强，就仿佛有一种无处不在、令人难忘的尾声，那是一种沉闷的奔腾怒号，有一刹那听起来就像是一大群鸟儿飞来栖息的声音，于是他抓起枪，激动地匆忙站起来；但他吃惊地发现，他躺在那儿那么一会儿工夫，整个冰面都在开始向湖岸漂移，他听见的声音，是冰面的边缘摩擦岸边发出的声音，——开始是轻轻地咬啮崩裂，最后终于高高拱起，冰块飞溅起来，沿着小岛撒下碎片，然后终于平静下来。

终于，太阳的光线转到了合适的角度，暖风吹开了雾气和雨水，融化了雪堆，太阳驱散了浓雾，微笑着编织着云蒸霞蔚的赤褐色和白色的风景，旅人沐浴着阳光，从一座小岛穿行到另一座小岛，千百条小溪哗啦啦流淌的音乐为他助兴，溪流的血脉中充满着冬天的血液，载着冬天流淌而去。

我往村里去时，路上要经过铁路路基上一道深沟，正在融化的泥沙沿着深沟流下时形成各种各样的形状[18]，观察这些形状是我的一大快事，这种现象以这么大的规模出现是很不寻常的，尽管自从铁路发明之后，包含着同样材料的、新裸露在外的堤岸的数量大大增加了。这种材料就是沙子，有粗有细、色彩斑斓，通

---

16 萨德伯里（Sudbury），紧靠康科德西南面的小镇。

17 The field of ice，形容北极地区的大片冰块的技术词汇。

18 根据梭罗在这一章后面的问题"人不是一块正在融化的黏土又是什么"，此处与人有关。人融化的形象，可以在他早期一首诗中找到："我在大路旁欣然伸展 / 和正在融化的雪一起消融流淌。"【W 5: 409】

常夹杂着一点黏土。春天霜降时,甚至在冬天冰雪消融的日子里,沙子会像岩浆一样从山坡上淌下,有时候会从雪中倾斜而出,流淌到以前从来没有沙子的地方。数不清的小溪流互相重叠交叉,结果是一种杂交产品,看上去一半是水流,一半又是植物。溪水流淌时,形状像多汁的树叶或藤蔓,形成深度达一英尺或者更深的泥糊糊的繁茂树丛,你居高临下看下去时,它像是锯齿状的[19]或鳞片状有规律地排列的[20]苔藓[21];或者它会让你想起珊瑚、豹掌或鸟爪,想起大脑、心肺或腑脏,以及各种排泄物。这种植物确实很怪异,我们在古代的青铜器上看到过它们的形状和颜色,一种比毛茛叶、菊苣根、常春藤和葡萄藤都更古老的建筑学上的装饰叶纹[22];或许,在某些情形下,注定要令未来的地质学家感到迷惑不解。整个切面,在我看来就像一个将所有的钟乳石都裸露在外的洞穴。沙子的各种颜色特别丰富宜人,包括不同的铁锈色、棕色、灰色、黄色和红色。奔泻的沙石流到达坡底时,就平铺开来形成**浅滩**,分别流动的溪流各自失去了它们那半圆的形状,慢慢变平变宽,由于有更多的水分,它们汇集到一起,直到组成一片差不多完全平坦的**沙滩**,沙滩上仍然有各种各样美丽的色彩,但你还能分辨出植被最初的形状;直到最后,到了水中时,它们变成**堤岸**,就像那些在河口形成的堤岸,湖底的涟漪中,再也看不见植被的形状。

整个堤岸高达二十到四十英尺,春天时,有时候一日之间就会出现大量这种叶饰,或者叫沙流,有时候在堤的一面,有时候两面都有,绵延达四分之一英里。这种沙叶最惊人之处,就在于它出现得如此突然。当我看到一个小时之间,这边的岸上依然如故(因为太阳首先只照到一边的岸上),而另一边的岸上却是如此华美的叶丛,我便有一种奇怪的感觉,好像自己是站在那个创造了世界和我的艺术家的实验室里[23],我正好来到他正在工作的地方,他在这条堤

---

19 植物学概念:边缘切成深深的不规则的叶片(the laciniated)。
20 Imbricated,植物学概念:像蛇皮一样重叠着。
21 Thalluses,茎、根、叶均未分离的简单植物。
22 这些都是用于建筑装饰主题的树叶。毛茛叶(acanthus)和其他一些叶子被用在科林斯式石柱(Corinthian columns)柱头的传统建筑中;菊苣叶(chicory)见于十五世纪哥特式装饰之中;常春藤叶(ivy)用于伊特鲁里亚(Ethuscan)和希腊罗马设计中;葡萄叶(vine)在早期基督教和拜占庭建筑中很流行。美国国会建筑中装饰着玉米和烟叶。
23 与梭罗在《简朴生活》一章中对生活的描述相呼应的说法,指一种试验。

岸上游戏，带着过剩的精力，尽情挥洒着他的最新设计。我觉得自己似乎更加接近地球的命脉，因为这道沙流有时候是这样一种叶状体，就像动物身体的命脉一样。于是，你就期待着在沙子里发现植物叶子。怪不得地球用叶子来表达自己的外在形象，因为叶子就是它内在的意念。原子已经学到了这条法则，并且因为它的作用而感孕。高高挂起的叶子在这里看到了它的原型。里面，不管是在**地球**里还是在**动物身体**内部，都有一种潮湿的厚叶片，这个词尤其适用于肝、肺和脂肪瓣，（希腊语的λείβω，拉丁语的 labor[24]，失去，向下流或向下滑，流失；希腊语的λοβος，拉丁语的 globus，叶，地球；还有下摆，拍打，等很多词汇）[25]，表面上看是一片薄薄的干叶（leaf），尽管 f 和 v 都是压干了的 b。Lobe（叶）的根是 lb，b 的软体（单叶，或 B，双叶）后面带着液态的 l 把它往前推。Globe 中，glb，喉音 g 为以咽喉的能力增强了词的含义。鸟的羽毛和翅膀是更干更薄的叶子。就这样，你就能从地球上笨拙的幼虫，蜕变成轻快飘逸的蝴蝶。地球不停地超越和解构自己，在轨道上生出双翼。即便是冰，开始冻结的时候也是精致的水晶叶片，仿佛它是流进水生植物的叶子在水面镜子上压出的模子。整株树本身也只不过是一片叶子，河流是更大的叶子，它的肉质部分是其间的大地，而城镇则是它们叶腋上的虫卵。

太阳落山后，沙子便不再流动，不过第二天早晨，小溪又开始流淌，并且不断分叉，变成无数溪流。你在这里或许能够看见血管是怎样形成的。如果你仔细观察，你会看到，首先是从融化的冰水中冲出了一条软化了的沙流，最前面的顶端像一个水滴，有点像人的手指头，慢慢地找寻着它的方向，盲目地往下流去，直到最后，太阳渐渐升高、热量更多、水分更大时，它最灵动的部分遵守着连最惰性的部分也遵从的法则，于是与惰性部分分离开来，自己在其中形成了一条弯曲的管道或动脉，其中能够看见，一条银色的溪流像闪电一样从一种枝叶变成另一种枝叶，不久就被沙流吞噬了。沙子就这样快速完美地一边流动一边造型，利用流沙体中最好的材料，筑起它的渠道那清晰的边缘，真是太神奇了。这就是河流的源头。水中沉淀的硅质可能就是骨骼系统，更精

---

[24] 拉丁动词 labor。
[25] 梭罗很多词源来自爱默生《自然》一书中的《语言》一章："1. 词语是自然事实的标记。2. 特定的语言事实是特定的精神事实的象征。3. 自然是精神的象征。"

致一些的土壤和有机物质则是肌肉纤维或细胞组织。人不过是一团解冻的黏土，除此之外还能是什么[26]？人的手指头，不过是一滴凝结的水珠。手指和脚趾从一团解冻的躯体中流出，流泻到了极限。谁知道在更和煦的天堂里，人类的躯体会伸展流淌成什么样的形体？人的手上有叶片和经络，手掌不就是伸展的棕榈树叶吗[27]？我们可以把耳朵假想成长在头的侧面的地衣，就是石耳（umbilicaria）[28]，有耳垂或耳坠。嘴唇（拉丁语 labium，或许来自 labor）环绕着洞穴般的嘴巴。鼻子明显是凝聚的水滴或钟乳石。下颏是更大的一滴水，是脸的水滴的结果。脸颊是从眉毛下滑到脸的山谷，被颊骨挡住后对称着向左右扩散。植物叶子的每一片圆圆的叶垂，也是一颗或大或小的厚厚的、缓缓游动的水珠；叶片是叶子的手指；叶子分出多少叶片，就会向多少个方向流淌，如果有更多的热量，或者其他条件更加适宜，它会流得更远。

　　这样看来，一面山坡就反映了所有大自然行为的原则。这个地球的创造者只不过是获得了创造一片树叶的专利权。哪一位商博良[29]会为我们辨读这一篇象形文字，让我们终于能够翻过新的一页[30]？这种现象，在我看来，比葡萄园的繁茂和丰收都更加令人振奋。诚然，这从本质上看像是大自然的排泄过程，还有那些肝、肺[31]和腹腔无穷无尽地堆积起来，就像地球把五脏六腑都翻转过来了。但是，这一点至少说明地球是有心肝的[32]，又是人类之母[33]。这是从大地上生出来的霜；这是春天。它出现在绿色和鲜花绽放的春天之前，就像神话出

---

26 典故来自几段《圣经》经文中的任何一段，如《以赛亚书》64：8 中的"我们是泥"，《约伯记》33：6 中的"我在神面前与你一样，也是用土造成"。

27 "Palm"这个词的两种含义——手掌和棕榈树，都是来自拉丁词 palma。

28 Umbilicaria，一种叶状脐状地衣（来自拉丁语的 umbilicus，肚脐）。

29 让-弗朗索瓦·商博良（Jean-François Champollion，1790—1832），法国埃及学家，他破解了罗塞塔（Rosetta）石碑的密码，提供了了解埃及象形文字的契机。

30 这个十六世纪说法，指的是翻过一本书的一页或一张纸。

31 Liver lights，肺。

32 腹腔（the bowels）曾被认为是感情和同情所在之处，如《歌罗西书》3：12："怜悯、恩慈、谦虚、温柔、忍耐的心"。

33 指将大自然母亲当作人类的新母亲，而不是将夏娃以及后来的耶稣的母亲玛丽当作人类的母亲。

现在寻常诗篇之前。在我看来，要想驱除冬天的烟熏和消化不良，它是最有效的办法。它使我相信，大地球仍旧身在襁褓之中，将它那婴儿的手指伸向四面八方。最光秃的头上，长出了卷曲的新毛发。天下万物都是有机之物。这些叶状堆像炉渣一样沿着溪岸堆积着，表明地球内部正在"全面爆破"[34]。地球不仅仅是过往的历史的一个片段，像一本书的书页那样一层一层地排布，主要供地质学家和古物专家们来进行研究，而是活生生的诗篇，像树叶一样，它先于花朵和果实，地球不是已经成为化石的地球，而是活生生的地球；和地球伟大的中心生活相比，所以动物和植物的生命都不过是寄生而已。它的阵痛会把我们的躯壳从坟墓中抛出来。你可以熔化你的金属，把它锻造成你能锻造的最美丽的模型；但它们永远也不会像这些融化了的大地冲出来的形状这样令我兴奋。不仅是融化了的地球，而且，地球上面的所有制度，也会像陶匠手里的黏土一样，都是灵活多变，可以随意塑造的[35]。

不久，不光是这些沙岸，而且在每一道山冈，每一片平原和每一块洼地，冰霜像一只冬眠的走兽爬出洞口那样，破土而出，在音乐的陪伴下寻找着大海，或者是随着云朵飘往其他的气候区。融雪大叔那温和的劝说，比抢着大锤的雷神托尔大叔[36]更有力量。前者融化冰雪，后者只不过是把它砸成碎片。

地面上有一部分没有积雪了，一连几天的暖和天气，多少把地面晒干了一些，新的一年初现出温柔的迹象，而承受过冬天的枯萎植被则显示出庄严的美丽，两者相映成趣，这是一件多么令人愉悦的乐事，——鼠曲草，麒麟草，半日花，以及各种优雅的野草，甚至常常比在夏天时更加明显，更加有趣，就像它们的美只有到此时才能成熟；甚至还有羊胡子草、香蒲、毛蕊花、金丝桃、绒毛绣线菊、绣线菊和其他一些硬茎植物，那些款待最早到达的鸟儿们的取之不尽的粮仓，至少在大自然冬季暂时寡居时穿着的寡妇草[37]。我特别喜欢莎草那

---

[34] 最大功率，来自高炉中的热气流。

[35] 可能典故出自《耶利米书》18：6："泥在窑匠的手中怎样，你们在我的手中也怎样。"

[36] 托尔（Thor），北欧神话中的雷神。新英格兰地区的发音，Thor 和 thaw（化冰）听起来差不多一样，使它更像一个双关语。

[37] Weeds，双关语：任何排挤栽培植物的植物，但也指寡妇的丧服。

弯弯的、一捆一捆那种形状的顶端；它让我们在冬天回忆起夏天，也是艺术家乐于描绘的对象，在植物王国里，它和天文学一样，对人类思想的发展产生过同样的影响。它是一种古老的风格，比希腊或埃及的语言更加古老。冬天的很多现象，都表现出一种难以言说的温柔和脆弱的精巧。我们常常把冬季之王描绘成一个粗暴和狂叫的暴君；其实，他是以情人的温柔装扮着夏天的秀发。

春天来临时，红松鼠在我坐着读书写作的时候成双结对地来到我房子底下，正好在我脚下，不停地发出唧唧喳喳、吱吱嘎嘎的声音，那声音要多怪有多怪；我跺脚时，它们叫声更大了，好像在它们那疯狂的恶作剧里已经不再有恐惧和尊敬了，完全抗拒人类想阻止它们的企图。不行，你管不着——吱吱，吱吱[38]。它们完全听不见我的抗议，或者是没有想到自己有多烦人，开始发出一连串咒骂，令我无力招架。

春天的第一只麻雀！一年在最年轻的希望中开始！从部分裸露和湿润的田野里，传来知更鸟、歌雀、红翼鸫那隐隐约约的啁啾，就像冬天最后一点雪花飘落时叮当作响！这样的时光，历史、编年史、传统，所有的启示录又算得了什么？溪流对着春天唱着颂歌和欢乐颂。在草原上低飞的白尾鹞，已经开始寻找最先醒来的泥中的生物。四处的山谷里，都能听见融雪坍塌的声音，湖中的冰在快速融化。青草像春天的火一样在山坡上燃烧，"et pirmitus oritur herba imbribus primoribus evocate（早春时雨催草生）"[39]，就像地球发出内部的热力，迎接太阳归来；它的火焰不是黄色的而是绿色的；那是永恒的青春的颜色，草叶宛如长长的绿色丝带，从草地飘向夏天，尽管时不时还有霜冻的干扰，但不久之后又奋然前行，从去年的干草之中，又勃发出鲜活的生命。它不停地生

---

38 Chikaree，十九世纪对红松鼠（Tamiasciurus hudsonicus）的通称，来自其叫声。《在康科德河和梅里迈克河流上的一周漂流》中，梭罗形容红松鼠"从松树顶上用它特有的那种叫声警告我们，就像给一个特别强劲的钟上弦一样，它躲在松树干后面，或者那么小心灵巧地从一棵树跳到另一棵树上，仿佛它的生命就取决于它的判断是否准确一样，有时候，它会那么快速、那么毫无误差地跟着我们在油松树丛中奔跑，有时候一跑就是二十杆远，看起来像是它惯常的轻车熟路；我们走过以后，它马上又回头去忙着剥松果，让果子落到地上"【W 1: 206】。

39 拉丁语："早春时雨催草生（the grass which is called forth by the early rains is just growing）"，来自瓦罗的《论农业》2.2.14。

瓦尔登湖

长，就像地里的泉水淙淙冒出。青草和泉水差不多完全一样，因为在六月的生长期，泉水干涸时，草叶就是它们的渠道，年复一年，动物们啜饮着永久性的绿色泉水，不久以后，割草人就及时从里面收割动物们冬天的口粮。我们人类的生命即使是死亡了，但根仍然还在，仍旧能够长出绿色的叶片，直到永恒。

瓦尔登湖正在迅速融化。北面和西面已经有一道两杆宽的水道，东面就更宽了。一大片冰已经从冰面主体上裂开了。我听见一只歌雀从岸上的树丛里鸣叫，——唧唧，唧唧，唧唧，——啾，啾，啾，吱吱，——吱呜，呜，呜。它也在帮着破冰[40]。冰沿上那些长长的弯曲波纹是多么优美啊，似乎是在和岸边的波纹遥相呼应，却又更为规则！因为最近有一段短暂的严寒，冰沿异乎寻常地坚硬，就像宫廷的地板那样有着波浪起伏的花纹。但是劲风徒劳地自西向东吹拂着它冻结的表面，直到越过它以后，才能吹及另一面流动的水面。这一道水带，在阳光下看起来是那么光彩夺目，瓦尔登湖裸露的湖面上充满着欢乐和青春，就像它在述说着湖中的鱼儿和岸边的沙子的喜悦，它发出一道像雅罗鱼的鱼鳞那种银色的光泽，就像整个湖面就是一条活鱼一样。这就是冬天和春天的区别。瓦尔登湖曾经死去，现在又复活了[41]。不过今年春天，正如我所说，瓦尔登湖开化得更加缓慢一些。

风暴和冬天转为宁静温和的天气，黑暗和迟缓的日子变成明亮和灵巧的时光，对万物都会是一个难忘的激变。它似乎是在一瞬间发生的。突然，光线就充满了我的房子，尽管夜晚已经来临，尽管冬天的乌云依旧悬浮在我的房顶，尽管屋檐下还在滴滴答答地滴着冻雨。我从窗户里看出去，啊！昨天还是冰冷的灰色冰面，今天已经是透明的湖面，像夏夜一样平静，充满着希望，湖心反射着夏日的夜空，尽管头顶上并没有夏日的夜空，只不过是瓦尔登湖从某个遥远的地平线得到了消息。我听到远处有知更鸟的歌唱，我想，这是我几千年以来又一次听到它的歌唱，再过几千年，我也不会忘记它的歌唱，——它那和昔时一样甜蜜和动人的歌唱。哦，新英格兰夏日将尽时，黄昏时的知更鸟！我何

---

40 Crack the ice，双关语，打破冰层，亦即，搭茬，开始交谈。
41 回应圣经中的复活，如《路加福音》15:24（"因为我这个儿子是死而复活，失而又得的"），和《启示录》2:8（"你要写信给士每拿教会的使者，说：'那首先的，末后的，死过又活的'"）。

春 | 天

时才能找到它栖息的那一根树枝！我说的是那一个它；我说的是那一根树枝。至少这一只不是美国知更鸟[42]。我房子周围那些油松和橡树丛，本来是一直耷拉着的，现在突然恢复了它们的各种本色，看起来更亮、更绿，更挺拔鲜活，就像雨水有效地冲刷了它们，使它们恢复了生机。我知道雨不会再下了。你看看森林中随便哪一根树枝，哦，不，只要看看你的柴堆，就知道冬天有没有过去。天色渐黑，在林中低飞的雁群惊动了我，它们像疲惫的旅人一样，从南方的湖泊那里迟迟到达，终于能够毫无顾忌地互相埋怨和安慰。我站在门口，能够听见它们扇动翅膀；靠近我的房子时，它们突然看见了我的灯光，于是遽然噤声，在湖中盘旋着降落。我走进屋，关上门，度过了我在林中第一个春天的夜晚[43]。

清晨，我从门里透过薄雾，看着大雁在湖中心五十杆以外的地方游弋，它们那么大，那么闹腾，瓦尔登湖看起来就是一个专门供它们玩耍的人工湖。但我一站到湖岸上，它们马上听从头雁的呼唤，扑打着翅膀飞了起来，排成队列在我头顶上盘旋，总共二十九只，然后就冲着加拿大直飞而去，它们的头雁定期发出"嘎嘎"的叫声，估计它们会在泥泞的水坑里吃早饭。听到它们那些更吵闹的近亲们的动静，一"小群"[44]鸭子也同时飞起，往北飞去。

有一个星期的时间，在浓雾迷蒙的清晨，有时候我能听见一只寻伴的孤雁试试探探的叫声，这个小树林无法养活这样大的生灵，而它的声音还是在整个树林中回响。四月份，又能看见小群小群的鸽子飞过，不久就能听见灰沙燕在我门口的空地上逡巡，这倒不是因为镇里灰沙燕太多，可以匀给我一些，我设想它们属于某个独特的古老品种，在白人到来之前就已经住在树洞里[45]。几乎在

---

42 美国迁徙画眉（American migratory thrush），通称知更鸟（a robin）。学名 Turdus migratorius。

43 由于梭罗是1845年7月搬入瓦尔登湖的，这一年应当是1846年。前面那一段在他日记中的日期是1846年3月26日。

44 "Plump"，一小群。

45 有几个梭罗可能知道的住在树洞中的先例。七世纪的圣者根特的巴夫（Bavo of Gent）和格兰达洛的凯文（Kevin of Glendalough），十三世纪的圣西蒙·斯多克（St. Simon Stock），都在树洞里住过一阵子。根据中世纪传说，梅林（Merlin）曾经被关在布罗塞利昂德森林（the Forest of Broceliande）的一只树洞里。先驱者们在建造（转下页）

任何气候区里,乌龟和青蛙都是春天捷足先登的先驱,鸟儿们抖擞着闪闪发亮的羽毛歌唱着飞过,植物生长开花,风儿轻吹,调整着地球南北两极的轻微震荡,维持着大自然的平衡。

季节轮换,每一个季节对我们来说都是最好的季节,春天来临,更像是宇宙从混沌中诞生[46]和黄金时代的到来。——

> "Eurus and Auroram, Nabathæaque regna recessit,
> Persidaque, et radiis juga subdita matutinis." [47]
> "东风退回到极地和纳巴泰王国[48],
> 波斯,和山脊都沐浴在晨曦之下。"[49]

* * * *

> "人诞生了。不知是那万物的创始者,
> 一个更好的世界的起源,用神圣的种子
> 创造了他;

(接上页)定期住所前,有时也住在树洞里。梭罗描述伐木工在"车桑库克"(Chesuncook)的小棚子"与树洞亦相去不远"【W 3: 319】。他在《动物邻居》和《结语》中也提到过树洞。在1858年5月15日的日记中,梭罗写道:
> 丈量了贝德福德和费奇的磨坊(Fitch's mill)之间的路旁的两棵苹果树。其中一棵在地面分叉的树周长有十三点五英尺;另一株在路对面的田里的树,在尺寸上最为惊人。这棵树就其树干的大小来说相当矮,而树顶也比较小。离地三英尺的地方,其周长达十又四分之一英尺,然后马上又长出一根和一株大苹果树一样大的树枝。树是空心的,树干一边的树皮已经脱落。显然,这些树表明有一个人在这里住过。【J 10: 422】

46 根据希腊神话,宇宙(Cosmos)是从一种尚未成型的原始混沌状态(Chaos)中创立的。

47 引自奥维德《变形记》1.61—62。

48 纳巴泰(Nabataean),叙利亚和阿拉伯之间的地区,在幼发拉底河到红海之间,公元前312年至公元前105年独立,直到该年被罗马人征服。

49 梭罗翻译的前面的拉丁文对句。

还是地球新近刚刚从高高的太空中

分离，保存了天堂的一些相近的种子。"[50]

    一场细雨，就能让草地添上好几层绿意。新思想不断涌现，也使我们的前景更为光明。如果我们能够永远生活在当下[51]，有效地利用所有发生在我们身上的一切偶然，就像青草坦然承受落在它身上的最轻微的露水的滋润，而不是把时间荒废在为了失去机会而悔恨的话，还要说这样才是承担责任，那我们就有福了。春天已经来临，而我们依旧在冬天流连。在一个宜人的春天的早晨，人的一切罪恶都得到了宽恕。这样的日子是邪恶休战的日子。当阳光如此燃烧时，最恶毒的罪人也可以回心转意[52]。通过我们重新发现的纯真，我们能够分辨出我们邻居的纯真。你所认识的邻居，昨天可能是一个小偷、醉汉或好色之徒，你只是可怜或鄙视他，对世界绝望；但春天这第一个早晨，太阳又明亮又温暖，重新创造了世界，你碰见他在从事某一项安详的工作，看见他疲惫和鼓胀的经脉快乐地扩张，祝福着这新的一天，用婴孩的童真感受着春天的魔力，于是他所有的过错都得到了原谅。他周围不仅有一种善意的氛围，而且甚至还有一种急于表达的神圣，或许像新生的本能一样盲目和徒然，有一个短暂的时辰，向南的山坡上不会回荡着粗俗的笑话。你能看见一些纯真的嫩芽，正准备从他粗糙的皮囊中生长出来，尝试又一年的生活，像最新生的幼苗一样柔嫩新鲜。即使是他，也能享受到他的主人的快乐[53]。狱卒为何不打开监狱的大门，——法官为何不驳回他的案件，——牧师为何不解散他的会众！这是因为他们不听从上帝给他们的提示，也不接受上帝慷慨地提供给他们的宽恕。

---

50 梭罗翻译的奥维德的《变形记》1.78—81。

51 梭罗早年写过一首诗，开头是

    我寻找当下，

    别无他求，

    活在今天。——【J 1: 409】

52 典故来自艾萨克·沃茨（Isaac Watts, 1674—1748）的《赞美诗和灵歌》(Hymns and Spiritual Songs) 1: 88：" 当举起点燃的灯烛时 / 最恶毒的罪人也可以回心转意。"

53 典故出自《马太福音》25: 21 和 25: 23："可以进来享受你主人的快乐。"

"是其日夜之所息，雨露之所润，非无萌蘖之生焉，牛羊又从而牧之，是以若彼濯濯也。人见其濯濯也，以为未尝有材焉，此岂山之性也哉？虽存乎人者，岂无仁义之心哉？其所以放其良心者，亦犹斧斤之于木也，旦旦而伐之，可以为美乎？

"其日夜之所息，平旦之气，其好恶与人相近也者几希，则其旦昼之所为，有梏亡之矣。

"梏之反复，则其夜气不足以存；夜气不足以存，则其违禽兽不远矣。人见其禽兽也，而以为未尝有才焉者，是岂人之情也哉？"[54]

"黄金时代初创，没有任何复仇者
同时也没有法律珍视的忠诚和正义。
没有惩罚和恐惧；也没有威胁之辞
镌刻在青铜之上；没有哀求的人群
恐惧他们的法官的话语；
没有复仇者亦安全无虞。
倒在山上的松树还没有降落到
它们能够看见异国的汹涌波涛，
凡人只知道他们自己的海岸。

只有永恒的春天，宁静的和风
吹拂着没有种子就诞生的花卉。"[55]

4月29日[56]，我在九亩地角桥[57]附近的河岸边钓鱼，我站在麝鼠出没的凌风草和柳树根之间，听见一声很特别的响动，就像男孩子们用手打节拍的小棒发

---

54 梭罗翻译的孟子，译自鲍狄埃的法文译文《孔子和孟子》。（译者注：原文见《孟子·告子上》。）

55 梭罗翻译的奥维德的《变形记》1.89—96，107—108。

56 现存文件无法判明这是哪一年。

57 九亩地角桥（the Nine-Acre-Corner bridge），在康科德镇西南部。

出的声音[58]，我抬起头来，看见一只非常轻盈优雅的鹰[59]，看起来像一只夜鹰[60]，像波浪起伏一样，反反复复地一会儿高飞，一会儿又下跌一两杆[61]，它展露出翅膀的背面，像阳光下的彩色丝带或贝壳那珍珠般的内壳一样，熠熠闪光。这个景象让我想起了猎鹰的训练，这项运动多么高贵，多么富有诗意。它看起来应当是叫灰背隼[62]，不过我并不在意它叫什么。那是我亲眼目睹过的最超凡脱俗的飞翔。它不是像蝴蝶那样扇动翅膀，也不是像大点儿的鹰那样高飞，而是骄傲地凭借着气场在空中飞翔；它一边发出奇怪的叫声，一边反复飞升，自由而美丽地再次下落，像鸢鸟一样上下翻飞[63]，然后又从它那高贵的下滑中回升上来，仿佛它从来不曾驻足在陆地上一样。它在那里独自飞翔，仿佛在宇宙间全无伴侣，除了清晨和它所戏耍的太空之外，其他的什么都不需要。它并不孤独，但却让它身下的整个地球感到孤独。那孵化它的母亲，它的同类，它天上的父亲都在哪里？它是天空的居民，和地球的联系，不过是它曾经是一枚鸟蛋，某个时候在岩石的缝隙中孵化；也或许它本来的鸟巢是在白云的角落，用彩虹的丝带和夕阳下的天空编织而成，点缀着地上蒸腾而上的仲夏那柔和的雾霭？它的鹰巢现在是峭壁般的白云。

除此之外，我还钓到了一串很罕见的金色、银色和明亮的黄铜色的[64]鱼，看起来像一串珠宝。啊！多少个早春的清晨，我曾经走进这些草地，从一座小丘跳到另一座小丘，从一株柳树根跳上另一株柳树根，旷野中的河谷和树林沐浴在那么纯洁和明亮的光芒中，如果逝去的人是像人们想象的那样一直在坟墓中安睡，那么，晨间的光芒一定能够将他们唤醒。这是证明确实有永生不朽的最强有力的证据。在这样的光芒里，万物都必定生长。死啊！你的毒钩在哪里？坟墓啊！你得胜的权势又在哪里[65]？

---

58 打节拍的小棒，拍板（clappers）或骨头（bones），用作打拍子的小棒子。

59 雄鹰（Circus cyaneus）。

60 拉丁学名 Chordeiles minor。

61 交配季节表现出的行为。

62 灰背隼（the Merlin），鸽鹰（Falco columbarius）。

63 鸢鸟（Kite），鹰科中任何一种鸢鸟，有长长的、通常是分叉的尾巴，长长的尖翅膀。

64 Cupreous，铜色。

65 典故来自《圣经》中的《哥林多前书》15：55："死啊！你的毒钩在哪里？（转下页）

瓦尔登湖

　　假如没有周围环绕着的未开发的森林和草原，我们的乡村生活将会停滞。我们需要旷野的滋补[66]，需要时不时在麻鳽[67]和秧鸡[68]出没的沼泽中跋涉，聆听鹬鸟振动翅膀的声音[69]；呼吸悉悉索索的莎草的气息，莎草中，只有更有野性和孤独的鸟儿才会在那里筑巢，而水貂则腹部贴近地面从中爬过。我们潜心研究和学习这一切，同时又希望万物都是神秘和不可开发的，希望大地和海洋都是无限蛮荒的，我们尚未丈量、尚未测量，因为它们本身就是不可测的。大自然永远不会使我们厌倦。看见无穷无尽的自然力量，广袤巨大的地貌，海岸和岸边的沉船，充满正在生长和腐朽的树木的旷野，电闪雷鸣的暴风雨云，持续三个星期、引起山洪的暴雨，都会令我们振奋一新。我们需要目睹我们超越自己的局限，在我们从未涉足的地方，有某种生命在自由徜徉。看见秃鹫[70]吞吃让我们恶心反感的腐肉、却从这样饮食中得到健康和力量的时候，我们应当感到欣喜[71]。通往我房子的路上有块洼地，里面有一匹死马，有时候使我不得不绕道

（接上页）坟墓啊！你得胜的权势在哪里？"

[66] "野生的万物离善多近啊！"梭罗在《漫步》中写道："生命中包含着旷野。最有生机的是最野性的。尚未屈从于人，它的存在使它不断更新。"【W 5: 226】

[67] 美洲麻鳽（American bittern），拉丁学名 Botaurus lentiginosus，梭罗在日记中经常称之为"stake-diver"。

[68] 梭罗将草鸡（meadow-hen）确认为弗吉尼亚秧鸡（Virginia rail，拉丁学名 Rallus virginianus）【J 5: 259】，现名 Rallus limicola。

[69] 鹬（the snipe）在交配季节盘旋和下飞时发出的翅膀扇动的声音。梭罗在他1858年4月9日的日记中写到了这种声音：

> 我今天晚上听见了鹬的振动翅膀的声音，索菲亚说她六号也听到过。草地上一直是光秃秃的，它们说不定早就开始了。这个季节宁静的夜晚，在我们村里的街头来回走动的人，听见从草地的天空中传来的这种奇特的振翼飞翔的声音，却不知道声音从何而来。鹬的振翼之声，是我们村里固定的小夜曲。我今天晚上坐在屋子里，从窗户里第一次听见了这种声音。尽管它很常见，每年出现，如此奇特，村民中听到它的人却不及百分之一，知道它是什么声音的人也一样寥寥无几。【J 10: 363】

[70] 红头美洲鹫（Turkey Vulture，美洲鹫科），拉丁学名 Cathartas aura。

[71] 梭罗把腐肉放在一个更广义的范畴中，从而能够超越腐肉的事实。正如爱默生在他的《人类生活》系列中的《学术》一文中所写，"支离的事实是丑陋的。把它（转下页）

而过，尤其是晚上空气沉闷的时候，但是，它向我保证大自然有强大的胃口和不可侵犯的健康，这又是我从中得到的补偿 72。我很高兴地看到大自然的生命如此丰富多彩，让无数生命成为互相狩猎的牺牲品和受害者；柔弱的生命组织可以如此平静地像果肉一样一捏即灭，不复存在，——苍鹭吞噬的蝌蚪，路上压死的乌龟和蛤蟆；有时候，会下带着血肉的雨 73！对于偶然事故的责任，我们必须明白，我们很难准确判断。智者得到的印象是，万物普遍都是清白的。毒药未必有毒 74，伤口也未必致命。同情是非常经不起推敲的领域。它必须是快速的。它的诉求一旦变为陈规，就失去了意义。

五月初，在湖边的松树林中，橡树、山核桃树、枫树和其他树木纷纷开始发芽，像阳光一样为周围的景观增添了一层明亮，尤其是在阴天，仿佛太阳穿过了浓雾，在这儿那儿的山坡上隐隐发光。五月三号或四号，我在湖中看见了一只潜鸟，五月的第一个星期，我先后听到了夜鹰、褐矢嘲鸫、韦氏鹟、美洲小鹟、曲文雀和其他鸟儿的鸣叫。我早就听见了林鸫 75 的叫声。菲比霸鹟 76 早就来过一次，在我的门窗前窥视过，看看我的房子够不够格让它做窝，它在观察这个地方时，收起爪子，扇动着翅膀，好像是空气在支撑着它一样。油松那硫磺一般的花粉，不久就覆盖了湖面和岸边的石头和朽木，多得你可以采集到

（接上页）放在因果关系中，它就美了。腐化是令人作呕的；把腐化看作自然循环的一个环节，它又令人愉悦……疾病的法则，是戴着面具的健康的法则。"

72 在《从前的居民》一章中，梭罗简单地描述过斯特拉顿家族留下的遗迹，他在 1857 年 1 月 11 日的日记中称它"只是地上的一个坑，时常有人从村里拖过一匹死马或一头死猪扔进坑里"【J 9: 214】。

73 可能指的是老普林尼，他在《自然史》2: 57 中写道："马尼乌斯·阿奇利乌斯（Manius Acilius）和盖乌斯·波尔齐乌斯（Gaius Porcius）执政官时代，下过带奶和血的雨……这时候也经常下带肉的雨。"梭罗可能也知道当地关于下带血肉的雨的报告，如 1841 年 9 月 8 日 W. 菲茨就新罕布什尔的肯辛顿的这一现象写给《波士顿每日邮报》的一封信，《康科德自由人》1844 年 3 月 8 日报道了新泽西州泽西城另一件类似事件。

74 修辞上与《结语》中的一段类似："与他简化自己的生活成比例，宇宙的法则也会显得不那么复杂，孤独不再是孤独，贫困不再是贫困，软弱也不再是软弱。"

75 梭罗经常用林鸫（wood-thrush）来包括所有的鸫鸟（thrushes），不过，此处因为该鸟在五月初出现，他指的应当是北美隐居鸫（the hermit thrush，学名 Hylocichla guttata）。

76 菲比霸鹟（Phœbe），北美东部鸟类，在仓库和小棚中找地方做窝。

一大桶花粉。这就是我们听说过的"硫磺雨"[77]。迦梨陀娑的戏剧《沙恭达罗》中，我们读到"莲花的金色粉灰染黄了小溪"[78]。人们走过的草地里，青草越来越深，季节也飞速地卷入夏天。

我在树林中第一年的生活就这样结束了；第二年也与之相去不远[79]。1847年9月6日，我最终离开了瓦尔登湖。

---

[77] 黄色花粉雨，看起来像硫磺，风常常能将它从松树林中吹到很远的地方。

[78] 引自迦梨陀娑（Calidas，亦作 Kalidasa，5世纪印度诗人及戏剧家）的《沙恭达罗》（Sacontala），或《致命的戒指》（The Fatal Ring），威廉·琼斯爵士1789年翻译，第七幕中印度国王 Dushmanta 的演说："我同样惊奇地看着虔诚的人和他们那可怕的败退。——事实上，它变成纯洁的精神，吞吸着生命之树茁壮成长的森林中那芳香的空气；在被莲花的金色花粉濡染成黄色的小溪中沐浴；在山洞里静思，洞中的碎石是完美无瑕的宝石；克制他们的情感，尽管他们周围有美丽非凡的仙女环绕：就在这一片树林里，就达到了其他隐士无法达到的真正的虔诚的顶峰。"梭罗在《在康科德河和梅里迈克河流上的一周漂流》也引用了《沙恭达罗》【W 1：183】。

[79] 梭罗的第二年根本不同，他在监狱里度过了著名的一夜，旅行到了缅因州的卡塔丁（Katahdin），在布朗森·阿尔科特帮助下为爱默生盖了凉亭，6月12日一场晚霜，让他损失掉了豆子、西红柿、西葫芦、玉米和土豆。像在别处一样，梭罗让这句话提醒读者，他为了文学的缘故把两年的经历浓缩成了一年。

| 结 | 语 |

    对于病人，医生们明智地为病人开出处方：换换空气，改换环境。谢天谢地，这里不是整个世界。新英格兰这里不长七叶树[1]，也很少听见知更鸟的鸣叫[2]。野雁比我们更世界化；它在加拿大吃早餐，在俄亥俄吃午餐，在南方的河口梳理羽毛，度过夜晚。即使是野牛，也在某种程度上跟随着季节，啃啮着科罗拉多的草原，然后再到草更绿更甜的黄石山那里去。可是我们却以为，只要把铁路栅栏拆掉，在我们的农场四周垒起石墙[3]，我们的生活就有了界限，我们的命运就决定了。的确，如果你被选为镇书记，那么今年夏天你就不能到火地岛去了；但是，你还是可以到地狱之火的地界里去[4]。宇宙比我们能够看见的要宏大得多。

    不过，我们应当像好奇的旅客那样，更经常地欣赏船尾的风景[5]，而不要像愚笨水手，在航行过程中一味梳理麻絮。地球的另一面，只不过是和我们一样的人的家园。我们的旅行不过是绕了个大圆圈[6]，而医生们开出的药方只能治表[7]。一个人匆匆忙忙跑到非洲去追逐长颈鹿；但长颈鹿肯定不是他要追逐的猎

---

1 梭罗极有可能想的是中西部那种给了俄亥俄州绰号"七叶树州"的特定的七叶树种（buckeye），尽管它从技术上讲可以指七叶树类（拉丁学名 Aesculus）的任何落叶树或灌木，包括康科德也有的七叶树（horse chestnut）。
2 梭罗1854年8月18日的日记中有他唯一一次提到知更鸟的记录，知更鸟在他那个时代很罕见，而这一次也只是一种可能："我觉得我可能在佩德里克家附近的黑樱桃树上看见了一只知更鸟。大小和外表都像一只猫鹊；头侧是蓝黑色的，合着的翅膀上有白色斑点，胸前和身下颜色淡一些；但我把镜子调整好之前它就飞走了。"【J 6: 453】
3 石墙是一种比木栅栏更持久的障碍物。
4 地狱之火（infernal fire）。
5 Tafferel，taffrail，船尾的护栏。
6 沿着大圆的圆弧，亦即任意两个地面点之间的最短距离旅行，地球表面上，一块穿过球心的平面，在球表面形成大圆。梭罗是在为这个事实哀叹：大多数人都认为两点之间最短的距离最好。
7 不是从整体上或深刻地治本，而只是表面上治表。

物。请问，如果可能的话，一个人何必花那么长时间去狩猎长颈鹿呢？鹬和山鹬[8]也是珍稀猎物[9]；但我相信瞄准自己是更高贵的狩猎[10]。——

> 将你的眼光转向内在，你会发现
> 你头脑中尚未发现的
> 一千块领域。穿行其中，成为
> 自我宇宙学的专家。[11]

非洲代表什么，——西部又代表什么[12]？我们的内心，在图表上难道不是空白一片？尽管它像海岸一样，一旦发现，实际上却是黑色的[13]。我们发现的，会不会是尼罗河、尼日尔河、密西西比河或者环绕着这片大陆的西北通道[14]的源头？这个问题与人类息息相关吗？富兰克林的妻子那么真诚地要寻找他，难

---

[8] 鹬（snipes）和山鹬（woodcocks），两种常见的狩猎猎鸟。
[9] 意为异常完美，或者异常珍贵，不是因为少见，而是因为该鸟的自然伪装。
[10] Shoot one's self，双关语：自杀，也指瞄准（猎获）人的真正自我。
[11] 引自威廉·哈宾顿（William Habbington, 1605—1664）的《致我荣耀的朋友埃德·P.奈特爵士》(To My Honoured Friend Sir Ed. P. Knight)。梭罗将拼写现代化了。
[12] 在《漫步》中，梭罗解释了西部对他意味着什么：
  我们往东走，来发现历史、研究艺术和文学作品，回溯种族的足迹；我们往西走，带着创业和探险的精神，走向未来……
  我所说的西部不仅仅是蛮荒的另一个名称；我准备说的是，世界存留在蛮荒之中。【W 5: 217—218, 224】
在《没有原则的生活》中，梭罗明确说了，他所谈及的西部不是一个地理上的罗经点："人们急于前往加利福尼亚和澳大利亚，似乎在那里能够找到真金；但这却走到了与真金正好相反的方向。他们走得离真正的路向越来越远，自以为最成功，其实是最不幸的。我们本地的土壤难道没有含金量？"【W 4: 466】
[13] 十九世纪的海岸线图表，其主要功能是在地图上标出海岸，没有探测过的内陆经常是留作空白，或白色。具体到非洲，称海岸是"黑色"的，不仅仅是因为那里已经探测过，也是因为非洲居民的肤色。
[14] 探索隐藏源头的象征。尼罗河和尼日尔河是非洲的河流；密西西比河在美国。西北通道（North-West Passage）是大西洋和太平洋之间在北极的海上航线。

| 结 | 语 |

道他是唯一一个迷路的人吗[15]？格林内尔先生[16]知道他自己身在何处吗？最好还是做考察自己的溪流和海洋的蒙哥·帕克[17]、刘易斯和克拉克[18]和弗罗比舍吧[19]；探索你自己更高的纬度，——如果需要的话，储存着足够的肉食来供养你；把你的空罐头堆得比天还高，作为标记[20]。腌肉的发明，难道只是为了保存肉类吗[21]？不，成为一个哥伦布[22]，去探索你内心的全部新大陆和新世界

---

[15] 约翰·富兰克林爵士（Sir John Franklin，1786—1847），英国航海家，最后一次见于巴芬湾，在北极寻找西北通道时失踪。他的遗体于1859年被人发现。十八世纪四十年代末、五十年代初，《波士顿晚报》(Boston Evening Transcript) 上刊登了几篇关于描述富兰克林夫人试图征募船只寻找她丈夫的报道。约翰爵士的遭遇和他的妻子的悲伤，被编入几首民谣，如多种版本的《富兰克林夫人的忧伤》(Lady Franklin's Lament)，乔治·博克（George Boker，1823—1890）的《约翰·富兰克林爵士之歌》(A Ballad of Sir John Franklin) 发表于《萨坦联合杂志》1850年5月号上。

[16] 亨利·格林内尔（Henry Grinnell，1799—1874），纽约商人，资助了1850年和1853年两次寻找富兰克林的航行。

[17] 蒙哥·帕克（Mungo Park，1771—1806），苏格兰探险家，沿着尼日尔河航行，并于1799年发表了《非洲内陆旅行》(Travels in the Interior of Africa)。帕克在第二次尼日尔河探险中与布萨土著的冲突中溺水身亡。

[18] 梅里韦瑟·刘易斯（Meriwether Lewis，1774—1806）和威廉·克拉克（William Clarke，1770—1838）探索了1803年路易斯安娜购买中获得的土地，发现了一条通往太平洋的陆上通道。

[19] 马丁·弗罗比舍（Martin Frobisher，1535—1594），英国航海家、探险家，三次试图找到西北通道。

[20] 以利沙·肯特·凯恩（Elisha Kent Kane，1822—1857）发现了富兰克林的冬季营地，和一堆六百多只装着腌肉的空罐头。凯恩1851年回程后曾经四处就他的发现发表演讲，其内容亦得以广泛发表。梭罗在写于1853年底和1854年初的第六版中第一次提到罐头盒子。尽管凯恩的书因为仓库着火延迟了出版，1854年3月才得以面世，它仍然可能是梭罗的资料来源，因为有几本已经于1853年传播开来了。第一次公开发表的提及罐头盒子的文字，见于1851年10月4日的《伦敦新闻画报》(Illustrated London News)。

[21] Perserve meat，双关语：把肉当作食物来保存，和保存肉身（即人身）的生命。将人体等同于肉身，有很多先例，如《约翰福音》6: 55 中的"我的肉真是可吃的"和《哈姆莱特》中的"他们把我变成了蛆虫的佳肴"。

[22] 克里斯托弗·哥伦布（Christopher Columbus，1451—1506），打着西班牙国（转下页）（接上页）旗探险的热那亚探险家，1492年"发现"新大陆。

吧 [23]，你打开的不是贸易的新航道，而是思想的新航道。每个人都是一个王国的君主，和这个王国相比，沙皇的地上王国只不过是一个弹丸小国 [24]，是冰川退却后留下的小丘 [25]。可是，一些人可以爱国，却没有自尊，为了卑微的东西牺牲了伟大的东西 [26]。他们热爱成为他们的坟墓的土地，但却丝毫感觉不到那种可以赋予他们的泥土以生命的精神。爱国主义是他们头脑中的幻想。浩浩荡荡、代价昂贵的南海探险的意义 [27]，只不过是间接证明了这一个事实：在道德世界中有很多大陆和海洋，每个人都是一个他自己尚未探索过的地峡或入口，但是，在政府的船只上，有五百名水手和仆役协助，穿过寒冷、风暴和食人生番之地航行数千里，比探索一个人的私人海洋、探索一个人的大西洋和太平洋，还是要容易得多。——

> Erret, et extrmos alter scrutetur Iberos.
>
> Plus habet hic vitæ, plus habet ille viæ. [28]

---

23 可能是回应拜伦的《唐璜》14：101：
   如果道德海洋的某个哥伦布
   向人类展示他们灵魂的反面，
   新世界和旧世界相比将会一无是处。
24 沙皇统治的沙俄大帝国是隶属于单个主权统治下最大的一片土地。
25 由冰推动的一座小山或小丘。梭罗在他的日记中几次记下了这样的现象。1855 年 3 月 1 日，他"看见有几片很大的草滩被抬起来，冲入了 G.M. 巴雷特湾（G. M. Barrett's Bay）的湾口。有一块有七十四英尺长，二十七英尺宽"【J 7: 222—223】。
26 为了（次要的）政治牺牲（重要的）自我，或者如下一行，为了土壤牺牲精神。
27 由美国海军的查尔斯·威尔克斯上尉（Charles Wilkes）率领的 1838—1842 年对南太平洋和南极洲的探险，亦称南海探险远征、威尔克斯探险远征或美国探险远征。他的五卷本《美国探险远征纪实》(Narrative of the United States Exploring Expedition) 于 1844 年面世。
28 来自罗马诗人克劳狄（Claudian，约 370—约 404 年）的 Carmina Minores 20："《维罗纳老人》(De Sene Veeronensi)"。梭罗在他 1841 年 5 月 10 日的日记中写道："克劳狄的《维罗纳老人》的最后一段中有一个对不安的旅人提出的极好警告。"【J 1: 259—260】在《一个美国人在加拿大》(A Yankee in Canada) 中，他又想到了"克劳狄的《维（转下页）

让他们四处游荡，考察奇异的澳大利亚人[29]。

我拥有更多的上帝，他们拥有更多的旅程。

环绕世界，去点数桑给巴尔有多少只猫，实在是不值得[30]。不过，在你找到更好的事情之前，继续环绕世界周游列国吧，你或许会发现某个"辛姆斯之穴"[31]，终于能够从那里进入地球内部。英国和法国，西班牙和葡萄牙，黄金海岸和奴隶海岸[32]，都是这个私有海洋的前沿；但是，从这些地方，尽管这条路毫无疑问是通往印度的通道，却不曾有一条船敢于从那儿航行到看不见陆地的地方[33]。如果你能够学说所有的语言，遵从所有民族的习惯，如果你比所有的旅行家旅行得更远，习惯于所有的气候，让司芬克斯气得以头撞

（接上页）罗纳老人》，想到了千里之行，始于足下"【W 5：26】。

29 梭罗在翻译中，用澳大利亚人（Australians）代替了伊比利亚人（Iberians），用它来代替远方的国度，方便读者联想。

30 东非海岸的岛屿。梭罗在查尔斯·皮克林（Charles Pickering，1805—1878）的《人类种族》（伦敦，1851）中读到了关于桑给巴尔（Zanzibar）的文字，他1853年八九月间在读这本书，尽管书中并没有提到数猫之事。

31 约翰·克利夫斯·辛姆斯（John Cleves Symmes，1779—1829），一名退伍陆军上尉，从1818年至他1829年去世，一直为证明他的地球空心论的探险募集基金。他1818年发表的小册子，《辛姆斯关于同心球的理论，证明地球是空心的、可以居住的、在两极门户大开的》(The Symmes Theory of Concentric Spheres, demonstrating that the earth is hollow, habitable, and widely open about the poles) 声称："我向全世界宣布，地球内部是空心的、可以居住的，它包含着一些结实的同心圆，一个包一个，两极有十二或十六度的开口。我以我的性命保证这是真理，如果世界能够支持和资助这项工程，我准备去探测这个空洞。"1851年10月14日的《波士顿晚报》上有一篇报道，建议说失踪的约翰·富兰克林爵士的船只可能是被吸入了辛姆斯提及的空洞。

32 黄金海岸（Gold Coast）和奴隶海岸（Slave Coast），这两个地名指的都是西非的几内亚湾的北岸，从十六到十八世纪因盛产黄金和奴隶而著称。

33 从美国到印度的直接航线，以有记录的历史逆向而行，从最现代的文明回溯到最古老的文明，将会经过欧洲和非洲的文明。对梭罗来说，印度也代表着一个撕去很多外表以达内心的地方。在《豆圃》一章中，他将印度和沉思联系在一起。

石 [34]，也要遵从老哲学家的感知，探索你自己 [35]。这是需要眼光和勇气的。只有败将和逃兵才参加战争，懦夫才逃出家中加入行伍 [36]。现在就开始向西面的最远之处出发吧 [37]，在密西西比河和太平洋并不停歇，也不要前往那个老旧的中国或日本 [38]，而是直接引领你进入这个领域，无论冬夏，不分昼夜，任凭太阳升降、月亮起落，最后，哪怕地球也陷落了。

据说米拉波 [39] 投身拦路抢劫的勾当，来"探明需要何种程度的决心，才能使一个人的自我正式反对人类社会最神圣的法则" [40]。他宣告，"一个在队伍中

---

[34] Sphinx，希腊神话中，一个有着狮子的身体和爪子、鹰的翅膀、蛇的尾巴和女人头和乳房的怪物。司芬克斯会摧毁任何不能猜出她的谜语的人。俄狄浦斯终于猜出了谜语，司芬克斯于是以头撞石而亡。梭罗在日记中写道："司芬克斯，当俄狄浦斯解出了她的谜语时，她便以头击石。"【J 1: 237】

[35] 梭罗说的"老哲学家"可能是苏格拉底（公元前469—399年），"认识你自己"（Gnothi se auton）这句格言出处很多，他亦是其中诸人之一，尽管这句格言的最初出处无从得知。这句格言雕刻在德尔福的古希腊阿波罗神庙的正门上。我们知道梭罗读过普鲁塔克的《传记集》，其中的《狄摩西尼》（*Demosthenes*）3 中含有这样一段："如果神谕的'认识你自己'是一桩对每个人都很容易的事情，那么它就不会被当作一件神圣的禁令。"爱默生在《美国学者》中写道，"古老的金科玉律'认识你自己'，和现代的金科玉律'研究自然'，终于成为同一条至理名言。"

[36] 称他们为懦夫，是因为他们不够勇敢，不敢探索他们自己。梭罗在这一章前面写过，"有些没有自尊的人可以爱国，为了更卑微的东西牺牲更伟大的东西。"

[37] 梭罗写《瓦尔登湖》时，正是美国向西部移民的巅峰时期。

[38] 说它们老旧，是因为它们古老、静止。

[39] 奥诺雷·加布里埃尔·维克多·里凯蒂（Honoré-Gabriel Victor Riqueti，米拉波伯爵 -Comte de Mirabeau，1749—1791），法国革命政治家。梭罗读过《哈珀新月刊》1851年的一篇文章《米拉波私人生活轶事》（*Mirabeau, An Anecdote of His Private Life*），并于1851年7月21日在日记中抄写了几个小段落。

[40] 据《米拉波私人生活轶事》记载，当米拉波的小舅子因抢劫一事质疑他时，米拉波宣称："你以为我是为了钱而拦截住这个可怜的乡村绅士吗？我想用他来作为证据，用我自己来作为证据。我想探明需要何种程度的决心才能使一个人的自我正式反对最神圣的社会法则：这种试验很危险；不过我已经试验过几次。我对自己很满意。"米拉波为自己辩护的时候说，这种行为的主旨，是听从自己的理性，尽管它跟社会和法律有冲突。

战斗的士兵，所要的勇气，还不及一个独行抢劫犯[41]的一半，"——"荣誉和宗教从来都无法阻挠[42]一个深思熟虑和坚定的决心。"在世人看来，这很有男子气概；但就算它不是绝望之举，也是徒劳无益的。一个人如果更有理智，他会发现，只要他遵从的是更神圣的法则，就可以发现自己经常在"正式反对""最神圣的社会法则"，不必特意越轨，就知道他已经考验了自己的决心。一个人不必以这种态度对待社会，而是通过遵从他自己存在的法则，用适合他自己的任何一种方式保存自我，如果他有机会碰上一个公正的政府，他永远也不会对这个公正的政府持反对态度[43]。

我离开了森林，和我当初前往林中的理由一样充足[44]。我可能是觉得自己要度过好几种生活，在这一生活上不能花费更多的时间了。我们很容易不知不觉地陷入某种固定的路途，为我们自己踏出一条因循守旧的足迹，真是令人触目惊心。我在那里才住了一个星期，我的脚就踏出了一条从我门前通往湖边的路径；尽管从我在那里行走的时候算起，至今已经过去了五六年，小路依然清晰可见。当然，我怀疑别人也在走这条路，这才使它保持畅通。地球的表面是松软的，人的脚踩上去会留下印迹；思想旅行的路径也是如此。于是，世上的大

---

41 Foot-pad，步行抢劫。

42 与原文略有不同："关于荣誉——关于宗教；不过荣誉和宗教从来不能持久。"

43 关于政府公正行为的可能性，梭罗在《公民不服从》中写道："我欣喜地想到，一个国家终于有能力对所有的人都公正，以邻人般的尊敬对待每一个个人；如果一些人在完成了对邻居和他人的责任以后，与它保持一定距离，不参与其中，不被它接受，它都不会觉得这些人打搅了它自己的安宁。"【W 4.387】

44 爱默生于10月第一个星期要出发前往欧洲做巡回演讲，他的妻子利蒂安请求梭罗在她丈夫外出期间住在她家里。爱默生1847年8月30日写信给他的哥哥威廉："利蒂安邀请亨利·梭罗在这里过冬。"一个星期以后，梭罗搬入了爱默生家。1852年1月22日，他在日记中写道：

> 为什么改变初衷？为什么离开了林中？说不清楚。我经常希望能够回到林中。我也不知道我当初为什么去了那里。说不定这根本就不关我的事，即使它关你的事。说不定我需要一点变化。一切都有点停滞，可能是。下午大约两点钟，世界的轮轴吱吱作响，就像它需要上油一样，就像老牛奋力拉车，难以承载重负直至一日终结。如果我在那里再多住一些时日，我可能就会永远在那里定居下去。要按这样的条件接收天堂，谁都会三思而行的。【J 3: 214—15】

路必定是磨损得破破烂烂，尘土飞扬，传统和常规的车辙又有多么深刻！我不希望坐在客舱小屋里旅行[45]，而宁愿在世界的桅杆下[46]的甲板上旅行，因为我能够从那里看到月光和山岭[47]。我不想现在就下到客舱里[48]。

从我的试验里，我至少发现了这一点：如果一个人循着自己的梦想大胆前行，努力按照他自己想象的那样生活，那么，他就能够取得寻常岁月里意想不到的成功。他会将某些事物置之度外，会跨越一些无形的界限；他的周围和内心会开始确立全新的、普遍的和更自由的法则；旧的法则也会在更加自由的意义上得到扩充，其诠释也将更有利于他，他得到了许可，可以按更高的存在秩序而生活。他越简化自己的生活，宇宙的法则就显得更加简洁，孤独不再是孤独，贫困不再是贫困，软弱也不再是软弱。如果你修建了一座空中楼阁，你的成果不一定就会消失；那正是它们应该在的地方。现在，为它们搭建起基础吧[49]。

英国和美国有一条荒唐的要求，就是你必须说话，这样别人才能理解你。可是，人和蕈菌都不是这样生长的。好像那是很重要的事情，没有言论，就没有足够的信息来理解你。好像大自然只能支持一种理解模式，不能同时既养活四足动物又养活鸟儿，既养活飞行动物，又养活爬行动物，还以为连老牛都能够听懂的"过来"和"站住"[50]就是最好的英语。还以为只有愚蠢才能安全。我主要担心我的表达不够出格[51]，可能出格得不够远，未能超出我日常生活的狭隘

---

[45] 尽管梭罗很少用"小屋"（cabin）来形容他的房子，这里很可能他是在用"cabin passage"（坐客舱旅行）的双关语，指在船上住客舱旅行，而不是坐统舱或当水手，以及他在瓦尔登湖小屋里度过的生命之旅。

[46] 一般水手在船桅前睡觉，即在船桅和船头之间。

[47] 埃勒里·钱宁在他那本《瓦尔登湖》上标记说，这是指1844年他和梭罗一起在哈德森河上的一次航行，梭罗在明亮的月光下在船头度过一夜。

[48] Go below，下到船的甲板之下去，前往客舱。

[49] 类似于《从前的居民》中梭罗和阿科斯特"温习着神话，东改西改着寓言，在地球没有提供可靠的地基的空气里建造着空中楼阁。"

[50] Hush 和 who，分别为让牛"过来"或"站住"的命令。

[51] 梭罗将 extravagant 分开，强调其拉丁词根：extra（外面），vagant（漫游）。可能是回应埃勒里·钱宁的《像上帝》中的"我告诫你不要超越凡俗"。

| 结 语 |

局限，不足以到达我坚信的真理。出格！取决于你如何界定正常[52]。一头迁徙的野牛到另一个纬度去寻找新的牧场，并不比一头在挤奶时踢翻水桶、跳过牛栏追寻她的小牛犊的奶牛更加出格。我渴望可以在什么地方能够毫无限制地发表言论[53]；就像一个刚刚醒过来的人，对着一些刚刚醒过来的人发表言论[54]；因为我坚信，要为一种真正的表达奠定基础，无论怎么夸张都不过分[55]。有哪个听过一缕乐曲的，还会担心他说话太夸张其词？考虑到未来和可能发生的一切，我们应当十分轻松地生活，不必事先界定一切，我们的轮廓应该昏暗、模糊一点；就像我们的影子，对着太阳也会蒸腾出一缕难以觉察的蒸汽。我们的言论的真实性瞬息万变，剩下的叙述残余在表达上多有不足之处。真理马上得到解译升华[56]；剩下的唯有它文字的丰碑。表达我们的信仰和虔诚的文字并不是固定不变的；然而，对于高尚的天性来说，它们十分重要，就像乳香[57]一样甜美芬芳。

---

52 Yarded，封闭或限制，如围院墙。

53 可能来自梭罗在前面的《简朴生活》一章中的一句话："我觉得我说这些话的时候没有言过其实。"

54 可能是回应理查德·巴克斯特（Richard Baxter，1615—1691）的《呼吸着感恩和赞美的爱》(Love Breathing Thanks and Praise)："我布道，就像我确信以后再也不能布道／就像一个将死的人对一群将死的人布道。"

55 梭罗在他1851年9月7日的日记中写道"生活是一种包含着无限的美的经历，我们可以从中发现经久不衰的美丽，使我们能够真诚地夸大其词"【J 2: 469】。他给H.G.O. 布雷克写道："我相信你知道我是怎样的一个夸大其词的人，——我置身于此，一有机会便大肆夸张，——把皮利翁山（Pelion）叠在奥萨山（Ossa）上，就这样登上天堂。不要指望我说出无关紧要的真理，除非我是站在证人席上。我撒谎的可能性，和你能驾驶一辆四匹马拉的马车的可能性一样大。"【C 304】

56 这里用了 translated 两个层面的意思，一为简单地指将意义翻译成另一种语言，另为升华到更高的层面，如《圣经》《希伯来书》11: 5 中以诺（Enoch）被神接去。1852年2月18日的一则日记中，梭罗注意到了事实和诗歌的区别，发现"总是很难保持我头脑中存在的那种模糊的区别，因为最有趣和美好的事实中有更多的诗意，这就是它们的成就。它们从俗世升华进了天堂"【J 3: 311】。

57 乳香（frankincense），一种用作香料的香胶。早期基督教传统中，它是三个贤士（或国王）朝拜圣婴耶稣时的三件礼物之一，因而成为神的象征。

为什么总是要把我们的水准降低到最乏味的念头，然后美其名曰共识[58]？最常见的感识其实是一个人睡觉时的感识，他们表达这种感识的方式就是打呼噜。有时候，我们会把智力超常的人和智力有缺陷的人混为一谈，因为我们只能欣赏到他们三分之一的智慧。有些人如果起得够早的话，还会对着朝霞挑剔一番。我听人说，"他们妄称卡比尔[59]的诗篇有四种不同的含义：幻觉，精神，智力，和吠陀的深奥学说"[60]；但在我们这个地方，如果一个人的作品允许有一种以上的解释，那它就会引起人们的诟病。英国在努力根治土豆溃烂[61]，谁来努力根治传播如此广泛、如此致命的大脑溃烂呢？

我并不是说我已经达到了晦涩难懂的境界，但是，如果这些书页中的致命伤不比瓦尔登湖的冰中的瑕疵更多的话，我就会十分自豪了。南方的顾客不喜欢瓦尔登湖冰那种纯洁的蓝色，觉得它很浑浊，而更喜欢剑桥的冰，剑桥的冰倒是白色的，但有水草的腥味[62]。人所喜爱的纯净，是环绕地球的雾气，而不是

---

[58] 梭罗这里使用的"共识"（common sense）这个概念，用的不是其实际意义，而是来自苏格兰共识哲学学派，尤其是托马斯·里德（Thomas Reid，1710—1796）的《就共识对人类思维的探讨》（*An Inquiry into the Human Mind, On the Priciples of Common Sense*）中的意义，这一学派强调共识是由上帝植根在人的思维中的概念和信念的内在原则。这是爱默生在《论自助》中写过的灵感（*inspiration*）概念的前身："天性、美德和生命的本质，亦即我们所称的自发性或本能。我们将这种原始的智慧称作直觉……在那种深层力量中，在分析无法抵达的最终事实里，一切都能够找到它们共同的起源。"

梭罗在《漫步》中写道："即使野蛮人最野蛮的梦想，和今日英国人和美国人中最常见的共识一样真实，尽管它们并没有这样推介自己。并不是所有的真理都会向共识推介自己。"【W 5: 233】更具体一点，《缅因州森林》一书的《卡坦》中，坚实、实在和共同（solid, actual, common）这三个词同样得到强调："多么神秘！想一想我们在自然中的生活吧，——每天都展示着物质，接触它们，——岩石，树木，吹上我们胸膛的风！坚实的大地！实在的世界！共同的感识！"【W 3: 79】

[59] 卡比尔（Kabir，1440—1518），热爱和平的印度神秘学家，试图调和印度教徒和穆斯林的宗教。

[60] 梭罗翻译的加尔辛·德·塔西（Garcin de Tassy）的《印度教和印度斯坦文学史》（*Histoire de la Littérature Hindoui et Hindoustani*）1: 279。

[61] 马铃薯病，1845年影响了英国土豆的收成，第二年摧毁了爱尔兰。

[62] 马萨诸塞州最大的凿冰生意的合伙人弗里德里克·都铎和纳撒尼尔·贾维（转下页）

超越雾气之外的蔚蓝色天空。

有人在我们耳旁喋喋不休,说我们美国人,和更广义上的现代人,与古代人、甚至和伊丽莎白女王时代的人比起来,都是知识上的矮人。不过这样比较的目的何在?活着的狗,比死了的狮子更强[63]。难道一个人仅仅因为他是矮人族[64]的一员就自行上吊,而不去努力成为最大的矮人?让每个人自理其事,努力成为他浑然天成的自己。

我们为什么要这样不顾一切地追求成功,从事如此无望的实业?如果一个人不和他的同伴保持步调一致,那么可能是因为他听见了另一个鼓手的战鼓。让他沿着他听见的乐声前进,不管这是什么样的乐声,也不管它有多么遥远。他是否能像一株苹果树或橡树那样如期成熟,其实无关紧要。难道我们应当把他的春天变成夏天吗?如果适合于我们的环境尚未成熟,我们又能够用什么来替代它呢?我们不应当在徒有虚名的现实中遭遇灾难。难道我们应当苦心孤诣地在我们头顶上用牧草建造一个天堂,而建成之后,却发现它并非天堂,我们还要从那里仰视更远更高处的真正的天堂?

库鲁城[65]里有一个艺术家,要努力达到尽善尽美。有一天他决定要做一把手杖。他想过了,一件作品之所以不完美,时间是一种因素,但完美的作品却与时间无关,于是他告诉自己,哪怕我这一生什么别的东西都不会做,这把手杖也必须尽善尽美。他马上出发到树林中寻找木材,决心不合适的材料坚决不用;他找了一根又一根树枝,没有挑中任何一根,他的朋友渐渐离他而去,他们在自己的工作中变老、死去,而他自己却一点儿也没有变老。他专一的目的和决心,他高度的虔诚,在他一无所知的情形下,给了他永恒的青春。由于他没有和时间达成妥协,时间也躲开他的行程,只是在远处叹息,因为它无法战胜他。他还没有找到一块完美的材料,库鲁城就变成了一片苍老的废墟,于是

(接上页)斯·惠氏1840年发生争议后,惠氏继续在他取得了采掘权的弗莱西湖采集"剑桥冰",迫使都铎前往别处。铁路延伸到康科德以后,都铎开始采集"瓦尔登湖冰",他可以将瓦尔登湖冰直接从康科德运到波士顿出口。

63 典故来自《圣经》《传道书》9:4:"因为活着的狗,比死了的狮子更强。"
64 可能典故来自爱默生的《自然》中的神秘诗人的宣言:"人是他本人的矮人。"
65 回应印度传说中的英雄库鲁(Kouroo,亦作 Kooroo 或 Curu),他的后人的纷争成为《摩诃婆罗多》的主题。一般认为下面的寓言是梭罗创作的。

他坐在废墟中的一个土堆上削木棍上的树皮。他还没有把树棍削成型，坎大哈王朝[66]就终结了，用木棍的尖头，他在沙地上写下了那个种族最后一个人的名字，然后继续工作。等他把木棍削平磨光时，劫[67]已经不再是极星了；他还没来得及为它套上金属环、在顶端装饰上宝石，梵天已经醒来睡去了许多轮回[68]。不过，我为什么不停地提及这些事情？等他为他的作品画龙点睛时，艺术家无比震惊地看见，这把手杖突然成了梵天所创造的最精美的物件。他在制作一条手杖的同时也创造了一种新的体系，一个有着完整和匀称比例的世界；在这个世界上，尽管古老的城市和王朝都已经消逝，更美丽、更荣耀的新城市和新王朝却取代了它们。他看着脚下依然新鲜的木屑，对他和他的作品来说，先前时间的流逝如同一种幻觉，所需的时间，只不过是梵天的头脑降落在凡人的头脑上、点燃凡人头脑的火种的一次火花闪耀所需的时间。他的材料是纯净的，他的艺术是纯净的；做出来的艺术品还能不完美吗？

我们给事物套上各种表象，但最终只有真理才能使我们受益。只有真理才能经受时间的考验。大部分时间，我们并不是身处正确的位置，而是身处错误的位置。由于天性中的弱点，我们假想出一个情况，然后把我们自己置身其中，这样一来，就有两种情况同时存在，要逃脱出来，就有双倍的难度。神志清醒的时候，我们只考虑事实，只关注实情。说你能够说的话，不要说你应当说的话[69]。任何真理，都强似自欺欺人。修补匠汤姆·海德站在绞刑架前，有人

---

[66] 回应城市名称坎大哈（Kandahar），1748年至1773年阿富汗的首都。

[67] Kalpa，劫，不是一颗星辰，而是印度教和佛教中的一个时段，梵的一天，等于人世间的四十三亿两千万年。梭罗引用休·穆雷（Hugh Murray, 1779—1846）的《英属印度历史和记述》(*Historical and Descriptive Account of British India*)，在1842年的日记中写道："穆雷说，'四十三亿两千万年构成宏大的、不规则的名为'劫'的时段，奇妙地设定为梵天的一天。'"【PJ 1: 413】梭罗将穆雷的"fancifully"误写作了"fantastically"。

[68] 梵在一天结束时睡眠。他的一夜等于他的一天：人间的四十三亿两千万年。一日一夜长达八十六亿四千万年。

[69] 梭罗在《没有原则的生活》的开头表达过类似的思想："我确信，当我被邀请到任何一个地方讲演时，——我在这方面有点经验，——尽管我可能是全国最大的傻瓜，人们却很想听听我在某些论题上**有什么看法**，——而不想听我仅仅说一些令人愉快的事情，或者仅仅说一些听众赞同的事情；因此，我决心一定要将我自己慷慨地（转下页）

问他有什么话要说。他说,"告诉裁缝,记得在缝一针之前给线打个结。"[70]他的同伴的祈祷被彻底遗忘了。

不管你的生活有多么卑微,都要投身其中,好好过你的生活;不要逃避它,也不要咒骂它。它不像你本人那么糟糕。你最富裕的时候,它最贫穷。爱吹毛求疵的人,在天堂里也会发现瑕疵。热爱你的生活,不管它有多么贫穷。即使是在贫民窟中,你也会有一些愉快、惊喜和辉煌的时光。映照在贫民窟的窗口上的夕阳,和富人的窗户上的夕阳一样明亮;春天的时候,穷人门前的雪也和富人门前的雪同时消融。我发现只有安逸宁静的人才能安心地在那里生活,能够像生活在一座宫殿里一样愉快,同样有快乐的思想。在我看来,镇上的穷人,生活得比所有人都更加独立。说不定他们足够伟大,能够毫无顾忌地接受接济。大部分人都认为自己不必接受镇里的资助;但是,大部分时候,他们却会通过不诚实的手段来养活自己,而这一点其实更不光彩。培养贫穷吧,就像培育园中的芳草一样,比如说鼠尾草。不要费心去寻获新东西,无论是新衣服还是新朋友。翻找旧物和旧相识;回到他们那里。事物是一成不变的;改变的是我们自己。出售你的衣服,保留你的思想。上帝会发现,你根本就不需要陪伴。即使我像一只蜘蛛那样整日关闭在地窖的一个角落,只要我周围环绕着我的思想,世界对我来说还是同样的博大无边。哲人说:"三军可夺帅也,匹夫不可夺志也。"[71]不要那么急切地寻求发展,不要让你自己承受那么多外力的影响;这一切都是白费工夫。谦恭犹如黑暗,衬托出天堂般的光明。贫穷和卑微的阴影聚集在我们周遭,"啊!创造使我们眼界开阔。"[72]常常有人提醒我们,即

(接上页)奉献给他们。"【W 4: 455—56】爱默生在《论自助》中揭示了不表达你的思想的后果:"不然的话,明天就有一个陌生人带着大师般的良好意识,准确地说出我们一直思考和感觉的一切,我们被迫羞愧地从别人那里接受我们自己的意见。"

[70] 可能典故来自这个至少能够回溯到十八世纪的谚语:"一个不打结的裁缝会失去一针。"梭罗的汤姆·海德(Tom Hyde)故事来自何处,还没有得到令人满意的说法。1849 年 10 月一则日记中包含有略有不同的一个故事,梭罗写道:

你们波士顿和罗克斯伯里的人们

会要汤姆·海德来修补你的水壶【PJ 3: 37】

[71] 梭罗翻译的《论语·子罕篇第九》9: 25,译自鲍狄埃的法文版《孔子与孟子》。

[72] 错误引用了约瑟夫·布兰科·怀特(Joseph Blanco White, 1775—1841)的(转下页)

使我们得到了克罗伊斯[73]的财富，我们的人生目标仍然不变，我们的生存方式也仍然不变。此外，如果贫穷限制了你的范围，比如说，如果你无钱购买书籍报纸，那么，你就只能局限于最重要和最关键的经历上了；你不得不去和糖分与淀粉含量最高的物质打交道。靠近骨头的生命最甜蜜[74]。你不会去做什么琐屑之事。下层的人，绝不会因为上层人的慷慨而失去什么。多余的财富只能够购买多余的东西。灵魂的必需品，都不需要用金钱来购买。

我居住在沉重的铅墙的一隅，一点铸钟的铜锡合金[75]注入了这堵大墙。我中午休息时，耳旁经常能够听到混杂的叮当嘈杂之声从外面传来。那是我的同时代人发出的声音[76]。我的邻居们向我讲述他们碰见著名绅士淑女的奇遇，炫耀他们在晚宴上碰上了哪些名人；但我对这些劳什子，还不及我对《每日时报》

（接上页）十四行诗《黑夜和死亡》（*Night and Death*）之《致黑夜》（*To Night*）："啊！创造使我们眼界开阔。"根据怀特，黑夜和死亡都揭示出关于更广阔的宇宙的知识。

73 克罗伊斯（Crœsus），（公元前六世纪）小亚细亚西部的吕底亚王国的国王，人们认为他是最富有的人。

74 至少能够回溯到十五世纪的谚语："越靠近骨头，肉就越甜。"在《旧马尔波罗路》（*The Old Marlborough Road*）中，梭罗写给以利沙·杜根（Elisha Dugan）：

啊野性的人啊，

野鸡和野兔，

无忧无虑，

只知设陷阱，

独自居住，

靠近骨头，

最甜蜜的生命，

不停地被吞噬。【CP 17】

75 一种青铜，内含60—85%掺锡的铜，有洪亮或音乐上的特质。

76 梭罗经常抱怨这样的噪音。在《冬日漫步》中，他"把乱糟糟的镇子拒之门外"【W 5: 168】，在《马萨诸塞州自然史》中，他写道"这些宗教、文学和哲学的喧嚣，你在布道台、学苑和客厅中处处可以听到"【W 5: 106】。在他的日记中，他写到自己的同代人那种"弹冠相庆、互相崇拜的社交风格"【J 2: 170】，以及"人们对着我喋喋不休地谈论他们的理论和解决宇宙问题的合理方法"【J 1: 54】。在他的诗歌《悬崖》（*Cliffs*）中，梭罗写道"有三寸不烂之舌 / 却用肤浅的思想折磨耳朵"【CP 104】。

| 结 | 语 |

的内容感兴趣。他们的兴趣和交谈主要是关于衣着式样和行为举止；但不管你怎么穿着打扮，一头呆鹅总归还是一头呆鹅[77]。他们跟我讲述加利福尼亚和得克萨斯，英国和印度群岛，佐治亚的令人尊敬的先生[78]和马萨诸塞州令人尊敬的先生[79]，诸般种种，过眼浮云，直到我烦得要像马穆鲁克的军官[80]那样从他们院子里跳出来。我高兴地找到自己的方位，——我不愿气宇轩昂地招摇而过，而是斗胆和宇宙的创始人并肩前行[81]，——不是生活在这个烦躁、紧张、忙碌和琐碎的十九世纪，而是在沉思中坐视或站着看着它缓缓流过。人们都在庆祝些什么？他们都参加了某些组织的委员会，每个时辰都在等待着什么人来发表讲话。上帝只是今天的司仪[82]，韦伯斯特是他的发言人。我喜欢去衡量、探索、迎接那些最强烈、最有理由吸引我的一切；——而不是抓着秤杆，试图减轻一些分量，——我不会去假想一种状况，而是接受现实；我只沿着我能够旅行的唯一路径去旅行，在这条路径上，没有任何力量能够阻挡我。如果我尚未打下一个坚实的基础，就开始建造一道拱门[83]，我不会得到任何满足。我们不要玩什么孩子们在薄冰上赛跑的儿戏吧[84]。坚实的地基无处不在。我们读到过，旅人问一

---

[77] 呼应伊拉斯谟（Erasmus）引用过的（约170年的）卢西恩（Lucian）的《格言》（*Adagia*）1.7.11：" 猿猴戴上金徽章也还是猿猴。"

[78] 可能是罗伯特·奥古斯塔·图姆斯（Robert Augustus Toombs，1810—1885），激烈捍卫奴隶制，1846—1852年任国会议员，1853—1861年任参议员，在北方引起很多公众关注。

[79] 可能是丹尼尔·韦伯斯特，下面几行以后点名提到了他。

[80] Mameluke bey，埃及的军事阶层马穆鲁克中的一个军官。1811年，埃及督抚穆罕默德·阿里（穆罕默德·阿里巴夏，Muhammad Ali Pasha）命令屠杀马穆鲁克，但传说有一个人从墙上跳下来，骑上马逃走了。

[81] 与上帝有关的称呼，建造者、建筑大师，尤其用于共济会，用于苏菲派的"宇宙祈祷"（啊你，你是宇宙的创造者、定型者和建造者），和从柏拉图的《蒂迈欧篇》（*Timaeus*）发展而来的诺斯替派（Gnostic）关于造物主是宇宙建造者的概念。梭罗在这里形容他和上帝可以并肩（平等）而行，所有人都有能力做到这一点，如段落结尾最后一句话："而你则进行着这项工作。"

[82] President，司仪（master of ceremonies）。

[83] 建造一道拱门的建筑学术语。

[84] 人走过时弯曲的薄冰或不坚实的冰，或者孩子们玩的一种游戏，跑过和滑过薄冰，而冰面却不破裂。其名五花八门，如"kiddley-benders，""kettle-benders，"和（转下页）

365

个小男孩,他眼前的沼泽有没有底。小男孩回答说有。但不一会儿旅人的马就下沉到了马肚带,他对小男孩说,"你不是说这沼泽有底吗?""有啊,"小男孩回答说,"可你还没下沉到一半深呢。"[85] 社会的沼泽和流沙亦是如此;但只有成年了的男孩才知道这一点。我们以为自己有过的想法或做过的事情,只有在特别偶然的场合才是有益的。有人愚蠢地将钉子只钉入板条和泥灰那么深,我却不是这种人;这么做了,我晚上会睡不着觉。给我一把榔头,让我试试用它来钉板条。不要相信油灰。把一根钉子钉到底,让它钉得牢牢靠靠的,半夜醒来时,你会满意地想起自己的活计,——你对这项工作满意极了,甚至都会毫不羞愧地唤醒缪斯[86]。上帝保佑你[87],舍此别无他途。你钉进去的每一枚钉子都应当是宇宙这部机器中的另一枚铆钉,而你则进行着这项工作。

不要给我爱情,不要给我金钱,不要给我声名,给我真理吧。我坐在一张桌前,桌上摆满了丰富的美食美酒,卑躬屈膝的客人,却没有诚意和真理[88];

(接上页)"tickly-benders"。梭罗在他 1857 年 2 月 4 日的日记中使用了这个词:"有时候,我在交谈或讲演时,我会抓住,或者甚至是倚靠或倚仗着支撑和支持着我们动荡的生活那些庄严和永恒的真理,我看见我的考核员们站在陆地上,发抖的地球,他们在里斯本码头上拥挤着,热切地或胆怯地看着我的动作,仿佛我的动作是走钢索的人或者假装在空气中行走的骗子的动作;或者这里那里有一个从头顶上正要断裂的树枝上爬出来,不愿掉到下面坚实如金的地面上,或许甚至迈出一两步,就像玩一个危险的冰上儿戏,一面走,一面胆战心惊地试探者。"【J9: 237】

[85] 梭罗的资料来源可能是 1828 年 11 月 22 日的《康科德农民公报》,其中有下面这样一段:

一个从陡峭的山坡上骑马下山的年轻人,疑心山脚有沼泽,便向一个正在挖沟的爱恶作剧的人打听,问地底下是不是坚实。——那个乡下人说,"对,底下够结实的了,我向你保证。"可走了五六步,马就下沉到了马肚带处,让年轻的勇士不断地抽打、咒骂。"你这个家伙干吗撒谎?"他对那个爱恶作剧的人说,"你不是说地底下是坚实的吗?""是啊,"那人说,"可你还没下沉到半路呢。"

[86] Muse,希腊神话中,九个艺术之神中的一个。史诗经常以唤醒缪斯开头。

[87] 发誓的质问那一部分,回答是"上帝保佑我"。

[88] 典故来自《哥林多前书》5:7—8:"因为我们逾越节的羔羊耶稣已经被杀献祭了。所以,我们守这节不可用旧酵,也不可用恶毒、邪恶的酵,只用诚实真正的无酵饼。"

| 结 | 语 |

我饿着肚子离开了这个冷漠的宴席[89]。这种款待和冰点心[90]一样寒冷。我觉得不用冰就能够把它冻上。他们跟我谈起葡萄酒的年份和酿酒地的盛名；但我却想到一种更陈、更新、也更纯正的酒，产地更值得称道，他们却没有，也无力购买。这种格调、这所房子和庭院，这样的"娱乐"，对我来说一无所值。我去拜访一位国王，但他让我在大厅里等候，他的行为就像一个缺乏好客精神的人一样。在我的住所附近有一个住在树洞里的人[91]。我去拜访他的话，得到的待遇会更好一些。

我们还打算在门廊下坐多长时间，来实践那些呆滞和发霉的美德？任何行动都会让这些美德相形见绌。就像一个人以长久忍受的苦难开始一天，然后雇一个人来锄他的土豆；下午再怀着善意预谋，去实践他基督教的谦卑和仁爱[92]！想一想中国人的自负和人类停滞不前的自满吧[93]。这一代人中有些人以为

---

[89] 可能是爱默生家。梭罗是爱默生家的常客，他1841年4月至1843年5月住在爱默生家，1847年9月到1848年7月又住回到了爱默生家。爱默生的日记中几次提到喝酒："葡萄酒很适宜用来款待客人；它是液体的恭维之词。"这一段是在《瓦尔登湖》第四版中加上的（约1852年），其时梭罗对爱默生感到很失望。1852年1月31日，他在日记中写道："对我来说，爱默生太张扬了。他属于贵族，穿着他们的衣着，举止也像他们……如果说其中没有带着一点保护人的成分，因而有点恭维人的话，我会更加珍视E.的夸奖，他的夸奖总是很偏向的。"【J 3: 256】爱默生1853年的日记方向正好相反："H.T.坚持推行他简约住房的原则，认为一名绅士如果为饮食付费过多的话，那是一项过错。他的饮食费用应当很低。"

[90] 冰点心（the ices），用加糖的果汁或加了糖和香精的奶油、牛奶或乳蛋糕冻成的甜食。

[91] 尽管梭罗在日记中有类似一句话——"我的邻居住在一株枫树里，我住在一株山毛榉里"【J1: 133】，在《动物邻居》和《春天》中也提到树是一种住所，我们却并不能确认，他究竟想的是不是当地的康科德人。爱默生在1841年的日记中也写过类似的事情，尽管其语言不像梭罗那样纪实："在我看来，我保守着一个大得不能只告诉一个人的秘密，就是我附近有个住在树洞里的神圣的人。"

[92] Goodness aforethought，"恶意预谋"（malice aforethought）的反义。在《登山宝训》（《马太福音》5: 5）中，耶稣把温柔称颂为美德："温柔的人有福了！因为他们必承受地土。"

[93] 梭罗时代，人们认为中国的基础是其自给自足的自豪感，以及其作为大国的地位。

自己是承继一条杰出血脉的最后传承，并以此沾沾自喜；在波士顿、伦敦、巴黎和罗马，他们遥想着自己长长的血缘关系线，志得意满地述说着艺术、科学和文学的进步。里面还有哲学学会[94]的各种记录，和对伟人[95]的颂词！这是老好人亚当在对着自己的美德孤芳自赏。"对，我们做了很多好事，唱了神圣的颂歌，这一切都将永垂不朽"[96]——也就是说，假如我们还能记得它们的话。古代亚述[97]的博学之士和伟人，他们如今身在何处[98]？我们是多么年轻的哲学家和试验家啊！我的读者中，还没有任何一个人过着完整的人类生活。在人类种族的生命中，这仅仅是春天的月份。就算我们已经得了七年之痒[99]，我们在康科德还没有见过十七年蝉[100]。我们只熟悉我们生活的这个地球的表皮[101]。大部分人不曾深入到地下六英尺深的地方，也没有往上跳过这么高。我们不知道自己身在何处[102]。此外，我们差不多一半时间都在酣睡。我们还自以为有智慧，在表面建立了既成秩序。真的，我们是深刻的思想家，我们有雄心勃勃的精神！

---

94 美国哲学学会（The American Philosophical Society）成立于1743年，其《会志》（*Proceedings*）1838年后每季度出版，尽管梭罗这里可能是泛指。

95 爱默生的《代表性的人》（*The Representative Men*）中的介绍论文《伟人的用处》（*Uses of Great Men*）。

96 典故不明。

97 亚述（Assyria），西亚的古代帝国。

98 中世纪一首拉丁文诗歌的开篇 "Ubi sunt" 的字面译文。几部中古英文著作都延续了这个主题，如《贝奥武夫》（*Beowulf*）和《漫游者》（*The Wanderer*），最重要的是十四世纪的一首歌词，开头是 "他们身在何处，我们的前人"。

99 疥疮（scabies），螨虫引起的流行性、极为瘙痒的皮肤病。

100 梭罗1843年在斯塔藤岛上听说了这种蝉。他1843年7月7日写信给他母亲："请问你在康科德听到了十七年蝉吗？这里蝉声四起。它们最初从地里爬出来时尚未发育完全，然后爬上灌木丛和草木，然后成虫就从树皮中爆裂出来。它们对果树和林木伤害极大……它们承受着每一根树枝去年的生长，为的是在里面产卵。几个星期以后，卵就会孵化，幼虫掉到地上，钻入地下——到1860年再次出现【C 121—122】。" 马萨诸塞州别的地方有这种昆虫，不过康科德没有。

101 Pellicle，皮肤。

102 We know not where we are. 可能是回答爱默生在《经验》开头的质询："我们身在何处？（Where do we find ourselves？）"

| 结 | 语 |

　　我看着一只昆虫在森林地面上的松针中爬行，努力躲开我的视线，我问我自己，为什么它这么珍惜那些珍贵的思想，不让我看见它的头，殊不知我可以有恩于它，为它的种族提供一些愉快的信息。它让我想起了站在我头上的那个更大的恩人和智慧。

　　世界上新奇事物不断出现，而我们却容忍着难以置信的沉闷。我只需提一下，在最开化的国家里，人们还在聆听什么样的布道。快乐和忧伤这样的词汇是存在的，但它们只是带着鼻音唱出来的诗篇的主题，而我们相信的只是平庸和卑劣。我们以为我们只能更换我们的衣着。据说大英帝国很大很受尊敬，而美国是一流强国。我们不相信，如果一个人在心中能够包含一个大海，每个人背后的潮涨潮落能够让大英帝国像一只小木片一样在其中漂浮。谁知道下一次从地里出来的蝉会是哪一种？我生活的世界的政府，不是像大英帝国那样在饭后就着美酒的谈笑间建构起来的。

　　我们的生命就像河中之水。今年的水可能会涨到前所未有的高度，淹没干燥的高地；今年可能是多事之秋，会淹死我们所有的麝鼠[103]。我们居住的地方并非一直是陆地。我在离海岸很远的内地还看见过旧时溪水冲刷过的河岸，那时科学尚未开始记录。大家都听说过在新英格兰流行的一个故事，从一张苹果木做的旧桌子的干花瓣中爬出了一只强壮而美丽的昆虫，这张桌子在一个农夫的家里度过了六十周年，先是在康涅狄格州，然后在马萨诸塞州，这只昆虫是从产在活树中的虫卵孵化而来，从树上的年轮来看，这是在很多年很多年以前发生的事情；据说它是偶然被一只罐子的热量孵化的，然后用了几个星期的时间咬开木头爬了出来[104]。听到这样的故事，谁能不更加信仰复活和不朽？那美丽而身佩双翼的生命，年复一年埋藏在社会枯死的生活的千层朽木之中，最初

---

[103] 麝鼠的巢，或洞，筑于水平面以上的高处，下面有开口。春天发山洪、水位特别高的时候，麝鼠，尤其是幼鼠，有可能淹死在巢中。

[104] 梭罗可能是从这两个地方读到这个故事，一是提摩太·德怀特（Timothy Dwight）的《新英格兰和纽约游记》(*Travels in New England and New York*，纽黑文，1821年)，和约翰·华纳·巴波尔的《历史集》，其开头便是："1806年，一只强壮而美丽的昆虫咬出了一张用苹果木制成的桌子，这棵树原来长在康州布鲁克林的普特兰少将的农场里。"该文接着讲述和梭罗这里讲的大致一样的故事，给出桌子主人、普特兰的儿子提供的具体年份和日期。

是在翠绿鲜活的活树的边材[105]中产下的卵,这株树逐渐变成了它的坟墓,这家人坐在节日的桌前时,吃惊地听到昆虫咬着爬了出来,谁能料想得到,这样的生命会出人意料地从社会中最卑微的二手家具中破卵而出,终于能够享受它完美的夏日!

我不是说光靠哪一个约翰或乔纳森这样的平常之人[106]就能够实现这一切;这就是明天的特性,仅仅是时光流逝,并不能让它晨曦初现。如果光明亮得让我们睁不开眼,对我们来说它就等于黑暗[107]。只有我们醒过来时,黎明才会来临[108]。来日方长。太阳只不过是一颗晨星[109]。

---

105 Alburnum,在树的内皮与硬木之间一株活树的白色柔软部分。

106 John Bull,约翰牛,对英国人的通称。

107 关于光使人眼瞎的故事有很多先例,如《路加福音》11: 35:"所以,你要省察,恐怕你里头的光或者黑暗了。"

108 一个人必须醒悟到各种可能,才能理解它们。在《秋天的颜色》中梭罗写道:"我们只有拥有了关于一件事物的理念,将它置于我们的脑中,才能看见它,——然后我们就几乎看不见其他一切了。"【W 5: 286】他还在日记中写道:"那个扛着一杆枪的人,亦即亲身前往的人,能够看见的猎物该多多少啊!尽管你一年四季在林中徜徉,你也赶不上那个带着目的前往的人看见的多。有人靠射击山鹬为生;大部分人一辈子一只山鹬都不曾见过。"【J 8: 192】约翰·多恩的《危机时的祈祷》(*Devotions upon Emergent Occasions*)第十七个祈祷说:"心诚则灵"(The bell doth toll for him that thinkes it doth)。

109 有几个文学先例,其中任何一个可能有助于梭罗理解启明星的象征潜力。爱默生在《政治》中说:"我们以为我们的文明已经达到了正午,其实我们刚刚在雄鸡高唱、启明星升起的早晨。"最后的黎明意象,加上扉页上关于要像一只公鸡一样鸣叫的开篇座右铭,强调《瓦尔登湖》是写出来唤醒他的邻居的。

译名索引

● 人名

Abelard, Peter 彼得·阿贝拉尔 129
Abu Said Muhammad VI 阿布·萨伊德·穆罕默德六世 114
Actor 艾克托 167
Achilles 阿喀琉斯 44, 95, 106, 107, 167, 255, 257, 323
Aciliius, Manius 马尼乌斯·阿奇利乌斯 349
Actæon 阿卡同 310
Adams, John Quincy 约翰·昆西·亚当斯 189
Addison, Joseph 约瑟夫·艾迪生 9
Adelaide 阿德莱德公主 63
Adelaide Louisa Theresa Caroline Amelia 阿德莱德·路易莎·特雷莎·卡罗琳·阿米莉亚 63
Admetus 阿德墨托斯 84
Aeacus 埃阿科斯 109, 167
Aegina 埃伊纳 109, 167
Aeneas 埃涅阿斯 53, 122
Aeneas Sylvius 埃涅阿斯·西尔维乌斯 259
Aeolus 埃俄罗斯 153
Aeschylus 埃斯库罗斯 119, 122
Aesculapius 埃斯科拉庇俄斯 161
Aesop 伊索 57, 78, 173, 252, 329
Agassiz, Louis 路易斯·阿加西斯 208, 253
Aglaia 阿格莱亚 31
Aladdin 阿拉丁 115
Albee, John 约翰·阿尔比 232
Alcott, Amos Bronson 阿莫斯·布朗森·阿尔科特 18
Alcott, Louisa May 路易莎·梅·阿尔科特 179
Algonquins 阿尔冈昆 238
Alibaba 阿里巴巴 115
Andronicus, Titus 提图斯·安东尼斯 183
Angelo, Ray 雷·安杰洛 286
Antaeus 安泰 178
Apollo 阿波罗 84, 120, 356
Apollodorus 阿波罗多罗斯 4
Apollonius Rhodius 罗德的阿波罗尼乌斯 195
Aratus 阿拉托斯 270
Ariadne 阿里阿德涅 36
Aristotle 亚里士多德 15, 16
Artemis 阿尔特弥斯 310
Ashubanipal 亚述巴尼拔 45
Atropos 阿特洛波斯 30, 139, 282
Audubon, John James 约翰·詹姆斯·奥杜邦 210, 309
Aulus Persius Flaccus 奥卢斯·帕耳修斯·弗拉库斯 35
Aurora 欧若拉（黎明女神） 44, 105, 107, 161

Bacon, Francis 弗朗西斯·培根 90, 195
Bailey, Nathan 内森·贝利 44
Baker, Gilian 吉廉·贝克 260
Baker, Jacob 雅各·贝克 166
Baker, James 詹姆斯·贝克 96, 291
Balcom 巴尔科姆 69
Ball, Deacon Nehemiah 尼希米·伯尔执事 83
Barber, John Warner 约翰·华纳·巴波尔 76, 194, 207, 369
Barrett 巴雷特 354
Bartlett, Josiah 约西亚·巴特利特 175
Bartram, William 威廉·巴特拉姆 81
Bascom 巴斯科姆 291
Baxter, Richard 理查德·巴克斯特 359
Bavo 巴夫（St. Bavo Cathedral 比利时根特圣巴夫大教堂） 343
Bias 毕阿斯 29, 30
Bigelow, Ann 安·比奇洛 174
Blake, Goody 布莱克老大娘 279, 280
Blake, Harrison Gray Otis 布雷克，哈里逊·格雷·奥蒂斯 4
Blanchard, Luther 路德·布兰查德 257
Boker, George 乔治·博克 353
Bour 波尔 329
Bourcher 波彻尔 329
Brandreth 布兰德雷斯 160
Brister 布里斯特 209, 254, 284, 286, 287, 288, 294, 295, 297, 299
Bristol 布里斯托 286, 289
Britton 布里顿 311
Brooks 布鲁克斯 175
Brooks, Charles Timothy 查尔斯·蒂莫西·布鲁克斯 182
Brown, Mary Hosmer 玛丽·霍斯默·布朗 162
Brown, Reuben 鲁本·布朗 80
Brown, Tilly 蒂利·布朗 290
Brownson, Orestes 奥雷斯特斯·布朗森 83
Bryant, William Cullen 威廉·卡伦·布赖恩特 57
Bucephalus 布塞弗勒斯 217
Buel, Jesse 杰西·布尔 138
Bull, John 约翰·布尔 45, 53
Bunyan, John 约翰·班杨 7
Bugine 布金 313
Burgoyne 伯戈因 313
Burns, Robert 罗伯特·彭斯 57, 141
Buttrick 巴特里克 257
Byrd, William 威廉·伯德 139
Cabot, James Elliot 詹姆斯·艾略特·卡博特 253

371

Caesar, Julius 裘力斯·恺撒 41, 351, 290, 315
Canby, Henry Seidel 亨利·赛德尔·坎比 54
Carey, Henry 亨利·凯里 217
Cargill, Hugh 休·卡吉尔 285
Carlyle, Thomas 托马斯·卡莱尔 9, 26
deLas Cases, Count Emmanuel Augustin Dieudeonné 埃马纽埃尔·奥古斯丁·迪厄多内·卡斯伯爵 140
Cato, Marcus Porcius 马库斯·波尔齐乌斯·加图 100, 285
Cawtantowwit 考坦托维 269
Cellini, Benvenuto 本韦努托·切利尼 227
Ceres 刻瑞斯 190, 269
Chalmers, Alexander 亚历山大·查默斯 238, 290
Champollion, Jean-François 让-弗朗索瓦·商博良 339
Channing, William Ellery 威廉·埃勒里·钱宁 4, 9, 30, 33
Chanticleer 尚特克勒 100
Chapman 查普曼 41, 122
Charon 卡隆 57, 148
Chaucer, Geoffrey 杰弗里·乔叟 100
Childers, Leonard 伦纳德·奇尔德斯 63
Choctaw 乔克托 81
Christiern the Second 克里斯蒂安二世 259
Marcus Tullius Cicero 马库斯·图利乌斯·西塞罗 15
Clark, James Freeman 詹姆斯·弗里曼·克拉克 87
Clark, William 威廉·克拉克 353
Claudian 克劳狄 354
Clive, Robert 罗伯特·克莱夫 64
Clotho 克罗托 30
Codman, John 约翰·科德曼 291
Colby, Mary E. 玛丽·E. 科尔比 229
Coleridge, Samuel Taylor 萨姆尔·泰勒·柯勒律治 9, 100
Collins, James 詹姆斯·柯林斯 52, 58
Colman, Henry 亨利·科尔曼 181
Columbus, Christopher 克里斯托弗·哥伦布 353
Combe, George 乔治·库姆 300
Condulmaro, Gabriel 加布里埃尔·康杜尔梅尔 259
Conway, Moncure Daniel 蒙丘尔·丹尼尔·康威 173
Cooke, George Willis 乔治·威利斯·库克 49, 54
Cooper, James Fenimore 詹姆斯·费尼莫尔·库珀 125, 263
Cowper, William 威廉·考珀 98
Coyle, Hugh 休·科伊尔 1, 293, 294, 295
Croesus 克罗伊斯 364
Cromwell, Oliver 奥利弗·克伦威尔 90

Crusoe, Robinson 鲁滨逊·克鲁索 20
Culluca 卡鲁卡 247
Cuming 卡明 287
Cummings 卡明斯 287
Curtis, Burrill 博乐·柯蒂斯 54, 196
Curtis, George William 乔治·威廉·柯蒂斯 196, 201
Curtis, James Burrill 詹姆斯·博乐·柯蒂斯 196
Dafoe, Daniel 丹尼尔·笛福 20
Daedalus 代达罗斯 222
Damon, Calvin Carver 卡尔文·卡佛·达蒙 320
Dana Richard Henry 理查德·亨利·达纳 303
Dante Alighieri 但丁·阿利吉耶 123
D'Avenant, William 威廉·达文南特 289
Davenport and Bridges 德文珀特和布里吉斯 45
Davis, Isaac 艾萨克·戴维斯 258
Decuma 得客玛 31
Demeter 德米特 160
Dervish 托钵僧（苦行僧）157, 158
De Quincey, Thomas 托马斯·德昆西 242
Deucalion 丢卡利翁 5, 6
Dickens, Charles 查尔斯·狄更斯 244
Digby, Kenelm 肯内尔姆·迪格比 187
Diodorus Siculus 狄奥多罗斯·西库路斯 74
Diogenes 第欧根尼 15, 170
Diomedes 狄俄墨德斯 53
Dobson 多布森 69
Don Carlos 唐·卡洛斯 114
Don Pedro 唐·佩德罗 114
Donne, John 约翰·多恩 246, 370
Douglas, Gavin 加文·道格拉斯 122
Downes, John 约翰·唐斯 211
Downing, Andrew Jackson 安德鲁·杰克逊·唐宁 57
Drayton, Michael 迈克尔·德雷顿 88
Druids 德鲁伊 225
Drummond, William of Hawthornden 霍索恩登的威廉·德拉蒙德 222
Dryasdust, Jonas 乔纳斯·德赖斯达斯特 9
Dryden, John 约翰·德莱登 138
Dugan, Elisha 以利沙·杜根 364
Dunbar, Charles 查尔斯·邓巴 289
Dustan, Hannah 汉娜·达斯坦 194
Dwight, Timothy 提摩太·德怀特 369
Emerson, Edward 爱德华·爱默生 73, 99, 166, 173, 174, 178, 201
Emerson, George B. 乔治·B. 爱默生 303
Emerson, Lidian 利蒂安·爱默生 296
Emerson, Ralph Waldo 拉尔夫·沃尔多·爱默生 54, 73
Emerson, William 威廉·爱默生 83
Emmons, Ebenezer 埃比尼泽·埃蒙斯 314
Eos 厄俄斯 105
Erasmus, Desiderius 狄西德里乌斯·伊拉斯谟 44

Eugenius IV 尤金四世 259
Euphrosyne 欧佛洛绪涅 31
Euripides 欧里庇得斯 147
Eurystheus 欧律斯透斯 3
Evans, Thomas 托马斯·埃文斯 105
Evelyn, John 约翰·伊夫林 12, 186, 187, 199
Etzler, John Adolphus 约翰·阿道夫·埃兹勒 85
Farmer 法尔默 70
Fawkes, Guy 盖伊·福克斯 233
Fenda 芬达 287
Fénelon, François de Salignac de la Mothe 弗朗索瓦·德·萨利奈克·德·拉·莫德·费奈隆 29
Ferdinand VII 斐迪南七世 114
Field, John 约翰·菲尔德 229, 230, 231, 234
Fielding, Henry 亨利·菲尔丁 312
Fitch 费奇 25, 52, 63, 64, 136, 344
Fitts 菲茨 349
Flannery, Michael 迈克尔·弗兰纳里 86
Flint, David 大卫·弗林特 172
Flint, Thomas 托马斯·弗林特 221
Flint, Timothy 蒂莫西·弗林特 112
Flobisher, Martin 马丁·弗罗比舍 353
Fontaine, Jean de la 让·德·拉封丹 57, 173, 252
Fourier, Charles 夏尔·傅立叶 85
Franklin, Benjamin 本杰明·富兰克林 87, 150, 189
Freenman, Brister 布里斯特·弗里曼 254, 286, 287
Freiherr von Hardenberg, Friedrich Leopold 弗里德里希·利奥波德, 冯·哈登伯格男爵 248
Freya 芙蕾雅 133
Frost, John 约翰·弗罗斯特 229
Fuller, Ellen 艾伦·富勒 98
Fuller, Margaret, 玛格丽特·富勒 2, 21, 98, 142, 200
Gabriel, Alfred Guillaume, Count d'Orsay 阿尔弗雷德·纪尧姆·加布里埃尔, 奥赛伯爵 31
Gaius Plinius Secundus 该犹·普里纽斯二世 225
Gay, John 约翰·盖伊 217
Gill, Harry 哈里·吉尔 279, 280
Gilpin, William 威廉·吉尔平 56, 97, 278, 320
Giraud, Jacob Post 雅各布·珀斯特·吉罗 309
Gladwin, Francis 弗兰西斯·格莱维温 93
Gleason, Herbert 赫伯特·格里森 322
Goffe, William 威廉·格夫 159
Goldsborough, Edmund Lee 埃德蒙·李·戈尔兹伯勒 211
Goodfellow, Robin 罗宾·古德费洛 88
Gookin, Daniel 丹尼尔·古金 37
Goethe, Johann Wolfgang 约翰·沃尔夫冈·歌德 200
Gray, Thomas 托马斯·格雷 112, 138, 140, 153, 219
Greeley, Horace 贺拉斯·格里利 8, 85, 128
Grinnell, Henry 亨利·格林内尔 353
Greenough, Horatio 霍雷肖·格里诺 55
Grose, Francis 弗朗西斯·格罗斯 307
Gross, Robert 罗伯特·格罗斯 187
Guerrière 盖里耶 286
Habbington, William 威廉·哈宾顿 352
Hades （冥王）哈得斯 148
Hahnemann, Christian Friedrich Samuel 克里斯蒂安·弗里德里希·塞缪尔·哈尼曼 193
Hales, John Groves 约翰·格罗夫斯·海尔斯 288
Hamilton, Alexander 亚历山大·汉密尔顿 69
Hanhart, M. 韩哈特 259
Hannibal 汉尼拔 287
Hanno 汉诺 25, 331
Harding, Walter 沃尔特·哈丁 285
Harlan, Richard 理查德·哈伦 261
Hastings, Warren 沃伦·黑斯廷斯 64
Hawthorn, Nathaniel 纳撒尼尔·霍桑 9
Hayes, Josiah (Joshua) 约西亚（约书亚）·海恩斯 223
Hebe 赫柏 161
Hecker, Isaac 艾萨克·赫克 63, 77
Hector 赫克托尔 186
Hecuba 赫卡柏 179, 186
Hedge, Frederick Henry 弗里德里克·亨利·赫吉 90
Helios 赫利俄斯 88
Hemans, Felicia Dorothea 菲利西亚·多萝西娅·赫曼斯 106
Henry, Matthew 马修·亨利 77
Heraclitus 赫拉克利特 121
Hercules 赫拉克勒斯 95, 178
Herodotus 希罗多德 43
Hesiod 赫西俄德 42, 106, 205, 288
Heywood, John 约翰·赫伍德 46, 113
Hillhouse, Augustus 奥古斯都·希尔豪斯 279
Hincks, Edward 爱德华·欣克斯 271
Hipparchus 希帕库斯 87
Hippocrates 希波克拉底 12
Hoar, Brister 布里斯特·霍尔 287
Hoar, Edward 爱德华·霍尔 23, 112
Hoar, Samuel 塞缪尔·霍尔 22
Holbrook, Josiah 约西亚·霍尔布鲁克 128
Hooper, Ellen Sturgis 埃伦·斯特吉斯·胡珀 283
Hosmer, Abner 阿伯纳·霍斯默 258
Hosmer, Alfred 阿尔弗雷德·霍斯默 173
Hosmer, Edmund 埃德蒙·霍斯默 54, 65, 300
Hosmer, Horace 贺拉斯·霍斯默 30
Hubbard, Ebby 埃比·哈伯德 313

373

Huber, Pierre 皮埃尔·胡博 255, 259
Hunt, Leigh 李·亨特 259
Hyde, Tom 汤姆·海德 362, 363
Hydra 海德拉九头怪 4
Hygae 同 Hygeia 219
Hygeia 海吉雅（健康女神）161, 219
Icarus 伊卡洛斯 222, 280
Indra 因陀罗 137, 156, 330
Ingraham, Cato 加图·英格拉哈姆 285
Ingraham, Duncan 邓肯·英格拉哈姆 285
Iolaus/Iolas 伊俄拉俄斯 4
Iphiclus 伊菲克勒斯 4
Irving, Washington 华盛顿·欧文 244
Isis 伊西斯 118
Jacob 雅各 125, 166, 291, 309, 312
Jarvis, Cyrus 塞勒斯·贾维斯 288
Jarvis, Edward 爱德华·贾维斯 7, 30, 73, 286, 288
Jefferson, Thomas 托马斯·杰弗逊 49
Jones, Ephraim 埃弗兰·琼斯 313
Jones, Robert 罗伯特·琼斯 105
Jones, William 威廉·琼斯 223, 247, 350
Jonson, Ben 本·琼森 88, 147
Jove 朱庇特 88, 109, 140, 155, 161, 190, 272
Kabir 卡比尔 360
Kane, Elisha Kent 以利沙·肯特·凯恩 353
Kendall, William Converse 威廉·康威斯·肯德尔 211
Keyes, John Shepard 约翰·谢泼德·凯斯 30
Kirby 柯比 240, 255, 258, 259
Knight, Ed. P. 埃德·P.奈特 352
Kouroo, 库鲁（Kouroo, 亦作 Kooroo 或 Curu）361
Korner 奎纳 182
Kosati 柯萨提 81
Krishna, Lord 主奎师那 68
Lachesis 拉刻西斯 30
Laërtes 拉埃提斯 10
Laertius, Diogenes 第欧根尼·拉尔修 170
Laing, Samuel 萨姆尔·莱恩 34
Lamb, Charles 查尔斯·兰姆 42
Lane, Charles 查尔斯·莱恩 67
Langlois, Simon Alexandre 西蒙·亚历山大·朗格卢瓦 102
Lapérouse, Jean-François de Galaup, comte de 让-弗朗索瓦·德加洛·拉彼鲁兹伯爵 25
Lassell, William 威廉·拉塞尔 61
Layard, Austen Henry 奥斯汀·亨利·莱亚德 295
Leah 利亚 125
Le Grosse 勒格罗斯 292
Le Grosse, Francis 弗朗西斯·勒格罗斯 292
Lemprière, John 约翰·郎普利埃 4
Lernæon Hydra 勒纳湖的海德拉 4
Lewis, Meriwether 梅里韦瑟·刘易斯 353
Lewis and Clark 刘易斯和克拉克 353

Liebig, Baron Justus von 贾斯特斯·冯·李比希男爵 16
Livy 李维 306
Longfellow, Henry Wadsworth 亨利·沃兹沃斯·郎费罗 139
Lopez de Santa Anna, Antonio 安东尼奥·洛佩斯·圣安娜 140
Loudon, John Claudius 约翰·克劳第乌斯·劳登 57
Lovelace, Richard 拉夫莱斯，理查德 36
Lucian 卢西恩 365
Lucius Aelius 卢修斯·埃琉斯 315
Lucretius 卢克莱修 306
MacGregor, Patrick 派特里克·麦格雷戈 154
MacPherson, James 詹姆斯·麦克弗森 57
Madison, James 詹姆斯·麦迪逊 67
Magnus, Olaus 奥劳斯·马格努斯 259
Mainwaring 梅因威林 160
Mann, Horace 贺拉斯·曼 129
Mapple 梅布尔 115
Marryat 马里亚特船长 285
Marshman, Joshua 约书亚·马什曼 14
Martial 马提雅尔 306
Martineau, Harriet 哈里特·马蒂诺 62
Marvell, Andrew 安德鲁·马维尔 219
Mason, James M. 詹姆斯·M.梅森 260
Massasoit 马萨索伊特 165
Mast, Mir Camar Uddin Mast 米尔·卡马尔·乌丁·玛斯特 118
Mather, Cotton 科顿·马瑟 87, 141
Maya 玛雅 118
McGraw, Harry 哈利·麦格劳 178
McMunn 麦克蒙 242
Melven 梅尔文 79, 313
Melville, Herman 赫尔曼·梅尔维尔 32
Melvin, George 乔治·梅尔文 79
Memnon 门农 44, 107
Menoetius 墨诺提俄斯 167
Mentor 门特 11
Merlin 梅林 343
Mesmer, Friedrich[sic] Anton 弗里德里克·安东·梅斯梅尔（应为弗朗兹）93
Michaux, François André 弗朗索瓦·安德烈·米肖 279
Michelangelo Buonarroti 米开朗基罗·博纳罗蒂 204
Milton, John 约翰·弥尔顿 8, 144, 200, 318
Minerva 密涅瓦 42, 269
Minnat, Qamar-uddin 卡马尔-乌丁·米纳 118
Minotaur 弥诺陶洛斯 36
Minott/Minot, George 乔治·迈诺特 30, 40, 311
Mirabeau, Honoré-Gabriel Victor Riqueti, Comte de Mirabeau 奥诺雷·加布里埃尔·维克多·里凯蒂，米拉波伯爵 356

| 译 | 名 | 索 | 引 |

Myrmidons 密耳弥多涅 167, 255, 256
Momus 莫摩斯 42
Montaigne, Michel de 米歇尔·德·蒙田 15, 28
Manu（Menu）摩罗 247
Minerva 密涅瓦 42, 269
Moody, Loring 罗林·穆迪 176
Moore, Thomas 托马斯·莫尔 214
Morse, Samuel 塞缪尔·摩尔斯 62
Morta 墨尔塔 31
Morton, Thomas 托马斯·莫顿 76
Murray, Hugh 休·穆雷 362
Nebuchadnezzar 尼布甲尼撒 271
Newell, John C. 约翰·C. 纽厄尔 288
Nona 诺娜 31
Nornen 诺伦 30
Norris, Thomas 托马斯·F. 诺里斯 130
Novalis 诺瓦利斯 248
Nox 诺克斯（夜神） 42
Nutting 纳丁 292, 312, 313
Nutting, Stephen 斯蒂文·纳丁 292
O'Callaghan, Edmund Bailey 埃德蒙·贝利·奥卡拉汉 48
Odin 奥丁（斯堪的纳维亚神话） 138, 225
Odysseus 奥德修斯 106, 116
O'Calaghan 奥卡拉汉 48, 269
Ophelia 奥菲利娅 10
Orestes 奥雷斯特斯 83, 147
Orpheus 俄耳甫斯 195
Ossian 奥西恩 57, 154
Ovid, Publius Ovidius Naso 奥维德，波宇利乌思·奥维提乌思·纳索 6
Owen, Thomas 托马斯·欧文 100
Niccolo Paganini 尼科洛·帕格尼尼 182
Parr, Thomas 托马斯·帕尔 160
Parcae 帕耳开 30, 31
Park, Mungo 蒙哥·帕克 353
Park, Thomas 托马斯·帕克 302
Parker, Theodore 西奥多·帕克 180
Parkman, William 威廉·帕克曼 143
Paterson, Robert 罗伯特·帕特森 302
Patrick 派特里克 53
Patroclus 帕特洛克罗斯 167, 257
Pauthier, Jean-Pierre-Guillaume 让-皮埃尔-纪尧姆·鲍狄埃 14
Peabody, Elizabeth 伊丽莎白·皮博迪 198
Pedrick 佩德里克 351
Pegasus 飞马（珀伽索斯） 63, 261
Peleus 帕琉斯 167
Pellico, Silvio 西尔维奥·佩利科 87
Penn, William 威廉·佩恩 77, 91
Penelope 珀涅罗珀 10
Penobscot 佩诺布斯科特
Pfeiffer, Madam Ida Laura 艾达·劳拉·菲佛夫人 27, 28
Phaeton 法厄同 88
Philiday 菲丽黛 105

de'Piccolomin, Enea Silvio 埃内亚·西尔维奥·皮科洛米尼 259
Pickering, Charles 查尔斯·皮克林 355
Picketson, Daniel 丹尼尔·皮克特森 30
Pistoriensis, Nicolas 尼克拉斯·皮斯托林西斯 259
Pliny 普林尼 270
Pliny the Elder 老普林尼 225
Plutarch 普鲁塔克 15, 121, 159, 217, 256, 356
Pluto（冥王） 普鲁托 190
Plutus（财神） 普路托斯 190
Polk, James 詹姆斯·波尔克 259
Polonius 波洛尼厄斯 10
Pope, Alexander 亚历山大·蒲柏 119
Porcius, Gaius 盖乌斯·波尔齐乌斯 349
Poter, Robert 罗伯特·波特 122
Prat 普莱特 191
Prescott, Abel 亚伯·普雷斯科特 216
Prescott, William Hickling 威廉·希克林·普雷斯科特 82
Prinsey, C. R. 普林塞 62
Pyrrha 皮拉 5, 6
Quarles, Francis 弗朗西斯·夸尔斯 189
Quoil, Hugh 休·科伊尔 1, 293, 294, 295
Rainer 莱纳 33
Rajah Rammohun Roy 拉贾·罗姆摩罕·罗易 243
Raleigh, Sir Walter 瓦尔特·罗利爵士 6
Redding 雷丁 130, 193
Reed, Sampson 桑普森·里德 106
Reid 里德 9
Reid, Thomas 托马斯·里德 360
Remus 瑞摩斯 4
Reynolds, Joshua 约书亚·雷诺兹 57
Ricardo, David 大卫·李嘉图 62
Ripley, George 里普利 14
Robbins, Roland 罗兰·罗宾斯 65
Ross, James 詹姆斯·罗斯 94
Russel, Chambers 钱伯斯·罗素 291
Rusk, Ralph Leslie 拉尔夫·莱斯利·拉斯克 54
Ruskin, John 约翰·拉斯金 9
Romulus 罗穆卢斯 4
Sadi 萨迪 93, 94, 158
Salt, Henry S. 亨利·S. 索尔特 49
Samoset 萨玛瑟 177
Sanborn, Franklin 富兰克林·桑伯恩 30, 51, 65, 78, 112, 138, 179, 217, 233, 243, 245, 284, 285, 327
Sardanapalus 萨丹纳帕路斯 45
Sartain, John 约翰·萨坦 97, 135, 353
Saturn（农神） 萨图恩/土星 190, 272
Say, Jean-Baptiste 让-巴蒂斯特·萨伊 62
Schiller, Fredrich von 弗里德里希·冯·席勒 182

375

Scippio 西庇阿 287
Scipio Africanus Publius Cornelius 西庇阿·阿菲利加努斯·普布利乌斯·科尼利厄斯 287
Scipiothe Elder 老西庇阿 287
Scott, Walter 瓦尔特·司各特 9, 302
Scribner, Ira 艾拉·斯克里布纳 101
Scudder, Townsend 汤森德·斯卡德 49
Seely 西利 53
Seward, William Henry 威廉·亨利·西沃德 235
Shattuck, Lemuel 雷米尔·沙特克 172, 284
Sheikh Sadi of Shiraz 设拉子的萨迪 93
Sephronia 同 Sophronia, 塞弗隆妮亚 125
Sheridan, Richard 理查德·谢里登 89
Shattuck, Lamuel 莱缪尔·沙特克 42, 210
Sippio 西庇阿 287
Simonides 西蒙尼德 4
Sinbad 辛巴达 115
Siren 塞壬 116, 195
Skinner 斯金纳 313
Smith, Adam 亚当·斯密 62
Sophronia 索弗隆妮亚 125
Spaulding 斯波尔丁 78, 248
Spence 斯彭斯 240, 255, 258, 259
Spencer 斯宾塞 19, 164, 286
Spenser, Edmund 埃德蒙·斯宾塞 19, 164
Squaw Walden 瓦尔登老妇（？）327
St. Augustine 圣奥古斯丁 5, 82
St. Helena 圣赫勒拿岛 140, 294
Stacy, Albert 阿尔伯特·斯泰西 118
Staples, Sam 山姆·斯台普斯 197
Stearns, C. C. 斯登 49
Storer, Thomas 托马斯·斯托勒 302
Stowe, Harriet Beecher 哈里特·比彻·斯托夫人 139
Straton 斯特拉顿 284, 285, 288, 313, 349
Stratton, Hezekiah 希西家·斯特拉顿 313
Swift, Jonathan 乔纳森·斯威夫特 67, 131
Symmes, John Cleves 约翰·克利夫斯·辛姆斯 355
Tappan 塔潘 304
Tasso 塔索 125
de Tassy, Joseph Héliodore Garcin 约瑟夫·赫里奥多·加尔辛·德·塔西 119
Taylor, Edward Thompson 爱德华·汤普森·泰勒 114
Taylor, Zachary 扎卡里·泰勒 140
Telemachus 忒勒马库斯 11
Tell, William 威廉·退尔 140, 182
Terminus 忒耳弥努斯（界标之神）277
William Makepeace Thackeray 威廉·梅克皮斯·萨克雷 244
Thalia 塔利亚 31
Themis 忒弥斯 6
Therien, Alek 阿列克·塞里恩 126, 166, 180, 300

Theseus 忒修斯 36, 95
Thomas, T. T. 托马斯 58
Thompson, Benjamin, Count Rumford 本杰明·汤普森, 拉姆福德伯爵 38
Thor 托尔 133, 340
Tibullus, Albius 阿比乌斯·狄巴拉斯 199
Tienhoven, Cornelis van 科内利斯·凡·田赫文 47
Tithonus 提托诺斯 44
Toombs, Robert Augustus 罗伯特·奥古斯塔·图姆斯 365
Toscar 托斯卡 154
Trench, Richard Chenevix 理查德·钱尼威克斯·特兰契 299
Tudor, Frederic 弗里德里克·都铎 326, 360
Uhland 乌尔德 182
Ulysses 尤利西斯 116
Underwood, Francis 弗朗西斯·安德伍德 30
Upjohn, Richard 理查德·厄普约翰 56
Uranus 优拉纳斯 272
Varro, Marcus Terentius 马库斯·特伦提乌斯·瓦罗 190
Veeshnoo-Sarma 毗湿奴舍哩曼 143, 252
Virgil, Publius Vergilius Maro 普布利乌斯·维吉利乌斯·马罗 122
Vishnu 毗湿奴 330
Vitruvius, Marcus Pollio 马尔库斯·维特鲁威·波利奥 69
Vulcan（us）武尔坎（努斯）277
Waldo, Peter 彼得·瓦尔多 318
Walker, John 约翰·沃克 82
Walton, Izaak 伊扎克·沃尔顿 250
Wampanoag 万帕诺亚格 165
Watts, Isaac 艾萨克·沃茨 345
Wayman 韦曼 216
Webster, Daniel 丹尼尔·韦伯斯特 259, 365
Webster, Noah 诺亚·韦伯斯特 35
Wesson 韦森 191
Western 韦斯顿 312
Whalley, Edward 爱德华·华里 159
Wheeler, Charles Stearns 查尔斯·斯登·惠勒 220, 221
Wheeler, Peter 彼得·惠勒 287, 292
Wheeler, William Francis 威廉·弗朗西斯·惠勒 220
White, Jeseph Blanco 约瑟夫·布兰科·怀特 363
White, Zilpha 泽尔法·怀特 286
Wildman, Thomas 托马斯·维尔德曼 184
Wilkins, Charles 查尔斯·威尔金斯 133, 143, 252
Wilkis, Charles 查尔斯·威尔克斯 354
Wilkinson, Gardner 加德纳·威尔金森 74
Wiley, Thomas B. 托马斯·B. 威利 20
Williams, Roger 罗杰·威廉斯 269
Willis, Frederick Llewellyn Hovey 弗雷德里克·卢埃林·霍维·威利斯 174

Wilson, H. H. 威尔逊 304
Winslow, Edward 爱德华·温斯洛 165
Woden 沃登 133
Wolsey, Thomas 托马斯·沃尔西 302
Wordsworth, William 威廉·华兹华斯 35, 57, 279
Wright, Elizur 伊莱泽·赖特 173
Wright, Hapgood 哈普古德·赖特 254
Wright, H. C. 91
Wyman 威曼 206, 293
Wyeman 威曼
Wyeth 纳撒尼尔·贾维斯·惠氏 326
Xenophanes 色诺芬尼 121
Young, Alexander 亚历山大·杨 165
Zebulon 西布伦 125
Zeus 宙斯 3
Zilpha 泽尔法 286
Zoroaster 琐罗亚斯德 128

● 地名

Acton 艾克顿 145
Adirondack 阿迪朗达克 313
Aegina 埃伊纳 167
Algonquin 阿冈昆 36
Arcadia 阿卡迪亚 68
Argyll 阿盖尔 320
Assabet 阿萨贝特 266
Astor 阿斯特 162
Atlantis 亚特兰蒂斯 331
Augean Stables 奥吉厄斯的牛圈 5
Austerlitz 奥斯特利茨 257
Baker Farm 贝克农场 96, 98, 229
Bangor 邦各 90
Bath 巴斯 143
Beacon Street 灯塔街 169
Bedford 贝德福德 145, 256
Belknap 贝尔克莱普
Boiling Spring 沸腾泉 209
Boussa 布萨 353
Breed's Hill 布里茨山 258
Brister's Spring 布里斯特泉 209
Broceliande 布罗塞利昂德 343
Brook Farm 布鲁克农场 61
Bunker Hill 邦克山 258
Caatskill 卡茨基尔 101
Cannibal Islands 食人族群岛 32
Canton 坎顿 83
Carthage 迦太基 25, 287, 331
Castallian Spring 卡斯塔利亚泉水 205
Charleston 查尔斯顿 8, 258, 330, 333
Chelmsford 切姆斯福德 51
Chesuncook 车桑库克 344
Cliff Hill 悬崖山 96

Colophon 科洛封 121
Conantum 科南塔姆 96, 201, 267
Cuttingsville 卡廷斯维尔 143, 144
Darius 大流士 121
Deep Cut 深堑 218
Delphi 德尔斐 120
Depot Field 仓库地 248
Dijlah 底格里河 94
Dodona 多多那 120
Easterbrook 伊斯特布鲁克 44
Ephesus 以弗所 28, 121
Epirus 伊庇鲁斯 120
Estabrook 埃斯特布鲁克 44, 69, 275
Fairhaven Hill 费尔黑文山 96, 198, 200, 312
Fitchburg 费奇伯格 25, 52, 63, 64, 136
Flint's Pond 弗林特湖 96, 166, 206, 217, 219, 220, 221, 222, 225, 276, 277, 305, 332, 333
Fort 堡垒山 200
Fresh Pond 弗莱西湖 329, 333, 361
Fruitlands 弗鲁特兰兹果树园 61
Ghent 根特 343
Glendalough 格兰达洛 343
Goose Pond 鹅湖 219, 222, 285, 305, 329
Hapgood Wright Town Forest 哈普古德·莱特镇有森林 288
Hesperides 赫斯珀里得斯 331
Heywood Peak 海伍德山 103
Holden Swamp 霍顿沼泽 183
Hollowell 霍洛维尔 96, 97, 98
Hopkinton 霍普金顿 176
Hubbard 哈伯德 26, 96, 313
Hubbard's Bend 哈伯德湾 26
Icarian Sea 伊卡洛斯海 222
Isle of Arran 阿伦岛 320
Kaaterskill 卡特茨基尔 101
Karnak 卡纳克 68
Katahdin 卡塔丁 350, 360
Kilbrannan Sound 科尔博朗南海岛 320
Kirby 柯比 240, 255, 258, 259
Kurukshetra 古鲁格舍德拉 68
Loch Fyne 法恩湖 320, 321
Lowell 卢维尔 158
Lydia （小亚细亚的富裕小国）吕底亚王国 364
Luxor 卢克索 68
Macedon 马其顿 121
Marlborogh 马尔波罗 284, 319, 364
Middlesex 米德尔塞克斯郡 40, 65, 185
Mount Parnassus 帕纳萨斯山 205
Mucclasse 马克拉斯 81
Muklasa 马克拉撒 81
Muscogulges 马斯科古尔吉斯 81
Musketaquid 马斯克塔奎德 102, 201
New Hampshire 新罕布什尔 10, 103, 144, 176, 289, 349
Newport 纽波特 289

Nineveh 尼尼微 295，297
Nukuheva（Nuku Hiva）努库伊瓦岛 33
Oenopia 奥诺皮亚岛 109
Orinoco River 奥里诺科河 143
Ossa 奥萨山 123，359
Pelion 皮利翁山 123，359
Penobscot 佩诺斯科特 36
Peterborough 彼得伯罗（山脉） 103，144
Phocis 福西斯 120
Phthia 弗提亚 167
Pinckney（Street） 平克尼街 179
Pleasant Meadow 快乐草甸 228
Pratt's Pond 普拉特湖 319
Priene 普里恩 29
Punkatasset Hill 庞卡塔塞特山 250，300
Reading 瑞丁 124
Roxbury 罗克斯伯里 363
Rutland 拉特兰 143
Salem 塞莱姆 24，33，153，318
Sandwich Islands 桑威奇岛 1，2
Sandy Pond 沙湖 220，221
Savoy 萨沃伊 202，318
Saxe-Meiningen 萨克森-迈宁根 63
Shiraz 设拉子 93，94
Spence 斯彭斯 240，255，258，259
State Street 州街 219
Staten Island 史泰登岛 134
Stow 斯都 279，319
Stygian 冥河 57，148，161，319
Styx 冥河 173，252，258
Sudbury 萨德伯里 96，104，198，205，211，223，319，336
Sutton 萨顿 297，298
Tallapoosa 塔拉普萨 81
Thebes 底比斯 68，106，107，122，167
Thessaly 塞萨利 255，322
Thomaston 托马斯顿 142
Tierra del Fuego 火地岛 15，351
Tigris 底格里斯河 94
Tremont 特莱蒙 162
Troy 特洛伊 44，53，54，101，106，107，109，147，167，186，217，255，257
Tyngsboro 汀斯伯罗 51
Typee 泰皮 33
Utica 尤蒂卡 285
Valhalla 瓦尔哈拉（北欧神话中的神殿） 225
Watson, Marston 马斯顿·沃森 245
Wayland 韦兰德 181，184，288，311
Weird Dell 奇异戴尔 96
Well-meadow 威尔草地 312
Weston 韦斯顿 312
White Pond 白湖 205，206，222，223，224，319，323
Wolcott 沃尔科特 301
Wyman Meadow 威曼草地 206，322

● 文献名

Ad Atticum（西塞罗） 书信集 46
Adagia 格言 365
De Agri Cultura 农业志 99，188，190，272，279
Aeneid 伊尼亚德 152
Aesthetic Papers 美学论文 198
Alcott Memoirs 阿尔科特回忆录 174
American Dictionary 美国英语大词典 82
The American Whig Review 美国辉格党评论 244
American Society 美国社会 62
Apologia 申辩篇 127
Argonautica 阿尔戈（船英雄记） 195
Atlantic Monthly 大西洋月刊 179，270
Autumnal Tints 秋天的颜色 270，370
Avesta 阿维斯陀 123，128
Ballad of Captain Robert Kidd 罗伯特·基德船长歌谣 196
Ballad of Sir John Franklin 约翰·富兰克林爵士之歌 353
The Battle of the Books 书的战争 292
The Beggar's Opera 乞丐歌剧 217
Beowulf 贝奥武夫 368
Bhagavad Gita, Bhagvat-Geeta 薄伽梵歌 64，68，133，330
Bibliotheca Classica 古典书目 4，42，44，195，255
Bibliophile Society 藏书协会 51，284，285，286，292，300，327
Biographia Literaria 文学传记 9
Birds of America 美国鸟类 210
Blum's Farmer's and Planter's Almanac 布鲁姆农民和农场主年历 85
Bonifacius: An Essay upon the Good, that is to be Devised and Designed, by those Who Desire to Answer the Great End of Life and to Do Good While they Live（Essays to Do Good） 关于由那些愿意追求生命伟大的目的、活着就要行善的人所制定和设计的善事的论文（论行善） 87
The Book of Common Prayer 共同祈祷书 82
The Book of Duchess 公爵夫人之书（乔叟）
The Book of the General Lawes and Libertyes Concerning the Inhabitants of the Massachusetts 有关马萨诸塞州居民的通行法律和自由书 185
Boston Daily Mail 波士顿每日邮报 349
Boston Caltivator 波士顿种植者 326
Boston Evening Transcript 波士顿晚报 353，355
Boston Olive Branch, Devoted to Christianity, Mutual Rights, Polite Literature, General Intelligence, Agriculture, and the Arts 波士顿橄榄枝，专论基督教、相互权利、礼貌文学、一般知识、农业和艺术 130

| 译 | 名 | 索 | 引 |

Boston Society of Natural History 波士顿自然历史学会 313
Brute Neighbors 动物邻居 98, 228, 281, 344, 367
The Celestial Railroad 天路 7, 9, 45, 111, 138
Charlestown Chronicle 查尔斯顿编年史 333
Chronicles of the Pilgrim Fathers of the Colony of Plymouth from 1602 to 1625 1602—1625年普利茅斯清教徒先驱编年史 165
The City of God 上帝之城 5
Civil Disobedience 公民不服从 198, 235, 357
Colloquia Concerning Men, Manners and Things 论人、行止和事物 44
The Comedy of Errors 错中错 183
Commentary on the Whole Bible 圣经评论 77
The Compleat Angler or, the Contemplative Man's Recreation 钓鱼高手, 或沉思者的娱乐 250
Concord Freeman 康科德自由人 32, 49, 112, 295, 333, 349
The Concord Republican 康科德共和党人 290
Concord Yeoman's Gazette 康科德农民公报 208, 366
Confessions of an English Opium-eater 一个英国鸦片吸食者的忏悔 242
Confucius et Mencius 孔子与孟子 114, 156, 199, 243, 245, 363
Connecticut Historical Collections 康州历史文集 207
Consociate Family Life 统一家庭生活 67
Constitution of Men 人的构造 300
Cottage, Farm and Villa Architecture 小村舍、农场和别墅建筑学 57
Cours Complet d'Économie Politique Pratique 实用政治经济完整教程 62
Critias 柯里西亚斯 331
A Critical Pronouncing Dictionary, and Expositor of the English Language 发音要典, 英语解释 82
Croma: A Poem 克罗玛诗 154
Democratic Review 民主评论 9
Devotions upon Emergent Occasions 危机时的祈祷 370
Dial 日晷杂志
Dictionary of the Vulgar Tongue 俗语字典 174, 307
Discourse Concerning the Vegetation of Plants 植物生长志 187
Discourses on the Philosophy of Religion 宗教哲学论 14
Discoveries Among the Ruins of Nineveh and Babylon 尼尼微和巴比伦废墟中的发现 297
Divina Commedia 神曲 123
Divinity School Address 神学院演说 13
The Doctrine and Discipline of Human Culture 人类文化的原则和规律 48
The Documentary History of the State of New York 纽约州志 48, 269
The Doings and Sufferings of the Christian Indians 印第安基督徒人的行止与苦难 37
The Dragon of Wantley 旺特利龙 217
Earth's Holocaust 地球的陨灭 81
Electra 伊莱克特拉 147
Elegy Written in a Country Churchyard 墓园挽歌 112, 153, 219
On the Elevation of the Laboring Classes 论劳动阶级的上升 4
Emancipation in the British West Indies 英属西印度群岛的解放 10, 368
Études sur les Glaciers 冰川研究 208
Fables of Æsop and Others 伊索和其他人的寓言 329
The Faerie Queene 仙后 19, 104, 164
Farmer's Companion, or, Essays on the Principles and Practice of American Husbandry 农夫手册, 或美国农业的原则和实践论文集 138
Farmer's Guide in Hiring and Stocking Farms 农用雇佣和储藏手册 66
Father's Song 先辈之歌 76, 109
Fauna Americana, Being a Description of the Mammiferous Animals Inhabiting North America 美洲动物区系: 北美哺乳动物简述 261
Federalist 联邦主义者文集 67
Former Inhabitants; and Winter Visitors 从前的居民; 冬天的访客 159
Fruits of Solitude 独处的果实 77
Fugitive Slave Bill 逃亡奴隶法 235, 259
Genius 论天性 106
Georgics 农事诗 122, 270
The Gulistan, or Flower-garden, of Sheikh Sadi of Shiraz 设拉子的萨迪的蔷薇园 93
Gulliver's Travels 格列佛游记 67, 93
Harbinger 先驱者 158, 343
Harivansa 河利世系 102
Harivansa, ou Histoire de la Famille de Hari 哈里维萨, 或哈里族史 104, 316
Harper's New Monthly Magazine 哈珀新月刊 130, 201, 356
Heetopades of Veeshnoo-Sarma, in a Series of Connected Fables, Interspersed with Moral, Prudential and Political Maxims 毗湿奴舍哩曼嘉言集, 一系列相关寓言, 穿插着道德、明辨和政治格言 143
Heliconia: Comprising a Selection of English Poetry of the Elizabethan Age Written or Published between 1575 and 1604 海里康宝集: 1575至1604年期间写作或发表的伊丽莎白时代的英国诗歌选 302
Henry Thoreau as Remembered by a Young Friend 一个年轻友人记忆中的梭罗 99

379

On Heroes, Hero-Worship, and the Heroic in History　论历史上的英雄、英雄崇拜和英雄主义　28
Historical and Descriptive Account of British India　英属印度历史和记述　362
Histoire de la Littérature Hindoui et Hindoustani　印度教和印度斯坦文学史　119, 360
Historia de Gentibus Septentrialibus　瑞典人和汪达尔人的历史　259
Historical Collections, Being a General Collection of Interesting Facts, Traditions, Biographical Sketches, Anecdotes, &c., Relating to the History and Antiquities of Every Town in Massachusetts, with Geographical Description.　历史集，有趣的事实、传统、传记速写、轶事等，有关马萨诸塞州每一个镇的历史和古迹，附有地理描述。76
Historical Collections of the Indians in New England　新英格兰印第安人历史集　37
Historic Notes of Life and Letters in New England　新英格兰生活和文学历史笔记　156
History of the Conquest of Mexico　墨西哥征服史　82
A History of New England From the English Planting in the Yeere 1628 untill the Yeere 1652　1628年至1652年新英格兰英国种植史　47
A History of the Town of Concord　康科德镇志　42, 172, 210, 284
The Hitopadesa　嘉言集　143, 252
House-Warming　室内取暖　58, 112, 185, 228, 250
Human Life　人类生活　12, 15, 17, 30, 296, 348, 368
Illustrated London News　伦敦新闻画报　353
Institutes of Hindu Law, or, the Ordinances of Menu, According to the Gloss of Culluca, Comprising the Indian System of Duties, Religious and Civil　印度法律，或摩罗法典，依据卡鲁卡的注释，包括印度的宗教和民事税务系统　247
An Introduction to Entomology, or Elements of the Natural History of Insects　昆虫学简介，或昆虫自然历史要素　240
Inward Helps the Best　内助仁人　42
The Island Nukuheva　努库伊瓦岛　33
Jerusalem Delivered　耶路撒冷的诞生　125
Jesuit Relations　耶稣会关系　89
A Key to the Language of America　美洲语言入门　269
Ktaadn　卡坦　20, 198
A Kiss for a Blow　一吻还一击　91, 176
Lady Franklin's Lament　弗拉克林夫人的忧伤　353

A Lady's Voyage Round the World　女士环球旅行记　28, 134
Lalla Rookh　拉拉·罗克　20
The Landing of the Pilgrims　朝圣者登陆　106
The Lark And Her Young Ones　云雀和它的宝宝们　329
The Lark and Her Family with the Owner of the Field　云雀和它的家庭和地主　329
Lexicon Balatronicum: A Dictionary of Buckish Slang, University Wit, and Pickpocket Eloquence　俗语字典：浮华俚语、学院机智和扒手黑话的字典　174
Libri de re rusitica　农业志　99, 188, 190, 272, 279
Liebig's Animal Chemistry　李比希的动物化学　16
Life Without Principle　没有原则的生活　2, 45, 112, 113, 352, 362
Likeness to God　与上帝相似　9
The Lives and Most Remarkable Maxims of the Antient Philosophers　古代哲学家生平和著名格言　30
Lycidas　利西达斯　200
The Mad Merry Pranks of Robin Goodfellow　罗宾·古德费洛疯狂而快乐的恶作剧　88
Magnalia Christi Americana
Mahabharata　摩诃婆罗多　68, 133, 361
Mahābhārata: Bhagvat-gēētā, or Dialogues of Kreeshna and Arjoon　摩诃婆罗多：薄伽梵歌，或克里希纳和阿琼的对话　133
The Maine Woods　缅因森林　198, 264
The Manciple's Tale
The Manners and Customs of the Ancient Egyptians　古埃及人的习俗　74
Manners and Customs of the Indians (of New England)　（新英格兰）印第安人习俗　76
Manusmitri（The Laws of Manu）摩罗法典　247
Massachusetts Historical Society Collections　马萨诸塞州历史学会文集　223
Master Humphrey's Clock　汉弗雷老爷之钟　244
Memories of Concord　康科德回忆录　162
Memories of the History of France　法国历史回忆录　69
Men the Reformer　作为改革者的人　37
Metamorphoses　变形记　6, 88, 344, 345, 346
Method of Nature　自然法则　18, 323
Middlesex Gazette　米德尔塞克斯公报　207
Modern Painters　现代画家　9
Morning Visitors　清晨来客　33
Much Instruction from Little Reading: Extracts from Some of the Most Approved Authors, Ancient and Modern, to which are added, Some Biographical Sketches from the Earliest Ages of the World to Nearly the Present Time, also, Extensive Scripture　少读多导：从古代到现

| 译 | 名 | 索 | 引 |

代的某些最受赞赏的作家摘要，加上从最古代的世界到近乎当代的一些传记轶事，还包括全面的圣经教程 124
The Muses Gardin of Delights, or the Fift Booke of Ayres 缪斯的快乐花园，或艾尔斯的第五本书 105
Napoleon, or the Man of the World 拿破仑，或世界强人 69
Narrative of the Surveying Voyages of his Majesty's Ships Adventure and Beagle 国王陛下船队冒险号和贝格尔号的测量航行记 15, 16, 33
Narrative of the United States Exploring Expedition 美国探险远征纪实 354
Natural History of Ants 蚂蚁自然史 259
Natural History of Massachusetts 马萨诸塞州自然史 261, 262, 274, 313, 314, 364
Naturalis Historia 自然史 61, 270, 349
New England Farmers 新英格兰农民 326
New England Primer 新英格兰一览 10, 93
New York Tribune 纽约论坛报 8, 51
Nineveh and Its Remains 尼尼微及其废墟 297
The Nonne Prestes Tale 修女的神甫的故事 100, 213
North American Sylva, or a Description of the Forest Trees of the United States, Canada and Nova Scotia 北美树木，或美国、加拿大和诺瓦斯克夏的森林树木 279
North American Review 北美评论 16
The Nun's Priest's Tale 修女的神甫的故事 100, 213
Observations on Several Parts of Great Britain 大不列颠几个地区的考察 320
Of Repentance 论悔改 28
Old Ballads, Historical and Narrative 历史和叙述的旧歌谣 105
Old Farmer's Almanac 老农历书 328, 329
Old Marlboro Road 旧马尔波罗路 284, 364
Oration on Genius 天性宏论 106
Paradise (to be) Regained （将）复乐园 198
The Paradise Within Reach of All Men 人皆可及的天堂 85
Passages from the Life of a Medical Eclectic 一个医学折中人士的生活片段 244
The Periplus of Hanno 汉诺周航记 25
The Personality of Thoreau 梭罗其人 30, 179
Phaenomena 物象 270
Phenix: A Collection of Old and Rare Fragments 凤凰：古稀片语集 199
Pilgrim's Progress 天路历程 7
A Plan of the Town of Concord, Mass 马萨诸塞州康科德镇计划 288
Ponds 湖泊 159, 293, 303
The Prioresses Tale 女修道士的故事 213
Prometheus Bound 被缚的普罗米修斯 122
Principles of Political Economy and Taxation 关于政治经济与税收的原则 62

Purana 往世书 12
Races of Man 人类种族 34, 122, 355, 368
Railroad Journal 铁路杂志 116
Reading 阅读 2, 3, 5, 13, 24, 26, 51, 54, 61, 62, 89, 99, 106, 107, 113, 118, 119, 120, 121, 122, 123, 124, 125, 126, 127, 130, 132, 141, 166, 195, 278, 289, 290, 293
Recollections of Seventy Years 七十年回忆 223
A Relation or Journall of the Beginning and Proceedings of the English Plantation at Plimouth in New England 新英格兰普利茅斯英国种植园的兴起和发展过程的回顾或日记 165
Reminiscences of Emerson 回忆爱默生 232
Report on the Quadrupeds of Massachusetts 马萨诸塞州四脚走兽报告 314
Representative Men 代表性的人 140, 368
Rerum Rusticarum 论农业 190, 192, 315, 341
Resistance to Civil Government 抵制政府 198
Reynard the Fox 列那狐 100, 173, 295
Remarks on Forest Scenery and Other Woodland Views 漫谈森林风景和其他树林风景 278
Remembrances of Concord and the Thoreaus 忆康科德和梭罗一家 30, 162
Report on the Agriculture of Massachusetts 马萨诸塞州农业报告 181
Reports of the Selectmen of Concord 康科德镇务委员会报告 129
Report on the Trees and Shrubs Growing Naturally in the Forests of Massachusetts 关于马萨诸塞州自然生长的树和灌木的报告 303
The Representative Men 代表性的人 140, 368
Rerum Rusticarum 论农业 100, 190, 192, 315, 341
A Retrospect of Western Travel 西方旅行回顾 62
le Roman de Renart 列那狐的故事 173, 295
Rural Ecomomy: or, Essays on the Practical Parts of Husbandry 乡村经济：或，关于农事的实用部分的论文 66
Salem Advertiser 塞莱姆广告报 33
The Sankhya Karika, or Memorial Verses on the Sankhya Philosophy by Iswara Krishna 数论颂，或大自在天克里希纳的数论哲学中的纪念诗篇 115
De Sapienta Veterum 论古人的智慧 195
Sartain's Union Magazine 萨坦联合杂志 97, 135, 353
Sarto Resartus 衣着哲学 26, 55, 248
Sayings of Confucius 孔子言论 199
The School 学术 348
Scientific American 科学美国人 63, 116
Scriptores Rei rusticae
Self-Reliance 论自助 3, 360, 363
The Seven Against Thebes 七英雄攻打底比斯 122

381

The Sketch Book of Geoffrey Crayon 杰弗里·克雷恩见闻札记 244
The Shepherd's Oracles 牧羊人的预言 189
The Skip of Tip-Toe-Hop 踮脚跳船的船长 125
Slavery In Massachusetts 马萨诸塞州的奴隶制 235, 260
Solitude 独处 77, 132, 133, 151, 157, 168, 208, 303
Songs and Ballads: Translated from Uhland, Korner, and other German Lyric Poets 译自乌尔德、奎纳和其他德国抒情诗人的歌曲和民谣 182
Sounds 声籁 132, 184, 252
Specimens of English Dramatic Poets Who Lived About the Time of Shakespeare 与莎士比亚大约同时的英国喜剧诗人选集 42
Specimens of Foreign Standard Literature 外国标准文学选 182, 200
Successions of Forest Trees 森林树木延续 40, 99
Sylva, or a Discourse of ForestTrees 西尔瓦,或森林树木论 12
Terra: A Philosophical Discourse of Earth 土壤: 地球的哲学过程 186
The Study of Words 词语研究 299
Theogony 神谱 288
Thoreau's Complex Weave 梭罗的复杂编织 237
Thomas Carlyle and His Works 托马斯·卡莱尔及其著作 9
Those Evening Bells 暮钟 269
Timaeus 蒂迈欧篇 331, 365
Tittle-tol-tan 唧唧喳喳 55, 125, 341
To My Honoured Friend *Sir* Ed. P. *Knight* 致我荣耀的朋友埃德·P. 奈特爵士 352
Tom Jones 汤姆·琼斯 312
Topographical Description of the Town of Concord 康科德镇地形介绍 223
Traditions and Reminiscences of Concord, Massachusetts 马萨诸塞州康科德镇的传统和回忆 286
Translation of Several Principal Books, Passages, and the Texts of the Veds and of Some Controversial Works of Brahmunical Theology 吠陀几本主要著作、段落和文字和婆罗门教的几种有争议之作的译文 243
Travels in the Interior of Africa 非洲内陆旅行 353
Travels in New England and New York 新英格兰和纽约游记 369
Travels Through the Alps of Savoy 萨沃伊的阿尔卑斯游记 202
A Treatise on the Management of Bees 论蜜蜂管理 184
A Treatise on Political Economy, or, The Production, Distribution, and Consumption of Wealth 论政治经济或财富的生产、分配和消费 62
Treatise on the Theory and Practice of Landscape Gardening … With Remarks on Rural Architecture 风景园艺理论和实践专论……兼论乡村建筑 58
Troilus and Criseyde 特洛伊罗斯与克瑞西达(乔叟) 147
Three Essays: On Picturesque Beauty; On Picturesque Travel; and on Sketching Landscape 三篇论文: 论如画之美; 论画景旅行; 论风景素描 56
Village 村庄 3, 38, 46, 54, 92, 101, 115, 128, 129, 130, 132, 136, 139, 154, 177, 185, 193, 224, 250, 271, 281, 284, 294, 312
The Vishnu Purána: A System of Hindu Mythology and Tradition 毗湿奴往世书: 印度神话和传统 304
Visitors 访客 55, 101, 126, 132, 151, 159, 162, 164, 171, 172, 174, 177, 196, 250, 297, 301, 304
Vita Nuova 新生 123
Walking 漫步 100
Wealth of Nations 国富论 62
A Week on the Concord and Merrimack Rivers 在康科德河和梅里迈克河流上的一周漂流 2, 5, 6, 10, 20, 23, 24, 34, 36, 47, 51, 62, 64, 83, 93, 100, 102, 109, 114, 119, 124, 133, 140, 145, 152, 159, 194, 198, 209, 211, 237, 238, 308, 330, 335, 341, 350
Westminster Shorter Catechism 威斯敏斯特简明教义 10
Where I Lived, And What I Lived For 生活在何处,生活的目的 10, 35
Wild Apples 野苹果 96, 98, 128, 243, 267
Winter Animals 冬天的动物 15, 222
A Winter Walk 冬日漫步 317, 328, 364
Woodman and Other Poems 樵夫和其他诗篇 98, 136, 228
Wonder-Working Providence 奇妙的天意 47
The Wonder-Working of Providence of Sion's Saviour in New England 锡安救主在新英格兰奇妙的天意 47
The Working Man's Cottage Architecture, Containing Plans, Elevations, and Details, for the Erection of Cheap, Comfortable, and Neat Cottages 建造价格低廉、舒适和整洁的劳动者的小村舍建筑学,包括计划和细节 58
Works and Days 劳作与时日 205
The Works of the English Poets from Chaucer to Cowper 从乔叟到考珀的英国诗人作品集 238, 246, 290
The Writings of Henry D. Thoreau 亨利·D. 梭罗作品 229
A Yankee in Canada 一个美国人在加拿大 354
Yeoman's Gazette 农民公报 21, 208, 291, 366

● 植物名

acanthus 毛茛叶 337
agropyron repens 匍匐冰草 180
agropyron trachycaulum 细茎冰草 180
alder 赤杨 225
alder berry
Apios tuberose（Apios americana） 美国土圆儿 268
ash 岑树 154
aspen 白杨 151, 207, 269
barberry 伏牛花 267
basswood 椴木 225
black alder 冬浆果树（冬青） 225
beech 山毛榉 199, 226, 298, 367
birch 桦树 99, 182, 204, 207, 226, 277, 295
black spruce（double spruce） 黑云杉（双云杉） 148
blue flag（Iris versicolor） 变色鸢尾 224
brakes（ferns） 凤尾蕨 232
buckeye 七叶树 351
bulrush （旧约中经常提及的）纸莎草；香蒲；（美洲）灯芯草 204
buttonwood 梧桐 193
caltha 驴蹄草 334
catkin 柳絮 334
cat-tails 香蒲 340
Cedar 香柏 225
chickpea 鹰嘴豆 179
cinquefoil 洋莓 178
clover 苜蓿 182
cotton-grass 羊胡子草 340
cranberry 蔓越橘 137, 221, 266
creeping juniper 匍地松，爬行桧 225
dandelion 蒲公英 159
depressa 叶甲类 225
dock 酸模草 334
dogwood 山茱萸 225
elm 榆树 113, 185, 193, 226, 294
fir-tree 冷杉 148, 298
flag 鸢尾 204, 220, 224
Floating heart 荇菜（学名 Nymphoides lacunosum） 149
goldenrod（Solidago stricta） 麒麟草 135, 286, 340
groundnut 花生 135, 251
guaiacum 愈疮木 310
haddock 黑线鳕 142, 286, 318
hard-hack 绒毛绣线菊 340
heart-leaf 鱼腥草 204
hemlock 铁杉 170, 226, 317
Hickory 山核桃树 49, 50, 65, 133, 134, 135, 216, 280, 349
High-blueberry 高丛蓝莓 207
hornbeam 鹅耳枥 226
horse chestnut 七叶树 351

huckleberry 越橘 22, 45, 84, 137, 175, 198, 200, 221, 231, 243, 266, 293, 299
johnswort 金丝桃（贯叶连翘） 251
Juniper 杜松 225, 290
Lichen 地衣 148, 225, 339
Life-everlasting 鼠曲草 340
（water）lily 睡莲 175, 204, 220, 224
Lycoperdales 马勃目 184
milkweed 乳草 262
mistletoe 槲寄生 225
mullein 毛蕊花 159, 340
Phaseolus vulgaris 菜豆 178, 179, 188
Pigweed 苋草（长芒苋） 185
Pine 松树 49, 51, 52, 65, 74, 97, 101, 102, 112, 133, 134, 135, 142, 150, 159, 163, 168, 179, 196, 201, 202, 212, 216, 218, 223, 225, 228, 253, 255, 268, 277, 280, 284, 285, 298, 299, 300, 303, 305, 308, 314, 316, 318, 341, 346, 349, 350
Pinweed 半日花（Lechea） 340
piper-grass 茅草？ 180, 186
Pipewort 谷精草 220
Pitch-pine 美洲油松 150, 154, 207, 223, 255
poplar 白杨 151, 207, 269
potamogeton 眼子菜 204
pumpkin pine
puffball 马勃 184
quaking grass 凌风草 346
raspberry 覆盆子 32, 101, 295
redtop 小糠草 182
rushes 灯芯草（Bulrush） 37, 220
sage 鼠尾草 363
Sand-berry 沙樱 22, 135
sarsaparilla 菝契 310
scrub oak 矮栎 104, 135, 180, 307
sedge 莎草 136, 204, 220, 232, 340, 348
Setaria glauca 金色狗尾草 180
Setaria viridis 绿色狗尾草 180
shrub-oak 矮栎 104, 135, 180, 307
skunk cabbage 臭菘 300
sorrel 酢浆草 159, 186
Spruce 云杉 142, 148, 225
Sumach（Rhus glabra） 漆树 53, 133, 135, 150, 225, 251, 285, 295
swamp-azalea 沼泽杜鹃 225
sweet-briar 锈红蔷薇 251
sweet fern 香蕨木 250
sweet flag（Acorus calamus） 菖蒲 224
sycamore 枫树 76, 99, 207, 269, 284, 349, 367
thimbleberry 糙莓 295
thistledown 蓟草的花冠 213
timothy 梯牧草（牧草之一种） 182
toad-stool 蕈 225, 358
umbilicaria 地衣, 石耳 339
usnea 松萝 148, 225

383

water-target 莼菜 204
waxwork 美洲南蛇藤 225
white-pine 白松 49, 135, 211, 216, 226, 255, 298, 303
winterberry 冬青树 225
wool-grass 莎草 *Scirpus cyperinus*, Sedge family（Cyperaceae） 136, 204, 220, 232, 240, 348
wormwood 苦艾 185, 295
yellow birch 黄桦木 298

● 动物名

badger 獾 261
barred owl 1.（*Strix nebulosa*）乌林鸮 2.（*Strix varia*）斑鸮，横斑林鸮 298, 299
bay lynx 红猞猁 313
bittern 美洲麻鳽，拉丁学名 *Botaurus lentiginosus* 348
blackbird 乌鸫 334
bluebird 知更鸟 253, 335, 341, 342, 343, 351
Bream 鲷鱼 165
brown-thrasher 褐矢嘲鸫（嘲鸫科）349
bumble-bee 大黄蜂 159
caddis（cadis）石蛾，石蚕（幼虫）275
Caribou 驯鹿 108, 142, 305, 314
catbird 猫鹊 351
Cat Owl 猫鹰 147, 299
chewink 曲文雀科鸣禽（红眼小鸟）349
Chicadee 山雀, black-capped chickadee（*Parus atricapillus*）148, 168, 309
chipmunk 花栗鼠 335
chub 白鲑
Cod 大西洋鳕 142, 318
Cowbird 牛鹂 55
dace 鲮鱼（*Leuciscus argenteus*）209, 210
deer mouse 白足鼠 252, 299
eel 鳗鱼 152, 209, 210, 211
fisher 渔貂 264
fowl 禽 29, 102, 149, 177, 221, 245, 264, 297, 346
fry 鱼苗 152, 252
Gerridae 水黾 212, 213, 214, 215, 275
goatsucker 夜鹰 102, 151, 183, 347, 349
（Canada）goose 加拿大雁 306
great horned owl（*Bubo virginianus*）大雕鸮 299, 306
grub 蛴螬 281
haddock 黑线鳕 142, 286, 318
harrier 鹞子（鸡鹫）176, 177
hermit thrush 北美隐居鸫（*Hylocichla guttata*）349
heron 苍鹭 349
Hirundo bicolor 双色燕 210

horned pout 角鲶 152, 186, 202
horsefly 牛虻 159
hooting 猫头鹰 139, 146, 147, 149, 201, 242, 284, 299, 305, 306
humming bird 蜂鸟 224
jackal 豺 261
jay 松鸦 57, 268
jerbilla 跳鼠（飞鼠）260
jerboa 跳鼠 260
kingfisher 翠鸟 210
Koodoo = kudu 弯角羚 108
lamprey 七鳃鳗（八目鳗）211
hare 白靴兔（学名：Lepus americanus），又名雪鞋兔 314
leuciscus 雅罗鱼 342
loon 潜鸟 261, 262
Marmota 旱獭 316
Marmota Monax 美洲旱獭（土拨鼠）316
Marsh Hawk 白尾鹞 341
martin 圣马丁鸟，灰沙燕 343
masquash = maskrat 麝鼠 10, 78, 79, 193, 210, 222, 228, 242, 244, 305, 333, 346, 369
mavis 画眉 53, 102, 103, 182, 343
meadow hen 弗吉尼亚秧鸡（拉丁学名 Rallus virginianus，现名 *Rallus limicola*）348
merlin 灰背隼 347
minnow 桃花鱼 209
mink 水貂 10, 136, 210, 348
mole 鼹鼠 17, 281
Moose 麋鹿 142, 238, 240, 305, 312, 313
mud-turtle 鳄龟 210, 244, 260
muskrat 麝鼠 10, 78, 79, 193, 210, 222, 228, 242, 244, 305, 333, 346, 369
mussel 蚌 210, 274
night-hawk 夜鹰 102, 151, 183, 347, 349
otter 水獭 254
partridge 鹧鸪（鹧鸪）253, 307, 309, 310, 315
peetweet 斑点矶鹬（spotted sandpiper）。斑鹬 210
perch 鲈鱼 201, 202, 204, 209, 210, 215, 231, 234, 317
periwinkle 玉黍螺 225
wood-pewee 一种橄榄色的小鹟（尤指木鹟），美洲小鹟 349
Phæbe 菲比霸鹟（燕雀类的小鸟）349
pickerel 梭鱼 204, 209, 210, 213, 229, 232, 317, 318
pond skater 水黾 212, 213, 214, 215, 275
Pout 大头鱼（鲶鱼，鳕等）201, 209, 210
raccoon 浣熊 254
red squirrel 红松鼠（*Sciurus Hudsonius*）255, 268, 307, 308, 341
red-winged blackbird（*Agelaius phoeniceus*）美洲红翼鸫 335
roach 斜齿鳊（*Leuciscus pulchellus*）209

robin 知更鸟 253, 335, 341, 342, 343, 351
ruffed grouse 披肩鸡 309, 310
saddleback 鞍背龟 244
sassafras 美洲檫木，黄樟，美洲檫木的干树根皮 310
Screech Owl 东美角鸮 146
shiner 小银鱼 202, 231
skater insect（Gerridae, pond skater） 水黾 212, 213, 214, 215, 275
snapping-turtle 鳄龟 210, 244, 260
snipe 鹬（山锥鸟） 348, 352
song-sparrow 北美歌雀 334, 335, 341, 342
stoat 鼬 261
swallow 燕子 189, 212, 218
Tamiasciurus hudsonicus 红松鼠 255, 268, 307, 308, 341
terrapin 甲鱼 244
thrasher 嘲鸫 182, 349
tit-mouse 山雀 148, 168, 309
unio 蛤 210
veery 韦氏鸫（*Hylocichla fuscescens*） 349
vulture 红头美洲鹫（美洲鹫科） 348
Water Bug 豉甲（*Gyrinus*） 213
Weevil 象甲虫 272
weasel 黄鼠狼 261
whippoorwill（北美）夜鹰 183
whirligig beetles 豉甲 213, 214
winkle 滨螺 225
woodchuck 土拨鼠 44, 53, 71, 150, 166, 168, 169, 174, 179, 180, 185, 188, 191, 235, 260, 295, 316, 335
woodcock 山鹬 255, 352, 370

wood-thrush 林鸫（Hylocichla mustelina，产于北美东部） 349
Zapodidae 林跳鼠科 260

● 官职名

Concord Lyceum 康科德学苑 6, 128, 130, 198
Congressional Seed Distribution Program 国会种子推广项目 189
consulship（罗马）执政官 12
The English Society for the Prevention of Cruelty to Animals 英国爱护动物协会 237
Lincoln Lyceum 林肯学苑 303
Lord Warden of England 英国森林看守官 278
Royal Humane Society 皇家人道协会 236
Selectmen（新英格兰）市政管理委员会委员 43
Sheriff 郡治安官 293
US Patent Office 美国专利局 189
town clerk 镇书记 313

● 计量单位

bushel 蒲式耳（容量） 66, 76, 187, 188, 267, 307
cord（木材）垛，层积〔柴薪体积单位，合 8 × 4 × 4 立方英尺〕。 328
rod 杆（长度） 135

参考书目

For as murder will out so will a man's reading.

—Thoreau in his journal, 9 November 1851

Asthetic Papers. Edited by Elizabeth P. Peabody. Boston: The Editor; New York: G. P. Putnam, 1849.

Albee, John. *Remembrances of Emerson*. New York: Cooke, 1903.

Alcott, Amos Bronson. *The Journals of Bronson Alcott*. Selected and edited by Odell Shepard. Boston: Little, Brown, 1938.

——. *The Letters of A. Bronson Alcott*. Edited by Richard L. Hernnstadt. Ames: Iowa State University Press, 1969.

Ammer, Christine. *The American Heritage Dictionary of Idioms*. Boston: Houghton Mifflin, 1997.

Angelo, Ray. *Botanical Index to the Journal of Henry David Thoreau*. Salt Lake City: Peregrine Smith, 1984.

Audubon, John James. *The Birds of North America, From Drawings Made in the United States and Their Territories*. New York: J. J. Audubon; Philadelphia: J. B. Chevalier, 1840—44.

Barber, JohnWarner. *Connecticut Historical Collections, Containing a General Collection of Interesting Facts, Traditions, Biographical Sketches, Anecdotes, etc., Relating to the History and Antiquities of Every Town in Connecticut, with Geographical Descriptions*. New Haven: Durrie&Peck&J. W. Barber, [1838].

——. *Historical Collections, Being a General Collection of Interesting Facts, Traditions, Biographical Sketches, Anecdotes, &c., Relating to the History and Antiquities of Every Town in Massachusetts, with Geographical Descriptions*. Worcester: Dorr, Howland, 1841.

Bartram, William. *Travels Through North and South Carolina, Georgia, East and West Florida, The Cherokee Country, the Extensive Territories of the Muscogulges, or Creek Confederacy, and the Country of the Cherokees*. Philadelphia: Printed by James and Johnson, 1791.

Bickman, Martin. *Walden: Volatile Truths*. New York: Twayne, 1992.

Borst, Raymond. *Henry David Thoreau: A Descriptive Bibliography*. Pittsburgh: University of Pittsburgh Press, 1982.

——. *The Thoreau Log: A Documentary Life of Henry David Thoreau, 1817—1862*. New York: G. K. Hall, 1992.

Botkin, Benjamin Albert, ed. *A Treasury of American Folklore: Stories, Ballads, and Traditions of the People*. New York: Crown, 1944.

Brown, Mary Hosmer. *Memories of Concord*. Boston: Four Seas, 1926.

Buel, Jesse. *The Farmer's Companion; or, Essays on the Principles and Practice of American Husbandry*. Boston: Marsh, Capen, Lyon, and Webb, 1840.

Cameron, Kenneth Walter. *The Massachusetts Lyceum During the American Renaissance*. Hartford: Transcendental, 1969.

Canby, Henry Seidel. *Thoreau*. Boston: Houghton Mifflin, 1939.

Carew, Thomas. *The Poems of Thomas Carew with His Masque Coelum Britannicum*. Edited by Rhodes Dunlap. Oxford: Clarendon, 1957.

Carlyle, Thomas. *Critical and Miscellaneous Essays*. Boston: James Munroe, 1839.

——. *On Heroes, Hero-Worship, and the Heroic in History*. Notes and introduction by Michael K. Goldberg; text established by Michael K. Goldberg, Joel J. Brattin, and Mark Engel. Berkeley: University of California Press, 1993.

——. *Past and Present*. Boston: Little, Brown, 1843.

——. *Sartor Resartus: The Life and Opinions of Herr Teufelsdrockh in Three Books*. Introduction and notes by Rodger L. Tarr; text established by Mark Engel and Rodger L. Tarr. Berkeley: University of California Press, 2000.

Channing, William Ellery. *The Works of William E. Channing*. Boston: American Unitarian Association, 1901.

Channing, William Ellery II. *The Collected Poems of William Ellery Channing the Younger, 1817—1901*. Facsimile reproductions with an introduction by Walter Harding. Gainesville, Florida: Scholars' Facsimiles & Reprints, 1967.

——. *Thoreau, the Poet-Naturalist: With Memorial Verses*. New edition, enlarged and edited by F. B. Sanborn. Boston: C. E. Goodspeed, 1902.

Christie, John Aldrich. *Thoreau as World Traveler*. New York: Columbia University Press, 1965.

Christy, Arthur. *The Orient in American Transcendentalism: A Study of Emerson, Thoreau, and Alcott*. New York: Columbia University Press, 1932.

Clapper, Ronald E. *The Development of Walden: A Genetic Text*. Ph. D. diss., University of California, Los Angeles, 1967.

Collections of the Massachusetts Historical Society for the Year 1794. Boston: Massachusetts Historical Society, 1794; reprinted by Munroe and Francis, 1810.

Collier, J. Payne. *Old Ballads from Early Printed Copies of the Utmost Rarity*. London: Printed for The Percy Society by C. Richards, 1840.

Commager, Henry Steele. *Theodore Parker*. Boston: Little, Brown, 1936.

Concord, Massachusetts: Births, Marriages, and Deaths, 1635—1850. Concord: Printed by the Town, 1895.

The Concord Freeman: Thoreau Annex. Concord [Mass.]: Concord Freeman; Marlboro, Mass.: Pratt Brothers, 1880.

Conway, Moncure Daniel. *Autobiography: Memories and Experiences*. Boston: Houghton Mifflin, 1904.

Cook, Reginald. *The Concord Saunterer (Including a discussion of the nature mysticism of Thoreau, original letters by Thoreau, and a check list of Thoreau items in the Abernethy Library of Middlebury College compiled by Viola C. White)*. Middlebury, Vt.: Middlebury College Press, 1940.

——. *Passage to Walden*. Boston: Houghton Mifflin, 1949.

Cooper, Susan Fenimore. *Rural Hours*. New York: George P. Putnam, 1850.

Critical Essays on Henry David Thoreau's Walden. Edited by Joel Myerson. Boston: G. K. Hall, 1988.

Cummings, Richard O. *The American Ice Harvests: A Historical Study in Technology, 1800—1918*. Berkeley: University of California Press, 1949.

Curtis, George William. *Early Letters of George Wm. Curtis to John S. Dwight: Brook Farm and Concord*. Edited by George Willis Cooke. New York: Harper and Brothers, 1898.

Darwin, Charles. *Journal of Researches into the Natural History and Geology of the Countries Visited During the Voyage of H. M. S. Beagle Round the World, Under the Command of Capt. Fitz Roy, R. N.* New York: Harper and Brothers, 1846.

The Dial: A Magazine for Literature, Philosophy and Religion. Boston: Weeks, Jordan, 1840—44; reprinted, New York: Russell and Russell, 1961.

Dykes, Oswald. *English Proverbs*. London: Printed by H. Meere, 1709.

Eidson, John Olin. *Charles Stearns Wheeler: Friend of Emerson*. Athens: University of Georgia Press, 1951.

Emerson, Edward. *The Centennial of the Social Circle in Concord: March 21, 1882*. Cambridge, Mass.: Printed at the Riverside Press, 1882.

——. Edward Emerson to Harry McGrawon 22 October 1920. The Raymond Adams Collection/ Thoreau Society Collections at The Thoreau Institute at Walden Woods.

——. *Henry Thoreau as Remembered by a Young Friend*. Boston: Houghton Mifflin, 1917.

——. "Underground Railroad, Concord Station and Division." Typescript, 1915, The Raymond Adams Collection / Thoreau Society Collections at The Thoreau Institute at Walden Woods.

Emerson, George B. *A Report on the Trees and Shrubs Growing Naturally in the Forests of Massachusetts*. Boston: Dutton and Wentworth, 1846.

Emerson, Ralph Waldo. *The Collected Works of Ralph Waldo Emerson*. Cambridge: Harvard University Press, 1971—.

——. *The Complete Works of Ralph Waldo Emerson*. Centenary ed. Boston: Houghton Mifflin, 1903.

——. *The Correspondence of Emerson and Carlyle*. Edited by Joseph Slater. New York: Columbia University Press, 1964.

——. *Early Lectures of Ralph Waldo Emerson*. Edited by Stephen E. Whicher and Robert E. Spiller. Cambridge: Harvard University Press, 1959—72.

——. *The Journals and Miscellaneous Notebooks of Ralph Waldo Emerson*. Edited by William H. Gilman et al. Cambridge: Harvard University Press, 1960—82.

——. *The Letters of Ralph Waldo Emerson*. Edited by Ralph L. Rusk and Eleanor Tilton. New York: Columbia University Press, 1939—95.

——. *Nature, Addresses, and Lectures*. Boston: James Munroe, 1849.

Evelyn, John. *Sylva, or, A Discourse of Forest-Trees and the Propagation of Timber in His Majesties Dominions . . . Terra, a Philosophical Essay of Earth . . . Also, Kalendarium Hortense, or, The Gard'ners Almanac*. London: Printed for John Martyn, printer to the Royal Society, 1679.

——. *Terra: A Philosophical Discourse of Earth*. London, 1729.

Fénelon, François de Salignac de La Mothe. *The Lives and Most Remarkable Maxims of the Antient Philosophers*. London: Printed for B. Barker and R. Francklin, 1726.

Fink, Steven. *Prophet in the Market-Place*. Princeton: Princeton University Press, 1992.

Fleck, Richard. *Henry Thoreau and John Muir Among the Indians*. Hamden, Conn.: Archon, 1985.

Forbes, James D. *Travels Through the Alps of Savoy*.

Edinburgh: A. and C. Black, 1843.
Fuller, Margaret. *Summer on the Lakes in 1843*. Introduction by Susan Belasco Smith. Urbana: University of Illinois Press, 1991.
Garcin de Tassy, Joseph Héliodore. *Histoire de la Litterature Hindoui*. Paris: Oriental Translation Committee of Great Britain and Ireland, 1839—47.
Gilpin, William. *Observations on Several Parts of Great Britain*. London, 1808.
——. *Remarks on Forest Scenery and Other Woodland Views, Relative Chiefly to Picturesque Beauty*. 1791.
——. *Three Essays: On Picturesque Beauty; On Picturesque Travel; and on Sketching Landscape*. 1792.
Giraud, Jacob Post. *The Birds of Long Island*. New York: Wiley and Putnam, 1844.
Goethe, JohannWolfgang von. *Conversations with Goethe in the Last Years of His Life*. Translated from the German of Eckermann by S. M. Fuller. Boston: Hilliard, Gray, 1839.
Gookin, Daniel. *Historical Collections of the Indians in New England*. Boston: Massachusetts Historical Society, 1792.
Greeley, Horace. *Hints Toward Reforms*. New York: Harper and Brothers, 1850.
Greenough, Horatio. *Letters of Horatio Greenough, American Sculptor*. Edited by Nathalia Wright. Madison: University of Wisconsin Press, 1972.
Gross, Robert. *Books and Libraries in Thoreau's Concord: Two Essays*. Worcester: American Antiquarian Society, 1988.
——. "The Great Bean Field Hoax: Thoreau and Agricultural Reformers." *Virginia Quarterly Review*, Summer 1985.
Harding, Walter. *The Days of Henry Thoreau*. Enlarged and corrected ed. NewYork: Dover, 1982.
Harivansa, ou Histoire de la Famille de Hari, Ouvrage formant un appendice du Mahabharata, et traduit sur l'original Sanscrit. Translated by Simon Alexandre Langlois. Paris: Printed for the Oriental Translation Fund of Great Britain and Ireland, 1834—35.
Harlan, Richard. *Fauna Americana, Being a Description of the Mammiferous Animals Inhabiting North America*. Philadelphia: A. Finley, 1825.
Hawthorne, Nathaniel. *The American Notebooks*. Edited by Claude M. Simpson. Columbus: Ohio State University Press, 1972.
The Heetopades of Veeshnoo-Sarma, in a Series of Connected Fables, Interspersed with Moral, Prudential, and Political Maxims. Bath: R. Cruttwell, 1787.

Hemans, Felicia. *The Poetical Works of Mrs. Felicia Hemans*. Philadelphia: Grigg & Elliot, 1844.
Higginson, Samuel Storrow. "Henry D. Thoreau." *Harvard Magazine*, May 1862.
History of the Town of Sutton, Massachusetts, from 1704 to 1876. Worcester: Pub. for the Town by Sanford and Company, 1878.
Hoar, George F. *Autobiography of Seventy Years*. New York, 1903.
Hosmer, Horace. *Remembrances of Concord and the Thoreaus: Letters of Horace Hosmer to Dr. S. A. Jones*. Edited by George Hendrick. Urbana: University of Illinois Press, 1977.
Hosmer, Joseph. "Henry D. Thoreau." *Concord Freeman: Thoreau Annex*.1880.
Howarth, William L. *The Book of Concord: Thoreau's Life as a Writer*. New York: Viking, 1982.
——. *The Literary Manuscripts of Henry David Thoreau*. Columbus: Ohio State University Press, 1974.
Hudspeth, Robert N. *Ellery Channing*. New York: Twayne, 1973.
Jarvis, Edward. *Traditions and Reminiscences of Concord, Massachusetts, 1779—1878*. Edited by Sarah Chapin; introduction by Robert A. Gross. Amherst: University of Massachusetts Press, 1993.
Johnson, Edward. *A History of New-England from the English Planting in the Yeere 1628 untill the Yeere 1652*. London: N. Brooke, 1654.
Johnson, Linck C. *Thoreau's Complex Weave: The Writing of A Week on the Concord and Merrimack Rivers, with the Text of the First Draft*. Charlottesville: Published for the Bibliographical Society of the University of Virginia, by the University Press of Virginia, 1986.
Jones, Samuel Arthur. *Thoreau: A Glimpse*. Concord: A. Lane, The Erudite Press, 1903.
Kane, ElishaKent. *The United States Grinnell Expedition in Search of Sir John Franklin: A Personal Narrative*. New York: Harper and Brothers, 1854.
Kirby, William, and William Spence. *An Introduction to Entomology, or Elements of the Natural History of Insects*. Philadelphia: Lea and Blanchard, 1846.
Krutch, Joseph Wood. *Henry David Thoreau*. New York: W. Sloane, 1948.
La Fontaine, Jean de. *Fables of La Fontaine*. Translated from the French by Elizur Wright, Jr. Boston: Tappan and Dennet, 1842.
Laing, Samuel. *Journal of a Residence in Norway During the Years 1834, 1835, &1836, Made with a View to Enquire into the Moral and Political*

Economy of that Country, and the Condition of its Inhabitants. London: Printed for Longman, Orme, Brown, Green, and Longmans, 1837.

Lemprière, John. *Bibliotheca Classica, or, A Dictionary of all the Principal Names and Terms Relating to the Geography, Topography, History, Literature, and Mythology of Antiquity and of the Ancients: with a chronological table*. Revised and corrected, and divided, under separate head into three parts . . . by Lorenzo L. Da Ponte and John D. Ogilby. New York: W. E. Dean, 1837.

The Library of Entertaining Knowledge: The Hindoos. London: Charles Knight, 1834—35.

Liebig, Justus von. *Chemistry in Its Applications to Agriculture and Physiology*. 4th ed. London, 1849.

McGill, Frederick T., Jr. *Channing of Concord: A Life of William Ellery Channing II*. New Brunswick, N. J.: Rutgers University Press, 1967.

Meltzer, Milton, and Walter Harding. *A Thoreau Profile*. New York: Crowell, 1962.

Michaux, François André. *The North American Sylva, or, A Description of the Forest Trees of the United States, Canada, and Nova Scotia*. Paris: Printed by C. d'Hautel, 1818—19.

Miller, Perry, ed. *The Transcendentalists: An Anthology*. Cambridge: Harvard University Press, 1950.

Mott, Wes, ed. *Biographical Dictionary of Transcendentalism*. Westport, Conn.: Greenwood, 1996.

——. *Encyclopedia of Transcendentalism*. Westport, Conn.: Greenwood, 1996.

Myerson, Joel, ed. *Transcendentalism: A Reader*. New York: Oxford University Press, 2001.

O'Callaghan, Edmund Bailey. *The Documentary History of the State of New York*. Albany: Weed, Parsons, 1849—51.

Ogden, Marlene, and Clifton Keller. *Walden: A Concordance*. New York: Garland, 1985.

Ossian. *The Genuine Remains of Ossian*. Literally translated with a preliminary dissertation by Patrick MacGregor. London: Smith, Elder, 1841.

Paul, Sherman. *The Shores of America: Thoreau's Inward Exploration*. Urbana: University of Illinois Press, 1958.

Pauthier, Jean-Pierre-Guillaume. *Confucius et Mencius: Les Quatre Livres de Philosophie Moral et Politique de la Chine*. Paris: Bibliothèque-Charpentier, 1841.

Pellico, Silvio. *My Prisons: Memoirs of Silvio Pellico of Saluzzo*. Cambridge, Mass.: Printed by C. Folsom, 1836.

Percy, Thomas. *Reliques of Ancient English Poetry or A Collection of Old Ballads*. Philadelphia: James E. Moore, 1823.

Pfeiffer, Ida. *A Lady's Voyage Round the World: A Selected Translation from the German of Ida Pfeiffer by Mrs. Percy Sinnett*. New York: Harper and Brothers, 1852.

The Phenix: A Collection of Old and Rare Fragments. New York: W. Gowan, 1835.

Poirier, Richard. *A World Elsewhere: The Place of Style in American Literature*. New York: Oxford University Press, 1966.

Prescott, William Hickling. *History of the Conquest of Mexico*. New York: Harper and Brothers, 1854.

Raleigh, Walter, Sir. *The Works of Sir Walter Raleigh*. Oxford: The University Press, 1829.

Reports of the Selectmen and Other Officer of the Town of Concord. Concord: The Town, 1847—.

Richardson, Robert D., Jr. *Emerson: The Mind on Fire*. Berkeley: University of California Press, 1995.

——. *Henry Thoreau: A Life of the Mind*. Berkeley: University of California Press, 1986.

Ricketson, Anna, ed. *Daniel Ricketson and His Friends: Letters, Poems, Sketches, etc.* Edited by his daughter and son, Anna and Walton Ricketson. Boston: Houghton Mifflin, 1902.

Robbins, Roland Wells. *Discovery at Walden*. Stoneham, Mass.: G. R. Barnstead & Son, 1947.

Rohman, David Gordon. *An Annotated Edition of Henry David Thoreau's Walden*. Ph. D. diss., Syracuse University, 1960. Ann Arbor, Mich.: University Microfilms, 1978.

Rose, Mildred Alma. *A Borrowed Axe: A Study of Henry David Thoreau's Use of Literary Allusions and Quotations in Walden*. Master's thesis, University of Saskatchewan, 1969.

Roy, Rajah Rammohun. *Translation of Several Principal Books, Passages, and Texts of the Veds and of Some Controversial Works of Brahmunical Theology*. London, 1832.

Rusk, Ralph L. *The Life of Ralph Waldo Emerson*. New York: Charles Scribner's Sons, 1949.

Sadi. *The Gulistan, or Flower-garden, of Shaikh Sadi of Shiraz*. Translated into English by James Ross. London: J. M. Richardson, 1823.

Salt, Henry S. *Life of Henry David Thoreau*. Edited by George Hendrick, Willene Hendrick, and Fritz Oehlschlaeger. Urbana: University of Illinois Press, 1993.

Sanborn, Franklin Benjamin. *The Life of Henry David Thoreau: Including Many Essays Hitherto Unpublished, and Some Account of His Family and Friends*. Boston: Houghton Mifflin, 1917.

——. *The Personality of Thoreau*. Boston: C. E. Goodspeed, 1901.

——. *Recollections of Seventy Years*. Boston:

Gorham, 1909.

——. "An Unpublished Concord Journal." *Century Magazine*, April 1922.

Sattelmeyer, Robert. *Thoreau's Reading: A Study in Intellectual History with Bibliographical Catalogue*. Princeton: Princeton University Press, 1988.

Sayre, Robert. *Thoreau and the American Indian*. Princeton: Princeton University Press, 1977.

Scudder, Townsend. *Concord: American Town*. Boston: Little, Brown, 1947.

Sears, Clara Endicott, compiler. *Bronson Alcott's Fruitlands*. Boston: Houghton Mifflin, 1915.

Seybold, Ethel Thoreau. *Thoreau: The Quest and the Classics*. New Haven: Yale University Press, 1951.

Shakespeare, William. *The Norton Shakespeare Based Upon the Oxford Edition*. Stephen Greenblatt, gen. ed. New York: W. W. Norton, 1997.

Shanley, J. Lyndon. *The Making of Walden, with the Text of the First Version*. Chicago: University of Chicago Press, 1957.

Shattuck, Lemuel. *A History of the Town of Concord, Middlesex County, Massachusetts: From its earliest settlement to 1832; and of the adjoining towns, Bedford, Acton, Lincoln, and Carlisle; containing various notices of county and state history not before published*. Boston: Goodspeed's Book Shop, [1973].

Smith, John. *Travels and Works of Captain John Smith, President of Virginia and Admiral of New England, 1580—1631*. Edited by Edward Arber; a new edition, with a bibliographical and critical introduction, by A. G. Bradley. Edinburgh: John Grant, 1910.

Stowell, Robert F. *A Thoreau Gazetteer*. Edited by William L. Howarth. Princeton: Princeton University Press, 1970.

Studies in the American Renaissance. Edited by Joel Myerson. Charlottesville: University Press of Virginia, 1977—96.

Swift, Lindsay. *Brook Farm*. New York: Macmillan, 1908.

Terry, Charles E., and Mildred Pellens. *The Opium Problem*. New York: Committee on Drug Addictions, Bureau of Social Hygiene, 1928.

Thoreau, Henry D. *The Annotated Walden: Walden, or, Life in the Woods*. Edited, with an introduction, notes, and bibliography by Philip Van Doren Stern. New York: Clarkson N. Potter, 1970.

——. *Collected Poems of Henry Thoreau*. Enlarged ed. Edited by Carl Bode. Baltimore: JohnsHopkins University Press, 1965.

——. *The Correspondence of Henry David Thoreau*. Edited by Walter Harding and Carl Bode. New York: New York University Press, 1958.

——. *Early Essays and Miscellanies*. Edited by Joseph J. Moldenhauer and Edwin Moser, with Alexander Kern. Princeton: Princeton University Press, 1975.

——. *Huckleberries*. Edited, with an introduction, by Leo Stoller. Iowa City: Windhover Press of the University of Iowa, 1970.

——. *Journal*. Edited by John C. Broderick et al. Princeton: Princeton University Press, 1981—.

——. *The Journal of Henry Thoreau*. Edited by Bradford Torrey and Francis H. Allen. Boston: HoughtonMifflin, 1906.

——. *Thoreau on Birds*. Compiled and with commentary by Helen Cruickshank; foreword by Roger Tory Peterson. New York: McGraw-Hill, 1964.

——. *Thoreau's Fact Book in the Harry Elkins Widener Collection*. Hartford: Transcendental, 1966.

——. *Thoreau's Literary Notebook in the Library of Congress*. Edited by K. W. Cameron. Hartford: Transcendental, 1964.

——. *The Variorum Walden*. Annotated and with an introduction by Walter Harding. New York: Twayne, 1962.

——. *Walden*. Edited by J. Lyndon Shanley. Princeton: Princeton University Press, 1971.

——. *Walden*. With an introduction, notes, and bibliography by Ramesh K. Srivastava. Delhi: Oxford University Press, 1983.

——. *Walden: An Annotated Edition*. Foreword and notes by Walter Harding. Boston: Houghton Mifflin, 1995.

——. *Walden, or Life in the Woods*. Boston: Ticknor and Fields, 1854.

——. *Walden, or, Life in the Woods*. Edited by Franklin Sanborn. Boston: Bibliophile Society, 1909.

——. *Walden, or Life in the Woods*. Edited with introduction and notes by Byron Rees. New York: Macmillan, 1910.

——. *Walden, or Life in the Woods*. With an introduction and notes by Francis H. Allen. London: George G. Harrap, [1910].

——. *Walden, or Life in the Woods*. Illustrated with 142 photographs, an introduction, and interpretive comments by Edward Way Teale. New York: Dodd, Mead, 1946.

——. *Walden; and, Resistance to Civil Government: Authoritative Texts, Thoreau's Journal, Reviews, and Essays in Criticism*. Edited by William Rossi. New York: W. W. Norton, 1992.

——. *The Writings of Henry D. Thoreau*. Walden edition. Boston: Houghton Mifflin, 1906.

Thoreau Society Bulletin. Geneseo, N. Y.: Thoreau Society, 1941—.

Treasury of New England Folklore: Stories, Ballads, and Traditions of the Yankee People. Edited by B. A. Botkin. New York: Crown, 1947.

Trench, Richard Chenevix. *The Study of Words*. New York: Redfield, 1852.

Van Doren, Mark. *Henry David Thoreau: A Study*. Boston: Houghton Mifflin, 1916.

Walker, Eugene Hoffman. "Walden's Way Revealed." In *Man&Nature*, 11—20. Lincoln: Massachusetts Audubon Society, 1971.

Walker, John. *A Critical Pronouncing Dictionary, and Expositor of the English Language*. Boston: Lincoln and Edmands, 1829.

West, Michael. *Transcendental Wordplay: America's Romantic Punsters and the Search for the Language of Nature*. Athens: Ohio University Press, 2000.

Wheeler, Ruth. *Concord: Climate of Freedom*. Concord: Concord Antiquarian Society, 1967.

White, John H. *The American Railroad Passenger Car*. Baltimore: Johns Hopkins University Press, 1978.

Wildman, Thomas. *A Treatise on the Management of Bees*. London: T. Cadell, 1768.

Wilkin, Charles, translator. *Mahabharata: Bhagvat-geeta, or Dialogues of Kreeshna and Arjoon*. London, 1785.

Wilkinson, John Gardner. *Manners and Customs of the Ancient Egyptians, Including Their Private Life, Government, Laws, Arts, Manufactures, Religion, and Early History*. London: J. Murray, 1837.

Willis, Frederick L. H. *Alcott Memoirs. Posthumously compiled from papers, journals, and memoranda of the late Dr. Frederick L. H. Willis by E. W. L. & H. B*. Boston: R. G. Badger, 1915.

Wordsworth, William. *The Complete Poetical Works of William Wordsworth Together with a Description of the Lakes in the North of England*. Edited by Henry Reed. Boston: James Munroe, 1837.

The Works of the English Poets, from Chaucer to Cowper. Edited by Alexander Chalmers. London: J. Johnson, 1810.